Une grande saga interstellaire

des Editions Critic

L'Œkumène, c'est le territoire occupé par l'espèce humaine, à l'instar des terres connues de la Grèce antique. Le premier donc fut la Terre. Le second s'étend à plusieurs centaines de planètes, après que les guerres et les catastrophes ont obligé l'humanité à essaimer dans les étoiles. Dans un avenir lointain, un empereur règne sur l'univers colonisé, mais le système craque aux entournures et la mort prochaine du souverain donne le signal de la fin : les rivalités politiques et militaires se déchaînent. De son côté, le pape cherche à renforcer l'influence de l'Église en préparant un grand procès contre les *alter*, des hommes et des femmes à la fois persécutés et recherchés pour leurs « talents » hors du commun, maintenus dans une forme d'esclavage dès qu'ils sont identifiés.

Un univers à découvrir en 5 tomes, sur 5 planètes.

À paraître dans la même série :

Juin 2022
Livre 2 : Orosco

Novembre 2022
Livre 3 : Providence

Mars 2023
Livre 4 : Vatican

Novembre 2023
Livre 5 : Taraël

Second Œkumène

Chroniques de l'interrègne
Livre premier

Regulus

Editions Critic / Science-Fiction

John Crossford

Second Œkumène

Chroniques de l'interrègne
Livre premier

Regulus

Editions Critic

Ouvrage dirigé par Florence Bury

Collection Science-Fiction
Dépôt légal : mai 2022
ISBN : 978-2-37579-246-9

Illustration : Djibril Morrissette-Phan
Carte stellaire : Stéphane Arson
Maquette de couverture : Éric Marcelin

Éditions – Critic – Librairie
19 rue Hoche
35000 RENNES

site internet : http://editions.critic.fr
mail : editions.critic@gmail.com

Livre publié en partenariat
avec la région Bretagne
et Rennes Métropole

Avis au lecteur

En ces temps d'enfermement, de contraintes et de grogne, Critic souhaite continuer à apporter du rêve et de l'évasion en proposant une littérature de divertissement. Et si nos livres ont vocation à emporter leurs lecteurs vers d'autres horizons, ils en disent souvent plus long. *Second Oekumène* porte ainsi un espoir : celui qu'une société abîmée parvienne à retisser du lien et sorte finalement grandie des épreuves traversées. Chez Critic, nous formons le vœu que cette littérature-plaisir reçoive l'accueil qu'elle mérite et trouve sa place sur les étagères de tous les lecteurs en mal de rêve et de dépaysement.

Prologue

Le véhicule de l'amiral Wallace pénétra dans la première cour du palais un bon quart d'heure avant l'heure officielle de l'audience et poursuivit lentement sa course dans le dédale des bâtiments administratifs avant de s'immobiliser devant le perron du grand secrétariat. Pour l'occasion, le chauffeur officiel de l'Amirauté avait cédé la place à un jeune officier de la garde rapprochée de l'amiral.

Wallace attendit que le planton en faction à l'entrée du grand secrétariat lui ait ouvert la portière pour quitter son siège et déplier sa longue carcasse.

« Attendez-moi là-haut », ordonna-t-il à l'employé vêtu de l'uniforme noir et rouge de l'administration impériale. L'homme obéit aussitôt, et Wallace se pencha pour s'adresser aux autres passagers de la voiture. « Aloïs, Lenny, vous m'accompagnez… Madame Hedron, restez ici avec Prissy. Tenez-vous prête à lui injecter le stimulant.

— À vos ordres », répondit la gardienne en posant une main possessive sur le bras de la jeune fille assise à côté d'elle.

Wallace profita de la montée des marches pour murmurer ses dernières instructions aux deux alter en uniforme de la Flotte, officiellement ses deux aides de camp. La plupart des *alter* – ces humains qui développaient des capacités particulières sans que personne ne comprenne bien pourquoi – n'étaient que simples télépathes, mais certains possédaient d'autres « talents ». Wallace avait dépensé une fortune pour se procurer ces deux-là sur Alessi Minor : Aloïs, un fouineur, et Lenny, un neutraliseur, tous deux d'une loyauté à toute épreuve. Le premier lisait pour lui dans les esprits non protégés, le second le garantissait contre les tentatives d'intrusion mentale. Ceux qui comptaient vraiment sur Providence ou ailleurs en avaient également une paire à leur service, si bien qu'ils étaient vite devenus indispensables.

« Vous resterez tous les deux dans l'antichambre. Lenny, faites-en sorte de me protéger ; Kozinski ne devrait pas avoir de fouineur avec lui, pas en présence de l'empereur, mais on ne sait jamais… Aloïs, essayez de le sonder ainsi que ses assistants ; ils seront probablement protégés, mais faites de votre mieux… »

Un autre employé les conduisit jusqu'au bureau du grand secrétaire, où ils attendirent en silence quelques minutes. La porte s'ouvrit enfin, et Tadeusz Kozinski apparut, souriant aimablement.

« Ah ! Philip ! Toujours ponctuel… »

Wallace répondit tout aussi hypocritement ; en dépit de liens familiaux assez étroits, les deux hommes ne s'appréciaient guère, et l'amiral savait très bien que le vieux dignitaire avait pesé de tout son poids pour empêcher sa promotion.

« Venez avec moi, Philip. Sa Majesté ne tardera pas. »

Conformément au code tacite des audiences privées, les deux *alter* restèrent dans l'antichambre tandis que Wallace suivait le grand secrétaire dans la petite salle jouxtant les appartements privés de la famille impériale. Ce n'était pas la première fois que l'amiral était ainsi reçu en audience privée, et la disparition du grand fauteuil installé jusqu'alors derrière l'immense bureau le frappa aussitôt.

« Comment se porte notre empereur bien-aimé, Tadeusz ? Des bruits courent… »

Kozinski haussa les épaules.

« Des bruits circulent toujours… Rassurez-vous, Philip, Sa Majesté va aussi bien que possible. Ce dernier séjour sur le *Mayflower* lui a fait le plus grand bien, ainsi que vous n'allez pas tarder à vous en rendre compte. Attention, le voilà ! »

La large porte séparant la salle d'audience des appartements s'ouvrit, révélant deux laquais en livrée qui s'effacèrent pour laisser place à Son impériale Majesté Halvar IV Alpelin, septième empereur à régner sur la totalité du second Œkumène.

La dernière fois que Wallace avait aperçu l'empereur en dehors des fêtes et audiences solennelles où il se contentait de siéger sur l'énorme trône, Halvar se déplaçait encore sur ses deux jambes à l'aide d'un léger exosquelette dissimulé sous son ample robe, mais la santé du vieillard s'était probablement fort dégradée, car ce fut assis dans un confortable fauteuil flottant à quelques centimètres du sol dans un ronronnement à peine perceptible que le souverain fit son entrée. Obéissant aux commandes disposées juste sous sa main, le siège vint se placer derrière le bureau de bois sombre orné de lourds motifs d'or et de pierres précieuses.

L'amiral et le grand secrétaire restèrent debout, tête baissée, attendant les premières paroles qui les libéreraient de la posture protocolaire.

« Ah, Wallace… »

L'amiral releva aussitôt la tête, croisant le regard amusé de l'empereur. Il retint juste à temps une grimace de dépit. Kozinski n'avait pas exagéré : le vieil homme semblait plutôt en forme.

Halvar IV, qui allait sur ses deux cent trois ans, fêterait bientôt un siècle et demi de règne. La propagande impériale attribuait cette longévité admirable à l'exceptionnelle qualité du patrimoine génétique de la lignée des Alpelin, mais la vérité était évidemment bien différente. À la fin des guerres de Suprématie, après avoir éliminé ses rivaux et coiffé la couronne impériale, Sigvard Ier Alpelin avait mis la main sur la dernière unité médicale encore fonctionnelle et l'avait fait installer sur l'épave du *Mayflower II*, l'antique planétoïde qui avait quitté la Terre bien des siècles auparavant pour se placer en orbite autour de Providence, désormais planète impériale. La machine, reprogrammée par les rares spécialistes encore en vie à cette époque, réservait désormais ses traitements à la seule lignée des Alpelin. En même temps, un dispositif sophistiqué de protection établissait autour de la vieille arche une zone d'exclusion à l'intérieur de laquelle seuls les membres de la famille impériale pouvaient pénétrer.

Depuis, bénéficiant de soins très supérieurs à ceux qu'offrait la médecine de l'empire, les empereurs affichaient une espérance de vie trois fois plus longue que la moyenne. Mais si la vénérable machine pouvait retarder l'échéance fatale, celle-ci demeurait malgré tout inévitable. L'opinion communément répandue dans l'aristocratie attribuait encore une dizaine d'années de vie à Halvar – douze peut-être, guère davantage.

« Votre arrière-grand-père était un de mes bons amis, vous savez, reprit Halvar. Vous lui ressemblez beaucoup, Philip. La même prestance qui fait honneur à l'empire… Vous savez pourquoi vous êtes ici, n'est-ce pas ?

— Pour servir et obéir, Votre Majesté ! répondit Wallace. Vos ordres sont ma fierté ! »

Halvar parut amusé.

« Excellente réponse ! La démission du grand amiral Bennett pour raisons de santé m'a beaucoup peiné, mais ce vieil ami a bien mérité de passer ses dernières années dans le calme de sa résidence familiale… Nous avons donc besoin d'un nouveau grand amiral, et c'est vous que j'ai choisi, Philip.

— Merci mille fois, Votre Majesté, répondit Wallace. Je m'efforcerai d'être digne de votre confiance !

— Oh, je n'en doute pas ! Je ne suis pas comme Tadeusz, qui pense qu'un officier supérieur doit avant tout être compétent. Ce qui compte pour ces postes, ce sont la naissance et le rang, comme cela l'a d'ailleurs toujours été. Les officiers compétents ne manquent pas dans la Flotte. Prenez-en quelques-uns dans votre état-major, et tout fonctionnera à merveille ! Cela me rappelle le jour où votre grand-père – alors lui-même grand amiral – m'a fait les honneurs de son nouveau vaisseau… »

Wallace cessa d'écouter. Ces digressions dépourvues d'intérêt n'étaient qu'un signe supplémentaire de la décrépitude mentale du souverain. *Dix ans, douze au maximum… Et ce sera à moi de jouer*. La décision qu'il hésitait encore à prendre venait de s'imposer d'elle-même. *Dans dix ans, il partira une dernière fois sur le Mayflower pour ne jamais en revenir. Il est temps de porter le premier coup...*

À la différence de ses prédécesseurs, Halvar n'avait pas d'héritier en âge de régner, ses trois fils étant morts de maladie ou dans des accidents des années auparavant. Il y avait bien sûr Alaïs, le dernier né, fruit de son union avec Cassandra Arlington, mais celui-ci avait à peine un an. *Quand Halvar mourra enfin, le gamin n'aura que dix ou douze ans. Les régences sont toujours des périodes troublées... À moi d'en profiter* !

Il reporta son attention sur le vieil homme, qui s'était tu et somnolait, la tête en arrière, les yeux clos. *Il n'aura pas fait illusion très longtemps...*

« Sa Majesté est encore très faible, dit Kozinski. Elle doit se reposer maintenant. »

Un claquement de doigts fit réapparaître les deux laquais, qui s'emparèrent du trône flottant et le ramenèrent dans les appartements privés.

« Il ira mieux dans quelques jours, reprit le grand secrétaire. L'idée de laisser la Flotte sans chef ne lui plaisait pas, c'est pourquoi il a insisté pour procéder sans tarder à votre nomination. Permettez-moi de vous féliciter, Philip. »

Les deux hommes échangèrent encore quelques politesses en quittant la salle d'audience, puis Wallace prit congé de Kozinski en haut du perron. Aloïs et Lenny avaient déjà repris leur place dans la voiture.

Le planton ouvrit la portière, et Wallace s'installa sans quitter le grand secrétaire du regard.

À plus de quatre-vingts ans, Kozinski paraissait presque aussi fatigué que l'empereur.

Toi non plus, tu n'en as plus pour longtemps, pensa-t-il. *Le moment venu, tu ne seras pas un obstacle bien sérieux...*

La voiture s'éloigna en longeant lentement les bâtiments majestueux. Wallace tourna la tête.

« Alors ?

— Rien, monsieur, répondit Lenny. La salle d'audience était protégée.

— Aloïs ?

— Aucune tentative contre vous, monsieur. À aucun moment. »

Le tout nouveau grand amiral hocha la tête puis s'adressa à la gardienne

« Il est temps de prévenir Husak ; préparez-la, voulez-vous ? »

La femme au visage sévère avait déjà la seringue à la main. Elle planta l'aiguille dans le bras de la jeune fille, qui se laissa faire sans réagir. Quelques secondes plus tard, son visage se contractait dans une violente grimace de souffrance, qui s'atténua peu à peu.

« Elle est prête, monsieur. Dictez-lui le message.

— *La moisson est mûre, la récolte peut commencer.* »

Les yeux dans le vague, Prissy répéta docilement. Madame Hedron lui administra une nouvelle piqûre, et le visage de la jeune fille retrouva sa sérénité.

« Aloïs ?

— Le message est parti, monsieur », confirma l'*alter*.

Wallace se laissa aller dans son siège, satisfait. *Le premier coup d'une longue partie*, pensa-t-il. Il y en aurait d'autres, bien d'autres, et le suivant n'allait pas tarder.

« Il faut maintenant contacter le *Seventh Star*, mais attendons d'abord des nouvelles d'Husak. Nous pourrons toujours appeler Fuller depuis l'Amirauté. En route ! »

À plus de deux cents années-lumière de Providence, le croiseur de la troisième Flotte *Seventh Star* orbitait tranquillement autour de Maria-Mater, unique planète du système d'Evangelista, un monde agricole et forestier riche et fortement peuplé auquel des retards répétés dans le paiement du tribut avaient valu d'être choisi pour les manœuvres du *Seventh Star* et de son frère jumeau, le *Pride of Sigvard*.

Le jeune enseigne de vaisseau William Bolton-Dunn, de quart dans la petite salle des communications du *Seventh Star*, bâilla longuement et secoua la tête pour tenter de chasser la somnolence insidieuse qui menaçait de se transformer en profond sommeil. Les derniers quarts de la période de nuit étaient traditionnellement attribués aux jeunes officiers tout juste sortis de l'Académie, et William ne songeait nullement à s'en plaindre, bien décidé au contraire à se montrer exemplaire, dans l'espoir que le lieutenant Waldron le laisse encore piloter un intercepteur. Il savait bien que, même s'il l'avait trouvé profondément endormi pendant son quart, le lieutenant n'aurait rien dit du tout, mais William détestait l'idée que sa naissance suffise à le dispenser des obligations de tout nouvel officier.

D'aussi loin qu'il s'en souvînt, sa qualité de petit-fils de l'empereur – même si son père n'était qu'un bâtard d'Halvar IV – lui avait toujours ouvert toutes les portes. Le jour où il en avait pris conscience, il s'était juré de toujours mériter ses affectations par ses compétences et son travail. Admis d'office à l'Académie en raison de sa naissance, il avait travaillé d'arrache-pied pour rester au niveau de la petite minorité issue du redoutable concours d'entrée ouvert aux classes inférieures et n'avait pas trop mal réussi, en dépit de l'incompréhension et du mépris à peine dissimulé des autres rejetons de l'aristocratie car, si médiocres fussent leurs résultats, les grades d'officiers supérieurs leur étaient de toute façon réservés de droit.

Ses pensées revinrent sur sa dernière sortie à bord de l'intercepteur. Pendant la simulation de représailles sur Maria-Mater, le petit appareil s'était vu confier avec une vingtaine d'autres une série de vols à très basse altitude au-dessus des principales villes de la planète. William s'en était donné à cœur joie, fonçant à toute vitesse entre les hauts immeubles le long des grandes avenues, ne faisant qu'un avec sa machine, à tel point que Waldron l'avait félicité à la fin de la manœuvre, et le jeune homme l'avait senti sincère. Les exercices des jours suivants n'avaient fait que confirmer ses aptitudes exceptionnelles et, depuis ce jour, son destin était tout tracé dans sa tête : il serait pilote. Rien d'autre que pilote.

Sur le Seventh Star comme sur tous les croiseurs de la Flotte, une des *alter* télépathes du service des communications restait de quart en permanence, tenue en éveil par le stimulant qui lui permettait de recevoir les messages provenant de n'importe quel point de l'Œkumène et d'émettre également à travers l'immensité interstellaire. Les trois heures de quart écoulées, une autre prenait la suite, plongeant à son tour dans l'océan de souffrance induit par la précieuse drogue administrée par le personnel médical du bord.

Margaret, la jeune *alter* qui avait reçu l'injection à peine une heure plus tôt commença à s'agiter sur la couchette sur laquelle elle reposait sans vraiment trouver le sommeil, tirant William de sa rêverie. Un peu plus loin, l'autre dormait profondément. En dehors des lits étroits, la petite pièce ne contenait que le bureau qu'il occupait et le matériel d'enregistrement indispensable.

Il s'apprêtait à déclencher un appareil quand Margaret se mit à parler. Ses premiers mots le figèrent sur place.

« À William Bolton-Dunn ! À William Bolton-Dunn ! Ici Isaac ! dit-elle de sa voix monocorde.

— Isaac ? » répéta William, interloqué.

Isaac était le régisseur du domaine paternel, un homme qu'il avait toujours connu et considérait un peu comme un vieil oncle.

« Ici Isaac, reprit Margaret. William, nous sommes attaqués ! Trois barges de combat se sont posées dans la grande cour, et leurs occupants ont envahi le domaine. Votre père est mort, abattu dans son bureau. Tous ceux qui se trouvaient dans la résidence sont morts eux aussi. J'ai réussi à me réfugier dans les caves avec Lucille. Heureusement, j'avais assez de stimulant en réserve pour lui permettre d'essayer de vous contacter. Ces hommes appartiennent à la Flotte. Je les ai entendus parler. Ils agissent sur ordre de Wallace. L'un d'eux a dit : "*Maintenant qu'on a liquidé le père, au tour du fils...*" William, vous êtes en danger. Sauvez-vous ! Ils arrivent... Sauvez-vous, Will... »

Le message s'interrompit brusquement et Margaret, sa mission accomplie, se laissa retomber sur la couchette.

Dérouté, William s'efforça de réfléchir. Un canular ? Ces derniers temps, le vieil Isaac forçait un peu sur la bouteille, mais de là à obliger Lucille à transmettre un tel message... La jeune *alter* du domaine n'était pas une spécialiste, loin de là ; c'était même un miracle qu'elle ait réussi à atteindre le *Seventh Star*… Et puis, pourquoi Isaac aurait-il été inventer une histoire pareille ?

Allen ! Le nom de son ami jaillit dans son esprit comme une délivrance. Allen saurait quoi faire, lui ! Il était de quart de nuit dans la grande salle des commandes, seul être vivant au milieu de la multitude de consoles et d'écrans. Allen savait *toujours* quoi faire… Il partit le rejoindre en hâte.

Le bruit de ses pas précipités tira son ami de la contemplation de l'écran sur lequel il travaillait.

« Will ! Qu'est-ce que tu fiches ici ?

— Il s'est passé un truc bizarre ! Je ne sais pas quoi en penser… Tu peux venir écouter le message que Margaret vient de recevoir ? »

Allen MacGregor était le meilleur et pour ainsi dire le seul véritable ami de William à l'Académie. Il venait d'Anacosia, le plus pauvre des bas quartiers de Columbia, exploit déjà remarquable en soi car les candidats au concours étaient d'ordinaire issus des riches classes commerçantes et industrielles. C'était un bourreau de travail, mais surtout un cerveau d'exception. Il apprenait vite, retenait tout et faisait immanquablement preuve d'une maturité inattendue chez quelqu'un d'aussi jeune. Les fils de l'élite le détestaient d'autant plus qu'il les surclassait en tout, mais MacGregor n'avait pas grandi dans les bas-fonds de la ville-basse pour rien : les premiers à essayer de le *remettre à sa place* avaient vite compris leur erreur. Le garçon avait été sévèrement puni mais, après cela, les autres l'avaient laissé en paix. Par la suite, l'amitié affichée de William l'avait aussi protégé.

Allen lui emboîta le pas sans poser de questions. De retour dans le centre des communications, William ferma la porte et s'approcha de la jeune *alter* qui somnolait de nouveau.

« Margaret ! Réveille-toi ! » dit-il en la secouant vigoureusement. La jeune femme se redressa, le regard lointain. « Répète le message que tu as reçu tout à l'heure ! Allez ! Vas-y ! »

Margaret acquiesça et répéta docilement ce que William venait d'entendre.

« Tu vois, ça n'a aucun sens ! Mon père ne peut pas être mort… Il doit y avoir une explication ! »

Allen avait écouté sans mot dire. Il secoua la tête, les sourcils froncés.

« Réveille-toi, Will ! Tu as entendu comme moi : non seulement ton père est bien mort, mais Isaac et Lucille viennent de donner leur vie pour te prévenir ! Tu sais ce qui va se passer ? Wallace va contacter le commandant Fuller – c'est un de ses fidèles, à ce qu'on dit. À cette heure de la nuit, il ne lui sera pas difficile de te liquider sans attirer l'attention puis d'inventer une histoire pour justifier ta mort ! »

William le regarda, hébété.

« Mais c'est dingue ! N'importe où que j'essaie de me cacher, ils me trouveront ! Qu'est-ce que je peux faire ? »

MacGregor hocha la tête.

« Suivre le conseil d'Isaac : te sauver ! Tu dois quitter le vaisseau tout de suite ! C'est ta seule chance : trouver refuge sur Maria-Mater et attendre que les manœuvres soient terminées. Je ferai tout ce qui est en mon pouvoir pour revenir te chercher plus tard. As-tu de l'argent ? Ici, à bord, je veux dire. File à ta cabine, prends tout ce que tu peux et rejoins-moi au garage 6. C'est le plus éloigné. C'est là qu'ils regarderont en dernier… »

William partit en courant, fourra en vitesse des vêtements civils dans un sac, récupéra l'argent rangé dans un tiroir et fonça à travers les coursives désertes jusqu'au garage 6. Allen l'attendait là, soutenant Margaret à demi endormie.

« Qu'est-ce qu'elle fait ici ?

— Réfléchis une seconde ! L'éjection de ton intercepteur va déclencher l'alarme. Ils sauront tout de suite que c'est toi qui t'es enfui. Ils vont faire leur possible pour découvrir qui t'a alerté. Ils questionneront Margaret et elle leur dira tout. Tu dois l'emmener avec toi.

— Mais le vol risque de la tuer ! »

MacGregor haussa les épaules.

« C'est un risque à courir. De toute manière, ils ne pourront pas se permettre de la laisser en vie ! Allez, file !

— Et toi ? Ils vont tout de suite te soupçonner ! »

Allen soupira : « Ne t'en fais pas, je m'en sortirai ! Allez ! Tu as déjà perdu assez de temps comme ça ! »

William l'étreignit brièvement, prit la jeune *alter* dans ses bras et courut jusqu'à l'intercepteur le plus proche du sas d'éjection. Allen attendit qu'il ait hissé Margaret et pris place dans le cockpit pour tourner les talons et regagner à toutes jambes la salle des commandes. Il venait juste de reprendre sa place devant l'écran, affalé sur la console en simulant un profond sommeil, quand il entendit un bruit de galopade dans les coursives. Quelques minutes plus tard, une main vigoureuse le redressait. Il ouvrit des yeux effarés, pâlissant brusquement en se trouvant nez à nez avec le commandant Fuller.

« Commandant, bredouilla-t-il. Je suis désolé ! Je me suis endormi !

— Nous verrons cela plus tard, cracha Fuller. Où est Bolton-Dunn ?

— William ? Dans le centre des communications, je crois. En tout cas, c'est là qu'il est affecté cette nuit…

— Il ne vous a rien dit ? Il n'est pas venu vous voir ?

— Non, commandant. Nous n'avons pas le droit de quitter notre poste et… »

L'un des officiers accompagnant Fuller lui épargna la peine de continuer.

« Il a pris un intercepteur. Garage 6.

— Une des *alter* est introuvable, ajouta un autre gradé. Il l'a probablement emmenée avec lui. Torwad demande quels sont vos ordres.

— Les poursuivre et détruire l'appareil, ordonna Fuller. C'est un novice, nos hommes ne devraient pas avoir de mal à le rattraper. Exécution ! »

L'officier transmit l'ordre, et le petit groupe quitta la salle des commandes. MacGregor les regarda s'éloigner en réprimant un petit sourire.

Un novice, pensa-t-il. *Ils ne vont pas tarder à comprendre à qui ils ont affaire !*

***

William disposait d'une bonne avance, mais celle-ci se révéla rapidement insuffisante. Il aurait pu aller bien plus vite, mais la présence à bord de Margaret lui avait fait perdre beaucoup de temps. En dépit de la vitesse réduite à laquelle il s'était limité, la jeune *alter*, probablement affaiblie par toutes les drogues absorbées depuis des années, avait perdu connaissance dès les premières accélérations et il lui avait fallu un moment avant de s'apercevoir qu'elle n'était pas juste inconsciente, mais bel et bien morte. Après cela, il s'efforça de rattraper le temps perdu, mais les autres intercepteurs le rejoignirent alors qu'il atteignait les basses couches de l'atmosphère de Maria-Mater. Plusieurs tirs frôlèrent son appareil, ne lui laissant pas d'autre choix que d'engager le combat. Les premières secondes furent difficiles, puis il prit progressivement confiance, plongeant peu à peu dans une sorte d'état second, exécutant sans même réfléchir les manœuvres les plus complexes. Une première salve détruisit un de ses poursuivants, et il en abattit encore trois avant de rompre le combat et de chercher à semer les autres dans les méandres des rues d'une grande cité plongée dans la nuit. Les derniers intercepteurs le suivirent quelque temps, perdant peu à peu du terrain jusqu'à ce qu'il parvienne à échapper à leur vigilance. Peu après, il s'éjectait, non sans avoir programmé une trajectoire qui devait amener l'appareil à s'écraser loin de son point de chute.

Quelques minutes plus tard, vêtu d'une discrète tenue civile, il s'engageait dans les faubourgs d'une ville inconnue à peine éclairée par les premières lueurs de l'aube.

Douze ans plus tard

Chapitre premier

De l'autre côté des jardins, le Siège paraissait plus lointain qu'il ne l'était vraiment. Plus impressionnant aussi. Dans la semi-obscurité, les hautes tours à peine visibles lui donnaient presque une allure de château fort.

C'est simplement la pluie, se dit Einar Dahl pour la centième fois peut-être, *la pluie et la mauvaise lumière du petit matin.*

Abrité sous le porche de l'aile réservée au personnel de niveau 1, il prit le temps de rabattre la capuche sur ses cheveux et de resserrer étroitement la lourde cape de tissu imperméable. Quand il s'engagea dans l'allée, la pluie portée par un vent violent chargé de fumée acide lui cingla durement le visage.

Saloperie de planète…

Mais le cœur n'y était pas vraiment. Certes, Orosco n'était pas le monde où il se serait installé s'il avait eu le choix. Il y faisait froid et, surtout, la pluie glaciale tombait sans presque discontinuer. Le petit soleil pâle n'apparaissait que trop rarement à travers les nuages omniprésents et, de toute manière, n'apportait pas la moindre chaleur. Le froid et la pluie persistaient jour après jour tout au long de l'interminable révolution de plus de trois années standard car, la planète n'étant pratiquement pas inclinée sur son axe, le climat ne connaissait aucune variation notable.

Et encore, nous sommes sur l'équateur !

Quelques dizaines de kilomètres plus au nord ou au sud, le froid s'intensifiait rapidement sous l'influence des deux larges calottes polaires. Et pour tout arranger, la différence de température entre les énormes masses glacées des deux pôles et l'étroite bande tempérée de l'équateur générait des vents violents, tournant souvent à la tempête.

Pourtant, même si Einar trouvait le climat d'Orosco parfaitement détestable, il était tout à fait prêt à s'en accommoder.

J'ai eu de la chance, se dit-il encore alors qu'il approchait de l'entrée de service du Siège, courbant le dos sous les rafales les plus violentes. *Beaucoup de chance…*

Difficile d'abord de trouver un monde plus isolé, plus éloigné des grands centres de civilisation. D'ailleurs, jusqu'à ce que le vaisseau du consortium Bledsoe le débarque sur cette planète pitoyable, il ignorait tout de son existence – et il n'était sûrement pas le seul dans ce cas. Les chances que ses poursuivants parviennent à retrouver sa trace paraissaient bien minces et, pour la première fois depuis longtemps, il se sentait relativement en sécurité.

Mais sa chance, aussi étonnant que cela puisse paraître, ne s'était pas arrêtée là. Avant même de débarquer, alors qu'il s'attendait à une dure période d'adaptation – les planètes du fin fond de la Périphérie n'étaient guère accueillantes pour les étrangers, il était bien placé pour le savoir –, il avait bénéficié d'un étonnant concours de circonstances. Le pilote attitré de l'Administrateur venait de perdre la vie au cours d'une expédition dans les glaciers du Nord, si bien que lorsqu'il avait proposé ses services pour piloter la navette flambant neuve que le grand vaisseau venait livrer au vieux Vargas, la courte traversée pour rejoindre la surface de la planète avait suffi pour convaincre le maître d'Orosco de sa compétence et lui permettre de décrocher le poste vacant.

Pour la première fois depuis bien longtemps, il pouvait se permettre de souffler un peu. Un travail pour lequel il était plus que qualifié, un salaire correct, un logement décent…

Ç'aurait pu être pire. *Bien pire…*

Après tout ce qu'il avait enduré pendant les douze interminables années qui avaient suivi sa fuite précipitée du *Seventh Star*, jamais William Bolton-Dunn – qui se faisait maintenant appeler Einar Dahl, dernier d'une longue liste de noms d'emprunt – n'aurait imaginé que les choses puissent tourner si bien.

De l'autre côté des jardins, une double porte de bois massif donnait accès au vestiaire du personnel, une pièce dont tous les bâtiments d'Orosco sans exception étaient équipés. Celle-ci, dans les communs du Siège où s'affairaient quotidiennement plusieurs centaines d'employés, était particulièrement vaste. De longues rangées de porte-manteaux fixés sur d'étroits panneaux pendus au plafond occupaient presque la moitié de la surface, et une série de caniveaux recueillaient l'eau des vêtements de pluie pour l'évacuer dans le réseau d'assainissement courant sous le bâtiment. L'autre partie, de la porte par laquelle Einar venait d'entrer jusqu'à celle d'en face, qui donnait accès aux différents services techniques, était vide, ménageant un vaste espace de circulation.

Assis de manière à pouvoir surveiller le va-et-vient depuis son petit bureau tout près de la porte intérieure, un homme frêle tournait les pages d'un épais registre, l'air maussade. Une douzaine d'employés, hommes et femmes confondus, allaient et venaient : les uns achevaient de ranger leurs vêtements de pluie, d'autres au contraire s'apprêtaient à ressortir. Einar les connaissait presque tous de vue, sans avoir encore appris leurs noms. Un homme le salua d'un bref hochement de tête lorsqu'il s'approcha à son tour des porte-manteaux. Une femme entre deux âges au visage aimable lui sourit brièvement. Il lui sourit en retour et entreprit d'ôter sa lourde cape. Les autres ne firent pas attention à lui, mais cela aussi était en train de changer.

Lorsqu'il était arrivé à la résidence de l'Administrateur quelques semaines plus tôt, l'étranger qu'il était avait d'abord dû faire face à une franche hostilité. Cela ne l'avait pas surpris : sur tous les autres mondes qu'il avait parcourus avant d'échouer sur Orosco, la réaction des autochtones avait été la même. S'il y avait eu une époque où les mondes de l'Empire entretenaient des relations suivies, ces jours-là étaient révolus depuis si longtemps que l'arrivée d'un étranger faisait inévitablement figure d'événement.

Et soulevait bien des suspicions. Qui irait prendre le risque de quitter son monde natal, d'embarquer à bord des vaisseaux du consortium sans savoir ce qui l'attendait à l'arrivée, sinon un criminel fuyant la justice de sa planète, ou pire encore, un *alter* prêt à tout pour échapper à son sort ?

Les natifs d'Orosco n'étaient à cet égard ni meilleurs ni pires que les populations des autres planètes où il s'était réfugié. Peu à peu, ils en étaient venus à admettre qu'il n'était ni un criminel ni un de ces déviants tant redoutés et, si tout continuait à bien se passer, ils finiraient par l'accepter comme l'un des leurs.

Pas tous... se dit-il en croisant le regard du commis aux écritures. Biasco n'aimait personne, et le fait qu'Einar soit un étranger tout frais débarqué n'était à ses yeux qu'une circonstance aggravante. Fort heureusement, la position du nouveau venu, pilote personnel de l'Administrateur, lui permettait dans une large mesure d'échapper aux tracasseries que l'adjoint du régisseur ne se privait pas d'infliger au reste du personnel.

D'ordinaire, Biasco se contentait de lui décocher des regards venimeux, s'abstenant en général de lui adresser la parole comme pour mieux marquer son aversion, aussi fut-il surpris, en s'approchant, de l'entendre prononcer son nom.

« Ah, Dahl... Monsieur Casal a laissé un message pour vous. Vous devrez préparer la navette 8 pour dix heures. Vous recevrez d'autres instructions dans les hangars.

— Je croyais qu'il n'y avait aucune sortie prévue aujourd'hui, s'étonna Einar. Je devais réviser les moteurs de la 5... »

Biasco haussa les épaules.

« C'est ce que l'on m'a dit de vous dire... Si vous voulez en savoir plus, adressez-vous à monsieur Casal. »

Casal était le secrétaire particulier de l'Administrateur. Pas le genre d'homme à apprécier d'être dérangé par un subalterne, surtout pour un simple changement de programme...

« Très bien, dit-il en se forçant à sourire à Biasco. La 8, pour dix heures. Aucun problème ! »

En réalité, il aurait de beaucoup préféré passer sa journée sur les moteurs de la navette 5 plutôt que de véhiculer l'Administrateur ou l'un de ses principaux collaborateurs, mais il n'avait certainement pas son mot à dire. C'était comme pilote qu'il avait été embauché, non comme mécanicien.

Dans les couloirs, une fois franchie la porte intérieure du vestiaire, il faisait chaud. Machinalement, il leva la main pour déboutonner le col de son uniforme – de sa livrée, plutôt – mais se ravisa aussitôt. Si le vieux Vargas, Administrateur et maître absolu d'Orosco ne semblait guère prêter attention à ce genre de détail, il n'en allait pas de même pour le régisseur ou le secrétaire particulier de Son Excellence, qui ne manqueraient pas de relever un tel laisser-aller. Heureusement, la température serait plus supportable dans les hangars, où les portes des garages laissaient entrer l'air froid de l'extérieur.

Une voix le héla alors qu'il traversait un large corridor menant directement à la partie résidentielle du Siège.

« Einar ! Mon ami ! Ça tombe bien, je voulais te parler ! »

La voix était chaleureuse. Einar se retourna en souriant.

« Mateo… Content de te voir. Comment vas-tu ?

— On ne peut mieux, mon ami, on ne peut mieux ! Tu es sans doute déjà au courant pour le commandant Bello ?

— Il a pris sa retraite, non ? »

Personne ne lui en avait parlé, mais il avait surpris des bribes de conversation laissant penser que le vieil officier avait abandonné ses fonctions dans la Garde.

« Exactement, mon ami ! Et Son Excellence a choisi le capitaine Ortiz pour le remplacer.

— Ah ! Si je comprends bien, il y a de la promotion dans l'air ?

— Mon ami, tu comprends vite ! Le lieutenant Roblès a remplacé Ortiz, et devine qui va remplacer le lieutenant ?

— Le sergent Mateo ? Ou devrais-je dire le lieutenant Mateo ? Toutes mes félicitations !

— C'est tout récent, je ne l'ai appris moi-même que ce matin. Évidemment, j'espérais un peu, mais maintenant c'est fait ! Ce soir, on va fêter ça. Einar, mon ami, tu es invité ! Chez Pablo, tu connais ? On se retrouve là-bas vers huit heures.

— Je te remercie d'avoir pensé à moi. J'y serai.

— Parfait, mon ami, parfait ! Maintenant, il faut que je file. Mes nouvelles fonctions, tu comprends… »

Einar le regarda s'éloigner en souriant. Cette soirée de célébration serait en réalité sa première sortie publique depuis son arrivée. L'occasion de faire de nouvelles connaissances, de s'intégrer encore un peu plus. Décidément, les choses se présentaient de mieux en mieux.

Einar s'immobilisa à l'entrée du hangar, embrassant d'un coup d'œil les quinze navettes sagement stationnées devant leurs portes respectives et la petite armée de mécaniciens affairés sur les véhicules ou sur les machines placées au centre du hangar, laissant le vacarme familier l'envahir. Tanaka était là, planté devant la navette 5, celle qu'Einar pensait réparer ce jour même. Le chef mécanicien lui tournait le dos, mais le pilote imaginait sans peine son air navré : Tanaka ne supportait pas que ses navettes restent immobilisées.

« Désolé, chef, dit-il en s'approchant. Ce sera pour demain… »

Le chef mécanicien soupira sans se retourner.

« J'aurais mauvaise grâce à me plaindre, monsieur Dahl, fit-il de sa voix douce. En tant que pilote, rien ne vous oblige à participer à l'entretien des navettes. En fait, je ne connais pas d'autre pilote qui se soucie de l'état du matériel ! D'habitude, ils s'attendent à ce que tout fonctionne, et si ce n'est pas le cas, ce n'est jamais leur faute ! Vous, au contraire, non seulement vous respectez les machines, mais vous les comprenez… Tout ça pour vous dire à quel point j'apprécie votre coopération. Et ne soyez pas désolé. Cette brave fille attendra bien une journée de plus, et même davantage s'il le faut.

— Je suis censé piloter la 8, m'a dit Biasco, mais je n'en sais pas plus. J'ignore qui je dois emmener, et où. Vous avez une idée ?

— Pas la moindre, mais monsieur Casal devrait arriver d'un instant à l'autre. Vous ne tarderez pas à être fixé.

— Dans ce cas, je vais commencer à préparer la 8. »

La navette numéro 8 était la plus récente de la flottille du Siège – ou plutôt, la moins ancienne –, à l'exception naturellement de la navette personnelle de l'Administrateur, celle qu'avait livrée le vaisseau du consortium Bledsoe au moment même où Einar débarquait sur Orosco. Casal – qui gérait les déplacements du haut personnel – la choisissait en priorité pour le transport des dignitaires les plus importants.

Je me demande qui ce sera, cette fois, se dit le pilote en déclenchant l'ouverture de la rampe d'accès.

Plus récente et confortable que les autres navettes du Siège, la 8 était aussi plus vaste. Contrairement à la plupart des autres modèles, qui ne comportaient qu'une soute parfois équipée de rangées de sièges amovibles et de quelques compartiments de rangement, celle-ci possédait non seulement une soute mais aussi deux cabines logées à l'arrière du petit vaisseau, assez grandes pour accueillir une demi-douzaine de passagers dans de bonnes conditions : couchettes, tables, sièges moelleux…

Einar s'installa dans le poste de pilotage et entreprit les vérifications d'usage. Tout était parfait. Normal : il avait lui-même contrôlé les moteurs quelques jours plus tôt, et pour autant qu'il le sache, la navette n'avait pas repris l'air depuis. C'était vraiment une bonne machine, même si elle ne disposait pas de capacités spatiales. En dehors des navettes de la Garde, seules celles des mineurs des astéroïdes pouvaient évoluer hors atmosphère et, pour en avoir vu quelques-unes se poser sur le tarmac en périphérie du Siège, il se demandait comment ces types parvenaient encore à les faire voler tant elles paraissaient délabrées.

Pendant qu'il effectuait tranquillement les contrôles habituels, deux employés entrèrent pour procéder à quelques aménagements dans les cabines, puis revinrent entreposer des colis dans la soute. Au moment où ils ressortaient, Einar entendit Tanaka l'appeler.

« Dahl, monsieur Casal désirerait vous parler. »

Le pilote consulta l'horloge du tableau de bord. Il n'était pas loin de dix heures. Casal l'attendait au bas de la passerelle. C'était un homme de petite taille plutôt enrobé, au visage taillé à la serpe. Deux yeux dépourvus d'expression le contemplaient froidement.

« Mes respects, monsieur le secrétaire », le salua Einar.

Casal inclina brièvement la tête en réponse.

« Votre mission d'aujourd'hui est un peu particulière, commença-t-il de sa voix précise. En principe, Son Excellence devait se rendre dans le secteur 4 pour une tournée d'inspection. Hélas, son état de santé lui interdit d'effectuer ce déplacement. Messieurs Morestin et Vlasco, qui de toute manière devaient être de l'expédition, partiront avec vous. Le Directeur Eleazar Vargas vous accompagnera pour représenter son père. Messieurs Morestin et Vlasco vous donneront d'autres instructions si nécessaire. »

Sans un mot de plus, Casal tourna les talons et s'éloigna d'un pas rapide. Einar le regarda partir, vaguement ennuyé. Ce n'était pas la première fois qu'un déplacement de Vargas était annulé. L'Administrateur n'était pas à proprement parler malade, juste vieux et fatigué. Et son état de santé se dégradait peu à peu. Sur un monde civilisé comme Providence, les médecins auraient sans doute réussi à le maintenir en forme plus longtemps, mais dans ce trou perdu…

Eleazar. Le *Directeur* Eleazar.

Dahl n'était pas sur Orosco depuis bien longtemps, mais assez pour avoir déjà amplement entendu parler du fils de l'Administrateur. Rarement en bien, d'ailleurs. Cependant, c'était la première fois que son nom se trouvait associé au titre de Directeur. Einar avait eu l'occasion de le côtoyer à plusieurs reprises déjà lorsqu'il accompagnait son père en déplacement officiel, et l'homme – qui avait fêté son trentième anniversaire peu avant l'arrivée du vaisseau du consortium – ne lui avait pas fait forte impression. Un enfant gâté, seul survivant des trois fils de Vargas, qui, depuis la mort de son épouse quelques années plus tôt, lui passait tous ses caprices. Des bruits peu flatteurs couraient également sur la manière dont il se comportait avec le personnel féminin…

Directeur.

Rien de surprenant, là non plus. Sur ce monde comme partout ailleurs, le pouvoir se transmettait de la façon la plus simple : de père en fils. Dans le cas précis d'Orosco, la règle de l'hérédité se doublait d'une disposition particulière : si, pour une raison ou une autre, la succession directe ou indirecte dans la lignée de l'Administrateur n'était pas possible, il revenait alors aux Directeurs d'élire son successeur.

Mauvais signe…

Si Vargas venait d'attribuer le titre de Directeur à Eleazar, ce n'était certainement pas en reconnaissance de ses qualités personnelles, sans quoi il l'aurait déjà fait depuis longtemps, mais plutôt parce que le vieil homme sentait la mort approcher. Une atmosphère de fin de règne allait bientôt se répandre sur la planète, lourde d'expectative et d'inquiétudes, car si Vargas était respecté et apprécié, nul ne pouvait prédire comment son fils allait se comporter. Pour avoir entendu Mateo soulever la question plusieurs fois, Einar savait que le personnel du Siège – et probablement la population d'Orosco dans son ensemble – n'attendait rien de bon de cette succession.

Peut-être qu'ils se trompent, se dit-il encore sans grande conviction. *Peut-être qu'une fois en charge, il changera, il s'adaptera…*

Un bruit de conversations le tira de ses pensées. Il sortit du poste de pilotage pour accueillir ses passagers. Morestin et Vlasco étaient bien là, ainsi qu'Eleazar mais, plus étonnant, deux gardes accompagnaient le fils de l'Administrateur – deux hommes au visage dur, qu'Einar n'avait encore jamais vus.

« Mes respects, Directeur. Messieurs… Nous décollerons dès que vous serez installés. Le vol devrait durer un peu moins de deux heures. »

Eleazar le dévisageait froidement. C'était un garçon élancé, assez grand, aux longs cheveux blonds soigneusement coiffés, le visage inexpressif. Il semblait s'ennuyer.

« Dans ce cas, qu'est-ce que vous attendez ? Décollez ! »

Sans un mot de plus, il entra dans la plus grande des deux cabines, accompagné des deux gardes. La porte refermée, Morestin s'approcha d'Einar et lui serra la main.

« Ne faites pas attention, Dahl. Il déteste ces tournées d'inspection. Nous essaierons de régler tout ça le plus vite possible. »

Vlasco salua également le pilote, et les deux hommes disparurent à leur tour dans l'autre cabine. Einar regagna le poste de pilotage et reprit sa place aux commandes.

« Décollage dans trente secondes, annonça-t-il sur le circuit intérieur. Veuillez rester assis pour le moment. Le vent est fort et ça risque de secouer un peu. »

Les portes du hangar achevaient de s'ouvrir, laissant entrer des bourrasques de pluie. Quelques gouttes se déposèrent même sur les vitres du poste de pilotage. Einar actionna les essuie-glace en soupirant. Il préférait de loin voler dans l'espace, où il pouvait déployer toute la puissance des moteurs, alors que dans le climat pourri d'Orosco où il fallait lutter à chaque instant contre les turbulences de l'atmosphère, il devait réduire ridiculement sa vitesse pour éviter de détériorer le matériel…

« Décollage », annonça-t-il encore.

La navette s'éleva légèrement et Einar la dirigea vers la porte, où la pluie formait un écran opaque. Les instruments devant lui, pour rudimentaires qu'ils fussent, montraient que la voie était libre. Quand il franchit la paroi du hangar, d'épais rideaux de pluie mêlée de grêle s'abattirent sur l'appareil en crépitant, couvrant le faible ronronnement des moteurs. Einar accéléra, s'éloignant du hangar et gagnant rapidement de l'altitude. Les rafales de vent s'intensifièrent encore et il dut faire appel à toute son habileté pour stabiliser l'appareil et éviter de trop secouer ses passagers. Puis, à mesure qu'il prenait de la hauteur, les turbulences se calmèrent peu à peu.

Alors qu'il survolait le Siège, une violente rafale balaya les nuages un court moment, révélant la quasi-totalité de Palencia. La capitale d'Orosco s'étalait sur une série de collines basses descendant en pente douce jusqu'au large fleuve qui, quelques dizaines de kilomètres plus loin, se jetait dans l'océan. Plus au nord, celui-ci se transformait rapidement en banquise.

Les immeubles se succédaient avec régularité, la ville suivant un plan géométrique on ne peut plus classique. Les rues, toutes de la même largeur, se croisaient à angle droit, délimitant des blocs d'immeubles de quelques étages qui, d'en haut, semblaient autant de petites boîtes rectangulaires grisâtres. Et bien sûr, le Siège dominait l'agglomération de toute sa masse. Einar l'inspecta une nouvelle fois d'un œil critique. En dépit des tours édifiées plus récemment et de pathétiques tentatives d'embellissement des façades, la bâtisse ne parvenait pas à dissimuler sa vraie nature : celle d'un bâtiment administratif massif et fonctionnel, conçu pour abriter les bureaux et services techniques d'une colonie minière. Sur chaque construction, y compris naturellement sur les toits du Siège, de hautes cheminées laissaient échapper des tourbillons de fumée noire rabattus par le vent.

Du temps de sa splendeur, lorsqu'Orosco avait été découverte et mise en exploitation par les prospecteurs venus d'Elquida – la nouvelle colonie avait d'ailleurs pris le nom du chef de l'expédition –, la planète était riche. Elle regorgeait littéralement des minerais dont les industries lourdes d'Elquida se nourrissaient et, surtout, on y trouvait du solonium en abondance. C'est pourquoi, en dépit de conditions naturelles exécrables, le petit monde s'était développé rapidement, accueillant une forte population de mineurs, de techniciens et d'ingénieurs.

En ce temps-là, la ville était un peu moins étendue et sans doute un petit peu moins laide, car dans cette période faste, le solonium était utilisé pour chauffer les bâtiments. Puis, avec l'épuisement progressif des gisements, les habitants avaient dû se tourner vers d'autres sources d'énergie. Le charbon abondait, et désormais, des forêts de cheminées solidement construites vomissaient des flots ininterrompus de fumée noire et malodorante que, par bonheur, les vents continuels balayaient loin de la cité.

Au moins, se dit Einar en orientant la navette en direction du secteur 4, *il leur reste encore un peu de solonium. Assez en tout cas pour les navettes…*

Après des années de déclin, le solonium était encore la richesse principale d'Orosco, même s'il n'était plus extrait qu'en quantités minimes – suffisantes cependant pour attirer chaque année un vaisseau du consortium Bledsoe qui fournissait en échange de précieuses pièces détachées et, plus rarement, des équipements coûteux comme la navette récemment acquise par l'Administrateur.

En réalité, le solonium n'était plus exploité sur Orosco même, où les mines encore en activité ne procuraient que les métaux usuels et l'indispensable charbon. Le représentant local du cartel d'Elquida – l'Administrateur – était tout naturellement devenu le souverain de fait de la planète, et les autres cadres les dignitaires du nouveau régime. La structure juridique d'Orosco étant celle d'une propriété privée appartenant au cartel, les résidents y étaient tous sous contrat. Les premiers Administrateurs indépendants avaient donc réorganisé la main-d'œuvre disponible, convertissant de force la plus grande partie des mineurs désormais inutiles à l'agriculture et à la pêche.

L'indispensable solonium provenait maintenant de la vaste ceinture d'astéroïdes encerclant la planète à plusieurs milliers de kilomètres de la surface. Pour Einar, ce qui se passait là-haut restait relativement mystérieux. Les natifs d'Orosco répugnaient à en parler – même Mateo, qui pourtant n'était guère avare d'informations. Dahl avait quand même réussi à glaner quelques renseignements. Il savait par exemple que les mineurs s'étaient installés en bordure de la ceinture d'astéroïdes, dans des bases aménagées à la surface – ou à l'intérieur, il n'était pas très sûr – des plus gros rocs ; qu'ils possédaient toute une flottille de petits vaisseaux utilisés pour collecter le minerai et formaient un groupe très fermé, envié et détesté à la fois par le reste de la population d'Orosco. Les rares fois où il en avait vu, il avait été frappé par leur apparence, très différente de l'allure des natifs d'Orosco, quasi uniformément bruns et plutôt petits : ils étaient plus grands que la moyenne – certainement un effet de la faible gravité dans laquelle ils vivaient en permanence –, blonds pour la plupart, et leurs vêtements ne correspondaient pas du tout au style en vigueur sur la planète.

La navette survolait à présent l'épaisse couche nuageuse, dans la lueur froide du petit soleil pâle. Einar se cala sur le signal de la balise du secteur 4 et reprit le micro.

«Arrivée prévue dans 106 minutes. Vous pouvez maintenant quitter vos sièges.»

La traversée se déroula sans histoire. Morestin et Vlasco vinrent chacun passer quelques minutes en sa compagnie, échangeant des propos anodins, mais Eleazar ne quitta pas sa cabine.

«Pas très sociable, notre jeune Directeur… dit Einar à Morestin, qui était revenu dans le poste de pilotage. J'aurais cru qu'il resterait au moins un peu en votre compagnie.

— On voit que vous ne le connaissez pas! Pour lui, nous ne sommes que de vulgaires employés; comme vous, d'ailleurs. Pourquoi voudriez-vous qu'il perde son précieux temps avec nous?

— Pourtant, cette mission d'inspection…

— Une plaisanterie, Dahl! Il est là pour que les responsables du secteur 4 le voient et comprennent bien qui est en charge, rien de plus! Les questions techniques, c'est notre affaire, à Vlasco et à moi, et croyez-moi, ce sera vite réglé. Ce n'est pas ce qui m'inquiète…»

Einar quitta les écrans des yeux pour dévisager son interlocuteur. Morestin semblait mal à l'aise, le visage soucieux.

«Je ne devrais probablement pas vous le dire, Dahl, mais je préfère tout de même vous prévenir. Ce n'est pas la première fois qu'Eleazar nous accompagne, même si jusque-là il n'avait pas le titre de Directeur. D'ailleurs, pour ce que ça change…

— Que s'est-il passé?»

Morestin ne répondit pas directement.

«Dites-moi, avant que nous ne montions à bord, quelqu'un d'autre est-il venu?

— Oui, en effet. Deux employés du Siège, des domestiques, je crois. J'ai supposé qu'ils apportaient des boissons et des victuailles pour notre passager de marque.

— Vous ne croyez pas si bien dire! Des boissons… Voyez-vous, lors de nos deux précédentes sorties en sa compagnie, à chaque fois, des boissons ont été livrées, et Eleazar était ivre en arrivant à destination. Pas ivre mort – il tient remarquablement l'alcool pour un garçon de son âge –, mais je ne crois pas que personne ait été dupe !

— Et les gardes ? Ils ne sont pas censés veiller sur lui ?

— En principe, mais cela ne va pas jusqu'à l'empêcher de faire ce qu'il veut ! Même, je ne serais pas étonné qu'ils lui tiennent compagnie !

— Je comprends que vous soyez préoccupé, mais s'il tient bien l'alcool et dans la mesure où il n'est pas censé s'occuper de questions techniques, le mal n'est peut-être pas trop grand ?

— Jusque-là, admit Morestin, vous avez raison. Mais j'ai bien peur que cela ne dure pas, car lorsqu'il a bu, même si physiquement il peut faire illusion, son caractère change… Vous l'avez vu, dans son état normal il n'est déjà pas facile, mais avec l'alcool il peut se montrer carrément odieux ! Enfin, conclut-il en soupirant, je vous aurai prévenu. Ainsi, vous ne serez pas surpris. »

Sur ces mots, il regagna sa cabine, et Einar se retrouva seul.

Il ne manquait plus que ça, se dit-il. *Espérons qu'il se conduira correctement. Mais peut-être Morestin dramatise-t-il un peu. Avec ses deux gardes pour s'occuper de lui, tout devrait bien se passer… Et puis, ce n'est pas mon affaire. Je ne suis que le pilote* !

« Atterrissage dans cinq minutes. Veuillez regagner vos sièges et vérifier qu'aucun objet ne puisse vous blesser. Les conditions locales sont très mauvaises et des secousses violentes sont à prévoir. Merci de vous montrer vigilants. »

Le secteur 4 occupait une longue bande de terre étroite coincée entre l'océan au sud et les premiers contreforts des montagnes arctiques, où les conflits de masses d'air créaient de fréquentes tempêtes. Einar aurait très bien pu attendre en altitude que le calme revienne, personne ne lui aurait reproché un excès de prudence, mais il n'allait pas laisser passer une telle occasion de démontrer son talent.

Au cours des minutes suivantes, il fut trop occupé pour se soucier du confort de ses passagers ; la tempête redoublant de violence, il dut faire appel à toute sa science du pilotage mais, au bout du compte, la navette se posa sans encombre sur la petite aire d'atterrissage devant les bâtiments officiels du secteur 4.

Avant même qu'il ait eu le temps d'annoncer la fin de la traversée, la porte de la plus grande des deux cabines s'ouvrit brutalement, laissant passer Eleazar. La chevelure en désordre, le jeune homme titubait imperceptiblement, mais cela pouvait aussi bien être attribué aux soubresauts de la navette dans son approche finale, même si Einar avait réussi à éviter toute secousse brutale. Vlasco et Morestin apparurent à leur tour, tous deux un peu pâles.

« Beau boulot ! dit Vlasco. Je crois bien que Müller n'aurait jamais tenté un atterrissage dans des conditions pareilles ! Vous êtes vraiment...

— Müller montrait davantage de respect pour ses passagers ! coupa Eleazar. Jamais je n'ai été autant secoué pendant un vol ! Dites-moi une chose, Dahl. Qui vous a autorisé à prendre un tel risque ?

— Le risque était quasiment nul, Directeur, répondit Einar, s'imposant de garder un ton plaisant. La navette est en parfait état et ses moteurs largement assez puissants pour garantir la réussite des manœuvres, quelle que soit la force du vent. J'aurais évidemment pu attendre la fin de la tempête, mais cela aurait impliqué un retard important, que vous n'auriez probablement pas apprécié.

— C'est à moi qu'il revient de décider ce que j'apprécie ou non, Dahl ! Pas à vous ! Vous auriez au moins pu me demander mon avis !

— J'aurais pu, répliqua Einar, se forçant au calme, mais je n'ai pas voulu vous déranger alors que je savais qu'il n'y aurait pas de difficulté réelle. Et puis, en tant que pilote, c'était à moi de prendre la décision... »

Eleazar le toisa sans répondre. Ils se firent face quelques instants, jusqu'à ce qu'Einar se résigne à détourner le regard. Toujours silencieux, le jeune Directeur tourna enfin les talons et s'approcha de l'écoutille encore fermée. Les deux gardes le suivirent, non sans décocher un regard mi-moqueur, mi-menaçant au pilote.

« Qu'est-ce que vous attendez pour ouvrir ? lança Eleazar d'une voix parfaitement calme. À moins que ce ne soit également à vous de prendre la décision ? »

Sans répondre, Einar actionna l'ouverture. Dès que la rampe d'accès eut touché le sol, Eleazar s'avança, suivi des deux gardes. Dehors, un comité d'accueil l'attendait, protégé par de larges parapluies tenus par des subalternes en vêtements de pluie. Dahl quitta le poste de pilotage et vint se placer devant l'écoutille, à côté de Morestin.

« Vous n'auriez pas dû l'asticoter comme ça, lui glissa le gros homme, il n'est pas près de vous pardonner, surtout dans l'état où il est !

— Et qu'est-ce que j'aurais dû faire ? M'excuser ?

— Je sais, ce n'est pas facile, mais oui, ça aurait certainement mieux valu. Un conseil, Dahl : à partir de maintenant, faites-vous oublier. »

En bas, un homme de haute taille au visage émacié accueillait Eleazar.

« Directeur, c'est un honneur pour le secteur 4 de recevoir votre visite. Naturellement, nous déplorons le malaise de Son Excellence qui nous prive du plaisir de l'accueillir, mais votre présence ici démontre l'attention sans faille qu'il porte à l'accomplissement de ses obligations officielles. Soyez le bienvenu parmi nous. Nous avons préparé une petite réception et, pendant que messieurs Vlasco et Morestin s'acquitteront de leurs tâches, nous serons heureux de fêter votre élévation tant méritée.

— Merci, Slansky. Mon père sera informé de votre excellent accueil, croyez-le. »

Le petit groupe s'éloigna en direction des bâtiments bas et disgracieux. Morestin se pencha vers Einar.

« Slansky fait dans son froc, lui dit-il à voix basse. D'où la réception. Il espère se le mettre dans la poche, mais ce n'est pas gagné.

— Pourquoi se donne-t-il tant de mal ? s'étonna Einar. S'il dirige le secteur 4 depuis tout ce temps, c'est qu'il fait son boulot correctement, non ?

— Pour se faire bien voir en cas de succession, ce qui risque malheureusement d'arriver plus tôt que prévu… Les responsables des secteurs de production sont toujours plus ou moins sur la corde raide. Avec Vargas, au moins, il y a moyen de discuter, de s'arranger. C'est un homme plein de bon sens. Mais quand Eleazar prendra sa place…

— Ceux qui seront bien vus s'en sortiront, les autres risquent d'en baver… Je vois ce que vous voulez dire. Mais que peut-on y faire ?

— Rien, mon ami. À part serrer les fesses en espérant que ce jeune imbécile ne fera pas trop de bêtises… Mais je crois qu'on nous attend. »

Einar laissa les deux hommes descendre avant de les suivre et d'activer la commande de fermeture de l'écoutille. Pour eux, pas d'escorte ni de parapluies. La distance à couvrir pour arriver aux bâtiments n'était pas bien grande, mais en franchissant la double porte, ils étaient trempés tous les trois.

« Nous avons du travail, dit encore Morestin en contemplant l'attroupement autour d'Eleazar. Essayez de ne pas vous faire remarquer, ça vaudra mieux. »

Les deux responsables s'éloignèrent, abandonnant le pilote à son sort. Ne sachant trop quelle attitude adopter, il entra discrètement dans la grande salle où se déroulait la réception. Assis tout seul d'un côté d'une large table chargée de victuailles, le Directeur faisait face au chef du secteur 4 entouré de ses principaux adjoints. Slansky parlait d'abondance, débordant d'une cordialité forcée. Maussade, plongé dans ses pensées, Eleazar ne prenait même pas la peine de ponctuer les propos du chef de secteur, qui commençait à donner des signes de panique.

Le jeune Directeur ne parlait guère mais buvait sec. En s'approchant, Einar le vit achever un premier verre, qu'un des assistants se hâta de remplir à nouveau.

« Ainsi que je l'ai indiqué dans mes derniers rapports, continuait Slansky, nous avons poursuivi nos expériences sur les préparations à base d'algues et de chair de poisson. La qualité des produits obtenus par nos chercheurs est étonnante, et si Son Excellence nous autorise, comme nous l'espérons, à passer au stade de la production de masse, Orosco disposera d'une nouvelle ressource quasi inépuisable. En apprenant votre venue, nos cuisiniers ont préparé quelques échantillons que nous serions heureux de vous voir goûter. Votre avis nous serait précieux. »

Sans attendre de réponse, il fit signe à quelqu'un dans le fond de la salle, et quelques instants plus tard, une jeune fille s'approcha de la table, un large plateau dans les bras.

Il y avait d'autres femmes dans la salle, d'âges divers, certaines plutôt jolies, mais cette fille était différente. D'abord, elle était jeune, nettement plus que les autres, mais surtout, elle était belle. Vraiment belle. Avec une petite révérence, elle posa le plateau devant Eleazar.

« Voici les dernières merveilles de nos chefs cuisiniers, claironna Slansky. Je suis certain que vous allez adorer… »

Mais Eleazar ne l'écoutait pas. À demi tourné sur sa chaise, il ne quittait pas des yeux la jeune fille qui se tenait maintenant de l'autre côté de la table, où elle attendait de nouvelles instructions, les yeux baissés.

Slansky s'interrompit brusquement au milieu d'une phrase, prenant conscience de l'intérêt du jeune Directeur pour la fille.

« C'est bon, dit-il en hâte. Tu peux nous laisser maintenant, Rosanna. Retourne aux cuisines.

— Une seconde ! intervint Eleazar. Rien ne presse ! Jamais je ne me serais attendu à rencontrer une aussi charmante enfant dans ce trou perdu ! Approche, ma belle ! Tu vas me servir à boire. »

Slansky s'apprêtait à protester, mais le coup d'œil que lui lança Eleazar l'arrêta net.

« Eh bien, dit-il lentement. Pourquoi pas… Pardonnez sa timidité, Directeur. Elle n'a pas l'habitude de côtoyer des personnages aussi importants.

— Allez, ma belle ! Mon verre est vide ! Dépêche-toi un peu ! »

Slansky ne disait plus rien. Le visage fermé, il regarda Rosanna s'approcher à contrecœur. Un grand silence s'était abattu dans la salle, lourd de tension. Seuls Eleazar et ses deux gardes ne semblaient pas s'en être aperçus. Le Directeur observait la jeune fille, la déshabillant tranquillement du regard, tandis que les deux hommes debout derrière lui souriaient d'un air entendu.

Ça va mal finir, se dit Einar. *Il faudrait faire quelque chose.*

Mais avant même qu'il ait eu le temps de réfléchir, la situation évolua d'un coup. Arrivée près d'Eleazar, Rosanna commença à remplir le verre qu'il lui tendait puis sursauta soudain avec un petit cri offusqué et laissa échapper la carafe encore pleine. Le contenu de celle-ci se répandit sur les vêtements du jeune homme, qui recula violemment sa chaise, consterné et furieux.

« Petite garce ! hurla-t-il alors que la fille restait figée sur place, terrifiée.

— Regarde ce que tu as fait ! gronda Slansky en se levant. File à la cuisine et va chercher de quoi nettoyer les vêtements du Directeur ! Allez ! File ! »

La jeune fille disparut sans demander son reste. Eleazar s'était levé à son tour.

« Reviens, petite salope ! Reviens tout de suite ! »

Il fit mine de se lancer à sa poursuite, mais se heurta à un groupe compact d'hommes et de femmes qui comme par hasard lui barraient le chemin des cuisines. Il essaya de les bousculer, mais il n'était déjà plus très solide sur ses jambes et se serait effondré si l'un de ses gardes ne l'avait pas soutenu et ramené à sa chaise.

« Directeur, je suis désolé de cet incident. Rosanna sera punie pour sa maladresse, n'en doutez pas. Désirez-vous faire nettoyer vos vêtements ? »

Slansky s'adressait à lui avec la plus grande politesse, mais sa voix était sèche. Envolée la fausse cordialité avec laquelle il l'avait accueilli un peu plus tôt. Dans la salle, le silence était toujours aussi pesant.

Eleazar prit son temps pour répondre. Morestin avait raison, le jeune homme tenait bien l'alcool car, lorsqu'il reprit la parole, sa voix était assurée.

« Vous me décevez, Slansky, dit-il froidement. Vous ne semblez pas bien comprendre votre situation. Rappelez-vous seulement qui vous a nommé chef de secteur : l'Administrateur Vargas – *mon père*. À qui je succéderai bientôt, que cela vous plaise ou non. Souvenez-vous également que la redevance due par le secteur 4 peut être augmentée selon le bon vouloir de l'Administrateur… Alors, comme je sais que vous êtes un homme intelligent, je crois que vous allez vous rendre en personne aux cuisines et revenir en compagnie de cette jeune fille si maladroite afin que je règle mes comptes avec elle. La décision vous appartient », ajouta-t-il après une pause.

Livide, Slansky ne bougeait pas.

« Trente secondes, ajouta doucement Eleazar. Il vous reste trente secondes. »

Le visage dépourvu d'expression, Slansky fit un pas en direction des cuisines, mais avant qu'il ait eu le temps d'aller plus loin, un homme vint lui murmurer quelques mots à l'oreille.

« Désolé, Directeur. La jeune fille semble avoir quitté le Centre. Personne ne sait où elle est.

— Probablement partie se réfugier chez elle ou chez des parents ! cracha Eleazar. Trouvez-la ! Vous m'entendez, Slansky ? Trouvez-la et ramenez-la-moi !

— Nous allons faire de notre mieux, Directeur, mais si elle a décidé de se cacher, il est peu probable que nous la retrouvions avant votre départ.

— C'est cela, faites de votre mieux ! ricana Eleazar. Et croyez-moi, vous avez tout intérêt à réussir ! En attendant, laissez-moi seul.

— Comme vous voudrez, Directeur…

— Foutez le camp ! Tous ! Je ne veux plus voir personne ! Allez, disparaissez ! »

La salle se vida rapidement. Einar suivit le mouvement sous les regards hostiles des employés du secteur et, ne sachant pas trop où aller, se réfugia dans la navette en se disant qu'au moins ses passagers sauraient où le trouver s'ils avaient besoin de lui.

Il n'eut d'ailleurs pas à attendre très longtemps, car Vlasco fit son apparition quelques minutes plus tard.

« Qu'est-ce qui se passe ? Les gardes n'ont pas voulu me laisser lui parler ! »

Einar s'apprêtait à répondre quand Morestin les rejoignit à son tour.

« Une histoire avec une fille, non ?

— En effet, reconnut Einar. Une serveuse. Disons qu'Eleazar s'est montré un peu trop pressant. Slansky n'a pas ouvertement pris la défense de la gamine mais s'est arrangé pour qu'elle demeure introuvable. Depuis, notre jeune Directeur noie son chagrin dans l'alcool.

— C'est tout ? Pas de menaces envers le secteur 4 ?

— Pas de menaces ouvertes, mais il a quand même bien fait comprendre que lorsqu'il aurait succédé à son père, les choses pourraient changer. Pour Slansky, évidemment. Il a aussi sous-entendu que ce serait bientôt à lui de fixer la redevance due par chaque secteur. »

Morestin jura à voix basse.

« Il ne manquait plus que ça…

— Allons, reprit Einar, un peu étonné de son air catastrophé, Vargas n'est pas encore mort, toute cette affaire aura largement le temps de se tasser.

— C'est ce que vous croyez ! Mais ce n'est pas si simple… Il se trouve que je n'apportais déjà pas de bonnes nouvelles pour le secteur 4. »

Devant l'air étonné du pilote, il poursuivit, la voix plus basse, comme en confidence.

« Vous devez bien vous douter – vous, Dahl, tout particulièrement, qui avez beaucoup voyagé avant d'échouer ici – qu'Orosco, comme tous les autres mondes de l'empire, doit payer le tribut exigé par la flotte impériale, même si nous aimerions penser que notre éloignement nous met à l'abri. Vargas sait à peu près à combien notre contribution est estimée par les comptables impériaux, il s'efforce donc de mettre la somme en question de côté en prévision de la venue de l'émissaire du Trésor.

— La dernière visite remonte à plus de six années standard, enchaîna Vlasco. Jusqu'ici, l'intervalle moyen était de quatre ans, parfois moins, ce qui signifie qu'il faut s'attendre à les voir revenir bientôt. Sans doute cette année.

— Si Vargas a effectivement mis les sommes nécessaires de côté, je ne vois pas où est le problème!

— La vérité, et vous serez bien avisé de tenir votre langue sur ce que je m'apprête à vous dire, c'est que ne voyant pas venir les percepteurs impériaux, l'Administrateur a fini par se persuader – en grande partie sous l'influence d'Eleazar et en dépit de nos mises en garde, je tiens à le préciser – que l'empire nous avait oubliés. C'est maintenant un très vieil homme, et son esprit n'est pas aussi clair qu'il le faudrait... Toujours est-il qu'il s'est autorisé des dépenses qui ont largement entamé le capital épargné pour le tribut; l'achat de sa nouvelle navette n'est qu'un exemple parmi d'autres.

— Mais depuis peu, continua Vlasco, il semble avoir repris conscience des risques qu'il fait courir à Orosco. Seulement voilà, l'argent est dépensé...

— Autrement dit, il n'a pas d'autre solution que d'augmenter tous les prélèvements pour tenter de reconstituer sa cagnotte, conclut Einar. En espérant que le collecteur ne pointera pas son nez avant qu'il ait réussi!

— C'est à peu près ça, en effet. Et je peux vous dire que cette aggravation des contributions passe très mal. En toute honnêteté, poursuivit Morestin, je ne vois pas comment le secteur 4 va s'en sortir avec ce que je viens de leur demander. J'ai bien essayé de faire baisser les exigences de Vargas et, de son côté, Vlasco a fait tout son possible également, mais nous ne sommes pas ses seuls conseillers... Juste ceux qui connaissent le mieux le terrain, suffisamment en tout cas pour savoir que c'est totalement irréaliste.

— Et comment l'ont-ils pris?

— Mal, évidemment ! Au début, ils ne voulaient même pas y croire… Slansky doit être au courant, maintenant. Ça ne va pas lui plaire non plus. Et si vous y ajoutez les menaces d'Eleazar…

— Une émeute ? C'est ce que vous craignez ?

— Ce ne serait pas la première ! À tort ou à raison, les ouvriers des unités de production agricoles et maritimes se considèrent comme exploités par les bureaucrates du Siège. Même quand tout va bien, l'équilibre est fragile. Alors en ce moment… »

Einar soupira.

« Dans ces conditions, nous ferions certainement mieux de quitter les lieux au plus vite. Vous deux, allez récupérer Eleazar pendant que je prépare la navette. S'il est trop saoul pour marcher, demandez aux gardes de le porter. »

Les deux officiels obéirent sans enthousiasme mais sans protester. Einar s'installa aux commandes et entreprit les vérifications d'usage. Heureusement, la tempête s'était un peu calmée, le décollage serait plus facile que l'atterrissage.

Quelques minutes plus tard, Vlasco escaladait la passerelle.

« Ils arrivent…

— Eleazar ?

— Plutôt mieux que je ne le craignais. Ils n'ont rien dû lui servir de trop fort… Il n'est pas très brillant, mais il marche quand même à peu près droit… »

Vlasco avait à peine fini sa phrase que le Directeur franchit à son tour l'écoutille, soutenu par ses deux gardes. Morestin fermait la marche, se tordant nerveusement les mains.

« Vous pouvez y aller, Dahl, cria-t-il. Tout le monde est là.

— Très bien. Regagnez les cabines. Décollage dans trente secondes. »

Il reportait son attention sur les écrans lorsqu'il entendit à nouveau la voix de Morestin.

« Vous devriez vraiment venir vous asseoir dans la cabine, Directeur. C'est la procédure, vous le savez bien !

— Foutez-moi la paix, tous autant que vous êtes ! Si j'ai envie de rester là, je reste ! »

Avant même qu'Einar ait eu le temps de réagir, Eleazar se laissait tomber lourdement sur le siège du co-pilote.

« Décollez, Dahl ! Qu'est-ce que vous attendez, bon dieu ! Si vous croyez que je n'ai pas déjà passé assez de temps dans ce trou à rats ! »

Pris de court, Einar hésita un instant. Le jeune homme n'avait rien à faire dans le poste de pilotage, et il était parfaitement en droit de lui intimer de quitter les lieux mais, d'un autre côté, les choses étaient déjà si mal engagées qu'il était inutile d'aggraver encore les tensions.

« Surtout, ne touchez à rien ! » prévint-il quand même en lançant les moteurs.

La navette s'éleva sans heurt en dépit des rafales encore violentes et prit la direction du Siège. Elle commençait à gagner de l'altitude, quand Eleazar se pencha brusquement en avant.

« Attendez ! Là-bas ! Regardez ! »

Une petite route partait du Centre pour rejoindre un groupe d'habitations un peu plus loin. Leur trajectoire la survolait sur quelques centaines de mètres avant de s'en écarter. À travers les nappes de pluie, Einar distingua des silhouettes courbées contre le vent.

« C'est elle, j'en suis sûr ! C'est cette petite saleté ! Descendez, Dahl ! Posez-vous !

— Vous plaisantez ? »

Stupéfait, c'est tout ce qu'Einar trouva à répondre. Pourtant, Eleazar n'avait pas tort, c'était bien la fille de tout à l'heure, Rosanna, qui avançait sous la pluie, inconsciente encore de la présence de la navette derrière elle.

« Posez-vous, Dahl ! C'est un ordre !

— Je ne crois pas que ce soit une bonne idée, Directeur. Les gens du Centre étaient très remontés quand nous sommes partis et…

— Ce n'est pas à vous d'en décider ! Pour la dernière fois, je vous le répète : posez-vous. »

Einar ouvrait la bouche pour répliquer quand il sentit sur sa nuque le contact d'un objet froid qu'il identifia aussitôt :

le canon d'un pistolet. La voix d'un des deux gardes s'éleva à son tour.

« Tu vas obéir au Directeur, et tout de suite ! Dis-toi bien que même sans être pilote, je suis parfaitement capable de poser cet engin après t'avoir réglé ton compte !

— Faites ce qu'il dit, Dahl, cria Morestin du fond de la cabine. Ces gars-là ne plaisantent pas ! »

Vaincu, Einar laissa la navette perdre rapidement de l'altitude et se posa un peu plus loin sur la route après avoir survolé la jeune fille, dont il aperçut brièvement le visage ruisselant de pluie avant de la dépasser.

« Ouvrez l'écoutille ! vociféra Eleazar avant même que la navette ne soit stabilisée. Plus vite, bon dieu ! »

Le canon du pistolet s'enfonça de nouveau dans son cou. Avec un soupir de résignation, Einar s'exécuta. Eleazar se précipita, mais il n'était pas en état de courir. Il heurta violemment un des montants de l'écoutille, rata la première marche et dégringola jusqu'en bas. Les deux gardes se précipitèrent pour le relever, mais il les repoussa.

« Rattrapez-la ! Et ramenez-la-moi ! »

Les deux hommes partirent en courant. Einar s'avança à son tour et descendit près d'Eleazar qui se relevait tant bien que mal. La fille avait fait demi-tour et repartait à toutes jambes vers le Centre. Elle courait vite, mais les deux gardes gagnaient rapidement du terrain. Rosanna hurlait, appelant à l'aide, et ses cris stridents dominaient le rugissement du vent.

« Allez ! Plus vite ! Vous la tenez ! »

Einar regardait, impuissant. Les deux poursuivants n'étaient plus qu'à quelques mètres de leur proie et n'allaient pas tarder à la rattraper. Et ensuite ? Il se tourna vers Eleazar qui trépignait sur place.

« Que comptez-vous faire ?

— Cette petite salope m'a humilié devant tout le monde, elle va le payer. Je la ramène au Siège, et là, je vais lui apprendre…

— Vous n'y pensez pas ! réagit Einar, atterré. Vous ne pouvez pas faire ça ! Et que croyez-vous qu'en penserait votre père ?

— Le vieux ? Qu'il aille se faire foutre ! Je fais ce que je veux ! »

Plus loin, les cris se firent plus aigus.

« Ah ! Ils la tiennent ! »

Il reporta son attention sur Dahl et le dévisagea froidement. Il ne semblait plus ivre du tout.

« Remontez dans la navette et apprêtez-vous à décoller dès qu'ils seront à bord.

— J'ai bien peur que ce ne soit pas aussi simple… Regardez ! »

Les portes du Centre venaient de s'ouvrir, livrant passage à un groupe d'une trentaine d'hommes lancés à toute allure. Les gardes les avaient vus également et tentaient d'entraîner la jeune fille, qui se débattait de toutes ses forces. L'un d'eux trébucha et s'écarta soudain, probablement sous l'effet d'un violent coup de pied. L'autre s'efforçait toujours de maîtriser sa victime mais, profitant de l'absence du second garde, Rosanna réussit à déboutonner son vêtement de pluie et s'en débarrassa brusquement, l'abandonnant à l'homme qui s'y agrippait. Elle s'éloigna à toutes jambes en direction de ses sauveteurs. Le premier garde, celui qu'elle avait frappé, s'était relevé et lancé à sa poursuite, vite suivi par son acolyte. Consterné, Einar les vit sortir leurs armes et ouvrir le feu. Un des hommes du Centre s'effondra, puis un autre. À ce moment, la jeune fille les avait rejoints. Leurs rangs s'écartèrent pour la laisser passer. Trois autres malheureux tombèrent encore sous les tirs alors que la foule se refermait sur les deux miliciens. D'autres employés du Centre, plus nombreux, rejoignaient maintenant les premiers, la plupart armés d'outils ou instruments divers. Il y eut encore de l'agitation, quelques coups de feu, des hurlements de douleur, puis plus rien. La foule s'écarta lentement, révélant deux corps immobiles sur le sol.

La petite troupe resta un moment figée, contemplant la navette et les deux hommes debout au pied de la rampe d'accès.

« Comment osent-ils ? » gronda enfin Eleazar. Il avait assisté à la poursuite puis à l'affrontement sans rien dire, pétrifié, et retrouvait juste son souffle.

« Nous ferions mieux de partir, dit Einar. Nous ne pouvons plus rien faire pour eux. Allons, venez », ajouta-t-il en prenant le jeune Directeur par le bras, mais celui-ci se dégagea violemment.

« Comment osez-vous ! hurla-t-il de toutes ses forces. Vous allez le payer ! Le payer cher ! Vous serez exécutés, tous ! Et la fille sera à moi ! À moi ! »

Les hommes du Centre l'écoutaient sans rien dire. Puis, comme obéissant à un signal, ils commencèrent à avancer, lentement d'abord, puis de plus en plus vite.

« Eleazar ! Vous êtes fou ! Ils vont nous tuer aussi ! »

Mais le Directeur ne l'écoutait pas. Il continuait à hurler les mêmes menaces, et quand le pilote l'agrippa pour le ramener dans la navette, il tenta de nouveau de se dégager, cherchant à le frapper au visage. Sans réfléchir davantage, Einar lui décocha un premier coup au plexus solaire et un autre à la tempe. Eleazar s'écroula, inanimé.

Quelques instants plus tard, il se jetait dans le poste de pilotage, laissant le corps du Directeur s'affaler sur le sol, et actionnait la commande de fermeture de l'écoutille. Le panneau lui sembla mettre un temps infini à reprendre sa place, et deux assaillants réussirent à s'y cramponner alors qu'il se relevait, pour le relâcher au dernier moment, impuissants à arrêter sa course. Des coups violents résonnèrent sur la coque, mais la navette ne risquait rien. Einar décolla en douceur, parcourut quelques dizaines de mètres au ras du sol avant de prendre très lentement de l'altitude, de manière à permettre à la dizaine d'hommes que les caméras extérieures lui montraient accrochés au train d'atterrissage et aux stabilisateurs de lâcher prise sans se blesser, puis s'éleva rapidement. Vlasco apparut à la porte du poste de pilotage.

« Quel merdier… soupira-t-il.

— Ce type est complètement taré ! Et vous dites que ce n'est pas la première affaire de ce genre ? Comment son père peut-il tolérer ça ?

— Il n'a jamais rien su lui refuser. Et dans l'état où se trouve maintenant Vargas, cela ne risque pas de changer !

— Et c'est lui le prochain Administrateur ? Cela ne vous inquiète pas ?

— Bien sûr que si ! Mais que pouvons-nous y faire ?

— Je ne sais pas, moi ! Vous révolter ? Imposer quelqu'un d'autre ? Il y a certainement pas mal de Directeurs plus dignes que lui de succéder à Vargas !

— Ce n'est pas si simple... intervint Morestin. Mais parlons plus doucement ! Nous l'avons transporté dans sa cabine ; il est toujours inconscient, mais s'il se réveillait et nous entendait... Non, ce n'est pas si simple.

— Pourquoi ça ?

— Parce que ce petit salopard n'est pas seulement l'ivrogne et l'obsédé sexuel que vous venez de voir ! C'est aussi un politique avisé, rusé et calculateur qui a su s'assurer le soutien de toute une fraction de l'appareil du Siège et surtout de la Garde. En clair, il est intouchable.

— Ça promet...

— Beaucoup se seraient sans doute frotté les mains si vous l'aviez abandonné à son sort, glissa Vlasco. Mais vous ne l'avez pas fait. Vargas devrait vous en être reconnaissant. »

Einar haussa les épaules.

« Je doute qu'il soit satisfait. Les deux gardes sont morts, et le secteur 4 est quasiment en révolte... Pas de quoi pavoiser. Et que va-t-il arriver à ceux qui se sont portés au secours de la fille ? »

Morestin secoua la tête.

« Une enquête aura lieu, je suppose... Mais ce n'est pas ça qui m'inquiète. C'est surtout pour vous que je me fais du souci, Dahl.

— Pour moi ? Je ne crois pas que Vargas puisse me reprocher quoi que ce soit. Après tout, j'ai quand même sauvé la vie de son fils !

— Ce n'est pas Vargas le problème. S'il est dans une de ses périodes de lucidité, il comprendra. Non, c'est d'Eleazar que je me méfie.

— L'argument est le même : je lui ai sauvé la mise.

— J'en suis bien conscient, rassurez-vous, répliqua Morestin. Mais je suis loin d'être certain que le Directeur partagera mon avis ! Je le connais suffisamment pour imaginer sa réaction. Pour lui, vous risquez fort d'être celui qui non seulement a d'abord été témoin de la plus grave humiliation qu'il ait subie jusqu'ici mais qui a aussi discuté ses ordres avant de l'assommer, l'empêchant ainsi de faire respecter son autorité…

— Il ne peut pas être stupide à ce point ! se défendit Einar. Et puis, vous avez tout vu, vous aussi. Vous pourrez lui expliquer, le convaincre…

— Si vous croyez qu'il nous écoutera, vous vous faites des illusions ! intervint Vlasco. Que pensez-vous que nous soyons pour lui ? Des intimes ? Des conseillers ? Vargas nous fait confiance, mais pour Eleazar nous ne sommes rien d'autre que des sous-fifres qu'il peut remplacer à sa guise !

— En tout cas, reprit Morestin, à votre place, je ferais profil bas dans les semaines qui viennent. Ce ne serait peut-être pas non plus une mauvaise idée de lui présenter des excuses à son réveil. Je ne suis pas certain que cela suffise, mais ça ne peut pas nuire.

— Des excuses ! Moi ?

— Je sais, je sais… C'est plutôt dur à avaler mais n'oubliez pas, dans peu de temps, il sera le maître d'Orosco. Réfléchissez-y, Dahl. »

Sur ces bonnes paroles, les deux hommes quittèrent le poste de pilotage, et Einar se retrouva seul, plongé dans ses pensées moroses. *Vlasco n'a pas tort,* se dit-il. *J'aurais dû le laisser là-bas. Tout Orosco m'en aurait été reconnaissant.* Mais il était trop tard pour regretter et, de toute manière, il savait bien qu'il n'aurait jamais fait une chose pareille. Et maintenant, il fallait en tirer les conséquences. Le conseil de Morestin était sage ; même si c'était dur à avaler, il allait devoir s'excuser, tenter d'amadouer ce jeune idiot. C'était cela ou mettre en danger la tranquillité qu'il savourait depuis son arrivée sur la planète, ce qu'il ne pouvait en aucun cas se permettre.

Perdu dans ses réflexions, il n'avait pas vu le temps passer et, tout à coup, les lumières de Palencia furent devant lui, perçant la nuit à travers les nuages déchiquetés. Le vent avait faibli. Il avertit ses passagers de l'arrivée imminente et atterrit en douceur. Il déclencha l'ouverture de l'écoutille et quitta le poste de pilotage pour se planter devant la cabine qu'Eleazar n'avait pas quittée de tout le voyage.

Morestin et Vlasco sortirent et s'engagèrent en hâte sur la rampe d'accès. Au passage, Morestin lui adressa un petit sourire hésitant. Vlasco garda les yeux baissés.

Enfin, Eleazar apparut à son tour, plus pâle que jamais, les yeux rougis. Il s'arrêta devant Einar et le fixa de son regard dépourvu d'expression.

« Directeur, commença le pilote, croyez bien que je suis désolé d'avoir dû lever la main sur vous. Mais vous étiez en grand danger et c'est le seul moyen de vous sauver qui m'est venu à l'esprit. Encore une fois, veuillez accepter mes excuses. »

Eleazar le dévisagea encore un moment.

« Êtes-vous stupide, Dahl ? dit-il enfin. Non, je ne crois pas que vous soyez stupide… Alors comment pouvez-vous imaginer un seul instant que vos pitoyables excuses puissent servir à quelque chose ? Vous vous êtes permis de discuter mes ordres en public. Vous avez refusé d'obéir lorsque je vous ai ordonné d'atterrir. Et surtout… »

Sa voix devint sifflante, laissant transparaître la rage qui l'habitait.

« Surtout, vous avez osé lever la main sur moi. Personne ne m'avait encore jamais touché – personne, même lorsque j'étais enfant, moi, le fils de l'Administrateur. Mais vous, vous m'avez frappé. Vous m'avez assommé. Et ça, vous allez le payer…

— Directeur ! Vous étiez en danger ! Vos gardes étaient morts et ces hommes allaient vous tuer, vous aussi ! Et vous refusiez de remonter dans la navette… Qu'aurais-je pu faire d'autre ?

— Finalement, vous êtes peut-être vraiment stupide, Dahl ! Croyez-vous que ces rustres du secteur 4 auraient pris le risque de molester un Directeur ? Le propre fils de l'Administrateur ?

Mais la question n'est pas là. Vous m'avez frappé, vous m'avez humilié, et pour ça, j'aurai votre peau, Dahl. Vous m'entendez ? Tôt ou tard, vous paierez. Vous êtes fini, mon vieux. Fini ! »

Sur ces mots, il franchit à son tour l'écoutille et disparut dans l'immensité du hangar. Einar resta figé sur place, consterné.

La voix de Tanaka retentit en bas de l'écoutille.

« Alors, Dahl, une traversée sans histoire ? »

Chapitre 2

« Viens, Lucy, viens ! Ils sont là ! Tu ne les entends pas ? Allez, viens, on va les regarder !

— Non, Pam, on risque de se faire prendre ! Madame Vitchovsky se méfie depuis la dernière fois. Je n'ai pas envie d'être encore punie ! Et puis, on va être en retard à l'atelier… »

Mais Lucy avait beau protester, elle laissa quand même Pamela l'entraîner entre les bâtiments du service de maintenance, vers la petite cour coincée entre deux hangars où le personnel d'entretien rangeait du matériel. Un mur bien plus haut que le plus grand des gardiens entourait entièrement l'école, sauf dans cette petite cour où un simple grillage barrait le passage, unique endroit d'où il était possible d'apercevoir le monde extérieur.

Un monde que Lucy n'avait jamais connu. Comme toutes ses compagnes, après avoir été recueillie par la Fondation Bledsoe-Dandridge et élevée dans les crèches jusqu'à la fin de sa quatrième année, elle était partie avec une grande femme blonde au regard glacial pour rejoindre cette école qui était maintenant son univers.

« Tu vois, ils sont bien là ! lui murmura Pam à l'oreille, tout excitée. Et ils sont encore plus nombreux que l'autre fois ! »

De l'autre côté du grillage, séparé de l'école par une bande de terre couverte de mauvaises herbes, s'étendait un vaste espace où de longues lignes blanches impeccablement droites formaient des figures incompréhensibles. Courant le long des lignes, sautant par-dessus en criant, une bonne vingtaine d'enfants se disputaient un ballon dans lequel ils tapaient à grands coups de pied. La plupart étaient plus jeunes que Lucy et Pamela, mais quelques-uns avaient une quinzaine d'années, comme elles.

« Qu'est-ce qu'ils font ? s'étonna Lucy.

— Ils jouent au *football*! répliqua Pamela. Ils n'ont le droit de toucher le ballon qu'avec les pieds ! »

Il ne vint pas un instant à l'idée de Lucy de mettre en doute les affirmations de sa compagne : Pam était amie avec plein de grandes qui connaissaient des tas de choses... Dissimulées dans l'ombre du hangar, serrées l'une contre l'autre, elles continuèrent à regarder les enfants s'amuser dans un concert de cris et d'éclats de rire. Lucy se désintéressa assez vite du jeu incompréhensible et laissa son regard errer au-delà du terrain couvert de lignes blanches.

Dépourvue de toute végétation, la plaine s'étendait jusqu'au fleuve dont la surface luisante se laissait entrevoir par endroits. De l'autre côté de l'eau, de rares arbres au port très étalé surgissaient au milieu de hautes herbes desséchées par le soleil. Plus loin encore, presque invisibles dans la brume de chaleur, s'élevaient les montagnes, silhouettes indistinctes aux couleurs adoucies.

Les *arbres*. Les *montagnes*. Lucy savait qu'ils existaient, comme tant d'autres choses qu'elle n'avait jamais vues que de très loin ou sur les écrans des salles de classe.

La première fois, lorsque Pamela avait découvert le passage menant à la petite cour, elle n'avait pas eu le temps de contempler le paysage avant que madame Vitchovsky ne les surprenne et ne les ramène à la prison. Elles y avaient passé une semaine en cellule d'isolement et, lorsqu'elles étaient enfin sorties, de longs jours s'étaient encore écoulés avant que les deux filles parviennent à échapper à la surveillance constante des gardiennes et se faufilent à nouveau dans la zone interdite.

Un fracas soudain la tira de sa contemplation. Un objet venait de heurter violemment le grillage avant de rouler sur le sol et de s'immobiliser en bas de la barrière. Le ballon.

« On ferait mieux de partir... » dit-elle en tirant Pamela par le bras, mais il était déjà trop tard. Trois enfants arrivaient en courant. Une fille aux cheveux blonds ébouriffés se saisit du ballon et repartit en courant, suivie d'un des garçons. Le troisième se détournait pour les suivre quand son regard croisa celui de Lucy.

« Oh ! » dit-il à mi-voix en les dévisageant, les yeux écarquillés. Puis sa bouche s'étira en un large sourire. « Eh ! brailla-t-il. Venez voir ça ! »

La fille et l'autre garçon rebroussèrent chemin.

« Regardez ! Deux petits monstres ! »

À grands cris, ils rameutèrent les autres puis, quand ils furent tous rassemblés, le silence s'installa.

« On ferait peut-être mieux de rentrer, dit nerveusement un des plus jeunes. Elles sont sans doute dangereuses. C'est ce que dit mon père : même tout petits, les *alter* sont dangereux... »

Quelques-uns amorcèrent un mouvement de repli, mais la blonde qui avait récupéré le ballon ne paraissait pas disposée à battre en retraite.

« Regardez-les ! Elles crèvent de trouille ! Et puis, si elles pouvaient nous faire du mal, elles auraient déjà essayé, non ?

— Ouais, t'as raison, Kate. On risque rien, elles sont pas assez vieilles, dit le garçon qui les avait repérées. Monsieur DuTertre dit qu'avant dix-huit ans, les *alter* sont exactement comme nous.

— Comme nous ? ricana Kate. Tu les as bien regardées, les noiraudes ? Elles sont petites, elles sont moches, et elles crèvent de trouille !

— D'abord, qu'est-ce qu'elles font là, à nous espionner ? renchérit une autre fille. On a qu'à les dénoncer, ça leur fera les pieds !

— Les dénoncer ? Tu rigoles, Sue ! répliqua un garçon. À tous les coups, c'est nous qui nous ferons engueuler ! Non, il y a bien mieux à faire ! À mon avis, d'abord, elles n'ont pas le droit de venir là, sinon on les aurait déjà vues, celles-là ou bien d'autres. Donc, personne ne sait qu'elles sont ici.

— Eh, les monstres ! reprit la blonde. C'est vrai ce qu'il dit, Jord', que vous n'avez pas le droit d'être là ? »

Lucy sentit tout à coup sa vue se brouiller. Du moins, ce fut ainsi qu'elle interpréta l'espèce de nuage sombre qui lui parut soudain surmonter les enfants massés de l'autre côté du grillage. Un nuage lourd d'hostilité, de peur et de haine, qu'elle fixait horrifiée comme un petit animal acculé.

« On ne fait rien de mal ! » répondit Pamela d'une toute petite voix. Lucy sentait qu'elle avait peur, elle aussi, mais savait également qu'elle ne voyait pas le nuage menaçant qui la terrifiait.

« On ne fait rien de mal, répéta son amie. On voulait juste vous regarder jouer !

— C'est ça, nous regarder ! intervint un gros garçon rougeaud. Tout à l'heure, je suis tombé, j'ai pas compris pourquoi : il n'y avait rien par terre et personne à côté qui aurait pu me pousser. Je suis sûr que c'est elles ! C'est bien des trucs comme ça qu'elles font, non ?

— Moi, j'ai reçu un coup sur la tête, enchaîna un autre. Et pareil, personne à côté ! C'est leur faute, c'est sûr ! »

Kate hésita un instant. En d'autres circonstances, elle se serait impitoyablement moquée de ces deux benêts, certaine de mettre les rieurs de son côté, mais l'occasion était trop belle. Lucy sentit le nuage s'obscurcir encore.

« Ça se pourrait bien… dit-elle. Ces petites saletés en sont capables !

— Dis, Kate, intervint un autre garçon, on va quand même pas les laisser s'en tirer comme ça ! »

Un chœur d'approbations s'éleva. Celle que Kate avait appelée Sue reprit la parole.

« Mon père, il dit toujours que les seuls bons *alter,* c'est les *alter* morts ! Il m'a dit de pas le répéter, parce que monsieur Fielding veut pas entendre des choses comme ça, mais c'est ce qu'il dit, et moi je crois qu'il a raison ! »

Le nuage recouvrait tout maintenant, et les pensées de haine et de mort tourbillonnaient dans l'esprit de Lucy, la clouant sur place, impuissante. Les voix mauvaises lui parvenaient à peine, assourdies, lourdes cependant de menaces.

« À mort ! À mort, les petits monstres ! »

Un caillou la frappa à la jambe. La douleur la réveilla brusquement : elle saisit Pamela par le bras et l'entraînait vers la sécurité de l'école quand son amie s'écroula. Horrifiée, Lucy entrevit son visage ensanglanté avant de recevoir à son tour une lourde pierre en pleine poitrine. Le souffle coupé, à demi-inconsciente, elle se laissa tomber sur le sol tandis qu'une pluie de projectiles continuait de s'abattre, accompagnée des cris d'allégresse de leurs bourreaux. La tête entre les bras, elle s'efforçait de se protéger de son mieux. Une autre pierre l'atteignit dans le cou, puis une autre…

« Qu'est-ce qui se passe ici ? »

Lucy n'aurait jamais pensé se réjouir d'entendre la voix tonitruante de madame Vitchovsky, mais cette fois, elle lui parut le son le plus doux qu'elle avait jamais entendu.

« Cessez immédiatement ! Vous savez ce qui se passera si jamais ces deux-là meurent ou ne peuvent pas se développer normalement ? Vous croyez que vos parents seront contents de devoir indemniser le consortium ? Filez, et priez pour qu'elles n'aient rien, sinon je saurai où vous trouver ! Allez ! Rentrez chez vous ! »

Les enfants ne se le firent pas dire deux fois. Lucy perçut un bruit de galopade s'éloignant rapidement. La voix sèche de madame Vitchovsky s'éleva de nouveau.

« Ça suffit, maintenant. Levez-vous, toutes les deux. Ah, Pamela et Lucy, naturellement ! Ça ne vous a donc pas suffi, la dernière fois ? Regardez dans quel état vous êtes !

— On ne leur avait rien fait, dit Pam en sanglotant. On voulait juste les regarder jouer et ils nous ont jeté des pierres ! Ils nous ont traitées de… de monstres ! »

La voix de la gardienne était toujours aussi dépourvue de compassion quand elle répondit.

« Et que croyez-vous donc être ? Ce sont des enfants normaux, eux. Ils ont eu peur de vous. C'est entièrement votre faute ! Et d'abord, nous n'aviez rien à faire ici. Vous allez retourner en cellule toutes les deux et, cette fois, ce ne sera pas pour une semaine, faites-moi confiance ! »

***

Dans l'obscurité du minuscule cachot, Lucy laissa enfin couler les larmes qu'elle retenait depuis leur passage à l'infirmerie en compagnie de madame Vitchovsky. L'infirmière, une petite femme brune et sèche, ne leur avait pas témoigné davantage de compassion que la gardienne. En fait, elle les avait nettoyées et pansées sans quasiment ouvrir la bouche. Ensuite, madame Vitchovsky les avait entraînées dans le bureau du gardien-chef, monsieur Kendall. Celui-ci, un grand homme maigre et presque entièrement chauve, avait écouté le rapport de la gardienne sans l'interrompre, ses yeux dépourvus d'expression rivés sur les deux fillettes terrorisées. Monsieur Kendall paraissait rarement en public mais n'en était que plus redouté. Des tas de bruits circulaient sur son compte, tous plus sinistres les uns que les autres, et Pam avait raconté à Lucy que d'après les grandes, il n'y avait rien de pire que d'être convoquée dans son bureau. Pamela n'en savait pas plus, mais le seul fait de se trouver en sa présence, sous le poids de son regard atone, suffit à leur ôter le peu de courage qui leur restait encore.

« Pour avoir pénétré dans une partie de l'école qui vous est interdite, avait-il dit d'une voix douce et monocorde, vous méritez déjà une punition exemplaire. Dans la mesure où il s'agit d'une récidive, la sanction sera naturellement alourdie. Pour avoir provoqué des enfants normaux et par là même pris le risque d'endommager le patrimoine du consortium Bledsoe-Dandridge à qui vous devez tout, votre punition sera doublée. Par ailleurs, madame Vitchovsky semblant penser que vous vous encouragez l'une l'autre dans une forme d'indiscipline inacceptable, vous serez désormais séparées. Lucy Summer restera ici tandis que Pamela Summer sera envoyée dans une autre section à l'issue de sa peine. Madame Vitchovsky, elles sont à vous ! »

Et dans sa cellule, perdue dans la nuit et la solitude, Lucy pleurait sans pouvoir s'en empêcher, pleurait sur la méchanceté et l'injustice incompréhensibles du monde, sur un avenir qu'elle savait implacable, pleurait surtout son amie Pamela qu'elle avait serrée dans ses bras une dernière fois avant que la gardienne ne les sépare sans douceur et qu'elle ne reverrait jamais, elle en avait la certitude.

Avant de les amener à la prison, madame Vitchovsky les avait accompagnées dans le dortoir pour prendre leurs affaires de toilette et des vêtements de rechange. Profitant d'un moment d'inattention de la gardienne, Lucy avait glissé dans le sac son bien le plus précieux : une petite poupée de chiffon qu'elle avait baptisée Billie – un cadeau de Pamela, qui se l'était procurée auprès d'une grande et la lui avait offerte quelques mois plus tôt. Lucy avait rapidement pris l'habitude de parler à Billie, ou plutôt – mais pour elle cela ne faisait pas de différence – de lui envoyer ses pensées quand quelque chose la préoccupait, puisant dans les réponses qu'elle formulait elle-même un réconfort certain.

Toutefois, depuis quelque temps, Billie se comportait bizarrement. C'était sans doute idiot, mais Lucy avait l'impression qu'elle essayait de lui parler *pour de vrai*. La fillette n'aimait pas trop cette sensation de pensées étrangères cherchant à se glisser dans son esprit, et cela faisait plusieurs jours qu'elle n'avait pas sorti la petite poupée de sa cachette. Mais ce soir, elle avait trop besoin de consolation. Serrant la petite figurine de chiffon contre sa poitrine, éperdue de chagrin et d'angoisse, elle laissa son esprit s'ouvrir.

<Anya ? Anya ? Tu m'entends ?>

C'était la même voix que les fois précédentes, si faible qu'elle lui parvenait à peine, mais néanmoins parfaitement reconnaissable.

<Anya ? Anya ? répétait la voix sans se lasser. Réponds-moi ! Parle-moi !>

Comme toutes les filles de l'école, Lucy savait que celles qui entendaient des voix dans leur tête ne tardaient pas à disparaître. Un jour, une gardienne venait les chercher, les emmenait dans le bureau de monsieur Kendall, dont elles ne ressortaient que pour passer les Tests, et quand elles revenaient, elles étaient différentes. Elles ne reconnaissaient plus leurs amies, semblaient perdues, souffrantes… Puis elles disparaissaient pour de bon. Un jour, quand elle atteindrait sa dix-huitième année, elle aussi devrait passer les Tests, comme toutes les autres, mais à quinze ans, elle était encore bien trop jeune pour cela et n'allait certainement pas laisser les voix qu'elle imaginait dans sa tête hâter cette échéance tant redoutée.

<*Anya ? Anya ? Tu es encore là, je le sens ! Réponds-moi, ma chérie ! Je t'en prie !*>

Les autres soirs, elle avait aussitôt fermé son esprit et la voix s'était tue, mais Lucy se sentait si seule et désemparée que la voix, pour dangereuse qu'elle fût, lui paraissait étrangement réconfortante.

<*Je ne suis pas Anya,* répondit-elle presque machinalement. *Je suis Lucy.* >

<*Tu m'entends ! Tu m'entends vraiment, Anya ?*> La voix résonnait bruyamment dans sa tête. <*Je suis si heureuse ! Parle-moi, Anya ! Parle-moi !*>

<*Je ne suis pas Anya,* répéta la fillette. *Vous devez vous tromper. Je suis Lucy, et je ne connais personne qui se nomme Anya…* >

<*Bien sûr que tu es Anya !*> *répliqua la voix avec une conviction tranquille.* <*Ils t'ont appelée Lucy, mais ton vrai nom est bien Anya. C'est celui que ta mère voulait que tu portes, avant…* >

Elle s'interrompit brusquement, et la fillette sentit son émotion, sa douleur.

<*Ma mère ? Ma mère a été exécutée juste après ma naissance, sur un monde très loin d'ici ! C'était une criminelle ! Heureusement, le consortium m'a recueillie, comme toutes les autres.* >

< *C'est ce qu'ils veulent vous faire croire ! La réalité est hélas bien différente… Mais toi, Anya, contrairement à tes amies, tu as vraiment eu une mère. Et ce n'était certainement pas une criminelle !*>

Lucy s'apprêtait à protester encore, mais la force de conviction de la voix dans son esprit était trop grande.

< *Vous avez connu ma mère ?*> demanda-t-elle plutôt.

< *Oh oui!* > Il lui sembla percevoir un sanglot étouffé. < *Personne ne pouvait la connaître mieux que moi. C'était ma fille, Anya! Loundja, ma propre fille!* >

< *Mais alors…* >

< *Je suis ta grand-mère, Anya. Je m'appelle Hannou, et ton grand-père est avec moi. Lui s'appelle Makoud. Cela fait si longtemps que nous essayons d'entrer en contact avec toi! Nous savions bien qu'un jour, tu serais capable de nous entendre, bien plus tôt que ceux de la Fondation ne le croient!* >

Lucy se sentait complètement perdue. Rien de tout cela ne pouvait être vrai. Pourtant, la voix de la femme portait une conviction inébranlable, et sa joie à lui parler n'était pas feinte, elle en était certaine.

< *Je… Je ne sais plus…* >, dit-elle misérablement, sentant ses larmes revenir.

< *J'ai tellement de choses à t'expliquer, ma chérie! Mais la première fois, il ne faut pas durer trop longtemps, c'est épuisant, même si tu ne t'en rends pas compte, et cela peut être dangereux. Repose-toi, maintenant. Nous reparlerons demain. Il te suffit d'ouvrir ton esprit, comme quand tu parles à Billie, et je serai de nouveau avec toi.* >

La voix s'affaiblissait rapidement dans sa tête. Lucy sentit sa concentration se relâcher et une immense fatigue l'envahir. Elle se laissa aller sur l'étroite couchette, luttant contre le sommeil qui menaçait de la submerger.

Anya, pensa-t-elle encore. *Je suis Anya. Pas Lucy. Anya…*

Chapitre 3

Ce fut seulement trois jours plus tard qu'Einar reçut la convocation qu'il attendait et redoutait à la fois. Cette fois encore, ce fut Biasco qui lui délivra la nouvelle dans le vestiaire avant même qu'il ait eu le temps d'ôter son vêtement de pluie.

« Vous devrez vous présenter au bureau du secrétaire Casal à dix heures précises, Dahl. Son Excellence désire vous voir. Surtout, soyez ponctuel ! »

Le petit homme ne cachait pas sa satisfaction, mais Einar s'y attendait.

Pendant ces trois jours, les choses avaient bien changé. Le soir même du retour, lorsqu'il était allé prendre son repas au réfectoire du personnel de niveau 1, tout s'était d'abord déroulé comme d'habitude. À cette heure tardive, il ne restait plus grand monde et, en tout cas, personne qu'il connaisse suffisamment pour s'inviter à sa table. Il avait mangé machinalement, perdu dans ses pensées moroses, sans même remarquer ceux qui l'entouraient et parlaient tranquillement entre eux. Il lui avait encore fallu de longues minutes avant de remarquer le silence qui s'était abattu sur la salle. C'est en en prenant conscience qu'il avait également constaté la présence d'un membre de la Garde glissant quelques paroles à l'oreille d'un des convives avant de recommencer son manège auprès d'un autre.

L'homme à qui le garde venait de parler s'était levé brusquement, lançant un regard furtif en direction d'Einar et détournant les yeux comme s'il craignait par-dessus tout d'attirer son attention, avant de quitter la salle à grands pas. Machinalement, le pilote avait remarqué qu'il avait à peine entamé son repas. Presque aussitôt, l'autre homme à qui le garde finissait de parler l'avait imité. Quand Einar était arrivé, une bonne quinzaine de personnes étaient attablées. En quelques minutes, il s'était retrouvé seul, le garde quittant la pièce en dernier avec un bref regard qui en disait long.

Et voilà, s'était-il dit. *Maintenant, ils savent...*

Einar s'était pourtant forcé à finir son repas. *Surtout, ne pas avoir l'air coupable...* Ensuite, il avait erré un moment dans les couloirs, hésitant à rejoindre Mateo dans le bar où celui-ci l'avait invité pour fêter sa promotion. *Lui, au moins, il comprendra...* Mais les quelques employés qui passaient avaient tous fait demi-tour en l'apercevant. *Je risque de le mettre dans l'embarras, lui aussi...* En désespoir de cause, il était rentré dans ses quartiers.

Des coups insistants frappés à sa porte l'avaient tiré d'un mauvais sommeil. Lorsqu'il avait entrouvert la porte, Mateo avait aussitôt poussé le battant, le bousculant pour entrer et refermant en vitesse derrière lui.

« C'est vrai, ce qu'on raconte ? » avait-il attaqué avant même qu'Einar ait eu le temps de réagir. « Tu as réellement cassé la figure à Eleazar ?

— Alors c'est comme ça qu'il présente les choses... Au fond, après ce qu'il m'a dit, ça ne m'étonne pas. Le salopard !

— Ça, ce n'est pas vraiment nouveau, avait ricané le lieutenant. Rassure-toi, personne ou presque ne croit sa version. C'est justement pour ça que je voudrais entendre la tienne ! »

— Je ne lui ai certainement pas cassé la figure, s'était indigné Einar. Au contraire, je lui ai probablement sauvé la vie, à cet idiot ! »

Il avait alors raconté à son ami tout ce qui s'était passé au secteur 4, depuis la manière dont Eleazar s'en était pris à Rosanna jusqu'à l'attaque de la navette qui ne lui avait pas laissé d'autre choix que d'assommer le Directeur afin de l'évacuer sain et sauf.

« Seulement, ce petit imbécile est persuadé qu'il aurait pu calmer les gars du secteur 4 et reprendre le contrôle de la situation. Et donc que je l'ai frappé pour rien...

— Nul n'ignore que ce garçon a une très haute idée de lui-même, avait repris Mateo, mais après la mort des deux gardes, c'est plutôt difficile à croire, même de sa part. Non, je suis convaincu qu'il sait parfaitement que tu lui as sauvé la vie, simplement, pas question pour lui de l'admettre.

— Mais pourquoi ? Et pourquoi s'en prendre à moi de cette manière ? »

Mateo avait réfléchi quelques instants avant de répondre.

« Jusqu'à présent, tout le monde – des autres Directeurs au personnel du Siège, en passant par les responsables de secteur – a toujours considéré Eleazar comme un enfant gâté, le fils unique de Vargas qui ne sait rien lui refuser. C'est vrai, naturellement, mais depuis quelques années, le sale gosse a changé. D'abord, il est beaucoup plus intelligent qu'il ne le laisse paraître... Il a vite compris que son père n'en avait plus pour longtemps et il place ses pions afin d'éviter de faire les frais d'une crise de succession. Car les autres Directeurs le détestent cordialement et seraient prêts à imposer un des leurs, avec la bénédiction de la population de Palencia, d'ailleurs !

— D'accord, mais quel rapport avec moi ?

— Tu vas comprendre dans un instant, mon ami. À ton avis, où se situe le véritable pouvoir sur Orosco ? »

Les sourcils froncés, Einar s'était efforcé de deviner où Mateo voulait en venir.

« L'Administrateur est le maître d'Orosco... La Garde ? C'est ce que tu veux dire ? Parce qu'elle possède le seul armement digne de ce nom sur la planète ?

— Tout juste ! Eleazar en est conscient et a entrepris de faire de la Garde l'instrument de son ascension. La démission du commandant Bello n'a rien à voir avec des raisons de santé comme cela a été dit. En réalité, cela faisait des mois qu'Eleazar saisissait toutes les occasions de le dénigrer auprès de son père, et il vient enfin d'obtenir gain de cause. Bello était trop fidèle à Vargas pour son goût... Et il a réussi à imposer Ortiz pour lui succéder, un de ses fidèles – et compagnon de beuverie, soit dit en passant. Roblès fait aussi partie de la clique, ainsi d'ailleurs que la plupart des autres officiers et la grande majorité des gardes. »

Einar avait voulu l'interrompre, mais Mateo avait levé la main pour l'empêcher de parler.

« Oui, je sais, et toi là-dedans ? En réalité, c'est assez simple. Eleazar a le soutien de la Garde, mais beaucoup s'interrogent sur ses capacités à commander, et il le sait très bien. Tu viens juste de lui fournir l'occasion rêvée de montrer sa fermeté. Un, tu l'as humilié deux fois, d'abord en l'empêchant d'apaiser les pauvres types du secteur 4 et ensuite en le frappant. Deux, tu es un étranger, pas encore vraiment admis comme un égal. Dieu sait d'où tu viens et ce que tu peux bien fuir – voilà la rumeur qui va circuler dans les jours qui viennent. Personne ne te plaindra vraiment quand sa *justice* s'abattra sur toi !

— Je vois. Pas très brillant, tout ça…

— Désolé, mais il vaut mieux que tu saches à quoi t'attendre. Cela dit, je ne crois pas que tu risques grand-chose pour le moment. Je peux me tromper, bien sûr, mais je ne pense pas qu'Eleazar s'en prendra ouvertement à toi tant que Vargas est vivant. Par contre, à ta place, je surveillerais mes arrières…

— Espérons que tu ne te trompes pas ! Qui peut savoir comment va réagir l'Administrateur ? Eleazar peut très bien l'avoir persuadé que sa version est la bonne !

— Peu probable. Vargas va aussi questionner Vlasco et Morestin, et ces deux-là n'ont aucune raison de mentir. »

Mateo s'était levé.

« Je vais partir, maintenant. Jusqu'à ce que Vargas t'ait convoqué, attends-toi à être traité comme un pestiféré. Eleazar a fait passer le mot par ses plus chauds partisans… Si nous nous rencontrons en public, ne t'offusque pas que je fasse semblant de ne même pas te connaître ! De ton côté, ne fais pas de vagues et, surtout, sois vigilant ! »

Le jeune officier ne s'était pas trompé. Les deux jours suivants, Einar aurait aussi bien pu être un fantôme errant invisible dans le Siège. Même ceux avec qui il avait commencé à établir des relations plus cordiales l'avaient traité froidement, davantage même que les autres ; les deux ou trois jeunes femmes qui lui témoignaient de l'intérêt ainsi que Tanaka, qui l'avait informé sèchement que *pour des raisons réglementaires*, il ne lui serait plus possible de participer à l'entretien du matériel, évitant par là même d'avoir encore à lui adresser la parole. Si l'attitude des jeunes femmes avait chagriné Einar, celle du chef mécanicien l'avait particulièrement déçu. Il l'aimait bien et l'avait imaginé suffisamment courageux pour ne pas participer à l'ostracisme généralisé dont il était victime. Peur d'éventuelles représailles ou conséquence des rumeurs qu'Eleazar faisait circuler sur son compte ?

Cinq minutes avant dix heures, Einar se présenta dans les bureaux de Casal. La douzaine d'employés présents le laissèrent patienter dans l'antichambre sans faire mine de remarquer sa présence. Personne ne l'ayant invité à s'asseoir, il resta debout. La grande brune qui semblait diriger les opérations allait et venait, disparaissant de temps à autre par la grande porte ouverte au fond de la pièce. Après de longues minutes, elle s'approcha enfin de lui.

« Le secrétaire va vous recevoir. Suivez-moi. »

Casal trônait derrière un immense bureau couvert de dossiers. Le mobilier, quoique parfaitement entretenu, n'avait rien de luxueux : le maître des lieux désirait surtout projeter une image d'efficience. Le petit homme au visage anguleux leva brièvement les yeux, hocha la tête et reporta son attention sur les papiers étalés devant lui. Il en rassembla quelques-uns et les tendit à la femme.

« Occupez-vous de ça, Clara, voulez-vous ? Et maintenant, laissez-nous. »

Celle-ci disparut sans mot dire, refermant la porte derrière elle. Casal se carra dans son fauteuil et considéra Einar d'un air pensif.

« Une histoire bien ennuyeuse, dit-il enfin. Nous n'avions vraiment pas besoin de ça en ce moment… Je sais, poursuivit-il en levant la main pour interrompre Einar qui s'apprêtait à protester, vous n'y êtes pour rien, Dahl, et très sincèrement, j'espère que cela va s'arranger. Cela ne dépend toutefois pas de moi, mais de l'Administrateur, qui va vous recevoir dans quelques instants. J'ai cependant tenu à vous voir avant afin de vous poser une question. J'imagine que vous n'êtes pas sans savoir que nous sommes en ce moment dans une situation assez délicate ?

— La santé de l'Administrateur ?

— En effet, mais pas seulement. Avant de vous laisser le voir, je veux que vous ayez conscience de deux éléments. Le premier, c'est effectivement la santé de monsieur Vargas, qui est plus que préoccupante. La seconde est son attachement pour son fils.

— Je ne comprends pas…

— Vargas est si fragile qu'il faut impérativement lui éviter toute émotion violente. La mise en cause trop directe du comportement d'Eleazar risquerait précisément de déclencher le genre de réaction qu'il convient à tout prix d'éviter. Me suis-je bien fait comprendre ? Non ? Dans ce cas, donnez-vous la peine de réfléchir aux conséquences qu'entraînerait la mort brutale et prématurée de l'Administrateur. Les conséquences pour Orosco, bien sûr, mais surtout pour vous-même.

— La survie de Vargas est ma meilleure garantie, si je vous suis bien. »

Casal surprit alors Einar en soupirant d'un air las.

« Ne croyez surtout pas que ce qui se passe en ce moment et surtout tout ce qui se prépare dans l'ombre me plaise. Mais, à part conserver Vargas en vie le plus longtemps possible, je ne peux rien faire. Puis-je au moins compter sur vous pour cela ? »

Einar réfléchit rapidement. Casal semblait sincère, et de toute manière, il était déjà arrivé à peu près à la même conclusion.

« Vous avez ma parole, monsieur le secrétaire.

— Bien. »

Il se leva et indiqua à Einar une petite porte discrète au fond de son bureau.

« Venez, Dahl. Son Excellence va vous recevoir. »

La petite porte donnait directement sur les appartements personnels de l'Administrateur. Casal entraîna rapidement

Einar à travers une enfilade de pièces désertes, bien plus richement meublées qu'on ne pouvait s'y attendre sur un monde aussi reculé, puis s'arrêta devant une double porte de bois exquisément travaillée. Il se tourna vers Einar.

« Dans son état, Son Excellence ne reçoit plus dans son bureau, mais dans un des salons de la résidence. Surtout, veillez à ne pas le fatiguer ! »

Sans plus attendre, il ouvrit un des battants et annonça à haute voix : « Le pilote est là, Votre Excellence. »

Sans attendre de réponse, il fit signe à Einar d'avancer et s'éloigna rapidement.

« Entrez, Dahl, entrez ! »

C'était la voix rauque et faible à la fois de Vargas. Einar entra dans la pièce, tout aussi richement meublée que celles qu'il venait de traverser. À demi allongé sur une méridienne, l'Administrateur leva la main pour l'encourager à s'approcher.

« Venez, Dahl, venez ! Et asseyez-vous ! »

Einar s'attendait à un accueil plutôt frais, mais le vieil homme avait l'air content de le voir. Il s'efforça de ne pas le dévisager trop ouvertement, mais ne parvint pas totalement à cacher sa consternation car Vargas laissa échapper un petit rire.

« L'âge, Dahl, l'âge tout simplement. L'usure des années... »

Lorsque Einar l'avait rencontré pour la première fois sur le vaisseau du consortium, l'Administrateur lui avait déjà paru bien vieux, mais par rapport à l'homme qu'il avait sous les yeux, Vargas était alors en pleine forme.

« Votre Excellence...

— Ne vous fatiguez pas Dahl. Je suis las d'entendre tous ceux qui m'entourent m'assurer que j'ai une mine superbe ! Ayez l'obligeance de m'épargner cela... D'ailleurs, vous vous en doutez, ce n'est pas pour cette raison que je vous ai fait venir. Vlasco et Morestin m'ont tout expliqué.

— Dans ces conditions, Votre Excellence, je ne vois pas ce que je pourrais ajouter.

— Avez-vous des enfants, Dahl ? »

Si le changement brusque de sujet surprit Einar, il s'efforça de ne rien en laisser paraître.

« Je ne suis même pas marié, Votre Excellence ! »

Vargas eut encore un de ses petits rires.

« Ce n'est pas forcément un obstacle ! Les enfants... » Il médita un instant avant de reprendre d'une voix un peu plus basse. « On les désire, on les aime... Au début ! Puis ils grandissent, vous échappent, se rebellent, et pourtant, vous continuez à les aimer. Quoi qu'ils fassent, vous continuez à les aimer... Vous savez, Dahl, je connais tout des faiblesses d'Eleazar. Mais c'est mon fils. Mon unique fils. L'enfant de la femme la plus magnifique que j'ai jamais connue...

» Je n'ignore pas la façon dont il se comporte avec les femmes. Je sais également qu'il s'enivre régulièrement, la plupart du temps en mauvaise compagnie. Les récits de Vlasco et surtout Morestin ne m'ont pas surpris outre mesure, même si c'était la première fois qu'il allait si loin – du moins en public... Et j'ai bien compris que si vous n'aviez pas réagi comme vous l'avez fait, Orosco célébrerait en ce moment même un deuil officiel. Pour lui avoir sauvé la vie, Dahl, vous avez toute ma gratitude. »

Einar faillit intervenir pour plaider sa cause, mais au lieu de cela, il posa à l'Administrateur une question qui le tracassait depuis son retour du secteur 4.

« Ces hommes... Ceux qui sont venus au secours de cette fille. Que va-t-il leur arriver ? »

Vargas lui lança un regard inquisiteur.

« Vous êtes un brave homme, Dahl, vous vous faites du souci pour eux... Rassurez-vous, ils ne risquent plus rien. J'ai convoqué Slansky hier et tout est arrangé. Officiellement, il ne s'est rien passé. Mais parlons plutôt de vous ! »

Nous y voilà, pensa Einar.

« Vous êtes de loin le meilleur pilote que j'ai jamais vu, Dahl. C'est même certainement du gaspillage de vous faire piloter ces malheureuses navettes, mais vous avez certainement vos raisons pour être venu vous réfugier ici, et loin de moi l'idée de vous en demander davantage. Je suis très heureux de vous avoir avec nous, mais il se trouve que j'ai un gros problème.

— Votre fils ?

— À peine débarqué l'autre soir, il est venu me voir pour réclamer votre tête. Naturellement, je lui ai répondu que je devais d'abord en savoir davantage, et il est parti furieux. Depuis, comme je viens de vous le dire, je me suis fait mon opinion et lui ai dit qu'il devrait plutôt vous remercier. Évidemment, il ne m'a pas écouté ! Depuis la mort de sa mère, je n'ai jamais su m'y prendre avec lui…

— Vous pouvez certainement tout de même faire quelque chose !

— Nous sommes arrivés à un compromis, reprit Vargas. J'ai réussi à lui faire abandonner cette idée ridicule d'exécution mais, pour le reste, Eleazar a été inflexible. Selon lui, vous ne pouvez plus rester au service du Siège. Votre seule présence, affirme-t-il, est une insulte à son honneur.

— Et qu'avez-vous décidé ?

— Il n'a pas totalement tort. Si je vous garde comme pilote, vous vous retrouverez fatalement face à face, ce qu'il est je crois dans votre intérêt d'éviter dans la mesure du possible, d'autant que je ne serai pas toujours là pour lui conseiller la modération. Désolé, Dahl, mais je vais devoir vous renvoyer. »

Einar sentit quelque chose se briser à l'intérieur de lui. Dire qu'il avait cru trouver un havre de paix sur cette petite planète perdue ! Et par la faute de cette crapule d'Eleazar, tout avait basculé en un instant.

« Ne faites pas cette tête-là, mon ami ! reprit Vargas. Je n'ai pas l'intention de vous abandonner pour autant ! D'abord, vous ne partirez pas les mains vides, je puis vous l'assurer. Ensuite, avec vos qualifications, vous n'aurez aucun mal à trouver un autre emploi. N'oubliez pas que chaque Directeur possède ses propres navettes, et bien entendu, je vous donnerai les meilleures recommandations. Sans parler des conversations que je pourrais avoir avec les uns et les autres à ce sujet. Je serais vous, je ne m'inquiéterais pas trop… »

Einar débattit un instant, ne sachant trop s'il devait s'emporter contre l'injustice de son renvoi ou remercier l'Administrateur pour les efforts qu'il se disait prêt à accomplir en sa faveur. Pour finir, le bon sens l'emporta. Qu'il l'apprécie ou non, son sort était lié à celui de Vargas, non seulement en raison de son aide, mais surtout parce que son maintien en vie était sa meilleure assurance contre la vindicte d'Eleazar.

Vargas ne semblait plus avoir rien à dire. Il reposait contre le dossier de la méridienne, les yeux mi-clos. Einar se leva.

« Je vous remercie, Votre Excellence, dit-il avec douceur. Je vous remercie vraiment. »

Chapitre 4

Les journées en prison ne différaient guère des autres. Les élèves punies ne restaient pas sans rien faire dans leurs cellules mais assistaient aux mêmes cours, accomplissaient les mêmes corvées, travaillaient dans les ateliers comme toutes leurs camarades. Avec cependant une différence de taille : la solitude. En classe comme dans les ateliers et pendant le repas de midi, elles restaient à part, sous la surveillance directe des gardiennes ou des maîtres, à l'écart des autres filles qui, de peur de se faire punir à leur tour, s'appliquaient à les ignorer de leur mieux. Elles accomplissaient également leurs corvées seules, sous l'autorité d'une gardienne encore plus tatillonne et exigeante qu'à l'ordinaire. Le soir venu, elles regagnaient leur cellule après avoir récupéré leur maigre repas aux cuisines. Elles y demeuraient enfermées jusqu'au matin, et les gardiennes les réveillaient tôt pour qu'elles aient le temps de nettoyer leurs cellules, faire leur toilette et laver leur vaisselle. Et les journées se succédaient, identiques, dans la solitude et le silence.

Lucy avait d'abord espéré qu'on les laisserait ensemble en leur interdisant simplement toute communication mais, lorsqu'au matin la gardienne l'emmena dans une classe où elle ne connaissait personne autrement que de vue, Pamela resta invisible.

Lucy ne se sentait pas très bien. Ses blessures la faisaient encore souffrir, l'absence de son amie lui pesait, le souvenir de la haine qu'elle avait sentie de la part des enfants normaux lui rongeait l'esprit comme un acide et, surtout, elle se sentait épuisée. Jamais encore elle n'avait éprouvé une telle fatigue.

La femme l'avait pourtant prévenue. La femme. *Hannou.* Elle avait dit s'appeler Hannou. Sa grand-mère…

Toute la journée, Lucy avait évité de penser à ce qu'elle lui avait dit. Par moments, elle réussissait presque à se persuader qu'elle avait rêvé cette conversation, que c'était Billie qui avait tout inventé. Mais elle savait pertinemment que la petite poupée n'y était pour rien. Elle n'avait rien imaginé. Hannou était bien réelle, et même si Lucy ne comprenait pas trop comment elle avait pu lui parler mentalement, elle savait qu'elle reviendrait bientôt et lui apprendrait de nouvelles choses extraordinaires.

La jeune fille se sentait cruellement indécise. Sans le concevoir clairement, elle savait que son univers était en train de basculer. Une part d'elle-même souhaitait que son interlocutrice ne refasse plus jamais irruption dans son esprit et qu'elle la laisse revenir à sa petite vie habituelle, certes monotone, dépourvue de joie et lourde d'angoisse pour l'avenir, mais qui était tout ce qu'elle connaissait. D'un autre côté, elle avait bien du mal à contenir son excitation à l'idée de tout ce que cette femme – Hannou, sa grand-mère ! – allait lui apprendre. Mais quand elle se retrouva seule, enfermée dans sa cellule pour la nuit, la fatigue et la confusion l'empêchèrent de prendre Billie dans ses bras et de lui ouvrir son esprit. Elle finit par sombrer dans un mauvais sommeil.

Le lendemain, elle se sentait nettement plus reposée, plus sûre d'elle aussi. La journée se déroula comme la précédente, sans personne à qui parler, mais, dans cette solitude forcée, elle prit conscience d'un phénomène qui lui avait échappé la veille, peut-être en raison de la fatigue. Lorsqu'elle se trouvait à proximité de quelqu'un – élève comme gardienne –, elle éprouvait une sensation bizarre. Il lui fallut un moment avant de comprendre que, sans le vouloir, elle percevait les émotions de celles qu'elle côtoyait. À l'atelier, une grande vint près d'elle trier des tissus sur une étagère. Lucy perçut de la tristesse, de l'inquiétude, de la jalousie, un peu d'amusement, et d'autres sentiments qu'elle ne parvint pas à identifier, étroitement mêlés et fluctuant sans cesse. Les émotions des gardiennes étaient plus difficiles à interpréter. Du dépit, des regrets, du mépris, de l'envie, et souvent, sous-jacent, du désespoir. Plus les heures passaient, plus tout cela devenait clair à ses yeux, et il lui semblait que si elle parvenait à se concentrer suffisamment, elle aurait accès non seulement à leurs émotions mais aussi à leurs pensées.

Au début, cette idée l'amusa, jusqu'à ce qu'elle réalise que c'était probablement ce qui s'était passé pour toutes ces filles qui avaient fini dans le bureau de monsieur Kendall et n'étaient jamais revenues. Elle décida alors de fermer son esprit et réussit à s'isoler du torrent de sensations qui menaçait de la submerger jusqu'à ce qu'elle retrouve la tranquillité bienvenue de sa cellule.

Dans la nuit, une fois les gardiennes endormies, Lucy sortit Billie de sa cachette sous les habits au fond du grand sac et prit la poupée dans ses bras, dirigeant ses pensées vers elle comme elle le faisait toujours. Au début, rien ne se passa, mais alors qu'elle s'apprêtait à renoncer, la voix désormais familière retentit dans son esprit.

<*Anya, ma chérie, je ne croyais pas que tu essaierais ce soir! Je pensais qu'il te faudrait au moins trois jours pour récupérer! Comment te sens-tu ?*>

<*Je vais bien… Hier, j'étais très fatiguée, mais c'est passé.* >

<*En une journée? Décidément, tu es* étonnante! *Normalement, le talent n'apparaît pas avant dix-huit ans, et tu n'en as que quinze! Tu n'imagines pas comme je suis heureuse de pouvoir enfin te parler, mais j'aurais quand même préféré que cela ne se produise pas si tôt…* >

<*Pourquoi ?*>

<*Parce que jusqu'à présent, tu étais en sécurité. Mais maintenant que ton talent s'est manifesté, tu ne pourras plus le cacher bien longtemps, et tu sais ce qu'ils font à celles qui commencent à* entendre *?*>

<*Les tests ?*>

<*Les tests, oui, et tout ce qui s'ensuit… Mais nous en parlerons plus tard. Faisons d'abord connaissance, tu veux bien ?*>

< *D'accord. Vous… Vous êtes vraiment ma grand-mère ? Et où êtes-vous ? Dans l'école ?*>

Hannou éclata d'un rire chaleureux.

< *Certainement pas ! Ce serait beaucoup trop dangereux ! Non, ton grand-père et moi, nous vivons bien comme toi sur Tifrat, mais dans les montagnes, aussi loin que possible des zones contrôlées par le consortium.* >

<*Mais j'habite sur Regulus, pas sur Tifrat. Je ne sais même pas où ça se trouve !*>

<*Ma petite caille. Tifrat, c'est le nom que nos ancêtres ont donné à cette planète il y a bien longtemps, mais les gens du consortium l'ont rebaptisée Regulus au moment de la conquête. Qu'ils soient maudits !*>

<*La conquête ? Comment ça ? Je n'en ai jamais entendu parler.* >

Hannou poussa un grand soupir.

< *Vos maîtres ne vous racontent que ce qui les arrange, évidemment ! Je vais avoir tant de choses à t'expliquer ! Crois-tu que tu auras la force ce soir ? Il vaudrait peut-être mieux attendre que tu sois parfaitement reposée ?*>

<*Non !* coupa Lucy avec une force qui la surprit elle-même. *Je veux tout savoir ! Je veux que vous m'appreniez tout ce que vous savez !*>

< *C'est bien,* approuva Hannou. *Mais je suis ta grand-mère, pas une gardienne, tu sais… Tu peux – non, tu dois – me tutoyer !*>

<*D'accord !*> répondit Lucy. Puis, après un temps, elle ajouta. <*Je suis heureuse que tu sois là, grand-mère.* >

Il lui sembla percevoir un sanglot, mais Hannou se reprit aussitôt.

< *Tu sais, ma petite, il y a tant de choses que tu ignores… Le plus simple serait peut-être que tu commences par me dire ce que tes maîtres vous apprennent. Tu veux bien ?*>

<*Je vais essayer…* >

Les mots lui vinrent sans difficulté, ces mots que les maîtres répétaient inlassablement depuis qu'elle était en âge de les comprendre.

<*Ils disent que nos parents étaient des monstres, des criminels qui ont fait beaucoup de mal* à des gens *normaux. Ils ont tous été exécutés pour leurs crimes. Beaucoup de normaux auraient voulu nous tuer aussi mais, heureusement, le consortium était là pour nous recueillir et nous protéger. Ici, sur Regulus, nous sommes en sécurité. Dans sa grande générosité, le consortium prend en charge notre éducation, et surtout, quand on grandit, ses scientifiques nous font passer des tests et s'ils voient que nous allons devenir des monstres à notre tour, ils nous soignent et nous* évitent *de devenir des criminels comme nos parents. Même, ils continuent à nous protéger et nous donnent du travail. Monsieur Hammill dit que nous devrons toujours être reconnaissants au consortium de ce qu'il fait pour nous…* >

Elle s'interrompit.

< *Un beau tissu de mensonges!* s'exclama Hannou. *Rien de tout ça n'est vrai, ma petite caille! Tu as tant à apprendre que je ne sais pas par où commencer… Dis-moi, vous ont-ils déjà parlé de la Terre?*>

<*La Terre? Non. Qu'est-ce que c'est?*>

< *Une planète. Comme Regulus, mais très très loin d'ici*! *C'est le monde d'où viennent tous les humains. Nos ancêtres ont dû le quitter il y a bien longtemps. Ce fut un très long voyage. Nul ne sait vraiment ce qui s'est passé, mais une fois arrivés sur nos nouveaux mondes, certaines personnes ont développé des talents, comme celui qui nous permet de communiquer en ce moment; mais ce n'est pas le seul, il en existe bien d'autres…*

>*Les gens normaux ont commencé à avoir peur de nous et nous ont pourchassés. Beaucoup sont morts, mais quelques-uns ont réussi à se réfugier ici, sur Tifrat, où les* alter, *comme ils nous appellent, étaient déjà nombreux… Nos parents ont encore réussi à vivre en paix quelques dizaines d'années avant que l'empereur – maudit soit-il! – autorise le consortium à s'emparer de la planète.* >

< *Les maîtres ne nous ont jamais parlé de tout ça!*> interrompit Lucy, un peu perdue.

<*Pourquoi l'auraient-ils fait? Et depuis ce temps, nous sommes en guerre. Les troupes du consortium ont réussi à prendre*

le contrôle des zones de plaine, mais nous nous sommes repliés dans les montagnes, dont ils n'arriveront jamais à nous déloger !>

Depuis un moment, la voix d'Hannou semblait s'affaiblir.

< *Grand-mère ? Ça va ? Je t'entends mal.* >

La voix mentale lui parvint encore, à peine audible.

<*Je ne suis pas aussi puissante que toi, ma chérie. Je vais devoir te quitter pour me reposer, mais ne t'inquiète pas, nous reparlerons bientôt. Surtout, pas un mot de tout ça à personne. À personne ! Même pas à tes meilleures amies. Tu promets ?*>

< *Promis, grand-mère.* >

<*Je t'aime, Anya !*>

<*Je t'aime aussi, grand-mère !*> répondit la fillette dans le silence qui venait d'envahir son esprit.

Chapitre 5

« Tu sors ? »

Einar retint juste à temps le juron qu'il s'apprêtait à proférer. Il aurait juré qu'Angelina dormait à poings fermés lorsqu'il s'était levé discrètement. Il s'était habillé en silence dans la petite entrée du logement exigu et s'apprêtait à ouvrir la porte extérieure quand la voix de la jeune femme avait retenti.

« Je dois voir quelqu'un… Désolé, je ne voulais pas te réveiller.

— Voir quelqu'un ? À cette heure-ci ? »

Le jour n'était plus très loin de se lever, mais l'obscurité était encore totale. Protégeant de la main la flamme de la bougie qu'il avait allumée une fois dans le petit couloir, il revint dans l'unique pièce, presque entièrement occupée pour le moment par le grand lit qui, dans la journée, se repliait contre le mur. Appuyée sur un coude, Angelina le dévisageait sans sourire. Elle ne paraissait pas endormie du tout, et Einar se demanda brièvement si elle ne lui avait pas joué la comédie du sommeil.

« Ce n'est pas tout près. Et je préfère rester discret, tu le sais bien…

— Encore cette histoire ! Je vais te dire ce que j'en pense, moi : tu te fais des idées !

— Pourtant, tu étais là, l'autre jour ! Tu as bien vu ces deux types qui ont cherché à s'en prendre à moi ! »

Angelina haussa les épaules.

« Dans ces coins-là, il y a toujours des gars pour chercher la bagarre. C'est tombé sur toi, c'est aussi bête que ça ! »

Einar la dévisagea un instant mais, devant son air hostile, renonça à argumenter.

« Il faut que j'y aille, dit-il seulement. Sinon, je vais être en retard, et ils ne m'attendront pas. Essaie de te rendormir », ajouta-t-il encore en se détournant.

Angelina ne répondit pas, mais il l'entendit soupirer puis se rallonger. Il se hâta de quitter l'entrée et referma doucement la porte derrière lui. Inutile d'alerter les voisins…

La lumière ne fonctionnait plus depuis longtemps sur le palier, mais la lueur de la lampe de l'étage du dessous lui suffisait pour se diriger. Il descendit rapidement l'escalier étroit et s'arrêta un instant sous le porche, le temps d'ajuster son vêtement de pluie. Avant de quitter le petit immeuble, il scruta attentivement la rue dans les deux directions à travers les nappes de pluie battante, et ne voyant rien d'anormal, se mit en route d'un pas rapide. Duhurre lui avait donné rendez-vous de l'autre côté de la ville, mais Einar n'était pas en position d'argumenter et de proposer un endroit plus proche. Le vent ne se lèverait pas avant plusieurs heures, mais il savait qu'il arriverait au rendez-vous trempé, son vêtement de pluie n'ayant rien à voir avec celui du Siège, qu'il avait dû abandonner lorsque Vargas l'avait renvoyé. Difficile de faire bonne figure dans ces conditions, mais il n'avait pas le choix. Duhurre représentait sa dernière chance : si le mineur refusait sa proposition, c'en serait terminé. Juste une question de temps avant que les tueurs d'Eleazar ne lui mettent la main dessus et ne finissent le travail…

Pourtant, lorsqu'il avait quitté le Siège après l'entrevue avec Vargas, l'avenir ne paraissait pas si sombre. D'abord, l'Administrateur avait tenu parole : l'indemnité que lui avait versée Casal était plus que généreuse, de quoi tenir près d'un an à condition de se montrer économe. Et le secrétaire particulier lui avait également remis des lettres de recommandation tout à fait élogieuses.

Suivant les conseils du maître d'Orosco, il avait aussitôt proposé ses services aux principaux Directeurs.

Le premier, Vacchio, avait été bref.

« Désolé, Dahl, avait-il dit en le dévisageant avec intérêt après avoir lu attentivement la lettre de Vargas. J'ai déjà deux pilotes, qui suffisent amplement aux besoins de ma petite flottille. Je crains fort que vous ne deviez tenter votre chance ailleurs… »

Pour sa seconde tentative, Einar avait choisi le Directeur Eckert après avoir appris – moyennant quelques billets – que celui-ci disposait d'une flotte de six navettes et n'employait pour le moment que deux pilotes. Eckert, un gros homme jovial, l'avait accueilli chaleureusement, lui avait offert à boire, mais ne lui avait pas pour autant proposé le moindre emploi.

« Voyez-vous, Dahl, avait-il dit en reposant son verre, en d'autres circonstances, j'aurais été très heureux de vous prendre à mon service, d'autant que Jorge, mon premier pilote, commence à se faire vieux, mais en ce moment, ce ne serait pas très avisé. Oui, je sais, avait-il repris sans lui laisser le temps de réagir, vous avez probablement sauvé la vie d'Eleazar, mais il ne l'admettra jamais. Ce qui serait sans importance si Vargas avait encore de nombreuses années devant lui mais, comme vous le savez, ses jours sont comptés, et nous devons tous nous montrer… circonspects.

— La succession ?

— Naturellement. Bien que Vargas soit parfaitement conscient des faibles aptitudes de son fils, il ne le déshéritera jamais. Et d'ailleurs, même si par miracle cette idée lui traversait l'esprit, je ne suis pas certain que cela changerait grand-chose. La position d'Eleazar est désormais trop forte.

— Et personne ne fera rien ? » Einar se souvenait des paroles de Mateo. *Les autres Directeurs le détestent cordialement et seraient certainement prêts à imposer un des leurs.* « Vous le laisserez prendre le pouvoir ?

— *Hériter* du pouvoir, Dahl. C'est très différent ! »

Eckert s'était levé, lui signifiant que l'entretien touchait à sa fin.

« Désolé de ne rien pouvoir faire pour vous, Dahl. Je suis sûr que vous comprenez… »

En quittant la résidence du Directeur, Einar avait dû se résoudre à admettre qu'il ne retrouverait jamais un emploi de pilote sur Orosco mais, à ce moment-là, il pensait encore pouvoir trouver un travail, quel qu'il soit, qui lui permettrait au moins de subsister jusqu'à ce qu'un autre vaisseau du consortium Bledsoe fasse son apparition et lui offre l'opportunité de quitter cette misérable planète.

Il se trompait.

Le soir même de son entrevue ratée avec Eckert, il avait posé la question au patron de la petite auberge où il avait élu domicile depuis son départ du Siège.

« Comment on fait pour trouver du travail, par ici ? »

L'homme l'avait regardé, visiblement surpris.

« Trouver du travail ? Ben, vous allez au Siège, et ils vous affectent quelque part.

— Oui, ça, je sais. Mais supposons que je ne veuille pas passer par le Siège ? Il doit bien y avoir du boulot ailleurs, non ?

— En dehors du Siège ? Non ! Ce sont eux qui décident de tout. Tenez, moi, je suis le patron de ce café, mais si l'envie leur en prend, ils peuvent nommer quelqu'un d'autre quand ils veulent et m'envoyer ailleurs. »

Il avait esquissé un geste bizarre de la main. Plus tard, Angelina lui avait appris qu'il s'agissait du signe de conjuration du mauvais sort.

« Vous n'êtes pas propriétaire de ce café ? Je croyais…

— Propriétaire ? Vous voulez dire qu'il m'appartiendrait ? » L'homme s'était esclaffé, comme si Einar lui en avait raconté une bien bonne. « Vous plaisantez ? Tout appartient au Siège ! »

C'est ainsi qu'Einar avait commencé à se faire une idée plus précise de la situation sur Orosco. Le statut originel de la planète – un avant-poste minier propriété d'un grand groupe industriel – n'avait jamais été remis en question. La propriété privée n'y avait jamais existé et tous les habitants, des Directeurs au plus humble des travailleurs étaient des employés. Sur un monde plus étendu et plus riche, un tel système aurait rapidement volé en éclats, mais Orosco était relativement peu peuplée, ce qui rendait le contrôle assez facile, d'autant que les ressources étaient restreintes et concentrées pour l'essentiel sur l'étroite bande équatoriale. Lorsque l'activité minière s'était réduite au point que le cartel d'Elquida l'avait abandonnée, la petite planète s'était trouvée livrée à elle-même, ne pouvant compter que sur ce qui lui restait de ressources minérales – du charbon essentiellement – et sur une production agricole réduite qui, malgré l'appoint de la pêche, ne pouvait subvenir qu'aux besoins d'une maigre population. Tout naturellement, le Siège avait continué à tout organiser, à tout gérer.

Einar pouvait toujours retourner au Siège pour essayer d'obtenir un autre emploi, mais il savait bien qu'il serait aussitôt reconnu et qu'Eleazar ferait en sorte qu'il reparte les mains vides. Ou pire...

L'argent de Vargas lui permettrait de tenir le coup un certain temps encore, mais le jour viendrait forcément où il se retrouverait sans le sou. Puisqu'il ne pouvait pas retourner au Siège quémander un emploi, il ne lui restait plus qu'une solution. Einar avait vécu sur de nombreux mondes, très différents les uns des autres, mais qui présentaient au moins un point commun : l'existence de zones sombres, en marge de la société et des lois, où échouaient inévitablement les laissés pour compte et que même les gouvernements les plus autoritaires toléraient en pratique.

Orosco ne faisait pas exception à la règle, et il ne lui fallut pas longtemps pour localiser ce qu'il cherchait : Capataz Moreno, le quartier est de Palencia. La différence avec le reste de la ville ne sautait pas aux yeux. Les façades étaient juste un peu plus décrépites, les rues un peu moins propres. Pas de prostituées sur les trottoirs ou sous les porches d'immeubles, mais des bordels discrets. D'autres établissements abritaient d'autres vices, tout aussi dissimulés. Là, il pourrait disparaître et peut-être même trouver un petit boulot qui ne soit pas contrôlé par le Siège. Au moins, cela lui donnerait le temps de se retourner.

Il avait d'abord loué une petite chambre dans un immeuble pas trop vétuste. C'est dans une des tavernes toutes proches qu'il avait rencontré Angelina. Il ne comprenait toujours pas ce qui les avait rapprochés. La solitude, sans doute, car la jeune femme n'était pas spécialement attirante et, de son côté, lui-même faisait plutôt figure de paumé, même dans un quartier comme celui-ci. Angelina était serveuse, mais il la soupçonnait de se prostituer à l'occasion. Il ne lui avait pas posé la question et, au fond, la réponse ne l'intéressait pas vraiment. Ils vivaient ensemble, faisaient l'amour de temps en temps, mais leur intimité s'arrêtait là. Elle l'avait accueilli dans son minuscule appartement et semblait apprécier sa présence. De son côté, il participait au loyer et s'acquittait de menus travaux d'entretien. Ils ne se parlaient presque pas. Elle ignorait tout de ce qui l'avait amené là et n'avait jamais manifesté la moindre curiosité à cet égard. Situation qui, au fond, convenait parfaitement à Einar.

Jusqu'au jour où ces deux types l'avaient agressé dans la venelle entre la taverne où travaillait Angelina et le bordel voisin. Il faisait déjà nuit. Il avait dîné dans la taverne mais, lorsqu'il était sorti pour regagner leur logement quelques rues plus loin, les deux hommes l'attendaient. À première vue, ils se fondaient si bien dans le quartier qu'Einar ne s'était pas méfié. Par chance, les deux gars n'étaient pas des spécialistes car, au lieu de l'intercepter quand il passait entre eux, ils lui laissèrent faire quelques pas avant de se ruer sur lui. Einar réagit avant même d'avoir vraiment pris conscience du danger, retrouvant sur le champ les automatismes acquis au fil des centaines d'heures d'entraînement à l'Académie. Quelques secondes plus tard, les deux hommes gisaient à terre, inertes. Mais alors même qu'il se disait que la bagarre était passée inaperçue et qu'il allait pouvoir s'éloigner en catimini, la porte s'était ouverte et Luis, l'un des employés, avait sonné l'alarme. En quelques instants, clients et personnel de la taverne avaient rempli la ruelle. Otto, le patron, s'était penché sur les deux corps.

« Ils m'ont attaqué quand je sortais, dit Einar. Heureusement, j'ai réussi à m'en débarrasser. »

Otto avait encore inspecté les corps quelques instants avant de se relever.

« Ils sont morts, dit-il. Tous les deux…

— Je ne sais pas comment j'ai fait. J'ai eu de la chance ! »

La chance n'y était pour rien : il avait frappé pour tuer. Pas le choix. Si ces deux gars étaient bien des membres de la Garde, il ne pouvait pas les laisser retourner au Siège et apprendre à Eleazar où il se cachait. Otto le dévisageait sans rien dire, peu convaincu. Heureusement, c'était le moment qu'Angelina avait choisi pour réapparaître.

« Qu'est-ce qui se passe ici ?

— Ces deux gars lui ont sauté dessus et il s'est défendu. En tout cas, c'est ce qu'il dit. Mais il les a tués tous les deux ! C'est pas clair, tout ça ! D'abord, il n'y a rien qui prouve qu'ils voulaient lui faire la peau ! Moi, je serais d'avis…

— Regarde ça, Otto, intervint Luis. Ils ne lui voulaient sûrement pas du bien… »

Quelques bonnes âmes avaient retourné les deux cadavres, laissant apparaître les couteaux qu'ils serraient encore dans leurs mains.

« J'ai vu les lames, alors j'ai tapé le plus fort possible ! Je vous dis, j'ai eu de la chance ! »

Angelina s'était plantée devant les deux cadavres.

« Qu'est-ce que tu veux de plus, Otto ? C'est pas la première fois que ça arrive, non ?

— Quand même… Morts tous les deux, alors qu'il n'était même pas armé !

— Ben, il a eu de la chance, heureusement pour lui ! Et puis, ils l'ont bien cherché, non ? »

Otto hésita encore un instant, puis capitula, peu soucieux d'affronter le courroux croissant d'Angelina.

« Ouais… Bon, maintenant, faut se débarrasser des corps. Vous deux, ordonna-t-il à Luis et un autre serveur, fouillez-les, qu'on voie d'où ils viennent. Après, vous savez ce que vous avez à faire… »

Affectant une émotion qu'il était loin d'éprouver, Einar laissa Angelina le soutenir. Elle s'apprêtait à le faire rentrer dans la taverne quand Luis s'exclama.

« Bon dieu, Otto, regarde ça ! Leurs plaques ! Ils venaient du Siège, et tu sais quoi ? Je crois bien qu'ils faisaient partie de la Garde !

— Tu rigoles ?

— Non, je connais ces plaques. Jeanna a un cousin qui y est rentré ; les premiers temps, il montrait la sienne à tout le monde tellement il en était fier. Je te jure, c'est les mêmes !

— Il manquait plus que ça ! gémit Otto en jetant un regard noir à Einar et Angelina. Ça va mal finir, cette histoire !

— Écrase, Otto ! Comme si c'était la première fois que ces salopards de gardes viennent prendre du bon temps par ici ! Pour une fois qu'ils tombent sur un os, on ne va quand même pas les plaindre ! Tu ferais mieux de t'occuper de nettoyer ! »

Dans la grande salle de la taverne, Angelina l'avait d'abord examiné d'un œil critique, puis, constatant qu'il n'était pas blessé, avait retourné sa mauvaise humeur contre lui.

« Qu'est-ce qui te prend de te bagarrer comme ça ? Tu ne pourrais pas faire un peu attention ? Tu sais bien que par ici, il y a toujours des types qui cherchent les emmerdes ! Tu n'auras pas toujours autant de chance ! »

Einar jeta un coup d'œil autour de lui. Ils étaient seuls au fond de la salle. Personne ne pouvait les entendre.

« Faut que je te dise une chose. Ces deux gars, ils n'étaient pas là par hasard. Ils sont venus pour moi. Pour me tuer.

— Qu'est-ce que tu racontes ? Pourquoi ils voudraient te tuer ? Tu es sûr que tu n'as pas pris un coup sur la tête ?

— Je suis sérieux, Angelina ! J'ai passé un certain temps au Siège avant d'échouer ici, je te l'ai dit. Si j'en suis parti, c'est que ça commençait à devenir malsain pour moi. Je m'y suis fait des ennemis puissants, et voilà le résultat… »

La jeune femme avait levé les yeux au ciel.

« Tu ne t'es peut-être pas fait que des copains là-bas, mais de là à penser qu'ils enverraient des gardes te faire la peau, c'est du roman ! Crois-moi, ce qui vient de se passer, ça n'a rien d'inhabituel dans le secteur ! Mais ne t'en fais pas, Otto sait ce qu'il a à faire. Ces deux-là, leurs petits copains du Siège ne sont pas près de savoir ce qui leur est arrivé ! »

Il avait eu beau insister, Angelina n'avait rien voulu entendre. Il avait alors été tenté de lui parler de son boulot de pilote et de ses ennuis avec Eleazar, mais il avait finalement gardé le silence. Il avait confiance en elle, bien sûr, mais si elle apprenait que le fils de l'Administrateur voulait sa peau… Mieux valait ne pas tenter le diable. Jusqu'à cette nuit, ils n'avaient plus jamais évoqué cette histoire.

Un filet d'eau glacé dans le cou tira Einar de ses pensées. Il jura à mi-voix et resserra le col de sa cape dans le vain espoir d'empêcher l'eau de pénétrer plus loin. La nuit était toujours aussi noire. Il avait bien marché, et le lieu du rendez-vous n'était plus très loin. Avec un peu de chance, Duhurre se laisserait convaincre et le mettrait à l'abri jusqu'au passage du prochain vaisseau du consortium. Dans ce cas, il pourrait se considérer comme tiré d'affaire car, en vivant avec Angelina, il dépensait peu et disposait encore d'une somme largement suffisante pour se payer le passage. Ensuite ? Il haussa les épaules. *Chaque chose en son temps. D'abord, foutre le camp d'ici, après, on verra…*

Duhurre avait choisi une usine désaffectée comme lieu de rendez-vous. *Tu n'auras pas de mal à trouver,* lui avait affirmé son contact. *Sur la grande grille, il y a encore inscrit « Elquida Cartel ». La grille sera pas fermée, tu entres en faisant gaffe à pas te faire repérer. Duhurre sera dans le petit bâtiment sur la droite. Compte pas sur lui pour t'attendre, alors tâche d'être à l'heure !*

Einar suivit les instructions, mais le bâtiment en question était désert. Soulagé de ne pas être en retard, il se réfugia sous le porche d'entrée et rabattit la capuche détrempée de son vêtement de pluie.

Une dizaine de minutes plus tard, il entendit remuer à l'intérieur, puis la porte s'entrouvrit.

« Dahl ? Viens par ici ! »

À peine la porte franchie, des bras puissants l'immobilisèrent. Une lampe s'alluma et l'éblouit brusquement.

« Alors c'est toi, Dahl ? T'as bien amené le pognon, j'espère ?

— Duhurre ? Rassurez-vous, j'ai ce qu'il faut. Dites à vos gars de me lâcher, et on pourra discuter.

— Discuter ! Voyez-vous ça ! » L'homme invisible derrière la lampe paraissait amusé. « Fouille-le, Duarte. »

Einar se laissa faire. Il aurait aisément pu échapper à ses deux gardiens, mais si le mineur voulait jouer les durs, pourquoi pas ?

« Il a bien le pognon, chef, mais pas un billet de plus. Pas d'armes non plus.

— Un petit malin, je vois... Bon, écoute, mon pote, on va pas tourner autour du pot. Quand tu m'as contacté, je me suis demandé ce qui se passait. D'abord, personne n'a envie de venir bosser dans nos mines, et les rares gars qu'on reçoit sont envoyés chez nous parce qu'ils ont fait les cons, pas assez pour être condamnés, mais suffisamment pour qu'ils en bavent un peu. Ensuite, un éventuel volontaire serait passé par le Siège. Du coup, je me suis renseigné. Einar Dahl, pilote de Sa Majesté Vargas, ou plutôt, ex-pilote. Mon gars, en foutant ton poing dans la gueule à ce fumier d'Eleazar, t'as fait ce dont beaucoup rêvent, et pour ça, je te félicite.

— Et pour le reste ?

— Qu'est-ce que tu crois ? Que je vais prendre un risque pareil ? Alors que si ça se trouve, dans un mois, ce sera Eleazar le patron ?

— Votre gars m'avait dit que c'était quasiment fait !

— Ouais, mais ça, c'était avant que je sache qui tu étais. Désolé, mais il va falloir te débrouiller tout seul...

— Dans ce cas, pourquoi ne pas avoir tout simplement annulé le rendez-vous ?

— Faut bien que je gagne ma vie, mon pote ! T'étais prêt à payer pour me voir, tu m'as vu. Qu'est-ce que tu veux de plus ? »

Einar avait compris depuis un moment qu'il ne récupérerait jamais son argent.

« Et quand les gardes d'Eleazar me mettront la main dessus, qu'est-ce qui m'empêchera de leur dire que vous avez accepté de me rencontrer ?

— Pour ce que ça te servira ! J'aurai une centaine de gars prêts à jurer que je n'ai jamais quitté la mine et tu passeras pour un con ! Mais je serais toi, je ferais pas trop le malin. Je ne te veux aucun mal, je t'ai dit ! Estime-toi déjà heureux que je ne te dénonce pas à la Garde…

— Ouais… admit Einar à contrecœur. Je suppose qu'il faudra que je m'en contente.

— Ça suffit, maintenant, foutez-le dehors, les gars. On s'en va. »

Éjecté sans douceur, Einar roula à terre. Le temps qu'il se relève, la porte était fermée, et le bâtiment avait retrouvé sa tranquillité première.

Quel imbécile…

Il s'en voulait d'avoir été aussi crédule, d'avoir gobé sans sourciller les bobards du contact de Duhurre. Il s'attendait certes à une âpre discussion sur le tarif, mais il avait bel et bien cru qu'il allait repartir avec les mineurs. La veille, il avait soigneusement dissimulé l'argent qui lui restait dans le petit appartement d'Angelina, où il serait demeuré bien au chaud jusqu'à ce qu'il passe le récupérer avant d'embarquer dans le vaisseau du consortium. Quel idiot !

Il n'avait plus qu'à rejoindre Angelina. Qu'allait-il lui dire ? Qu'il s'était fait avoir comme un gamin ?

Le jour s'était levé, et avec lui, la vie de la ville. Il jura à mi-voix. Même avec la capuche rabattue sur le visage, le risque d'être reconnu était trop grand. Il allait devoir attendre la nuit prochaine dans la vieille usine.

Le porche du petit édifice était visible depuis la rue. Il ne fallait pas rester là. D'autres bâtiments s'élevaient plus loin, d'anciens ateliers désaffectés. Il y trouverait certainement de quoi s'abriter pour la journée. Il pénétra dans le plus éloigné, traversa une première salle, puis une seconde, et s'installa le plus confortablement possible dans un recoin de la troisième, derrière une rangée de machines couvertes de rouille et de poussière, passant et repassant dans sa tête les rares options qu'il lui restait, en pure perte. Il finit par s'assoupir.

Chapitre 6

Au matin, Lucy était beaucoup moins fatiguée que la veille, et la légère lassitude encore sensible au réveil ne tarda pas à se dissiper. En fait, elle se sentait si bien qu'elle se surprit à sourire à la gardienne quand celle-ci vint ouvrir la porte de sa cellule.

« Qu'est-ce qui te prend, toi ? Tu crois vraiment qu'il y a de quoi rire ? »

Mais derrière la voix sèche et la grimace d'irritation, Lucy perçut une émotion contenue, quelque chose comme de l'attendrissement. Elle s'efforça d'ouvrir encore davantage son esprit, et les sentiments de la femme au visage dur s'amplifièrent brutalement, puissant maelstrom de sensations étroitement mêlées, si violent que la jeune fille faillit renoncer. Mais déjà, son cerveau s'adaptait, contrôlant la force du flux mental.

L'attendrissement de la gardienne était bien réel et, à la surprise de Lucy, s'étendait à l'ensemble des filles de l'école. Mais en même temps, elle perçut la terreur de la femme à l'idée de laisser transparaître cette émotion et sa détermination presque désespérée à se montrer hargneuse et désagréable pour mieux cacher sa faiblesse.

Intriguée, Lucy poussa ses investigations plus avant. Elle ne s'était pas trompée la veille en imaginant percevoir certaines des pensées flottant autour d'elle car, tout à coup, des lambeaux de phrases surgirent dans son esprit, souvent incohérents, parfois totalement incompréhensibles. Intuitivement, l'adolescente comprit que ce qu'elle percevait n'étaient que les pensées inconscientes de la femme, tournant sans fin dans son esprit sans même qu'elle s'en rende compte.

La geôlière resta près d'elle jusqu'à ce qu'elle soit prête à rejoindre l'école et, quand madame Vitchovsky vint la chercher, elle avait une idée assez précise de ce que l'autre femme pensait. Sans se l'avouer ouvertement, elle regrettait beaucoup d'avoir accepté cet emploi. Elle aurait voulu être ailleurs, ne pas se sentir en permanence coupable de ce qui attendait ces filles…

Sur le chemin de l'école, Lucy hésita à tenter la même expérience sur madame Vitchovsky mais la force des émotions de la grande femme, qu'elle percevait maintenant sans effort – haine, dépit, envie, dégoût –, était telle qu'elle ne se sentit pas le courage d'entrer dans un esprit aussi hostile. Et puis, même si la geôlière ne semblait pas s'être aperçue de cette intrusion dans ses pensées, cela pouvait être différent avec madame Vitchovsky et la simple idée que la gardienne puisse soupçonner ses capacités suffisait à la terrifier.

Le faible espoir qu'elle caressait encore de retrouver Pamela s'évanouit lorsqu'elle entra dans la classe. Monsieur Kendall avait peut-être mis sa menace à exécution avant même la fin de la punition et envoyé son amie dans une autre section. En tout cas, Lucy était certaine que Pam n'était pas dans la prison. Avec son nouveau talent, elle l'aurait sentie, elle en avait la certitude. Cette fois encore, elle connaissait toutes les filles de vue, mais aucune ne lui était vraiment familière. Certaines lui jetèrent un regard en coin avant de se détourner, mais la plupart l'ignorèrent entièrement.

Le maître, un barbu que Lucy avait entrevu plusieurs fois dans la cour fit son entrée, et les rares murmures se turent aussitôt. Impassible, il prit place derrière son bureau sur l'estrade surélevée. Son regard se posa un instant sur Lucy sans lui prêter une attention particulière.

« Asseyez-vous, dit-il enfin. Les filles s'exécutèrent dans un brouhaha de chaises remuées. Pour sa part, Lucy resta debout : cela faisait partie de la punition. Le maître ouvrit un tiroir du grand bureau et en tira un petit ordinateur, dont l'apparition souleva un murmure d'excitation. Lucy elle-même ne put retenir un petit sourire de plaisir.

« Ce matin, exercices de cryptage. Prenez vos manuels, page quarante-six. Code A 28. »

Un vaste écran s'illumina derrière le maître, affichant un texte d'une cinquantaine de lignes. Lucy le lut rapidement. Comme d'habitude, c'était une suite de phrases sans grande signification. Il était question de planètes, de trajectoires, de vecteurs, avec de longues séries de chiffres. D'autre fois, il s'agissait de marchandises, de cargaisons compliquées, de bordereaux remplis de dates et de nombres.

« Vous avez dix minutes », annonça le maître.

Les filles se plongèrent dans le cryptage du texte affiché, utilisant les algorithmes du code A 28 inscrits dans le manuel. Lucy n'avait aucun matériel à sa disposition, mais elle se souvenait parfaitement du code en question et entreprit aussitôt la transcription mentale du document. Comme toutes ses camarades, c'était un exercice qu'elle adorait. Dans sa classe, elle était la meilleure, surclassant largement Pam, qui avait toujours du mal à terminer dans les temps. Malgré l'absence de manuel et de papier, il lui fallut moins de cinq minutes pour achever le cryptage.

Désœuvrée, elle laissa l'écheveau des émotions flottant dans la salle de classe l'envahir : excitation, fierté de celles qui avaient déjà terminé, mépris pour les moins rapides, rancœur et jalousie des plus faibles… Noyés dans la marée tournoyante, les sentiments du maître lui parvenaient à peine. Il lui sembla percevoir de l'ennui, des regrets, mais aussi, en arrière-plan, quelque chose qui ressemblait à de la peur.

« Terminé ! Voici la transcription exacte. »

Le texte crypté s'afficha sur l'écran. Lucy n'avait pas fait une seule faute. Satisfaite, elle se permit un petit sourire. Le maître leur laissa le temps de comparer et de corriger leur exercice, puis reprit la parole.

« Rangez vos feuilles. Seconde partie de l'exercice. Mentalisation. Vous avez encore dix minutes. »

Le texte initial réapparut à l'écran. Cette fois, il fallait refaire le cryptage de tête, sans l'aide du manuel ni de la transcription précédente.

C'était précisément ce que Lucy, privée de matériel, venait de faire. Le texte crypté gravé dans sa mémoire, elle tourna à nouveau son attention vers le maître, profitant de la concentration des autres filles pour accéder plus facilement à son esprit.

Ses émotions étaient toujours les mêmes. Ennui, regrets et, sous-jacente, une crainte diffuse. Elle pénétra un peu plus profond, captant des images fugitives. Une femme blonde corpulente, trois enfants dont un tout petit, comme ceux des crèches où elle se rendait régulièrement pour les corvées de nettoyage. Quelques pensées fugaces. *Qu'est-ce que je fous ici ? Gagner sa vie... Avec les gamins... Pas mal payé, heureusement* !

« Terminé ! Lisa Summer, je vous écoute. »

Une fille un peu boulotte se leva et commença à réciter son texte.

Pas trop mal, pensa Lucy. *Seulement trois petites fautes...*

Le maître releva les trois erreurs en question d'une voix précise.

« Ces inexactitudes peuvent vous sembler insignifiantes, poursuivit-il, mais elles sont inacceptables. Vous devez absolument réussir des transcriptions parfaites. Lisa, il faudra encore travailler. Anna Summer, à votre tour. »

Lucy saisit au vol une brève pensée du maître. *Ce nom, Summer, quelle connerie !*

Cette idée la laissa perplexe. Depuis qu'elles avaient quitté les crèches, on leur répétait sans cesse que grâce au consortium Bledsoe-Dandridge qui les avait si charitablement recueillies, elles faisaient toutes partie de la grande famille Bledsoe et avaient de ce fait l'honneur de porter toutes le nom de la fille du fondateur : Summer. Les garçons, eux, portaient celui de son frère, Nolan. Mais si c'était un honneur, pourquoi le maître pensait-il que c'était idiot ?

Anna, une grande fille blonde, s'était levée et récitait à son tour le texte crypté.

« Bien ! la complimenta le maître. Excellent travail ! Vous avez cinq minutes pour revoir les codes A 29 à 33, après quoi nous passerons aux exercices de transposition. »

Lucy n'avait pas besoin de manuel ; cela faisait longtemps qu'elle avait mémorisé tous les codes mis à leur disposition, pour le simple plaisir d'utiliser son agilité mentale hors pair. « Tu es la meilleure, lui avait un jour dit Pamela, et de loin ! Mais je serais toi, je ne le montrerais pas trop. Les autres filles auront vite fait de t'en vouloir si tu te montres tellement plus forte qu'elles… » Le conseil lui avait paru bon, non seulement à cause de la jalousie probable de ses camarades, mais aussi parce qu'au fond d'elle-même, une petite voix lui disait qu'elle n'avait pas intérêt à se faire remarquer.

« Vous êtes prêtes ? Louise, vous commencez. Le texte initial d'abord… »

L'adolescente entama sa récitation, sans aucune erreur.

« Parfait ! Maintenant, A 31. »

Il s'agissait de traduire le texte codé A 24 en le transposant à la volée en A 31. Louise ne s'en tira pas trop mal, jugea Lucy, même si le résultat était loin d'être parfait.

C'était aussi l'avis du maître.

« Trop d'imprécisions, Louise ! Vous devez approfondir votre connaissance des différents codes et les mémoriser mieux que ça. C'est seulement à ce prix que vous progresserez ! Souvenez-vous ! La transposition doit devenir entièrement automatique ! »

La séance d'exercices se poursuivit. Certaines filles étaient meilleures que d'autres, mais aucune n'était vraiment très bonne. Lucy se lassa rapidement de les écouter et reporta son attention sur le maître.

Les émotions étaient toujours là, un peu atténuées par l'effort de concentration que lui demandait aussi l'exercice. Lucy pensa d'abord qu'il effectuait le même travail mental que ses élèves, avant de s'apercevoir que ce n'était pas du tout le cas. Son attention se portait entièrement sur l'écran de l'ordinateur posé devant lui, où s'affichaient les textes correctement cryptés que la machine comparait aux essais des filles. Lucy en fut d'abord choquée, jusqu'à ce que le faible sentiment de culpabilité et d'envie flottant autour du maître lui permette de comprendre qu'il n'était pas capable de faire la même chose que les élèves

– qu'aucune personne normale n'en était capable –, et qu'il s'en voulait pour cela. Elle sonda un peu plus profondément et lut en lui un malaise croissant, l'envie mêlée d'admiration cédant peu à peu la place à la crainte et au dégoût. *Petits monstres...* Mais en même temps qu'il pensait cela, la honte et la pitié l'envahissaient. *Pauvres gosses, ce n'est pas leur faute ! Elles prennent ça pour un jeu, mais quand elles seront dans les vaisseaux, avec toutes les saloperies qu'on leur injectera... Au moins, les meilleures s'en sortiront, si on peut dire. J'aurai au moins servi à ça ! Les autres...*

Lucy se retira de son esprit, troublée par les pensées qu'elle venait de capter. Toutes les filles savaient que plus tard, quand elles seraient grandes, après les tests, elles quitteraient Regulus et iraient là où l'on jugerait bon de les envoyer pour travailler et s'acquitter de leur dette envers le consortium Bledsoe, mais personne ne savait vraiment en quoi consisterait ce travail. Et pourquoi le maître avait-il *pitié* d'elles ? Ce qui les attendait était-il si terrible ? *Ce soir, je demanderai à Hannou,* décida-t-elle. *Elle doit savoir, elle qui connaît tant de choses...*

Le reste de la journée se déroula sans incident. Sa bonne humeur du matin envolée, Lucy travailla un long moment dans les jardins à biner les jeunes plants, une tâche à laquelle les jardiniers affectaient en priorité les élèves punies, puis elle fut conduite aux ateliers de confection, où elle aida une magasinière à ranger de lourds rouleaux de tissu. La Fondation s'efforçait de produire la totalité de la nourriture et des vêtements indispensables. Pour faire des économies, disaient les maîtres, mais Lucy se demandait parfois si ce n'était pas plutôt pour les tenir occupées. Quelques mois plus tôt, elle avait vu un jardinier conduire une machine qui, en l'espace d'une petite heure, avait effectué le travail qu'une bonne cinquantaine d'élèves auraient mis plus d'une semaine à réaliser...

Quand elle regagna enfin sa cellule, Lucy se sentait exténuée et dut lutter pour ne pas s'endormir avant l'extinction des feux. Une fois certaine de ne plus être dérangée, elle sortit

Billie de sa cachette. Elle n'avait probablement plus besoin de la petite poupée pour ouvrir son esprit, mais c'était un réconfort de la serrer dans ses bras.

< *Grand-mère ? Grand-mère, tu es là ?*>

II lui fallut répéter son appel plusieurs fois avant d'entendre enfin Hannou lui répondre.

<*Je suis là, Anya ! J'attendais ton appel, mais nous avions des choses à discuter, ton grand-père et moi…* >

< *Grand-père… Pourquoi ne me parle-t-il pas ?*>

Hannou eut un petit rire.

<*Il ne peut pas, ma chérie ! C'est tout juste si nous parvenons à communiquer quand il est dans la pièce à côté ! Mais il a d'autres talents, bien plus importants. Veux-tu que je lui dise quelque chose de ta part ?*>

<*Je veux bien. Dis-lui que j'ai très envie de le connaître, et que je l'aime, lui aussi.* >

<*Je lui dirai, ma chérie, ne t'en fais pas, et ça lui fera très plaisir, tu peux me croire ! Anya, il faut que nous parlions* sérieusement. *Je sais que tu as sans doute des tas de questions à me poser, mais il y a des choses dont nous devons absolument discuter…* >

<*Je voulais juste te demander…* coupa Lucy avant de s'interrompre, confuse. *Excuse-moi, grand-mère. C'est juste que je n'arrête pas d'y penser.* >

<*Bon, d'accord, vas-y,* soupira Hannou, *mais ensuite, il faudra que tu m'écoutes ! Alors ?*>

<*Depuis que nous avons commencé à parler, j'ai l'impression que… que mon esprit s'est ouvert ! Dès que je suis à côté de quelqu'un, je reçois ses émotions. Je sais ce qu'il ressent. Et même, si je me concentre, je crois que j'arrive à capter certaines de ses pensées !*>

Hannou tenta de l'interrompre, mais elle poursuivit précipitamment.

< *Grand-mère, ils ont peur de nous ! Parfois, ils nous plaignent, ils ont pitié ! Mais par-dessus tout, ils nous craignent, et même quand ils essaient de le cacher, ils pensent que nous sommes des monstres ! Pourquoi, grand-mère ? Pourquoi ?*>

Hannou ne répondit pas immédiatement, mais Lucy sentit son énervement et sa colère.

< *Tu as fait exactement ce qu'il fallait à tout prix éviter, Anya,* soupira-t-elle enfin. *Ce n'est pas ta faute, c'est la mienne. J'aurais dû m'en douter, précoce comme tu l'es… En règle générale, il faut au moins quelques mois avant qu'une télépathe, même très puissante, commence à lire dans les esprits, à condition bien entendu qu'elle en ait le talent ! Mais toi… Dès le lendemain ! À ma connaissance, c'est la première fois que cela se produit… Si tu savais comme je m'en veux ! J'aurais dû te mettre en garde.* >

< *Me mettre en garde contre quoi ?* > Lucy se sentait de nouveau perdue. < *Qu'est-ce que j'ai fait de mal ?* >

< *De mal, ma chérie ? Rien, rien du tout !* > Elle eut un petit rire amer. < *Mais maintenant, tu cours un grand danger…* >

< *Je ne comprends pas. Grand-mère, qu'est-ce que ça veut dire ?* >

Une nouvelle fois, Hannou prit son temps avant de répondre.

< *Tu as ressenti leurs émotions. Peur, pitié, dégoût… Ils ont peur parce que nous avons des talents, que nous savons faire des choses qui resteront à jamais hors de leur portée. Nous les dégoûtons parce que nous sommes différents et que, de tout temps, les humains ont toujours détesté ceux qui ne leur ressemblaient pas entièrement… Pitié, parce que ceux qui travaillent ici, sur Tifrat – Regulus, pour les normaux – savent ce qui va vous arriver et, bien qu'ils vous considèrent comme des monstres, certains ne peuvent s'empêcher de vous plaindre.* >

< *Les tests ? Il m'a semblé lire quelque chose dans l'esprit d'un maître, mais je ne suis pas très sûre…* >

< *Ils repèrent celles et ceux dont le talent commence à émerger. Les tests leur permettent alors de déterminer leurs véritables aptitudes. Le plus souvent, heureusement, ce sont des télépathes, ce qu'ils recherchent. Mais s'il s'agit d'autres capacités, les malheureux sont éliminés. Sauf s'ils sont également télépathes et qu'ils estiment que cela vaut quand même la peine de les épargner.* >

Lucy n'en croyait pas ses oreilles.

< *Ils les tuent ? Mais c'est affreux !* >

Elle s'attendait à ce que sa grand-mère partage son indignation, mais la réponse d'Hannou la surprit.

<*Sans doute... Mais c'est peut-être aussi bien pour eux! La vie est déjà assez horrible comme ça pour les télépathes au service du consortium, mais pour ceux qui possèdent en plus un autre talent qui doit rester inhibé, c'est carrément l'enfer!*>

<*C'est pour ça qu'ils ont pitié de nous?*>

<*Oh, pas seulement! Je ne suis même pas sûre que tes fameux maîtres sachent vraiment ce qui arrive à ceux qui ont le malheur de ne pas être télépathes... Non, ils vous plaignent parce qu'ils savent comment cela se passe pour ceux que le consortium garde pour les utiliser. Tu vois, Anya, les tests visent simplement* à vérifier que le *talent est bien en train d'apparaître, et surtout* à déterminer *duquel il s'agit. Ensuite, le traitement commence. Tu n'as jamais entendu parler de ça, je suppose?*>

Lucy réfléchit rapidement.

<*Non... Mais aujourd'hui j'ai perçu la pensée d'un maître :* "*Quand elles seront dans les vaisseaux, avec toutes les saloperies qu'on leur injectera...*" *C'est peut-être de ça qu'il voulait parler?*>

<*Exactement! Tu sais sans doute que les vaisseaux du consortium sillonnent cette partie de la galaxie?*>

<*Les maîtres nous en parlent souvent. Ils nous apprennent les noms des étoiles et des planètes. Il y en a plein.*>

<*Les distances entre ces mondes sont énormes, et les vaisseaux n'ont aucun moyen de communiquer entre eux. Les normaux sont très forts pour inventer des tas de choses, mais pour ça, ils n'ont pas encore trouvé comment faire sans les alter! Normalement, un télépathe ne peut pas émettre et recevoir à de très grandes distances. Sur Tifrat – Regulus, excuse-moi! –, les plus puissants d'entre nous parviennent à communiquer d'un côté de la planète à l'autre, mais tout juste. Alors, ils vous donnent des drogues pour amplifier votre don. Avec elles, un télépathe peut émettre et recevoir à travers l'espace. Mais ces drogues sont aussi un poison. Au bout de quelques années, elles sont fatales. Un peu plus tard, un peu plus tôt, la résistance varie selon les individus, mais aucun ne survit plus d'une dizaine d'années. Et tous connaissent*

une fin atroce… Mais ce n'est pas tout. Cette drogue ne leur est administrée que lorsqu'un vaisseau doit communiquer avec un autre navire ou avec sa base, et quand il attend un appel. Le reste du temps, pour être certains que vous ne risquiez pas d'utiliser clandestinement votre talent ni d'en manifester d'autres, ils vous injectent un tranquillisant qui vous maintient en permanence dans une sorte de pseudo-sommeil, avec un antidote lorsqu'ils ont besoin de vous ! À ce régime, les organismes ne tiennent pas longtemps !>

Frappée de plein fouet par la tristesse émanant de la vieille femme, Lucy ne put s'empêcher de frissonner.

<*Personne ne nous a jamais rien dit de tout ça ! On nous répète juste que nous aurons la chance de prouver notre reconnaissance pour tout ce que le consortium Bledsoe Dandridge fait pour nous !*>

<*Tu n'espérais quand même pas qu'ils vous disent la vérité ? Tu vois ce qui t'attend, maintenant ?*>

Elles restèrent toutes deux quelques longues secondes sans parler, plongées dans leurs réflexions.

<*Grand-mère,* reprit Lucy. *Tu as dit que j'étais en danger…* >

<*Bien sûr…* soupira Hannou. *Et je suppose qu'après tout ce que je viens de t'expliquer, tu auras compris pourquoi.* >

<*Mais j'ai été très prudente, grand-mère ! Je me suis bien gardée de m'approcher trop de leur esprit. Je suis sûre qu'ils ne se sont aperçus de rien !*>

< *C'est ce qu'elles disent toutes,* répliqua Hannou, désabusée. *Jusqu'au moment où on vient les chercher pour les tests, et elles se demandent comment ils s'y sont pris pour les repérer ! Ils ne sont pas stupides, tu sais ! Ils savent très bien que vous n'allez certainement pas les avertir que votre talent est en train d'apparaître… Ils gardent en permanence quelques télépathes avec eux, de ceux qui ne sont pas capables d'émettre ou de recevoir loin, mais qui peuvent tout capter, y compris les pensées qui ne leur sont pas destinées. Ils sont drogués en permanence, évidemment mais, une fois par jour, le personnel du consortium les réveille, et ils passent en revue chaque classe. Si jamais tu*

étais active à ce moment-là, ils te retrouveront, tu peux me croire !>

<*Je ne le ferai plus ! Je fermerai mon esprit, et ils ne pourront pas me repérer !*>

<*Si seulement c'était aussi simple… Leurs télépathes ne se contentent pas d'écouter. Ils émettent également, et sur une si courte distance, leur signal est très intense. Que tu le veuilles ou non, en le recevant, ton esprit répondra. Tu ne pourras pas t'en empêcher ; c'est un réflexe, si tu veux. Ils te repéreront, c'est inévitable.*>

<*Et je ne peux rien y faire ?*>

<*Rien. Tu es tellement puissante qu'ils ne peuvent pas te rater !*>

<*Alors, je finirai comme les autres ? Celles dont tu parlais tout à l'heure ? Droguée, dans un vaisseau perdu dans l'espace ?*>

Hannou sentit son angoisse.

<*Calme-toi, ma chérie, tout n'est pas encore perdu. On va essayer de te sortir de là ! Ton grand-père est justement en train d'organiser une intervention pour aller te chercher. Mais ce ne sera pas facile. Depuis notre dernier raid, ils ont renforcé leur périmètre de protection et disposent maintenant d'une couverture aérienne. On a quand même de bonnes chances, surtout s'ils ne te découvrent pas immédiatement. De ton côté, efforce-toi de fermer ton esprit. Qui sait, comme tu es vraiment très forte, peut-être que tu réussiras quand même à éviter qu'ils te repèrent…*>

Sa voix lui parvenait plus faiblement.

<*Maintenant, je vais te quitter, Anya. Je ne peux pas tenir plus longtemps. N'essaie pas de me contacter demain. Même s'il y a peu de chance qu'ils lancent des contrôles à une heure aussi tardive, mieux vaut ne pas courir de risques. Utilise juste Billie un très court instant. Je t'entendrai, tu peux en être certaine, et si j'ai des instructions à te communiquer, je te parlerai. Sinon, mieux vaut se tenir tranquille. À bientôt, ma chérie. Et si tout se passe bien, je te serrerai enfin dans mes bras. Courage, Anya. Tiens bon !*>

Lucy n'eut même pas le temps de répondre. La communication prit fin abruptement. Recroquevillée sur l'étroite couchette dans l'obscurité de sa cellule, elle serra un peu plus Billie dans ses bras.

Les révélations d'Hannou se bousculaient dans son esprit. Les vaisseaux. La drogue. La mort au bout de quelques années. Et les autres filles qui ne se doutaient de rien ! Pamela… Mais elle ne pouvait rien pour son amie, ni pour personne d'autre, d'ailleurs, y compris elle-même. Si sa grand-mère avait raison, elle ne tarderait pas à être découverte et c'en serait terminé. À moins que son grand-père ne réussisse à la tirer de là mais, en dépit du ton résolument optimiste d'Hannou, Lucy avait bien senti son inquiétude et ses doutes quant à la réussite d'une opération militaire…

< *Grand-mère dit que je suis très forte*, confia-t-elle à Billie. *Ils ne me trouveront peut-être pas…* >

Mais le lendemain matin, alors qu'elle se hâtait pour suivre les grandes enjambées de madame Vitchovsky, un appel mental d'une violence inouïe résonna dans sa tête. Elle s'y attendait et fit son possible pour le laisser glisser sur son esprit, mais se sentit malgré tout réagir sans pouvoir s'en empêcher.

Malade d'inquiétude, elle laissa madame Vitchovsky la conduire dans une salle de classe et s'efforça de se faire toute petite dans l'espoir de ne pas se faire remarquer.

Quelques heures plus tard, en plein cours de cosmologie, le même appel retentit de nouveau. Cette fois, elle réussit à mieux contrôler sa réaction et ne laissa pratiquement rien échapper en réponse. Quelque peu rassérénée, elle commençait à se détendre lorsque la porte de la classe s'ouvrit sur deux gardiennes qu'elle n'avait jamais vues, précédant un grand jeune homme pâle soutenu par deux employés vêtus de la combinaison du consortium. Le garçon avait les yeux vitreux et paraissait sur le point de s'effondrer.

« Alors, Dexter ? Elle est ici ?

— Je… Je ne sais pas », marmonna le jeune homme. Agacé, un des deux employés qui l'escortaient lui assena une solide bourrade sur l'épaule.

« Eh bien, recommence, imbécile ! On ne va quand même pas y passer la journée ! »

Fascinée, Lucy ne parvenait pas à détourner son regard du malheureux. Le flux mental, presque insupportable à si courte distance, ne la surprit pas. Elle chercha à lutter, mais en pure perte. Impuissante, elle sentit son esprit s'ouvrir en réponse.

« Alors ?

— Elle est ici, confirma Dexter de sa voix morne. Je viens de l'entendre.

— Ne reste pas planté là comme un piquet ! grommela l'autre employé. Montre-la-nous ! »

Figée sur place, Lucy le regarda s'avancer d'un pas incertain, espérant contre toute attente qu'il poursuivrait son chemin jusqu'à une autre fille, mais il vint se placer devant elle, la contemplant de son regard mort.

« La voilà.

— Tu es sûr ? »

L'employé semblait perplexe.

« Elle est beaucoup trop jeune ! Tu dois te tromper… Si tu nous as fait perdre notre temps pour rien, tu seras puni !

— C'est elle, répéta le jeune homme. Je l'ai entendue. »

L'autre employé se tourna vers le maître.

« Son nom ?

— Je n'en sais rien ! Je ne la connais pas : elle a été punie, c'est pour ça qu'elle est ici plutôt que dans sa classe. Si vous voulez en savoir plus, demandez à la gardienne qui l'a amenée ! »

Irrité, l'homme revint vers Lucy.

« Comment tu t'appelles, toi ? »

Morte de peur, l'adolescente dut s'y reprendre à deux fois avant de réussir à répondre.

« Lucy, monsieur. Lucy Summer.

— D'accord, Lucy. Et ton numéro ?

— Oh, 37, monsieur. Lucy 37. »

Pour une raison obscure, les prénoms attribués aux élèves n'étaient pas très variés, comme si les employées des crèches n'étaient pas autorisées à en choisir d'autres. Ainsi, Pamela était en réalité Pamela 48. Pamela 48 *Summer*, bien sûr.

L'homme parut satisfait.

« Lucy 37. On va voir ça. Vérifie, Dan. »

L'autre employé consulta le petit ordinateur qu'il portait à la ceinture.

« Lucy 37. C'est bien elle. Mais elle n'a que quinze ans. Dexter doit se tromper…

— Peut-être, mais ce serait bien la première fois. Allez, on l'embarque. Aux gars des labos de se débrouiller avec elle ! »

Les deux gardiennes s'avancèrent et la prirent chacune par un bras. Lucy n'opposa aucune résistance, et le petit groupe quitta la classe. Une fois dehors, l'adolescente s'efforça de se ressaisir. *Grand-mère. Il faut que je la prévienne…*

Elle ouvrit son esprit, mais dut s'y reprendre à plusieurs fois avant de pouvoir lancer son appel mental. Aucune réponse. Elle essaya de nouveau, sans plus de succès, et sentit l'affolement la gagner.

< *Grand-mère ! Réponds-moi, grand-mère !*>

<*Anya, c'est toi ?*>

Le soulagement lui amena les larmes aux yeux. Pourtant, la voix d'Hannou lui parvenait si faiblement qu'elle avait du mal à la percevoir.

<*Anya, qu'est-ce qui se passe, ma chérie ? Je t'entends à peine !*>

<*Ils m'ont trouvée ! Ils m'emmènent aux laboratoires pour les tests…* >

La voix mentale de sa grand-mère émit un petit cri angoissé.

< *Ce n'est pas possible ! C'est trop tôt !*>

Lucy sentit qu'elle s'efforçait de se maîtriser pour ne pas l'affoler davantage.

<*Anya, qui est avec toi ?*>

<*Deux gardiennes et deux employés du consortium. Et aussi Dexter. C'est lui qui m'a trouvée. Il a dit aux autres qu'il m'entendait.* >

Hannou parut soulagée.

< *C'est lui qui brouille tes émissions, et je suis sûre que tu as également du mal à m'entendre. Alors écoute bien ce que je vais te dire. Dès que vous serez dans les laboratoires, ils vont t'injecter un produit pour inhiber ton talent. Tant que tu seras sous son*

emprise, tu ne pourras plus ni émettre ni recevoir. Essaie de ne pas leur révéler ta vraie puissance. Si tu parviens à les persuader que c'est juste un accident, que tu es encore bien trop jeune pour la mutation, avec un peu de chance, ils te renverront à l'école. Et même si ça ne marche pas, garde courage. Nous allons faire tout ce qui est en notre pouvoir pour te tirer de là. Sois forte, Anya. Nous ne te laisserons pas tomber. >

< *J'ai peur, grand-mère…* >

< *Je sais, ma chérie, je sais ! Mais écoute-moi encore, Anya. C'est important. Une fois dans les laboratoires, tu ne devras absolument plus essayer de me contacter. Là-bas, ils ont des appareils qui détectent les flux mentaux, et si jamais ils devinent de quoi tu es capable, ils ne te relâcheront jamais ! Après, quand ils t'auront injecté la drogue, ça n'aura plus d'importance.* >

Ils étaient maintenant devant les laboratoires. Avant de franchir la porte, Lucy envoya encore une dernière pensée.

< *Je t'aime, grand-mère !*>

Et, sans attendre de réponse, elle ferma son esprit du mieux qu'elle pouvait, tandis que les gardiennes l'entraînaient le long d'un grand couloir brillamment éclairé.

Chapitre 7

Un cri strident tira Einar du sommeil dans lequel il avait fini par sombrer.

« Salopard ! »

Sa première pensée fut que, contrairement à ce qu'il avait promis avant de le faire jeter dehors, Duhurre l'avait dénoncé à la Garde, quand un second hurlement retentit. Pas un ordre vociféré par un officier, mais un cri de douleur, suivi de rires à peine audibles. Un peu rassuré, Einar se leva sans bruit. Ce qui se passait là-bas n'avait rien à voir avec lui, mais il n'était pas beaucoup plus avancé pour autant, car le vacarme venait de la première salle qu'il avait traversée pour gagner celle dans laquelle il s'était réfugié. Pour le moment, cette sortie-là lui était interdite. Il pouvait bien sûr s'enfoncer plus loin encore dans le dédale des ateliers dans l'espoir de trouver une autre issue mais, ignorant comme il l'était de la disposition des lieux, c'était courir le risque de s'égarer, voire de faire d'autres mauvaises rencontres. Mieux valait attendre que la voie soit libre.

Un nouveau cri de douleur retentit, puis, presque aussitôt, un autre, encore plus strident, accompagné de bruyants éclats de rire. Les gêneurs ne semblaient pas nombreux, deux ou trois tortionnaires et leur victime, guère plus. Einar s'approcha lentement de l'entrée de la première salle.

Il ne s'était pas trompé de beaucoup. Les types étaient bien trois, dont deux occupés à bourrer de coups de pied un jeune gars allongé à terre, qui s'efforçait tant bien que mal d'éviter les impacts les plus violents. Ce qu'il n'avait pas anticipé, c'était la présence de la fille en pleurs maintenue par le troisième larron. *Un règlement de compte*, se dit-il. *Le gars a dû fricoter avec la fille et ça n'a pas plu aux trois autres! Il en sera sans doute quitte pour une bonne raclée...*

Mais alors qu'il s'apprêtait à regagner sa cachette, la situation évolua brusquement.

« Assez rigolé », dit celui qui maintenait la fille, un gars trapu au visage mangé d'une maigre barbe roussâtre. « Les petites ordures dans ton genre, on n'en veut pas ici, t'as pas encore compris ça, sale *flojo* ? »

Les deux autres balancèrent encore quelques coups de pied à leur victime avant de le relever brutalement pour l'amener devant le troisième homme, visiblement le chef.

« Vous autres les *flojos*, avec vos grands airs, vous croyez sans doute pouvoir débarquer comme vous voulez et vous payer n'importe quoi avec votre foutu fric ! »

Le jeune gars se racla la gorge. Il avait l'œil droit gonflé et fermé, et un filet de sang coulait de ses lèvres fendues.

« Va te faire... »

Il n'alla pas plus loin, car un violent coup de poing dans le dos l'envoya à terre devant le meneur, où il resta agenouillé, toujours maintenu par les deux autres.

« Mais là, reprit le chef, t'as vraiment fait une grosse connerie... » Il tira brutalement la fille par le bras pour qu'elle se place à côté du malheureux. « Dis-lui, chérie, qu'il a fait une grosse connerie, ton petit copain. Et toi aussi d'ailleurs !

— Mais il faisait tellement sombre dans le bar, je me suis même pas rendu compte que c'était un *flojo*, je te jure, protesta-t-elle. Tu sais bien que j'irais jamais fricoter avec des types comme ça...

— T'entends ça, sale *flojo* ? Y a eu tromperie sur la marchandise, on dirait...

— C'est bon, j'ai compris, je m'approcherai plus d'elle, c'est promis !

Le chef éclata de rire, et ses acolytes se joignirent aussitôt à lui.

« Parce que tu crois que tu vas t'en tirer comme ça ? T'es vraiment trop con ! »

Il se tourna vers la fille.

« Barre-toi, maintenant. Et si jamais tu parles de ce qui s'est passé ici…

— T'en fais pas, Jaime. Je dirai rien ! Jamais ! Tu sais que tu peux me faire confiance !

— Ça vaudrait mieux ! Allez, tire-toi ! »

Il garda le silence jusqu'à ce qu'elle ait disparu, puis reporta son attention sur sa victime.

« Tu as touché une de nos filles, et ça, c'était la plus grosse connerie que tu pouvais faire.

— Arrête, je t'ai déjà dit que je m'en approcherais plus !

— C'est pas suffisant, mon pote ! Ça fait un moment qu'on se dit qu'il faudrait qu'on fasse un exemple, un truc pour bien vous rentrer dans le crâne qu'il y a des limites à ce que vous pouvez vous permettre. Luis, va chercher la corde, et toi, Chuco, la barre de fer.

— Merde, t'es malade !

— On dirait que tu commences à comprendre ! Tu sais quoi ? On va d'abord te péter les deux jambes et les deux bras, et ensuite t'iras te balancer au plafond ! Après ça, tes petits copains feront peut-être un peu moins les mariolles ! »

Einar ferma les yeux, atterré. Jusque-là, il était persuadé que l'affaire allait se régler avec quelques gnons supplémentaires, mais ces abrutis s'apprêtaient bel et bien à assassiner ce malheureux gars. Il aurait de très loin préféré ne pas avoir à s'en mêler, mais il ne pouvait quand même pas les laisser faire.

Le type à la barre de fer n'eut pas le temps de lever son arme : Einar surgit devant lui et le frappa à la gorge. Il s'écroula comme une masse, cherchant désespérément à respirer. Einar était déjà sur l'autre gars, qui réussit à gagner quelques secondes en balançant sur son assaillant le rouleau de corde qu'il rapportait, avant de s'effondrer à son tour.

Le chef était encore en train de tirer un couteau de sa poche quand Einar revint sur lui. Il eut juste le temps de pousser un cri avant de subir le même sort que le premier de ses comparses. Toujours agenouillé, le jeune homme ensanglanté le dévisageait, ahuri. Il s'accroupit près de lui.

« Ça ira ? Ils ne t'ont pas fait de cadeaux, on dirait…

— Rien de cassé, je crois… Aide-moi à me relever, si tu veux bien. »

Le gars était vraiment jeune, peut-être dix-neuf ans, vingt tout au plus. Il était également grand pour un natif d'Orosco : quelques centimètres de plus qu'Einar.

« Qui que tu sois, reprit-il, merci du fond du cœur ! Si tu n'avais pas été là… Jamais je n'aurais imaginé que ces imbéciles iraient jusqu'à essayer de me tuer !

— Tu ferais mieux de quitter les lieux avant qu'ils reprennent connaissance. Et puis, tu as besoin de soins.

— Et toi ? Tu ne vas quand même pas rester là ? Au fait, moi c'est Ossiah. Et comment s'appelle mon sauveur ?

— Einar… Einar Dahl. Je crois que je vais rester ici jusqu'à la nuit. Je ne tiens pas trop à circuler en ville en plein jour.

— Ça explique pourquoi t'étais planqué là… T'as fait des conneries ? Enfin, te sens pas obligé d'en parler, hein ! »

Einar haussa les épaules.

« Non, il y a juste un type qui veut ma peau. Un type important. J'ai réussi à lui échapper jusque-là, mais ça risque de ne plus durer très longtemps. J'étais venu rencontrer un gars qui aurait pu m'aider, mais il s'est dégonflé…

— Si je peux faire quelque chose… »

Einar n'eut pas le temps de répondre. Une silhouette venait d'apparaître dans l'ouverture de l'autre salle.

« Je serais toi, le *flojo*, je ne me mêlerais pas de ça. »

Einar identifia immédiatement la silhouette d'un garde, indistincte à contre-jour. Instinctivement, il se tourna pour s'enfuir dans le dédale des ateliers, mais il n'avait pas fait trois pas qu'un autre lui barrait la route. Il s'immobilisa, consterné.

« Merde !

— Surpris, Dahl ? Tu croyais vraiment pouvoir nous échapper ?

— Qu'est-ce que vous me voulez ?

— Nous ? Rien ! Juste te ramener au Siège. Quelqu'un a très envie de te revoir, figure-toi ! Alors tu vas être bien gentil et tout se passera à merveille. Et surtout, ne te fais pas d'illusions.

On est au courant de ce qui est arrivé à nos camarades qui te cherchaient dans Capataz Moreno. On a pris nos précautions. Tu sais ce que c'est, ce truc-là ? »

Il tenait à la main un petit bloc sombre qui se transforma soudain en une longue tige fine et brillante.

« Oui, je vois que tu es au courant ! Un aiguillon… Je suppose que tu connais aussi ses effets ? »

L'aiguillon neuronique faisait partie de l'équipement standard de la police antiémeute impériale, mais il n'aurait jamais pensé que les gardes de ce trou perdu en possédaient également. L'arme agissait sur le système nerveux. Le niveau maximum était létal, alors que les graduations inférieures se contentaient d'infliger une souffrance intolérable.

« Qu'est-ce qui s'est passé, ici ? »

L'autre garde s'était avancé, balançant nonchalamment son propre aiguillon. Ossiah recula en hâte. Lui aussi connaissait les effets de l'arme. Ce fut pourtant lui qui répondit.

« Trois types voulaient me faire la peau pour une histoire de fille. Heureusement, ce gars-là est intervenu. »

Le garde haussa les épaules.

« Tes petites histoires, *flojo*, on s'en fout ! Tu t'expliqueras avec les vigiles quand ils découvriront ce merdier. Nous, c'est à ton copain qu'on s'intéresse, pas à toi. Alors tu vas être un bon garçon et te tirer vite fait. On fait comme si on t'avait pas vu, et toi, en contrepartie, tu la fermes. On est d'accord ? »

Ossiah hésita un instant.

« D'accord, dit-il enfin. J'ai rien vu du tout. Et maintenant, je me tire. »

Sans un regard pour Einar, il passa devant le garde tout sourire et s'éloigna d'un pas rapide.

Profitant de la distraction momentanée du soldat, Einar tenta sa chance. S'il parvenait à le bousculer avant qu'il ait le temps de relever l'aiguillon, il pourrait peut-être gagner la sortie et semer ses poursuivants. Mais il n'avait pas fait deux pas que l'aiguillon de l'autre le touchait dans le dos. La souffrance le submergea, insoutenable. Affalé sur le sol, il se roula en boule dans l'espoir d'atténuer la douleur, en vain, naturellement. La voix du garde lui parvint de très loin.

« T'as du pot, mon gars, le Directeur te veut intact ! Sans ça, on se serait fait un plaisir de t'en faire baver ! Mais on a nos ordres… Tiens-toi tranquille, et ça passera dans une dizaine de minutes. Mais dis-toi bien que si tu nous obliges à recommencer, là, on mettra la dose ! »

La souffrance lui parut durer des heures, mais diminua d'un coup et disparut presque aussitôt, le laissant faible comme un nouveau-né.

« Debout ! »

Il obéit, les jambes flageolantes.

« Avance, maintenant. Et rappelle-toi, pas de conneries ! »

L'esprit embrumé, Einar s'exécuta. Il savait qu'il devait réfléchir, trouver un moyen de s'échapper, mais son cerveau engourdi refusait de fonctionner. Il fit un pas, puis un autre, encadré par les deux gardes qui discutaient tranquillement.

« Eleazar va être content, depuis le temps qu'il attendait ça !

— Tu sais, Dahl, enchaîna l'autre. J'aimerais pas être à ta place ! Le Directeur, c'est un petit vicelard, dans son genre !

— Et il aime prendre son temps… Tu peux être sûr d'une chose : t'en auras pour un bon moment avant de crever, et à la fin, tu seras bien content que ça se termine ! »

Le cerveau d'Einar recommençait à fonctionner normalement. Il continua cependant à traîner les pieds, comme s'il n'avait pas encore vraiment récupéré, à l'affût de la moindre opportunité, mais ces deux-là connaissaient leur boulot. Les aiguillons ne s'écartaient jamais, prêts à s'abattre à la moindre alerte, et il savait que cette fois, ils seraient sans pitié.

Tout ça pour en arriver là… Toutes ces années de fuite, de survie, pour finir entre les mains de ce minable sur cette planète de merde !

« Comment vous avez fait pour me retrouver ? »

Les deux hommes éclatèrent de rire.

« Ça faisait un moment qu'on se doutait que tu te planquais quelque part dans Capataz Moreno. C'est pour ça que nos deux copains te cherchaient là-bas. Tiens, regarde ça ! »

Le garde lui montrait son communicateur, dont le petit écran affichait son portrait souriant.

« On n'a eu aucun mal à suivre ta trace. Jusqu'à ce gars, Otto. Dis donc, celui-là, il ne te porte pas dans son cœur ! Il nous a donné le nom de ta petite copine…

— Angelina ! Qu'est-ce que vous lui avez fait ?

— Rien du tout ! Pas eu besoin ! Dès qu'elle a su qu'Eleazar était dans le coup, elle nous a dit tout ce qu'on voulait. Où t'avais caché ton fric, ou t'avais rencart, avec qui, et tout et tout. »

Einar encaissa en silence. Avec leur relation bancale, il fallait s'y attendre, même s'il avait espéré mieux. Si elle avait pu leur dire qui il devait rencontrer et où, c'est qu'elle avait vu clair dans ses cachotteries, et lui, trop confiant, ne s'était douté de rien. Enfin, cerise sur le gâteau, ils avaient récupéré le fric qu'il croyait en sécurité…

Bravo, Einar, se dit-il, écœuré. *T'es vraiment un chef*!

« Au passage, enchaîna l'autre, on a coincé un des gars de Duhurre. Il nous a tout raconté. Après, tu connais la suite, on… »

Il n'eut pas le temps d'en dire davantage, car Ossiah surgit soudain de derrière la rangée de machines qu'ils longeaient, brandissant une longue barre de métal.

« Occupe-toi de l'autre, Einar ! » hurla-t-il en levant son arme improvisée.

Avant que le garde le plus proche des machines ait eu le temps de lever son aiguillon, le jeune homme lui avait fracassé le bras, envoyant l'appareil rouler à terre. Privé du contact avec la main de son propriétaire, l'aiguillon se rétracta automatiquement dans son boîtier, inoffensif.

Einar avait déjà réagi, se laissant glisser à terre et fauchant du même coup les jambes du second garde, qui s'écroula en jurant, sans pour autant lâcher son arme. Einar s'était déjà relevé. Toujours allongé au sol, le type le tenait à distance avec l'aiguillon.

S'il se relève, c'est foutu…

Sans quitter le soldat des yeux, il recula jusqu'à la machine la plus proche, et sa main rencontra un lourd volant d'acier posé contre le bâti. Le garde était presque debout quand le projectile lui fracassa le visage.

Mais pendant ce temps, celui qu'Ossiah avait attaqué avait réussi à tirer une arme de poing de son étui. Avant qu'Einar lui balance un solide coup de pied dans la tempe, il eut le temps de tirer deux fois. Atteint à l'épaule, Ossiah s'effondra en hurlant et resta prostré, gémissant sourdement.

Einar s'empara en vitesse de l'aiguillon tombé à terre, l'activa et toucha le bras du garde alors qu'il tournait son arme vers lui. L'homme s'effondra comme une masse.

Einar vérifia rapidement que le premier garde était bien mort puis, réglant l'aiguillon sur le mode létal, acheva le survivant déjà inconscient.

Ossiah ne parvenait toujours pas à se relever. Einar se pencha sur lui.

« À mon tour de te remercier. Je croyais que tu avais filé…

— Je te devais bien ça, répliqua Ossiah entre deux gémissements. Mais ce salaud ne m'a pas loupé…

— Ç'aurait pu être pire ! Vingt centimètres plus bas… Laisse-moi voir. »

La blessure ne semblait pas trop grave. La balle était ressortie et la plaie saignait à peine.

— Il te faut des soins. Dis-moi où je peux t'emmener.

— Aide-moi à me relever, je suis pas foutu d'y arriver tout seul ! »

Non sans peine, Einar réussit à redresser la grande carcasse du jeune homme, qui s'appuya sur lui en réprimant un dernier cri de douleur.

« Ces fumiers m'ont bien amoché… Le bras gauche, normal, avec une balle dans l'épaule. Mais l'autre main… C'est ce salopard de Jaime ! Quand ils m'ont attrapé, il m'a écrasé la main d'un coup de talon. Sur le moment, ça m'a fait un mal de chien mais après, je ne sentais plus rien. Par contre, maintenant… Cette ordure a dû me casser quelque chose.

— Ça se remettra, t'en fais pas. Il faut simplement trouver quelqu'un pour te soigner.

— Tu ne comprends pas, Einar. C'est foutu pour moi ! Dans mon état, je ne peux pas piloter la navette ! Et si je demande de l'aide, on me dénoncera aussi sec à la Garde. Les bonnes gens de Palencia n'aiment pas beaucoup les *flojos*, comme ils nous appellent !

— Les *flojos* ?

— Ça veut dire des grands mous dans leur foutue langue d'origine. Tout ça parce que nous on est grands et bien foutus, alors qu'eux ils sont moches et bas du cul !

— Attends une seconde ! Tu as bien parlé d'une navette ? Mais d'où tu viens ?

— De la ceinture, évidemment ! Les astéroïdes... T'avais pas encore compris ? D'où tu sors ? »

Einar laissa glisser. Il serait toujours temps de s'expliquer plus tard, mais pour le moment, il y avait plus urgent.

« Donc, tu es venu avec une navette. Où se trouve-t-elle ?

— Derrière le Siège, un petit terrain d'atterrissage nous est réservé. Mais il est gardé, et de toute façon, même si j'arrivais à passer sans attirer l'attention, amoché comme je suis, je ne pourrais pas la piloter. Tu vois bien, c'est foutu, je te dis !

— Loin de là ! Au contraire ! Tu ne peux pas piloter, c'est entendu, mais moi aussi, je suis pilote. Tu n'auras qu'à m'indiquer le chemin.

— Toi ? Un pilote ? Tu te fous de moi, non ? Qu'est-ce qu'un pilote ferait là, planqué comme un criminel dans ce trou à rats avec la Garde aux fesses ?

— Ça, Ossiah, c'est une longue histoire ! Je me ferais un plaisir de te la raconter, mais le temps presse. Il faut récupérer ta navette et disparaître le plus vite possible. N'importe qui peut entrer ici et découvrir les corps ! »

Chapitre 8

« Je croyais que le tranquillisant ne les faisait pas dormir ?

— T'es nouvelle, tu peux pas tout savoir, c'est normal ! En principe, elles doivent rester éveillées, mais les premières fois, c'est assez fréquent qu'elles roupillent un peu. Après, l'organisme s'habitue. Et puis, celle-ci est vraiment très jeune, ça joue sans doute aussi… »

Les voix lui parvenaient de très loin, perçant à peine le voile épais du sommeil. Incapable de bouger ni même d'ouvrir les yeux, Lucy mit encore un moment avant de se souvenir. La petite pièce dans laquelle les gardiennes l'avaient conduite, le technicien en blouse blanche qui l'attendait. Le lit sur lequel on lui avait ordonné de s'étendre avant de lui attacher les poignets et les chevilles. La seringue brandie par l'homme en blouse blanche, le liquide incolore se répandant dans ses veines, puis, plus rien.

La conscience lui revenait peu à peu. Les voix paraissaient plus proches.

« Elle ne devrait pas tarder à émerger, maintenant. »

C'était la voix de celui qui lui avait fait l'injection. Lucy se demanda brièvement combien de temps elle avait dormi, mais les voix autour d'elle s'élevaient de nouveau.

« Quel âge a-t-elle ? » C'était une femme, cette fois. « Je croyais qu'on ne les testait qu'à partir de dix-huit ou dix-neuf ans ?

— Quinze ans, d'après son dossier. Tu as raison, c'est très inhabituel, mais ce n'est pas à nous de décider. On nous l'a envoyée pour l'évaluer, on va l'évaluer. Ça m'étonnerait qu'il en sorte quelque chose, mais encore une fois, ce n'est pas notre problème !

» Eh, petite ! ajouta-t-il en secouant légèrement l'épaule de Lucy. Réveille-toi ! On n'a pas toute la journée ! »

Lucy parvint enfin à ouvrir les yeux. Les deux silhouettes floues penchées sur elle se précisèrent peu à peu. L'homme qui lui avait fait la piqûre et une femme brune, également vêtue d'une blouse blanche. Tous deux la regardaient sans sourire.

« Ah, tout de même ! Tu m'entends, petite ? »

Lucy l'entendait mais devait fournir un gros effort pour comprendre ce qu'il lui disait. Elle savait qu'elle était éveillée, pourtant son cerveau lui paraissait tourner au ralenti. La moindre pensée demandait un effort démesuré. *Le tranquillisant*, se dit-elle après un moment. Une partie de son esprit savait qu'elle aurait dû être affolée, terrorisée, malade d'angoisse à l'idée de ce qui allait lui arriver, mais elle ne ressentait qu'une pesante indifférence. Un instant, la tentation la prit d'essayer d'appeler sa grand-mère, mais elle y renonça aussitôt, se sachant parfaitement incapable d'y parvenir. Et puis, la vieille femme lui avait bien dit de ne rien essayer tant qu'elle serait dans les laboratoires.

« Oui, monsieur, répondit-elle d'une toute petite voix.

— Parfait ! Tu dois te sentir très fatiguée et avoir des difficultés à te concentrer, c'est tout à fait normal. Nous allons te laisser une dizaine de minutes pour récupérer, et ensuite on pourra commencer l'évaluation. »

Lucy les entendit quitter la pièce en bavardant. L'homme dut lancer une plaisanterie car la femme éclata de rire. La porte se referma, la plongeant dans le silence.

Elle essaya de bouger ses bras et ses jambes et se sentit réconfortée quand ses muscles réagirent, mais elle était toujours attachée sur l'étroite couchette, et le contact des lanières suffit à interrompre ses efforts.

Les liens qui entravaient son corps n'étaient pourtant rien à côté de la chape de plomb pesant sur son esprit. Pour trouver ses mots et répondre à l'homme en blouse blanche, il lui avait fallu rassembler toute sa concentration et, bien qu'elle se sentît maintenant un peu plus lucide, suivre une idée était toujours aussi difficile. Le visage de Dexter lui revint en mémoire, si pâle, les yeux vides, peinant à s'exprimer… C'était donc ce qui l'attendait, elle aussi ?

Il lui semblait que quelques instants seulement s'étaient écoulés depuis le départ des deux techniciens, mais déjà la porte se rouvrait.

« À nous ! dit l'homme d'une voix enjouée. Maintenant que tu es réveillée, nous allons pouvoir passer aux choses sérieuses ! »

Il poursuivit, mais Lucy comprit qu'il s'adressait autant à sa collègue qu'à elle-même.

« Je vais te faire une nouvelle piqûre. Contrairement au tranquillisant que tu as reçu tout à l'heure, l'effet de celle-ci ne durera qu'environ une heure. Par contre, ce sera un peu plus douloureux. Je te le dis pour que tu puisses t'y préparer. On va procéder à l'injection tout de suite. Il faut quelques minutes au produit pour agir et, pendant ce temps, je t'expliquerai ce qui va se passer ensuite. »

Cette fois, ce fut la femme qui lui injecta le produit.

« Voilà, reprit l'homme. D'ici quelques secondes, tu vas commencer à avoir très mal. Rassure-toi, ça ne durera pas longtemps, c'est juste une réaction de défense de ton organisme. Ensuite, la douleur va beaucoup diminuer, même si tu la sentiras toujours. À partir de ce moment-là, tout ce que tu auras à faire c'est de nous répéter ce que tu entends. Tu comprends ? Tout ce que tu entends, mot pour mot ! »

Lucy s'apprêtait à répondre lorsqu'une douleur insupportable l'envahit brutalement. Elle eut conscience de son corps se recroquevillant dans une futile tentative de lutte contre la souffrance mais, en même temps, elle sentit son esprit s'ouvrir infiniment plus grand qu'il ne l'avait jamais fait.

< *Grand-mère!*> lança-t-elle instinctivement. Elle crut discerner une réponse à peine audible : < N*e lutte pas, Anya. Tu ne peux rien faire pour l'instant…* > avant qu'un flot d'informations ne submerge son esprit, magma incompréhensible d'où émergea soudain une voix claire et puissante.

< Ici l'Antarès. Quittons système planétaire Deutschland 4, en partance pour Nova Portugal. Temps de translation estimé :

12 jours standard. Cargaison conforme. Attendons instructions pour chargement sur Nova Lisboa. >

La souffrance avait un peu diminué. Qu'avait donc dit l'homme en blouse blanche ? Ah, oui, répéter ce qu'elle entendait. Docilement, elle récita le message et perçut le petit sifflement appréciateur du technicien.

« Deutschland 4… Pas mal ! C'est pas la porte à côté ! Cette gamine est assez puissante, en fin de compte. Cela dit, le message n'était pas codé. Attendons la suite. »

Contrairement à ce qu'avait dit l'homme, la souffrance ne semblait pas vouloir diminuer. Elle attendit, essayant de ne pas laisser la douleur la submerger de nouveau, jusqu'à ce qu'une autre voix retentisse dans son esprit, encore plus forte que la précédente.

< *Ici le Fernando Tavarès, en orbite autour d'Ellikis, système d'Eleusis. Attendons instructions.* >

Cette fois encore, elle répéta ce qu'elle venait de capter.

« Eleusis… » C'était la voix de la femme. « Ce n'est pas très loin du Cercle Intérieur, si je ne m'abuse ?

— En effet… Trop près pour être probant. Je suis sûr qu'elle peut faire beaucoup mieux ! Allez, petite, applique-toi ! »

Déjà, une autre voix se manifestait, beaucoup plus faiblement toutefois.

< *Ici le Théodore Roosevelt. Message à l'adresse du* Tears of the Moon, *en orbite présumée autour de Salvador IV, pour relais vers état-major de l'Amirauté. Ultimatum rejeté. Prévoir retard d'exécution important en raison de pertes humaines sur Prador IV. Demandons l'intervention d'autres unités de la quatrième Flotte.* >

À la différence des précédents, ce message-ci était codé, mais les longues séances d'entraînement à l'école portèrent leurs fruits. Sans même y prêter attention, Lucy traduisit le message en le répétant pour les deux normaux.

Un court silence suivit sa récitation.

« Le *Théodore Roosevelt*… dit enfin l'homme. Non, ce n'est pas possible ! Pas une gamine aussi jeune !

— Pourquoi ? s'étonna la femme. Qu'est-ce qu'il a de spécial, le *Théodore Roosevelt* ?

— Tu ne te rends pas compte ! » Il ne parvenait pas à cacher son excitation. « Ce n'est pas un vaisseau du consortium, mais un croiseur de la Flotte ! Il se trouve que je le connais et que je sais où il est parce qu'un de mes cousins fait partie de l'équipage. Il est chargé des opérations de représailles, tu sais, sur un de ces mondes qui renâclent à payer le tribut... À ma connaissance, ils se trouvent quelque part de l'autre côté du bras galactique, tellement loin qu'ils ne peuvent pas communiquer directement avec Providence, et pourtant, ils ont à bord un des *alter* les plus puissants que la Fondation leur ait fournis. Malgré ça, ils sont quand même obligés d'utiliser le *Tears of the Moon* comme relais... Tu sais quoi, ma belle ? Pour une nouvelle, t'as une sacrée chance !

— À cause d'elle ?

— Et comment ! La paye n'est déjà pas mauvaise, mais quand on met la main sur un spécimen particulièrement prometteur, on a droit à un bonus. Et plus la gamine est puissante, plus on encaisse ! Tu peux me croire, cette petite merveille va nous rapporter un sacré paquet !

— Tu es sûr ?

— Douze ans que je bosse ici et je n'ai jamais rien vu de pareil ! Et elle n'a que quinze ans ! Elle peut encore faire des sacrés progrès ! T'as bien tout enregistré ? »

La douleur avait un peu diminué. Lucy suivit du regard la femme qui vérifiait rapidement une batterie d'appareils.

« C'est bon, tout est là.

— Génial ! Tu bouges pas d'ici, je vais prévenir le docteur Hedford. Surveille la petite. En principe, l'effet du stimulant devrait se dissiper d'ici quelques minutes et, à tous les coups, elle va se rendormir. Des fois, elles s'agitent un peu. Fais simplement attention à ce qu'elle ne se blesse pas. »

Le technicien avait raison. La douleur diminuait rapidement, puis elle disparut d'un coup. Lucy tenta de lutter contre le sommeil et lança un dernier appel mental.

< *Grand-mère…* >

Mais la lutte était trop inégale. Son cri résonna dans le silence et, quelques instants plus tard, elle sombrait dans l'inconscience.

Chapitre 9

Einar franchit le portail grillagé d'un pas assuré, saluant au passage d'un hochement de tête le garde qui le regardait avancer depuis le petit poste de contrôle.

« Déjà prêt à repartir, *flojo* ? ricana le gros homme. Eh ben, tant mieux ! Bon débarras ! »

Einar se garda bien de répondre et continua d'avancer d'un pas égal vers la navette garée un peu plus loin. Le garde n'y avait vu que du feu. Avant de le laisser partir, Ossiah avait tenu à ce qu'ils échangent leurs vêtements.

« Tu verras, lui avait-il dit. Pour eux, on se ressemble tous. Comme tu es blond, suffit que tu portes les bonnes fringues… »

Einar n'y croyait pas, mais le jeune homme avait vu juste. Le garde ne s'était pas posé la moindre question.

Le petit vaisseau n'était pas de première jeunesse – en fait, Einar n'en reconnaissait même pas le modèle – mais, en dépit des innombrables réparations dont il portait la trace, il semblait en assez bon état.

Il tapa le code que le mineur lui avait fourni, et l'écoutille s'ouvrit aussitôt. La disposition des commandes n'était pas tout à fait la même que sur les modèles plus récents, et il prit le temps de se familiariser avec le tableau de bord avant de lancer les moteurs. La navette s'éleva docilement.

Restait maintenant à récupérer Ossiah. Pas question bien sûr de voler droit jusqu'à l'usine désaffectée. Conformément au plan élaboré avec le jeune homme, Einar s'éleva dans le ciel, selon la trajectoire normale d'une navette des astéroïdes, puis, lorsqu'il se fut assez éloigné de la surface pour être certain qu'on ne l'observe plus, il redescendit au ras du sol et revint vers la capitale en empruntant un trajet qui l'amènerait derrière l'usine.

Avant de partir, Einar avait aidé Ossiah à traverser les ateliers pour gagner une petite cour juste assez grande pour poser la navette. Le jeune blessé avait secoué la tête.

« Tu n'y arriveras jamais ! Même moi, je ne m'y risquerais pas… »

Einar exécuta pourtant un atterrissage impeccable et sortit à la rencontre d'Ossiah qui s'approchait à pas lents, la main sur le bandage de fortune que son sauveur lui avait confectionné avant de quitter l'usine.

« D'accord, tu n'es pas mauvais, concéda le jeune homme. J'avoue que je ne m'attendais pas à te voir revenir…

— Homme de peu de foi ! Assieds-toi et essaie de ne pas tourner de l'œil. Je n'ai que toi pour me guider. »

Ossiah prit place dans le siège du co-pilote, et Einar décolla en douceur. Il suivit le même chemin qu'à l'aller, attendant d'avoir quitté les faubourgs de Palencia pour gagner de l'altitude. Les moteurs fonctionnaient à la perfection et délivraient plus de puissance qu'il ne s'y attendait.

« Bonne machine…

— Normal, c'est moi qui la bichonne ! Pourtant, on dirait pas, à la voir, hein ? Tu vois, je préfère qu'en bas, ils ne sachent pas de quoi elle est capable… Pour le moment, continue de monter. Je te donnerai un nouveau cap dans quelques minutes. »

Le jeune homme se laissa aller dans son siège en réprimant un gémissement de douleur. Orosco était maintenant visible par les fenêtres latérales, diminuant peu à peu à mesure qu'ils gagnaient de l'altitude. La zone polaire nord étincelait sous le soleil alors que la partie centrale de la petite planète restait cachée sous une épaisse couronne de nuages. Einar laissa errer son regard dans l'espace environnant. Pas de lune. Et pour le moment, les astéroïdes demeuraient invisibles. Du coin de l'œil, il continuait à surveiller Ossiah, guettant le moindre signe de perte de conscience, mais le jeune homme semblait tenir le choc.

Le moment venu, Einar coupa les moteurs, laissant la navette continuer sur sa lancée.

« Changement de cap dans trente secondes, dit enfin son co-pilote. Trente degrés à bâbord. »

Einar opéra la correction de trajectoire, stabilisant la navette sur son orbite autour d'Orosco.

« On devrait aborder d'ici un petit quart d'heure. Mais attention, placés où nous sommes, les astéroïdes viennent vers nous. Fais pivoter la navette et tiens-toi prêt à rallumer les moteurs ! Tu es vraiment sûr que c'est dans tes cordes ? »

Einar se contenta de hausser les épaules.

« D'accord ! » Ossiah hésita un instant. « Il y a quand même un truc qu'il faut que je te dise avant qu'on arrive. En principe, personne en dehors des mineurs n'est autorisé à poser le pied sur les astéroïdes. C'est la règle, et tout le monde la respecte. Même les grosses légumes du Siège. Quand ils veulent qu'on se rencontre, c'est nous qui descendons les voir.

— Mais…

— Je n'avais pas le choix, c'est ce que je vais leur dire. Toi, tu la fermes et tu me laisses parler, compris ? Et surtout, tu ne quittes pas la navette avant que je te fasse signe. Ça risque de prendre un certain temps, mais surtout, tu ne bouges pas. Tant que tu restes à bord, la règle n'est pas violée, tu comprends ? Tu prends ton mal en patience et tu me laisses gérer ça. Attention, on approche ! »

Les astéroïdes étaient déjà visibles depuis un petit moment sur les écrans. Ossiah n'avait pas exagéré, l'essaim de blocs massifs fonçait dans leur direction à toute allure.

« Ceux de la périphérie sont des habitats. Les plus gros, du moins. Celui qui nous intéresse, c'est le sixième, avec la double croix rouge et bleu. L'entrée se situe juste en dessous des croix. À toi de jouer, et surtout, rappelle-toi, quoi qu'il arrive, ne quitte pas la navette avant mon signal. »

Einar avait relancé les moteurs et accélérait progressivement, contrôlant sur les écrans l'approche des astéroïdes. Il laissa les premiers blocs le dépasser et régla sa vitesse pour se stabiliser à la hauteur de l'énorme rocher qui tournait doucement sur lui-même. La double croix rouge et bleu apparut par le hublot latéral. Juste en dessous, une large porte s'ouvrait lentement.

« Détection automatique, commenta Ossiah. Ça ne veut pas dire que quelqu'un nous attend. Entre et pose-toi dans le sas. Ensuite, tu te rangeras à côté des autres navettes. »

Dahl s'exécuta. Le garage était immense, suffisant pour accueillir une bonne vingtaine de petits vaisseaux mais, pour le moment, seuls deux emplacements étaient occupés. Quand il coupa les moteurs, le vantail intérieur du sas était déjà refermé, et une lumière verte s'alluma au plafond, baignant la roche grise de reflets blafards.

« Je descends. Toi, tu m'attends ici. »

Einar aida le jeune homme à se redresser et l'accompagna jusqu'à l'écoutille. À ce moment, un homme en combinaison rouge et bleu apparut. Il allait s'adresser à Ossiah lorsqu'il aperçut Einar un peu en retrait. Il s'interrompit brusquement, tourna un visage accusateur vers le jeune mineur et s'éloigna d'un pas vif.

« Qu'est-ce que je te disais… Vaut mieux que j'aille tout expliquer au Prévôt et à la Mère. Et referme l'écoutille, on ne sait jamais… »

Einar obéit et s'en félicita quand, quelques minutes plus tard, une dizaine d'hommes, jeunes pour la plupart, vinrent prendre position devant la navette. Un long moment s'écoula encore, puis Ossiah réapparut enfin en compagnie d'un homme d'une cinquantaine d'années et d'une femme nettement plus jeune, blonde et élancée. La femme le soutenait. Il portait des vêtements propres et avait probablement reçu des soins, mais il paraissait à bout de forces. L'homme aboya un ordre bref et les jeunes qui entouraient l'appareil reculèrent. Ossiah fit signe à Einar d'ouvrir l'écoutille.

« Ça va, lui dit-il en prenant pied à bord, toujours soutenu par la femme. Tout est arrangé.

— Tu peux nous laisser et aller te reposer, maintenant, intervint l'homme. Certains points restent à éclaircir.

— Mon oncle ! Tu as promis ! » protesta Ossiah, mais la femme l'interrompit en souriant.

« Ne t'inquiète pas, il pourra rester. Et maintenant, retourne à l'infirmerie. Je viendrai te voir ce soir. Avec ton ami.

— Oui, Mère... »

En bas de l'écoutille, deux des jeunes gens qui attendaient toujours s'avancèrent pour le soutenir et le trio s'éloigna, plongé dans une discussion animée.

« Suivez-nous, ordonna l'homme. Nous avons à discuter, et nous serons mieux dans la salle du Conseil. »

Sans un mot de plus, il quitta la navette. La femme fit signe à Einar de l'imiter et, une fois dehors, se porta à sa hauteur. Il hésita un instant.

« Vous... Vous êtes la mère d'Ossiah ?

— Parce qu'il m'a appelée Mère ? »

Elle semblait amusée. Einar la dévisagea. Comme tous les mineurs qu'il avait aperçus jusque-là, elle était grande, très grande même pour les standards d'Orosco. Elle devait avoir son âge, peut-être un peu plus. Difficile de croire qu'Ossiah soit son fils. Une très belle femme.

« Non, Ossiah n'est pas mon fils. Ses parents sont morts quand il avait huit ans et depuis, il fait partie de la famille, mais ce n'est pas pour ça qu'il m'a appelée "Mère". C'est mon titre, en tant que responsable de cette maison. »

Einar se sentait un peu largué.

« Cette *maison* ?

— Cet astéroïde, si vous préférez. La maison Mertov. Tous ceux qui vivent ici forment une famille au sens large. Dimitri, notre Prévôt, dirige tout ce qui concerne la mine. Moi, la Mère, je m'occupe du reste. Vous comprendrez assez vite. »

La salle du conseil, en dépit de son nom, n'était qu'une petite pièce chichement meublée d'une grande table entourée d'une douzaine de chaises. Le Prévôt prit place d'un côté, près de la Mère, et indiqua à Einar de s'installer en face de lui.

« Ossiah nous a expliqué que vous lui aviez sauvé la vie, commença Dimitri. Et de fait, sans votre assistance, il n'aurait jamais pu piloter la navette pour revenir ici. Nous avons donc décidé de vous remercier en vous accueillant le temps de prendre une décision à votre sujet.

— Son récit était toutefois passablement décousu, intervint la Mère. Nous aimerions donc entendre votre version. »

Einar obtempéra. Quand il eut terminé, les deux responsables se regardèrent.

« Tout cela correspond effectivement à ce que nous a raconté Ossiah, dit enfin la Mère. Vous ne nous avez cependant pas expliqué ce que vous faisiez dans cette usine et pourquoi les gardes en avaient après vous ! »

Einar hésita un instant. Quelle serait leur réaction quand ils apprendraient qu'Eleazar le recherchait ? Ils pouvaient très bien décider de le livrer au Directeur… Mais il ne se voyait pas leur mentir, pas après ce qu'Ossiah avait fait pour lui.

« Je m'appelle Dahl, dit-il. Einar Dahl. Les gardes me recherchaient afin de me livrer au Directeur Eleazar. »

Il leur raconta tout, depuis son embauche par l'Administrateur jusqu'à son entrevue avec Duhurre, juste avant que son chemin ne croise celui d'Ossiah.

« J'ai entendu parler de cette histoire, dit enfin le Prévôt lorsqu'Einar eut terminé son récit. J'ignorais évidemment qu'Eleazar ne s'était pas contenté de vous faire renvoyer…

— Vous savez tout… reprit Einar. Et maintenant, qu'allez-vous faire de moi ?

— La décision ne peut être prise par notre seule maison. Comme vous l'a probablement dit Ossiah, nous avons une règle très stricte : aucun étranger ne peut être accueilli parmi nous. Et dans votre cas, ce différend avec Eleazar pose un problème de sécurité supplémentaire. Nous allons devoir porter cette affaire devant le congrès… »

À ce moment, la Mère se pencha pour murmurer quelques mots à l'oreille du Prévôt, qui hocha la tête.

« Tatiana vient de me rappeler un autre argument en votre faveur. Vous êtes bon pilote, semble-t-il.

— Je ne voudrais pas avoir l'air de me vanter, répliqua Einar, mais c'est exact. Si vous le désirez, d'ailleurs, je suis prêt à vous en faire la démonstration.

— Toutefois, intervint la Mère, vous ne nous avez pas dit ce qui vous a amené sur Orosco. Qu'est-ce qui a bien pu vous pousser à embarquer sur un vaisseau du consortium pour échouer ici ? Que fuyez-vous, Dahl ? »

Einar soupira. Il se doutait qu'à un moment ou à un autre, il devrait répondre à cette question.

« Désolé, dit-il carrément, il s'agit là d'une affaire qui ne concerne que moi. Je peux cependant vous affirmer ceci : je n'ai de ma vie commis aucun crime ou délit qui me vaudrait d'être poursuivi. »

Puis, après un instant de réflexion, il ajouta :

« Il arrive aussi que des innocents soient traqués par des ennemis puissants… »

Le Prévôt haussa les épaules et se leva.

« Le congrès tranchera. La prochaine séance est prévue dans un peu plus d'une semaine. D'ici là, vous êtes notre hôte. Je vous laisse entre les mains de Tatiana Sokolov, qui va s'occuper de votre installation. »

Il quitta la pièce sans un mot de plus.

« Il n'a pas l'air très content, remarqua Einar.

— C'est un brave homme, répondit la jeune femme en souriant. Très compétent pour ce qui concerne la mine, mais il déteste les imprévus, et avec vous, il est servi ! À ma connaissance, en dehors des mariages, la dernière adoption remonte à plus de trente ans – et encore, il s'agissait de l'enfant qu'un mineur avait eu avec une fille d'en bas… Mais ne vous en faites pas, il vous défendra bec et ongles devant le congrès. Il ne peut pas faire autrement, d'ailleurs ! Ossiah est son neveu et vous lui avez sauvé la vie.

» Venez, ajouta-t-elle en se levant. Puisqu'il semble probable que vous allez rester ici, autant vous familiariser tout de suite avec notre maison. »

Einar passa le restant de la journée en compagnie de Tatiana. Il découvrit les différents aspects de la vie dans un habitat spatial et posa de nombreuses questions auxquelles la Mère répondit volontiers, osant à peine s'avouer le plaisir qu'il prenait à la compagnie de la jeune femme.

La maison Mertov, apprit-il, comptait en ce moment trois cent quatre-vingt-trois résidents, dont huit femmes enceintes, et les hommes étaient un peu plus nombreux que les femmes. La rotation artificielle de l'astéroïde permettait de ménager une gravité ne dépassant pas le quart de celle de la planète, et de puissants dispositifs de recyclage maintenaient l'air respirable. Un natif d'Orosco aurait probablement mis un certain temps à s'accoutumer à la faible gravité ainsi qu'à l'odeur particulière de l'air, mais Einar avait connu bien pire. Quelques minutes lui suffirent pour se sentir à l'aise.

L'énorme bloc rocheux était presque entièrement creux. Le résultat, lui apprit Tatiana, de l'exploitation primitive du minerai lorsque l'épuisement des gisements sur Orosco avait obligé les mineurs à se tourner vers les ressources de la ceinture d'astéroïdes. En ce temps-là, ils ne séjournaient dans l'espace que quelques jours avant de retourner sur la planète, les cales pleines, mais la durée et le coût des trajets ainsi que le divorce croissant entre la population de la surface et les mineurs – en raison de leurs lointaines origines slaves, les habitants d'Orosco ne les avaient jamais vraiment acceptés – les avaient rapidement amenés à s'installer dans les corps célestes déjà largement évidés et à les aménager en habitats permanents.

« Il y a six autres maisons comme celle-ci, reprit Tatiana. Trois d'entre elles, les maisons Balakin, Rostovsev et Alenine ont une population un peu plus élevée, qui dépasse largement les quatre cents personnes – presque mille pour la maison Alenine –, mais elles fonctionnent à la limite de leurs capacités. Cette division en plusieurs maisons n'est pas idéale, mais les quelques astéroïdes d'une taille suffisante pour accueillir tout le monde étaient trop pauvres en minerai et n'ont donc jamais été exploités, si bien qu'il n'y avait pas d'autre solution que de nous établir dans ceux qui, comme celui-ci, étaient facilement aménageables... »

Ils suivaient un long couloir légèrement incurvé, bordé de portes régulièrement espacées.

« Cette coursive fait le tour de l'astéroïde. De ce côté-ci (elle indiqua de la main les portes situées vers l'extérieur du bloc rocheux) se trouvent les unités d'habitation. Certaines ne comportent qu'une seule cabine et sont évidemment réservées aux célibataires. Les autres comprennent plusieurs pièces, selon la taille de la famille. De nos jours, beaucoup sont inoccupées. Une épidémie a décimé notre population il y a une trentaine d'années, et nous sommes encore loin d'avoir retrouvé notre niveau d'avant. De l'autre côté, ce sont les installations collectives : cuisines, réfectoires, laveries. Un peu plus loin, se trouvent les salles des machines, générateurs gravitationnels, unités de recyclage de l'air et, bien sûr, les synthétiseurs.

— Vous avez des synthétiseurs ? » Einar était impressionné. En dehors des mondes du cœur de l'Empire, rares étaient les planètes qui en possédaient encore en état de marche.

« Tous nos équipements datent de la grande époque, quand Elquida n'hésitait pas à investir dans la mise en valeur d'Orosco ! Certains ont été amenés lorsque les projets d'exploitation des astéroïdes ont pris forme. D'autres, comme les synthétiseurs, étaient déjà sur place dans les mines des zones polaires.

— Et les dirigeants d'Orosco vous ont laissés les prendre ? »

Tatiana haussa les épaules.

« Pour autant que je sache, ça n'a pas été simple ! Mais l'Administrateur de l'époque n'avait pas vraiment le choix. C'était ça ou faire une croix sur le solonium !

— Donc, vous êtes autosuffisants ?

— Pas tout à fait, malheureusement ! Nous produisons la quasi-totalité de notre nourriture, l'air et la plus grande partie des produits de base, mais nous dépendons d'Orosco pour les produits frais, ainsi que pour la plupart des objets manufacturés que nous ne sommes pas équipés pour fabriquer, notamment les pièces détachées pour le matériel d'extraction et les navettes. Tout cela, nous devons nous le procurer à la surface, et croyez-moi, au prix fort ! Ah, voici vos quartiers. »

La cabine était plus vaste que ce à quoi Einar s'attendait. Un lit d'une personne, quelques meubles et un bureau occupaient la plus grande partie de l'espace. Une porte ouvrait sur une petite salle de bain.

« Le logement standard des célibataires, dit Tatiana en souriant. Pas le grand luxe, mais largement suffisant pour une personne seule.

— Pas de cuisine ?

— La restauration, comme presque tout ici, est collective. Pour des raisons d'économies évidentes. Vous n'aurez pas non plus à vous soucier de votre linge ni de la literie. Par contre, à vous de vous occuper du ménage de votre logement. Vous avez ce qu'il faut pour ça dans ce placard… Je suppose que vous n'avez pas d'autres vêtements que ceux que vous portez sur le dos ?

— En effet, et pas en très bon état, en plus !

— Nous vous en procurerons d'autres, rassurez-vous. Suivez-moi, je vais vous conduire aux magasins et j'ai encore plusieurs choses à vous montrer. »

Chemin faisant, elle le fit entrer dans la salle des machines, où Einar fut impressionné par le bon état des équipements.

« Nous veillons dessus comme sur la prunelle de nos yeux ! Ossiah y est pour quelque chose d'ailleurs. Ce gamin est un petit génie de la mécanique…

— Gamin ? »

Tatiana éclata de rire.

« Il a beau être plus grand que moi, il se comporte toujours comme un enfant sans cervelle ! En principe, il était descendu sur Orosco se procurer des pièces détachées pour une foreuse, pas pour prendre du bon temps avec une fille ! Cela dit, pour une fois, je ne lui en tiendrai pas rigueur. Sans cette petite aventure, vous seriez encore sur la planète !

— Et dans de sales draps ! Vous ne pouvez pas savoir à quel point je lui en suis reconnaissant ! »

La jeune femme lui sourit sans rien ajouter. Einar la trouvait de plus en plus séduisante.

Tatiana lui montra encore les cuisines, le réfectoire dans lequel il prendrait ses repas, et diverses autres commodités avant de l'entraîner dans les magasins, dont il ressortit un moment plus tard, les bras chargés.

« Je vous laisse vous installer, lui dit la jeune femme. J'ai à faire. Je passerai vous chercher dans trois heures pour aller voir Ossiah à l'infirmerie. »

Einar la regarda s'éloigner jusqu'à ce que la courbe de la coursive la cache à sa vue. *Ne commence pas à te faire des idées* ! se dit-il en prenant le chemin de sa cabine. *Tu ne sais même pas si leur fichu congrès ne va pas décider de te livrer à Eleazar ! Et puis, elle est sûrement* déjà mariée…

Einar ne s'était pas trompé : la blessure d'Ossiah n'était pas très grave. Le lendemain, le jeune homme quittait l'infirmerie en pleine forme, le bras gauche en écharpe et la main droite à peine enflée.

« Tu te rends compte ! Il faut que je garde ce truc encore quatre jours ! Quatre jours ! Avec tout le boulot qui m'attend !

— Je n'ai rien à faire jusqu'à ce que le congrès se réunisse, alors je peux tout aussi bien te donner un coup de main. Dis-moi simplement ce que je dois faire… »

C'est ainsi qu'Einar se retrouva dans l'autre partie de l'astéroïde, le domaine des mineurs. Dimitri accueillit chaleureusement son neveu et ne souleva aucune objection à la présence de son compagnon. Ossiah échangea quelques mots avec le Prévôt puis entraîna Einar dans les ateliers. Un homme âgé, entièrement chauve, les accueillit.

« Ah, te voilà quand même ! gronda-t-il en fusillant Ossiah du regard. Comment tu veux que je me débrouille sans toi ?

— Einar, laisse-moi te présenter Micha, notre maître mécanicien. Il se donne beaucoup de mal pour avoir l'air méchant, mais c'est le plus gentil des hommes. Micha, voici Einar.

— C'est donc toi, le fameux Dahl ? tonna le vieil homme. C'est vrai, ce qu'on dit, que tu as cassé la figure à ce petit salaud d'Eleazar ? J'espère qu'ils vont décider de te garder, continua-t-il sans attendre de réponse, parce que ça, ça me plaît ! Sans compter que tu as sauvé la vie de ce jeune vaurien ! Mais dis, Ossiah, tu ne vas jamais pouvoir travailler avec ce truc-là !

— Ne t'en fais pas, Micha. Einar va m'aider. »

Le maître mécanicien hocha la tête et s'éloigna en grommelant. Quelques minutes plus tard, les deux hommes se penchaient sur une console de commande grande ouverte, reliée à un écran encore éteint.

« Ça vient d'une foreuse. Attends, Micha a laissé une note ! *Fonctionnement erratique, coupures fréquentes, exécution aléatoire...* Ça ne m'étonne pas, du vieux matos qui n'a pas dû être ménagé…

— Il va falloir changer la carte ?

— Pour ça, il faudrait en avoir une autre ! Introuvable sur Orosco, vois-tu. On pourra peut-être s'en procurer une quand le vaisseau du consortium reviendra, mais pour l'instant, il va falloir se débrouiller autrement. »

Suivant les instructions d'Ossiah, Einar démonta quelques-uns des composants, jusqu'à ce que le jeune homme l'interrompe brusquement.

« Attends… Je crois que la panne vient de là. »

Les yeux clos, il promenait sa main valide sur une large carte électronique.

« Non… Non… Ici non plus… Là ! Oui, c'est ça ! Tu vois ce circuit ? C'est lui qui est fichu.

— Comment tu peux le savoir ? interrogea Einar, interloqué. Tu ne l'as même pas testé !

— Pas besoin ! Je le sais, je te dis ! Tiens, aide-moi à mettre les lunettes… »

Einar s'exécuta. Ce n'étaient pas vraiment des lunettes, mais des écrans reliés à des caméras à fort grossissement. Il en avait souvent utilisé pour des réglages très fins sur les moteurs spatiaux.

« Le graveur, dans le coffret rouge, là-bas… Fais gaffe en le sortant. N'abîme surtout pas la pointe ! »

L'extrémité du petit outil était invisible à l'œil nu. Einar n'avait vu d'engins semblables qu'au bout des bras de robots à la précision infaillible.

« Tu ne vas quand même pas faire ça à main levée ?

— Ici, on n'a pas de robots, mon pote. Faut se débrouiller tout seul ! Maintenant, ferme-la, que je puisse me concentrer ! »

Quelques secondes plus tard, Ossiah avait effacé et reconstruit toute une section du circuit défectueux.

« C'est bon, dit-il enfin. Tu peux tout remonter. »

Songeur, Einar remit les différents éléments en place. Le jeune mécanicien alluma l'écran et entama la procédure de test. Les lignes de code défilèrent sur l'écran à toute allure – de l'hébreu pour Einar – puis se figèrent brusquement.

Procédure terminée. Fonctionnement optimal.

« Tu vois, triompha Ossiah. Ça marche !

— De ma vie, je n'ai vu qu'une seule personne faire un truc pareil… dit Einar en secouant la tête. C'était sur… Bah, peu importe ! Le type travaillait au feeling. Il pouvait réparer n'importe quoi !

— Comme moi, quoi ! Et qu'est-ce qu'il est devenu, ton gars ? »

Einar prit son temps avant de répondre. La scène était toujours gravée dans son esprit. L'homme terrorisé que la demi-douzaine de brutes entraînait dans la ruelle, les cris, puis le silence.

« Il est mort, dit-il enfin. Des types sont venus le chercher. Ils ont dit que c'était un *alter*. Ils l'ont brûlé vif… »

Ossiah garda le silence quelques instants, le visage crispé.

« Eh ! Qu'est-ce que t'es en train d'insinuer ? »

Sur son visage, la fureur le disputait à l'angoisse.

« Rien, Ossiah ! Tu es très fort, c'est tout, répondit doucement Einar. Je pense qu'on est tous un peu des *alter*, en tout cas ceux qui sont vraiment très doués dans leur domaine, comme moi en pilotage ou toi en mécanique. Et le traitement qu'on réserve à ces malheureux m'a toujours horrifié… »

Ossiah s'était un peu détendu.

« Ici, tout le monde trouve ce que je fais normal !

— Et ils ont bien raison ! J'aimerais avoir ton talent, crois-moi ! Mais je n'aurais pas dû te parler de ça. C'est simplement que cette histoire m'est revenue en te regardant faire… N'en parlons plus ! »

Ossiah retrouva rapidement sa bonne humeur, et le travail se poursuivit toute la journée, Einar l'aidant de son mieux.

Chapitre 10

Les jours, les semaines ou les mois s'écoulèrent. Le temps ne signifiait plus rien pour Lucy, plongée dans la perpétuelle torpeur du tranquillisant. Elle passait le plus clair de ses journées dans une petite chambre où on lui apportait ses repas, qu'elle mangeait mécaniquement quand on lui en donnait l'ordre, se couchant lorsque les lumières s'éteignaient pour se relever avec la sonnerie du matin. Ensuite, elle restait debout ou bien assise sur une chaise, l'esprit vide, insensible au passage des heures. Au fond d'elle-même, une toute petite voix lui soufflait encore qu'elle ne devait pas abandonner, qu'elle devait lutter, mais le tranquillisant ne bloquait pas seulement sa capacité à communiquer, il annihilait également le peu de volonté et de courage qui lui restait.

De temps à autre, Jim, l'homme en blouse blanche ou Ella, sa collègue, venaient la chercher. Leur apparition ne parvenait même pas à la tirer de l'apathie dans laquelle la plongeait la drogue, alors qu'elle signifiait inévitablement de nouvelles souffrances. Après chaque séance, elle oubliait tout pour un temps, se souvenant simplement d'avoir communiqué avec d'autres *alter* dans des vaisseaux très loin de Regulus, recevant leurs messages et transmettant en retour ce que lui dictaient Jim et sa collègue. Il ne lui restait que le vague, très vague regret de ne pas avoir pu en profiter pour appeler cette femme dont elle perdait peu à peu le souvenir. Hannou ? Oui, c'était bien son nom. Sa grand-mère… Curieusement, les conversations qu'elle entendait au cours de ces séances restaient gravées dans sa mémoire en même temps que la totalité des messages qu'elle envoyait et recevait, tournant sans fin dans son esprit désœuvré.

Puis un matin, quand ils vinrent la chercher, au lieu de l'emmener tout de suite dans la chambre de test, Ella prit la peine de vérifier ses vêtements tandis que Jim lui tenait un petit discours.

« Aujourd'hui, petite, c'est un grand jour pour toi ! Tu vas montrer ce que tu sais faire à des tas de gens importants ! Alors tu vas être une bonne fille et me faire le plaisir de te surpasser ! D'accord, ma grande ? »

Il lui parlait toujours gentiment et, dans la mesure où Lucy était encore capable d'éprouver des sentiments, elle l'aimait bien.

« Je ferai de mon mieux, monsieur, répondit-elle docilement.

— Brave fille ! Ah, et j'ai encore une bonne nouvelle pour toi. Après ça, on te laissera tranquille pendant un bout de temps !

— Elle est prête, intervint Ella. On peut y aller.

— Pas trop tôt, commenta Jim. Ils doivent déjà tous être là. Tu sais quoi, ma belle ? Les huiles, faut jamais les faire attendre ! »

Lucy nota avec détachement qu'on ne la conduisait pas dans la petite pièce habituelle mais dans une salle bien plus grande, où une douzaine d'hommes et de femmes assis dans des fauteuils attendaient en silence. Les deux techniciens l'installèrent sur l'étroite couchette et, tandis qu'Ella lui attachait les chevilles et les poignets, Jim lui fit l'injection. Quelques secondes encore et la souffrance familière la submergea.

La séance suivit son cours habituel. Elle capta un certain nombre de messages, un peu plus peut-être que les fois précédentes, en envoya également, puis la douleur s'estompa enfin. Les yeux clos, elle entendit la voix de Jim.

« C'est terminé, docteur. Elle va s'endormir.

— Excellent travail ! Merci à tous les deux ; et maintenant, vous pouvez vous retirer… Non, laissez-la ici. Vous reviendrez la chercher dans un moment. Nous avons à discuter…

— Comme vous voudrez, docteur Hedford. »

Quelques instants plus tard, Lucy perçut de nouveau la voix du docteur. Le sommeil menaçait de la submerger mais, bien qu'elle n'en eût évidemment rien dit à Jim ou à Ella, il lui était devenu de plus en plus facile au fil des séances de lutter contre l'endormissement et, cette fois encore, poussée par une vague curiosité, elle trouva la force de résister.

« J'ai consulté les archives, monsieur le directeur. Nous avons certes eu des spécimens puissants, mais cette Lucy 37 les dépasse tous de très loin ! Naturellement, elle ne maîtrise pas encore sa puissance et capte tout ce qui est à sa portée mais, une fois formée, elle sera parfaite !

— En effet, c'est presque incroyable. Avez-vous une explication, Hedford ?

— Pas encore, monsieur le directeur, mais nous y travaillons. Une étude complète de sa structure génétique a déjà été entreprise. Nous en saurons probablement davantage dans quelques jours.

— Pourquoi celle-ci ? s'interrogea le directeur à voix haute. Madame Platsky, en tant que responsable des crèches, aviez-vous déjà entendu parler d'elle ?

— Jamais, monsieur le directeur. J'ai vérifié avant de venir. Il n'y a jamais eu le moindre signalement à son sujet…

— Et à l'école ?

— Rien non plus, monsieur », répondit une voix qui éveilla de vagues échos dans la mémoire de Lucy. Elle l'avait déjà entendue, mais où ? Ses idées étaient si confuses…

« J'ai pourtant cru comprendre qu'elle avait été punie ?

— C'est exact. Une des gardiennes l'a envoyée quelque temps en cellule une première fois, et j'ai moi-même dû lui infliger une nouvelle sanction il y a quelques jours seulement. Mais ce n'était qu'une banale affaire de discipline. Lucy 37 et une de ses congénères, Pamela 48, avaient franchi les limites autorisées pour regarder les enfants du personnel jouer au ballon dans une des cours. La seconde punition a été plus lourde puisqu'il s'agissait d'une récidive. Permettez-moi aussi d'ajouter que la meneuse semblait bien être Pamela 48, et non Lucy. De l'avis général, c'est une enfant effacée et respectueuse.

— Il doit bien quand même y avoir quelque chose ! s'exclama le directeur, irrité. Elle n'a que quinze ans ! C'est tout à fait anormal !

— Nous continuons à chercher, monsieur, intervint la voix apaisante du docteur Hedford. Et nous trouverons, soyez-en certain !

— J'y compte bien ! répliqua sèchement le directeur. Cette fille est une aubaine, évidemment ; l'amiral MacGregor paiera une fortune pour s'assurer ses services ! Je lui en toucherai un mot quand il viendra pour l'attribution, mais je serais encore bien plus satisfait si quelqu'un ici pouvait me convaincre qu'elle ne restera pas une exception ! Vous connaissez la situation aussi bien que moi, la demande explose alors même que notre production de sujets satisfaisants ne cesse de décliner ! Le directoire commence à s'inquiéter sérieusement…

— Les nouvelles méthodes d'hybridation donnent des résultats prometteurs, intervint une femme, rompant le silence qui venait de s'installer. Le pourcentage d'inaptes a considérablement diminué…

— Je sais, madame Berthier, soupira le directeur. Je sais que vous faites tous de votre mieux, mais il ne sert à rien de se voiler la face. Si notre production augmente en quantité, la qualité baisse régulièrement, et c'est là tout le problème. J'ai eu il y a quelques jours une longue communication avec le conseiller Sigismond, qui m'a fait part des préoccupations du directoire. Pour faire court, selon lui, l'existence même de la Fondation est menacée si nous ne parvenons pas à redresser la barre. Oh, pas immédiatement, le nombre de sujets fournis réussit encore à faire illusion, mais ça ne durera pas, c'est une certitude…

— Il semblerait pourtant que les *alter* soient à la mode sur Providence, glissa une autre femme à la voix aiguë.

— C'est vrai, madame Narris, et tant mieux pour nous ! Avoir un ou plusieurs *alter* dans son entourage est la dernière marotte en date des grandes familles ! Ceux qu'ils choisissent sont tous jeunes et beaux. Ils les couvrent de riches toilettes et de bijoux et les exhibent devant leurs pairs. Cela leur coûte une fortune, mais quel meilleur moyen d'afficher leur puissance? Et comme ils ne leur servent à rien de plus qu'à communiquer d'une résidence à une autre sur Providence même, nos sujets les plus médiocres conviennent parfaitement…

— Actuellement, ces contrats représentent pas loin de la moitié de notre chiffre d'affaires, intervint un homme à la voix très grave, et la croissance est continue. Si l'on ajoute à cela la formation des personnels annexes que les souscripteurs doivent légalement embaucher en même temps que les *alter*, le directoire a tout lieu d'être satisfait!

— Ce n'est pas faux, concéda le directeur, du moins de votre point de vue de responsable financier, monsieur Coleman, mais ces bons résultats ne sont malheureusement pas suffisants…

— Les finances de la Fondation ne se sont jamais aussi bien portées! protesta l'homme à la voix grave. Et notre politique d'expansion a toujours eu le soutien du directoire!

— Là encore, vous avez raison, Coleman, mais peut-être pas pour les motifs que vous imaginez. Le conseiller Sigismond a été parfaitement clair… D'abord, si le directoire se félicite de l'engouement actuel pour les *alter*, qui dope les signatures de contrats sur Providence et les principales planètes du Cercle Intérieur, ses membres ne se font aucune illusion sur ce phénomène, qu'ils s'attendent à voir cesser du jour au lendemain – comme c'est le cas pour toutes les modes… D'autre part, cette passion soudaine pour les *alter* a également des effets négatifs. Je n'en citerai qu'un seul : leur exhibition au grand jour sur Providence, la façon dont ils sont surveillés et contrôlés – même si celle-ci est considérablement plus légère que pour leurs homologues sur les vaisseaux de la Flotte ou du consortium – a entraîné l'apparition d'un mouvement radical d'opposition dans la ville basse. Pour le moment, ce groupe reste clandestin et très minoritaire mais, d'après le conseiller, il rencontrerait un écho de plus en plus favorable dans la population, y compris auprès de certaines grandes familles… Ce mouvement réclame l'interdiction des drogues utilisées sur les *alter*, leur émancipation juridique, un traitement médical adapté pour leur ôter toute dangerosité, et naturellement, la fin du monopole du consortium sur ces malheureux…

— Des anarchistes ! marmonna quelqu'un dont Lucy ne reconnut pas la voix. Ça ne devrait pas être bien difficile de les faire taire !

— La police impériale s'y emploie, bien sûr mais, en tout état de cause, le directoire juge cette évolution préoccupante, d'autant que ce n'est apparemment pas son seul motif d'inquiétude.

» Et nous en revenons à la Fondation, reprit-il après un instant de silence. Les officiers de nos propres vaisseaux se plaignent de plus en plus ouvertement des faibles capacités des sujets que nous leur fournissons. En soi, c'est déjà ennuyeux mais, s'agissant d'employés du consortium, cela n'a guère de conséquences. Il en va tout autrement des récriminations de la Flotte et de l'administration impériale.

— L'ouverture des nouvelles crèches a pratiquement doublé notre production ! s'insurgea la femme à la voix haut perchée. Les sujets de classe A sont par voie de conséquence deux fois plus nombreux !

— Ce n'est pas un simple problème d'effectifs, soupira le directeur. Les plaintes de la Flotte et des autres clients concernent surtout leur niveau de puissance.

— Ils répondent tous aux critères de la classe A ! répliqua la femme. Qu'est-ce qu'ils veulent de plus ?

— Selon le conseiller Sigismond, c'est moins un problème de puissance pure que de résistance. Nos sujets sont effectivement capables des performances exigées mais, pour y parvenir, ils doivent recevoir des doses de plus en plus élevées, avec les conséquences que vous connaissez : leur durée de vie – qui n'est déjà pas très longue dans le cadre d'une utilisation modérée – s'en trouve considérablement abrégée. C'est également ce dont se plaignent nos propres officiers. »

L'homme à la voix grave s'autorisa un léger ricanement.

« Dans ce cas, augmentons encore nos capacités de production. De cette façon, si les sujets que nous leur fournissons se…

périment plus rapidement, nous pourrons leur en fournir d'autres, quitte à baisser légèrement le montant des contrats... Tout le monde y trouvera son compte!

— Estimez-vous heureux que les activistes de Providence ne vous entendent pas, Coleman! Ils vous cloueraient au pilori! Plus sérieusement, même si vous avez raison sur un plan strictement comptable, ça ne marchera pas. D'après le conseiller, les amiraux exigent des sujets plus puissants, et surtout plus résistants, comme cette fille dont le docteur Hedford vient de nous exposer les talents. C'est ce genre de spécimen que nous devons maintenant réussir à produire en nombre, sinon...

— Sinon?

— Sinon, madame Berthier, le consortium pourrait bien perdre son monopole sur les *alter*. Les délicats équilibres internes de l'administration impériale nous restent largement étrangers mais, selon Sigismond, la Flotte – qui a de tout temps contesté l'attribution de Regulus à la famille Bledsoe-Dandridge – n'a jamais abandonné l'idée de nous en déposséder. Elle est aujourd'hui en position de force. Nos appuis au Palais impérial parviennent pour le moment à nous protéger, mais pour combien de temps encore?»

Un silence consterné suivit ses paroles.

«Si les militaires parviennent à leurs fins, la Fondation disparaîtra et Regulus passera aux mains de la Flotte. Combien de temps croyez-vous que durera l'hégémonie du consortium sur le commerce interstellaire lorsque nous devrons à notre tour supplier MacGregor ou Wallace de nous procurer les *alter* sans lesquels il n'est pas de navigation hyperspatiale possible? Sans compter que la mainmise de la Flotte sur Regulus aurait encore une autre conséquence, bien plus ennuyeuse pour nous, cette fois!

— Nous perdrions notre travail, approuva le docteur Hedford, encore que... La Flotte aura besoin de spécialistes pour prendre le relais. La situation n'est peut-être pas aussi désespérée que vous le pensez, monsieur.»

Le directeur eut un petit rire amer.

« Vous êtes sans doute un excellent praticien, Hedford, mais vous ne voyez pas plus loin que le bout de votre nez ! Croyez-vous que la population de l'empire sache ce qui se passe réellement ici ? Bien sûr que non ! Tout le monde croit ce que les spécialistes des relations publiques du consortium veulent faire croire ! Exactement ce que nous racontons à nos jeunes *alter* dès qu'ils sont en âge de comprendre : que la Fondation recueille les orphelins après la mort de leurs parents exécutés pour leurs crimes, que nous les élevons, les formons et que, dans sa grande bonté, le consortium leur trouve un emploi une fois leurs talents révélés ! »

Une femme laissa échapper un petit cri angoissé.

« Que diront-ils quand ils apprendront la vérité ? reprit le directeur. Que nous n'avons jamais recueilli le moindre orphelin, que toutes les naissances dans nos maternités ne sont que le résultat de fécondations *in vitro* à partir de la semence et des ovules récupérés sur les cadavres des *alter* rebelles après trois mois de gestation accélérée dans des utérus artificiels ? Que diront-ils lorsqu'ils sauront comment se fait le tri à la naissance ? Que diront-ils encore lorsqu'ils découvriront ce que nous faisons des inaptes, dont le talent n'est pas suffisamment puissant pour qu'ils vaillent la peine qu'on les garde en vie ? Que penseront-ils enfin de la manière dont nous transformons les autres en esclaves dociles, ne connaissant de la vie que l'abrutissement ou la souffrance ? Comment nous jugeront ils ?

— Admettons... » C'était encore Coleman. « Mais même si les amiraux de la Flotte parvenaient à leurs fins, ce serait stupide de leur part de dévoiler la vérité sur la Fondation ! Ils savent bien qu'il n'y a pas d'autre moyen de se procurer les *alter* dont ils ont besoin. Et ils garderont tout ça secret, comme nous l'avons toujours fait...

— Cela paraît logique, en effet. D'ailleurs, c'est exactement ce que j'ai répondu au conseiller Sigismond. Ce n'est pourtant apparemment pas l'avis du directoire. Ils sont tous persuadés que le grand amiral Wallace ne laissera pas passer l'occasion de décrédibiliser durablement le consortium. Les liens de Wallace avec certains de nos principaux concurrents du Cercle Intérieur ne sont un secret pour personne, et ceux-ci s'empresseraient évidemment de réclamer à cors et à cris la fin du monopole sur le commerce interstellaire… Non, monsieur Coleman, ils ne cacheront pas la vérité, au contraire. Vous pouvez compter sur eux pour orchestrer l'indignation populaire ! Ensuite, ils laisseront passer un peu de temps, imposeront le secret militaire, et Wallace chargera l'amiral MacGregor ou un autre de reprendre les choses là où nous les aurons laissées, voilà tout. »

Il n'y eut pas de réponse. Le directeur laissa le silence s'éterniser avant de reprendre enfin, plus doucement.

« Tout cela peut se produire, mes amis. Ou plutôt, tout cela adviendra inévitablement si nous ne trouvons pas un moyen pour livrer de bien meilleurs sujets et par là même faire taire les critiques. J'espère sincèrement que cette… Lucy 37 pourra nous y aider et que vos recherches porteront leurs fruits. Notre sort, celui de la Fondation et probablement du consortium sont entre vos mains. »

Sans un mot de plus, il quitta la salle. Les autres l'imitèrent dans un léger bruit de sièges remués et disparurent à leur tour, à l'exception du docteur Hedford, qui s'approcha de Lucy.

« Tu as tant de choses à nous apprendre… murmura-t-il. Dors, ma petite. Je vais avertir Ella et Jim, qu'ils te ramènent dans ta chambre. »

Lucy l'entendit s'éloigner. Les effets du tranquillisant commençaient à s'atténuer et elle se sentait l'esprit plus clair. Dans le silence revenu, elle essaya de mettre de l'ordre dans ses pensées. Les propos qu'elle venait d'écouter lui restaient largement incompréhensibles, mais elle était maintenant certaine d'au moins une chose. *Grand-mère avait raison. Ils nous mentent, ils nous ont toujours menti*. Les propos du directeur ne laissaient pas la moindre place au doute. À la fin, elle avait réussi à capter ses émotions : des regrets, des remords et de la honte. Du désespoir, également.

Persuadée que la salle était déserte, elle se risqua à ouvrir les yeux et réalisa aussitôt son erreur. Une grande silhouette maigre se dressait devant elle, immobile dans la lumière des plafonniers qui l'empêchaient de distinguer son visage.

« C'est bien ce que je pensais, tu ne dormais pas. Tu as tout entendu… Tu te souviens de moi, Lucy ? »

C'était la voix qu'elle avait cru reconnaître un peu plus tôt. La silhouette se déplaça un peu, et un rayon de lumière éclaira brièvement un visage osseux où luisaient deux yeux dépourvus d'expression.

« Monsieur Kendall… murmura-t-elle, atterrée.

— C'est bien, tu ne m'as pas oublié, Lucy. C'est très bien ! Parce que nous allons nous revoir, ma belle, nous allons nous revoir très souvent. À bientôt, ma petite Lucy. »

Elle ferma les yeux, souhaitant de toutes ses forces que le gardien-chef disparaisse. Elle s'attendait à l'entendre encore lui parler, mais ce fut la voix de Jim discutant tranquillement avec Ella qui brisa le silence. Malade d'inquiétude, elle rouvrit les yeux, cherchant la grande silhouette tant redoutée, mais le gardien-chef avait disparu. Jim lui fit une nouvelle injection de tranquillisant. Le produit agit presque aussitôt, la replongeant dans l'habituel engourdissement mental qu'elle accueillit cette fois avec soulagement.

Allongée sur la couchette qu'Ella et Jim poussaient dans les couloirs, Lucy sentit son esprit s'obscurcir peu à peu, incapable de lutter contre les effets de la drogue qui prenait de nouveau le contrôle de son cerveau. La douleur diffuse dans son corps s'atténuait également. Elle essaya de toutes ses forces de lutter, de repousser la chape qui pesait sur son cerveau, mais en vain. Une dernière pensée consciente se forma dans son esprit. *Viens vite, grand-père, je t'en prie* ! Puis l'épuisement l'emporta et elle sombra dans un sommeil sans rêves.

Chapitre 11

Deux jours après son arrivée dans la maison Mertov, quand Einar entra dans le réfectoire pour le petit déjeuner, Ossiah n'était pas seul. Trois autres mineurs lui tenaient compagnie, absorbés dans leur discussion. Il hésita un instant, tenté de s'installer à une autre table mais, en dehors d'Ossiah et de Tatiana, avec qui il avait dîné la veille, il ne connaissait personne. Les autres mineurs ne le rejetaient pas à proprement parler mais, sachant que son sort dépendait de la décision du congrès, ils restaient sur la réserve. À ce moment, Ossiah leva la tête, l'aperçut et lui fit aussitôt signe de les rejoindre.

« Einar, voici Volya, Anton et Izia. Nous travaillons ensemble la plupart du temps. Enfin, moi, je pilote, et eux, ils creusent ! »

Anton et Volya ne semblaient guère plus vieux qu'Ossiah, tous deux grands et élancés, le visage encore enfantin. Izia était nettement plus âgé, la quarantaine bien sonnée. Ce fut lui qui prit la parole une fois Einar installé.

« Oss' dit que tu es un excellent pilote. Bien meilleur que lui, en tout cas.

— Je ne l'ai jamais vu à l'œuvre ! se défendit Einar. Mais s'il est aussi bon pilote que mécanicien, ce doit être quelque chose !

— Il n'est pas mauvais, admit Anton, mais il connaît ses limites…

— On aimerait bien voir comment tu te débrouilles, reprit Izia. Et si tu es vraiment meilleur qu'Ossiah, on pourrait faire équipe tous les cinq, une fois ton adoption validée par le congrès… »

La perspective de travailler avec Ossiah et ses copains ne déplaisait pas à Einar.

« Qu'est-ce que vous proposez ?

— Que tu nous fasses une petite démonstration ! Il y a un coin où on a toujours eu envie d'aller, mais Oss' n'a jamais voulu s'y risquer. Si tu es d'accord pour tenter le coup, on embarque le matériel, on passe trois jours là-bas et on revient. Ça te va ?

— Pas de problème. Mais il faudrait peut-être que je prévienne le Prévôt ? Ou bien la Mère ?

— T'en fais pas, on s'en occupe ! Nous trois, on va chercher l'équipement et on vous retrouve à la navette. Ossiah t'expliquera comment te préparer. »

Une demi-heure plus tard, la navette quittait le sas. Ce n'était pas le petit appareil à bord duquel Einar avait ramené Ossiah, mais un véhicule bien plus volumineux capable de transporter une importante cargaison de minerai. Une fois dans l'espace, il testa les moteurs, mais il avait tort de s'en faire : la puissance était bien là. Il s'éloigna un peu de la ceinture et immobilisa l'appareil.

« Et maintenant ?

— D'abord, répliqua Izia, tu mets ta combinaison. En principe, les navettes sont isolées contre les radiations, mais on ne sait jamais. »

Les quatre autres étaient déjà équipés, à l'exception des casques qu'ils portaient accrochés à la taille. Einar s'exécuta et reprit sa place dans le siège du pilote.

« On aborde toujours la ceinture par l'extérieur, indiqua Izia. Mais tous les blocs de la périphérie sont épuisés depuis longtemps. Pour trouver le minerai, il faut s'y enfoncer assez loin. Chaque équipe se voit attribuer une zone de prospection. Tu as les coordonnées de la nôtre sur l'écran… »

Formée de millions d'astéroïdes dont les dimensions allaient du grain de poussière à quelques planétoïdes de très grande taille, la ceinture était loin d'être homogène. Des zones presque entièrement vides sur des milliers de kilomètres laissaient tout à coup place à des amas tourbillonnants de blocs rocheux de tous calibres aux formes capricieuses, qui s'entrecroisaient à des vitesses folles.

« Nous y voilà, déclara Ossiah. Ici, on peut entrer sans problème. C'est après que ça se complique... Tiens, regarde l'écran. »

Un schéma de la zone venait de s'afficher. Chaque astéroïde y figurait, identifié par un numéro de code.

« Jusque-là, nous ne sommes allés que sur U330, H415 et V1002... »

Einar hocha la tête sans rien dire. Les trois blocs rocheux tournoyaient lentement au milieu du vide. Même le moins expérimenté des pilotes pouvait s'y poser sans risque.

« Ils sont faciles d'accès, reprit Izia, mais les filons sont épuisés. Nos lointains prédécesseurs les ont naturellement attaqués en premier mais, en ce temps-là, le minerai était tellement abondant qu'ils se sont contentés de prélever ce qui était facile à atteindre. Nous, depuis, on récupère tout ce qu'ils ont laissé, mais là, on arrive vraiment au bout.

— Donc, il faut chercher autre chose ?

— Exactement ! Avance jusqu'à H415 et tu vas comprendre. »

Einar exécuta la manœuvre demandée et, sur les indications d'Izia, tourna la proue de la navette vers l'essaim d'astéroïdes tout proche.

« K154. Voilà celui qui nous intéresse... »

Un coup d'œil au plan toujours affiché sur l'écran permit à Einar de le localiser. Il eut un peu plus de mal à le retrouver au milieu des rocs tourbillonnants.

« Je l'ai. Vous voulez vraiment aller là-dessus ?

— Je sais, admit Izia, vu d'ici, ça paraît impossible. Mais Ossiah a toujours soutenu qu'un meilleur pilote que lui pourrait y arriver. Et ce foutu caillou n'a jamais vu l'ombre d'une foreuse. T'imagines ce qu'on peut y trouver ?

— Un bien meilleur pilote, souligna Ossiah. Qu'est-ce que tu en penses, Einar ? »

Dahl prit le temps d'étudier la configuration des astéroïdes avant de répondre.

« Pas évident, mais faisable, à mon avis. Laissez-moi le temps d'observer les trajectoires et on fera une tentative. Mais je vous préviens, si je juge ça trop dangereux, demi-tour immédiat ! »

Izia haussa les épaules.

« À partir de maintenant, c'est toi le patron ! C'est toi qui décides... »

Les trois mineurs disparurent dans les entrailles de la navette, mais Ossiah s'installa en silence dans le siège du co-pilote. Einar étudia encore le ballet des astéroïdes quelques minutes avant de se décider.

« On y va ! Attention, ça va secouer... »

Les blocs massifs se rapprochèrent rapidement, bouchant la vue de leur masse énorme, gigantesques falaises en perpétuel mouvement.

« On passera jamais... laissa échapper Ossiah. C'est de la folie ! »

Einar ne répondit pas. Il venait de repérer le chenal qu'il recherchait entre deux blocs tournoyants et s'y engagea d'une légère pression sur les commandes, glissant la navette entre les deux parois déchiquetées, corrigeant sa trajectoire à coup d'impulsions infimes. Les deux premiers blocs s'évanouirent derrière l'appareil, immédiatement remplacés par d'autres. À ce moment, Einar laissa la magie opérer comme cela lui arrivait à chaque fois dans ce genre de situation. Il ne réfléchissait plus, n'étudiait plus des trajectoires de toute manière trop rapides pour l'esprit : il laissait simplement ses mains agir, l'esprit vide, abandonnant le contrôle à une partie inconnue de son cerveau. Et la navette pivotait, montait, descendait, évitant avec grâce les innombrables rocs aveugles qui en dépit de leurs trajectoires erratiques ne parvenaient pas à lui barrer la route.

Et tout à coup la surface bosselée de K154 emplit son champ de vision. Il réduisit aussitôt sa vitesse pour se synchroniser avec l'astéroïde et se posa en douceur.

« On y est, les gars ! »

Affalé dans son fauteuil, livide, Ossiah le regardait, les yeux exorbités.

« Jamais vu un truc pareil ! » dit-il enfin ; puis, après un temps de réflexion, il ajouta : « Maintenant, je vois ce que tu voulais dire l'autre jour, que nous sommes tous un peu *alter*, surtout les meilleurs…

— Je savais que tu comprendrais mais, je serais toi, je n'irais pas le crier sur les toits ! »

L'irruption des passagers dans le poste de pilotage empêcha Ossiah de répondre. Les trois hommes accusaient le coup : Volya était blême et Izia ne semblait guère en meilleure forme. Anton paraissait avoir un peu mieux résisté.

« Jamais été secoué comme ça, dit-il cependant en s'ébrouant. On y est vraiment ? C'est bien K154 ?

— Bravo, Einar, bon boulot ! dit Izia, qui récupérait rapidement. Et maintenant, les gars, à nous de jouer ! »

Le temps parut interminable à Einar. Les mineurs ne quittaient pas leurs foreuses et Ossiah restait avec eux pour les aider à transporter le minerai dans les soutes, prêt à intervenir à la moindre défaillance du matériel, mais lui n'avait strictement rien à faire. Au début, il s'était aventuré sur l'astéroïde dans l'intention de prêter main-forte à ses compagnons, mais ceux-ci ne s'étaient pas gênés pour lui expliquer qu'il les encombrait plus qu'autre chose. Mortifié, il s'était réfugié dans la navette et s'ennuyait ferme. Heureusement, K 154 était si riche en minerai que les soutes se remplirent plus vite que prévu et le séjour, d'abord censé durer trois jours, se trouva réduit à deux.

Le voyage de retour se déroula dans des conditions à peu près similaires à celles de l'aller, et la navette entra bientôt dans le sas de la maison Martov, attendit le temps de subir le processus de décontamination, puis se rangea le long du quai de déchargement. Einar ouvrit l'écoutille.

« Et voilà le comité d'accueil ! murmura Volya. Avec le Prévôt en tête. Ça va chauffer, les gars…

— Qu'est-ce que tu veux dire ? » demanda Einar, interloqué.

Mais déjà, Dimitri pénétrait dans le poste de pilotage.

« Vous trois ! Dans mon bureau, tout de suite ! » gronda-t-il en direction des trois mineurs, qui ne se le firent pas dire deux fois et décampèrent sans demander leur reste. Le Prévôt les regarda s'éloigner puis tourna un regard glacial vers Einar. « Je vous aurais cru plus malin, Dahl ! Le congrès appréciera, soyez-en certain ! En attendant, vous êtes consigné dans vos quartiers jusqu'à nouvel ordre. Emmenez-le et enfermez-le, ajouta-t-il à l'adresse des deux costauds qui l'accompagnaient.

— Mais... »

Les deux assistants du Prévôt ne lui laissèrent pas le loisir d'en dire davantage. Ils le saisirent chacun par un bras et l'entraînèrent sans ménagement à travers le garage. Il entendit cependant Dimitri s'adresser à Ossiah.

« Et maintenant, mon garçon, tu vas tout me raconter. Et tu as intérêt à être convaincant ! »

Près de la porte d'accès, ils croisèrent Tatiana qui arrivait à toute allure. Elle aussi paraissait furieuse.

« Où l'emmenez-vous ? demanda-t-elle aux deux gardiens d'Einar.

— Le Prévôt a dit de l'enfermer dans sa cabine. Avec votre accord, bien entendu, Mère.

— Vous l'avez. Allez-y. » Elle s'éloigna sans même lui accorder un regard.

Einar entendit la serrure se refermer et resta debout, les bras ballants.

Qu'est-ce que ces idiots ont encore bien pu inventer ? se dit-il, ulcéré. *Et moi qui me suis laissé entraîner là-dedans ! Ossiah va avoir un paquet d'explications à me fournir !*

Il lui fallut encore patienter deux bonnes heures avant d'entendre la porte s'ouvrir. Tatiana entra dans la petite pièce et vint se planter devant lui, le visage sévère. Einar attendit, résigné.

« Je n'arrive pas à y croire, dit-elle enfin. Je sais bien que ce vaurien d'Ossiah peut se montrer persuasif, mais comment avez-vous pu être aussi crédule ?

— Ils m'ont dit que tout était arrangé avec le Prévôt ! plaida Einar. Je ne connais rien à vos procédures, moi ! Je leur ai fait confiance…

— Ce n'est pas une excuse ! Vous avez mis la vie de quatre d'entre nous en danger ! Sans compter la vôtre, naturellement !

— Ce n'était pas si dangereux que ça, protesta-t-il. D'ailleurs, tout s'est bien passé… »

Ce n'était apparemment pas la chose à dire : Tatiana le fusilla du regard, exaspérée.

« Le Prévôt veut vous voir. Immédiatement. Suivez-moi ! »

Sans un regard en arrière, elle partit à grands pas, et Einar la suivit en soupirant. Le bureau de Dimitri, une petite pièce chichement meublée, n'était pas très loin, si bien qu'il n'eut même pas le temps d'essayer de renouer le dialogue. Le Prévôt l'attendait, assis derrière un bureau soigneusement rangé. Il lui fit signe de prendre place sur une des chaises de métal et s'adressa à Tatiana.

« Vous pouvez rester si vous le souhaitez, Mère. Après tout, cette affaire vous concerne également.

— Je vous remercie, Prévôt, répondit-elle en s'asseyant sur la chaise la plus éloignée d'Einar.

— Laissez-moi d'abord vous expliquer certaines de nos procédures, Dahl. En premier lieu, les secteurs de prospection sont attribués aux équipes de mineurs par tirage au sort. Vos petits camarades ne vous ont pas menti sur ce point : le secteur de K154 leur a bien été affecté. Ils n'ont pourtant pas été tout à fait francs avec vous ! Leur équipe ne compte pas quatre membres, mais vingt-cinq. Lorsqu'une navette décolle, elle transporte toujours une équipe complète. Autre chose : une équipe ne part que lorsqu'un projet d'expédition m'a été présenté et que, après étude, je l'ai approuvé. Enfin, l'emprunt de matériel – et a fortiori d'une navette – est naturellement soumis à autorisation.

» Ossiah m'a expliqué ce qui s'est passé, et les trois mineurs ont confirmé sa version. Techniquement, il m'est donc difficile de vous tenir pour responsable. Mais pour l'amour du ciel, comment avez-vous pu vous montrer aussi naïf ? »

Einar soupira.

« Je n'ai pas d'explication convaincante à vous fournir… Simplement, depuis que je suis arrivé ici avec Ossiah, je n'ai rencontré aucun contrôle, aucune règle apparente. Il m'avait donné l'impression – sans doute fausse, je m'en rends compte maintenant – qu'ayant décidé de se rendre sur Orosco, il avait sauté dans la première navette venue quand l'envie lui en avait pris, sans rien demander à personne ! Lorsque nous avons abordé la maison Mertov, il n'y avait aucune procédure d'approche, et l'ouverture du sas était automatique. Tout ça pour vous dire que lorsque ses copains et lui ont laissé entendre que les mineurs partaient comme ils voulaient, il ne m'est pas venu à l'idée de mettre leurs affirmations en doute. Je sais ! J'aurais dû réfléchir… Mais voyez-vous, depuis que je suis ici, je me sens si bien, j'éprouve une telle sensation de liberté que je ne me suis pas méfié… Si cela peut servir à quelque chose, je vous présente mes excuses pour ce comportement stupide.

— Ces jeunes idiots ont manifestement profité de votre ignorance pour parvenir à leurs fins, dit le Prévôt, difficile de vous en tenir rigueur. Je suis donc enclin à accepter vos excuses. Et vous, Mère ? Votre opinion ? »

Tatiana haussa les épaules.

« Je crois que vous avez parfaitement résumé la situation, Prévôt. Et puis, la crédulité n'est pas un crime, juste une faiblesse de caractère… J'accepte donc également ses excuses.

— Dans ce cas, n'en parlons plus. Vous n'aurez aucun ennui, et nous essaierons de minimiser cette affaire autant que possible devant le congrès.

— Et Ossiah ?

— Là, c'est autre chose ! Ce petit malin et ses amis ont abusé de votre crédulité et violé la quasi-totalité de nos procédures ! Il y aura des sanctions, naturellement ! La chambre se réunira bientôt pour statuer sur leur cas. Maintenant, parlons d'autre chose. Vous avez donc réussi à atteindre K154 et à en revenir… Savez-vous que le solonium ramené grâce à ce seul voyage représente presque un quart de la production annuelle de notre maison ? Et du minerai de toute première qualité, de surcroît ! Je vous pose la question franchement, Dahl : vous croyez-vous en mesure de renouveler cet exploit ?

— Sans aucun doute ! Vous voulez que j'y retourne avec une équipe complète ?

— Vous n'y pensez pas ! » Cette fois, Tatiana était vraiment furieuse. « Qu'est-ce qui te prend, Dimitri ? Ça ne te suffit pas que ton neveu ait failli y laisser sa peau ? Il m'a dit qu'il n'avait jamais eu aussi peur de sa vie ! Et vous ! » Sa colère se tourna vers Einar. « Vous vous prenez sans doute pour un fabuleux pilote, mais vous n'aurez pas toujours autant de chance ! »

Dimitri attendit qu'elle reprenne son souffle.

« À en croire Ossiah, ce n'était pas de la chance. Tatiana, ce type est vraiment un pilote hors pair, comme nous n'en avons jamais eu dans aucune maison ! Et tu sais aussi bien que moi que le tirage au sort ne nous a pas été favorable cette année. À l'exception de la zone de K154, ce secteur est épuisé. Nos résultats de l'an dernier n'étaient déjà pas brillants, et cette année ne s'annonçait pas meilleure jusqu'à aujourd'hui !

— Ce n'est pas une raison pour risquer des vies ! s'entêta Tatiana.

— Dahl nous dira ce qu'il en pense dans un instant, mais laisse-moi simplement t'expliquer ce que j'ai en tête ! Ossiah m'a affirmé que le retour avait été bien moins difficile, alors, voilà mon idée. Dahl se pose sur K154 avec une petite équipe de mineurs qui poursuivent l'extraction et, pendant ce temps, avec une autre équipe, il se pose sur les petits astéroïdes qui rendent l'accès si dangereux, et nos gars les font sauter. Une fois les plus importants éliminés, n'importe quel autre pilote pourra se rendre sur K154. Et rien n'empêche de répéter l'opération un peu plus loin !

— Einar ?

— Ça me semble parfaitement faisable. En fait, j'avais plus ou moins dans l'idée de vous proposer quelque chose de similaire… »

Il se rendit alors soudain compte que, pour la première fois, la Mère l'avait appelé par son prénom.

« Vous savez, Tatiana, reprit-il, je ne suis pas inconscient ! Je sais très bien qu'aussi bon pilote que je sois, un accident est toujours possible. Je n'ai pas spécialement envie de risquer ma vie ni celles de vos gars jour après jour ! La proposition du Prévôt me paraît au contraire tout à fait raisonnable, dans la mesure où elle limite le risque à un niveau acceptable.

— Excellent ! » s'exclama Dimitri sans laisser à la jeune femme le temps de répondre.

Pour la première fois depuis l'arrivée du pilote dans la maison Mertov, le Prévôt lui sourit franchement.

« Le congrès se réunira dans quatre jours… Pour tout dire, j'aurais de beaucoup préféré que vous attendiez que l'adoption soit prononcée pour vous lancer dans cette expédition, mais le mal est fait… En d'autres circonstances, je vous aurais laissé davantage de temps, mais accepteriez-vous une nouvelle tentative avant cette date ? Inutile de vous dire qu'un second succès conforterait largement votre position…

— Demain ?

— Ce serait idéal ! En trois jours, vous devriez avoir largement le temps de déblayer le passage !

— D'accord ! Mais à une condition, Prévôt.

— Je vous écoute.

— Toutes les charges contre Ossiah et les trois autres seront abandonnées. Et s'ils sont volontaires pour cette seconde expédition, vous ne vous y opposerez pas. »

Dimitri n'hésita qu'un très court instant.

« Marché conclu ! Maintenant, si vous n'avez rien à ajouter, je vais vous demander de me laisser. Il me reste juste assez de temps pour tout organiser… »

Dans la coursive, Einar se tourna vers la jeune femme.

« Vous vous faites du souci pour Ossiah ? commença-t-il gauchement. C'est bien naturel. Mais croyez-moi, même si ça peut paraître présomptueux, il risque moins avec moi qu'avec n'importe quel autre pilote dans une mission de routine ! »

Cette fois, Tatiana le regarda bien en face.

« Évidemment, je m'inquiète pour Ossiah ! Pour les autres aussi, et même vous, d'ailleurs ! Vous êtes désespérant, Einar Dahl… » fulmina-t-elle encore avant de le planter là et de s'éloigner à grands pas.

Chapitre 12

Les jours passaient, mesurés seulement par l'apparition ou la disparition de la lumière dans la petite chambre. Lucy n'avait aucune idée du temps qui s'était écoulé depuis la réunion dans la grande salle et ne s'en souciait d'ailleurs pas. Les conversations entendues à cette occasion flottaient encore de temps en temps dans son esprit, sans qu'elle y attache plus d'importance qu'aux propos anodins de Jim et Ella ou aux innombrables messages stockés dans sa mémoire. Les deux techniciens continuaient à s'occuper d'elle, mais Jim n'avait pas menti : elle n'avait plus subi le moindre test. Elle aurait dû se féliciter d'échapper ainsi à la souffrance, mais cela non plus n'avait pas d'importance. Rien n'avait plus d'importance. Jusqu'aux visites quasi quotidiennes de monsieur Kendall – qui lui tenait toujours les mêmes propos auxquels elle ne faisait plus attention – qui ne lui causaient plus autant de frayeur, juste une vague alarme vite oubliée.

Puis un matin, à l'heure où elle lui apportait d'ordinaire son plateau-repas, Ella entra dans la chambre les mains vides.

« Pas de petit-déjeuner aujourd'hui, Lucy. Pour ce qui t'attend, mieux vaut avoir l'estomac vide ! »

L'adolescente ne réagit pas.

« Tu vas passer d'autres examens. Non, rassure-toi, rien à voir avec les tests de messagerie ! Tu ne sentiras rien du tout ! C'est juste pour voir si tout ce que tu sais faire, c'est communiquer avec les autres *alter*. On aurait dû te faire subir ces tests plus tôt, mais le directeur a été convoqué sur Otharell par le directoire et il n'est revenu qu'hier soir. Et comme il tenait à y assister… »

Lucy s'attendait à retourner dans les salles de test mais, réglant patiemment son allure sur la sienne, Ella l'entraîna à travers les couloirs jusqu'à une porte donnant sur l'extérieur. Le soleil brillait et la chaleur l'enveloppa d'un coup. Elle réalisa alors que c'était la première fois depuis son entrée dans les laboratoires qu'elle revoyait la lumière du jour.

Elles traversèrent une cour déserte puis pénétrèrent dans un autre bâtiment, où elles suivirent un couloir interminable avant de ressortir dans une autre cour, plus vaste que la précédente. Au milieu s'élevait une petite tour de deux étages, gardée par trois employés en combinaison aux armes du consortium.

« On va prendre un ascenseur et descendre sous terre, lui indiqua Ella en la poussant par la porte qu'un des employés maintenait ouverte. Aujourd'hui, c'est en bas que ça se passe ! »

Même dans l'état d'hébétude dans lequel la plongeait le tranquillisant, la descente parut interminable à la jeune fille. Enfin, l'ascenseur s'immobilisa. Elles sortirent dans un petit couloir avant de franchir une succession d'ouvertures percées dans les épaisses parois de béton et fermées par de lourdes portes de métal. La dernière donnait sur une immense salle souterraine au plafond en forme de coupole, au sol encombré de structures massives hautes comme un homme de grande taille, disposées en cercles concentriques autour d'un unique siège métallique semblable à ceux des salles d'examen, auprès duquel Jim attendait. De nombreux objets que Lucy n'eut pas le temps d'identifier jonchaient le sol.

« Dis donc, dit-il à voix basse, vous avez mis le temps ! Ils commencent à s'impatienter, là-haut ! Allez petite, assieds-toi, ne traîne pas ! »

Lucy s'installa docilement dans le siège, plaçant d'elle-même ses poignets et ses chevilles là où elle savait que les liens allaient se refermer mais, au lieu des légères sangles métalliques habituelles, de lourds anneaux d'acier vinrent encercler non seulement ses membres, mais également sa taille et son cou.

« Tu les vois, là-haut ? »

Lucy suivit du regard la direction qu'Ella lui indiquait. À mi-hauteur de la coupole, une série de petites fenêtres s'alignaient en demi-cercle, les vitres épaisses reflétant les lumières des projecteurs placés un peu plus haut.

« C'est vrai, d'ici on n'aperçoit pas grand-chose, admit la technicienne. Mais ils sont là. Le docteur Hedford, madame Berthier, madame Narris, monsieur Coleman, toutes les huiles, quoi… Et le directeur, bien sûr.

— Ils sont tous là pour toi, intervint Jim, toujours à voix basse. Essaie de ne pas les décevoir, sinon c'est encore sur nous que ça va retomber…

— Ça va, Jim, arrête de râler ! le coupa Ella. Fais-lui plutôt l'injection, qu'on en finisse ! »

Lucy se raidit inconsciemment lorsque le technicien lui injecta le produit incolore.

« Tu as tort de t'en faire, petite, lui dit-il. Cette fois, tu ne sentiras rien. C'est juste un antidote pour le tranquillisant. Dans une minute ou deux – le temps qu'on rejoigne les autres là-haut – tu ne pourras plus bouger du tout, mais par contre, tu vas émerger pour de bon. Ça durera à peu près une heure, alors essaie d'en profiter ! Fais tout ce qui te passe par la tête. Et quand je dis tout, ça veut vraiment dire tout ! »

Il se releva.

« À toi de jouer, maintenant ! »

Il s'éloigna en courant, loin derrière Ella qui avait déjà atteint une petite porte en dessous de la rangée de fenêtres.

La porte s'était à peine refermée que Lucy commença à ressentir les effets de l'antidote. Ce n'était pas du tout comme le stimulant des tests de communication, qui agissait d'un coup, brutalement. Là, elle sentit juste les voiles emprisonnant son esprit se déchirer peu à peu, lui rendant rapidement toute son agilité mentale.

C'est un autre genre de test, se dit-elle alors. *Mais cette fois, qu'est-ce qu'ils attendent de moi* ? Elle laissa son esprit se déployer dans la vaste salle, atteindre les petites pièces derrière les fenêtres, effleurer les émotions de ceux qui se trouvaient là. Le directeur, tendu et vaguement mécontent ; les autres responsables de la Fondation, partagés entre la curiosité et la peur ; Jim et Ella, un peu mal à l'aise. Trois autres personnes étaient là également, un garçon et deux filles, mais leur esprit ne dégageait aucune émotion. L'un d'eux lui était cependant familier : Dexter. Que faisait-il là ? Et les deux autres filles, des *alter* également ?

Son esprit revint sur les derniers mots de Jim avant qu'il ne parte en courant se mettre à l'abri. *Fais tout ce qui te passe par la tête…* Perplexe, elle tenta machinalement de hausser les épaules et se rendit compte alors qu'elle était entièrement paralysée. *Tu ne pourras pas bouger du tout*, avait aussi dit Jim. Pourtant, son esprit était libre, plus libre qu'il ne l'avait été depuis des semaines. Mais alors, elle pouvait…

< *Tais-toi, Anya. Surtout, ne me réponds pas !*>

La voix d'Hannou retentit dans sa tête au moment même où elle allait tenter de l'appeler. La joie et le soulagement de l'entendre à nouveau furent tels qu'elle parvint tout juste à retenir les mots qui lui brûlaient les lèvres.

<*Je sais que tu m'entends, alors écoute-moi attentivement. Tu ne dois pas me parler parce que ce garçon, Dexter, et les deux filles qui l'accompagnent l'entendraient aussitôt. Moi, je suis trop loin pour eux. Ils sont très puissants, mais seulement à courte distance. C'est pour ça qu'ils les ont gardés avec eux au lieu de les envoyer sur les vaisseaux…*

>*Ils ne t'ont bien sûr pas révélé pourquoi tu étais ici, cela risquerait de fausser le test… Ils savent que tu es une télépathe très puissante, mais maintenant, ils veulent vérifier si tu possèdes d'autres talents. La plupart d'entre nous en ont plusieurs, mais en général, notre talent dominant se développe au détriment des autres. Moi, par exemple, je suis aussi un peu manipulatrice, un peu prédictive, mais c'est quasi insignifiant… Ton grand-père est un télépathe presque nul, mais c'est notre plus brillant coordonnateur… Je suis certaine que toi aussi, tu possèdes d'autres talents et, dans ton cas, je ne suis pas persuadée qu'ils soient négligeables.* >

Lucy dut faire un gros effort pour ne pas laisser fuser les nombreuses questions qui se bousculaient dans sa tête. Devinant sans doute son état d'esprit, Hannou continua.

< *C'est aussi ce qu'ils veulent déterminer. Oh, pas pour t'aider à les développer, tu t'en doutes! La seule chose qui les intéresse, c'est ton aptitude à communiquer à travers l'espace et, pour eux, tous les autres talents que tu pourrais présenter ne sont que des inconvénients* à *éliminer.*

>*Nous n'avons plus que très peu de temps*, enchaîna la vieille femme. *Dans quelques instants, ils vont commencer la simulation. Ça ne sera sans doute pas facile, Anya, mais tu dois lutter de toutes tes forces pour ne pas céder. Tu vas sentir des portes s'ouvrir dans ton esprit, des aptitudes dont tu n'as jamais eu conscience jusqu'à maintenant vont se révéler. TU NE DOIS EN AUCUN CAS LES UTILISER! Si jamais ils pensent que tu es autre chose qu'une toute jeune fille sans défense, ils te donneront des drogues bien plus puissantes que le tranquillisant, des saletés qui te réduiront à l'état végétatif. Tu dois absolument l'éviter! Ne réagis pas ou, en tout cas, le moins possible. Et ne perds pas espoir. Nous allons bientôt intervenir pour essayer de te libérer. Je t'aime, Anya.* >

Le flux mental s'interrompit brusquement. *Simulation,* avait dit sa grand-mère… Lucy n'eut pas le temps de s'interroger davantage. Un fracas épouvantable retentit tout à coup, si puissant qu'elle sentit les battements de son cœur s'interrompre un instant. Le vacarme insoutenable sembla se rapprocher encore, et le sol se mit à trembler sous son siège. La paroi devant elle se fissura en plusieurs endroits, et de larges pans de béton s'écroulèrent. Lucy comprit alors que la salle tout entière était en train de s'effondrer. Affolée, elle laissa son esprit s'ouvrir et sentit subitement quelque chose changer, comme si une section de son cerveau encore en friche s'éveillait, révélant des énergies jusqu'alors inconnues. Lucy sut alors avec une certitude absolue qu'il lui suffirait de s'emparer de cette puissance nouvelle pour s'échapper, se transporter loin du danger qui la menaçait. Mais un restant de lucidité la retint. *Simulation*, avait dit Hannou, avant de bien insister : *Tu ne dois en aucun cas les utiliser…* Le fracas gagna encore en intensité. *Ce n'est pas réel*, se dit Lucy, *c'est juste pour me pousser à réagir*. Pas trop sûre d'elle-même malgré tout, elle ferma les yeux, s'efforçant de lutter contre la peur.

Le silence revint d'un coup, si soudainement qu'il lui arracha un nouveau sursaut involontaire. Elle se laissa aller dans le fauteuil, cherchant à détendre ses muscles tétanisés. La salle avait repris son aspect initial.

J'ai réussi, grand-mère, pensa-t-elle fièrement. *Je n'ai pas réagi*! *Mais ils ne vont sans doute pas s'en tenir là…*

Elle n'eut pas longtemps à attendre. Un glapissement retentit dans le lointain, empreint d'une telle sauvagerie qu'elle ne put s'empêcher de frissonner. *Ce n'est qu'une simulatio*n, se répéta-t-elle. *Ce n'est pas réel! Tu ne dois pas céder à la peur*!

Le hurlement retentit encore, plus près, immédiatement suivi de plusieurs autres venus de directions différentes, d'une égale bestialité. Une vague silhouette surgit de derrière un muret de béton et disparut aussitôt derrière un autre bloc. Sous les yeux affolés de Lucy, deux autres bêtes jaillirent de leurs cachettes et se dissimulèrent à nouveau, un peu plus près cette fois. L'esprit de l'adolescente travaillait frénétiquement. *Ils veulent que je réagisse… À quoi s'attendent-ils*?

Les créatures s'enhardirent rapidement, quittant l'abri des murets de béton pour apparaître en pleine lumière, et Lucy put les détailler à loisir. Elles faisaient à peu près la taille d'un gros chien, mais leur corps musculeux laissait deviner une force peu commune tandis que de leur mufle hideux aux longs crocs luisants coulaient de minces filets de bave sanguinolente.

Rassurées, les créatures de cauchemar avançaient maintenant sans se presser, les trois premières vite rejointes par une demi-douzaine d'autres.

Ce fut alors que Lucy remarqua les objets jonchant le sol devant les fauves qui poussaient à présent de petits gémissements avides. Des pierres grosses comme le poing. De lourds morceaux de bois. Deux couteaux – l'un très long à la lame luisante, l'autre plus ramassé. Un gros marteau. Et même, un peu plus loin, un petit objet bizarre qu'elle reconnut pour en avoir déjà vu dans les films que les maîtres les laissaient parfois regarder : un pistolet…

À ce moment, une nouvelle porte s'ouvrit dans son esprit. Ces objets, il lui suffisait de s'en saisir mentalement et de les lancer contre les créatures qui se rapprochaient lentement. Elle pouvait les projeter avec une force terrifiante. Il lui suffisait de le *vouloir*. Les mufles effrayants étaient tout proches désormais, si horribles qu'elle faillit céder, mais les mots d'Hannou résonnèrent de nouveau dans son esprit. *Tu ne dois en aucun cas les utiliser*! Terrorisée, elle ferma les yeux, persuadée de bientôt sentir les crocs luisants déchiqueter sa chair fragile, mais rien ne se passa. Elle attendit encore un peu puis rouvrit prudemment un œil. La salle était déserte. Des créatures menaçantes, plus la moindre trace.

Les techniciens qui manipulaient la simulation bien cachés derrière les petites fenêtres ne lui laissèrent cette fois aucun répit. Lucy reprenait juste son souffle quand un feu s'alluma devant elle, tout près de la paroi extérieure de la salle. Une longue traînée visqueuse issue d'une ouverture dans le mur progressait rapidement dans sa direction. Le brasier avait démarré au tout début de la coulée et gagnait en puissance à mesure qu'il dévorait le liquide inflammable. Quelques secondes plus tard, le flot huileux s'étalait en clapotant autour des pieds du fauteuil. Les flammes avançaient lentement, mais leur approche inexorable n'en était que plus terrifiante. *Ce n'est pas réel*, se répéta Lucy. *Juste une illusion, comme le reste!* Cette fois encore, elle sentit son esprit changer, s'adapter pour faire face à la menace. Elle eut soudain la certitude qu'il lui suffisait de puiser dans cette nouvelle aptitude pour éteindre les flammes, dont la chaleur commençait à l'incommoder. Cette fois, il lui fut beaucoup plus facile de résister à la tentation et, simulant au contraire l'affolement, elle fit mine de lutter contre les cercles de métal qui l'immobilisaient et laissa le feu – désormais une véritable fournaise – s'apprêter à l'engloutir. Le brasier disparut d'un coup.

Et maintenant? pensa-t-elle. *Qu'est-ce qu'ils vont encore inventer?*

Une porte s'ouvrit un peu plus loin dans la paroi, livrant passage à une silhouette humaine qui, même à cette distance, lui parut monstrueuse. L'homme s'approcha lentement, de manière à laisser à l'adolescente tout le temps de contempler son visage hideux et surtout le long couteau qu'il brandissait. Lucy faillit éclater de rire, mais elle sentit malgré tout une partie de son cerveau réagir instinctivement à cette nouvelle menace. Il lui suffisait de faire encore appel à ce talent qui s'était révélé à elle quelques minutes plus tôt avec l'attaque des fauves, mais un coup d'œil sur le sol devant elle lui montra que tous les objets qui s'y trouvaient auparavant avaient disparu. Avec un détachement dont elle ne se serait pas crue capable, elle comprit que les concepteurs de la simulation attendaient d'elle une réaction différente. Mais laquelle? Déjà, son esprit s'adaptait, de nouvelles potentialités se révélaient. La brute était toute proche à présent, agitant la longue lame luisante en tous sens et poussant des cris inarticulés. Et soudain, Lucy sut ce qu'elle avait à faire : il lui suffisait d'introduire une vrille mentale dans le cerveau fruste de la créature pour en prendre le contrôle. Voilà ce qu'attendaient ceux qui l'étudiaient, bien à l'abri derrière les petites fenêtres. Les yeux clos, simulant sans peine une terreur qu'elle n'était pas loin d'éprouver vraiment, Lucy ferma hermétiquement son esprit. Les hurlements effrayants s'interrompirent net. Elle ouvrit les yeux. La salle était de nouveau vide. Elle se força à simuler la terreur encore quelques instants avant de laisser une expression de soulagement mêlé de perplexité apparaître sur son visage. *C'est ce qu'ils attenden*t, pensa-t-elle. *Si j'ai l'air trop tranquille, ils risquent de se douter de quelque chose…*

Mais déjà, une nouvelle simulation démarrait. Le siège qui la retenait bougea brusquement, se relevant pour la placer en position quasi verticale et, devant elle, un énorme rocher s'ébranla dans sa direction. Il roulait très lentement, broyant sous son poids les débris de pierre et de béton jonchant le sol. Lucy le regarda approcher avec appréhension. Que pouvait-elle faire contre une telle masse ? Même si elle décidait d'essayer, pourrait-elle manipuler mentalement un bloc aussi énorme ? De toute manière, il était hors de question de prendre le risque… *C'est une simulation,* pensa-t-elle. *Une de plus… Il me suffit d'attendre. De simuler la peur et d'attendre qu'ils arrêtent tout.*

Le roc se rapprocha encore, la dominant de sa masse énorme. Lucy ferma les yeux, persuadée que cette illusion allait s'évanouir à son tour une fois que les techniciens auraient constaté son absence de réaction.

Le contact froid de la roche contre son corps la prit totalement par surprise. Consternée, elle rouvrit les yeux pour voir la muraille de pierre à quelques centimètres seulement de son visage. La pression augmenta sur ses jambes et le bas de son corps, lui arrachant un cri de douleur. Le rocher était bien réel ! C'était pour de vrai, cette fois. Une certitude brutale la submergea : si elle ne trouvait pas sur le champ le moyen de la repousser, la masse gigantesque allait la broyer comme elle avait pulvérisé les pierres sur son chemin. La douleur s'intensifiait et devenait difficile à supporter. Sous elle, après avoir cédé un peu, le mécanisme du siège paraissait devoir résister. Tout à coup, elle sentit une modification subtile parcourir son corps en même temps qu'un nouveau changement s'effectuait dans son esprit. La douleur disparut net. Lucy crut d'abord que les techniciens avaient bloqué l'avance du rocher, mais il n'en était rien. La lourde masse poursuivait sa progression inexorable. Elle comprit alors que son organisme venait de se modifier, d'acquérir une densité telle que son corps supportait sans broncher la pression phénoménale, et qu'il lui suffisait d'un simple effort de volonté pour faire voler en éclat les lourds anneaux d'acier qui l'enserraient et rejeter au loin l'énorme bloc…

Mais si elle faisait ça, elle révélerait son talent au directeur et à ceux qui l'accompagnaient. Ils la soumettraient alors à des examens plus approfondis et découvriraient ce qu'elle avait réussi à leur dissimuler jusque-là. Juste à temps, elle retint l'impulsion qu'elle s'apprêtait à lancer et se força à annuler la modification qui rendait son corps insensible. La douleur revint aussitôt, presque insoutenable, mais ne dura qu'une fraction de seconde. Le rocher disparut d'un coup. Lucy respira profondément mais, le premier soulagement passé, constata que son corps la faisait souffrir partout où il avait été en contact avec la pierre. *C'était bien réel, cette fois ! Et j'ai failli m'y laisser prendre* !

<*Bravo, Anya ! Tu as fait exactement ce qu'il fallait !*> La voix d'Hannou retentit soudain dans son esprit. <*Surtout, ne me réponds pas, ma chérie, Dexter et les deux filles sont toujours à l'écoute. Tu t'en es très bien tirée ! J'avais surtout peur de la dernière simulation, mais tu t'es reprise à temps et je ne crois pas qu'ils auront remarqué quoi que ce soit d'anormal. C'était le dernier test. Ils utilisent systématiquement la même procédure parce qu'elle leur a toujours donné satisfaction jusque-là. Tu es la première à réussir à leur dissimuler tes talents ! C'est vrai, je t'avais avertie, mais cela n'aurait servi à rien si tu n'étais pas aussi puissante. Je suis fière de toi, ma chérie !*

>*Ils vont te laisser une dizaine de minutes pour récupérer*, enchaîna Hannou, *et je crois que tu en as bien besoin ! Maintenant que tu as réussi à leur donner le change, ils ne chercheront pas à sonder davantage. C'est heureux, car dans ce cas, ils t'auraient emmenée dans d'autres installations, bien mieux protégées, ce qui aurait énormément compliqué la tâche de l'équipe qui va bientôt venir te récupérer. Je sais que tu brûles d'envie de me demander quand, mais je ne peux pas encore te le dire… Les choses sont un peu plus complexes que prévu. Pour une raison que nous ignorons, ils ont procédé à un redéploiement de leurs unités de protection, ce qui rend l'accès à la Fondation plus difficile. Mais ne te fais pas de soucis, ma chérie, ton grand-père trouvera un moyen, tu peux lui faire confiance.* >

La petite porte d'accès aux salles de contrôle s'ouvrit, laissant passer Ella et Jim, qui poussaient devant eux une couchette mobile.

« Bien joué, petite ! » Jim paraissait tout content. « Ils sont ravis, là-haut, et moi aussi, tu penses bien ! Quand ils négocieront ton contrat, il y en aura une petite part pour Ella et moi! Une petite part, mais avec le paquet de fric que ça leur rapportera, ça nous fera quand même un sacré bonus!»

Aidé d'une Ella toute souriante elle aussi, Jim ouvrit les anneaux d'acier et ils se mirent à deux pour la transférer sur la couchette qu'ils avaient apportée. Lucy ne put retenir un gémissement de douleur.

«J'étais inquiet pour l'épreuve du rocher, tout à la fin! dit Jim en s'adressant à Ella. Certains résistent jusque-là – pas des masses, tu peux me croire –, mais ils craquent obligatoirement à ce stade. Heureusement tout s'est bien passé. Bravo, petite, tu ne nous cachais rien. Grâce à toi, on va s'en mettre plein les poches!»

Dans une des petites salles de contrôle, le directeur et les autres responsables entouraient le docteur Hedford, qui finissait d'examiner les enregistrements d'une batterie d'appareils.

«Votre avis, docteur?

— Rien d'anormal... Vous voyez, ici, et puis là... Elle a tenté d'accéder à d'autres talents. D'une certaine manière, on peut considérer qu'elle y est parvenue, mais ceux-ci sont heureusement insignifiants. Notre petite Lucy 37 n'est rien d'autre qu'une extraordinaire télépathe. Rien d'étonnant. Lorsqu'un *alter* développe un talent d'une puissance particulière, ses autres capacités sont en général considérablement inhibées. C'est le cas de Lucy. En un mot, monsieur, elle est parfaite!

— A-t-elle tenté de joindre l'extérieur, d'appeler à l'aide?

— Dexter et les deux autres n'ont rien capté. Dorothy pense avoir senti une très légère tentative au tout début du test, mais n'en est pas tout à fait certaine. Sinon, ils sont unanimes; elle n'a rien essayé d'autre.

— Excellent! Dans ces conditions, je vais immédiatement contacter le consortium pour les informer qu'ils peuvent commencer à réfléchir à son contrat pour l'attribution de l'an prochain ou celle d'après; tout dépendra du temps nécessaire pour la former. De votre côté, continuez à l'étudier, Hedford.

— Doit-on prendre des mesures de sécurité particulières ? demanda le gardien-chef.

— Qu'en pensez-vous, docteur ?

— Inutile, à mon avis. Elle ne présente aucune dangerosité. Mais la décision vous revient, monsieur le directeur.

— Je crois que vous avez raison, elle est inoffensive. Ne changez rien, Kendall, mais assurez-vous quand même que tout se passe bien. Les techniciens qui en ont la charge devront vous faire un rapport quotidien.

— Très bien, monsieur. »

Le directeur s'était déjà détourné et ne vit pas la brève lueur de satisfaction s'allumer dans les yeux d'ordinaire atones du gardien-chef.

Chapitre 13

Sa translation dans le système d'Argos achevée, le *Black Storck*, vaisseau personnel de l'amiral de la cinquième Flotte impériale Allen MacGregor, se dirigea à bonne allure vers Regulus, quatrième des sept corps célestes gravitant autour du petit astre éblouissant. Dix minutes plus tard, suivant les instructions des techniciens au sol, le petit appareil de la toute nouvelle classe Kingfisher se plaçait sur l'orbite basse réservée aux visiteurs de marque.

« Les autres ? demanda MacGregor en passant la tête par la porte du poste de pilotage.

— Ils sont tous là, monsieur, répondit le pilote. D'après sa signature, la navette du conseiller Sigismond vient juste d'arriver. »

L'amiral hocha la tête, satisfait. L'énorme vaisseau du consortium avait fait son entrée dans le système une bonne quinzaine d'heures plus tôt, mais un appareil de cette taille ne pouvait se permettre d'émerger dans l'espace normal trop près d'une planète sous peine de perturber son champ gravitationnel. À l'inverse, le vaisseau d'Allen MacGregor, un des derniers nés de son nouveau programme de construction, minuscule à côté des monstres de la Flotte et du consortium, pouvait surgir tout près d'une planète et se placer en orbite dans un temps record.

Le capitaine Briggs l'attendait devant la porte du hangar abritant leur unique navette. L'équipage, lui aussi, était réduit. Briggs, Hartig – le pilote – et trois matelots, effectif largement suffisant pour un appareil aussi petit et maniable. Rien à voir avec le vaisseau amiral de la cinquième Flotte dont il avait hérité en prenant ses nouvelles fonctions, véritable titan abritant entre ses flancs l'équivalent d'une petite ville…

Roger Langdon et Peter Farah attendaient déjà dans la navette. Langdon était son aide de camp et Farah son ordonnance. Les deux hommes remplissaient leur rôle à la perfection, mais leur véritable utilité dépassait de loin ces fonctions officielles.

« Je n'attends pas grand-chose de cette attribution, leur dit-il, mais sait-on jamais… Roger, je compte sur vous pour que nous ne passions pas à côté d'une perle rare. Peter, soyez vigilant ! Je n'ai aucune confiance en Sigismond et son équipe, vous le savez…

— N'ayez crainte, monsieur, répliqua Farah en souriant. J'en fais mon affaire ! »

La voix de l'homme d'équipage installé aux commandes s'éleva dans la petite cabine.

« À vos ordres, monsieur. »

Quelques secondes plus tard, la navette émergeait dans l'espace, loin au-dessus de la surface mordorée de Regulus. Confortablement installé dans son siège, MacGregor laissa son regard se perdre dans la contemplation de la planète.

Regulus était vraiment un monde magnifique. L'unique continent couvrait plus des quatre cinquièmes de sa surface, les océans polaires d'un vert intense occupant le reste. Les glaces de la région septentrionale étaient bien visibles, luisant dans le soleil ardent, et les montagnes désertiques s'étendaient presque jusqu'à l'équateur, donnant cette superbe couleur d'or, pour laisser progressivement place à une large bande irrégulière couverte de végétation presque noire en comparaison. Plus loin au sud, d'autres chaînes de montagnes tout aussi arides s'élevaient à leur tour, jusqu'à se perdre dans l'obscurité de la nuit.

En s'approchant de la surface, de minces lignes vert sombre sinuant à travers la montagne devinrent visibles.

Pas étonnant que les rebelles arrivent à survivre là-dedans, pensa-t-il. *Surtout ceux-là !*

Des millions d'années plus tôt, un pan entier de la plaine équatoriale s'était effondré sous l'effet des forces tectoniques à l'œuvre dans le sous-sol, formant un immense lac, vaste comme une mer, dans lequel se déversaient les deux grands fleuves qui drainaient le reste du continent, l'un venant de l'est, l'Araxes, l'autre de l'ouest, l'Hypanis. Les abords du lac Tarquini étaient la zone la plus aride du continent tandis que, de part et d'autre, la plaine s'élevait rapidement entre les montagnes environnantes, offrant une végétation luxuriante et des températures supportables.

Le petit vaisseau remonta le cours sinueux de l'Araxes jusqu'à ce que la Fondation apparaisse. Bartholomew Bledsoe et son épouse n'avaient pas choisi son emplacement par hasard : au confluent du fleuve et de son principal affluent, tous deux encore modestes mais suffisamment larges pour constituer une protection efficace, renforcée par un double réseau de clôtures électrifiées bien visibles sur le sol rouge. La résidence des fondateurs nichée dans son parc verdoyant occupait la pointe du confluent, le reste des bâtiments et des installations s'étalant ensuite entre les deux rives, sans limite précise.

« Atterrissage dans quatre minutes », avertit le pilote.

En réalité, il n'en fallut pas plus de deux au petit appareil pour se poser en plein milieu de la cour d'honneur de la Fondation. Du haut de la rampe d'accès, MacGregor prit le temps d'apprécier le vaste parc aux pelouses impeccables ornées de massifs fleuris somptueux et d'arbres vénérables artistiquement taillés. Des sentiers pavés serpentaient entre les massifs, convergeant tous vers la vaste allée qui menait au bâtiment de réception. Le reste de la Fondation, dissimulé par de hauts murs de briques ocre doublés d'épaisses haies, restait invisible.

Sur chacune des pelouses de part et d'autre de l'entrée du bâtiment, les deux statues monumentales des fondateurs du consortium Bledsoe se faisaient face. Bartholomew Bledsoe en uniforme de commandant de vaisseau, la main désignant le ciel, semblait plongé dans la contemplation des espaces infinis. De l'autre côté, son épouse Nancy Dandridge, en élégante robe longue, tenait d'un bras un bébé au visage poupin bien visible et donnait l'autre main à un petit garçon vêtu lui aussi d'un uniforme d'officier.

Derrière eux, le bâtiment principal dressait sa masse élégante de trois étages largement étalés, dans le style Holgerien surchargé en vogue à l'époque de sa construction, douze bons siècles plus tôt. Un large porche donnait accès à l'édifice, son énorme linteau de pierre sculptée soutenu d'un côté par une caryatide représentant Summer Bledsoe-Dandridge, de l'autre par un Atlante sous les traits de Nolan, les deux enfants et successeurs des fondateurs.

C'était la quatrième fois que MacGregor atterrissait à cet endroit – la deuxième depuis qu'il cumulait la double fonction de contrôleur général des armements et d'amiral de la cinquième Flotte –, et le lieu avait vite perdu son charme initial.

Le comité d'accueil était exactement conforme à son attente. Le conseiller Sigismond venait en tête, suivi à distance protocolaire par Burnett, l'actuel directeur de la Fondation, en poste depuis seulement deux ans. Saint-John, mandataire du palais impérial, était là également, son éternel sourire figé sur le visage et, derrière eux, trois représentants des principales compagnies de commerce du Cercle Intérieur, puis l'équipe technique de la Fondation.

Il descendit le plan incliné sans se presser, accueilli tout en bas par Sigismond, tandis que les autres restaient respectueusement en arrière.

« Mes respects, amiral MacGregor ! clama le conseiller de sa voix ample. Et bienvenue sur Regulus ! »

Roger et Peter s'approchèrent à leur tour et le saluèrent respectueusement sans que le dignitaire leur accorde la moindre attention. Allen MacGregor répondit courtoisement puis s'avança pour saluer les autres. Saint-John l'accueillit sans se départir de son immuable sourire.

« Content de vous revoir, amiral. Même si, comme toujours, vous ne me laisserez que les restes…

— La nécessaire priorité de la Flotte impériale, mon cher ! Vous savez bien que de sa puissance dépend la prospérité de l'empire ! »

Le petit groupe s'était mis en route et ne tarda pas à s'engouffrer sous le porche monumental. Saint-John était resté à hauteur de MacGregor et continuait à lui parler en confidence.

« Je sais bien que vous allez rafler les spécimens les plus puissants, comme toujours, mais Kozinski m'a chargé de vous dire qu'il apprécierait si, cette fois, vous faisiez une exception. Nous avons désespérément besoin de quelqu'un qui sorte du lot ! Le grand secrétaire se fait beaucoup de souci en ce moment. La santé de Sa Majesté… Vous me comprenez, MacGregor ! Kozinski a besoin d'être tenu informé en permanence, et nos meilleurs éléments sont déjà surchargés de travail… »

En d'autres temps, Allen l'aurait diplomatiquement envoyé paître, arguant de la priorité absolue de la Flotte, mais le mandataire du Palais venait d'évoquer la santé chancelante de l'empereur, sujet d'ordinaire tabou, et surtout de citer le nom du grand secrétaire aux Affaires intérieures, à qui lui-même était largement redevable de ses dernières promotions. Un homme dont la faveur paraissait plus que jamais nécessaire dans cette période troublée.

« Je verrai ce que je peux faire, promit-il. Nous en reparlerons tout à l'heure. »

Le directeur de la Fondation s'approcha à son tour.

« Tout est prêt pour l'attribution, monsieur. Nous pouvons commencer dès que vous le souhaitez.

— Dans ce cas, allons-y ! »

Regulus était un monde bien particulier.

C'était une planète impériale, même si elle se situait très loin du Cercle Intérieur, mais le consortium l'administrait en toute indépendance en vertu d'un privilège accordé aux époux Bledsoe par le fondateur de la dynastie impériale, Sigvard Ier.

Pour MacGregor comme pour la quasi-totalité des citoyens de l'empire, Regulus n'avait longtemps été que le monde universellement connu où se manifestait la générosité du clan Bledsoe envers les *alter* orphelins recueillis par les vaisseaux du consortium à travers l'Œkumène tout entier. Ce n'était qu'en accédant au poste de directeur du bureau des Équipages qu'il avait commencé à comprendre ce qui se cachait derrière cette image trompeuse…

Surtout, Regulus était la planète des *alter*, même si ceux-ci étaient largement représentés sur tous les autres mondes.

Pendant son enfance et son adolescence dans les bas quartiers de Columbia, capitale de Providence, la planète impériale, le jeune Allen n'avait jamais prêté grande attention aux *alter*. Ils existaient, voilà tout. Plus tard, pendant ses années à l'Académie, il avait eu bien trop à faire pour s'en soucier. Il y en avait sur tous les vaisseaux de la Flotte, où ils assuraient les transmissions – rien de plus normal. Ce n'est qu'en commençant à fréquenter les allées du pouvoir qu'il avait peu à peu pris conscience de leur étrangeté, de leur utilité, mais aussi de la haine sans limites qu'ils semblaient susciter en dehors des cercles les plus évolués de la société. Naturellement, son premier voyage sur Regulus pour l'attribution annuelle avait tout changé et maintenant, il en savait bien plus long sur eux.

Les *alter* étaient des êtres humains, et seuls les bigots fanatiques de Vatican pouvaient être assez stupides pour croire – ou faire mine de croire – qu'il s'agissait de créatures démoniaques. Pour autant, ce n'étaient pas des humains ordinaires. Ils possédaient des capacités inconnues, des pouvoirs… Des « talents », disaient-ils. D'abord, ils étaient tous télépathes à des degrés divers. Certains pouvaient lire dans les esprits, d'autres manipuler les objets sans les toucher, guérir certaines maladies ou des blessures pas trop graves. Certains possédaient des talents plus rares : les empathes étaient capables de manipuler les émotions de ceux qui les entouraient, les furtifs de disparaître à volonté…

De l'avis général, les *alter* avaient toujours existé mais, pour avoir longuement et objectivement étudié la question, McGregor savait que ce n'était pas vrai. Les premiers cas étaient apparus pendant la Traversée, dans les arches. Ensuite, ces *alter* primitifs s'étaient multipliés comme l'ensemble de la population après l'Installation, se dispersant eux aussi sur les innombrables planètes colonisées pendant l'Expansion. Ils étaient présents partout, minorité minuscule, toujours pourchassée, souvent exterminée, rarement tolérée…

L'histoire officielle affirmait que Sigvard Ier, quelques années après la fin des guerres de Suprématie et la proclamation de l'empire, avait décidé d'accorder à Bartholomew Bledsoe le monopole de l'utilisation de vaisseaux hyperspatiaux à des fins commerciales, donnant par là naissance au consortium.

Mais MacGregor avait pu consulter d'autres sources, selon lesquelles la victoire finale de Sigvard sur ses adversaires n'avait été rendue possible que par les travaux de Bartholomew Bledsoe sur les *alter*. C'était lui qui avait permis aux vaisseaux du futur empereur de communiquer à travers l'espace, quelle que soit la distance. Des *alter* au talent télépathique artificiellement amplifié lui avaient permis de coordonner l'action de ses flottes, avantage décisif à l'origine de sa victoire sans appel sur ses rivaux. En récompense, Bledsoe avait alors reçu non seulement le monopole du commerce hyperspatial, mais aussi la planète Regulus et tous ses habitants ; à charge pour lui de fournir à la Flotte les télépathes dont elle avait besoin.

Car Regulus était un monde d'*alter*. L'origine de son peuplement se perdait dans les brumes du passé. La planète avait-elle été colonisée par une population déjà largement affectée par le phénomène de transformation constaté au sein des Arches ? Des *alter* d'autres planètes s'y étaient-ils réfugiés, fuyant les persécutions ? Nul ne le savait vraiment, mais lorsque Bledsoe était venu prendre possession de son nouveau domaine, il avait rencontré une résistance acharnée. Il avait fallu de longues années au consortium pour parvenir à conquérir et sécuriser un petit quart de la planète. Et depuis ce temps, la guerre continuait entre la Fondation du consortium et les rebelles.

Regulus était doublement le monde des *alter*, car sous couvert de prendre soin de jeunes orphelins, la Fondation n'était ni plus ni moins qu'une ferme d'élevage dans laquelle de gigantesques incubateurs produisaient les milliers de spécimens indispensables à la navigation intergalactique.

Et chaque année avait lieu l'attribution, événement au cours duquel les jeunes télépathes chez qui le talent venait de se manifester étaient répartis en fonction de leur puissance et des besoins des divers acheteurs.

Allen avait décidé d'assister en personne à l'attribution l'année même de sa nomination comme directeur des Équipages, lorsqu'il avait pris conscience – à travers les innombrables plaintes des commandants de vaisseaux – du niveau très médiocre des *alter* fournis par la Fondation. Une rapide enquête lui avait permis d'en découvrir la raison : le chef de service jusque-là chargé de représenter à Flotte à l'attribution s'était laissé acheter par le consortium, permettant à celui-ci de s'attribuer les meilleurs éléments. Non content de limoger le félon, MacGregor s'était aussitôt rendu sur Otharell, au siège du consortium, pour une longue et instructive conversation avec le directoire. Depuis, il n'avait manqué aucune attribution, si bien que sa présence paraissait maintenant tout à fait naturelle.

L'amiral suivit les autres invités dans une longue galerie dominant un vaste amphithéâtre creusé à même la roche de la planète. Un grand fauteuil à haut dossier l'attendait. Le conseiller Sigismond prit place à sa droite et Saint-John à sa gauche sur des sièges similaires. De simples chaises accueillirent le reste de la troupe. Roger Langdon vint placer sa grande carcasse derrière lui, vite rejoint par le docteur Hedford, chargé de commenter la présentation. Peter Farah était resté à l'entrée de la galerie en compagnie des autres techniciens, mais Allen ne se faisait pas de soucis. Peter ferait son travail, comme toujours.

Peter et Roger étaient des *alter*, eux aussi. De purs produits de la Fondation, mais à la différence de ceux qui allaient remplir l'amphithéâtre dans quelques instants, ils ne présentaient aucune utilité pour le consortium. Roger était un fouineur, comme les *alter* eux-mêmes appelaient ceux capables de s'introduire dans d'autres esprits et d'y lire les pensées les plus intimes de leurs propriétaires. Les bons fouineurs – et Roger était un des tous meilleurs – pouvaient se livrer à ce genre d'effraction mentale sans se faire repérer par leur victime, fussent-elles des *alter*. Quant à Peter, il était l'exact complément de Roger. Allen savait parfaitement que Sigismond était venu avec ses propres fouineurs, et Peter allait les empêcher d'agir. Le jeune homme toujours tiré à quatre épingles était un neutraliseur, dont le talent consistait précisément à annuler ceux des autres *alter* – et particulièrement des fouineurs. Excellent dans son domaine, lui aussi.

À dix-huit ans, ils avaient été soumis aux tests comme tous leurs congénères, mais la faiblesse de leur niveau de télépathie les avait tout de suite condamnés. L'identification de leurs véritables talents n'avait rien arrangé : la Fondation se méfiait comme de la peste des fouineurs et des neutraliseurs. Ils auraient probablement connu alors le sort habituellement réservé aux inadaptés de leur espèce, une élimination rapide et discrète, si le docteur Hedford ne les avait pas gardés en vie dans les installations les plus secrètes de la Fondation, là où il maintenait sous tranquillisant les spécimens susceptibles d'intéresser de riches clients.

MacGregor et Hedford étaient entrés en contact au cours d'une des visites préliminaires de celui qui venait juste d'être promu directeur des Armements, quelques mois avant sa deuxième attribution. Contre une forte somme, le bon docteur avait laissé sortir Roger, et le fouineur s'était mêlé aux cohortes d'*alter* embarquant qui pour la Flotte, qui pour le consortium, avant de se retrouver dans le vaisseau de l'amiral.

L'année suivante, Peter avait connu le même sort et, l'an passé, c'était Candice qui les avait rejoints. Depuis, les trois *alter* travaillaient pour MacGregor. Chacun avait signé un contrat de travail en bonne et due forme, percevait un salaire plus que convenable et semblait parfaitement satisfait de son sort.

En bas, la présentation commençait. Un groupe de trente jeunes filles encadrées par deux gardiennes en uniforme s'aligna devant la galerie vitrée. La voix haut perchée du docteur Hedford s'éleva.

« Permettez-moi de vous rappeler comment fonctionnent nos tests. Le premier vaisseau, le *Silas Goldblum* est en orbite autour d'Otharell, dans le Cercle Intérieur. Il s'agit naturellement de la distance minimum que nous exigeons de nos sujets. Le second, le *Joshuah Tree*, se trouve dans le système de Cavanaugh, ce qui représente à peu près la moitié de la distance maximale que couvrent nos vaisseaux. Le dernier, le *Sam Hopkins*, s'est placé en orbite autour d'un amas d'astéroïdes un peu au-delà des derniers systèmes habités. Chacune des candidates va tenter d'entrer en contact avec ces trois vaisseaux, du plus proche au plus éloigné. Chacun doit lui transmettre en retour un message dont la copie va vous être distribuée. Notre technicien va leur injecter le stimulant. Allez-y, Jim. »

Un grand gaillard en blouse blanche, une seringue à la main, s'approcha de la première de la file, une fille pas très grande dont les taches de rousseur ressortaient clairement sur son visage livide d'inquiétude. Le technicien lui fit l'injection, et le visage encore poupin de l'adolescente se crispa dans une grimace de souffrance presque insoutenable. Quelques instants plus tard, la douleur sembla s'atténuer. Le docteur Hedford reprit la parole.

« Lucy, contacte le *Silas Goldblum…* »

D'une voix mécanique, la jeune fille répéta à haute voix le message qu'elle envoyait mentalement à travers l'espace.

« Lucy 21 Summer au *Silas Goldblum*. Test de transmission. Répondez. »

Quelques instants plus tard, l'*alter* reprenait la parole.

« *Silas Goldblum* à Lucy 21. Les enfants de ma tante sont mes cousins. »

MacGregor vérifia rapidement sur la feuille que l'on venait de lui remettre. Le message était exact.

« C'est bien, Lucy, la félicita Hedford. Maintenant, le *Joshuah Tree*. Vas-y. »

La même procédure se répéta. Le message, tout aussi dépourvu de sens que le précédent, était juste.

La jeune fille passa avec succès le dernier test, contactant sans difficulté le *Sam Hopkins* en dépit de l'énorme distance qui les séparait. Hedford la félicita encore et passa à la suivante dans la file, une grande blonde au joli visage rongé par l'angoisse.

Allen cessa rapidement de prêter attention au déroulement du test. Ces filles avaient été soigneusement sélectionnées et représentaient probablement leurs meilleurs éléments. Il se tourna vers Roger Langdon, qui se pencha pour approcher sa tête de la sienne.

« Alors ?

— Rien d'intéressant, lui souffla l'aide de camp à l'oreille. Ces filles sont de bonnes télépathes, rien de plus.

— Des nouvelles de Peter ?

— Ils s'y sont mis à trois pour essayer de franchir son barrage, mais ils n'étaient pas de taille.

— Sigismond ?

— Rien à faire, il est bien protégé, lui aussi, admit Roger. Je pourrais probablement forcer le passage, mais il en serait aussitôt averti. Je suppose que vous n'y tenez pas… »

La dernière fille testée, le premier groupe d'*alter* se retira sous l'œil vigilant des gardiennes, aussitôt remplacé par un autre contingent, dont les tests s'avérèrent aussi satisfaisants. Une employée apparut devant MacGregor, porteuse de rafraîchissements qu'il accepta avec plaisir. Le troisième groupe obtint des résultats plus mitigés, un bon tiers des filles ne parvenant pas à entrer en contact avec le *Sam Hopkins*. Après cela, le niveau décrut rapidement, les derniers groupes, les seuls avec des garçons, réussissant tout juste à joindre le *Silas Goldblum*.

« C'est tout ce que nous avons cette année, conclut Hedford. Merci pour votre patience. »

Le directeur Burnett prit la parole à son tour.

« Une collation vous attend dans le grand salon. Vous pourrez y discuter tranquillement. Si vous voulez bien me suivre… »

Hedford profita de l'agitation pour se glisser à côté d'Allen MacGregor.

« Alors, docteur, quelque chose pour moi ?

— Hélas, amiral, rien de bien intéressant. Ce que vous cherchez n'est pas si facile à trouver, vous savez. C'est un talent presque inexistant chez les filles, un peu plus répandu chez les garçons, mais aucun de ceux qui ont passé les tests ne le possédait.

— Dommage », réagit Allen MacGregor, déçu. Il avait espéré avoir autant de chance que l'année précédente et trouver enfin le manipulateur dont il avait grand besoin, mais ce ne serait pas encore pour cette fois. « Rien d'autre ? Pas de guérisseur ?

— Non, amiral. Désolé… »

Laissant le docteur derrière lui, Allen s'adressa à voix basse à Roger.

« Alors ?

— Il dit la vérité, lui assura le fouineur, il regrette vraiment. Surtout les dollars qui lui passent sous le nez ! »

Des tables chargées de victuailles et de boissons les attendaient dans le grand salon. Là aussi, le rituel était bien établi. MacGregor allait d'abord négocier avec Sigismond, après quoi les autres se partageraient les restes.

Le conseiller et l'amiral se retirèrent un peu à l'écart.

« Comme d'habitude ? proposa Sigismond. Deux tiers pour la Flotte, un tiers pour nous ? »

C'était la base traditionnelle du marchandage entre les deux puissances depuis qu'Allen avait pris les affaires en main. Naturellement, l'amiral pouvait s'il le souhaitait faire valoir le droit de préemption de la Flotte et rafler tous les meilleurs, mais MacGregor n'avait aucun intérêt à chercher l'affrontement. De plus, les quelque soixante éléments qu'il allait emmener avec lui suffisaient largement pour ses projets actuels.

« Il m'en faut une pour le Palais, dit-il quand même. Je l'ai promis à Saint-John.

— Vous pourriez la prendre sur votre contingent... se défendit Sigismond.

— C'est probablement ce que je vais faire, le rassura Allen. En contrepartie, je prendrai aussi trois des filles de deuxième catégorie.

— Marché conclu ! s'empressa d'accepter le conseiller. C'est un plaisir de traiter avec vous, amiral ! Vous savez, poursuivit-il sur le ton de la confidence, la présidente suit votre carrière de près...

— Son intérêt m'honore grandement », répondit poliment MacGregor, curieux de voir où le conseiller voulait en venir.

Âgée de plus de soixante-dix ans, dernière descendante des fondateurs encore en vie, Georgina Bledsoe tenait d'une main de fer les rênes du consortium. Son époux n'était autre qu'Ashley Nance-Shavers, conseiller aux Affaires extérieures de l'empire, très âgé également mais jouissant toujours de la faveur impériale. Une femme à ne pas prendre à la légère.

« Georgina organise une grande réception pour le mille deux cent cinquantième anniversaire de la naissance du fondateur. Tous ceux qui comptent sur Providence y assisteront. La présidente se fait une joie de vous y accueillir et souhaite profiter de l'occasion pour s'entretenir avec vous ! En privé... ajouta-t-il avec un sourire entendu.

— Ce sera avec grand plaisir, lui assura Allen. J'ai moi-même beaucoup d'admiration pour votre présidente. Et son époux, bien entendu ! »

Visiblement satisfait de sa réponse, Sigismond le quitta peu après pour continuer les négociations avec les représentants des compagnies commerciales du Cercle Intérieur.

MacGregor resta encore assis un moment, perdu dans ses pensées. Ses fonctions passées l'avaient plus d'une fois amené à entrer en contact avec les instances dirigeantes du consortium, sans jamais rencontrer Georgina Bledsoe. « La présidente suit votre carrière de près... », avait affirmé Sigismond. Foutaises ! Il était prêt à parier qu'avant sa nomination en tant qu'amiral de la cinquième Flotte, la vieille carne ne connaissait même pas son existence. Alors pourquoi cet intérêt soudain ? Obtenir des informations sur ce qui se passait au Palais ? Pourquoi s'adresser à lui alors que son propre époux était infiniment mieux placé pour la renseigner ? En savoir davantage sur la Flotte alors qu'elle y disposait probablement d'un réseau d'espionnage tout à fait performant ? Ou bien tout simplement jeter les bases d'un éventuel rapprochement, au cas où ? *C'est sans doute ça*, se dit-il. *Avec la crise qui s'annonce, chacun cherche à renforcer son réseau d'influence.*

« Alors, amiral ? Avez-vous quelque chose pour moi ? »

La voix de Saint-John le tira brutalement de ses réflexions.

« En effet ! Kozinski sera satisfait. Premier choix ! Mais soyez discret… Le grand amiral n'apprécierait probablement pas notre petit arrangement… »

Roger Langdon s'approcha à son tour.

« Tout est réglé. Les navettes du *General Sherman* viendront les chercher dans trois jours. Nous pouvons décoller quand vous voulez. »

Quelques minutes plus tard, la navette prenait son envol pour rejoindre le *Black Storck* et entamer le voyage de retour vers Providence.

Chapitre 14

Dans les jours qui suivirent les tests de simulation, une certaine routine s'installa. Jim et Ella conduisaient chaque après-midi Lucy dans la salle d'examen, où le docteur Hedford continuait à l'étudier. Parfois, on lui injectait le stimulant pour tester encore ses capacités de communication à longue distance mais, la plupart du temps, le docteur et ses aides se contentaient de lui couvrir la tête d'électrodes et de se livrer à des tas de mesures dont l'adolescente avait à peine conscience.

Rien n'avait changé. Le tranquillisant l'abrutissait toujours autant. Pourtant, lorsqu'arrivait la fin de la journée, juste avant que Jim ou Ella ne vienne lui faire l'injection pour la nuit, les brumes qui encombraient son esprit se dissipaient un peu. Pas au point de lui permettre de retrouver sa lucidité naturelle et tenter de contacter Hannou, mais assez pour savoir qu'il s'en fallait de peu, de très peu qu'elle puisse y parvenir. Si seulement les deux techniciens pouvaient oublier une de ces fichues piqûres ! Peut-être Ella et Jim se seraient-ils montrés plus négligents avec une autre *alter* mais, compte tenu de l'importance de l'adolescente pour le directeur et les dirigeants de la Fondation – ainsi bien sûr que de leur propre intérêt financier –, ils veillaient sur elle comme sur la prunelle de leurs yeux.

Une routine d'une autre sorte s'était également installée, qui mettait Lucy profondément mal à l'aise. Chaque soir, après la dernière piqûre, lorsque Ella et Jim avaient terminé leur service, monsieur Kendall venait lui rendre visite dans sa petite chambre. Sous l'effet du tranquillisant, particulièrement efficace si peu de temps après l'injection, elle aurait dû accueillir sa venue avec la plus totale indifférence, mais quelque chose de l'effroi qu'elle avait éprouvé le jour de sa présentation devant le directeur, lorsqu'il s'était adressé à elle dans la salle déserte, demeurait encore dans son esprit. Même si elle ne gardait aucun souvenir de ses paroles, l'apparition du gardien-chef la replongeait immédiatement dans l'angoisse. Chaque fois, la répulsion qu'elle éprouvait en entendant le son de sa voix dépourvue d'inflexions augmentait, doublée d'une sensation de danger grandissant.

Un soir, Kendall se lança une fois de plus dans un long monologue. En dépit de ses efforts pour ne pas écouter, Lucy ne put s'empêcher de percevoir une émotion inhabituelle derrière ses paroles, suffisamment forte pour franchir la barrière du tranquillisant. Apeurée, elle voulut fermer plus hermétiquement son esprit, mais au même moment, le gardien-chef posa la main sur son bras.

C'était la première fois qu'il la touchait. Sous le contact, le dégoût explosa brusquement, si puissant que l'effervescence dans son esprit parvint brièvement à neutraliser l'effet du tranquillisant. Cela ne dura qu'un instant, mais cet éclair de lucidité permit à Lucy de projeter son esprit vers celui de Kendall. Les émotions de l'homme la submergèrent. Plaisir. Excitation. Anticipation… Elle réussit à les repousser le temps de lancer une vrille mentale, et les pensées du gardien-chef lui parvinrent, bouillonnement malsain dans lequel elle s'insinua, laissant les réflexions les plus intimes de Kendall l'envahir.

Horrifiée, elle sut alors qu'il s'apprêtait à lui faire subir ce qu'il infligeait depuis si longtemps à toutes ces autres filles qu'il avait amenées chez lui, incapables de lui résister, mais qu'il s'arrangeait grâce aux doses d'antidote dérobées dans les labos pour rendre suffisamment lucides afin qu'elles comprennent bien ce qui leur arrivait.

Qu'il se délectait de leur peur, de leur douleur, de la honte et du désespoir qu'elles éprouvaient.

Qu'il se sentait sûr de son impunité. *Qui se soucie de ces petits monstres ?*

Mais aussi qu'il se méfiait. L'intérêt que le directeur et les autres responsables portaient à Lucy l'obligeait à la prudence. Il pensait cependant avoir assez attendu. Après tous ces jours à patienter, il avait maintenant le champ libre, il en était persuadé. Ce soir ? Non, le tranquillisant devait déjà avoir perdu une partie de sa force, et Hedford avait programmé une nouvelle séance avec la petite. Pas question de prendre le risque qu'elle donne au toubib la moindre raison de se méfier…

« Demain ! Demain, Lucy. Tu vas voir, on va bien s'amuser, tous les deux. »

Mais Lucy lisait dans ses pensées ce qu'il entendait par *bien s'amuser*… Écœurée, incapable d'en supporter davantage, elle se retira et mura hermétiquement son esprit pour ne plus rien percevoir.

Incapable de lutter contre le tranquillisant, elle se laissa couler avec soulagement dans l'inconscience.

Une dernière pensée lucide lui vint. Si Kendall la touchait de nouveau, elle ne le supporterait pas. Elle en avait la certitude absolue. *Mais que pourrais-je faire* ? se demanda-t-elle vaguement avant de sombrer définitivement.

La même sensation de désespoir et d'impuissance l'envahit dès son réveil et ne la quitta pas de la journée. Lorsqu'ils vinrent s'occuper d'elle, Ella et Jim lui parurent préoccupés et excités à la fois, mais elle était tellement plongée dans ses pensées moroses qu'elle ne s'en soucia pas davantage. L'après-midi venu, ils l'emmenèrent dans le bureau d'Hedford. À cette heure de la journée, le tranquillisant avait déjà perdu une partie de son efficacité, la laissant suffisamment consciente pour s'étonner des discussions qui s'éternisaient entre les deux techniciens et le docteur. Un mot attira soudain son attention. *Rebelles*.

Elle se força à écouter, se concentrant de son mieux pour lutter contre la torpeur qui menaçait de la submerger de nouveau.

« Que s'est-il vraiment passé cette nuit, docteur ? demanda Ella. On a entendu tout et son contraire, mais vous, vous êtes sans doute au courant ? Il y a vraiment eu une attaque ?

— Le directeur nous a demandé d'être discrets, mais bon, je ne vois pas pourquoi on en ferait un secret ! Effectivement, il y a eu une attaque cette nuit. La première depuis bien longtemps. Ceux qui pensaient que les rebelles avaient fini par se résigner, à commencer par Burnett, sont bien obligés d'admettre maintenant que le colonel Briggs avait raison sur toute la ligne !

— Il s'était opposé au redéploiement des troupes au sol, c'est bien ça ?

— Tout à fait, Jim, et il avait cent fois raison, apparemment ! Quand le directoire a décidé de modifier le dispositif, Briggs a fait des pieds et des mains pour les convaincre que c'était stupide, mais rien à faire ! Tout ce qu'il a obtenu – et heureusement, sinon, nous ne serions peut-être pas là en train d'en discuter – c'est le maintien d'une force de sécurité mobile, pas aussi étoffée qu'il le demandait, certes, mais très bien équipée. Une de ses patrouilles a surpris le commando qui venait d'ouvrir un passage dans la barrière. Un coup de chance…

— La barrière est électrifiée, pourtant !

— Pas un problème pour eux, de toute évidence ! Avec les *alter*, remarquez, rien d'étonnant ! Peut-être qu'ils en ont trouvé un qui absorbe le courant ! »

Lucy les entendit éclater de rire.

« Briggs a rassemblé tout son monde, et ils sont tombés sur le gros des rebelles au moment où ils allaient franchir la brèche. Les combats ont duré un bon moment, à ce que je sais. Les hommes de Briggs étaient nettement plus nombreux et sacrément équipés, mais quelques-uns des *alter* leur ont mené la vie dure…

— J'espère au moins qu'ils en ont descendu pas mal !

— Quelques-uns, mais pas tant que ça. Vous connaissez les *alter* : ils communiquent entre eux bien mieux que les soldats avec leurs radios, et ils ont toujours de bons commandants, ou quel que soit le nom qu'ils leur donnent ! Non, la plupart se sont repliés, semble-t-il.

— Dommage ! Mais les bruits qu'on a entendus sont donc vrais. C'est bien la Fondation qu'ils voulaient attaquer ?

— C'est ce qu'il semble, en effet, et c'est très inhabituel ! Jusque-là, ils s'en prenaient à nos forces sur le terrain, et encore, seulement lorsque celles-ci s'approchaient un peu trop de leurs positions.

— Pourquoi la Fondation ? s'étonna Jim. Qu'est-ce que ça pouvait leur apporter ? Il n'y a que des civils, ici !

— On l'ignore encore, reconnut Hedford. Tout le monde a son avis sur la question, mais personne ne sait vraiment. Certains disent même que l'attaque avait pour but de délivrer notre petite Lucy ! ajouta-t-il en riant. Ils disent que les *alter* ont appris son existence et décidé de la récupérer ! »

Les deux techniciens firent chorus.

« Il y en a qui disent vraiment n'importe quoi, conclut Jim. Merci pour les infos, docteur. Maintenant, nous allons vous laisser travailler… »

Lucy avait réussi à suivre la plus grande partie de la conversation et, malgré l'engourdissement de son esprit, la conscience de l'échec de l'opération menée par son grand-père pour la libérer la plongea dans l'accablement. Personne ne viendrait plus à son secours. Dans quelques jours, quelques semaines tout au plus, elle quitterait Regulus pour ne jamais plus y revenir, pour une courte éternité de souffrance et d'abrutissement. Et personne ne pourrait plus la protéger de Kendall…

L'esprit en déroute, Lucy laissa le docteur Hedford procéder à ses différents examens, puis, alors qu'il écrivait quelques notes, se risqua à lui adresser la parole.

« Docteur ?

— Oui, Lucy ? » Il se pencha sur elle, visiblement étonné. Un *alter* sous l'effet du tranquillisant n'était pas censé parler, juste répondre aux questions. « Tu as quelque chose à me dire ?

— Oui, monsieur. C'est… C'est à propos de monsieur Kendall.

— Kendall ? Le gardien-chef? Ah, c'est vrai, c'est lui qui est responsable de toi, maintenant ! Eh bien, de quoi s'agit-il ? »

Lucy hésita un instant. Allait-il la croire ?

« Alors, petite ?

— Il me fait peur, monsieur. Le soir, il vient dans ma chambre. Il dit qu'il va me faire des choses ; comme il a fait à toutes ces autres filles...

— Qu'est-ce que tu racontes ? coupa Hedford, partagé entre l'incrédulité et la colère. Petite sotte ! Tu sais de qui tu parles ? Monsieur Kendall est quelqu'un de bien, et tu devrais avoir honte de dire des choses pareilles ! Tu ne te rends pas compte !

— Je vous jure que c'est vrai, monsieur ! Je ne mens pas !

— Ça suffit, maintenant ! J'en ai assez entendu ! Je ne sais pas où tu as été chercher ce tissu d'âneries, mais laisse-moi te donner un conseil, petite : ne répète plus jamais ce genre de mensonge ! Une *alter*, accuser un normal de ce genre d'obscénité ! C'est de la calomnie pure et simple ! Tu n'en as parlé à personne, au moins ?

— Non, monsieur, répondit Lucy d'une toute petite voix. À personne... »

À qui d'autre aurais-je pu en parler ? pensa-t-elle amèrement. *Jim ? Ella ? Eux non plus ne m'auraient jamais crue...*

« Tu as de la chance d'être tombée sur moi, reprit Hedford sur un ton un peu plus aimable. Je sais que tu as été pas mal secouée par la simulation, l'autre jour. C'est probablement à cause de ça que tu te fais ce genre d'idées... Et maintenant, ça suffit ! Tu vas regagner ta chambre et oublier tout ça ! »

De retour dans la petite pièce, en attendant sa prochaine injection, Lucy resta un long moment plongée dans ses pensées avant de s'asseoir sur le bord du lit. Le docteur Hedford ne l'avait pas crue, mais cela n'avait rien d'étonnant. En même temps qu'elle tentait de lui parler, elle avait réussi au prix d'un gros effort à effleurer ses pensées intimes. Pour une raison qui lui échappait, l'esprit du docteur semblait avoir refusé de prendre en compte ses accusations. C'était exactement comme si elle ne lui avait rien dit ! Une pensée dominait tout :

Ce petit monstre qui accuse un normal! Pauvre Jack! Ça le fera bien rigoler! Voilà ce qu'il avait pensé et, en même temps, elle avait aussi perçu ses émotions, dominées par le dégoût mêlé de peur et d'envie pour la fillette étendue devant lui, si puissante et dotée de talents à jamais hors de sa portée… Comment avait-elle pu imaginer un instant qu'il la croirait?

Une fois de plus, elle tenta de joindre Hannou. À plusieurs reprises, elle crut être sur le point d'y parvenir, mais le tranquillisant devait encore être trop puissant car elle ne reçut jamais de réponse. Puis Ella lui fit sa piqûre du soir avant de quitter la pièce en lui souhaitant une bonne nuit.

Toujours aussi angoissée, au prix d'un effort considérable, elle quitta la couchette sur laquelle la technicienne l'avait fait s'étendre et se dirigea en chancelant vers la porte de la chambre. Fermée. Épuisée, elle regagna péniblement son lit.

Il fallait s'y attendre, pensa-t-elle, accablée. *Et puis, même si j'avais réussi à me sauver dans les couloirs, où aurais-je pu me cacher? Ils m'auraient vite retrouvée*!

Elle réalisa alors qu'elle se sentait plus lucide, comme si l'effort qu'elle venait d'accomplir avait réussi à contrebalancer les pires effets du tranquillisant, mais elle n'eut pas le temps de savourer cette petite victoire, car la porte s'ouvrit soudain sur le gardien-chef.

Incapable de détourner le regard, Lucy regarda Kendall s'approcher, terrifiée.

« Qu'est-ce que j'apprends, Lucy? Tu es allée raconter de vilaines choses sur moi au docteur Hedford? Tu pensais peut-être qu'il allait te croire? »

Il eut un petit rire.

« Ce n'était pas très gentil, Lucy! Tu es une vilaine fille et tu mérites une punition. Après, tu n'auras plus jamais l'idée de me dénoncer à qui que ce soit, je te le garantis! »

La gorge nouée, luttant contre la panique, Lucy trouva la force de parler.

« Laissez-moi tranquille! »

Kendall fronça les sourcils.

« Ella ne t'a pas fait ta piqûre ? Si, bien sûr, je l'ai vue sortir de ta chambre il y a quelques minutes. Elle avait l'ordre d'augmenter ta dose, et je ne vois pas pourquoi elle m'aurait désobéi… Alors comment se fait-il que tu parviennes encore à parler ? Normalement, tu ne devrais te rendre compte de rien !

— Laissez-moi ! implora encore Lucy, arrachant un autre petit rire à son tortionnaire.

— Bah, ce n'est pas grave ! Tu vois ça ? dit-il en sortant un étui contenant une seringue de sa poche. C'est une autre dose de tranquillisant, et une solide, celle-là ! Alors tu vois, on va s'amuser un peu, tous les deux, et puis, quand je serai satisfait, je te ferai la piqûre et tu oublieras tout… Et par la suite, je veillerai à ce qu'on te donne toujours de quoi t'empêcher de raconter notre petit secret au docteur Hedford, fais-moi confiance ! »

Lucy s'apprêtait à l'implorer de nouveau quand son esprit s'éclaircit brutalement. Cela ne servirait à rien. Au contraire. C'était ce qu'il attendait : qu'elle le supplie encore et encore, éperdue de terreur, jusqu'à ce qu'il se lasse et lui fasse…

Elle était à sa merci, et rien ne pouvait plus la sauver. Une pensée incongrue traversa son esprit : le très vieux souvenir d'une minuscule souris capturée par le chat d'une des gardiennes ; la bestiole tentait en vain de s'enfuir pour toujours retrouver devant elle une patte qui la ramenait dans le jeu cruel du matou, prélude inévitable à sa mort. Kendall ne la tuerait pas, elle l'avait lu dans son esprit, mais ce qu'il avait en tête était encore pire.

Devant elle, le gardien-chef leva le bras, avança la main.

Quelque chose changea dans le cerveau de Lucy, repoussant d'un coup l'effet du tranquillisant et la ramenant quelques jours en arrière, quand ses multiples talents s'étaient révélés pendant les tests de simulation. À ce moment-là, elle avait réussi à les contrôler, à dissimuler leur existence, comme Hannou lui avait ordonné de le faire mais, sous l'effet de la terreur et de la répulsion que lui inspirait Kendall, Lucy n'était plus capable de se maîtriser.

S'il me touche... eut-elle encore le temps de penser avant que la main du gardien-chef ne se pose sur sa poitrine.

Dans la salle de simulation, elle avait appris comment lancer une vrille mentale pour prendre le contrôle de la créature qui la menaçait. Instinctivement, elle s'engouffra dans l'esprit de Kendall, mais elle n'était plus qu'une jeune fille terrifiée, incapable de se retenir. Elle frappa de toutes ses forces. Le cerveau détruit, l'homme s'effondra comme une masse.

À ce stade, Lucy n'était plus en état de se contrôler. Ses autres talents se déployèrent sans même qu'elle en ait conscience. Elle sentit son esprit exploser, projetant en tous sens des vagues mentales d'une force inouïe. Elle perçut confusément des bruits sourds – des explosions? –, crut ressentir la chaleur d'un feu tout proche, puis, dans un grondement terrifiant, le bâtiment s'écroula, l'ensevelissant sous un gigantesque amas de blocs disloqués, mais à cet instant, épuisée par l'invraisemblable dépense d'énergie, Lucy avait heureusement déjà perdu connaissance.

Quand les soldats réquisitionnés par le directeur achevèrent de déblayer les décombres, ils la trouvèrent roulée en boule sous les tonnes de gravats, non loin d'un squelette calciné. Ils crurent d'abord qu'elle était morte, pourtant son corps semblait indemne. Le sergent qui commandait le détachement se risqua à la toucher. Sa peau avait la rigidité de la pierre. Il s'approcha un peu plus et recula presque aussitôt.

« Bon dieu! dit-il, effaré. Ce n'est pas possible! Elle respire encore! »

Chapitre 15

Quatre jours après la seconde expédition sur K154, Einar attendait dans sa petite chambre qu'Ossiah vienne le chercher pour l'accompagner à la maison Alenine, où devait se tenir la session du congrès qui déciderait de son sort. Il se sentait tendu. Les mineurs de la maison Mertov semblaient l'avoir accepté – pour la plupart, du moins – mais, depuis l'entrevue avec le Prévôt, il n'avait pas revu Tatiana. Il l'avait certes croisée plusieurs fois, mais la jeune femme l'avait ignoré et il n'avait pas eu le courage de lui adresser la parole. L'arrivée d'Ossiah fut un soulagement.

« Tu es prêt ? Alors, allons-y. Ça la ficherait mal que tu arrives en retard... »

Dans la coursive, le jeune homme lui lança un regard en coin.

« Nerveux ?

— Un peu...

— Tu as tort de t'en faire. Tout va bien se passer, tu verras. »

Dans le garage, Ossiah l'entraîna de l'autre côté des navettes, là où stationnaient normalement la douzaine de barges utilisées pour le trafic régulier entre les maisons. Une seule était encore à quai.

« On dirait que tu vas avoir du public ! Allez, monte ! »

Ossiah s'installa aux commandes et décolla. Einar parcourut la cabine du regard à la recherche d'un siège, mais les banquettes disposées le long des cloisons étaient bien trop petites pour un adulte.

« Tu vas devoir rester debout ! s'amusa Ossiah. Ils nous ont laissé la barge des enfants. Normal : premier arrivé, premier servi !

— Les enfants ont leur propre barge ? s'étonna Einar.

— C'est une façon de parler. Celle-ci a été aménagée spécialement pour les emmener dans les autres maisons. Chaque habitat abrite une classe, et les enfants passent de l'un à l'autre à mesure qu'ils grandissent. Cette année, la maison Mertov accueille le niveau 6, pas tout à fait les plus grands, mais presque. C'est un bon système : comme ça, on se connaît tous depuis l'enfance. Et puis, rassure-toi, tu n'auras pas le temps de fatiguer, on y est déjà… »

Le garage de la maison Alenine n'était guère différent de celui qu'ils venaient de quitter, quoique nettement plus grand. Les navettes s'entassaient à perte de vue.

« C'est une des maisons les plus vastes, et surtout la plus riche… répondit Ossiah lorsqu'il lui en fit la remarque. Ce sont eux qui abritent le congrès cette année. Ce sera à nouveau notre tour dans deux ans. Remarque, ça tombe bien que ce soit ici, parce qu'on dirait qu'il y a du monde ! Bizarre, d'ailleurs. Jamais vu une telle affluence pour une simple adoption… »

La chambre de la maison Alenine était aussi beaucoup plus vaste que celle de la maison Mertov. Un attroupement s'était formé devant les grandes portes, bloquant la coursive.

« Qu'est-ce que je disais ! Heureusement, nous, on ne rentre pas par là. Suis-moi. »

Ils approchèrent de l'encombrement. Les personnes présentes appartenaient à différentes maisons, reconnaissables aux couleurs de leur combinaison mais, en dépit des leçons de son ami, Einar ne se sentait pas encore capable de les identifier toutes. Une femme salua Ossiah d'un hochement de tête, mais les hommes qui l'entouraient se contentèrent de les dévisager sans sourire. Ils ne semblaient pas décidés à s'écarter. Quelques-uns paraissaient même franchement hostiles.

« On nous attend, vous savez bien, dit Ossiah d'une voix conciliante. Soyez sympas, laissez-nous passer ! »

Ils s'écartèrent à contrecœur, libérant un espace juste suffisant pour leur permettre de se faufiler. La tension était palpable. Einar suivit son ami, se gardant bien de soutenir le regard des autres mineurs. L'obstacle franchi, il se porta à la hauteur d'Ossiah.

« Qu'est-ce qui se passe ? Je croyais que c'était une simple formalité !

— Jusque-là, j'ai toujours entendu dire que ça ne posait jamais de problème, mais cette fois, on dirait que quelque chose coince… »

Il avait l'air furieux, et surtout inquiet.

« Tu comprends ce qui se passe ?

— Disons que j'ai une petite idée. Dimitri avait pourtant ordonné à tout le monde de ne pas parler de K154, mais quelqu'un a dû manger le morceau… Ce salopard de Boris, à tous les coups !

— Attends ! Quel rapport avec K154 ? »

Sans répondre, Ossiah ouvrit une porte et l'entraîna dans une petite pièce bondée. Dimitri s'y trouvait en grande conversation avec un petit groupe d'hommes portant tous les mêmes insignes de Prévôt. Einar aperçut également Tatiana un peu plus loin qui lui tournait le dos, entourée d'autres femmes, probablement aussi des Mères. Dimitri s'avança à leur rencontre.

« Ah, tout de même ! On va pouvoir commencer ! Tu lui as expliqué la situation, Ossiah ?

— Il ne m'a rien expliqué du tout, intervint Einar. Il m'a simplement dit que je n'avais pas à m'en faire, mais je commence à avoir des doutes !

— Je ne savais pas que ça allait tourner comme ça, protesta Ossiah. Quelqu'un a tout raconté, c'est ça ? Boris ?

— Probablement, mais de toute manière, le mal est fait. Je vais faire mon possible pour limiter les dégâts.

— Si vous m'expliquiez ? soupira Einar.

— Ce n'est pas vraiment le moment, mais vous avez raison, il vaut mieux que vous sachiez ce qui nous attend… J'imagine qu'Ossiah vous a dressé un tableau idyllique des rapports entre les maisons ? Ce garçon est vraiment trop gentil pour son bien !

— Il ne m'en a pas beaucoup parlé. Je me doutais bien qu'il devait exister des rivalités, mais à vous entendre, cela semble plus sérieux.

— En effet. C'est la hiérarchie même des maisons qui risque d'être bouleversée.

— À cause de moi ? »

Einar ne parvenait pas à cacher son incrédulité.

« À cause de vous, oui ! Pour comprendre, il faut revenir loin en arrière, quand le cartel d'Elquida a abandonné Orosco. Du jour au lendemain, ou presque, les mineurs se sont retrouvés privés du matériel lourd dont ils disposaient jusque-là, notamment des gros vaisseaux capables de détruire les petits astéroïdes pour permettre l'accès aux plus riches en minerai. C'est aussi à ce moment que l'hostilité des habitants d'Orosco les a forcés à s'installer dans la ceinture et à fonder les maisons.

— D'accord, mais je ne vois toujours pas…

— Comment certaines maisons sont-elles devenues plus puissantes que les autres, à votre avis ? Qu'est-ce qui a fait la différence ? »

Einar avait déjà compris.

« Les pilotes ? Les maisons qui avaient les meilleurs ont pu accéder aux astéroïdes les plus riches, tandis que les autres devaient se contenter des miettes ?

— Exactement ! Comme la maison Mertov ! Et les votes se faisant non pas sur le nombre d'habitants mais en fonction de la quote-part de chaque maison pour les dépenses communes et le tribut payé au Siège, les maisons les plus riches s'attribuent les secteurs les plus faciles à exploiter, ce qui augmente encore leur puissance…

— C'est pour cette raison que vous ne vouliez pas qu'ils aient vent de notre expédition sur K154 ?

— Évidemment ! Une fois l'adoption prononcée, le secret n'aurait pas tenu longtemps, mais à ce moment-là, cela n'aurait plus eu d'importance.

— Et de peur que ma présence ne bouleverse l'équilibre, ils vont refuser l'adoption ?

— Ils vont essayer, c'est certain. Mais j'ai aussi quelques tours dans mon sac, rassurez-vous ! La séance va bientôt s'ouvrir, et il faut encore que je discute avec les autres Prévôts. Ossiah va vous indiquer ce que vous devez faire. Surtout, ne dites rien d'autre que ce que le rituel exige, vous ne feriez qu'aggraver les choses… »

Sur ces mots, Dimitri tourna les talons et rejoignit les autres Prévôts. Einar se tourna vers Ossiah.

« Bravo ! Tu aurais quand même pu m'expliquer tout ça plus tôt ! »

Le jeune homme haussa les épaules.

« Je ne pensais pas que c'était à ce point-là ! Et puis, Dimitri avait imposé le silence ! Je n'aurais jamais cru que quelqu'un de chez nous serait assez stupide pour lui désobéir !

— Bon, le mal est fait, soupira Einar. Dis-moi plutôt ce qu'on attend de moi…

— Voici comment ça va se passer. D'abord, ils vont faire entrer les Prévôts, ensuite les Mères, puis les délégués des maisons. Après, ce sera mon tour, et finalement, toi, en dernier. Une fois dans la salle, tu ne dois rien dire, sauf si tu es interrogé directement par un Prévôt ou une Mère. Les délégués peuvent aussi te poser des questions, mais uniquement avec l'autorisation du président de séance, le Prévôt de la maison Alenine, Dementiev. À la fin, juste avant de passer au vote, ils te demanderont ce que tu veux. Tu dois répondre "être adopté dans la maison Mertov". Tu vois, ce n'est pas bien compliqué ! »

Le jeune homme avait à peine terminé que les Prévôts quittèrent la pièce en bon ordre. Les Mères s'approchèrent à leur tour. En passant devant Einar, Tatiana lui adressa un petit sourire tendu puis disparut dans la grande salle. Ce fut ensuite aux délégués, trois par maison, de quitter les lieux. Quelques instants plus tard, les deux appariteurs revinrent et invitèrent Ossiah à les suivre.

Un long moment s'écoula. En dépit des paroles rassurantes de son ami, Einar savait les choses mal engagées. Si le congrès refusait l'adoption et le livrait à Eleazar, c'en serait bel et bien terminé pour lui. Toutes ces années de fuite pour finir sur une planète perdue, victime d'un imbécile sadique… Mais plutôt que de se laisser aller à ces sombres pensées, il s'efforça de faire le vide dans son esprit, se concentrant uniquement sur les consignes transmises par Ossiah. Quelques minutes plus tard, les appariteurs vinrent enfin le chercher.

Les réunions du congrès n'attiraient en général pas grand monde lorsqu'il s'agissait d'une adoption. Celles-ci concernaient la plupart du temps une fille de la surface décidée à convoler avec un mineur de la ceinture, ou bien, plus rarement, un jeune gars d'Orosco prêt à quitter la planète pour rejoindre sa belle dans l'espace. À ces occasions, les spectateurs venaient pour la plupart de la maison proposant l'adoption. Cette fois, la grande salle était archicomble. Einar fit son entrée dans un silence presque total et, une fois installé un peu à l'écart de la grande estrade des officiels, laissa son regard errer sur la foule. Les combinaisons aux insignes rouge et bleu de la maison Mertov étaient dispersées au milieu des autres. Au premier rang, sur l'estrade, les Prévôts et les Mères encadraient les dirigeants de la maison Alenine. Plus en arrière, les délégués formaient une masse compacte. Un peu à l'écart de l'autre côté de la salle, Ossiah lui adressa un clin d'œil appuyé.

« Nous sommes ici pour statuer sur l'adoption d'Einar Dahl, proposée par la maison Mertov, déclara Dementiev. La parole est au Prévôt Maslov. »

Dimitri se leva.

« Einar Dahl est arrivé chez nous voici sept jours… »

Il relata rapidement les circonstances de la rencontre entre Ossiah et Einar, le combat contre les gardes et la blessure du jeune homme.

« Ossiah Tiomkine étant incapable de piloter la navette, c'est Einar Dahl, lui-même pilote, qui a ramené mon neveu dans la ceinture. »

Le Prévôt Dementiev s'adressa ensuite à Ossiah.

« As-tu quelque chose à ajouter ?

— Le Prévôt Maslov a parfaitement résumé les événements. Einar Dahl m'a sauvé la vie, et je tiens à préciser que, lorsqu'il est intervenu, il ignorait qui j'étais et ne pouvait évidemment pas savoir qu'en venant à mon aide il trouverait un moyen de quitter Orosco.

— Vous auriez pu le faire reconduire sur la planète une fois Tiomkine secouru, reprit Dementiev en s'adressant de nouveau à Dimitri. Pourquoi avez-vous décidé de lui offrir l'adoption ?

— Pour avoir sauvé la vie de l'un des nôtres, naturellement ! Mais également parce que Dahl ne souhaitait pas retourner sur Orosco. Les gardes le recherchaient. »

Il expliqua alors les raisons de la vindicte d'Eleazar, suscitant des murmures excités dans la foule.

« Vous comprendrez, reprit le président de séance, que cette proposition d'adoption soulève de nombreuses questions. Nos rapports avec le Siège sont déjà difficiles et nous savons tous qu'après la mort de l'Administrateur Vargas, le Directeur Eleazar lui succédera. Est-il judicieux d'accueillir parmi nous un homme qu'il déteste à ce point ? C'est en gardant cette question à l'esprit que ce congrès devra prendre sa décision. La parole est maintenant aux délégués. »

Le premier à lever la main fut un représentant vêtu de la combinaison verte et jaune de la maison Ouvarov, qu'Einar se souvenait avoir entendu Ossiah qualifier de *maison mineure*.

« Tout le monde ici connaît Eleazar ! C'est sa faute si son père nous impose un tribut sans cesse plus élevé depuis plusieurs années ! Quand il succédera à Vargas, le conflit deviendra inévitable ! Dans ces conditions, la présence de Dahl parmi nous ne changera pas grand-chose… Et puis, à titre personnel, je me vois mal blackbouler quelqu'un qui lui a flanqué son poing dans la figure ! Je voterai donc pour l'adoption.

— Je ne suis pas de cet avis ! »

L'homme qui venait de parler portait la combinaison de la maison Mertov. Einar se souvenait l'avoir aperçu plusieurs fois, sans jamais avoir eu l'occasion de lui parler. Sur l'estrade, Tatiana secoua la tête, l'air excédée.

« Nous ne savons pas *vraiment* ce qui s'est passé entre Dahl et le Directeur Eleazar. Après tout, nous n'avons que la version de cet étranger ! Mais ce n'est pas le plus important. Nous savons tous que le vieux Vargas n'en a plus pour bien longtemps… La présence de Dahl nous offre une occasion unique de prouver notre bonne volonté à son futur successeur ! »

Des murmures mélangés de réprobation et d'assentiment s'élevèrent dans la foule. Le Prévôt Dementiev s'apprêtait à reprendre la parole quand Tatiana se leva brusquement.

« Tu voudrais le livrer à Eleazar ? L'envoyer à la mort ? Mais quel genre d'homme es-tu donc, Boris Abramovitch ?

— Contrairement à certains, répliqua l'autre, je me soucie d'abord des intérêts de notre peuple ! Nous avons tout à y gagner : si nous rétablissons de bons rapports avec le Siège, nous pourrons alors renégocier les termes du tribut !

— Tu me dégoûtes, Boris ! dit simplement Tatiana avant de se rasseoir. Naturellement, ajouta-t-elle, je voterai pour l'adoption.

— Réfléchissez ! hurla encore Boris pour couvrir les cris de la foule. Ce type, nous ne le connaissons pas ! Dieu sait ce qu'il fuyait en débarquant sur Orosco ! Et comment croyez-vous qu'Eleazar réagira quand il apprendra que nous l'avons recueilli ? »

Le Prévôt de la maison Alenine leva la main pour réclamer le silence.

« Même si je déteste devoir l'admettre, reprit-il d'une voix onctueuse, les arguments de Boris Abramovitch ne manquent pas de pertinence. Chacun sait qu'Eleazar ne nous aime guère et qu'il a toujours poussé son père à nous pressurer encore davantage. Une fois Vargas disparu, nous entrerons inévitablement en conflit avec lui. Agir comme Boris Abramovitch le suggère nous mettrait assurément dans une situation plus favorable pour négocier…

— Cela lui montrerait surtout que nous sommes prêts à tout pour lui plaire ! coupa Dimitri. Croyez-vous vraiment qu'après avoir récupéré – et exécuté ! – Dahl, il se montrera plus souple à notre égard ? Chacun ici sait que c'est faux ! Au contraire, il en profitera probablement pour augmenter encore ses exigences !

— C'est ton point de vue, Dimitri, rétorqua sèchement Dementiev. Ce n'est pas le mien. Comme Boris Abramovitch – un membre de la maison Mertov apparemment plus soucieux du bien commun que tu ne l'es –, je pense que la présence de Dahl dans la ceinture risque de compromettre notre sécurité. Je suis donc moi aussi d'avis de le renvoyer sur Orosco ! Qui d'autre demande la parole ? »

Dimitri leva la main en même temps que deux Prévôts, Tatiana, une autre Mère et quelques délégués.

« La parole est au Prévôt Braguine ! »

Celui-ci se lança dans une longue péroraison qu'il conclut brusquement par ces mots :

« Dahl n'a rien à faire ici ! Sa présence ne peut être qu'une source d'ennuis. Nous devons le remettre à Eleazar, et le plus tôt sera le mieux ! »

Le second Prévôt auquel le président donna la parole tint un discours identique. Ignorant toujours le bras levé de Dimitri, Dementiev s'apprêtait à inviter une des Mères à s'exprimer quand Tatiana se leva d'un bond.

« Assez de mensonges ! cria-t-elle, ramenant immédiatement le silence. Assez de faux-semblants ! Le Prévôt Dementiev et cet imbécile de Boris Abramovitch voudraient vous faire croire que la seule raison pour laquelle ils souhaitent se débarrasser d'Einar Dahl est leur souci de la sécurité de la ceinture, mais il est grand temps de rétablir la vérité !

» La vérité, poursuivit-elle après avoir repris son souffle, c'est que cet homme ne présente pas le moindre danger pour nos maisons, et penser qu'Eleazar nous serait reconnaissant de le lui livrer est tout simplement stupide. En réalité, tous ceux qui viennent de parler – à commencer par Dementiev – veulent se débarrasser de lui pour de tout autres raisons. Boris Abramovitch souhaite l'écarter par pure jalousie, vous le savez tous. En ce qui concerne les maisons Alenine, Rostovsev et Balakin, c'est tout simple : ils ont peur de lui ou, plus précisément, de ses talents de pilote ! Vous avez tous, j'en suis certaine, entendu des rumeurs à propos de K154 ? Eh bien, ces rumeurs sont exactes ! Einar Dahl est un pilote tel que nous n'en avons plus connu depuis des générations, et grâce à lui, la maison Mertov a mis la main sur un des plus importants gisements de solonium découverts depuis bien longtemps !

— Cela n'a rien à voir ! » coupa Dementiev, furieux. Il s'apprêtait à continuer mais Dimitri le devança.

« Bien sûr que si ! Qui peut penser un seul instant que les trois maisons majeures laisseront de gaieté de cœur une maison mineure mettre leur domination en péril ? Et si pour cela il leur faut envoyer à la mort l'homme dont le talent représente une menace certaine, croyez-vous qu'elles vont hésiter ? » hurla-t-il encore par-dessus le vacarme, protestations et applaudissements mêlés.

Puis, lorsque les clameurs se calmèrent, il reprit la parole d'une voix posée.

« Je réclame la poursuite de la procédure d'adoption !

— Il va de soi que je m'inscris en faux contre tout ce qui vient d'être dit ! clama Dementiev en s'efforçant de reprendre le contrôle de la séance. Mais le Prévôt Maslov a raison sur un point. Il est temps de nous prononcer. Quelqu'un désire-t-il encore s'exprimer ?

— Moi ! »

Tatiana s'était relevée, luttant pour contenir sa fureur.

« Cet homme n'a pas hésité à risquer sa vie pour sauver l'un des nôtres, et nous le récompenserions en l'envoyant à la mort ? D'ailleurs, l'argument d'Abramovitch et Dementiev est stupide. Comment Eleazar pourrait-il deviner que Dahl est ici ? À moins qu'ils ne se chargent eux-mêmes de le lui apprendre ? »

Boris voulut répliquer, mais les cris de la foule couvrirent ses paroles.

« Je crois que nous en avons assez entendu », dit le Prévôt de la maison Alenine lorsque le brouhaha s'apaisa enfin.

Il se tourna vers Einar.

« Einar Dahl, que demandez-vous ? »

Celui-ci se leva et récita les mots qu'Ossiah lui avait dictés.

« Je demande à être adopté dans la maison Mertov.

— Nous allons donc passer au vote… »

Placé comme il l'était, Einar fut probablement le seul à remarquer le regard appuyé que Dementiev adressait à l'une des Mères avant de se tourner vers les Prévôts. Aussitôt, celle-ci, une petite femme aux cheveux blancs, quitta sa place pour lui glisser quelques mots à l'oreille. Einar vit son visage s'éclairer.

« La Mère Sadovski vient d'attirer mon attention sur un point que nous avons semble-t-il tous négligé… Nos discussions sont en définitive inutiles, car en réalité, l'adoption ne peut pas être prononcée.

— C'est une plaisanterie… » commença Dimitri, mais cette fois, Dementiev ne se laissa pas déborder.

« Selon nos coutumes, l'adoption qui permet à un étranger de devenir l'un des nôtres ne peut être utilisée que pour faciliter une union entre ledit étranger et l'un de nos membres, puisque seules les unions entre les maisons sont permises. Dahl n'est pas venu dans la ceinture pour épouser l'une de nos filles. L'adoption ne peut donc évidemment pas lui être accordée ! Il devra par conséquent quitter la maison Mertov dans les délais les plus brefs pour être reconduit sur Orosco !

» Je suis navré… » ajouta-t-il après un temps, se tournant vers Einar.

Mais brisant le lourd silence suivant sa proclamation, la voix de Tatiana s'éleva de nouveau.

« Attendez !

— Quoi encore ? La question est réglée, me semble-t-il.

— Je ne crois pas… Je dois remercier la Mère Sadovski pour nous avoir ramenés sur le bon chemin, car vous étiez si pressé de trouver d'excellentes raisons de vous débarrasser d'Einar Dahl, Prévôt Dementiev, que vous avez tout simplement oublié de lui poser la question !

— Que voulez-vous dire ? Qu'il doit épouser quelqu'un de la maison Mertov ? Et qui serait donc l'heureuse élue ? »

Tatiana se tourna vers Einar, hochant imperceptiblement la tête.

« Moi, Prévôt Dementiev. Einar Dahl m'a demandé de l'épouser et j'ai accepté.

— Vous ? Mais... »

Rouge de fureur, il se tourna vers Einar.

« Et naturellement, vous confirmez ces propos ?

— Bien entendu ! répondit Einar, imperturbable. Le consentement de Tatiana Sokolov m'honore beaucoup !

— Nous n'avons donc aucune raison de ne pas reprendre la procédure d'adoption, intervint Dimitri. Prévôt ? »

Dementiev resta silencieux quelques instants encore, cherchant visiblement un dernier argument pour refuser de mener le rituel à son terme, puis, ne trouvant rien, se résigna en soupirant.

« Que ceux qui acceptent l'adoption lèvent la main », dit-il d'une voix blanche en se tournant vers les autres Prévôts. Quatre mains se levèrent aussitôt – celles des représentants des quatre maisons mineures.

« Ceux qui la refusent, maintenant. »

Sans surprise, les Prévôts des maisons Balakin et Rostovsev se joignirent à Dementiev pour rejeter l'adoption. Ce fut ensuite au tour des Mères de se prononcer, avec un résultat identique, puis les délégués s'exprimèrent à leur tour dans le même sens.

« L'adoption est acceptée, proclama le président d'une voix lugubre. Einar Dahl, vous appartenez désormais à la maison Mertov ! »

La fin de sa phrase se perdit dans le vacarme, applaudissements et vociférations mêlés.

« La séance est levée ! » cria-t-il encore avant de quitter l'estrade d'un pas rapide, aussitôt suivi par les représentants des maisons majeures, tandis que les mandataires des maisons mineures s'attroupaient autour de Dimitri pour le féliciter.

Fendant la foule, Ossiah fut le premier à rejoindre Einar.

« Tu vois ! dit-il en le serrant dans ses bras. Je t'avais dit que tout se passerait bien ! »

À ce moment, il aperçut Tatiana qui s'approchait.

« Euh, je crois que je vais vous laisser… Vous devez avoir pas mal de choses à vous dire, tous les deux ! Je te verrai plus tard. Tu vas voir, on va faire une sacrée fête ! »

Il s'éloigna en hâte, décochant au passage un grand sourire à la jeune femme qui, elle, n'avait pas l'air spécialement réjouie.

Les futurs époux se dévisagèrent quelques instants en silence.

« Tatiana… commença Einar, mais elle lui coupa aussitôt la parole.

— Désolée, Dahl, fit-elle sèchement. J'ai dû improviser ! Si je n'avais rien dit, l'adoption aurait été refusée et Dementiev vous aurait aussitôt renvoyé sur Orosco.

— Et dans les bras d'Eleazar… Je vous dois la vie, Tatiana ! Jamais je ne pourrai vous revaloir ce que vous venez de faire pour moi.

— En tout cas, ne vous inquiétez pas, ajouta-t-elle, ce sera une cérémonie de pure forme et vous pourrez continuer à vivre de votre côté comme avant…

— Un mariage blanc ?

— C'est ça, un mariage blanc. Il faudra évidemment donner le change pendant un certain temps, mais ça ne devrait pas être trop difficile. Ensuite, nous pourrons toujours nous séparer, comme n'importe quel couple… »

Einar se racla la gorge et décida de se jeter à l'eau.

« Tatiana, je sais que vous m'en voulez, et cette histoire de mariage ne doit pas arranger les choses. Mais puisque nous sommes obligés de nous marier, que diriez-vous de nous donner une véritable chance de nous connaître ? Vous êtes une femme exceptionnelle, vous me plaisez beaucoup, et partager votre vie me paraît une situation très enviable.

— Écoutez, Einar, vous ne me connaissez pas, justement. Sachez que je suis veuve : mon mari a péri il y a cinq ans dans un accident de prospection. Notre union n'était pas exactement heureuse, mais nous avons eu deux enfants, David et Nina. Et David a un handicap… Je ne suis pas certaine que partager ma vie de famille vous paraisse si enviable, à l'usage.

— Je sais déjà tout ça, dit doucement Einar. Ossiah m'en a parlé.

— Et ça ne vous rebute pas ? fit-elle, incrédule.

— Au contraire ! Ça m'a permis de me rendre compte que vous étiez aussi très courageuse ! Laissez-moi vous convaincre de donner des couleurs à ce mariage blanc… »

Pour la première fois, Tatiana sourit franchement.

« Bon, j'imagine que j'aurais pu tomber sur quelqu'un de pire, comme mari. Et puisque je suis obligée de vous épouser, autant essayer de faire de vous un véritable *flojo* ! Allez, venez, dit-elle en lui prenant le bras, David et Nina meurent d'envie de faire votre connaissance. Rentrons ! »

Chapitre 16

« Nous avons des décisions importantes à prendre et, surtout, nous devons les prendre très vite, je pense que vous en êtes tous conscients… »

Exceptionnellement, la réunion ne se tenait pas dans la petite salle de conférence habituelle mais dans le bureau du directeur Burnett.

« Le conseiller Sigismond est en route pour Regulus. En fait, son vaisseau est déjà entré dans le système et ne devrait pas tarder à se mettre en orbite. Au mieux, nous disposons de quelques heures.

— Quel est précisément l'objet de cette réunion, monsieur ? » questionna madame Berthier. Comme tous les autres et dans une certaine mesure le directeur lui-même, elle paraissait encore un peu sonnée. Trois jours s'étaient pourtant écoulés depuis *l'incident*, comme Burnett s'obstinait à l'appeler, cherchant sans doute inconsciemment à en minimiser l'importance. « N'auriez-vous pas pu attendre quelques jours avant de signaler cette affaire au directoire ? Cela nous aurait laissé davantage de temps pour nous retourner…

— Hélas, madame Berthier, je n'ai pas eu le choix. Le commandant Dreizl avait déjà averti le QG de la Flotte. Compte tenu des rapports détestables entre Wallace et le consortium, peut-être l'état-major aurait-il gardé l'information sous le coude, mais dès lors que Providence était alertée, je ne pouvais plus prendre le risque d'attendre.

— Ces salopards de la Flotte… » marmonna quelqu'un – Hedford ou Niles, probablement.

Burnett ne prit pas la peine de relever.

« Des jours pénibles nous attendent, vous vous en doutez certainement, reprit-il. Le directoire ne prend pas à la légère ce qui vient de se passer. Nous tous ici sommes sur la sellette. On peut compter sur Sigismond pour aller au fond des choses, ce qui signifie que le fonctionnement de la Fondation va être examiné à la loupe. Notamment votre service, Hedford ! Vous devez donc être en mesure de défendre votre travail. Ne prenez pas cet air inquiet, madame Narris, je ne cherche pas de bouc émissaire ! À supposer d'ailleurs que nous en trouvions un parmi nous, cela ne me servirait à rien, puisqu'*in fine* la responsabilité des événements récents me revient…

— Je ne voudrais pas avoir l'air de me désolidariser de mes collègues, monsieur le directeur, mais je ne vois vraiment pas quelle part l'on pourrait m'imputer dans ce… ce fiasco !

— C'est vrai, Coleman, vous n'êtes pas particulièrement exposé. Vous non plus, mesdames. Je pense que le conseiller et ses assistants vont concentrer leur attention sur vous, Hedford, et vous, Niles.

— Je n'ai rien à me reprocher ! s'insurgea Hedford. Et mon personnel non plus ! Toutes les procédures ont été suivies à la lettre ! J'ai pris soin de vérifier tout particulièrement le registre des médications administrées à Lucy 37. Tout est parfaitement en ordre ! Jim Hawthorne est un excellent élément, un pilier du service, et sa nouvelle collègue, Ella Würth, s'est également montrée très consciencieuse. Les enquêteurs pourront vérifier, je n'ai rien à cacher !

— Vous n'avez pourtant pas réussi à déceler l'existence de ses autres talents… », glissa madame Narris.

Hedford lui lança un regard furieux.

« Là encore, tous les protocoles ont été respectés à la lettre ! Il ne me sera pas difficile de le prouver !

— Pourtant, insista la femme de sa voix aiguë, cette petite saleté a réussi à vous tromper…

— Les tests de simulation sont totalement fiables ! s'emporta Hedford. J'ai vérifié dans les archives et jamais on n'a signalé chose pareille ! Nous avons déjà eu quelques *alter* dotés de talents supplémentaires très puissants mais, dans tous les cas, la simulation a permis de les détecter. Après quoi, des mesures appropriées les ont rendus inoffensifs !

— Ne vous énervez pas, Hedford, intervint le directeur. Madame Narris ne fait que formuler les questions que les enquêteurs vous poseront à coup sûr !

— Je sais… soupira Hedford. Et j'ai de quoi leur répondre. Cela dit, j'aimerais comprendre ce qui s'est vraiment passé avec Lucy. J'ai beau retourner la question dans tous les sens, je ne vois que deux réponses possibles.

— Et qui sont ?

— La première, monsieur le directeur, est d'admettre que la simulation a réellement fait éclore les formidables talents de Lucy et que celle-ci s'est montrée suffisamment avisée et surtout capable d'un contrôle mental tel qu'elle a réussi à nous en cacher l'existence !

— Difficile à croire, une adolescente de quinze ans !

— C'est vrai, Coleman, approuva Hedford. Ce qui nous amène à la seconde hypothèse. Ces talents potentiels que la stimulation n'a pas réussi à révéler semblent avoir littéralement explosé en présence de Kendall…

— Votre avis, Niles ? »

Le responsable de la sécurité secoua la tête, l'air furieux.

« Qui aurait pu imaginer une chose pareille ? Kendall ! Rendez-vous compte, ce type était déjà là depuis longtemps quand j'ai pris mes fonctions, il y a plus de dix ans ! Un dossier en béton ! Jamais un problème de discipline, jamais la moindre plainte ! Évidemment, maintenant que le mal est fait, c'est facile de dire que c'était trop beau pour être vrai…

— J'imagine que vous avez mené votre enquête ?

— Naturellement… »

Niles ne semblait pas pressé d'en dire davantage, mais Burnett n'avait pas l'intention de le laisser s'en tirer si facilement.

« Et alors ?

— C'est… C'est assez délicat, monsieur…

— Délicat ? Ne faites donc pas tant de manières, mon vieux ! Nous sommes tous dans le même bateau ! Quoi que vous ayez trouvé, vous savez bien que les enquêteurs de Sigismond le découvriront aussi ! Alors, autant que nous sachions à quoi nous attendre !

— D'accord… Kendall ne se trouvait pas par hasard dans la chambre de Lucy 37 ce soir-là. Il s'y est rendu dans l'intention d'abuser d'elle et de la soumettre à ses caprices. Oui, je sais, cela paraît difficile à croire, et pourtant… Il semble bien que ce salopard ait agi ainsi avec un nombre encore indéterminé de nos pensionnaires, probablement plusieurs centaines, et vraisemblablement davantage. Lucy n'était que la dernière d'une longue, très longue liste.

— Vous plaisantez, Niles ! dit enfin le directeur, dominant les exclamations d'incrédulité des autres. Ce n'est pas possible ! Quelqu'un aurait parlé, fatalement !

— Il n'y a malheureusement aucun doute, monsieur. J'ai cuisiné les gardiennes sous ses ordres. La plupart étaient au courant et se contentaient de laisser faire, de peur de perdre leur emploi. Les autres étaient complices. Quelques-unes ont avoué. Kendall faisait son choix et elles lui amenaient ses victimes.

— Mais pourquoi ?

— Si j'ai bien compris, à la fois parce que le gardien-chef leur attribuait des primes plus que substantielles – ne me demandez pas d'où venait l'argent, monsieur Coleman aura peut-être son idée là-dessus – mais aussi parce qu'il jouait sur la haine que la plupart de ces femmes vouent aux *alter*.

— Et personne ne s'est jamais aperçu de rien ?

— Kendall ne courait pas grand risque, rétorqua Niles. Il ne choisissait que des filles qui lui étaient envoyées pour les tests, après que leur talent s'était manifesté. À partir de là, les malheureuses restaient sous l'emprise du tranquillisant et, espérons-le, ne se rendaient compte de rien. Même si elles en étaient conscientes, d'ailleurs, comment et à qui auraient-elles pu le dire ? Ensuite, elles disparaissaient de la circulation, affectées sur les vaisseaux ou ailleurs… Et il passait à la suivante.

» Mais avec Lucy, les choses se sont passées différemment, reprit le responsable de la sécurité. D'abord, sa puissance en tant que télépathe lui a valu une attention spéciale, le docteur Hedford ayant reçu instruction de continuer à l'étudier. Du coup, au lieu de la renvoyer dans les logements ordinaires, il l'a gardée dans les laboratoires, obligeant Kendall à prendre le risque de venir l'y rejoindre. Un risque minime, au demeurant, puisque vous lui aviez vous-même confié la responsabilité de Lucy...

— Comment aurais-je pu imaginer... » commença le directeur, mais Niles lui coupa la parole.

« C'était une décision logique. Nous aurions tous commis la même erreur ! Maintenant, reste à établir ce qui s'est passé lorsque Kendall s'est retrouvé seul avec Lucy... »

Un court silence s'ensuivit, que le docteur Hedford prit sur lui de briser.

« J'ai mon idée sur la question... » Un instant, la tentation de révéler aux autres les propos tenus par Lucy quelques heures avant le drame l'effleura, mais il la repoussa aussitôt. Les autres seraient trop heureux de lui faire porter le chapeau... *D'ailleurs*, pensa-t-il, *ils ne l'auraient pas prise au sérieux non plus.* « Lucy a dû lire dans son esprit ce que Kendall s'apprêtait à faire, dit-il. Elle est tellement puissante ! La terreur éprouvée en le voyant pénétrer dans la chambre ou lorsqu'il a cherché à la toucher aura servi de déclencheur, libérant ses talents...

— C'est plausible, approuva le directeur. Nous en saurons sans doute plus quand elle se réveillera et que les spécialistes de Sigismond l'interrogeront. Si elle se réveille, du moins...

— Oh, elle se réveillera, cela ne fait aucun doute ! affirma Hedford. Cet état cataleptique est une réaction normale de protection de l'organisme après une telle débauche d'énergie mentale. La rigidité a déjà largement diminué. Cela prendra le temps qu'il faudra, mais elle finira par reprendre connaissance ! »

Le directeur se racla la gorge.

« Ce n'est pas exactement ce que j'avais en tête, docteur Hedford. Quand je vous ai dit tout à l'heure que nous avions des décisions importantes à prendre, il ne s'agissait pas seulement de nous couvrir le mieux possible face à d'éventuelles accusations d'incompétence ou de négligence, mais surtout de savoir ce que nous devons faire de Lucy.

— Vous ne voulez pas dire…

— Soyons logiques, madame Berthier! En une fraction de seconde, elle a non seulement tué et réduit un homme en cendres, mais a aussi détruit les trois quarts des laboratoires – heureusement déserts à cette heure-là – tout en réussissant à survivre ensevelie sous des centaines de tonnes de gravats. Une fille de quinze ans! Certains des rebelles sont peut-être aussi dangereux, mais ce sont des adultes qui ont eu tout le temps de développer l'usage de leurs talents. Et n'oubliez pas que, ce soir-là, Lucy était sous l'influence d'une double dose de tranquillisant, que Kendall avait ordonné à Ella Würth de lui administrer. Cela n'a rien empêché. Nous avons naturellement d'autres produits plus puissants, que le docteur Hedford lui injectera dès que possible, mais devant un pareil phénomène, comment peut-on être certain qu'elle ne se réveillera pas plus tôt que prévu ? Et même si nous avons le temps de la traiter, cela suffira-t-il à neutraliser ses talents ? Voyons les choses en face ! Cette fille est une menace pour la Fondation. Qui sait quels dégâts elle peut encore causer si jamais nous ne parvenons pas à la contrôler ?

— Vous voulez l'éliminer ? » Hedford ne parvenait pas à cacher sa stupéfaction. « Vous ne parlez pas sérieusement ? Une télépathe pareille ? Ne disiez-vous pas il y a peu que sa découverte arrangeait bien les affaires du consortium ?

— Ça, c'était avant, Hedford ! Soyez réaliste : comment pourrait-on envisager de laisser cette fille embarquer sur un vaisseau ? Pour neutraliser ses autres talents, il faudrait la bourrer d'une telle quantité d'inhibiteurs qu'elle ne serait même plus capable de communiquer ! Sans parler du danger pour l'équipage si jamais elle parvenait à s'en libérer !

— Monsieur le directeur a raison, approuva madame Narris. C'est bien trop dangereux !

— Le conseiller Sigismond risquerait fort de ne pas apprécier, non ? Faire tout ce chemin pour rien… »

Le directeur haussa les épaules.

« Dans les circonstances présentes, nous devons donner une image de réactivité et d'efficacité. Sigismond ne pourra que constater que nous avons su régler un problème particulièrement épineux… Et pour répondre à votre remarque, madame Berthier, rien dans les communications que j'ai reçues ne suggère un intérêt particulier pour Lucy 37. Le conseiller vient pour évaluer la situation. Officiellement, du moins… Et tant qu'il n'est pas arrivé, la responsabilité de protéger la Fondation me revient. N'oubliez pas non plus que la charge de disposer des inaptes fait également partie de mes obligations. Lucy est non seulement dangereuse, mais également inapte. Dans ces conditions…

— La décision vous revient, monsieur le directeur.

— Sur le plan strictement réglementaire, vous avez tout à fait raison. Toutefois, s'agissant d'une situation à ce point exceptionnelle, j'estime l'appui de l'équipe dirigeante nécessaire. Mettons donc la question aux voix. Madame Narris ?

— Pour l'élimination, monsieur !

— Monsieur Coleman ? »

Le gros homme hésita un instant avant de se prononcer de sa voix grave.

« Pour.

— Madame Berthier ?

— Je crois que c'est une erreur, monsieur le directeur ! Contre !

— Hedford ? Niles ? »

Burnett savait que ces deux-là voteraient l'élimination sans états d'âme. Quel meilleur moyen pour eux d'échapper aux conséquences d'une enquête approfondie ? Il ne se trompait pas. Tous deux votèrent pour, sans chercher à cacher leur soulagement.

« La question est donc réglée. Niles, Hedford, vous avez carte blanche. Vous pouvez disposer. »

Mais au moment où les deux hommes se levaient pour quitter le bureau, le secrétaire particulier de Burnett apparut à la porte.

« Le vaisseau du conseiller Sigismond est signalé en orbite, monsieur.

— Merci, Harris. »

Il attendit que le secrétaire ait refermé la porte derrière lui pour poursuivre.

« Sigismond sera là dans moins d'une heure. Vous n'avez pas un instant à perdre ! Les autres, restez avec moi. Nous recevrons le conseiller et tenterons de gagner encore un peu de temps si nécessaire. »

Niles suivit Hedford jusqu'à son bureau et le regarda récupérer quelques flacons dans une petite armoire équipée d'une serrure à reconnaissance d'empreintes digitales.

« Vous avez ce qu'il faut ? »

Hedford hocha la tête. Il n'avait pas l'air dans son assiette.

« C'est moi qui me charge des inaptes, vous le savez, Niles ! Je sais bien que ce sont des *alter*, mais pour être honnête, ça me rend malade…

— Mais là, nous n'avons pas le choix, n'est-ce pas ?

— C'est vrai, convint Hedford à contrecœur, mais quel gaspillage… Un spécimen de cette qualité ! Enfin, dans l'état actuel des choses, c'est certainement la meilleure solution… Pour nous deux, en tout cas, ajouta-t-il après un court silence.

— Avec ces gars du directoire, on ne peut jamais savoir, déclara Niles. Si ça les arrange, ils sont bien capables de tout nous mettre sur le dos…

— Je sais, admit Hedford, toujours aussi lugubre. Simplement, je ne suis pas obligé d'aimer ça… »

Recroquevillée dans la position exacte où l'avaient trouvée les soldats après avoir déblayé l'amas de décombres, Lucy reposait sur une couchette dans une des petites cellules souterraines du bunker édifié très à l'écart pour isoler les talents dangereux. À l'extérieur, une escouade de soldats lourdement équipés surveillait le périmètre.

« Elle ne paraît pourtant pas bien dangereuse… murmura Niles après avoir contemplé la jeune fille un long moment.

— Je sais, soupira Hedford. C'est facile de se laisser attendrir… Mais ce sont des *alter*, pas des normaux. J'essaie de me convaincre que ce n'est pas pire que de supprimer un animal nuisible, mais ça ne marche pas toujours… Je crains fort que cela ne me soit pas d'un grand secours cette fois non plus… Allons, finissons-en ! »

Mais quand il voulut injecter le poison dans le bras de Lucy, l'aiguille refusa de pénétrer la peau. Il essaya l'autre bras, puis la cuisse, sans plus d'effet.

« La rigidité semble revenue, dit-il, perplexe. Le processus de flexibilité paraissait pourtant bien entamé…

— La voie orale, peut-être ? suggéra Niles.

— À condition de pouvoir lui ouvrir la bouche… Dans l'état où elle est, ça me paraît compromis… »

Il n'avait pas tort. Leurs tentatives pour introduire un cachet pourtant minuscule entre les lèvres de Lucy s'avérèrent tout aussi infructueuses.

« On ne peut rien faire pour le moment, conclut Hedford. Burnett ne va pas être ravi… »

Ils eurent à peine le temps de rapporter leur échec au directeur avant que le secrétaire ouvre précipitamment la porte.

« Monsieur le conseiller Sigismond, monsieur le directeur. »

Le conseiller, un grand homme corpulent aux cheveux gris fit une entrée majestueuse, suivi de quatre autres personnes : une jeune femme blonde au visage sévère, deux hommes d'âge indéterminé et un vieil homme qui fermait la marche, l'air agité, appuyé sur une canne au pommeau d'argent sculpté en tête de chien.

« Mes respects, monsieur le conseiller, commença le directeur. Votre présence nous honore… »

Il s'apprêtait à poursuivre mais Sigismond lui coupa la parole d'un ton sec.

« Ne vous fatiguez pas, Burnett. Ce n'est pas une visite de courtoisie, et je vous saurais gré de ne pas me faire perdre mon temps ! Laissez-moi plutôt vous présenter mes compagnons. Mademoiselle Green, mon assistante, est chargée de mener les investigations sur ce qui s'est passé ici. Messieurs Perry et Danilov sont deux enquêteurs que la division des affaires internes a bien voulu mettre à ma disposition. Ils assisteront mademoiselle Green dans son travail. Eleanor, si vous voulez bien prendre la suite…

— Avec plaisir, monsieur le conseiller. » Elle s'avança au milieu de la pièce tandis que Sigismond s'installait tranquillement dans le fauteuil du directeur. « Si vous voulez bien vous asseoir… »

Les responsables de la Fondation s'exécutèrent. Les deux enquêteurs se postèrent près de la porte, nonchalamment appuyés contre le mur ; Eleanor Green resta debout. Toujours aussi agité, le vieil homme à la canne finit par prendre place sur une chaise, non loin du docteur Hedford qui le contemplait, fasciné.

« Monsieur Burnett, pourriez-vous nous résumer la situation avant que nous ne commencions nos investigations ?

— Certainement, madame », répondit le directeur avant de se lancer dans un résumé succinct des événements, mentionnant tout à la fin la décision d'éliminer Lucy et l'échec de la tentative d'Hedford. Un bruit soudain les fit tous sursauter. Le vieil homme venait de lâcher sa canne et se levait, le visage empourpré.

« À vous, professeur », dit Eleanor Green en souriant pour la première fois.

De l'autre côté du grand bureau, Sigismond reprit la parole.

« Permettez-moi de vous présenter le professeur Kendricks, qui a bien voulu abandonner ses travaux pour nous prêter assistance dans cette affaire.

— Vous ! Je savais bien que c'était vous, professeur Kendricks ! » s'exclama Hedford, oublieux des convenances de mise en présence d'un membre du directoire. « Je vous croyais…

— Mort ? parvint enfin à éructer le vieil homme. À l'évidence, pas encore ! Quel est l'imbécile qui a pris la décision de supprimer cette fille ?

— C'était une décision collective, monsieur, se défendit Burnett. Prise à la quasi-majorité, dans l'intérêt de la sécurité de la Fondation…

— Idiots! Crétins criminels!» Il s'apprêtait à poursuivre dans la même veine mais s'étouffa brusquement et s'interrompit pour reprendre son souffle. Sigismond en profita.

«Je constate que l'un d'entre vous au moins a reconnu le professeur Kendricks. Pour les autres, permettez-moi de faire les présentations. L'essentiel de ses recherches étant financées par la Flotte, ou pour ce qui nous concerne, par le consortium, son nom est resté largement inconnu du grand public, mais le professeur est sans aucun doute le plus éminent spécialiste des *alter* de tout l'empire. Ceci suffirait amplement à justifier sa présence parmi nous. Mais il est également là pour une autre raison. Même si son rôle en la matière est resté largement secret, c'est au professeur que nous devons l'essentiel des programmes de fécondation qui constituent le cœur même de la Fondation.»

La présentation de Sigismond avait permis au professeur de se calmer un peu.

«Monsieur le conseiller a raison, c'est moi qui ai mis le système actuel en place. Comme vous le savez tous, la base même du processus repose sur la récupération d'ovules et de sperme sur des donneurs *alter*. La technique a été définie il y a bien longtemps, après l'échec de toutes les tentatives de clonage et reste le seul moyen d'obtenir des *alter* dotés des talents des donneurs, moyennant une procédure d'hybridation complexe, dont le principal avantage est de permettre l'affaiblissement des talents non souhaités.

»Une fois la chaîne de production bien installée, mon contrat avec le consortium arrivé à son terme, je suis parti vers d'autres horizons tout en continuant à suivre de loin ce qui se passait sur Regulus, comme convenu avec le directoire. Mais avec les années, la qualité des spécimens produits dans les unités de fécondation a commencé à décliner. Sur mes conseils, de nouvelles méthodes d'hybridation ont été adoptées, mais même si celles-ci ont permis de diminuer le nombre d'inaptes, le niveau moyen reste faible. Et pour être tout à fait honnête, je ne crois pas qu'il sera possible d'améliorer encore le processus.

» Tout cela, poursuivit-il, nous le savons depuis longtemps. Mais voici une quinzaine d'années, un événement fortuit s'est produit. Vous connaissez probablement les raisons de cette guerre interminable qui oppose nos forces à celles des rebelles ? Il ne s'agit évidemment pas de les anéantir ; si tel était le cas, cet objectif aurait été atteint il y a bien longtemps ! Non, le but de ces combats est tout simplement de tuer chaque année un certain nombre de ces rebelles qu'il est malheureusement impossible de capturer vivants, afin de récupérer les ovules et la semence dont la Fondation a si cruellement besoin.

» Or, il y a un peu plus de quinze ans, lorsque les équipes médicales ont voulu récupérer les ovules d'une des femelles *alter* abattues, elles se sont aperçues que celle-ci était enceinte de deux mois. Le directeur de l'époque – votre prédécesseur, Burnett ! – m'a immédiatement fait prévenir. Je suis alors revenu brièvement sur Regulus, afin de mettre en place un protocole de maintien en vie végétative le temps de mener la grossesse à terme. L'enfant, une femelle également, est alors allée rejoindre dans les crèches ses congénères issues des matrices artificielles. Cette jeune femelle est naturellement Lucy 37.

» En quittant Regulus, j'avais laissé des instructions précises. Tout indice de comportement anormal de la part de Lucy devait m'être immédiatement signalé. Jugez de ma fureur lorsque j'ai découvert – après que monsieur le conseiller a eu l'intuition de faire appel à mes services en apprenant ce qui se passait – que non seulement Lucy avait vu son talent éclore à l'âge de quinze ans, mais surtout qu'elle développait une puissance stupéfiante ! Et personne n'avait jugé bon de m'en informer ! Des têtes vont tomber, je vous le garantis ! Quant à cette ridicule tentative d'élimination, félicitez-vous qu'elle ait échouée ! Le consortium ne vous aurait jamais pardonné une telle perte !

— Permettez-moi, professeur, risqua le directeur. J'ignorais tout de ces instructions ! Mon prédécesseur n'a en tout cas pas jugé bon de m'en informer… Pour le reste, cette fille a tout de même détruit une partie non négligeable des installations de la Fondation. Elle a également tué un homme.

— Bah ! » Kendricks balaya la tentative d'explication de Burnett d'un revers de la main. « C'est sans importance ! La seule chose qui compte, c'est que nous disposons désormais d'un spécimen unique. Si nous parvenons à percer ses secrets, la Fondation et le consortium repartiront sur de nouvelles bases... »

De l'autre côté du bureau, Sigismond reprit la parole.

« C'est pourquoi le directoire a décidé de confier une nouvelle mission de recherche au professeur Kendricks. Dès demain, il s'installera dans la partie des laboratoires encore intacte et commencera ses travaux. Ses collaborateurs le rejoindront dans quelques jours. Jusque-là, docteur Hedford, vous serez chargé d'assister le professeur. Parallèlement, mademoiselle Green mènera son enquête. Pour ma part, je repartirai demain, des affaires urgentes réclamant mon attention sur Otharell, mais je reviendrai dès que possible. En mon absence, mademoiselle Green dispose des pleins pouvoirs. Obéissez-lui comme à moi-même. Et maintenant, allons rendre visite à notre précieuse petite Lucy 37 ! »

Plusieurs jours s'écoulèrent encore avant que l'état de Lucy ne présente des signes de changement. Ce fut Kendricks lui-même qui les remarqua au cours de l'examen quotidien qu'il pratiquait sur la jeune fille depuis son arrivée.

« Elle ne devrait plus tarder à se réveiller », dit-il à Hedford qui, un peu en retrait, le regardait manipuler le corps inerte. Les assistants du professeur étaient en chemin. Un vaisseau du consortium avait été détourné tout exprès pour les acheminer sur Regulus. En attendant leur arrivée, Kendricks se contentait d'Hedford et de ses deux techniciens.

« La rigidité est pourtant toujours aussi forte ! protesta Hedford.

— Pas tout à fait. Tenez, approchez-vous. Regardez l'articulation du coude.

— Je ne vois pas...

— C'est imperceptible, je sais. Mais essayez vous-même. »

Hedford s'exécuta. Une main enserrant le poignet de Lucy, l'autre bloquant son coude, il tenta de lui déplier le bras étroitement serré sur sa poitrine. En dépit de ses efforts, le membre refusa de bouger. Pourtant…

« Vous avez raison, professeur. L'articulation joue très légèrement. Il essaya encore. L'épaule aussi, dirait-on…

— Encore quelques heures, une journée tout au plus. Le retour à la normale commence toujours par les articulations. À partir de maintenant, je veux l'un de vos techniciens en permanence auprès d'elle avec tout le nécessaire pour l'injection. Une tentative toutes les dix minutes au moins.

— Je vais les faire prévenir… Doit-on également augmenter la sécurité ?

— Ça ne peut pas faire de mal, approuva Kendricks. Voyez ça avec Niles, voulez-vous ? »

Inconsciente de la présence des deux hommes, Lucy revenait peu à peu à elle, maintenant automatiquement son métabolisme au niveau de protection maximum. Elle prit soudain conscience de la voix d'Hannou flottant autour d'elle.

<*Anya, réveille-toi, ma chérie ! Anya ! Le temps presse* ! >

< *Grand-mère* ? émit-elle faiblement. *Je me sens toute drôle…* >

< *Tu ne te souviens de rien* ? *Tu as utilisé tes autres talents, ma chérie, avec tellement de puissance que nous t'avons tous entendue, même ton grand-père ! Qu'est-ce qui s'est passé, ma grande ?*>

Lucy frissonna, le souvenir du gardien-chef tendant la main pour la toucher encore brûlant dans son esprit.

<*Je sais que je n'aurais pas dû, tu m'avais bien dit de ne pas le faire, mais c'est cet homme…* >

En quelques phrases hachées, elle raconta à sa grand-mère ce qui s'était passé avec Kendall.

< *Quand il a voulu poser la main sur moi, je n'ai pas pu me retenir…* >

<*Il n'a eu que ce qu'il méritait* ! gronda Hannou. *Quand je pense à toutes ces pauvres filles… Seulement, maintenant, ils savent de quoi tu es capable.* >

<*Je suis désolée, grand-mère*>, répéta Lucy.

< Tu n'as vraiment rien à te reprocher ! Tu ne pouvais pas agir autrement, ma poulette ! Maintenant, il faut essayer de sauver ce qui peut encore l'être… Alors, écoute-moi très attentivement, parce que nous n'avons que peu de temps. À partir du moment où ton esprit est réveillé, ton corps ne va pas tarder à revenir à la normale, et ils pourront commencer les injections. Cela peut intervenir n'importe quand. Et ce qu'ils vont te donner maintenant n'a rien à voir avec le tranquillisant : tu seras totalement inconsciente. Ils te réveilleront bien sûr de temps en temps pour leurs recherches, mais tu ne seras sans doute pas assez forte pour communiquer… >

Lucy prit alors conscience d'une pression sur sa jambe. Elle réagit aussitôt. La pression disparut. Son corps retrouva d'un coup toute sa souplesse. Elle ouvrit les yeux.

Plaqués contre la paroi, maintenus au-dessus du sol par une force invisible, Jim et Ella lui lançaient des regards terrifiés. Se sentant vaguement coupable, Lucy s'efforça de canaliser son talent. Après quelques instants de tâtonnement, les deux techniciens glissèrent sur le sol, où ils restèrent affalés, cherchant péniblement à reprendre leur souffle.

<Anya, que se passe-t-il ?>

<Ils allaient me faire la piqûre, grand-mère ! Mais j'ai réussi à les en empêcher… >

<Ils sont morts ?>

<Non ! Tu sais, ils ont été plutôt gentils avec moi… >

<Alors, laisse-les partir ! Ensuite, on verra si tu peux trouver un moyen de sortir d'ici. >

Lucy s'adressa à Ella, qui aidait Jim à se remettre debout.

« Je ne veux pas vous faire de mal ! Sortez ! »

Les techniciens ne se le firent pas dire deux fois. Mais alors qu'ils venaient de disparaître dans le couloir, la porte se rouvrit, livrant passage à deux soldats, l'arme braquée. Cette fois encore, Lucy réagit instinctivement, lançant une vrille mentale pour prendre le contrôle de leurs esprits mais elle se heurta à une résistance inattendue. Sans insister, elle fit appel à ses autres talents. L'uniforme de l'un des deux soldats s'embrasa brusquement. Paniqué, il fit aussitôt demi-tour et disparut dans le couloir en hurlant. L'autre lui jeta un regard de pure haine et leva son arme pour ouvrir le feu, mais une force invisible la lui arracha des mains avant qu'il ait eu le temps d'appuyer sur la détente. Le soldat n'insista pas davantage et se précipita derrière son partenaire, dont les hurlements s'affaiblissaient rapidement.

<*Anya ?*>

<*Je suis là, grand-mère... Deux soldats sont arrivés, sans doute pour essayer de me faire l'injection. Je les ai chassés.* >

< *C'est bien !* soupira Hannou. *Au moins, cela nous laisse un peu de temps pour discuter.* >

Quelque chose dans la voix de sa grand-mère alerta Anya.

<*Je ne sortirai jamais d'ici, c'est bien ce que tu penses ? Tu sais, je suis assez grande pour entendre la vérité !*>

<*Je sais, ma chérie,* répondit doucement Hannou, la voix étranglée par l'émotion. *Tu es très courageuse. Alors, écoute bien ce que je vais te dire, parce que je ne tiendrai plus très longtemps. Tout ce temps passé à guetter ton réveil m'a épuisée... Tu as raison, tu mérites mieux que des mensonges. Il faut se rendre à l'évidence, tu ne peux plus leur échapper. La destruction des laboratoires a largement entamé ta réserve d'énergie mentale, et ces quelques jours d'inconscience ne t'en auront rendu qu'une toute petite partie. Tu peux encore faire des dégâts, mais s'ils t'ont enfermée dans cette pièce, c'est pour une bonne raison. Le professeur Kendricks est revenu – je reconnaîtrais son empreinte mentale entre mille ! C'est lui qui l'a fait construire précisément pour emprisonner les alter les plus puissants. À ma connaissance, personne n'est jamais parvenu à s'en échapper. Tu pourras essayer tout ce que tu voudras, avec pour seul résultat de t'épuiser plus vite. Et quand tu seras suffisamment affaiblie, il n'auront plus qu'à venir te récupérer... Je vais devoir t'abandonner, ma chérie,* poursuivit-elle avec une drôle de voix, et Lucy devina qu'elle pleurait. *Ne perds pas tout à fait espoir ! Une intervention militaire est désormais vouée à l'échec, ton grand-père a dû y renoncer – la mort dans l'âme, tu peux me croire –, mais il reste peut-être une toute petite chance... j'aimerais tant te tenir dans mes bras, ma petite chérie...* >

< *Grand-mère ?* >

Lucy n'insista pas. Les derniers mots d'Hannou avaient été presque inaudibles et tenter de lui répondre ne servait à rien. La vieille femme ne l'entendrait pas. Elle se rendit compte que des larmes coulaient sur ses joues. Un instant, elle faillit s'asseoir dans un coin pour pleurer sans retenue, mais la rage et la fureur prirent le dessus. *Ce n'est pas juste !* cria-t-elle mentalement. *Ils n'ont pas le droit !* Hannou avait dit qu'elle ne pourrait jamais sortir de cette prison. *En tout cas, je vais essayer* ! pensa-t-elle encore en appelant d'un coup tous ses talents. *D'ailleurs, je n'ai plus rien à perdre !* Les dernières paroles de sa grand-mère lui revinrent fugitivement à l'esprit. *Il reste peut-être une toute petite chance.* Mais elle savait bien que ce n'était pas vrai. La vieille femme avait dit cela dans l'espoir de la consoler un peu, rien de plus…

Une première décharge d'énergie vaporisa la lourde porte métallique, le chambranle épais et une bonne partie de la maçonnerie environnante. Mais quand elle avança dans le couloir, ce fut pour le trouver bloqué par un mélange compact de pierres et de sable. Une nouvelle décharge dégagea le passage sur une dizaine de mètres, mais alors qu'elle s'apprêtait à s'engager plus avant, un amas du même mélange tomba du plafond avec un bruit sourd, bloquant de nouveau l'accès.

Enragée, elle s'attaqua aux parois, au plafond, provoquant simplement de nouvelles avalanches. Quand elle s'interrompit, un peu calmée, ce fut pour se rendre compte qu'en dépit de ses efforts, elle n'avait pas accompli un seul pas vers la liberté.

Elle aurait pu continuer. La puissance était là, à sa disposition. Mais à quoi bon ? Pour finir, elle se laissa glisser contre la paroi et laissa enfin couler les larmes qu'elle retenait depuis si longtemps.

Bien plus haut, dans la salle de contrôle à l'écart du bunker, Kendricks poussa un soupir de soulagement.

« On dirait qu'elle se calme enfin… Cette petite punaise a beau être terriblement puissante, elle ne peut rien contre les centaines de tonnes de matériaux que nous pouvons lui lâcher dessus. Elle aura simplement gaspillé une partie de son potentiel à essayer vainement de se frayer un passage... Dans quelques jours, la faim et la soif l'auront rendue aussi inoffensive qu'une normale du même âge. Alors, mes amis, ajouta-t-il en se tournant vers ses assistants débarqués quelques heures plus tôt du *Shenandoah*, ce sera à nous de jouer ! »

Chapitre 17

La sonnerie de l'interphone tira MacGregor de la lecture du rapport qu'il tenait à la main.

« Le commandant Hattle est là, monsieur.

— Faites-le entrer, James. »

Quelques instants plus tard, un officier en grand uniforme faisait son entrée dans le bureau.

« Mes respects, amiral.

— Content de vous voir, Hattle ! répondit Allen avec une cordialité affectée. Asseyez-vous ! »

Le commandant dirigeait les services de renseignements de la Flotte. Grand, tiré à quatre épingles, affichant en permanence une grimace condescendante, Hattle était un parfait spécimen de ces officiers dont la présence à ce niveau de responsabilités devait bien plus à leur ascendance familiale qu'à leur réelle compétence. La règle de l'hérédité, largement répandue sur Providence, trouvait dans la Flotte un domaine d'application particulièrement emblématique : à l'exception de MacGregor, tous les officiers supérieurs étaient des rejetons de vieilles familles, dont les origines au service de la Flotte remontaient à la fondation même de l'empire, douze bons siècles plus tôt. À leurs yeux, Allen MacGregor était clairement un intrus, que seule une incompréhensible faveur impériale avait propulsé des bas-fonds de la capitale à ce poste prestigieux.

Simple commandant, Hattle se devait toutefois de cacher son mépris et s'y employait avec un certain succès ; d'autres plus haut placés ne s'imposaient pas la même retenue. Deux des amiraux des quatre quadrants ne lui pardonnaient ni sa jeunesse ni sa nomination à la tête de la prestigieuse cinquième Flotte, et encore moins les innovations qu'il tentait d'imposer. Le pire d'entre eux étant naturellement le grand amiral Wallace qui n'avait, lui, aucune raison de le ménager.

MacGregor ne manquait cependant pas de soutiens. Beck, amiral de la première Flotte, semblait l'apprécier et soutenait publiquement son action. Gowan, à la tête de la quatrième, gardait une neutralité bienveillante. La plupart des commandants de croiseurs lui étaient ouvertement favorables, et sa popularité au sein des équipages ne cessait de grandir. Sa personnalité ne laissait personne indifférent. Du plus loin qu'il se souvînt, il en avait toujours été ainsi : quelques-uns qui le détestaient cordialement, et les autres qui l'adoraient… Plus important encore, Allen avait aussi l'appui du petit peuple de Columbia, dont il était issu et qui semblait prendre à travers sa personne une revanche contre le pouvoir sans partage des grandes familles.

« Je vous écoute, Hattle. »

Avant de prendre la parole, le commandant toisa avec mépris Roger Langdon – qui lui adressa un sourire suave – et ne put se retenir de jeter un coup d'œil dégoûté à Candice Feather, qui venait d'avancer son fauteuil roulant vers une armoire de classement et lui tournait le dos. La présence d'une femme dans cet univers exclusivement masculin était toujours aussi difficile à accepter pour ces hommes dont l'existence était fondée sur le respect de la tradition. À plus forte raison quand cette femme était infirme.

« Quand vous voudrez, commandant… reprit MacGregor, agacé.

— Ah, oui, naturellement ! Eh bien, amiral, voici le rapport annuel de mes services, dit Hattle en lui tendant un mince dossier. Pour l'essentiel, rien de bien nouveau. »

Allen MacGregor parcourut rapidement les trois feuillets.

« Je suis heureux de voir que tout va si bien dans ce vaste univers, dit-il sans chercher à cacher son scepticisme. Vous êtes sûr qu'il n'y a rien d'autre ?

— Absolument, amiral. Tout est sous contrôle.

— Et Sargasse ? Rien de nouveau de ce côté ?

— Nous savons tous que le Protecteur Strasser brave en secret l'interdiction d'effectuer des recherches sur la propulsion hyperspatiale, admit le commandant. Mais selon nos meilleurs agents, il est encore très loin du but. Et naturellement, ajouta-t-il avec un petit rire, s'il s'en approche trop, nous savons comment calmer les intrigants de son espèce ! »

Allen MacGregor faillit répliquer, mais se ravisa et se leva.

« Il ne me reste qu'à vous remercier pour ce rapport, que je vais étudier avec tout le soin qu'il mérite, commandant Hattle. »

L'officier se leva à son tour, salua et sortit sans rien ajouter. Allen attendit que la porte soit refermée pour se tourner vers Roger.

« Alors ? »

Le fouineur haussa les épaules.

« Si vous tenez vraiment à savoir ce qu'il pense de nous tous, je peux vous le dire, mais j'aimerais autant m'en dispenser…

— Et pour le reste ?

— Même chose que les autres fois. Le rapport qu'il vous a remis est délibérément tronqué. Celui qu'il a présenté hier au grand amiral est bien plus précis. Il ne vous a cependant rien caché d'important.

— Vous voulez dire qu'ils n'en savent vraiment pas plus à propos de ce qui se passe sur Sargasse ? »

Roger Langdon leva les yeux au ciel.

« Je sais… Je ne comprends pas non plus comment ils peuvent être aussi aveugles ! Torini leur a envoyé un nouveau rapport, encore plus documenté que le précédent, mais il a connu le même sort : la corbeille à papier.

— Ces idiots croient toujours qu'il leur suffira d'envoyer deux ou trois croiseurs dans le système pour régler le problème ! Torini a pourtant été parfaitement clair sur ce point. Strasser saura se défendre… »

MacGregor avait reçu l'avant-veille le rapport en question, agrémenté de notes personnelles qui ne figuraient pas dans celui remis le même jour au commandant Hattle. C'est en pénétrant l'esprit du chef des renseignements le mois précédent que Roger avait découvert l'existence de Torini. Allen l'avait immédiatement contacté, et l'agent n'avait été que trop heureux de trouver enfin un officier disposé à l'écouter. Il était ainsi venu rejoindre le réseau de plus en plus étoffé que MacGregor était en train de construire. Un homme précieux.

« Et vous, Candice ? »

La jeune femme avait rapproché son fauteuil du grand bureau. Allen MacGregor la contempla un instant tandis qu'elle réfléchissait avant de répondre. Candice était grande, très mince, ses cheveux blonds rassemblés en un chignon strict, avec un visage qui aurait été très joli s'il n'avait été constamment creusé par la souffrance. Âgée d'à peine une trentaine d'années, elle avait dans son enfance servi aux expériences du professeur Kendricks, le célèbre spécialiste des *alter*, lorsqu'il sévissait encore au sein de la Fondation. MacGregor l'avait récupérée l'année précédente sur Regulus, où elle n'avait survécu si longtemps que parce que le professeur avait donné l'ordre de la garder en vie afin de l'examiner régulièrement.

Kendricks n'était en fait jamais revenu la voir, si bien qu'elle ignorait toujours ce qu'il lui avait fait mais, depuis ce temps, elle n'avait jamais marché normalement et souffrait en permanence. C'était Roger qui avait détecté son talent, et MacGregor n'avait pas eu grand mal à persuader Hedford de la lui livrer. Depuis, il l'avait fait examiner par de nombreux médecins, sans succès. Il pensait qu'un *alter* guérisseur saurait peut-être la soulager, mais tous ses efforts pour en trouver un avaient été vains.

« Rien de particulier. Sauf peut-être… »

Elle hésita un instant.

« La dernière phrase de Hattle me trotte dans la tête : *nous savons comment calmer les intrigants de son espèce*… Il n'était question que de Sargasse. Alors, pourquoi ce pluriel ? »

Langdon haussa les épaules.

« Façon de parler, je suppose… Il voulait sans doute dire Strasser et ceux qui l'entourent.

— Possible, admit Candice, peu convaincue. Mais il avait peut-être quelqu'un d'autre en tête… »

Allen avait suivi l'échange sans s'en mêler. Candice était une *alter* au talent fort rare et remarquablement utile : une intuitive. Au début, il avait eu du mal à y croire, et Roger avait dû déployer toute son éloquence sur Regulus pour le convaincre de la sortir de là. Depuis, il avait eu maintes fois l'occasion de constater que le fouineur ne s'était pas trompé. La jeune femme était capable d'intuitions fulgurantes, associant des bribes d'informations insignifiantes pour découvrir des vérités qui sans elle n'auraient jamais vu le jour. Allen lui faisait désormais totalement confiance. Si elle trouvait quelque chose bizarre dans les propos de Hattle, il fallait vérifier.

« Il est peut-être toujours dans le bâtiment ? » dit-il à Roger, mais celui-ci avait déjà entamé ses recherches.

« Troisième étage. Il discute avec un autre officier, Lenfeld, le second du *Connecticut*, quatrième Flotte. Ils échangent des souvenirs. Il est à la limite… Laissez-moi deux minutes. »

Il quitta la pièce en hâte sans rien ajouter. Allen MacGregor et Candice l'attendirent en silence. La jeune femme avait cette expression bien particulière, typique de quand son talent s'exerçait.

Roger revint enfin.

« Vous aviez raison, Candice, dit-il en souriant. Il y avait bien quelque chose. Mais c'était si anodin pour lui que je n'aurais jamais trouvé si vous ne m'aviez pas dit quoi chercher ! »

Il se tourna vers Allen MacGregor.

« Ils ont reçu un rapport assez semblable à celui de Torini, mais pour un autre système planétaire, Orbus. Pas la porte à côté, non ?

— C'est un des systèmes les plus riches de la Périphérie, bien moins connu que Sargasse parce qu'il est situé à l'extrême limite de l'Œkumène, confirma MacGregor. C'est aussi l'un des plus étendus, avec près d'une vingtaine de planètes, dont les deux tiers sont très peuplées et développées. Le consortium assure un trafic intense dans ce secteur avec les systèmes voisins, plutôt riches eux aussi…

— Aussi développé que Sargasse ?
— Difficile à dire. Peut-être bien.
— En tout cas, Candice avait raison. C'était bien à ça qu'il pensait tout en parlant de Sargasse. Ils ont reçu un rapport d'un de nos agents là-bas, une femme, Emmy Stone, qui semble aussi bien informée que Torini. D'après elle, Huygens, la planète principale, serait sur le point de lancer un programme de construction de vaisseaux à propulsion hyperspatiale. Ils ont apparemment déjà des chantiers navals importants pour leurs navires interplanétaires…
— Emmy Stone… Il faudra prendre contact avec elle. Et je suppose que son rapport a connu le même sort que celui de Torini… Ça va, Candice ? »
La jeune femme avait de nouveau les yeux dans le vague. Elle ne répondit pas aussitôt, et MacGregor respecta son silence, attendant patiemment qu'elle revienne à la réalité.
« Les archives, dit-elle enfin. Et l'épave, évidemment ! »
Allen et Roger attendaient en silence.
« Je ne suis pas sûre… », dit Candice d'une voix hésitante. L'amiral n'y prêta pas attention ; la jeune femme commençait toujours par ces mots, comme si elle avait elle-même du mal à accepter les évidences qui se formaient dans son esprit.
« Le département des Archives a signalé une effraction dans ses locaux il y a un peu plus de six mois. C'était mentionné dans le rapport d'activité du service d'entretien. »
Lorsque la jeune *alter* avait commencé à travailler pour lui, MacGregor avait été stupéfié par son aptitude à absorber d'un seul coup d'œil les informations contenues dans un document autant que par sa mémoire phénoménale. Il avait donc pris les dispositions nécessaires pour lui fournir tout le matériau possible, y compris des choses aussi insignifiantes que le rapport d'activité du service d'entretien du bâtiment des Archives.
« Un vol ?
— Justement, non. D'après le rapport, rien ne manquait.
— Bizarre ! Je vois mal quelqu'un prendre un tel risque juste pour jeter un coup d'œil à des vieux machins qui tombent en poussière, réagit Roger, sceptique.

— Il y a encore autre chose… Attendez un instant. »

Elle fit rouler le fauteuil jusqu'à son bureau, où elle fouilla dans un tiroir jusqu'à trouver ce qu'elle cherchait. Les deux hommes l'avaient suivie. Elle tendit un petit morceau de papier à MacGregor.

« Lisez ça. »

C'était un article de journal d'une trentaine de lignes, intitulé « Échos de la Périphérie », énumérant une quinzaine d'événements disparates, mariages, naissances, cérémonies, décès… intervenus dans quelques-uns des mondes les plus connus en dehors du Cercle Intérieur.

« Je ne vois pas…

— Douzième ligne ! précisa Candice d'une voix juste un peu trop patiente.

— *Le professeur Theodoricos s'est rendu avec son équipe sur la troisième lune de Milius, où l'épave d'un vaisseau a été découverte…* Je ne vois toujours pas !

— Moi non plus, admit la jeune femme. En tout cas, pas aussi clairement que je le souhaiterais ! Mais il y a un lien. Un lien étroit. Je le sens ! »

Allen MacGregor s'efforça de réfléchir. Sans succès. Roger ne semblait pas beaucoup plus avancé. Candice se trompait peut-être…

« Il faudrait en savoir plus sur cette effraction aux Archives, dit-il avec tact. Cela nous mettra peut-être sur la voie…

— Je sais que j'ai raison ! affirma Candice. Vous verrez… Promettez-moi de vous en occuper ! »

La certitude dans la voix de la jeune femme balaya ses dernières hésitations.

« Demain. Nous irons faire un tour aux Archives. Je trouverai bien un prétexte quelconque ! J'avoue que je commence à être curieux… »

Le lendemain matin, une fois les affaires courantes expédiées, MacGregor quitta ses bureaux en compagnie de Roger Langdon et de Peter Farah. La présence de ce dernier n'était probablement pas nécessaire, mais il préférait ne pas courir le moindre risque.

Le bâtiment des Archives, situé comme l'Amirauté dans le quartier administratif, n'était qu'à quelques minutes de marche. Il faisait beau, ce qui n'avait rien d'exceptionnel, Providence jouissant d'un climat remarquablement chaud et sec. Columbia, la capitale impériale, avait été édifiée pour partie sur un petit plateau encadré par des montagnes d'où soufflaient des vents frais qui rendaient la chaleur tout à fait supportable. La ville haute s'y était installée, le palais tout en haut, immense complexe de bâtiments majestueux qui dominait le quartier administratif regroupant les principaux services du pouvoir impérial et, un peu plus loin, le quartier résidentiel où s'étalaient les somptueuses résidences des grandes familles. La ville basse occupait quant à elle toute la petite plaine surchauffée coincée entre les deux chaînes de montagnes et l'océan. Le petit peuple s'entassait là, dans des quartiers souvent misérables comme Anacosia, le plus pauvre de tous, où MacGregor avait passé son enfance et son adolescence jusqu'à son admission à l'Académie.

Les parfums de centaines d'arbres couverts de fleurs alignés le long des larges avenues embaumaient l'air du quartier administratif. Les constructions rivalisaient d'élégance, offrant au regard des exemples remarquables de l'architecture des temps passés. Car aussi belles fussent-elles, toutes ces constructions étaient anciennes : les plus récentes dataient d'au moins un bon siècle. Rien de nouveau n'avait été édifié depuis, comme si le temps s'était arrêté à l'époque glorieuse de l'apogée de l'empire, et cet étalage architectural était pour le jeune amiral comme une métaphore de l'irrémédiable décadence de Providence et des mondes du Cercle Intérieur.

Le département des Archives occupait un ancien palais princier de style néo-gallésien tout en courbes adoucies surmontées de coupoles à bulbes savamment étagées. Deux soldats de la Garde impériale en faction de chaque côté de l'entrée monumentale saluèrent avec une précision mécanique. Installé derrière un petit bureau dans une alcôve sous le porche, un fonctionnaire contrôlait les entrées. En apercevant les visiteurs, il se précipita à l'intérieur du bâtiment, pour réapparaître presque aussitôt.

« Si vous voulez bien me suivre, amiral ; je viens d'aviser l'archiviste-chef de votre arrivée. Il va vous recevoir. Permettez-moi…

— Amiral MacGregor ! C'est un grand honneur ! Que puis-je pour votre service ? »

Le gros homme qui les saluait paraissait en réalité plus ennuyé que flatté par cette intrusion inattendue. *Parce que c'est moi* ? pensa Allen. *Probablement. Ce poste doit se transmettre de père en fils depuis des générations…* Il chassa cette pensée de son esprit et répondit aimablement.

« M'aider à éclaircir un point d'histoire ! L'amiral Beck et moi-même sommes en désaccord sur la stratégie du maréchal Harding dans la bataille de Wracilaw… Les récits des historiens se contredisent, si bien que j'ai décidé de vérifier s'il existait des archives permettant de savoir ce qui s'est passé au juste. »

Le chef des archives le regardait avec de grands yeux.

« La bataille de Wracilaw ?

— Dernier siècle de l'ère pré-impériale, précisa allègrement MacGregor. Comme vous le savez certainement, elle opposa la deuxième armée de la coalition alinaise – commandée par Harding – aux troupes du prince héritier Rodolphe de Vexil-Trottenberg, un lointain parent de Sigvard, le futur empereur.

— Euh, oui, bien sûr… Hélas, je ne suis pas moi-même spécialiste de cette période, mais j'ai l'homme qu'il vous faut ! Excusez-moi un instant ! »

Il revint quelques instants plus tard en compagnie d'un jeune homme vêtu à la toute dernière mode, l'air effaré et vaguement inquiet.

« Monsieur Stratton s'occupe du département des affaires militaires. Amiral, je vous confie à ses soins éclairés ! »

Il s'éclipsa sur ces mots, visiblement soulagé.

Le jeune homme les entraîna sans mot dire à travers une enfilade de corridors richement ornés avant d'ouvrir la porte d'une petite pièce encombrée de meubles de classement. La jeune femme assise derrière le minuscule bureau leva les yeux, surprise. Son regard s'éclaira en apercevant MacGregor.

« Maxine, ces messieurs cherchent des documents sur la bataille de Wracilaw. Amiral, je vous laisse entre les mains de mademoiselle Kohler.

— Volontiers, monsieur… »

La jeune femme reporta son attention sur MacGregor en souriant.

« Nous disposons d'un fond relativement fourni sur cette période, amiral. Que cherchez–vous au juste ?

— Des documents sur la stratégie employée par le maréchal Harding contre les troupes de Vexil-Trottenberg. »

Maxine Kohler fronça les sourcils.

« Nous possédons, je crois, quelques lettres manuscrites du maréchal à son épouse. Laissez-moi vérifier… Ah, et nous avons également le témoignage d'un officier de Vexil-Trottenberg. Venez avec moi. »

Stratton s'était éclipsé depuis longtemps. Dans le corridor, Maxine se tourna vers MacGregor avec un grand sourire.

« Je suis vraiment ravie de vous rencontrer, amiral. J'ai beaucoup d'admiration pour vous, et tous mes amis également ! »

S'efforçant d'ignorer les regards narquois de Roger et Peter, Allen la suivit jusqu'au sous-sol, véritable labyrinthe d'étagères surchargées de dossiers poussiéreux à travers lequel elle se faufila avec assurance.

« Voilà, dit-elle enfin, extrayant un mince dossier. C'est tout ce que nous avons sur cette bataille. J'espère que vous y trouverez ce que vous cherchez. Si vous le souhaitez, je peux vous fournir une copie de ces documents. Cela prendra un peu de temps, bien sûr… Vous pourrez bien sûr envoyer quelqu'un les récupérer dans la soirée.

— Je ne suis pas si pressé que ça ! répondit MacGregor. Si ce n'est pas trop long, nous attendrons.

— Dans ce cas, je vais tout de suite en charger un copiste. »

La jeune femme les ramena à son bureau et s'en fut porter les documents à la copie. À peine eut-elle disparu que Roger se tournait vers Allen.

« Elle ne mentait pas en disant qu'elle était ravie, amiral ! Je crois qu'elle ferait n'importe quoi pour vous !

— Dans ce cas, espérons qu'elle pourra nous renseigner… »

Mademoiselle Kohler revint peu de temps après.

« Cela prendra une vingtaine de minutes, peut-être un peu plus… Puis-je faire autre chose pour vous ?

— Ma foi, non… Ah, si, peut-être, ajouta-t-il en faisant mine de se raviser. J'ai entendu dire que vous aviez été victimes d'une tentative d'effraction ?

— Pas une tentative, rectifia la jeune femme. Il y a bien eu effraction !

— Vraiment ? C'est plutôt surprenant. Que peut-il bien y avoir à voler ici ?

— C'est ce que nous avons tous pensé, mais quelqu'un s'est bel et bien introduit dans le bâtiment, je peux vous l'assurer ! C'est moi qui m'en suis aperçue !

— Racontez-moi ça, Maxine ! »

La jeune femme ne se fit pas prier.

« Ça s'est passé dans l'entrepôt numéro 3, là où nous gardons nos pièces les plus anciennes. Certaines datent de l'Installation ! Les plus fragiles sont conservées dans des containers étanches, sous vide. En procédant à un contrôle de routine, je me suis aperçue qu'un de ces containers avait été ouvert…

— Vraiment ?

— J'ai d'abord cru à une erreur de manipulation, reprit Maxine. J'ai naturellement signalé le problème à monsieur Stratton, qui a interrogé tout le personnel, mais ce n'était pas quelqu'un d'ici.

— Qu'est-ce qui vous fait dire ça ? »

La jeune femme haussa les épaules.

« Un membre du personnel ne s'y serait jamais risqué, surtout pas ce jour-là ! Si vous voulez, je peux vous montrer. Ce n'est pas très loin, et nous avons encore un moment avant que les copies soient terminées… »

L'entrepôt numéro 3 était une petite crypte où s'entassait une série de containers de tailles variables.

« C'est celui-ci, dit Maxine en s'arrêtant devant une des caisses métalliques. Vous voyez ce petit témoin vert sur le côté ? Il indique que le container est bien sous vide. Quand je suis passé ce jour-là, il était rouge. La porte était pourtant fermée hermétiquement. Celui qui a ouvert cette caisse aurait dû refaire le vide après l'avoir refermée. Pour cela, nous utilisons une pompe entreposée dans ce placard. Voilà comment je sais qu'il ne s'agit pas de quelqu'un de chez nous.

— Parce qu'il aurait pensé à refaire le vide ?

— Non ! Parce que la pompe était en panne depuis une semaine ! Tout le monde le savait ! Si un membre du personnel avait eu l'intention de farfouiller dans ce container, il aurait au moins attendu que la pompe soit réparée ! Et ça, notre visiteur ne pouvait pas le savoir ! Il s'agit donc bien de quelqu'un de l'extérieur !

— Excellent raisonnement, la félicita MacGregor. Le mystère reste donc entier… Et qu'y a-t-il de si intéressant dans ce container ?

— Des vestiges d'appareils électroniques du temps de l'Installation, c'est ce qui est indiqué dans les catalogues. Dix-huit exactement, tous identiques. Ne m'en demandez pas davantage ! Ce qui est certain, c'est que celui qui a ouvert le container a sorti tout ce qu'il contenait et tout remis en place ensuite.

— Comment pouvez-vous en être certaine ? questionna Peter.

— Parce que chaque objet est numéroté. Normalement, ils sont rangés dans l'ordre, mais lorsque j'ai procédé à la vérification annuelle, un peu avant l'effraction, j'ai volontairement interverti trois de ces objets, juste pour voir si ma collègue s'en apercevrait lors du prochain contrôle. Celui qui les a sortis ne pouvait pas voir les numéros inscrits à l'arrière ; par contre, lorsqu'il les a remis en place, il a logiquement suivi la numérotation.

— Vous êtes très observatrice, Maxine, la félicita Allen. Je suis impressionné ! Et avez-vous la moindre idée de l'identité du coupable ? Et de ce qu'il cherchait ?

— Mystère ! Ces objets n'ont vraiment aucune valeur… Tenez, regardez, voici à quoi ils ressemblent. » Elle tira une photographie d'un mince dossier posé sur le container le plus proche et la lui tendit. « Je ne vois vraiment pas qui cela pourrait intéresser ! »

Elle récupéra le document et le remit en place.

« Mais vos copies doivent être prêtes. Je vous ai déjà suffisamment retardés avec cette affaire ridicule ! »

L'archiviste en chef réapparut alors qu'ils s'apprêtaient à quitter le bâtiment.

« Avez-vous trouvé ce que vous cherchiez, amiral ?

— Tout à fait ! Mademoiselle Kohler est remarquablement compétente. Vous pourrez la féliciter de ma part !

— Mademoiselle… Ah, bien sûr ! Je n'y manquerai pas, amiral, comptez sur moi ! »

Une fois sur le chemin du retour, Roger laissa échapper un petit rire.

« Cet imbécile ne connaissait même pas son nom… Au fait, amiral, il ne vous porte pas dans son cœur, mais vous l'aviez sans doute deviné ! Tout le contraire de la charmante Maxine…

— Quoi qu'il en soit, Candice avait raison. Quelqu'un a bien ouvert ce container et manipulé ces vénérables reliques. Il a joué de malchance. Si la pompe à vide n'avait pas été en panne, personne ne se serait aperçu de rien. Et même ainsi, il a fallu l'œil d'aigle de Maxine pour s'en apercevoir : le témoin de fonctionnement est à peine visible, placé là où il est…

— Autrement dit, ajouta Peter, quelqu'un s'est donné beaucoup de mal pour pénétrer dans le bâtiment, ouvrir le container dans l'entrepôt numéro 3 et effacer toute trace de son passage. Mais c'était compter sans Candice…

— Je me demande ce qu'elle va en penser, dit MacGregor. Et comment elle pourra relier ça à ce qui se passe sur Orbus... »

Candice ne parut pas le moins du monde surprise en apprenant ce qui s'était réellement passé dans le bâtiment des Archives quelques mois plus tôt.

« C'est à peu près ce à quoi je m'attendais, dit-elle seulement. Les objets qui ont été sortis du container, est-ce qu'ils ressemblaient à ceci ? Avec cette petite ouverture, là tout en bas ? »

Elle tendit à MacGregor le dessin qu'elle venait de griffonner.

« C'est exactement ça ! Peut-être un tout petit peu plus épais… Je suppose que vous allez nous dire ce que c'est ?

— Une unité de stockage utilisée par les anciens dans leurs ordinateurs du temps de l'Installation, répondit-elle avec assurance. Il en existe plusieurs centaines, conservées dans des musées ou dans des collections privées. Elles valent une fortune. »

Allen réfléchit un instant.

« Et vous pensez que ces unités de stockage – celles des Archives – pourraient contenir les informations nécessaires pour mettre au point un propulseur hyperspatial ? C'est bien cela ?

— Si c'est vraiment le cas, pourquoi les voleurs ne les ont-ils pas emmenées ? intervint Roger.

— Parce que ce n'était ni nécessaire ni souhaitable ! rétorqua Candice, toujours aussi sûre d'elle. Les emporter aurait inévitablement attiré l'attention sur leur contenu, et je suis certaine que votre Maxine aurait fini par découvrir ce qui intéressait les voleurs – ce que ceux-ci tenaient probablement par-dessus tout à éviter !

— Pourquoi se donner tout ce mal ? s'étonna Peter. Juste pour manipuler ces vieilleries inutilisables !

— Sans doute pas inutilisables pour tout le monde ! »

Candice brandissait à nouveau le petit article de journal qu'elle avait montré à l'amiral la veille.

« Que voulez-vous dire ?

— Ce n'est pas précisé dans l'article, admit la jeune femme, et j'ai eu beau chercher, je n'ai rien trouvé d'autre à propos de l'épave de ce vaisseau spatial, mais je suis prête à parier que c'est celle d'un navire du temps de l'Expansion. Et aussi qu'à l'intérieur, quelqu'un a récupéré un ordinateur pas trop endommagé, l'a réparé puis est venu sur Providence afin de pénétrer dans les Archives pour lire – et copier, bien sûr – le contenu des unités de stockage.

— Et six mois plus tard, notre agent sur Orbus signale le début d'un programme de construction de vaisseaux à capacités hyperspatiales, conclut MacGregor. Effectivement, ça se tient… »

Peter fut le premier à briser le silence qui venait de s'installer.

« Qu'allez-vous faire ? Prévenir le grand amiral ? »

Allen haussa les épaules.

« À quoi bon ? Pour lui donner une nouvelle occasion de m'humilier en public ? Peter, vous étiez là quand je lui ai exposé mes craintes concernant Sargasse. Vous avez vu comment ça s'est terminé !

— Vous avez dû porter l'affaire devant l'empereur, et celui-ci s'est rangé à votre avis, vous a nommé amiral de la cinquième flotte et vous a donné carte blanche pour développer vos nouveaux programmes de construction… Plutôt pas mal, non ? »

MacGregor hocha la tête.

« Sa Majesté est heureusement plus intelligente que cet idiot de Wallace ! Et Kozinski également, dieu merci ! D'ailleurs, techniquement, le grand amiral est déjà informé. Ce n'est tout de même pas ma faute si son chef des renseignements refuse de tenir compte des rapports de nos meilleurs agents ! Non, je ne lui dirai rien… Mais cette affaire m'intéresse. Candice, je suppose que vous avez épluché tous les rapports de la police et de l'administration impériale ? »

Candice leva les yeux au ciel.

« Évidemment ! Mais rien n'ayant été volé, ils se sont contentés d'une enquête de pure forme qui n'a donné aucun résultat, comme il fallait s'y attendre ! À vrai dire, même s'ils avaient fait leur travail correctement, je ne crois pas que cela aurait changé grand-chose… Ceux qui se sont chargés de cette opération connaissaient leur affaire.

— Mais la police ne savait pas ce que nous savons, intervint Roger.

— Roger a raison, approuva l'amiral. Ils n'avaient aucune raison de soupçonner quelqu'un d'autre que les voleurs ordinaires qui sévissent à Columbia. Mais nous savons maintenant qu'ils venaient d'Orbus. Des étrangers, forcément arrivés ici à bord d'un vaisseau du consortium. Cela devrait limiter le champ des recherches, non ?

— Quelles recherches ? Le rapport d'Emmy Stone prouve à l'évidence que nos voleurs sont rentrés sur Orbus ! Même si la police parvenait à les identifier, à quoi cela servirait-il ? L'affaire est close, monsieur !

— C'est vrai, Peter, mais j'aimerais quand même en apprendre davantage. Ne me demandez pas pourquoi, je sens que c'est important… »

Candice laissa échapper un petit rire.

« Vous pensez que ce sont des *alter*, avouez-le, amiral ! »

MacGregor retint de justesse le soupir d'exaspération qu'il allait laisser échapper. Travailler avec une intuitive exposait à ce genre de désagrément.

« Disons que cette possibilité m'a effleuré l'esprit…

— Vous avez sans doute raison, continua Candice plus sérieusement. Cela expliquerait la parfaite réussite de l'opération. Sans la panne de la pompe à vide, personne ne se serait jamais aperçu de rien. Mais il faut vous faire une raison, amiral, ils sont loin, maintenant. Hors de votre portée…

— Je sais, admit Allen. Pourtant, j'aimerais bien en savoir plus. Et je connais l'homme qu'il me faut pour ça. »

Chapitre 18

Sans même laisser à l'assistante de Kendricks le temps de se redresser, Anya lança une décharge mentale dans laquelle elle avait mis toutes ses forces. L'injection agissait quasi instantanément, elle s'en était rendu compte pendant les séances précédentes et c'est ce qui lui avait donné l'idée. *Ils ne seront peut-être pas prêts*, s'était-elle dit alors avant de replonger dans le sommeil. *Agir aussi vite que possible, c'est ma seule chance…*

L'espace d'un très court instant, elle crut avoir réussi, mais comme les autres fois, le flux d'énergie rebondit contre le bouclier.

Le bouclier… C'est ainsi qu'Anya avait baptisé le barrage grâce auquel Kendricks endiguait sa puissance mentale. Dépitée, elle attendit encore quelques instants avant d'ouvrir les yeux. *Tu es stupide, Anya*, se dit-elle. *Tu savais bien qu'ils seraient là…*

Les *alter*, trois filles et cinq garçons répartis en cercle autour de la structure métallique dans laquelle la jeune fille restait désormais perpétuellement enfermée ne paraissaient même pas avoir ressenti son attaque.

« Voilà, professeur. Elle est prête… »

L'assistante qui venait de lui faire l'injection ne s'était aperçue de rien. Avec un peu de chance, Kendricks ne l'aurait pas remarquée non plus mais, avec le vieil homme, c'était loin d'être sûr.

Le professeur n'était pas dans son champ de vision, mais Anya l'entendait manipuler des feuilles de papier. Elle profita de ce répit pour examiner les cinq *alter* qu'elle parvenait à apercevoir, dans l'espoir de découvrir un maillon faible dans cette chaîne mentale qui la réduisait à l'impuissance. L'un d'eux devait bien présenter une faiblesse exploitable… Cette fille, par exemple. Les autres étaient assis sur des chaises ordinaires, alors que celle-ci ne quittait pas son fauteuil roulant. Mais l'infirmité physique dont la malheureuse était affligée ne s'accompagnait certainement pas d'une quelconque faiblesse mentale, sinon Kendricks n'aurait jamais pris la peine de la faire venir. Anya lança quand même une vrille subtile, sans plus de succès toutefois que lors de son attaque précédente. La fille ne réagit pas. Elle semblait dormir, et ses compagnons d'infortune également. Jamais au cours des interminables séances avec Kendricks elle ne les avait vus ouvrir les yeux, ou simplement bouger… Même leurs esprits – pour autant qu'elle pût s'en approcher – lui paraissaient immuables, entièrement tournés vers un unique objectif : bloquer ses émissions mentales. *Dieu sait ce que Kendricks a bien pu leur faire*! se dit Anya pour la centième fois. Par comparaison, l'esprit de Dexter semblait presque animé…

« Tu perds ton temps, petite ! »

La voix du professeur lui parvint en même temps qu'elle l'entendait se lever et s'approcher.

« Tu espérais que je ne m'en apercevrais pas ? Tu n'as donc pas encore compris que tu ne peux rien me cacher !

— Les résultats des mesures, professeur », intervint une autre voix, qu'Anya identifia sans peine. Derek, un gros homme au teint blafard.

« Voyons cela… Ah, pas mal du tout ! Tu as encore fait mieux que l'autre fois ! Si seulement tu voulais bien coopérer et me montrer de quoi tu es vraiment capable, nous progresserions bien plus vite, et ce serait surtout beaucoup moins douloureux pour toi ! Quand vas-tu enfin te montrer raisonnable, ma petite Lucy ?

— Pas Lucy, professeur ! Anya !

— Tu ne vas pas recommencer ! Lucy, Anya, quelle importance ?

— C'est mon vrai nom, vous le savez bien ! »

Lorsqu'elle avait repris connaissance, enfermée dans l'espèce de cage qu'elle n'avait plus quittée depuis, Kendricks s'était fait un plaisir de lui expliquer comment il avait réussi à s'emparer d'elle.

« Au bout de cinq jours, j'ai fait déblayer le couloir d'accès. Après tout ce temps sans boire ni manger, je savais que si par extraordinaire tu étais encore consciente, tu ne pourrais plus utiliser tes talents. Les soldats t'ont trouvée inanimée, et pour tout dire, dans un sale état. Nous t'avons maintenue dans un semi-coma le temps de te requinquer un peu, et j'en ai profité pour tester un nouveau produit que les petits génies des unités de recherche de la Flotte viennent de mettre au point et qu'un bon ami à moi m'a procuré. Une petite merveille ! À demi endormie comme tu l'étais, il t'a rendue absolument incapable de mensonge ou de dissimulation. Tu ne t'en es évidemment pas rendu compte, mais maintenant, je sais tout de toi.

— Vous ne savez rien ! Rien du tout ! avait répliqué Anya, étonnée de cette agressivité si éloignée de sa timidité habituelle.

— Vraiment, Lucy ? »

Ce n'est pas possible ! avait-elle pensé, consternée. *Il ne peut pas savoir…*

« Je sais tout ! avait répété Kendricks. Je sais que tu as réussi à parler avec cette femme qui se prétend ta grand-mère, cette Hannou, les conseils qu'elle t'a donnés, l'attaque que ton grand-père a essayé de monter pour te délivrer… Tu vois, tu m'as tout raconté ! »

C'était alors qu'elle avait décidé que Lucy devait céder la place à Anya. Lucy, la petite fille docile si soucieuse de ne pas déplaire aux maîtres ou aux gardiennes, Lucy n'existait plus. Celle qui avait lutté, qui avait tué Kendall et démoli tous ces bâtiments, celle qui avait tenté jusqu'au bout de se libérer, c'était Anya. *Je suis Anya. Anya Améziane. Ma mère s'appelait Loundja, et ils l'ont tuée. Ma grand-mère est Hannou, et mon grand-père Makoud. Et moi je suis Anya. Ils luttent contre les normaux et la Fondation, et maintenant, je veux lutter comme eux !*

« Écoute, petite, reprit Kendricks, l'arrachant à ses pensées, je veux bien t'appeler Anya si tu acceptes de coopérer. Je te répète, c'est dans ton intérêt encore plus que dans le mien !

— Je suis Anya, répliqua-t-elle, les dents serrées. Et vous ne pouvez pas me forcer !

— Tu l'auras voulu ! Shirley, préparez-la. Vous savez tous ce que vous avez à faire. Je reviens dans deux minutes. »

Anya l'entendit quitter la pièce en claquant rageusement la porte derrière lui. Shirley, une petite femme brune aux gestes assurés lui posa le garrot et s'éloigna pour préparer l'injection. Derek en profita pour s'approcher.

« À cause de toi, il va être de mauvais poil toute la journée, et c'est sur nous que ça va retomber. Tu es contente de toi, je suppose, petite saleté ?

— T'en fais pas, Derek, intervint Shirley, la seringue à la main. Avec la dose que je lui ai mise, elle va en baver, tu peux me croire !

— T'as pas trop forcé quand même ? Faudrait pas que le vieux s'en aperçoive…

— Aucun risque. Ce qui l'intéresse, c'est les résultats. Le reste, il s'en fout pas mal !

— Je lui dirai ce que vous faites ! cria Anya. Je lui raconterai tout ! »

Ils éclatèrent de rire tous les deux.

« Tu t'imagines peut-être qu'il te croira, petit monstre ? Eh bien, tu pourras toujours essayer quand le test sera fini. Si t'es encore en état ! Vas-y, Shirley, qu'on se marre un peu ! »

Anya savait à quoi s'attendre. La douleur allait surgir d'un coup, forçant son esprit à se concentrer pour lutter, puis l'inhibiteur commencerait à agir et cela durerait longtemps, très longtemps, pendant qu'Hendricks lui donnerait des ordres auxquels il lui serait impossible de se soustraire.

Cette fois, la douleur fut telle qu'elle faillit perdre connaissance. Le brouillard de souffrance ne parvint pourtant pas à l'empêcher d'entendre la voix inquiète de Derek.

« T'es sûre que t'as pas forcé la dose ? »

Puis plus rien. Elle reconnut la voix de Kendricks, semblant venir de très loin.

« Tu m'entends, Lucy ? »

Pas Lucy, Anya... La pensée lui traversa l'esprit, mais elle n'était plus en état de protester.

« Oui, monsieur, répondit-elle docilement.

— Bien ! À partir de maintenant, tu vas faire exactement ce que je te dis... Ouvre les yeux ! »

Incapable de résister, Anya obéit. La douleur implacable qui lui taraudait le crâne rendait sa vision imprécise, et il lui fallut quelques secondes pour réaliser qu'elle ne se trouvait plus dans le laboratoire où Shirley lui avait fait l'injection, mais en plein air, dans une vaste cour cernée de bâtiments sans fenêtres.

« Tu vois ces mannequins ? »

Anya avait aperçu plusieurs silhouettes plus ou moins éloignées, sans se rendre compte qu'il ne s'agissait pas de vrais humains. Elle essaya de se concentrer.

« Oui, monsieur.

— Le premier est à vingt mètres de toi. Les autres sont espacés de vingt mètres. Il y en a dix en tout. À mon signal, je veux que tu les brûles tous les dix aussi vite que tu peux, en commençant par le plus proche. Tu as compris ? Top ! »

Anya eut à peine conscience d'activer ses circuits mentaux mais, devant elle, le premier mannequin s'embrasa brusquement, aussitôt suivi par les neuf autres. Le feu flamba quelques secondes puis s'éteignit d'un coup. Des mannequins, rien ne subsistait à l'exception d'une trace noire sur le sol.

« Parfait, émit le professeur lorsqu'il eut repris son souffle. Maintenant, tu vas faire la même chose, mais beaucoup plus lentement. Je te donnerai le signal pour chaque mannequin. »

Devant Anya, les assistants de Kendricks s'activaient à placer de nouveaux pantins. Les *alter* chargés de bloquer son flux mental lors des expériences précédentes n'étaient pas là, et la jeune fille savait qu'elle aurait dû en profiter pour tenter de contacter Hannou, mais l'inhibiteur l'en empêchait tout aussi sûrement. Elle ne pouvait qu'obéir. Anya s'efforça de ne pas penser à la douleur, de profiter autant que possible de cette courte période de lucidité. Que pouvait-elle faire? Elle avait beau retourner la question dans sa tête encore et encore, la réponse était toujours la même. Rien… Kendricks allait poursuivre ses tests aussi longtemps qu'il le voudrait, après quoi elle mourrait. C'était aussi simple que cela.

Depuis quelques jours, cependant, Anya se surprenait à agiter des pensées dont elle aurait été bien incapable auparavant, des pensées de révolte, des pensées de haine. Jusqu'à ce que son talent soit découvert, et même jusqu'à ce que le gardien-chef lui manifeste de l'intérêt, elle avait mené une existence somme toute heureuse, acceptant pour argent comptant les mensonges que racontaient les maîtres et les croyant aussi lorsqu'ils prétendaient que le consortium continuerait à s'occuper d'elle même après l'émergence de son talent…

Mais maintenant, elle connaissait la vérité. Hannou avait commencé à lui ouvrir les yeux, puis ce qu'elle avait vécu ces derniers jours avait achevé de la convaincre. Sa vie n'avait été qu'une interminable série de tromperies. Les filles comme elle, et sans doute aussi les garçons, dans les autres écoles, n'étaient en aucun cas des orphelins recueillis par le consortium, mais bien au contraire le résultat d'un véritable élevage – *Des animaux, c'est ce que nous sommes pour eux, rien de plus!* – dans les couveuses de la Fondation, même si son cas à elle était différent. *Cela vaut-il vraiment beaucoup mieux*? s'était-elle déjà demandé à de nombreuses reprises. *Une enfant née du cadavre de sa mère, conservé uniquement parce que Kendricks lui accordait une certaine valeur – comment disait-il, déjà? – ah oui, génétique…* Un mensonge également, le sort qui les attendait une fois leur talent révélé. Une éternité de souffrance à bord des vaisseaux du consortium ou de la Flotte… Une éternité très courte, d'ailleurs, puisque les organismes épuisés par le tranquillisant et surtout les doses de plus en plus fortes de stimulant s'usaient prématurément… Mensonges!

Et avec la connaissance était apparu ce sentiment d'injustice, si violent qu'elle en pleurait parfois lorsque les diverses drogues dont on l'abreuvait lui laissaient suffisamment de lucidité pour cela. Et avec le sentiment d'injustice, la colère et, inévitablement, la haine. Haine impersonnelle pour le consortium, haine pour le personnel de la fondation, pour Hedford, qui avait refusé de la croire quand elle lui avait parlé de Kendall, pour Jim et Ella qui la traitaient comme un animal familier, soucieux surtout de la prime que ses capacités leur vaudraient et, par-dessus tout, haine pour Kendricks et ses assistants qui la plongeaient sans l'ombre d'un remords dans un océan de souffrance et n'hésiteraient pas un instant avant de la tuer pour mieux percer les secrets de son cerveau. Par moment, la haine était si forte qu'elle aurait pu l'étouffer. *Ce serait sans doute le mieux. Ainsi, ils ne pourraient rien étudier, rien apprendre…*

« Maintenant ! » lâcha Kendricks.

Incapable de résister, Anya laissa son esprit calciner le premier mannequin. Elle entendit le professeur glousser de plaisir, et son ouïe aiguisée perçut le tapotement de ses doigts sur les touches de l'ordinateur.

« Suivant ! »

Passivement, Anya s'exécuta, détruisant les mannequins les uns après les autres. Shirley et Derek s'étaient au moins trompés sur un point : à la fin de la séance, Kendricks était d'excellente humeur. *Ils me donneront peut-être une dose un peu moins forte la prochaine fois*, pensa-t-elle, mais elle en doutait : les deux assistants la détestaient parce qu'elle était une *alter*, parce qu'elle possédait des talents à jamais hors de leur portée. À cet instant, elle comprit qu'une bonne part de la haine des normaux envers les *alter* n'était finalement qu'une banale jalousie. *Qui leur suffit pour justifier la façon dont ils nous traitent !* rectifia-t-elle aussitôt. *Je les déteste tous ! Le professeur, Derek, Shirley et tous les autres !*

« Ça suffira pour aujourd'hui, décida Kendricks après avoir longuement tapé sur son clavier après la destruction du dernier mannequin. Demain, on essaiera autre chose. Dis-moi, Lucy ? Et si je t'avais demandé de les détruire autrement ? Je sais que tu as d'autres cordes à ton arc… »

Pas Lucy. Anya, rétorqua mentalement la fillette. Mais l'inhibiteur n'avait pas fini d'agir, et elle ne put empêcher sa bouche de s'ouvrir pour répondre.

« J'aurais pu les détruire autrement, monsieur, c'est vrai.

— Mais comment ? s'impatienta Kendricks, voyant qu'elle était retombée dans le silence. Cet inhibiteur est parfait, ajouta-t-il, de nouveau irrité, mais cette obligation de formuler des questions précises, je n'arrive pas à m'y faire ! Quelle perte de temps ! Alors ? Comment les aurais-tu détruits autrement que par le feu, Lucy ? »

Anya ne répondit pas tout de suite, non par mauvaise volonté – la drogue l'en aurait empêchée de toute façon – mais parce qu'elle essayait de rassembler ses idées. Kendricks se méprit.

« Ah, je vois, tu ne veux pas répondre parce que je t'ai appelée Lucy ! D'accord ! Je te repose la question, *Anya* ! Qu'aurais-tu pu faire d'autre ?

— J'aurais pu les broyer, monsieur.

— Et si ce n'étaient pas des mannequins, mais des hommes, des vrais, des normaux ?

— J'aurais pu essayer de prendre le contrôle de leur esprit, monsieur. »

Elle entendit encore Kendricks émettre un grognement de satisfaction.

« J'en étais sûr ! Demain, on recommencera avec les mannequins, mais tu ne devras pas utiliser le feu… Cette gamine est une vraie mine d'informations ! l'entendit-elle ajouter alors qu'il s'éloignait. Et elle a encore tellement à nous apprendre !

— Avez-vous une idée du temps qu'il vous faudra encore ? »

Anya reconnut la voix de la femme qui venait de parler. Ce n'était pas la première fois qu'elle faisait irruption dans les laboratoires, et c'était sans doute quelqu'un d'important car le professeur lui répondait chaque fois bien plus aimablement qu'à ses assistants.

« Difficile à dire, mademoiselle Green. Plusieurs semaines, à tout le moins. Les tests comportementaux ne devraient plus prendre très longtemps, mais ensuite, les études cliniques, c'est une autre histoire !

— Justement, c'est ce dont je voulais vous parler. Je viens de recevoir un message du conseiller Sigismond. Des affaires pressantes le retiennent sur Otharell ; la maladie de l'empereur, vous comprenez… Nous entrons dans une période de turbulences, pour ne pas dire plus. Le consortium joue une partie difficile ! La disparition prochaine d'Halvar… Mais laissons cela ! Dans son dernier message, Son Excellence m'a bien fait comprendre que, pour le moment, nous sommes livrés à nous-mêmes sur Regulus.

— Où vous disposez des pleins pouvoirs…

— C'est exact. Quoique, dans les circonstances présentes, cela ne signifie pas grand-chose. J'avais l'intention de relever le directeur Burnett de ses fonctions pour incompétence, mais Sigismond m'a fait comprendre que le consortium n'enverrait personne pour le remplacer tant que la situation politique ne se serait pas éclaircie…

— Ce doit être extrêmement frustrant, en effet… Mais pourquoi me raconter tout cela ? Je ne suis qu'un vieux professeur. »

La voix de la femme se fit caressante.

« Pas si vieux que ça, professeur ! Et surtout, contrairement à Sigismond, vous avez des amis puissants au sein de l'armée et de la Flotte… Privé de la protection impériale, le consortium deviendra vulnérable et si, comme cela semble probable, Wallace se retrouve en position de force, Regulus passera inévitablement sous le contrôle de la Flotte. Le grand amiral vous demandera alors très vraisemblablement de poursuivre vos recherches…

— C'est probable, en effet. Et je crois qu'il ne sera pas déçu ! Quand j'en aurai fini avec cette Lucy 37, je serai très probablement en mesure de l'aider à constituer les unités d'élite dont il rêve depuis si longtemps… Honnêtement, ma chère, je crois que les jours du consortium sont comptés. Ne sous-estimez pourtant pas Sigismond et ses collègues du directoire. Je les connais depuis longtemps. Ils sauront mener la vie dure à Wallace…

— Oh, je n'en doute pas ! approuva la femme de la même voix enjôleuse. Je dois beaucoup au conseiller, vous savez… Mais je sais aussi me montrer prévoyante ! Si le consortium garde sa position, tant mieux ! Dans le cas contraire…

— Il vous faudrait un nouveau protecteur, c'est bien cela ? Quelqu'un qui non seulement vous préserverait de la vindicte de Wallace mais vous aiderait également à poursuivre votre brillante carrière ? Et c'est moi que vous avez choisi ? Il est vrai que, bloqués comme nous le sommes sur Regulus, vous n'avez pas tellement le choix…

— J'ai beaucoup d'admiration pour vous, professeur ! »

Anya entendit Kendricks ricaner.

« Naturellement… Mais, puisque vous parlez aussi franchement, Eleanor, je ne serai pas en reste. Qu'avez-vous à m'offrir qui puisse me convaincre ?

— La plupart des petits secrets du consortium… Ceux que Wallace serait ravi de connaître. Si le consortium s'effondre, vous serez alors en position de force pour négocier avec la Flotte.

— Quoi qu'il arrive, je suis déjà en position de force, ma chère ! Et avec ce que Lucy est en train de m'apprendre, ils me mangeront dans la main !

— À moins qu'ils ne décident de confier cette petite à leurs propres chercheurs… »

Kendricks eut un petit rire.

« Aucun risque ! Les derniers tests comportementaux et les études cliniques prendront encore un certain temps, mais je serais très étonné si la situation dans l'empire basculait avant que j'en aie terminé. Ensuite, ils peuvent bien tenter de la récupérer si ça leur chante…

— Vous allez l'éliminer ?

— Inévitablement. Je vais bien sûr la garder en vie aussi longtemps que nécessaire mais, au bout du compte, c'est l'étude clinique de son cerveau qui me livrera les dernières informations dont j'ai besoin. Ensuite, son cadavre sera incinéré : il ne manquerait plus que quelqu'un se mette en tête de récupérer ses ovules ! Les équipes de Wallace pourront toujours venir, elles ne trouveront rien. »

Le professeur et la jeune femme continuèrent à parler, mais Anya n'écoutait plus. Elle savait déjà qu'elle ne survivrait pas aux expériences de Kendricks, mais l'entendre énoncer froidement ce qui l'attendait alors même qu'il savait très bien qu'elle comprenait tout ce qu'il disait l'avait plongée dans un nouveau sursaut de révolte. Si seulement... Si l'effet des drogues s'affaiblissait un peu, juste assez pour lui permettre de frapper... Une nouvelle fois, elle tenta de toutes ses forces de faire appel à ses talents, mais l'inhibiteur agissait toujours.

Derrière elle, les deux normaux continuaient à parler d'une voix plus basse, leur conversation entrecoupée de petits rires complices.

Désespérée, Anya regardait sans les voir les techniciens s'affairer à nettoyer les traces de cendres là où s'étaient tenus les mannequins quand un autre personnage entra dans son champ de vision. Ou plutôt, apparut brusquement là où elle aurait juré qu'il n'y avait personne auparavant. Un homme de taille moyenne, vêtu de la blouse gris et vert du personnel, poussant un chariot rempli d'un assortiment de balais, de brosses et de produits d'entretien. Elle regarda mieux. L'homme ne bougeait pas. Il regardait dans sa direction, et Anya crut même le voir lui faire un clin d'œil, mais il était trop loin et sa vision trop brouillée pour qu'elle puisse en être certaine. *Qu'est-ce qu'il fait là, celui-là? Kendricks ne va pas apprécier...* Elle se souvenait très bien des paroles du vieux professeur : « En dehors de moi et de mes assistants, personne – je dis bien personne, même pas vous, Burnett – n'est autorisé à entrer dans les laboratoires ou les zones de test ! »

Tout à coup, l'homme disparut. *J'ai dû rêver,* se dit Anya. Mais il réapparut presque aussitôt, et se dirigea sans se presser vers le bâtiment le plus éloigné. Curieusement, personne ne sembla s'émouvoir de sa présence. Il disparut derrière le coin de l'édifice. *Ils avaient sans doute besoin de lui pour nettoyer quelque chose,* se dit-elle encore.

« Shirley, Derek! appela le professeur, chassant l'homme de ses pensées. Vous pouvez la débrancher et lui faire l'injection... »

Les deux assistants s'approchèrent et, tandis que Derek détachait la multitude de capteurs placés sur son crâne et sa poitrine, Shirley préparait la piqûre qui chasserait enfin la souffrance et la replongerait dans le sommeil. Kendricks s'était déjà détourné et continuait à parler à Eleanor Green à voix basse, mais Anya parvint quand même à entendre ce que disait le professeur.

« Puisque nous sommes arrivés à un arrangement, Eleanor, il y a quand même une chose que vous pourriez faire pour moi… Je pensais procéder autrement, mais vous serez peut-être en mesure de nous faire gagner un peu de temps.

— Si c'est en mon pouvoir, naturellement !

— Voilà… Les tests sur les mannequins sont utiles, bien sûr, mais leur valeur est forcément limitée… Rien ne prouve que le cerveau de Lucy fonctionnerait de la même manière si elle avait devant elle des êtres humains au lieu de ces pantins de plastique !

— Vous ne voulez pas dire…

— Bien sûr que si ! Et je vous en prie, ne jouez pas les vierges effarouchées ! Vous savez très bien que c'est indispensable. Il me faut des sujets humains ! C'était un des avantages de travailler pour la Flotte, ils m'ont toujours fourni les spécimens dont j'avais besoin. Ici, cela risque d'être un peu plus compliqué… Et c'est là que vous pouvez intervenir, ma chère…

— Cela devrait pouvoir se faire, dit Eleanor Green après un court silence. Ce ne sera pas facile, ni très rapide – il me faut le temps d'entrer en contact avec Otharell et de trouver un vaisseau pour un acheminement discret –, accordez-moi une dizaine de jours, et vous aurez ce qu'il vous faut. »

À ce moment, Derek revint près de la cage d'Anya après avoir rangé les appareils de mesure et Shirley le rejoignit, la seringue à la main.

« Dors bien, petit monstre, lui murmura-t-elle à l'oreille tout en lui faisant l'injection. Tâche de faire des tas de cauchemars ! Et dis-toi bien que la prochaine fois, t'auras droit à une dose encore plus forte ! »

Elle continua à chuchoter, mais le sédatif agit presque instantanément, expédiant la jeune fille dans l'oubli.

Chapitre 19

Vatican, deuxième planète de l'étoile L202 du catalogue impérial, rebaptisée Esdras par ses premiers colons du temps de l'Expansion, tournait tranquillement sur elle-même et plongeait peu à peu dans la pénombre les façades élégantes du palais pontifical de la Nouvelle-Rome, ne laissant émerger de l'obscurité que les plus hautes flèches de la basilique Saint-Victor.

Ce soir-là, comme il le faisait régulièrement depuis l'aggravation de la maladie de Clément XVII, le cardinal secrétaire général de Vatican Luigi Fortezza organisait une réception dans ses appartements. Clément n'était pas encore mort, mais le cardinal, véritable maître de Vatican, savait qu'une élection se préparait longtemps avant la convocation du conclave et entendait bien prendre toutes les précautions nécessaires pour éviter les mauvaises surprises de dernière minute. S'il s'arrangeait d'ordinaire pour inviter en proportions à peu près égales ses partisans déclarés et des indécis, il n'avait rassemblé cette fois que le cercle de ses plus fidèles : une dizaine de cardinaux, une vingtaine d'évêques et quelques-uns de ses plus proches collaborateurs.

La réception s'était déroulée tout à fait normalement, jusqu'à ce moment, un peu après la fin du dîner, où il avait entendu l'un des plus jeunes évêques se féliciter de la prospérité de l'Église.

« La prospérité de l'Église ? » gronda-t-il, la voix vibrante d'indignation. Tout autour, les conversations cessèrent comme par magie.

Le cardinal Fortezza était un homme de taille moyenne, mince, aux cheveux grisonnants coupés très court et à la peau mate. La cinquantaine à peine, il débordait d'énergie, et ses yeux noirs profondément enfoncés dans un visage émacié laissaient deviner une force de caractère peu commune.

« Connaissez-vous donc si mal l'histoire de notre sainte Église pour que la décadence dans laquelle nous nous enfonçons chaque jour davantage vous satisfasse ? »

Il poursuivit, balayant d'un revers de la main les explications bredouillées d'une voix mal assurée par le jeune prélat rougissant.

« Décadence, oui ! Certes, l'argent de la dîme afflue dans nos caisses lorsque les vaisseaux de ce maudit consortium daignent nous apporter les offrandes de nos lointains fidèles, mais cette prospérité ne pèse pas lourd devant les dangers qui nous guettent ! »

Lisant l'incompréhension sur les visages de ses hôtes, il s'efforça de se calmer.

« Vous n'en êtes pas conscients – et ne croyez surtout pas que je vous le reproche : ce n'est pas votre faute. Vous avez fait de brillantes études et vos connaissances théologiques sont excellentes. Il vous manque simplement une culture historique qui s'est perdue peu à peu au fil de tous ces siècles d'existence paisible sur Vatican et qu'en dehors de notre très saint-père et de moi-même, seuls nos frères les plus âgés possèdent encore. »

Un jeune évêque ne put retenir un petit sourire, et Fortezza le fusilla du regard.

« Non, Hilsom, je ne suis pas en train de radoter comme vous semblez le penser ! Je n'ai aucune nostalgie d'un mythique "bon vieux temps" où tout était bien mieux qu'aujourd'hui ! Vous ne comprenez pas ? Dans ce cas, regardez ce tableau, là, sur le mur derrière vous. Qu'y voyez-vous ? »

Le tableau représentait saint Victor IV revêtu de l'habit pontifical, portant la tiare, s'adressant du haut d'une chaire à un public de clercs et de laïcs mélangés.

« Saint Victor IV dispensant son enseignement ? » risqua un autre évêque, rompant le silence perplexe qui s'était installé.

« En effet, mais quel enseignement ? Que savez-vous vraiment de son œuvre et de ce qu'il a cherché à nous transmettre ? »

Personne ne se risqua à répondre.

« Victor IV a été un très grand pape, reprit-il plus doucement. Le plus grand sans aucun doute depuis l'Installation. À tel point que beaucoup croient qu'il était déjà souverain pontife lorsque les arches sont arrivées. Ce n'était pourtant pas lui, mais Paul VII, qui a encore régné quatre ans avant que Victor ne lui succède. Je lis sur vos visages que vous ne le saviez pas. Encore une fois, ce n'est pas surprenant ! Une fois élu, Victor a fait disparaître tous les documents sur lesquels le nom ou le visage de son prédécesseur apparaissaient. Pourquoi donc a-t-il agi ainsi ?

» Vous ne pouvez évidemment pas répondre… Moi-même, je ne m'étais jamais posé la question jusqu'à ce que, tout jeune prêtre, je tombe sur une vieille photo dissimulée dans un ancien manuscrit, ce qui explique qu'elle ait échappé à la vindicte de Victor. J'ai toujours cette photo. Je vais vous la montrer. »

La photographie, un petit rectangle jauni par le temps, passa de main avant de revenir à Fortezza, qui la posa sur le bureau.

« Alors ?

— Êtes-vous certain de ne pas vous tromper, Votre Éminence ? risqua enfin Hilsom, perplexe. La légende tout en bas indique bien leurs noms, mais il n'y a que des laïcs sur cette image ! »

Fortezza lui sourit en retour.

« Ils sont pourtant bien là, tous les deux. Paul est celui qui s'engage sur la rampe d'accès, Victor est derrière, le deuxième à gauche. Regardez mieux. »

Il tendit de nouveau la photo au jeune évêque, qui l'examina attentivement.

« Mais si ce sont bien eux, pourquoi ne portent-ils pas l'habit sacerdotal ?

— C'est exactement la question que j'ai posée au père Carteret, notre archiviste en chef à l'époque. Un homme brillant, certainement notre meilleur historien. Sa mort a été une grande perte… Lorsque je lui ai présenté cette photo, il est resté longtemps silencieux avant de se décider à parler. “Mon fils, m’a-t-il dit, tout ceci se perd dans les brumes du passé. Et peut-être vaut-il mieux que cela reste ainsi…”

» J’étais jeune, impatient, et naturellement peu disposé à me contenter d’une telle réponse. Je suis revenu à la charge et le bon père a fini par capituler. “Que savez-vous précisément de notre histoire avant la Traversée ? a-t-il demandé. Des deux millénaires qui se sont écoulés entre la naissance de Notre Sauveur et le moment où nous avons dû quitter la Terre ?”

» C’est alors que j’ai réalisé que j’étais incapable de lui répondre ! Le pourriez-vous, mes frères ? Comme moi, vous qui connaissez les saintes Écritures sur le bout des doigts, vous savez que les apôtres ont répandu la bonne parole sur la Terre entière jusqu’à ce que la Vraie Foi triomphe. Mais ensuite ? »

Il attendit quelques secondes mais, évidemment, aucun de ceux qui l’écoutaient ne pouvait répondre.

« Le père Carteret m’a donné ce jour-là une véritable leçon d’histoire. Ses connaissances étaient prodigieuses, et je crois qu’il était heureux d’avoir quelqu’un pour l’écouter… Mais pour en revenir à cette photo, voici ce qu’il m’a appris. Selon lui, l’organisation de l’Église instaurée par les grands conciles suivant de peu la mort de Notre Seigneur n’a guère évolué pendant très longtemps. Mais dans les presque deux siècles précédant la Traversée, les choses ont considérablement changé. Selon le père Carteret, les papes de l’époque ont décidé de renoncer à cet héritage millénaire prétendument inadapté à la société de l’époque. Parmi les changements intervenus alors, les plus visibles furent l’abandon du latin au profit des langues locales ainsi que la disparition de l’habit clérical…

— Vous voulez dire… La messe ? La soutane ?

— Exactement. La messe n’était plus dite en latin, et les habits liturgiques n’étaient plus portés que pour certaines cérémonies. Le reste du temps, les clercs s’habillaient comme les laïcs. »

Il laissa les murmures de consternation s'éteindre d'eux-mêmes.

« Ce qui nous ramène à cette photo et au saint-père Victor... À l'évidence, les nouveaux usages étaient encore en vigueur à la fin de la Traversée mais, selon le père Carteret, Victor avait toujours fait partie de ceux – nombreux – qui ne voyaient dans l'abandon des rites traditionnels qu'un signe de démission face aux difficultés du temps. Si bien que, lorsqu'il succéda à Paul VII, il entreprit aussitôt de restaurer les rites anciens et, afin que le souvenir de cet épisode navrant disparaisse pour de bon, fit supprimer toute référence à ces deux siècles de renoncement. Vous pouvez vérifier. Il vous suffit de vous rendre aux archives pour constater qu'elles ne renferment plus aucun document relatif à cette période. »

La mine dubitative d'un des cardinaux attira son attention.

« Vous ne me croyez pas, Alban ?

— Ce n'est pas ça... Je me posais juste une question : comment le père Carteret pouvait-il lui-même connaître ces détails ? Après tout, sa mort remonte à quoi, une trentaine d'années, guère plus ! Et ce dont il vous a parlé s'est passé il y a plus de deux millénaires !

— Vous avez raison, Alban, je lui ai moi aussi posé cette question. Il m'a répondu que tout ce qu'il savait lui avait été transmis par son prédécesseur, qui le tenait lui-même des archivistes plus anciens. Une tradition orale, pour qu'au moins le souvenir du grand-œuvre de Victor ne tombe pas totalement dans l'oubli... Voyez-vous cet autre tableau, sur le mur du fond ? Vous connaissez tous cette scène, n'est-ce pas ?

— Saint Victor IV ouvrant les travaux du Concile de Restauration, dit un des évêques. Difficile de l'ignorer : elle est représentée je ne sais combien de fois dans le palais !

— Et à raison, mon ami ! Je voulais attirer votre attention sur deux détails : le titre même donné à ce concile, *de Restauration*. Restauration de l'Église traditionnelle, à n'en pas douter. Mais regardez aussi le tableau lui-même, n'êtes-vous pas frappés par le petit nombre de cardinaux représentés ? Une quinzaine, tout au plus !

» Tout cela va dans le même sens, reprit-il, et notre admiration pour Victor ne peut qu'en sortir renforcée ! Rendez-vous compte ! Cet homme a eu le courage de quitter le confort des planètes de l'Installation pour venir s'établir ici, sur ce monde à l'époque presque désert !

— Je me rappelle avoir entendu un jour qu'il avait été chassé par les Prédicateurs… remarqua Gavril, le plus vieux des cardinaux.

— Ces hérétiques ! Le père Carteret disait que Victor avait plutôt utilisé ce conflit comme prétexte pour s'éloigner des mondes civilisés. Il pensait que l'Église devait se retirer à l'écart de toute influence corruptrice pour retrouver sa pureté originelle… La Nouvelle-Rome à peine fondée, il convoqua ce concile qui grava dans le marbre ce qui est aujourd'hui le socle inaltérable de l'Église. »

Un silence s'ensuivit, que le cardinal Gavril prit sur lui de rompre.

« Comme vous venez de le dire, Fortezza, nous devons beaucoup au grand Victor IV et, pour ma part, l'admiration que je lui ai toujours portée se trouve encore renforcée par vos révélations. Cependant, vous avez parlé tout à l'heure de décadence… Vous venez plutôt de nous démontrer le contraire, ne croyez-vous pas ?

— Détrompez-vous, Gavril ! La menace est bien réelle, ou plutôt, *les* menaces, car un double péril nous guette. Victor avait une autre bonne raison de quitter Providence. Le père Carteret disait qu'il souffrait de voir la sainte Église combattue, moquée, et pire encore, purement et simplement ignorée par la grande majorité de ceux qui avaient accompli la Traversée avec lui. L'enrichissement des sociétés et le développement des sciences qui l'accompagne engendrent inévitablement le matérialisme, terreau de l'incroyance. Il savait que s'il restait dans cet environnement délétère, l'Église demeurerait à jamais faible et impuissante. Eh bien, mes amis, ce qui est advenu autrefois sur la vieille Terre est en train de se reproduire ! Oh, pas partout, je vous l'accorde, les mondes de la Périphérie sont dans leur immense majorité encore trop primitifs pour cela, mais là où les systèmes stellaires se sont industrialisés, enrichis, comme Sargasse, Orbus, Cartier, Iliade et bien d'autres encore, l'incroyance progresse à grands pas, tandis que le nombre des fidèles diminue. Chaque vaisseau du consortium m'apporte les plaintes des clergés locaux… Il semble malheureusement que le phénomène s'accélère et touche chaque année de nouveaux mondes ! »

Le silence retomba. Fortezza attendit, certain de ce qui allait suivre. À l'exception des cardinaux Gavril et Thomason, aucun des dignitaires présents ce soir dans son bureau n'avait jamais quitté Vatican, et encore ces deux-là n'avaient-ils effectué chacun que deux courts voyages pour assister à l'investiture d'évêques ou d'archevêques sur des mondes proches. Aucun d'eux n'était vraiment en mesure d'apprécier la gravité de la situation. Il ne se trompait pas. Thomason prit la parole d'une voix apaisante.

« Ne voyez-vous pas les choses trop en noir, Fortezza ? Après tout, même si Sargasse et les autres systèmes évoluent comme vous venez de le dire, ils ne sont que quelques-uns parmi des milliers !

— Non, Thomason, je n'exagère rien, répondit-il sèchement. Et je ne suis pas devenu paranoïaque, rassurez-vous ! Le problème est bien réel, et nous ne pouvons hélas pas y faire grand-chose.

— Comment cela ? Il suffit de leur envoyer quelques-uns de nos meilleurs prêcheurs : ils auront tôt fait de les ramener dans le droit chemin !

— Si seulement c'était aussi simple, Thomason, croyez bien que tout serait déjà réglé ! soupira Fortezza. Une fois installé, le virus de l'incroyance est bien difficile à combattre. Mais dites-moi, mon ami, ces prêcheurs qu'il nous suffirait d'envoyer, comment voyageront-ils ?

— À bord des vaisseaux du consortium, évidemment ! répliqua Thomason.

— Évidemment… Et quand partiront-ils ? Quand arriveront-ils à destination ?

— Cela peut prendre du temps, c'est vrai, convint l'autre cardinal. À moins d'affréter spécialement un vaisseau…

— Et payer une fortune pour cela! Le monopole du consortium sur les voyages interstellaires, voilà le second péril auquel nous devons faire face, bien plus grave encore que la montée de l'incroyance…

— Ce n'est pas très rapide, c'est certain, s'entêta Thomason, et fort coûteux, mais comment faire autrement? Et puis, cela ne fonctionne pas si mal, après tout!»

Le cardinal secrétaire général sourit froidement.

«Je me doutais que vous diriez cela! Permettez-moi donc de vous exposer deux ou trois autres choses que je tiens également du père Carteret. D'abord, vous savez sans doute qu'à la fin de la Traversée, lorsque les arches sont arrivées à destination, les Prédicateurs menés par le faux prophète Willerby étaient bien plus puissants que notre sainte Église?»

Sans prêter attention aux exclamations scandalisées d'une partie de ses hôtes, il poursuivit de la même voix égale.

«Et que représentent-ils maintenant?»

Il parcourut son auditoire d'un regard interrogateur.

«Ils contrôlent quelques planètes, je crois… dit un jeune évêque. Et bien sûr, ils sont aussi sur Jéricho et Sulimine…

— Ce qui n'est pas tout à fait la même chose, enchaîna Fortezza. Quelques années après le départ de Victor pour Vatican, une scission éclata dans les rangs des Prédicateurs. Quelques-uns d'entre eux restèrent sur Providence, mais la plus grande partie suivit les successeurs de Willerby et partit s'installer sur une planète dans un petit système qui comportait également deux autres mondes habitables, sur lesquels ils s'établirent dans les années suivantes. À l'heure actuelle, faute de moyens de navigation interplanétaire, ces trois mondes n'ont plus aucune relation entre eux. Il semble d'ailleurs que personne ne sache vraiment ce qui s'y passe, car les vaisseaux du consortium n'y sont pas les bienvenus.

— Ces hérétiques n'ont que ce qu'ils méritent! dit Gavril avec conviction. Cela dit, je ne vois pas où vous voulez en venir…

— À la différence fondamentale entre les Prédicateurs et notre Église, répliqua Fortezza, levant la main pour prévenir une nouvelle objection. Non, je ne parle pas de théologie, seulement d'organisation ! Chez eux, pas de pape, pas de cardinaux, pas d'évêques… Aucune hiérarchie réelle, et surtout, aucune autorité s'imposant à tous ! Ceux qui sont restés sur Providence ont rapidement perdu toute influence et les autres ont presque disparu… À l'inverse, Victor s'est efforcé dès ses débuts sur Vatican d'imposer et d'étendre ce qui a toujours été la force essentielle de notre sainte Église : la centralisation absolue autour du Saint-Siège ! Les relations interstellaires étant encore entièrement libres à cette époque, il a réussi à se procurer une petite flotte de vaisseaux et, grâce à eux, à étendre l'influence de Vatican sur tous les mondes peuplés de catholiques, les structurant solidement pour former l'Église telle que nous la connaissons.

» Mais ses vaisseaux, comme tous les autres, ont été confisqués pendant les guerres de Suprématie, puis l'empire a institué le monopole de la navigation interstellaire, confié à ce maudit consortium Bledsoe qui n'assure – à prix d'or – qu'un petit nombre de liaisons compliquées et malcommodes…

» Par la force des choses, les relations avec nos fidèles des autres systèmes se sont considérablement distendues. Des mouvements incontrôlés, frôlant souvent l'hérésie, naissent çà et là sans la moindre possibilité d'intervenir pour tuer dans l'œuf ces tentatives de dissidence ! Et sur les planètes qui nous sont toujours fidèles, les églises locales en viennent à désigner elles-mêmes leurs propres évêques et même des cardinaux ! Lorsque nous sommes informés – des mois ou des années plus tard – de telles nominations, il ne nous reste plus qu'à les entériner sous peine de briser définitivement des liens déjà bien ténus… »

Il s'interrompit un instant pour laisser à ses invités le temps d'absorber ce qu'il venait de dire, puis reprit après un léger haussement d'épaules.

« Sans parler bien sûr de ces soi-disant modérés, comme ils se nomment eux-mêmes. Ceux qui n'ont rien appris du passé et s'apprêtent à commettre de nouveau les mêmes erreurs…

— Il paraît que, sur Winnipeg, le cardinal Pelletier autorise maintenant ses prêtres à abandonner la soutane, appuya Thomason. Est-ce bien exact, Votre Éminence ?

— Hélas, oui ! Et s'il n'y avait que là ! Je sais que c'est dur à admettre, mes amis, mais nous sommes en train de perdre le contrôle, lentement, mais inexorablement… Et si la liberté de navigation n'est pas restaurée dans un avenir proche, l'œuvre de Victor tout entière sera réduite à néant… »

Peu après, chacun se retira, laissant le cardinal Fortezza plongé dans ses pensées moroses. Il ignorait évidemment que quelques jours plus tard, Gregor Strasser, tout-puissant Protecteur de Sargasse viendrait en personne sur Vatican le rencontrer en secret, porteur d'un nouvel et formidable espoir.

Chapitre 20

Avec le temps, Anya avait dans une certaine mesure réussi à maîtriser la souffrance. Pas à la supprimer, non – elle était toujours là, prête à la submerger – mais, peu à peu, elle avait appris à la refouler dans un coin de son esprit où elle la tenait sous contrôle, profitant désespérément de ces rares moments de lucidité pour chercher une issue.

Les séances lui paraissaient s'enchaîner sans interruption, mais elle savait bien que ce n'était qu'une illusion. Elle n'avait évidemment aucune idée de la durée des périodes d'inconscience qui les séparaient, mais elle se doutait qu'elles ne devaient pas être très longues. Kendricks n'avait-il pas dit qu'il en aurait bientôt terminé avec les tests de comportement ? Chaque fois, Anya redoutait de trouver les mannequins remplacés par de vrais humains, sachant très bien qu'elle ne pourrait faire autrement que d'obéir aux ordres du professeur et tuer les malheureux les uns après les autres. Mais jusqu'à présent, fort heureusement, elle n'avait rien eu d'autre à détruire que de nouvelles séries de pantins de plastique.

Deux séances avaient déjà eu lieu depuis qu'elle avait entendu Kendricks et Eleanor Green parler si tranquillement de sa mort prochaine. Chaque fois qu'elle en avait eu l'occasion, Anya avait retourné cette conversation dans sa tête, et la haine qu'elle vouait au professeur s'étendait maintenant à sa nouvelle complice, sans oublier Shirley et Derek, pour le plaisir qu'ils prenaient à la faire souffrir. Si jamais l'occasion lui en était offerte, elle savait qu'elle les tuerait tous les quatre sans la moindre hésitation.

Au cours de ces deux dernières séances, Kendricks l'avait obligée à faire exactement ce qu'il avait dit à la fin de la précédente : anéantir les mannequins autrement qu'en les incinérant. Anya avait donc passé de longs moments à les broyer dans sa puissante étreinte mentale, tous ensemble d'abord, puis les uns après les autres, encore et encore, jusqu'à ce que le professeur décide enfin que les dizaines de capteurs disposés sur son corps avaient récolté assez d'informations. À un moment, pendant que les assistants évacuaient les débris pour les remplacer par des mannequins flambant neufs, l'homme au chariot était réapparu. Cette fois, profitant d'un moment où le professeur s'était éloigné pour vérifier un de ses appareils, il s'était approché, suffisamment pour qu'Anya distingue vraiment son visage. Il n'était pas jeune, comme Dexter ou les autres *alter* dont l'activité mentale l'avait neutralisée, mais pas vieux non plus comme Kendricks, ni même comme le docteur Hedford ou Jim... Cette fois encore, il lui fit un clin d'œil, puis disparut d'un coup avant de réapparaître presque aussitôt quelques mètres plus loin. Les assistants du professeur s'affairaient autour de lui, mais personne ne semblait le remarquer. Kendricks revint bientôt, et l'homme au chariot se contenta de reculer de quelques pas. Le professeur semblait lui aussi inconscient de sa présence.

C'est une illusion, se répéta Anya. *C'est moi qui l'imagine. Si quelqu'un était là pour de bon, ils le verraient forcément.*

Après un nouveau clin d'œil et un petit geste de la main, l'homme s'éloigna d'un pas tranquille en poussant son chariot. Kendricks commença à donner de nouvelles instructions, et Anya chassa l'illusion de son esprit.

La fois suivante, soulagée de voir à nouveau les mannequins sagement alignés devant elle, Anya avait écouté les instructions du professeur.

« Aujourd'hui, tu n'auras pas à les détruire. Ce que je veux, c'est que tu t'en débarrasses autrement. Je sais que la manipulation fait aussi partie de tes talents. Tu es sans doute capable de te téléporter, mais ne te fais pas d'illusions, je n'ai pas l'intention de chercher à le vérifier maintenant ! Non, ce qui m'intéresse, c'est de mesurer tes capacités à déplacer des objets ; la rapidité avec laquelle tu le fais, et surtout, à quelle distance tu peux les transporter, voilà ce que je veux savoir ! »

Docile, Anya s'était exécutée, appliquant à la lettre les instructions de Kendricks, et les mannequins avaient disparu les uns après les autres. Le test avait duré bien plus longtemps que les précédents, car entre chaque essai, le professeur attendait les informations fournies par les balises incorporées dans chacun des pantins.

« Fabuleux ! l'avait-elle entendu s'exclamer à la fin de la première série. Tous les manipulateurs que j'ai eu l'occasion d'étudier jusqu'ici pouvaient transporter un corps sur quelques kilomètres au maximum. Mais Lucy ! Rendez-vous compte ! Avez-vous une idée de l'endroit où l'on a retrouvé celui que je lui ai demandé d'envoyer le plus loin possible ? De l'autre côté de la planète ? Encore mieux que ça, Derek ! Dans l'espace ! À l'heure actuelle, il s'éloigne de Regulus à toute allure ! Bon sang ! Si nous arrivons à implanter ne serait-ce que le dixième de ses capacités sur des soldats normaux, vous imaginez la puissance de l'armée qui en disposerait ? »

C'était le moment que l'homme au chariot avait choisi pour réapparaître. Toujours aussi tranquille, il s'était avancé jusqu'à la cage qui l'emprisonnait, puis en souriant, avait tendu le bras pour lui toucher la joue.

Je deviens folle ! J'ai cru sentir sa main ! Comment une illusion pourrait-elle…

Elle n'eut cependant pas le loisir de s'interroger davantage car Kendricks, tout excité, était revenu et lui donnait de nouveaux ordres.

« Cette fois, tu vas les déplacer pour les détruire. Tout ce que tu as à faire, c'est de les projeter sur un obstacle quelconque avec toute la force dont tu es capable. Les deux premiers, fracasse-les sur la façade du bâtiment juste en face. Allez, vas-y ! »

Sans même qu'Anya s'en rende compte, les deux mannequins s'écrasèrent sur le mur de béton avec une violence telle qu'un pan entier de l'édifice s'écroula.

« Génial ! s'écria Kendricks, ravi. Maintenant les deux suivants, contre la colline là-bas ! On va voir si la puissance de l'impact est la même... »

Bien plus tard, juste avant que Shirley ne lui fasse l'injection, le professeur s'était approché.

« La prochaine fois, Lucy, ce ne seront pas des mannequins. Nous allons refaire les mêmes tests et quelques autres en plus, mais sur des humains, cette fois. Des normaux... Le vaisseau qui les amène arrive demain. Ça devrait te faire plaisir, non ? Toi qui nous détestes tant !

— Je vous déteste, c'est vrai, professeur. Et aussi mademoiselle Green, et vos assistants. Mais ceux qui vont arriver ne m'ont rien fait, eux ! Je ne veux pas les tuer ! »

Kendricks avait eu un petit rire.

« Si c'est ce qui te tracasse, dis-toi que tu rendras plutôt service à l'humanité ! Tous ceux que l'on m'envoie sont soit des criminels déjà condamnés, soit des asociaux qui ne manqueront à personne !

— Mais pourquoi ? Je vous ai déjà appris tout ce que vous vouliez savoir !

— Erreur, Lucy ! Je suis persuadé que ton esprit réagira différemment devant des humains. Et puis, il y a au moins une chose que tu ne peux pas faire avec les mannequins, c'est prendre le contrôle de leur esprit ! Tu vois bien, il n'y a pas moyen de faire autrement.

— Et après, quand vous serez satisfait, vous allez me tuer...

— Désolé, petite, mais je n'ai pas le choix. Tu as encore plein de secrets à me révéler, tous ceux qui sont enfouis dans ta petite personne, au plus profond de tes cellules et surtout de ton cerveau. Ah, ton cerveau ! Ton merveilleux cerveau ! Que ne va-t-il pas m'apprendre ?

» Et puis, reprit-il. Je ne peux pas non plus courir le risque de te laisser tomber entre les mains des spécialistes de Wallace. Même s'ils ne me valent pas, ces gars sont loin d'être nuls ; pas question de les laisser parvenir aux mêmes résultats que moi ! Si le grand amiral veut vraiment son armée de surhommes, il faudra qu'il en passe par mes conditions. Mais rassure-toi, tu ne sentiras rien, une dernière piqûre et ce sera fini. »

Il s'était éloigné sans rien ajouter. Malade d'angoisse, Anya avait laissé Shirley lui faire l'injection sans même prêter attention aux propos venimeux qu'elle lui murmurait à l'oreille. Quand elle reprendrait connaissance, ce seraient des hommes et des femmes qu'elle trouverait en face d'elle, pas des mannequins... Elle les tuerait les uns après les autres, comme il plairait au professeur. Contrôler leur esprit, avait-il dit. Qu'allait-il lui demander ? Les obliger à se battre les uns contre les autres ? En forcer un à en tuer un autre qu'elle obligerait à se laisser exécuter sans réagir ? Et ensuite, quand il serait satisfait, Shirley lui ferait la dernière piqûre et jamais plus elle ne se réveillerait... Une part d'elle-même en éprouvait presque du soulagement. Plus de souffrances, plus de Shirley pour lui murmurer des méchancetés à l'oreille, plus de Kendall ou de Derek avec leur esprit malade, dont elle avait appris à redouter le contact nauséabond. L'oubli... Mais une autre partie de son esprit continuait à lutter, à refuser de rendre les armes. Hannou, qu'elle aurait tant voulu vraiment connaître, les montagnes de Regulus, indistinctes dans le lointain mais si belles, et tous ces mondes dont les maîtres leur faisaient réciter sans fin les noms, toutes ces planètes qu'elle aurait aimé découvrir... *Ce n'est pas juste*, eut-elle encore le temps de penser avant de sombrer brutalement dans l'inconscience.

Chapitre 21

Trois jours après sa visite aux Archives, vêtu en civil ordinaire, l'amiral MacGregor s'enfonçait dans le dédale des ruelles d'Anacosia. Bien loin du calme et du charme suranné de la haute ville impériale, il s'agissait du bas quartier le plus pauvre de Columbia, et il y avait passé toute son enfance jusqu'à son départ pour intégrer l'Académie. Les premières années, il y était revenu régulièrement mais, avec la mort de Maddalena, la vieille femme qui l'avait recueilli après la disparition de ses parents dans une des fréquentes émeutes durement réprimées par la police du préfet Guttierez, ses visites s'étaient faites plus rares. Son admission au sein de la prestigieuse institution militaire l'avait exclu de fait du petit cercle de ses relations adolescentes. Certains l'admiraient, d'autres le jalousaient, mais tous ou presque le considéraient maintenant comme un étranger. Paradoxalement – ou peut-être n'y avait-il rien d'anormal là-dedans –, à mesure que son ascension professionnelle et sociale se poursuivait, il était devenu la fierté du quartier, l'incarnation de la revanche que tous les laissés pour compte d'Anacosia ne pourraient jamais prendre sur les grandes familles et les privilégiés du régime.

Il avançait sans se presser, se faufilant avec aisance dans la foule dense des petites rues animées, bordées de commerces minuscules et d'innombrables débits de boissons, certain de ne pas être reconnu dans ces vêtements anonymes datant de son entrée à l'Académie et dont il n'avait jamais pu se résoudre à se débarrasser. Par chance, il était toujours aussi svelte qu'à cette époque, si bien qu'ils lui allaient encore.

Il évita de justesse la petite charrette poussée par un gamin d'une douzaine d'années slalomant en virtuose à travers la foule, brusquement ramené à l'époque où il gagnait sa vie comme il pouvait, poussant lui aussi son propre chariot… Avant que le vieux Chisom ne remarque son esprit acéré et lui ouvre le monde merveilleux des livres et de la connaissance.

Chisom était mort à son tour deux ans avant qu'il ne se présente au concours de l'Académie, mais Maddalena avait fait de son mieux pour lui permettre de se préparer, même s'ils ne mangeaient pas à leur faim tous les jours. Chisom. Maddalena. Tous deux étaient partis avant qu'il puisse leur montrer sa reconnaissance pour tout ce qu'ils avaient fait pour lui.

Perdu dans ses pensées, il faillit dépasser l'immeuble qu'il cherchait, une modeste construction de trois étages à la façade délabrée où vivait Charlie.

Charlie Moffat. Le seul qui, loin de se moquer de lui comme tous les autres quand il avait annoncé son intention d'entrer à l'Académie, l'avait encouragé dans cette voie. Charlie était plus ou moins le chef de leur petite bande. D'une grande intelligence et surtout d'une redoutable perspicacité, comprenant qu'Allen avait besoin de soutien face aux railleries, il ne s'était pas contenté de le défendre devant les autres mais s'était mis à étudier lui aussi. MacGregor n'avait jamais vraiment su si Charlie avait réellement l'intention de tenter le concours d'entrée de l'Académie, mais il était certain d'une chose : il aurait réussi s'il était allé jusqu'au bout. Pourtant, quelques jours avant la date fatidique, Charlie avait renoncé sans donner d'explications et Allen était parti seul vers son destin.

Depuis ce temps, sans rester en contact, ils ne s'étaient pas totalement perdus de vue. Charlie avait fait son chemin de son côté, utilisant son intelligence et son vaste réseau de relations pour monter une petite agence d'investigations au demeurant tout à fait performante. Allen aurait évidemment pu le faire venir à son bureau de l'Amirauté sous un prétexte quelconque, mais il n'allait quand même pas laisser passer cette occasion de quitter un moment l'atmosphère empesée de ses bureaux et des hauts quartiers.

Une petite plaque à l'entrée de l'immeuble indiquait sobrement *Charlie Moffat, Investigations. 2 D.* Deux étages plus haut, la porte de droite arborait la même pancarte.

« Entre, Allen ! »

MacGregor ouvrit la porte en souriant. Charlie semblait toujours savoir qui était là, derrière le battant de bois à la peinture écaillée. Un de ses nombreux petits talents.

Charlie souleva sa masse respectable du vieux fauteuil et s'avança à sa rencontre, les bras ouverts. Les deux hommes s'étreignirent dans une longue accolade avant de se séparer.

C'était un des deux seuls véritables amis que MacGregor avait jamais eus, l'autre étant William Bolton-Dunn, petit-fils bâtard de l'empereur dont il n'avait plus aucune nouvelle depuis sa fuite douze ans plus tôt. À l'époque, Wallace, devenu grand amiral, avait fait massacrer sa famille et lui aurait fait subir le même sort s'il ne s'était pas aussitôt enfui.

« Tu as du boulot pour moi, si j'ai bien compris ?

— Un truc tout à fait dans tes cordes. Une effraction a été commise dans le bâtiment des Archives. Rien n'a disparu, mais des documents importants ont été copiés. Je veux que tu trouves les coupables.

— Et tu as besoin de moi pour ça ?

— Il y a quelque chose de louche là-dessous, et je veux savoir quoi. Si je m'adressais à la police ou aux services de renseignements de l'Amirauté, tout le monde serait aussitôt au courant.

— Ça se défend… Donne-moi tous les détails et je m'y mets dès demain. C'est toi qui payes, ou l'Amirauté ?

— Les fonds spéciaux sont là pour ça, mon ami. Ne regarde pas à la dépense, mais fais aussi vite que possible. Il se peut que ce soit important. »

Trois jours plus tard, ils se retrouvaient de nouveau dans le vieil immeuble. C'était le soir. Avec la nuit, les ruelles d'Anacosia prenaient un aspect plus inquiétant, presque sinistre. Deux hommes l'avaient suivi un long moment, jusqu'à ce qu'Allen se retourne pour les apostropher.

« Si c'est la bagarre que vous cherchez, surtout, ne vous gênez pas ! » leur avait-il dit. Les deux types avaient hésité quelques instants avant de tourner les talons en grommelant. Quelques prostituées l'avaient interpellé quand il passait devant les bars mal éclairés, mais il s'était contenté de leur sourire avant de s'éloigner sous les quolibets.

Charlie l'attendait assis derrière son bureau, l'air très content de lui.

« Alors ?

— Wade Nimack et Flora Vorsted. Ce ne sont probablement pas leurs vrais noms, mais c'est ce qu'ils ont déclaré à la police de l'astroport.

— Explique !

— Ils sont arrivés un peu plus de trois semaines avant l'effraction aux Archives, sur le *Lake Placid,* un vaisseau du consortium en provenance d'Olatun – soi-disant pour affaires –, mais rien ne prouve qu'ils viennent bien de là. Ils sont repartis le lendemain même de l'opération sur le *Jedediah Brown*, destination Idrissa, qui est également un carrefour de plusieurs lignes. Autrement dit, ils peuvent être n'importe où…

— J'ai ma petite idée là-dessus. Mais raconte-moi, comment les as-tu identifiés ?

— Ça n'a pas été facile, admit Charlie. Au contraire ! Il faut que je te dise, ça va te coûter un max : j'ai dû faire appel à quelques assistants un peu spéciaux…

— Tu veux dire des *alter* ?

— Bien obligé ! se défendit Charlie. Le gars, Wade Nimack, j'ai réussi assez vite à l'identifier. Plusieurs personnes se souvenaient de lui. J'ai même trouvé une femme qui se rappelait l'avoir vu observer le bâtiment des Archives. Pour la fille, par contre, rien à faire ! Personne ne se souvenait l'avoir vue, même ceux qui avaient remarqué le gars ! C'est pour ça que j'ai fait appel à mes copains, et j'ai bien fait. Je suis retourné interroger mes témoins avec l'un d'eux.

— Un fouineur ?

— Et un bon, tu peux me croire ! C'est lui qui a déniché l'image de la femme, Flora Vorsted, dans l'esprit de ceux qui l'ont côtoyée.

— Elle avait effacé leurs souvenirs ?

— Pas exactement. D'après mon gars, elle les avait plutôt persuadés de l'oublier, mais son image était toujours là, au fond de leur esprit. Pour lui, cette fille est forcément une empathe. En tout cas, ça colle avec ce que j'ai trouvé. C'est elle qui a récolté les informations sur ce qu'ils cherchaient, en influençant quelques employés des Archives. L'autre, je ne serais pas étonné que ce soit un manipulateur ; ça expliquerait comment ils sont entrés dans le bâtiment sans laisser la moindre trace… »

Charlie se tut, laissant MacGregor réfléchir à ce qu'il venait d'apprendre. Les *alter* clandestins ne manquaient pas sur Providence, où il ne leur était pas trop difficile de passer inaperçus dans les quartiers populaires. Certains louaient leurs talents au plus offrant, d'autres travaillaient pour les nombreux gangs de la ville basse malgré les peines sévères prévues pour ceux qui se faisaient prendre. Que Charlie ait fait appel à eux ne l'étonnait pas. En fait il s'y attendait, espérant bien que les contacts de son ami confirmeraient ses propres intuitions.

« Et tu dis qu'ils sont repartis pour Idrissa…

— C'était la première escale du *Jedediah Brown*, mais ça ne veut rien dire, tu le sais bien. »

Allen réfléchit rapidement.

« Idrissa… J'ai un contact là-bas, qui pourrait peut-être apprendre sur quel vaisseau ils sont repartis. Naturellement, ils auront aussitôt changé d'identité… Tes gars n'ont rien trouvé qui pourrait permettre de les reconnaître ?

— Je savais que tu allais me demander ça, soupira Charlie, alors je n'ai pas regardé à la dépense. Mon fouineur est retourné voir ses témoins en compagnie d'une télépathe, une artiste. Et voilà le résultat. »

Il tendit à MacGregor deux feuilles d'épais papier sur lesquels s'étalaient les portraits étonnamment réalistes d'une femme aux cheveux blonds tirés en arrière et aux larges yeux bruns dans un visage agréable et d'un très jeune homme aux cheveux noirs dépassant d'un large bonnet bleu foncé, les yeux bleus dissimulés derrière des petites lunettes sans monture, les joues recouvertes d'une courte barbe, un petit sourire aux lèvres.

« Flora Vorsted et Wade Nimack… Voici donc à quoi ils ressemblent ! Excellent travail, Charlie ! Avec ça, je vais pouvoir lancer mes gars à leurs trousses !

— Tu me tiendras au courant ?

— Promis ! »

MacGregor s'attarda encore quelques minutes en compagnie de son vieil ami avant de regagner discrètement son logement pour se changer et rejoindre son bureau à l'Amirauté.

Idrissa faisait partie de ces mondes relativement proches du Cercle Intérieur utilisés par le consortium comme centre de répartition du trafic dans les différents quadrants, desservis de ce fait par des liaisons quotidiennes, si bien que deux jours plus tard l'amiral obtenait la confirmation du départ de Barbara Blain et Russell Foggil – les nouvelles identités de ses deux proies – pour Arago, dans le système d'Orbus.

« Et maintenant vous allez partir les chercher », affirma Candice.

MacGregor lui sourit. Rien de tel qu'une intuitive pour vous aider à prendre la bonne décision.

« En effet…

— Vous plaisantez ! »

Roger les regardait tous les deux, interloqué.

« Vous ne pouvez pas vous absenter deux heures sans que l'on vous cherche de tous les côtés ! Combien de temps vous faudrait-il simplement pour aller jusqu'à Orbus et en revenir ? Trois semaines ? Vous voyez bien que c'est impossible ! Et puis, ce n'est pas votre place ! Vous êtes amiral, pas chasseur de primes ! »

À court d'arguments, il se tourna vers Peter qui écoutait sans rien dire.

« Dis-lui, toi ! Il t'écoutera peut-être ! »

Le neutraliseur haussa les épaules.

« J'imagine que l'amiral a déjà réfléchi à tout ça... », se contenta-t-il de répondre.

Allen reporta son attention sur Candice.

« Votre avis ?

— Cela risque d'être assez difficile, en effet, mais pas infaisable. Et vous avez besoin de cet *alter*...

— Besoin ! Et à quoi servirait-il ? On s'est assez bien débrouillés jusqu'à maintenant, non ?

— C'est vrai, Roger, répondit calmement Candice, mais l'avenir s'annonce... compliqué. Un manipulateur de cette qualité serait un atout supplémentaire. Il faut le ramener sur Providence. »

Candice avait raison. C'était sa seule chance de se procurer les talents qui manquaient à sa petite équipe. Les seuls *alter* tolérés sur Providence étaient les télépathes de faible puissance fournis par la Fondation aux riches familles qui avaient les moyens de débourser les sommes énormes exigées par le consortium. Les personnages vraiment puissants – et extrêmement riches – pouvaient, disait la rumeur, se procurer les *alter* dont ils avaient besoin en s'adressant à Alessi Minor, un monde plutôt mystérieux de la périphérie, spécialisé dans ce commerce d'un genre bien particulier. Les dirigeants de centaines de planètes se fournissaient là, emportant avec eux ces esclaves si précieux qui les aidaient à se maintenir au pouvoir, et ceux de Providence ne faisaient pas exception. Le grand amiral Wallace n'apparaissait jamais en public sans ses deux auxiliaires, un fouineur et un neutraliseur remplissant auprès de lui le même rôle que Farah et Langdon auprès de MacGregor. Napolitano, le maître des cérémonies, avait aussi les siens, tout comme le grand secrétaire Kozinski, le maréchal Rennler, le chef de l'armée, ou bien encore Nance-Shavers, le secrétaire aux Affaires extérieures. Et combien d'autres encore, que Peter et Roger n'avaient pas repérés ?

Mais ces hauts dignitaires de l'empire étaient immensément riches, ce qui n'était pas le cas de MacGregor, dont la solde d'amiral était loin de suffire à entrer dans ce genre de cercle. Les sommes versées au docteur Hedford pour se procurer Roger et Peter avaient presque asséché ses économies. Heureusement, inconscient du véritable talent de Candice, Hedford s'était montré nettement moins gourmand pour lui livrer la jeune femme. Wade Nimack, quel que soit son vrai nom, représentait une occasion en or. Tout cela, Roger le savait parfaitement.

« D'accord, admit Langdon, un peu calmé. Mais comment comptez-vous procéder ?

— Je vous dirai ça dans quelques jours, j'ai des dispositions à prendre… répondit Allen. En attendant, Swanson m'a demandé de venir le voir demain sur le *Persévérance*. J'imagine que c'est pour me montrer ce fameux projet secret sur lequel il travaille depuis des mois. Si c'est bien ce que je pense, cela pourrait nous être très utile… »

Chapitre 22

Anya ouvrit les yeux. Sa dernière pensée avant de sombrer dans le sommeil résonnait encore dans son esprit. *Ce n'est pas juste !* Avec la lucidité, la conscience de ce qui l'attendait lui revint également. Les humains réclamés par Kendricks avaient donc débarqué, et le moment qu'elle redoutait tant était arrivé. Son dernier jour d'existence, qu'elle allait passer à massacrer des malheureux, puis tout s'arrêterait…

Il lui fallut quelques secondes pour réaliser que quelque chose n'allait pas. Il faisait noir et elle était seule. Jusque-là, elle s'était toujours réveillée dans la lumière, entourée de Kendricks et de ses assistants. Pour autant qu'elle pût en juger, la pièce était déserte. Alors, qui l'avait tirée du sommeil ? Shirley ? Mais dans ce cas, où était-elle ? Anya se sentait tout à fait lucide, ce qui signifiait qu'on lui avait bien injecté le neutralisant mais elle ne ressentait aucune souffrance. Pourquoi n'avait-elle pas reçu l'inhibiteur en même temps, comme c'était toujours le cas ? La réalisation la frappa brutalement. Pour la première fois depuis que Kendricks l'avait récupérée au fond du bunker, son esprit était entièrement libre. *Les imbéciles ! Ils ont oublié l'inhibiteur !* Elle se concentra, laissant les portes s'ouvrir dans son esprit. *Ils peuvent venir maintenant ! Je les attends !*

À ce moment, une main se posa sur sa bouche. Paniquée, elle se prépara à frapper mentalement quand des mots se formèrent dans son esprit.

< *Non, Anya ! Je suis un ami !*>

Le flux mental était faible et irrégulier, comme s'il venait de très loin. *Hannou ? Non, j'aurais reconnu sa voix…* Un nouveau test de Kendricks ? Une torture supplémentaire ? Pourtant, l'inconnu l'avait appelé Anya… À part le professeur, personne ne connaissait son vrai nom, en tout cas pas ses assistants.

<*Anya… Ami !*>

La main lui couvrait toujours la bouche. *Il a peur que je donne l'alerte,* se dit-elle. *Un ami…* Les dernières paroles d'Hannou lui revinrent en mémoire : « Il reste peut-être encore une toute petite chance. »

< *Qui êtes-vous ?*> lança-t-elle mentalement.

<*Pas si fort, petite ! Tu veux me brûler le cerveau ? Tu ne te rends pas compte ! Ta grand-mère m'avait prévenu que tu étais puissante, mais à ce point-là…* >

<*Excusez-moi,* répondit Anya beaucoup plus doucement. *Je ne savais pas… Vous connaissez ma grand-mère ? Et vous pouvez retirer votre main, maintenant. Je ne vais pas me mettre à crier !*>

< *Oh, bien sûr…* >

La main lui libéra la bouche. Soulagée, Anya respira longuement.

< *Qui êtes-vous donc ? Et que faites-vous ici ? C'est vous qui m'avez injecté le neutralisant ?*>

<*Bien sûr ! Je m'appelle Zalan. Makoud – ton grand-père – m'a demandé de venir te chercher. Il pensait d'abord lancer une attaque de grande ampleur sur la Fondation, mais depuis que cette Eleanor Green a pris les choses en main, les* défenses ont été considérablement renforcées. *Il a dû renoncer. Alors me voilà…* >

Anya s'apprêtait à le questionner encore, mais Zalan lui coupa la parole.

<*Le temps presse, Anya ! Hannou semblait persuadée que tu pourrais te libérer de cette espèce de cage dans laquelle ils t'ont enfermée ?*>

Sans prendre la peine de répondre, Anya lança un mince faisceau d'énergie. Les barreaux métalliques disparurent, ainsi que les sangles qui la retenaient. Une main invisible dans le noir l'aida à se relever et à se tenir debout après cette longue période d'immobilisation forcée.

<*Et maintenant ?*>

<*On va essayer de sortir d'ici. Mais avant… Écoute, Anya, le mieux, c'est sans doute que tu appelles Hannou. Elle te dira ce qu'elle attend de toi.* >

<*D'accord.* > Elle se concentra pour contacter la vieille femme. < *Grand-mère ?*>

<*Anya ! Enfin ! Zalan a réussi ? Il est avec toi ?*>

<*Il est là, grand-mère. C'est lui qui m'a réveillée.* >

<*Dieu soit loué ! Nous n'avions aucune nouvelle depuis son départ. Si quelqu'un est capable de te faire quitter cet endroit maudit, c'est bien lui !*>

<*Il va me ramener près de toi ?*>

<*Bien sûr ! Mais ce ne sera pas facile. Obéis-lui aveuglément. Il saura te protéger. Mais avant cela…* >

Anya sentit son hésitation.

<*Zalan m'a dit que c'est toi qui devais m'expliquer.* >

<*Il a raison, c'est à moi de le faire, pas à lui. Anya, ma chérie, je dois te demander quelque chose de très difficile. Dis-moi, qu'as-tu ressenti quand tu as tué Kendall ?*>

Prise de court par la question, la jeune fille ne répondit pas immédiatement.

<*Anya ?*>

<*Je réfléchissais, grand-mère… Je ne sais pas trop. Quand je repense à lui,* à la façon dont *il s'est servi de toutes ces pauvres filles, et aussi à ce qu'il voulait me faire, je me dis qu'il l'a bien mérité ! D'autres fois, je me dis que c'est terrible, que j'ai tué quelqu'un…* >

< *Certains hommes sont des monstres qui ne méritent pas de vivre, ma chérie. Kendall était de ceux-là. Et Kendricks aussi…* >

< *Grand-mère ! Tu ne veux pas dire que je dois…* >

<*Hélas, si ! Tu as vu comment il t'a traitée. Et tu es loin d'être la première ! Il a torturé sans fin et exécuté des dizaines d'entre nous sans le moindre remords ! Tu sais qu'il allait te tuer aussi ?*>

<*Il me l'a dit*>, admit Anya.

< *Tu vois bien ! Mais il y a une autre raison pour laquelle il doit absolument être éliminé. Zalan l'a entendu* évoquer *ses résultats*

avec cette Eleanor Green… Kendricks l'a assurée que, grâce à toi, il était désormais en mesure d'implanter certains talents sur des normaux. Des soldats *normaux. Il s'est déjà mis d'accord avec le grand amiral Wallace, qui veut se constituer une petite armée de normaux modifiés pour s'emparer du pouvoir après la mort de l'empereur… Mais surtout, Zalan l'a aussi entendu dire à Green qu'ensuite, Regulus pourrait être détruite ! Je t'ai déjà expliqué pourquoi la Flotte ne nous avait pas encore anéantis, je crois ?*>

< *Pour pouvoir faire des prisonniers ?*>

< *Plutôt pour récupérer les cadavres grâce auxquels ils augmentent leur stock génétique et maintiennent un certain niveau de performance dans leur élevage. Mais avec les nouvelles techniques de Kendricks, ils n'auront plus besoin de ça ! Il leur suffira de choisir les normaux qui leur conviennent et de leur implanter le talent qu'ils voudront… Nous ne leur servirons plus à rien et ils pourront enfin se débarrasser de nous ! Ce ne sera pas bien difficile, le croiseur de la Flotte en orbite autour de Regulus a certainement tout ce qu'il faut pour ça.* >

Anya se sentait un peu perdue.

< *Que veux-tu que je fasse, grand-mère ?*>

<*Je n'aurais jamais cru demander ça un jour* à ma petite fille, mais nous n'avons plus le choix. Kendricks doit disparaître. Non seulement lui, mais aussi ses recherches, ses notes, son ordinateur, tout ce qui pourrait permettre à quelqu'un d'autre de reconstituer ses résultats ! >

< *Tu veux dire que je dois tuer le professeur ?*> Anya n'en croyait pas ses oreilles.

< *Crois-moi, ma chérie, je donnerais tout pour que tu n'aies pas à le faire !*> Anya crut entendre un sanglot, mais Hannou poursuivit aussitôt. < *Nous ne pouvons pas intervenir, ton grand-père est formel. Une attaque est vouée à l'échec et nous vaudra simplement de nombreux morts inutiles. Il ne reste que toi. Le professeur est à ta portée. Tu as la puissance nécessaire pour l'éliminer. Cela me fend le cœur de te le demander, mais notre survie – la survie de notre peuple, Anya ! – en dépend.* >

La jeune fille n'eut pas à réfléchir longtemps. Les images se bousculaient dans son esprit : le professeur affairé sur le cadavre d'un *alter*, le vaisseau en orbite autour de Regulus, une bombe dévastant des pans entiers de la montagne, Shirley, susurrant à son oreille, Kendricks lui parlant. *Rassure-toi, tu ne sentiras rien, une dernière piqûre, et ce sera fini…*

<*Je vais le faire, grand-mère. J'espère y arriver… Mais je ne sais pas où il est.*>

<*Zalan devrait pouvoir te guider… Ma chérie, tout ça me rend malade mais tu es notre seul espoir. Et tu dois agir très vite. Plus le temps passe, plus vos chances de fuir la Fondation s'amenuisent…!*>

Anya se tourna vers Zalan, se souvenant juste à temps de diminuer sa puissance d'émission.

<*Vous savez où se trouve le professeur Kendricks ?*>

Dans l'obscurité de la pièce dépourvue de fenêtres, elle ne voyait toujours pas son nouvel ami, mais le soulagement était audible dans sa voix mentale quand il répondit.

<*Hannou t'a tout expliqué? La chambre de Kendricks n'est pas loin. Burnett lui avait proposé un logement dans le centre administratif, mais il a refusé. Il ne voulait pas s'éloigner trop de toi, semble-t-il…*>

<*Vous pouvez m'y conduire?*>

<*Bien sûr! Mais si jamais nous rencontrons quelqu'un, tu devras faire exactement ce que je te dis. D'accord?*>

<*D'accord!*>

<*Tu sauras marcher jusque–là?*>

<*Je crois… Mais comment allons-nous sortir d'ici? On ne voit rien du tout!*>

Anya sentit une grosse main s'emparer de la sienne.

<*Laisse-moi te guider. Je vois très bien dans le noir, un autre de mes petits talents… Ah, encore une chose. La communication mentale, ce n'est pas trop mon truc, tu sais! En plus, tu es tellement puissante que j'en prends plein la tête! Si tu veux bien, gardons ça pour quand on ne pourra pas faire autrement. Le reste du temps, on peut se parler normalement – pas trop fort, bien sûr… Tu veux bien?*>

Il l'entraîna à travers un dédale de salles obscures puis s'arrêta brusquement.

« Nous ne sommes plus très loin, mais à partir de maintenant, nous devons emprunter les couloirs. À cette heure-ci, il ne devrait y avoir personne, mais cette fichue Eleanor Green a organisé tout un système de patrouilles et nous pouvons très bien en rencontrer une…

— Je peux m'en charger…

— Ce sera inutile, j'espère ! »

Des veilleuses disposées à intervalles réguliers baignaient le couloir d'une faible clarté qui permit enfin à Anya de voir son nouvel ami. Elle le reconnut aussitôt : l'homme au chariot. Le petit véhicule chargé de produits de nettoyage avait disparu ainsi que le balai, mais il portait toujours la même combinaison gris et vert du personnel.

« C'est vous ! Je n'avais pas rêvé, alors ? »

Zalan laissa échapper un petit rire.

« Je t'ai laissée me voir, en effet, dit-il en lui lâchant la main.

— Comment ça ? Vous voulez dire que les autres ne vous voyaient pas ? Le professeur, Shirley, Derek et tous les autres ?

— Ferme les yeux. Tu vas comprendre… Ça va, maintenant, tu peux regarder ! »

Anya était seule dans le couloir désert. De l'homme au chariot, plus la moindre trace. Interloquée, elle se figea sur place.

« Zalan ?

— Ne t'inquiète pas, petite ! Je suis toujours là… »

Mais elle avait beau regarder, elle était seule. Puis il réapparut d'un coup, un large sourire sur le visage.

« Comment avez-vous fait ? J'ai cru que vous m'aviez abandonnée ! »

Zalan rit encore.

« Je n'ai pas fait tout ce chemin pour te laisser te débrouiller toute seule ! C'est mon talent, tu vois, je suis un furtif. C'est ce qui m'a permis d'arriver jusqu'à toi. Si je le décide, personne ne peut se rendre compte de ma présence, et c'est vrai aussi bien pour les *alter* comme toi que pour les normaux !

— Un furtif? C'est la première fois que j'en entends parler...

— Pas étonnant, ce n'est pas un talent très répandu. D'après tes grands-parents, il n'y en a qu'une petite douzaine sur Regulus, et encore, pas très puissants... »

Anya n'avait pas cessé de le dévisager. Son visage était agréable, sans rien de particulièrement remarquable. Il avait les yeux gris et des cheveux blonds coupés court. Il avait l'air gentil.

« C'est pour ça que grand-père et grand-mère vous ont choisi ? Parce que vous êtes le meilleur ?

— En partie, oui. Mais aussi parce que les autres furtifs ont une famille, des enfants. Moi, je suis tout seul. Si jamais ça tourne mal, personne n'aura à en souffrir... »

Ramenée à la réalité par ces derniers mots, Anya ne put s'empêcher de frissonner. La joie de reconnaître l'homme au chariot lui avait presque fait oublier la précarité de leur situation et surtout la tâche dont Hannou l'avait chargée.

« Le bureau de Kendricks. Nous sommes encore loin ?

— Pas très... »

Il allait se remettre en route quand il s'immobilisa brusquement.

« Chut... On vient. Sans doute une patrouille. Surtout, ne t'en mêle pas ! Laisse-moi faire. Donne-moi la main, et si je suis obligé de te lâcher, reste aussi près de moi que possible... »

Il l'entraîna dans un petit renfoncement. Les bruits de pas se rapprochèrent rapidement, puis quatre hommes en arme surgirent à l'embranchement de deux couloirs et obliquèrent dans leur direction. Mais alors qu'Anya, persuadée que tout était perdu, se préparait déjà à user de ses talents, la patrouille passa devant eux sans marquer la moindre hésitation. Quelques instants plus tard, les gardes avaient disparu et le bruit de leurs pas s'affaiblissait rapidement.

« C'est bon, tu peux me lâcher, maintenant ! »

Anya se rendit compte qu'elle se cramponnait toujours à la main de Zalan avec l'énergie du désespoir.

« Tu n'y croyais pas vraiment, n'est-ce pas ? Rien de tel qu'une petite démonstration ! Viens, nous avons déjà assez perdu de temps… »

Quelques instants plus tard, ils arrivaient devant le bureau du professeur.

« Vous croyez qu'il est là ?

— J'espère bien ! Sinon, je n'ai aucune idée de l'endroit où il pourrait se trouver ! Et de toute manière, pas question de perdre davantage de temps à le chercher : s'il n'est pas là, on s'en va. Ta sécurité passe avant tout le reste. »

La voix d'Hannou retentit dans l'esprit d'Anya.

< *Zalan a raison. S'il est là, tuez-le. Sinon, partez.* >

La porte refusa de s'ouvrir quand Zalan actionna doucement la poignée. Anya lui fit signe de s'écarter et lança une fine vrille mentale dans la serrure, volatilisant le métal. Le furtif poussa le vantail. Le bureau était plongé dans la pénombre, mais l'obscurité n'était pas totale. Les témoins lumineux d'une rangée d'appareils alignés contre le mur de gauche clignotaient régulièrement, baignant la vaste pièce de faibles reflets colorés. Un grand bureau surmonté de deux écrans d'ordinateur occupait l'espace devant la fenêtre fermée par de lourds rideaux de tissu. Une série d'armoires couvrait le mur de droite. La pièce, en forme de L, se poursuivait par une large alcôve accueillant un grand lit dans lequel le professeur Kendricks dormait profondément, le bras posé sur l'épaule nue de la femme étendue près de lui.

< *Eleanor Green* ! s'exclama mentalement Zalan. *Je me doutais bien qu'il y avait quelque chose entre eux… Quand même, je ne m'attendais pas à la trouver là !*>

< *Grand-mère,* appela Anya, désemparée. *Le professeur n'est pas seul ! Il y a cette femme avec lui, cette Eleanor Green. Je les ai entendus, l'autre jour. Elle voulait qu'il la protège.* >

< *En prévision du jour où le consortium perdra sa position dominante, je suppose* ! répondit la vieille femme. *Attends une seconde, nous analysons la situation… Si jamais ils se réveillent, empêche-les de bouger et de crier.* >

Anya percevait toujours la présence d'Hannou en train de parler à quelqu'un d'autre, sans parvenir à comprendre ce qu'ils se disaient. L'échange dura un certain temps puis la voix mentale de la vieille femme retentit de nouveau.

< *Ce sont les instructions de ton grand-père que je te transmets, Anya. La présence de Green dans le lit de Kendricks est une chance. Cela va nous permettre de créer une diversion. Avec un peu de chance, ils seront tellement occupés par la mort de ces deux-là qu'ils ne penseront pas à vérifier si tu es toujours dans ta cage… Voici ce que tu vas faire. D'abord, réveille-les, mais garde-les sous contrôle…* >

Ne sachant trop comment s'y prendre, Anya s'adressa à Zalan.

< *Il faut les réveiller.* >

Un coup de pied dans l'encadrement du lit tira brusquement Kendricks du sommeil.

« Qu'est-ce qui se passe ? » grogna-t-il en se redressant, furieux. Puis il aperçut Anya et se tut brusquement. Fascinée, la jeune fille vit son visage perdre toute couleur.

Eleanor Green émergea à son tour. Il lui fallut un peu plus longtemps pour réaliser.

« Qu'est-ce qu'elle fiche ici, celle-là ? Tim, Fais quelque chose ! »

< *Qu'ils se taisent*! gronda Hannou. *Prends le contrôle de leur esprit !*>

Anya s'exécuta. Les deux normaux se turent, les yeux dans le vague.

< *Maintenant, dis à Zalan de chercher un couteau, un scalpel, ou bien des ciseaux. Il doit bien y avoir ça dans le bureau…* >

Anya transmit à Zalan, qui revint quelques instants plus tard, une paire de longs ciseaux à la main.

< *Maintenant, le plus difficile. Tu penses pouvoir y arriver ?*>

Depuis qu'Hannou lui avait dit qu'elle devrait éliminer le professeur, Anya s'était posé la même question, mais maintenant, avec Kendricks devant elle, tout lui revint d'un seul coup : la souffrance qu'il lui avait infligée sans relâche pendant les tests, le sort qu'il lui réservait, les normaux qu'il s'apprêtait à lui faire massacrer… La haine l'envahit de nouveau, pour le professeur, mais aussi pour la femme qui avait commis l'erreur de faire alliance avec lui.

< J'y arriverai, grand-mère. Dis-moi simplement ce que vous voulez que je fasse. >

< Fais-les se lever tous les deux et se placer au pied du lit. Ensuite, oblige Eleanor Green à prendre les ciseaux. Le plus dur, maintenant. Tu vas forcer Kendricks à étrangler sa maîtresse, et dans le même temps, l'obliger elle à plonger les ciseaux dans le cœur du professeur. >

L'esprit vide, Anya s'exécuta. Quelques instants plus tard, les deux corps s'écroulaient, mêlés dans la mort.

< Ça y est, grand-mère. C'est fait. >

< Bravo, ma chérie ! C'est le genre d'épreuve que j'aurais donné cher pour t'éviter, mais nous n'avions pas le choix. Quand ils les retrouveront, ils croiront à une dispute qui a mal tourné. Le temps qu'ils comprennent ce qui s'est vraiment passé…

> Il te reste encore une chose à faire, ma chérie. Il faut détruire les recherches de Kendricks. Là encore, on va essayer de donner le change. Au lieu de brûler tous ses documents d'un seul coup grâce à ton talent, tu vas déclencher un incendie. Peux-tu provoquer un court-circuit dans un des appareils ? Il te suffit de mettre les fils d'alimentation en contact… Comme ça, très bien ! Maintenant, active l'incendie, et assure-toi qu'il détruise bien tout le contenu du bureau et des armoires. Pour les ordinateurs, détruis l'intérieur. L'incendie devrait les rendre inutilisables, mais il y a toujours le risque qu'un petit génie réussisse à récupérer des données… >

< C'est fait, grand-mère. >

La fumée commençait à envahir la pièce. Ils sortirent en hâte, et Zalan referma soigneusement la porte derrière eux.

< Et maintenant, filez ! L'alarme ne va pas tarder à être donnée. Heureusement, la mort de Green va leur compliquer les choses. Cela devrait vous permettre de quitter la Fondation avant qu'on ne fasse le lien avec ta disparition. Fie-toi à Zalan, il sait ce qu'il fait. Je t'aime, Anya. Je reste en contact, mais je dois absolument

me reposer un peu, sinon, je risque de m'effondrer au moment où tu auras vraiment besoin de moi... Soyez prudents!>

Ils s'enfoncèrent plus avant dans le labyrinthe des laboratoires, Zalan avançant sans hésitation dans les couloirs et les salles désertes. Ils évitèrent encore deux patrouilles avant que l'alarme ne retentisse, assourdissante.

« Toute cette zone va grouiller de monde dans pas longtemps. Il faut absolument éviter de se retrouver pris dans un attroupement. N'oublie pas qu'ils ne nous voient pas ! Éviter une personne ou deux, c'est facile, mais dans une foule, il y en aura toujours un pour te bousculer. Ces gars-là ne sont pas idiots ; ils savent à qui ils ont à faire. »

Ils avancèrent plus lentement, leur progression ralentie par les nombreux groupes, forces de sécurité ou simple personnel d'entretien, qui se précipitaient vers l'incendie. L'alarme s'interrompit brusquement.

« Ils ont dû éteindre les flammes, estima Zalan. Maintenant, ils cherchent sans doute à comprendre ce qui s'est passé. »

L'approche d'un énième groupe les força une fois encore à s'arrêter. Au passage, Anya reconnut le docteur Hedford et Jim, ainsi que le directeur Burnett.

« Oui, je les ai vus aussi, fit Zalan, mais ce ne sont pas eux qui m'inquiètent. C'est plutôt Niles, le responsable de la sécurité. Maintenant qu'Eleanor Green est morte, Burnett et son équipe vont reprendre les choses en main. Et ce Niles est un peu trop malin à mon goût... »

Les couloirs étaient de nouveau silencieux. Ils en profitèrent pour accélérer l'allure. Mais alors qu'ils approchaient de la sortie, une nouvelle alarme retentit, assourdissante. Zalan s'immobilisa, incertain.

« Je n'aime pas ça... » murmura-t-il.

Anya réalisa alors qu'il ne s'agissait pas de l'alarme incendie. Dehors, d'autres sirènes prirent le relais.

« Ils ont découvert ta fuite. Sachant le danger que tu représentes, Niles va mettre le paquet pour t'arrêter. »

Quand ils arrivèrent devant la grande porte donnant sur l'extérieur, Zalan s'arrêta net. Anya se glissa sur le côté pour voir aussi. La cour éclairée par de puissants projecteurs grouillait de soldats en armes courant dans tous les sens.

« Qu'est-ce qu'ils font ?

— Ils t'attendent ! répondit Zalan, amer. Ce salaud de Niles… Il ignore que je suis avec toi, mais il sait que tu peux te téléporter. C'est pour ça qu'ils bougent tout le temps : pour t'intercepter si tu te matérialises dans la cour. Viens, on va essayer une autre sortie, un peu plus loin. »

Cette issue donnait sur une étroite voie d'accès, mais les soldats étaient là aussi.

« Ils surveillent tout le périmètre… On ne passera jamais.

— Je pourrais… commença Anya, mais Zalan secoua la tête.

— Nous frayer un passage ? Regarde plus loin, derrière les soldats… Tu vois le véhicule ? C'est une unité de défense mobile, de celles qu'ils ont mises au point pour lutter contre les commandos de ton grand-père. Trois mitrailleuses lourdes et un canon à tir rapide. Si tu t'en prends aux soldats, ils ne te laisseront pas la moindre chance.

— C'est fichu, alors ?

— Peut-être pas… Ils savent que tu vas chercher à rejoindre les rebelles, donc ils ont massé leurs troupes de ce côté-ci pour bloquer le passage. On peut essayer de les contourner en quittant les labos par le nord puis en traversant par les écoles. Ce sera bien plus long mais, pour le moment, c'est tout ce que je vois comme solution. »

Les écoles. Les autres filles. Pamela. Les maîtres et leurs sempiternels exercices… Une bouffée de nostalgie l'envahit brusquement. C'était si proche, et pourtant, il s'était passé tant de choses depuis que madame Vitchovsky l'avait surprise avec Pamela en train d'espionner les enfants normaux. Lucy, la petite fille timide s'était évanouie, laissant place à… À qui ? se demanda-t-elle. *Un monstre, comme Shirley prenait plaisir à l'appeler ?* La nostalgie disparut d'un coup. Elle avait toujours vécu dans la peur, réalisa-t-elle. Peur des gardiennes, peur des maîtres, peur des autres filles qui ne la laissaient tranquille que parce que Pamela l'avait prise sous son aile, Pamela que tout le monde aimait bien, et qui l'avait sans doute déjà oubliée... Sans compter tous ces mensonges ressassés encore et encore, auxquels elle avait presque fini par croire ! Mais maintenant, elle connaissait la vérité. Elle savait ce que le consortium faisait des filles et des garçons comme elle... *Je n'aurai plus jamais peur*, se promit-elle. *Plus jamais.* En un sens, Kendall et le professeur lui avaient rendu ce service : la délivrer de la peur. Anya la fugitive, voilà ce qu'elle était désormais. Elle allait s'enfuir et rejoindre les rebelles. *Ma place est là-bas, près de ma famille... Anya la combattante, voilà ce que je serai. Je me battrai aux côtés d'Hannou, de Makoud, Zalan et tous les autres...*

« Qu'est-ce que tu attends ? Ce n'est pas le moment de rêvasser ! Allez, viens ! »

La voix de Zalan la tira de ses pensées. *D'abord, sortir d'ici. Ensuite, grand-père saura utiliser mes talents...* Perdue dans ses rêves de batailles et de sacrifice, elle le suivit à travers le dédale des cours et des bâtiments obscurs.

Dans la nuit noire, l'école des filles n'avait plus rien de familier. Anya s'était imaginé qu'elle allait reconnaître les différents bâtiments dans lesquels elle avait passé la quasi-totalité de son existence, mais les obscures façades de béton se ressemblaient toutes. Zalan marchait vite et elle avait du mal à suivre son allure, d'autant que la fatigue commençait à se faire sentir, mais pour rien au monde elle ne lui aurait demandé de ralentir.

« On arrive à l'école des garçons, murmura Zalan. On va la traverser puis on essaiera de sortir de l'autre côté. Avec un peu de chance, la voie sera libre... »

L'école des garçons... Combien de fois avait-elle entendu les grandes en parler, ou plutôt chuchoter entre elles d'un air entendu pour éclater de rire, puis reprendre leurs conciliabules mystérieux dont les petites comme elle étaient naturellement exclues. Anya ne savait pas à quoi elle s'attendait exactement, mais les façades anonymes et les cours désertes ne paraissaient guère différentes de celles de l'école des filles.

« On arrive... Il y a une petite porte dans le mur d'enceinte. Il faudra que tu l'ouvres. »

Une brève décharge d'énergie mentale fit disparaître la serrure. Zalan entrebâilla la porte et passa la tête dans l'ouverture. Anya l'entendit pousser un juron étouffé.

« Ils sont déjà là ! expliqua-t-il en refermant le vantail. Ils commencent juste à se déployer. On ne peut pas passer... »

<*Ils sont en train d'encercler la Fondation !*> C'était la voix d'Hannou, toute trace de fatigue disparue. <*Le croiseur de la Flotte leur envoie des renforts. Deux navettes ont déjà atterri et deux autres sont en route. Anya, demande à Zalan s'il y a une chance que vous puissiez vous cacher le temps que les recherches s'arrêtent.*>

Anya s'exécuta.

« Difficile à dire, répondit Zalan. S'ils poursuivaient quelqu'un d'autre, je dirais oui sans hésiter. Mais c'est toi qu'ils recherchent... Je t'ai dit, Niles est loin d'être stupide. Il aura sans doute pris ses précautions. Ta grand-mère a raison, ils sont en train d'encercler la Fondation et, quand ils seront certains que nous ne pouvons plus nous échapper, ils passeront les installations au peigne fin... D'ailleurs, j'ai bien peur qu'ils aient déjà commencé. Écoute... »

Les yeux fermés pour mieux se concentrer, Anya laissa son esprit s'ouvrir. L'écho de piétinements entrecoupé de brefs échanges lui parvint, dessinant dans son esprit l'image d'une longue ligne d'hommes et de femmes avançant côte à côte, fouillant de tous côtés à l'aide de bâtons, ne laissant pas le moindre espace inexploré. Elle s'apprêtait à faire part à Zalan de ce qu'elle avait découvert quand elle identifia autre chose. Atterrée, elle vérifia rapidement. Pas d'erreur, *ils* étaient bien là.

« Ils nous trouveront, dit-elle enfin. On ne peut pas leur échapper. » Elle décrivit rapidement la façon dont Niles avait organisé les recherches. « Mais ce n'est pas le plus grave, ajouta-t-elle. Dexter et les autres *alter* sont avec eux. Pour le moment, ils sont encore trop loin, mais s'ils se rapprochent suffisamment, ils me repéreront aussitôt… Ils sont très puissants. »

Zalan hocha la tête.

« Il fallait s'y attendre… À part essayer de forcer le passage, je ne vois pas ce qu'on peut faire d'autre. Tu penses pouvoir y arriver ? »

« Je ne sais pas… Je suis fatiguée. Dans cet état, mes talents peuvent me lâcher n'importe quand ! Si seulement je pouvais me reposer un peu… < *Grand-mère* ? > »

<*J'ai entendu, ma chérie. Attends, ton grand-père me dit quelque chose…* >

Anya les entendit argumenter quelques instants, puis Hannou revint.

< *Ça ne me plaît pas du tout, mais Makoud a raison, c'est probablement la seule chance qui vous reste. Demande à Zalan s'il peut vous conduire à l'astroport.* >

< *L'astroport ? Mais c'est là que les soldats débarquent, tu l'as dit toi-même ! S'il y a un endroit à éviter, c'est bien celui-là !*>

< *Demande-lui quand même, tu veux ?*>

Zalan ne parut pas surpris par la question.

« Évidemment ! Ce n'est pas très loin. J'y ai déjà pensé, moi aussi. Mais on ne sait pas où ça peut nous mener… »

<*Alors ?*> coupa Hannou, impatiente.

<*Il peut nous y conduire, mais je ne comprends pas ! C'est se jeter dans la gueule du loup !*>

Sans prêter attention à ses protestations, Hannou échangea encore quelques phrases avec son mari, puis s'adressa de nouveau à Anya.

<*Mettez-vous en route immédiatement ! Il vous reste une dizaine de minutes. Allez !*>

Bien que ne recevant pas les instructions d'Hannou, Zalan avait compris. Il prit de nouveau la main d'Anya, l'entraînant dans une course rapide.

« Essaie de tenir le coup, lui dit-il sans ralentir. Ce n'est pas bien loin. Si ça marche, après, tu pourras te reposer tant que tu voudras ! »

Puisant dans ses dernières réserves d'énergie, Anya le suivit tant bien que mal. Zalan s'arrêta enfin. Devant eux s'étendait un vaste terrain nu bordé par quelques bâtiments peu élevés. Trois navettes occupaient la plus grande partie de l'espace libre. Les deux plus proches, de taille pourtant respectable, paraissaient minuscules à côté de la dernière. Les navettes traversant le ciel de Regulus dans le grondement de leurs moteurs étaient un spectacle habituel mais, en les voyant de près pour la première fois, Anya se sentit impressionnée.

« C'est sans doute la plus grosse qui nous intéresse, estima Zalan, mais ce n'est pas le moment de se tromper. Demande à Hannou. »

<*C'est bien celle-là*, confirma la vieille femme. *Si le message que nous avons capté est exact, elle décolle dans exactement 6 minutes. Ne perdez pas de temps !*>

Zalan n'avait pas lâché la main d'Anya.

< *On y va*, dit-il mentalement. *Les deux autres navettes ont l'air vides, mais les pilotes sont sans doute restés à bord. Ce sont les transports de troupes du croiseur de la Flotte*>, ajouta-t-il après coup.

<*Et l'autre ?*> s'enquit Anya.

<*Elle vient du* Twin Cities. *C'est le vaisseau du consortium qui a été dérouté sur ordre d'Eleanor Green pour amener les condamnés qui devaient servir pour ton prochain test. C'est un navire de commerce. Un gros. Pour autant que je sache, il fait surtout du cabotage dans la Périphérie. On devrait pouvoir s'y cacher sans problème.* >

< *On va monter à bord du vaisseau ?*>

< *C'est ce qu'on a de mieux* à faire *pour le moment ! Si tout se passe bien, dans trois minutes, nous aurons quitté Regulus. Le temps que Niles finisse de fouiller la Fondation, nous serons à bord, bien cachés.* >

Ils avaient déjà dépassé les transports de troupes et approchaient de la grande navette. Au pied de la rampe de chargement, deux hommes discutaient tranquillement.

<*Pas un bruit!* ordonna Zalan, *et surtout, fais attention où tu mets les pieds. Le moindre objet qui semblerait se déplacer tout seul révélerait aussitôt notre présence…* >

Le souffle court, Anya passa à quelques pas seulement des deux hommes qui continuaient à bavarder, inconscients de leur présence.

« Je n'aimerais pas être à la place de celui qui devra annoncer à Sigismond que sa précieuse Eleanor a passé l'arme à gauche, ricana l'un d'eux.

— Moi non plus, s'esclaffa l'autre. En tout cas, je peux te dire une chose : personne va la regretter, cette pétasse avec ses grands airs ! Et quand Sigismond apprendra qu'elle couchait avec Kendricks… »

Le reste de leurs propos se perdit en arrière. Ils étaient maintenant dans une vaste soute déserte, que Zalan traversa rapidement pour gagner une petite porte métallique.

< *On ne peut pas rester dans la soute, elle n'est pas pressurisée…* >

Il s'apprêtait à ouvrir la porte quand Anya posa la main sur son bras.

<*Attention…* >

Les deux hommes venaient d'apparaître en haut de la rampe et se dirigeaient d'un pas vif dans leur direction. Zalan eut juste le temps de s'écarter pour les laisser passer.

< *Laissons-les s'éloigner…* >

Derrière eux, la rampe commença à se relever à grand bruit. Zalan ouvrit la petite porte et ils se glissèrent à l'intérieur. Un couloir exigu bordé d'une série d'autres portes étroites menait à une large cabine encombrée de caisses soigneusement empilées et retenues par des sangles épaisses. Zalan ouvrit une des petites portes latérales, révélant une minuscule cabine meublée d'une couchette métallique étriquée et d'une minuscule armoire. Alors qu'il refermait le battant métallique, un grondement sourd s'éleva, accompagné d'une légère vibration.

« Ça y est ! laissa échapper Zalan, soulagé. On décolle… »

<*Anya* ? >

< *Grand-mère ! Nous sommes dans la navette !*>

<*Je sais, ma chérie. Nous n'avons plus beaucoup de temps… Dès que vous aurez quitté l'atmosphère de Regulus, vous serez hors de portée…* >

< *Tu veux dire qu'on ne pourra plus se parler ?*>

<*Je ne suis pas aussi puissante que toi, loin de là ! Honnêtement, je ne sais pas ce que vous allez devenir… En dépit de tous nos efforts, nous ne sommes pas parvenus à savoir quand le Twin Cities doit quitter le système… Nous espérons qu'il ne partira pas tout de suite, mais impossible d'en être certains. S'il reste encore quelques jours en orbite, vous pourrez peut-être tenter de revenir en profitant d'une autre navette. Avec un peu de chance, ils auront suffisamment allégé leur dispositif pour vous permettre de vous échapper…* >

< *Et si le vaisseau part tout de suite ?*>

Hannou resta silencieuse quelques instants.

< *Dans ce cas… Il faudra que tu sois forte, ma chérie. J'avais tellement espéré pouvoir te serrer dans mes bras ! Si le vaisseau part avant que vous puissiez revenir, tu ne reverras probablement jamais Regulus. Tout ce que je peux souhaiter, c'est que vous trouviez un monde où vous serez en sécurité, Zalan et toi…* >

Les derniers mots d'Hannou étaient à peine audibles.

< *Adieu, Anya* >, parvint-elle encore à discerner, puis ce fut le silence.

< *Grand-mère ! Grand-mère !*>

La main de Zalan se posa doucement sur son épaule.

« Nous sommes dans l'espace, maintenant. Elle ne peut plus t'entendre… »

Luttant pour ne pas éclater en sanglots, Anya se laissa glisser sur le sol. Elle se sentait si fatiguée… Elle savait qu'elle aurait dû tenter de joindre encore Hannou, elle était certaine d'y arriver en dépit de la distance. Mais l'exécution du professeur et d'Eleanor Green puis l'interminable fuite à travers la Fondation avaient épuisé les maigres réserves d'énergie de son corps affaibli par ces longs jours d'emprisonnement. *Je ne peux pas, grand-mère. Je ne peux pas…*

Elle dut dormir un peu car la main de Zalan sur son épaule la réveilla en sursaut. Elle ne se sentait toutefois pas plus reposée pour autant.

« On arrive. Donne-moi la main. Je ne pense pas qu'ils auront l'idée de regarder dans cette cabine, mais on ne sait jamais. Niles peut très bien leur avoir demandé de vérifier qu'ils n'ont pas de passager clandestin… »

Mais Zalan s'inquiétait pour rien. Il y eut quelques chocs amortis lorsque la navette se gara dans le grand vaisseau, puis la vibration des moteurs disparut. Quelques minutes plus tard, les voix indistinctes des deux hommes leur parvinrent à travers la porte de métal puis s'éloignèrent rapidement.

« Attendons encore un peu avant de sortir. Ces vaisseaux sont si vastes qu'il va leur falloir un moment pour traverser la soute… »

Quand Zalan se décida enfin à quitter la navette, Anya avait retrouvé un peu de vitalité. Elle le suivit le long de la rampe, réalisant seulement qu'elle se trouvait dans un vaisseau spatial, un de ces vaisseaux qui sillonnaient l'espace, sautant d'une étoile à une autre, reliant tous ces mondes dont les maîtres leur faisaient sans cesse répéter les noms.

La soute dans laquelle stationnait la navette l'émerveilla par ses dimensions. À peine éclairée par quelques rares lampes, la vaste salle prenait des allures de caverne fantastique. Trois navettes stationnaient à côté de celle qui les avait amenés là, l'une d'elles considérablement plus volumineuse que les autres.

« C'est grand… », ne put-elle s'empêcher de murmurer.

Zalan laissa échapper un petit rire.

« Et tu n'as encore rien vu ! Ces navires sont véritablement énormes. Normal, remarque ! Il faut ça pour rapporter tous les minerais et les matières premières qu'ils vont chercher à travers la Périphérie… Celui-là devait être prêt à partir quand Sigismond l'a réquisitionné pour amener les prisonniers sur Regulus. Le commandant a dû apprécier, c'est sûr ! »

Zalan se dirigea d'un pas assuré vers une porte surmontée d'une lampe répandant une lueur blafarde, puis, juste avant de l'atteindre, obliqua vers une autre ouverture presque indistincte dans la pénombre.

« La porte avec la lampe mène au poste de pilotage et aux quartiers de l'équipage, dit-il, devinant l'étonnement d'Anya. Celle-ci devrait nous conduire dans un endroit sûr.

— Vous connaissez ces vaisseaux ?

— Comment crois-tu que je sois arrivé sur Regulus ? Ils sont tous construits sur le même modèle, un grand parallélépipède rectangle très allongé… Le poste de pilotage et les services techniques sont à l'avant, ainsi que les quartiers de l'équipage. Le reste, ce sont des soutes, ou plutôt une seule soute, que des cloisons mobiles permettent de diviser suivant les besoins. La plupart du temps, ces vaisseaux emportent seulement des minerais, stockés dans les soutes qui ne sont évidemment pas pressurisées, mais il arrive qu'ils transportent aussi des produits agricoles et même, parfois, du bétail. Des cargaisons plus fragiles, qu'il faut surveiller attentivement ! D'où l'existence de quelques petites cabines, pour que des hommes d'équipage puissent rester sur place en cas de besoin. C'est là que nous allons nous cacher.

— Ce n'est pas un peu risqué ? Si quelqu'un vient…

— Pour le moment, aucun risque ! Ces vaisseaux font du cabotage dans la Périphérie. Ça signifie qu'ils emportent en partant des machines, des ordinateurs, des véhicules, toutes sortes de choses que les mondes de la Périphérie ne savent pas produire et qui prennent finalement peu de place dans des vaisseaux d'une telle taille ! Ils vont vendre tout ça très cher ou les échanger contre des matières premières qu'ils auront pour une bouchée de pain ! Et quand les soutes seront pleines, ils reviendront dans le Cercle Intérieur et vendront leur cargaison en faisant un sacré bénéfice ! Ce qui signifie que, pendant la première partie du voyage, les soutes resteront vides et que personne ne prendra la peine de mettre le nez dans les cabines où nous allons nous installer ! »

Tout en parlant, Zalan avait ouvert la porte, révélant une immense galerie parfaitement rectiligne ponctuée de lampes largement espacées qui se perdaient dans le lointain.

« La galerie centrale. Elle va jusqu'à l'autre extrémité du vaisseau, là où sont placés les moteurs. Elle sert également d'entrepôt pour le matériel de manutention. Les premières cabines sont assez proches, mais il vaut mieux aller un peu plus loin. Tu crois que tu tiendras le coup ?

— Ne vous en faites pas, ça ira. »

En réalité, la marche dura beaucoup plus longtemps qu'Anya ne s'y attendait. Zalan s'arrêta enfin au pied d'un petit escalier.

« Ici, ça devrait être bon. Les gars de l'équipage ne vont dans les soutes que lorsqu'ils ne peuvent pas faire autrement. On sera tranquilles. »

Anya se sentait soulagée de pouvoir enfin se reposer, mais une question lui occupait l'esprit.

« Ce n'est pas un peu loin ? Si nous voulons retourner sur Regulus, il faudra refaire tout ce chemin pour rejoindre les navettes ? »

Zalan haussa les épaules.

« C'est le prix de la sécurité ! Mais tu verras, une fois reposée, ça ne te paraîtra plus aussi long ! Et de toute façon, on est coincés là pour au moins quelques jours, le temps que les choses se calment en bas. Ils finiront bien par admettre que tu as réussi à forcer leur barrage, et à ce moment-là, on pourra tenter notre chance. Mais il faut attendre un peu ! »

La petite cabine en haut de l'escalier était assez spartiate mais convenablement équipée, avec deux couchettes et des sanitaires en état de marche. Zalan soupira d'aise en se laissant tomber sur un des lits étroits.

« Demain, je m'arrangerai pour nous procurer de la nourriture et tout ce dont nous aurons besoin pour tenir quelques jours mais, pour le moment, dormons un peu. Tu n'es pas la seule à être épuisée, tu sais ! »

Anya s'allongea à son tour. Sur l'autre couchette, Zalan ronflait déjà. Elle essaya de repenser à tout ce qu'elle venait de vivre, d'imaginer ce qu'ils allaient devenir, mais le sommeil l'emporta d'un coup.

Une sensation bizarre la ramena peu à peu à la conscience. Une vibration, un peu comme celle de la navette, mais plus forte et accompagnée d'un grondement si grave qu'il en était presque inaudible. Elle ouvrit les yeux pour voir le visage tendu de Zalan penché sur elle.

« Tu as entendu, toi aussi ! Nous ne retournerons pas sur Regulus, Anya. Le vaisseau est en route ! »

Chapitre 23

« Une femme ! Mais vous êtes complètement fou, Dutchek ! »

Telle fut la première réaction du cardinal secrétaire général Luigi Fortezza en apercevant Regina Vitchovsky à travers la vitre sans tain donnant sur l'antichambre de son bureau.

L'émissaire du puissant système de Sargasse haussa les épaules.

« Le Protecteur se doutait bien que vous ne seriez pas ravi, mais ne vous faites pas de souci, cette dame est on ne peut plus compétente… »

Fortezza détourna son regard furibond de l'envoyé du Protecteur Strasser pour le reporter sur la femme assise dans la petite pièce. Il la dévisagea plus longuement. Grande, les cheveux noirs réunis en un chignon strict, le visage sévère, vêtue de manière anonyme, elle pouvait tout à fait passer pour l'épouse d'un de ces richissimes pèlerins que les vaisseaux du consortium déposaient de temps à autre sur la planète.

« Compétente… », dit-il enfin en laissant retomber le rideau dissimulant le miroir sans tain pour revenir s'asseoir derrière le grand bureau de bois sculpté. « Comment pouvez-vous en être certain ?

— Nos services ont tenté pendant des mois d'approcher des employés du consortium sur Regulus, là où ils forment les *alter* qui servent sur leurs vaisseaux. En pure perte ! La planète a toujours été interdite d'accès mais, depuis quelque temps, les mesures de sécurité ont été drastiquement renforcées. Un incident avec une de leurs pensionnaires, à ce qu'il semble ; du moins, c'est ce que nos agents ont réussi à apprendre. Toutes nos tentatives pour entrer en contact avec le personnel de la

Fondation ont échoué. C'est alors qu'un de nos hommes a entendu parler de cette Régina Vitchovsky…

— Continuez.

— Une gardienne qui vient juste d'être renvoyée de la Fondation pour – je cite mes sources – *comportement inapproprié…* »

Fortezza émit un petit sifflement.

« Renvoyée ? C'est très inhabituel ! À ce que je me suis laissé dire, le consortium a le plus grand mal à recruter du personnel aux nerfs assez solides pour cohabiter en permanence avec tous ces *alter*…

— Vous avez tout à fait raison. Qu'a-t-elle fait exactement, nous n'en savons rien. Nos informateurs, ceux qui nous ont mis sur sa piste, n'en savent pas davantage. De son côté, madame Vitchovsky affirme avoir été licenciée injustement… Quoi qu'il en soit, un de nos meilleurs agents a réussi à retrouver sa trace sur Otharell.

— Où se trouve le siège du consortium. Intéressant.

— Notre homme a dépensé une véritable fortune avant d'arriver à en savoir plus, mais, Votre Éminence, cela en valait la peine ! Voyez-vous, notre peu recommandable amie n'a pas seulement exercé des fonctions de gardienne sur Regulus, elle a également travaillé dans les laboratoires, avant d'en être écartée pour des raisons sur lesquelles elle ne souhaite évidemment pas s'étendre mais qui vous paraîtront sans doute évidentes en entendant la suite.

— Je suis tout ouïe, Dutchek…

— Une fois mise en confiance, madame Vitchovsky s'est vantée non seulement de connaître les différents traitements administrés aux *alter* et de savoir les appliquer, ce qui n'est pas tellement surprenant compte tenu de son passage dans les laboratoires, mais bien plus important, elle s'est également targuée de pouvoir nous fournir des échantillons des produits en question !

— Vous plaisantez, Dutchek ! Les drogues utilisées sur Regulus sont un des secrets les mieux gardés du consortium !

Et vous voudriez me faire croire que cette femme peut s'en procurer ?

— Ce n'était pas de la vantardise, Votre Éminence. Regina Vitchovsky nous a effectivement délivré à ce jour une quantité suffisante des différents produits utilisés à la Fondation pour nous permettre de traiter le petit groupe d'*alter* de notre premier programme de recherches. Par ailleurs, nos chercheurs travaillent à reproduire ces échantillons et pensent aboutir sous peu. Il semble qu'elle ait gardé de précieux contacts à l'intérieur de la Fondation ainsi probablement que dans les équipages des vaisseaux qui approvisionnent Regulus.

— Un réseau de contrebande… Ils ont dû la soupçonner sans rien pouvoir prouver, mais l'ont quand même rétrogradée au rang de gardienne. Une femme précieuse, Dutchek, indubitablement…

— C'est bien l'avis de Son Excellence le Protecteur. Fournissez-nous les *alter* dont nous avons besoin, et elle saura s'en occuper jusqu'à ce qu'ils soient en sécurité dans nos laboratoires. »

Fortezza haussa les épaules.

« Loin de moi l'idée de mettre en doute ses compétences. Simplement, le fait qu'elle soit une femme risque de compliquer singulièrement les choses ! Je ne vous apprendrai rien en vous disant que la quasi-totalité des mondes sur lesquels s'étend l'influence de notre sainte Église est bien loin d'avoir atteint un niveau de développement comparable au système de Sargasse, et les femmes n'y comptent guère. Le pouvoir y est toujours exercé par des hommes, et je doute fort que même les plus réceptifs à notre influence soient prêts à traiter avec votre nouvelle recrue. »

L'envoyé du Protecteur s'autorisa un petit sourire.

« Je vous fais toute confiance pour trouver une solution à ce léger inconvénient… »

Fortezza lui sourit en retour.

« Vous avez raison, ce n'est qu'un problème mineur. Je crois d'ailleurs qu'il ne sera pas trop difficile à résoudre… »

Il se leva, signifiant la fin de l'entretien.

« Je vous tiendrai informé », ajouta-t-il tandis que Dutchek s'inclinait respectueusement.

Le cardinal secrétaire général, numéro deux dans la hiérarchie de la sainte Église, maître absolu de Vatican depuis la maladie de Clément XVII et son très probable successeur, resta quelques instants immobile, pensif, avant de retourner près du rideau dissimulant le miroir sans tain. La femme Vitchovsky avait disparu.

Toujours plongé dans ses réflexions, il reprit place derrière le grand bureau de bois de feu et se laissa aller contre le dossier du fauteuil, les yeux clos.

Quelques semaines seulement s'étaient écoulées depuis la visite très secrète de Gregor Strasser, tout puissant Protecteur des sept planètes du système de Sargasse. Un bref courrier chiffré émanant de la nonciature de la capitale du système, Taraël, apporté par un vaisseau du consortium, n'avait précédé que de quelques jours l'arrivée du maître de Sargasse, déguisé en pèlerin anonyme. Fortezza l'avait immédiatement reçu en audience privée.

Les politesses initiales expédiées, Gregor Strasser, un homme grand et corpulent au visage lourd et à la voix incisive était aussitôt entré dans le vif du sujet.

« Fortezza, avait-il dit, j'ai besoin de vous. Et vous avez besoin de moi.

— Vraiment ? avait répondu le cardinal sans cacher son scepticisme. Je ne sais pas ce que vous attendez de moi mais, de mon côté, je vois mal ce que vous pourriez m'apporter que je n'aie déjà, Strasser… »

Le Protecteur avait souri, les yeux toujours aussi froids.

« Ce à quoi vous n'osez même pas penser ! Dont vous êtes privé depuis si longtemps que vous n'imaginez même plus pouvoir le retrouver un jour ! »

Fortezza avait compris aussitôt.

« Vous ne voulez pas dire…

— Le voyage hyperspatial ? Si. Et ne me regardez pas comme ça, je n'ai pas tout à fait perdu l'esprit ! Je suis bien renseigné sur votre compte, Votre Éminence, je sais que vous êtes parfaitement informé de tout ce qui se passe dans l'empire. Vous n'ignorez donc pas que Sargasse est le premier système industriel de la Périphérie et, pour être honnête, probablement de tout l'Œkumène. Vous savez aussi que nous sommes spécialisés dans la construction spatiale. Plus de quatre-vingts pour cent des navettes utilisées sur les mondes habités proviennent de nos chantiers ainsi qu'une bonne part des autres vaisseaux cargos, minéraliers, etc. Nos capacités de recherche dépassent de très loin tout ce qui existe ailleurs, y compris bien sûr dans le Cercle Intérieur.

— Mais la navigation hyperspatiale est un monopole impérial ! avait contré Fortezza. Un monopole jalousement gardé ! Vous êtes d'ailleurs bien placé pour le savoir…

— C'est exact, avait concédé Strasser. Et cela se traduit pour nous non seulement par le paiement d'un tribut aussi exorbitant qu'injustifié, mais aussi par la présence quasi permanente de commissions d'enquête impériales venues s'assurer que nos recherches ne portent pas sur le domaine interdit…

— Dois-je comprendre que vous avez réussi à déjouer leur vigilance ?

— En effet. Ces impériaux sont tellement arrogants, tellement certains de leur supériorité qu'ils ne sont en fin de compte pas si difficiles que ça à duper ! Depuis des années, nous menons un programme ultrasecret de recherches sur le vol hyperspatial, et nous disposons maintenant de plusieurs prototypes opérationnels testés dans la plus extrême discrétion. Désormais, nous sommes en mesure de construire notre propre flotte. Ce n'est plus qu'une question de moyens et de temps. D'opportunité, également… »

Nous y voilà, pensa Fortezza, avant d'ajouter à haute voix :

« L'empereur ? »

Strasser hocha la tête.

« La mort d'Halvar n'est est imminente, nous en sommes certains. Quelques mois, peut-être un peu plus, mais la fin est proche. Les soins que lui procure cette antique unité médicale venue de la Terre ont atteint leurs limites. Nos informateurs à l'intérieur même du palais sont unanimes sur ce point. »

Fortezza soupira doucement.

« Cela fait si longtemps que l'on nous annonce sa disparition... Mais sans doute avez-vous raison, il finira bien par rejoindre Notre Seigneur ! Cependant, vous savez aussi bien que moi que ni le consortium ni surtout la Flotte ne renonceront à leur précieux monopole ! J'imagine que vous avez pesé les risques. Si l'une de ces commissions d'enquête impériales avait le moindre commencement d'information sur ce que vous mijotez en secret, la Flotte n'hésiterait pas un instant à détruire tous vos arsenaux, et Taraël par la même occasion, en choisissant de préférence le moment où ils auraient la certitude que vous êtes bien sur la planète ! Croyez-vous vraiment que le successeur d'Halvar mènera une autre politique ? Et même si le nouvel empereur se montre plus ouvert sur ce point, imaginez-vous un instant que le grand amiral Wallace laisserait faire ? Mais je suppose que vous avez déjà envisagé tout cela...

— Naturellement ! Je vais être très franc avec vous, Fortezza, mais je veux que vous me juriez sur votre Dieu que rien de ce que je vais vous dire maintenant ne sera jamais répété. »

Le cardinal réfléchit un court instant, mais sa décision était déjà prise.

« Sur ma foi, qui est ce que j'ai de plus sacré, je vous le jure, Strasser !

— Bien ! En réalité, je ne vous ai pas dit l'entière vérité tout à l'heure. Cela fait bien plus longtemps que cela que nous avons mis au point notre propre modèle de moteur hyperspatial et depuis ce temps, nous avons construit une véritable flotte, bien cachée, certes moins nombreuse que celle dont dispose Providence, mais tout aussi efficace, sinon plus ! La mort de l'empereur sera suivie d'une période de troubles ou à tout le moins d'indécision, et il est plus que probable que le grand amiral devra rétablir l'ordre dans le Cercle Intérieur avant que l'autorité du nouvel empereur soit reconnue partout ! Ou la sienne, car je serais fort surpris s'il ne profitait pas de l'occasion pour essayer de s'emparer du pouvoir ; en tout cas, il s'y prépare depuis longtemps…

— En faisant assassiner les potentiels héritiers de la lignée impériale les uns après les autres, oui, je suis au courant.

— Ce qui devrait nous laisser le temps nécessaire non seulement pour construire suffisamment de nouveaux vaisseaux pour surclasser largement la Flotte – nous n'aurons plus à nous cacher, cela simplifiera les choses ! Mais aussi pour envoyer des contingents à quelques mondes amis avec qui j'ai déjà pris langue, ce qui compliquera encore la tâche du grand amiral.

— Mais ses équipages sont entraînés. Leur expérience compensera une éventuelle infériorité numérique !

— Là encore, vous faites erreur, Votre Éminence ! Quel genre d'opérations mène la Flotte ? Uniquement des missions de représailles contre les mondes qui renâclent à payer le tribut ! Parfois une révolte par-ci par-là, vite réprimée par les Marines, mais aucune opération spatiale d'envergure. Certes, ils font des exercices, des manœuvres, mais croyez-moi, Fortezza, tout cela est bien loin de remplacer la véritable expérience du combat !

— Tandis que de votre côté ?

— Finalement, Votre Éminence, vous n'êtes peut-être pas aussi bien informé que je l'aurais cru ! Avez-vous entendu parler de ce qui s'est passé sur Aironis, il y a dix ans ? »

Fortezza fronça les sourcils, fouillant dans sa mémoire.

« Il y a eu une révolte, me semble-t-il. Mais cela s'est vite calmé, je crois. »

Strasser secoua la tête.

« Vous avez raison sur un point, ces idiots se sont révoltés. Ils voulaient faire sécession et devenir indépendants de Taraël ! Mais pour le reste, vous avez tort. La guerre a duré trois ans. Aironis est l'une de nos plus riches planètes industrielles, avec quatre chantiers spatiaux majeurs. Ils avaient bien préparé leur coup et construit à notre insu – oui, aussi curieux que cela puisse paraître, mais nous n'avions aucune raison sérieuse de nous méfier – une flotte de vaisseaux de guerre modernes, rapides, avec des équipages bien entraînés et une infanterie embarquée remarquablement efficace. Il nous a fallu trois ans de durs combats, aussi bien dans l'espace qu'au sol, avant d'en venir à bout. Alors oui, nous avons une réelle expérience de ce genre de conflits ! Et n'oubliez pas que le vol hyperspatial est une chose, mais lorsque deux flottes s'affrontent, les combats se déroulent dans l'espace normal. Et là, croyez-moi, nous aurons l'avantage… »

Il se tut, et les deux hommes restèrent silencieux quelques instants avant que le cardinal ne reprenne la parole.

« Si je vous ai bien suivi, dit-il d'une voix calme, il ne vous manque qu'une chose : les *alter.* »

Strasser hocha la tête, l'air sombre.

« En effet. C'est d'une guerre qu'il s'agit, pas de simples échanges intergalactiques. Des navires de commerce pourraient à la limite s'en passer, mais les vaisseaux de guerre doivent impérativement communiquer, de préférence en temps réel. Nos ingénieurs ont cherché dans tous les sens, sans parvenir à trouver l'esquisse d'une solution pour un système de communication hyperspatial. Nous n'avons donc pas le choix. Il nous faut des *alter*.

— N'en avez-vous donc pas sur Sargasse ? »

Le Protecteur haussa les épaules.

« Ceux que nous parvenons à arrêter ne sont pas très puissants… Et surtout, nous ne pouvons pas nous permettre des opérations de grande ampleur, la population d'Aironis et des mondes les plus avancés crierait au scandale et je n'ai certainement pas besoin de ça en ce moment !

— Tandis que ceux que je pourrais vous procurer n'attireront l'attention de personne… Mais

en admettant que cela soit en mon pouvoir, pourquoi prendrais-je le risque de vous aider ?

— Parce que des relations hyperspatiales libres vous permettraient de régler vos principaux problèmes, voilà pourquoi ! Je vous en prie, Fortezza, épargnez-moi cette comédie ! Je suis aussi bien informé que vous l'êtes, croyez-moi !

— D'accord… capitula le cardinal. Je n'ai pas l'intention de jouer au plus fin avec vous, Strasser. Vous voulez des *alter*, je vous les fournirai ! Cela peut prendre un certain temps et demandera de l'organisation, mais vous les aurez. Vous avez ma parole. Mais quand tout sera réglé, une fois le monopole disparu, je veux ma propre flotte, pour mener mes propres combats. »

Strasser eut un mince sourire qui, cette fois encore, ne toucha pas ses yeux.

« Je crois que c'est le futur pape que je viens d'entendre… Qu'il en soit ainsi. Vous aurez votre flotte. Vous m'avez donné votre parole, vous avez aussi la mienne. »

Les deux hommes n'avaient pas prévu de se revoir, mais Fortezza ne pouvait reconnaître autre chose que l'intervention divine dans l'offre inattendue de Strasser.

Adossé contre le dossier du grand fauteuil, les yeux fermés, il laissa échapper un petit rire amusé.

Cette fois, pensa-t-il, *les dés sont jetés… Domine*, pria-t-il brièvement, *dux dirige ante faciem meam et animam meam* !

Chapitre 24

Cela faisait maintenant trois jours que le *Twin Cities* était entré en translation après de longues heures d'accélération constante, et la vibration des moteurs avait disparu d'un coup en même temps que les infrasons qui mettaient les nerfs à rude épreuve. Mais le soulagement d'Anya n'avait pas duré longtemps : trois jours sans sortir de cette cabine minuscule, sans rien d'autre à faire que ressasser encore et encore ce qui s'était passé sur Regulus et à tenter d'imaginer ce qui les attendait à l'issue de ce voyage. L'ennui la rendait folle.

Une fois de plus, elle se retrouvait seule à attendre que Zalan daigne revenir d'une de ses interminables expéditions à l'avant du vaisseau. Si au moins il l'avait laissée explorer les immenses soutes désertes ! Le furtif était toujours très gentil avec elle – il lui avait même demandé de le tutoyer, comme c'était semble-t-il la règle entre les *alter* de Regulus –, mais il n'avait rien voulu entendre.

« Hors de question, Anya ! Ils ont des tas de caméras pour surveiller les cargaisons. Elles ne sont sans doute pas actives pour le moment, mais il suffit qu'il leur prenne l'idée de vérifier si tout fonctionne pour qu'ils te découvrent sur leurs écrans, en train de te balader tranquillement !

— Je fais de gros efforts ! s'était-elle plainte. Mais j'ai beau essayer, je ne suis pas une furtive…

— Tu commences juste à t'entraîner, l'avait consolée Zalan. Ça finira bien par venir, tu verras ! »

Anya en doutait. Ce n'était pas un de ses talents, voilà tout. Elle pouvait bien s'appliquer de toutes ses forces, les infimes modifications des ondes lumineuses étaient trop subtiles pour elle. Il lui était facile de pénétrer un esprit et de le plier à sa volonté, mais l'extrême délicatesse nécessaire pour courber juste ce qu'il fallait la lumière était tout bonnement hors de sa portée. *Tu es trop puissante*, répétait toujours Zalan. *Ce n'est pas un fleuve qu'il te faut, juste un filet d'eau… Tu dois apprendre à te contrôler.*

Et Anya essayait encore, avec toujours aussi peu de succès. Du coup, elle restait là, cloîtrée dans la cabine, tandis que Zalan disparaissait des heures durant, soi-disant pour se procurer ce dont ils avaient besoin ou espionner les officiers. Anya savait à quoi s'en tenir : il adorait surtout fourrer son nez partout ! Ah, si seulement elle avait pu faire comme lui ! Ou même, s'il acceptait de temps en temps de l'emmener ; avec sa protection, elle ne risquait rien non plus ! Mais il avait toujours refusé. « Trop dangereux, avait-il tranché. Dans des passages aussi étroits que les coursives de l'avant, il suffirait de se retrouver bloqués. Ça m'est déjà arrivé, et tout seul, c'est vraiment de justesse que je m'en suis tiré. Je t'aurais eue avec moi, on était coincés… »

Peut-être au moins, quand il daignerait réapparaître, accepterait-il de l'emmener de nouveau dans les soutes comme il l'avait fait l'avant-veille. Ce n'était pas qu'il y eût grand-chose à voir ! Délimitées en grossiers carrés par de véritables falaises d'acier, totalement vides, la pénombre à peine rompue par de rares lampes suspendues si haut qu'elles ne luisaient guère plus que de grosses étoiles, ces salles immenses présentaient peu d'intérêt, mais tout valait mieux que cette attente interminable dans la petite cabine.

Mais quand il revint enfin, Zalan paraissait si préoccupé qu'elle en oublia aussitôt ses projets de promenade.

« Nous avons un problème, annonça-t-il avant même qu'Anya ait eu le temps de le questionner. Et un sérieux ! Juste avant que le vaisseau n'entre en translation, le commandant a contacté le Centre des Opérations. C'est la procédure standard, puisqu'aucune communication n'est possible dans l'hyperespace.

Une fois revenu dans l'espace normal, il appellera de nouveau, pour signaler que tout s'est bien passé.

— Si c'est la procédure habituelle, pourquoi as-tu l'air si inquiet ?

— J'étais dans le poste de pilotage, à écouter le commandant et son second dans l'espoir qu'ils laissent échapper quelques indications sur les escales prévues, quand ils ont amené cette fille, un peu avant l'heure de la transmission... Une opératrice, comme ils les appellent. Le toubib l'accompagnait, naturellement. C'est une femme, elle aussi. Sur un vaisseau à l'équipage aussi réduit, c'est naturellement elle qui a la charge des *alter* en plus de son boulot normal de médecin.

— Je sais tout ça ! coupa Anya, impatiente. Tu me l'as déjà expliqué. Alors ?

— Alors j'ai assisté à la communication. La fille a d'abord transmis le rapport du commandant, sans rien de spécial, avant de répéter le message du C.O. Mais au lieu de simplement accuser réception et de souhaiter une bonne translation au *Twin Cities* comme ç'aurait dû être le cas, ils ont posé des tas de questions. À quelle heure précise la navette avait quitté la Fondation, combien de temps il lui avait fallu pour regagner le vaisseau, si rien d'anormal n'avait été signalé... Et ça se terminait en indiquant qu'ils recontacteraient le commandant dès la sortie de translation pour lui donner de nouvelles instructions...

— Tu crois qu'ils ont deviné ?

— Je ne sais pas ! J'espère qu'ils en sont simplement à se poser des questions, histoire de ne rien négliger, mais à mon avis, ça ne sent pas très bon... »

Anya réfléchit rapidement.

« Admettons qu'ils arrivent à la conclusion que nous avons embarqué dans la navette... Que peuvent-ils faire ?

— S'ils se figurent que nous sommes bien à bord, ils demanderont au commandant de procéder à une fouille systématique du vaisseau.

— Mais ils ne nous trouveront pas ! Il suffira d'effacer les traces de notre séjour dans cette cabine et d'éviter ceux qui fouilleront le navire. Je ne comprends pas pourquoi ça t'inquiète autant. Avec ton talent, ils ne nous mettront jamais la main dessus!

— Tu oublies une chose, ma petite! Ils ont deux *alter* à bord, des télépathes moins puissants que toi, c'est certain, mais suffisamment forts quand même pour transmettre à travers l'espace! Tu te rappelles comment Niles s'y est pris pour essayer de te repérer dans la Fondation ?

— Ce n'était pas pareil! Dexter et les autres *alter* qui l'accompagnaient n'étaient pas du tout le même genre de télépathes! Rien ne dit que ceux du bord soient capables de détecter notre présence!

— Tu serais prête à prendre le risque?»

Anya ne trouva rien à répondre. Aussi immense soit-il, le vaisseau n'en était pas moins un espace fini. Sur de si courtes distances, ce serait bien étonnant qu'un télépathe raisonnablement puissant ne décèle pas leur présence.

«Non, dit-elle enfin. Si vraiment ils nous cherchent, ils finiront par nous dénicher, ça ne fait aucun doute. Mais peut-être que le Centre des Opérations aura changé d'avis quand nous regagnerons l'espace normal.»

Zalan ne paraissait guère convaincu.

«Je serais toi, je ne compterais pas trop là-dessus! S'ils étaient parvenus à la conclusion que tu avais réussi à rejoindre les rebelles, ils n'auraient pas envoyé ce message au commandant...

— Que peut-on faire, alors?

— Tu as retrouvé toute ta puissance...», commença Zalan, mais Anya le coupa aussitôt.

«Les tuer? C'est ça que tu veux dire? Tout l'équipage?

— Eh bien...

— Non! J'ai accepté d'éliminer Kendricks et Green parce qu'ils menaçaient l'existence même de tous les *alter* de Regulus! Mais les gens sur ce vaisseau ne nous ont rien fait. Ils sont innocents! Je ne leur ferai pas de mal. Et puis, reprit-elle après un silence, même si je le faisais, ça ne marcherait pas. Tu saurais piloter ce vaisseau, toi? Non, bien sûr! Tu vois bien...

— Tu ne serais pas obligée de les tuer tous, glissa Zalan d'une voix apaisante. Tu pourrais simplement en éliminer deux ou trois. Après ça, les autres feront tout ce que tu leur diras de faire, crois-moi !

— Pas question. Je ne tuerai plus personne ! »

Zalan soupira. Il ne paraissait pas spécialement surpris.

« Oh, je te comprends, tu sais ! Simplement, je ne vois pas comment on va se sortir de ce pétrin… »

Anya laissa le silence s'installer.

« Tu as bien dit qu'ils avaient deux *alter* à bord… Mais tu n'as vu que cette fille, celle qui a reçu le message du C.O ?

— Normal, dit Zalan en haussant les épaules. Là encore, c'est la procédure habituelle. Chaque vaisseau emmène deux *alter*. L'un est opérationnel pour tout le voyage, l'autre est gardé en réserve, pour le cas où il arriverait quelque chose au premier. »

Anya se demanda ce qui se passait dans le cas où les *alter* étaient empêchés tous les deux. Zalan se serait certainement fait un plaisir de le lui expliquer, mais elle avait autre chose en tête.

« Celui qui est en réserve, comment le gardent-ils ? En sommeil ?

— Pour toute la durée du voyage, oui. C'est seulement en cas de défaillance de l'autre qu'il est réveillé.

— Donc, conclut Anya, pour le moment nous n'avons pas à nous soucier de lui. Ils le tireraient peut-être du sommeil s'ils décidaient d'entreprendre la fouille du vaisseau, mais avec un peu de chance, on pourra peut-être l'éviter…

— Tu as une idée ?

— Je ne sais pas encore. Au pire, je pourrais toujours les neutraliser tous les deux, mais c'est une idée qui me plaît encore moins que de m'en prendre aux normaux de l'équipage ! Il faudrait que j'en apprenne un peu plus sur cette fille…

— Qu'est-ce que tu veux savoir ?

— Où sa cabine se trouve. Comment elle est gardée, si elle l'est. Où la doctoresse range les produits qui lui sont destinés, ce genre de choses…

— Je m'en occupe, mais à quoi cela pourra-t-il bien servir ? Tu n'imagines pas comment ils les traitent sur ces vaisseaux ! Pour avoir la paix, ils leur injectent des doses de tranquillisant tellement fortes qu'ils dorment quasi tout le temps ! Et quand ils ont besoin d'eux, ils y vont de bon cœur sur le stimulant ! Pas étonnant que les pauvres bougres ne durent que quelques années… Autrement dit, pour en revenir à cette fille, même si tu réussissais à entrer dans sa cabine, tu pourrais bien lui raconter ce que tu veux, elle ne se rendrait même pas compte de ta présence…

— Il faut quand même essayer. »

Zalan haussa une nouvelle fois les épaules.

« Au point où on en est… Et puis, ce n'est pas comme si j'avais autre chose à faire ! Au moins, ça m'occupera ! »

Louhann gisait sur le petit lit métallique, parfaitement immobile. Les yeux dans le vague, elle ne réagit pas quand Anya se pencha sur elle et pas davantage lorsqu'elle lui toucha délicatement l'épaule. Avec une dose normale de tranquillisant, la jeune *alter* aurait au moins dû la suivre des yeux…

<*Zalan ?*>

Le furtif répondit aussitôt.

<*Tout va bien. Le docteur Susskin vient d'entrer dans les quartiers du commandant. D'après les gars de l'équipage, ces deux-là ne se contentent sans doute pas de jouer aux échecs… Ils en ont pour un bon moment, à mon avis. Mais quand même, fais bien attention ! Si quelqu'un entre dans la cabine, je ne serai pas là pour te protéger !*>

<*Ne t'en fais pas, tout va bien se passer…* >

Zalan l'avait d'abord conduite à la cabine de l'*alter*. La porte était fermée à clef, la doctoresse respectant scrupuleusement le règlement sur ce point chaque fois qu'elle devait laisser la jeune fille seule, mais le furtif avait remarqué qu'elle était nettement moins prudente en ce qui concernait ses propres quartiers. De l'autre côté de la petite salle d'examen, une porte verrouillée donnait sur la cabine de Louhann, empêchant l'*alter* de quitter son logement si toutefois elle avait été en état de le faire, mais de ce côté-ci, la clef était dans la serrure. Une fois Anya entrée, Zalan était parti monter la garde devant les appartements du commandant de bord, avec qui Susskin disputait chaque soir une interminable partie d'échecs.

« Louhann, tu m'entends ? murmura Anya sans attendre vraiment de réponse. Je vais te faire une injection et tu vas reprendre conscience. Après, nous pourrons parler... »

Zalan avait bien travaillé. Il avait d'abord relevé avec soin l'emploi du temps du médecin, mais il l'avait aussi observée de longues heures, jusqu'à apprendre où étaient entreposées ses réserves de drogues. Anya aurait de loin préféré substituer un produit inoffensif au tranquillisant mais celui-ci n'était malheureusement pas livré prêt à l'emploi. Chaque *alter* recevait une dose différente en fonction de sa puissance mentale, de sa résistance physique, ainsi que du niveau de passivité souhaité. De ce fait, les vaisseaux embarquaient un stock de principe actif que le médecin du bord préparait ensuite en fonction des besoins. Le problème était que, si le principe actif était bien transparent, une fois dilué le mélange devenait trouble et d'une couleur jaune plus ou moins marquée suivant le dosage. Impossible donc de le remplacer par un autre produit.

Pour cette première fois, Anya avait préparé une dose réduite de neutralisant, suffisante – espérait-elle – pour tirer Louhann de cette sorte de coma éveillé sans pour autant lui redonner toutes ses capacités. Ainsi, si les choses ne se passaient pas aussi bien que prévu, elle pourrait toujours lui administrer le tranquillisant qu'elle avait en réserve auprès d'elle.

En attendant que le produit fasse effet, Anya laissa son regard s'attarder sur la jeune fille étendue devant elle. Mince et élancée, elle lui rappelait quelques-unes des « grandes » que Pamela et elle admiraient en espérant un jour leur ressembler. Cela semblait si loin maintenant. Pamela, qu'était-elle devenue ? Sans doute se morfondait-elle encore dans une des classes de la Fondation, car elle n'était probablement pas encore entrée en possession de ses talents. Devant elle, Louhann poussa un petit gémissement, chassant aussitôt le souvenir de l'amie qu'Anya ne reverrait jamais plus. Son visage se crispa brièvement sous la courte frange de cheveux blonds, puis se détendit de nouveau. Elle sourit. Anya ne put s'empêcher de ressentir un pincement d'envie. La jeune *alter* était vraiment très belle, avec sa peau si blanche et ses cheveux dorés, plus belle qu'elle-même ne le serait jamais à ses propres yeux, avec ses cheveux noirs et rebelles et sa peau brune…

Louhann tourna la tête, et leurs regards se rencontrèrent.

« Qu'est-ce que… commença la jeune *alter* d'une voix à peine audible, mais Anya posa un doigt sur sa bouche pour lui intimer le silence.

— Ne dis rien ! Tu es encore trop faible. Contente-toi de m'écouter. Ensuite, quand tu auras entendu ce que j'ai à te dire et que tu seras un peu plus forte, tu pourras me poser toutes les questions que tu voudras… C'est moi qui t'ai injecté le neutralisant car il faut que nous parlions. Mais personne ne doit savoir que je suis ici, et ce serait mieux si nous pouvions communiquer mentalement. Tu t'en sens capable ? »

Anya répéta mentalement sa dernière phrase. < *Tu t'en sens capable ?*>

<*Je… Je crois,* vint la réponse. *Je n'ai jamais vraiment eu l'occasion… Je t'entends très bien, mais je ne sais pas si toi tu me reçois…* >

< *Tu ne te débrouilles pas trop mal, on dirait ! Maintenant, écoute-moi. Je m'appelle Anya. Je viens de Regulus. Tu te souviens de Regulus, n'est-ce pas ?*>

Louhann hocha la tête. Elle s'apprêtait à parler, mais Anya ne lui en laissa pas l'occasion.

<*Nous aurons tout le temps d'en discuter plus tard mais, pour l'instant, il y a plus urgent. Je me suis échappée de la Fondation en me cachant dans une des navettes de ce vaisseau. Ceux de Regulus ne sont pas absolument certains que je sois à bord, mais je crois qu'ils vont demander au commandant de fouiller le vaisseau. C'est pour ça que j'ai besoin de ton aide.* >

<*Mon aide ? Regarde-moi ! Je ne peux même pas bouger ! Et tout se mélange dans ma tête ! Tu as bien dit que tu venais de Regulus ? Oui, c'est vrai, je me souviens. C'est moi qui ai transmis l'ordre au commandant de dérouter le vaisseau. Mais après…* >

Tout en l'écoutant, Anya sondait délicatement son esprit. À sa surprise, derrière la confusion momentanée du retour à la conscience s'agitaient des sentiments d'une puissance inattendue. La colère. La haine. Le désespoir. *Ce que doivent ressentir tous les* alter, se dit-elle amèrement. *Comment pourrait-il en être autrement?* Poursuivant ses investigations, elle tomba sur autre chose.

<*Tu regrettes la Fondation?*> dit-elle, étonnée.

<*J'avais des amies, là-bas. On s'amusait ensemble, on riait. On se disait que quand on serait grandes, le consortium continuerait à prendre soin de nous… Puis ils ont commencé les tests et depuis ce jour, c'est comme si j'étais morte. Parfois, je me dis que ça vaudrait mieux si je l'étais vraiment! Cette saleté de tranquillisant! Tu ne ressens rien, tu ne penses plus à rien, tu n'es plus qu'un objet qu'ils manipulent* à leur guise, *et ils ne te tirent de là que pour t'injecter le stimulant, la souffrance te submerge et ça recommence encore et encore! Et malgré le tranquillisant, tu as conscience du temps qui passe, et tu sais que tu t'affaiblis peu à peu, qu'ils augmentent les doses pour que tu leur sois encore utile, jusqu'au jour où tu ne leur serviras plus à rien et où ils te laisseront enfin mourir… Évidemment que je regrette la Fondation! Au moins, à ce moment-là, on ignorait toutes ce qui nous attendait!*>

Cette fois, Louhann réussit à se redresser sur la couchette.

« Mais… Tu n'es qu'une enfant! Quel âge as-tu?

— Je viens d'avoir quinze ans, répondit dignement Anya.

— Et tu voudrais me faire croire que tu as réussi à t'enfuir de la Fondation, à embarquer sur une navette et à te cacher dans le vaisseau?

— Je ne suis pas aussi vieille que toi, c'est vrai, répliqua Anya, mais je suis très puissante. Mes talents sont apparus tout récemment. Et je n'avais pas d'autre choix que de m'enfuir. »

En quelques phrases, elle résuma les événements qui avaient mené à la mort du professeur Kendricks et d'Eleanor Green puis à la fuite à bord de la navette.

Quand elle eut terminé, Louhann resta silencieuse.

« Tu ne me crois pas, c'est ça ?

— Je n'ai pas dit ça… Tout de même, une gamine de quinze ans !

— D'accord, soupira Anya. Tu vois l'armoire, dans le coin ? »

C'était un large meuble métallique aux étagères bourrées de livres et de revues. Sous les yeux écarquillés de Louhann, l'armoire se détacha du sol, s'éleva dans les airs jusqu'à presque toucher le plafond et vint se placer juste au-dessus de la tête de la jeune fille, qui ne put s'empêcher de chercher à se lever pour fuir.

« Pas la peine, sourit Anya en l'immobilisant d'une puissante étreinte mentale. Je n'ai pas l'intention de te la faire tomber dessus ! »

Sans insister davantage, elle remit l'armoire en place pour s'emparer aussitôt d'une épaisse barre de métal reposant sur le sol à côté d'une série de disques métalliques de couleurs variées. La barre vint se placer en virevoltant au niveau des yeux de Louhann, qui s'efforça de ne pas reculer.

« Et maintenant, regarde bien ! »

En l'espace de quelques secondes, la barre rectiligne se replia sur elle-même, une fois, deux fois, trois fois, pour finir par former une boule grossière. Anya laissa Louhann la contempler quelques secondes, puis lui rendit d'un coup sa forme initiale avant de la reposer à sa place.

« Convaincue ? »

Louhann la considérait avec un respect nouveau, mais Anya lut dans son esprit qu'elle ne parvenait pas pour autant à la considérer autrement que comme une enfant. Elle décida de tenter autre chose.

« Les normaux, sur ce vaisseau, comment te traitent-ils ? »

La colère et la haine qu'elle avait détectées un peu plus tôt enflèrent brusquement.

« Qu'est-ce que tu crois ? Comme une *alter*, ni plus ni moins ! Je leur fais peur, et en même temps je leur répugne ! Ça les arrange bien, d'ailleurs ! Comme ça, ils n'ont pas de remords à me maltraiter !

— Même la doctoresse ?

— Ah, celle-là ! Tout ce qu'elle demande, c'est de s'occuper de moi le moins possible ! Rien ne l'oblige à me donner des doses pareilles de tranquillisant ! Elle n'ignore certainement pas les conséquences : elle est médecin, non ? Mais elle s'en fiche. Je la déteste !

— Et les autres normaux ?

— Je ne les vois jamais, sauf le commandant. Pour lui, je ne suis qu'un… un appareil qu'il utilise quand il en a besoin ! »

Anya sentit qu'elle ne lui disait pas tout.

« Tu es sûre qu'il n'y a personne d'autre ? »

Louhann frissonna.

« Non… Enfin, si. Il y a ce type de l'équipage. Un nouveau, je crois qu'il a embarqué sur Idrissa, mais je ne suis pas très sûre. Avec le tranquillisant… »

Anya chercha dans son esprit et trouva l'image d'un homme jeune et musculeux, en train de lui murmurer des propos graveleux alors qu'ils se trouvaient seuls.

« Tu as peur de lui, constata-t-elle.

— Il dit qu'un jour il viendra me voir dans ma cabine quand madame Susskin sera avec le commandant. Il dit qu'il me touchera, qu'il me fera… »

Elle s'interrompit, visiblement terrifiée.

« Je comprends ce que tu ressens, l'assura Anya. C'est aussi ce que j'ai éprouvé avec Kendall…

— Mais je suis loin d'être aussi puissante que toi ! S'il vient, avec le tranquillisant, il me fera ce qu'il voudra, et je ne pourrai pas l'empêcher !

— Calme-toi ! Cela n'arrivera pas ! l'assura Anya. Je sais bien que tu n'as pas entièrement confiance en moi, alors on va conclure un marché : je te débarrasse de ce sale type et toi, tu m'aides à échapper à la fouille du vaisseau. D'accord ?

— D'accord, vint la réponse hésitante. Mais je ne vois pas comment tu vas t'y prendre. Tu ne peux pas rester là, madame Susskin va revenir…

— Laisse-moi faire et ne t'inquiète pas. <*Zalan, tu m'entends*?> »

<*Anya ! Alors ?*>

< *C'est en bonne voie, mais elle a encore besoin d'une petite démonstration. Est-ce que cet homme te dit quelque chose ?* >

En même temps, elle transmettait l'image du jeune type récupérée dans l'esprit de Louhann.

<*Affirmatif. Il fait partie de l'équipage. Alexis Tasalis. Les autres l'appellent Alex.* >

< *Tu sais où on peut le trouver ?*>

<*Naturellement ! Pourquoi tu me demandes ça ?*>

<*Parce qu'il va falloir que tu m'amènes à sa cabine. Reviens me chercher et je t'expliquerai en route. Rien de nouveau du côté du commandant et du médecin ?*>

<*Tout à l'air en ordre de ce côté. D'accord, j'arrive. J'espère que tu sais ce que tu fais !*>

<*Ne t'inquiète pas. Préviens-moi quand tu seras devant la cabine, mais n'entre pas. Pour le moment, je préfère que Louhann continue à ignorer ton existence.* >

Quelques minutes plus tard, Zalan s'arrêtait devant une porte dans les quartiers de l'équipage. Anya se concentra. L'homme était bien là. Une vrille mentale lui permit de constater que Louhann n'avait pas exagéré. Tasalis n'avait qu'une idée en tête : rejoindre la jeune *alter* dans sa cabine. Il la savait seule pour le moment mais ne parvenait pas à trouver le courage de passer à l'acte : il n'était pas idiot et savait très bien ce qu'il encourait si jamais il se faisait prendre. Anya s'efforça d'ignorer le reste de ses pensées et l'encouragea à boire, tout en manipulant son esprit pour le persuader que les risques étaient insignifiants, puisque la doctoresse était en train de coucher avec le commandant. Quelques minutes plus tard, Anya était de retour dans la cabine de Louhann, en compagnie cette fois de Zalan, qui restait cependant invisible.

« Il va venir, dit Anya à la jeune fille. Ne fais rien. N'oublie pas que, pour lui, tu es bourrée de tranquillisant et qu'il est persuadé de pouvoir faire de toi ce qu'il veut. Laisse-le simplement s'avancer et te toucher. Ensuite, je me charge de tout.

— Tu es vraiment sûre…

— Tu vas voir ! Après ça, il te laissera tranquille, je te le garantis ! »

<*Le voilà !*> avertit Zalan.

<*Parfait !*>

« Une dernière chose, Louhann. Je vais disparaître. Tu ne me verras plus, et lui non plus. Ainsi, il sera persuadé que tu es bien la seule responsable de ce qui va lui arriver. »

<*Zalan…* >

<*Donne-moi la main… Voilà, je suis près de toi. Tu es invisible. Attention, il entre par le bureau.* >

Anya s'y attendait. Elle avait lu dans l'esprit de Tasalis qu'il avait déjà minutieusement prévu son coup et savait que la porte de communication avec la cabine de Louhann restait ouverte. Il apparut tout à coup, titubant légèrement.

« Me voilà, ma belle ! dit-il à mi-voix. On va bien s'amuser tous les deux, tu vas voir ! »

Anya le regarda s'avancer vers la couchette en formant des vœux fervents pour que Louhann réussisse à se maîtriser, mais ses craintes étaient vaines, car la jeune fille ne réagit pas, comme si elle ne se rendait pas compte de son approche. Puis l'homme tendit la main et la posa sur le bras de Louhann.

« Ça fait un bout de temps que j'attendais ça… » commença-t-il, mais il n'eut pas l'occasion de finir sa phrase. Anya lui décocha une violente décharge mentale, qui l'envoya s'écraser contre la paroi. À demi assommé, il glissa à terre, mais l'adolescente n'avait pas l'intention de s'en tenir là. Une vrille d'énergie le saisit à la gorge et le souleva le long du mur. Elle maintint la pression jusqu'à ce que son visage devienne rouge brique et qu'il commence à suffoquer puis le lâcha brutalement. Il s'effondra comme un pantin disloqué et resta là un moment, s'efforçant de reprendre sa respiration. Sur la couchette, Louhann continuait à jouer le jeu et restait immobile, apparemment inconsciente de ce qui l'entourait. Pour finir, Tasalis réussit à récupérer suffisamment pour se relever et fila sans demander son reste.

<*Zalan…* >

Anya réapparut, juste devant Louhann qui parcourait la cabine du regard.

« Je crois qu'il te fichera la paix, désormais ! Et non, ajouta-t-elle en lisant la pensée qui se formait dans l'esprit de la jeune fille, il ne dira rien à personne ! Il sait trop bien ce qui lui arriverait si jamais ça se savait ! Alors, tu me crois, maintenant ?

— Je n'aurais jamais pensé ça possible, admit Louhann. Je ne savais même pas que des *alter* pouvaient faire des choses pareilles !

— Pas étonnant. Quand ils t'ont fait passer les tests, tout ce qu'ils cherchaient à déceler, c'était ta capacité de télépathe. Tu sais ce qui se serait passé si tu t'étais montrée capable de ce que je viens d'infliger à cet imbécile ? Ils t'auraient éliminée, purement et simplement ! Tu n'as pas idée de la diversité de nos talents... Alors ? Tu es prête à m'aider, maintenant ?

— Tout ce que tu voudras ! Mais à une condition. Quand tu quitteras le vaisseau, tu m'emmèneras avec toi ! »

Anya fit semblant de réfléchir mais, en réalité, sa décision était déjà prise.

« Après tout, pourquoi pas ? Mais en attendant, laisse-moi te présenter quelqu'un. Zalan ? »

Louhann ne put retenir un petit cri de surprise en voyant soudain un inconnu se matérialiser juste devant elle.

« N'aie pas peur, lui dit Anya. Zalan est un ami. En fait, c'est grâce à lui si j'ai réussi à quitter Regulus. C'est un furtif. Un talent très rare et très utile. S'il décide de passer inaperçu, personne ne peut le voir, comme tu viens de t'en rendre compte.

— Ne fais pas ces yeux-là, dit Zalan à la jeune femme qui le regardait, bouche bée. Je n'ai jamais mangé personne !

— Voilà comment nous allons nous y prendre, reprit Anya. Quand nous sortirons de translation, Zalan sera dans ta cabine, et juste avant qu'ils viennent te chercher pour la communication avec le Centre des Opérations, il t'injectera le neutralisant. On ne peut rien faire pour le stimulant, hélas, mais au moins, tu seras parfaitement lucide. Quand tu recevras le message qui ordonnera probablement une fouille du vaisseau, au lieu de le transmettre au commandant, tu lui diras juste que les fugitifs ont été repérés sur Regulus, et que pour ce qui le concerne, cette affaire est terminée. Tu pourras faire ça ?

— Si je suis aussi lucide qu'en ce moment, pas de problème. Mais le C.O attendra une réponse !

— Il l'aura. Simplement, tu ne diras pas au commandant que le C.O. compte rappeler le lendemain, et c'est moi qui répondrai le moment venu ! Là-bas, ils n'y verront que du feu ! »

Six jours plus tard, le Twin Cities opéra sa rentrée dans l'espace normal. Un peu avant l'heure prévue pour la communication avec le Centre des Opérations, Zalan, dissimulé dans la cabine de Louhann, assistait aux préparatifs. En dépit de ses protestations, Anya avait fini par se résigner à rester à l'écart pour ne pas gêner le furtif. La voix du commandant retentit soudain dans la petite pièce.

« Transmission dans douze minutes. Veuillez amener l'opératrice dans le poste de pilotage.

— Bien reçu, répondit la doctoresse. Le temps de préparer l'injection et nous arrivons. »

C'était le moment que Zalan attendait. Profitant de ce que madame Susskin s'absentait pour préparer le stimulant, il administra le neutralisant à Louhann. Cette fois-ci, la dose était nettement plus forte que celle préparée par Anya quelques jours plus tôt et la jeune fille émergea presque aussitôt, secouant la tête pour dissiper les derniers restes de torpeur. Le furtif s'autorisa une brève apparition, le temps de lui adresser un clin d'œil complice, puis disparut de nouveau. La doctoresse revint avec son matériel et intima à Louhann l'ordre de la suivre. Toujours invisible, Zalan leur emboîta le pas.

Louhann joua son rôle à la perfection, partagée entre l'insensibilité du tranquillisant et la souffrance du stimulant. Mot pour mot, elle répéta le faux message puis regagna ses quartiers, où madame Susskin lui injecta une nouvelle et solide dose de tranquillisant. Vingt-quatre heures plus tard, Anya s'injecta elle-même le stimulant. La souffrance la submergea brusquement, si forte qu'elle se laissa glisser à terre. Alarmé, Zalan se précipita pour l'aider à se relever et l'assit sur l'unique chaise de leur petite cabine.

« J'avais oublié à quel point c'était douloureux… »

La voix résonna soudain dans sa tête, impérieuse.

< *C.O à* Twin Cities. *C.O à* Twin Cities. *Commandant Marvin, transmettez résultat de la fouille du vaisseau.* >

Luttant contre la douleur, Anya répondit mécaniquement, répétant les réponses soigneusement mises au point avec Zalan.

< *C.O., ici commandant Marvin. C.O., ici commandant Marvin. Fouille du vaisseau effectuée. Résultat négatif. Je répète, résultat négatif.* >

À l'autre bout de l'espace, la voix marqua un long temps d'arrêt avant de reprendre.

< *C.O. à commandant Marvin. Veuillez confirmer résultat négatif. Confirmez également utilisation des deux* alter. >

< *Confirme utilisation des deux* alter. *Fouille exhaustive de tous les compartiments du vaisseau ainsi que des navettes. Résultat négatif. Je répète, résultat négatif.* >

Un autre silence, comme si l'opérateur demandait des instructions.

< *Bien reçu,* Twin Cities, vint enfin la réponse. *Poursuivez les opérations sur Hachim III selon la procédure habituelle. Prochain contact avant translation suivante, dans trois jours.* >

< *Bien reçu, C.O. Contact dans trois jours.* >

La communication cessa abruptement. Anya resta encore un moment prostrée sur sa chaise le temps que la souffrance se dissipe. Zalan la dévisageait, anxieux.

« Alors ?

— Ils n'ont rien dit de plus. Ils recontacteront le vaisseau dans trois jours, mais c'est sans doute la procédure normale.

— Tu crois qu'ils ont des soupçons ? »

Anya haussa les épaules.

« Je ne vois pas pourquoi… Et même s'ils ne sont pas convaincus, dans trois jours, cela n'aura plus d'importance ! »

Mais une fois le *Twin Cities* en orbite autour d'Hachim III, il leur fallut déchanter. Zalan revint du poste de pilotage, la mine lugubre. Hachim III était un monde dépourvu d'atmosphère, où des mineurs venus d'Asteria, seule planète habitée du système, se relayaient pour des périodes de quelques mois seulement. Un autre vaisseau du consortium était passé un peu plus tôt livrer du matériel lourd, si bien que le Twin Cities devait juste embarquer le reste de la cargaison de minerai que l'autre navire n'avait pu loger dans ses cales.

« Tout va se faire par l'extérieur, expliqua Zalan. Les navettes d'Hachim III vont décharger le minerai directement dans les cales du *Twin Cities* et personne ne montera à bord. Tout compte fait, c'est peut-être aussi bien. Se retrouver coincés dans des installations minières en ignorant si nous pourrons gagner Asteria sans nous faire prendre n'est certainement pas la plus alléchante des perspectives... Espérons que nous aurons davantage de chance la prochaine fois ! »

Mais après cinq autres jours de translation, la seconde escale du Twin Cities se révéla tout aussi décevante. Odessa, le monde en dessous du vaisseau, était pourtant prometteur, une grosse planète industrielle sur laquelle il leur aurait certainement été facile de passer inaperçus, mais le vaisseau du consortium n'y fit qu'un passage éclair, livrant quelques appareils soigneusement emballés qu'une petite navette vint récupérer dès leur arrivée dans le système, sans laisser aux fugitifs la moindre possibilité de prendre place à bord. Quelques heures plus tard, le *Twin Cities* était de nouveau en route, accélérant régulièrement avant d'entrer en translation. Une fois de plus, Zalan était parti aux nouvelles.

« Ça ne se présente pas trop bien... dit-il en revenant. La prochaine escale prévue est encore une de ces petites planètes minières. Pas la porte à côté, d'ailleurs ! Le commandant prévoit onze jours de translation. Orosco. Jamais entendu parler... En tout cas, on risque d'avoir le même problème que sur Hachim III.

— On pourra toujours attendre la suivante.

— C'est ce que je me disais aussi, mais je ne sais pas si nous pourrons tenir beaucoup plus longtemps... Pendant que j'étais là, le cuistot est venu se plaindre au commandant. Il ne l'a pas dit aussi carrément, mais il semble penser que des membres de l'équipage viennent se servir dans ses réserves...

— Aïe…

— Oui, aïe ! J'y suis pourtant allé doucement, mais même en étant très prudent, ça ne pouvait pas passer éternellement inaperçu…. Et maintenant qu'il est alerté, le cuisinier va faire encore plus attention ! Autrement dit, on va devoir se serrer davantage la ceinture, en espérant que les soupçons se porteront sur quelqu'un de l'équipage. Mais si jamais ils arrivent à la conclusion qu'ils n'y sont pour rien…

— Le commandant n'est pas stupide, approuva Anya. Il ne tardera pas à faire le lien avec la demande du C.O. de fouiller le vaisseau. Il cherchera sans doute à les recontacter pour en discuter avec eux. Ça, on peut encore s'en occuper. Mais si jamais il décide de prendre les choses en main…

— Autrement dit, il ne nous reste qu'à croiser les doigts en attendant la fin de la translation et, une fois en orbite autour d'Orosco, il faudra filer, même si c'est loin d'être idéal ! À moins que…

— Non, Zalan, je n'ai pas changé d'avis ! Je ne ferai de mal à personne sur ce vaisseau. Nous tenterons notre chance sur Orosco, voilà tout ! »

Les craintes d'Anya étaient fondées. Trois jours après la translation, le commandant Marvin lança la fouille du vaisseau, sans toutefois juger utile de réveiller le second *alter*. Alertée par Zalan, Anya eut juste le temps de s'introduire dans la cabine de Louhann pour lui expliquer la situation.

« Surtout, conclut-elle, agis exactement comme si tu étais sous l'influence du tranquillisant, et il ne leur viendra même pas à l'idée de mettre ta parole en doute. »

Tout se passa comme prévu. Entourée de la doctoresse et du second officier, Louhann parcourut l'immense navire d'une démarche chancelante, répondant docilement aux questions de son escorte. Quelques heures plus tard, convaincu de l'absence de passager clandestin, le commandant mit fin aux recherches.

« On s'en sort bien ! commenta Zalan, soulagé. Heureusement que le commandant a eu la bonne idée de procéder à la fouille pendant la translation. S'il avait voulu prendre l'avis du C.O. avant, cela nous aurait sans doute compliqué la vie…

— Surtout, maintenant qu'il est rassuré, il n'en parlera pas. Il aurait trop peur de passer pour un idiot…

— Louhann s'en est bien sortie. Je me demandais… tu as toujours l'intention de l'emmener avec nous quand on quittera le vaisseau ?

— Je lui ai promis ! Pourquoi ? Tu n'es pas d'accord ? »

Zalan prit le temps de la réflexion.

« Si, bien entendu ! C'est juste que cela nous fait courir un gros risque. Quand ils constateront son absence, ils réveilleront l'autre *alter* et contacteront aussitôt le Centre des Opérations. Il ne leur faudra pas longtemps pour découvrir que les communications ont été trafiquées depuis le départ de Regulus, ce qui les conduira naturellement à se demander comment Louhann se sera procuré le neutralisant. Et aussi, si elle a pu le faire, pourquoi sur cette traversée et pas avant ?

— Tu veux dire qu'ils comprendront que quelqu'un est intervenu et se douteront que c'est bien nous – enfin, moi, puisqu'ils ignorent probablement toujours ta présence ?

— Je serais toi, je ne m'y fierais pas trop. Niles aura eu tout loisir d'y réfléchir et de se demander comme tu as fait pour rester invisible tout ce temps dans la Fondation. Et même si ça ne lui vient pas à l'idée, les experts du consortium y penseront pour lui ! À mon avis, plutôt que d'imaginer la présence d'un type comme moi, ils supposeront qu'en plus de tes nombreux talents, tu es également une furtive. Ce qui ne change rien au problème. À ce moment, ils sauront quoi chercher…

— Quand nous serons sur Orosco, cela n'aura plus d'importance !

— Oui et non… À court terme, tu as raison, ils ne pourront rien faire. Mais ils sauront où tu es. À partir du moment où nous nous serons évaporés dans la nature, on peut penser qu'ils laisseront tomber, mais on ne sait jamais. S'ils sont vraiment décidés à te remettre la main dessus, ils peuvent très bien envoyer un vaisseau avec quelques *alter* spécialement entraînés pour te repérer.

— Tu ne crois pas que tu exagères un peu ?

Zalan laissa échapper un petit rire sans joie.

— Je parle d'expérience, figure-toi ! C'est exactement comme ça qu'ils m'ont capturé, sur Amazonas... »

C'était la première fois qu'il faisait allusion à son passé. Anya s'était souvent demandé comment le furtif était arrivé sur Regulus mais n'avait jamais osé le questionner.

« Je ne sais rien de ce qui t'est arrivé... dit-elle doucement.

— Ce qui arrive en général aux *alter* sur la plupart des mondes de la Périphérie ! Mes parents... Mon père était sans doute un normal, en tout cas je ne me souviens pas qu'il ait montré le moindre talent, mais ma mère était une guérisseuse. Pendant toute mon enfance, je ne savais même pas qu'elle avait ce talent, c'est seulement quand le mien est apparu qu'elle m'en a parlé. Jusque-là, elle était parvenue à donner le change mais, quelques mois plus tard, une de nos voisines s'est cassé la jambe. Une vilaine fracture, et la gangrène s'y est mise. Ma mère l'aimait bien. Elle l'a soignée, et la pauvre femme a guéri en très peu de temps. Je suppose que ce qui s'est passé ensuite était inévitable... La voisine en question a parlé de ma mère à une autre de ses amies dont le mari avait je ne sais plus quelle maladie, et petit à petit, cela a fini par se savoir dans la ville voisine... »

Zalan s'interrompit, le visage fermé. Anya attendit patiemment qu'il poursuive, sachant que le pire était à venir.

« Ils sont arrivés un soir, à la nuit tombante... Toute une bande. Ils ont saccagé la maison et se sont emparés de ma mère. Mon père a voulu s'interposer, alors ils l'ont tué. Ensuite, ils m'ont cherché, mais mon talent était déjà assez développé, si bien qu'ils n'ont pas réussi à me trouver. Au bout d'un moment, ils ont pensé que j'étais parvenu à m'enfuir et ont laissé tomber. Ma mère... Dans la chambre du haut, ils lui ont fait... des choses. Au début, je l'ai entendue hurler, puis elle s'est tue. Je crois – ou du moins j'espère de toutes mes forces – qu'elle était déjà morte quand ils l'ont brûlée... »

Anya se sentait perdue. Tant de cruauté… Après un long silence, Zalan reprit la parole.

« Après leur mort, je me suis réfugié en ville. J'avais vite compris que mon talent y serait plus utile qu'à la campagne. Je trouvais toujours un coin où me dissimuler, un endroit où voler de la nourriture sans me faire voir. Bref, j'ai survécu… Puis la nécessité de toujours me cacher, toujours rester invisible a commencé à me peser et j'ai décidé de partir pour Nova Manaus, la capitale, où je pourrais me perdre parmi la foule. Au début, tout s'est bien passé. Je volais ce dont j'avais besoin et la vie était belle. Puis je suis entré en contact avec d'autres voleurs, mais qui ne prenaient pas uniquement la nourriture, les vêtements et le peu d'argent dont ils avaient besoin ! J'ai commencé à travailler avec eux, à la fois pour le plaisir d'exercer mon talent et pour le sentiment de revanche que voler les riches me procurait, mais aussi parce que mes nouveaux compagnons me considéraient vraiment comme un des leurs, pas comme un monstre…

» Cela a duré presque deux ans. C'était une bonne vie, mais nous sommes devenus trop gourmands, trop sûrs de nous. La police locale nous courait après sans succès. Pour beaucoup, nous étions devenus des héros. Ça a fini par nous monter à la tête, et nous nous sommes attaqués aux véritables maîtres d'Amazonas : les banquiers, industriels et autres grands propriétaires… Au bout du compte, les autorités ont fait appel à l'administration impériale et, pour une fois, celle-ci est intervenue. Un vaisseau de la Flotte est arrivé avec à son bord une douzaine d'*alter* que les militaires ont rapidement déployés dans la ville. Mes amis ont très vite été arrêtés. J'ai réussi à tenir un peu plus longtemps, mais ces *alter* trouvaient toujours ma cachette. Quand j'ai compris que je ne pourrais pas leur échapper plus longtemps, j'ai cessé d'utiliser mon talent, si bien qu'ils n'ont jamais su ce dont j'étais capable. Avec les autres, ils m'ont ramené sur Providence pour être jugé mais, une fois là-bas, ce fut un jeu d'enfant pour moi de m'évader, tu t'en doutes !

— Et tu es venu sur Regulus…

— J'avais repris à Columbia la même vie qu'à Nova Manaus, un peu plus prudemment toutefois. Puis, tout à fait par hasard, j'ai entendu parler de Regulus et de la résistance des *alter* réfugiés dans les montagnes. Cela m'a intrigué, puis après avoir réuni le maximum de renseignements sur la Fondation, j'ai décidé de me rendre sur place. Il ne m'a pas été bien difficile de me glisser sur un vaisseau du consortium en partance pour Regulus. La suite, tu la connais. J'ai débarqué sur l'astroport de la Fondation, franchi la ligne de front et rejoint les rebelles. C'est ainsi que j'ai fait la connaissance de tes grands-parents, Makoud et Hannou. Des gens admirables. Ils m'ont accueilli comme un de leurs enfants. Pour cela, j'ai une dette envers eux, et quand ils m'ont demandé si je pouvais t'aider, j'ai accepté tout de suite. Et tu vois, petite, ajouta-t-il en souriant, je ne sais pas ce que l'avenir nous réserve, mais je ne regrette certainement pas d'avoir accepté ! »

Les larmes aux yeux, Anya se précipita dans ses bras. Il la serra quelques instants contre lui avant de la repousser doucement.

« Je ne t'ai pas raconté tout ça pour me faire plaindre, mais pour que tu saches que s'ils tiennent vraiment à te retrouver, à partir du moment où ils sauront où chercher, ils te trouveront. C'est la seule raison pour laquelle j'hésite à emmener Louhann.

— Je comprends. C'est un risque à courir, mais je ne la laisserai pas derrière nous. Pas maintenant qu'elle a retrouvé l'espoir. »

Zalan poussa un grand soupir.

« Je savais que tu dirais ça… Mais, poursuivit-il en souriant, j'aurais été déçu si tu m'avais répondu autre chose ! Moi aussi je l'aime bien, cette petite ! »

Chapitre 25

Confortablement installé dans la cabine du *Black Storck*, MacGregor contemplait l'immense chantier naval déployé autour de la station orbitale *Persévérance*, véritable centre nerveux à partir duquel s'éparpillaient les différents ateliers. Les six croiseurs à des stades divers d'achèvement attiraient immédiatement le regard par leur masse énorme et le tourbillon d'activité les entourant, mais l'attention de l'amiral se porta plutôt sur la zone où l'ingénieur Nils Swanson procédait à la construction des petits navires de la classe Kingfisher, à peine visible de l'autre côté du chantier.

La station orbitale, gigantesque sphère hérissée de multiples superstructures irrégulières, avait été mise en service, disait-on, dans les dernières années de l'Expansion. Il en existait cinq autres autour de Providence, chacune entourée de son propre chantier, dépendant toutes de l'autorité de MacGregor.

« Quel monstre… », murmura-t-il, impressionné tout autant par les dimensions titanesques de l'ouvrage que par sa longévité. Des équipes spécialisées veillaient à la maintenance du colosse, suivant pour cela les instructions à la fois simples et précises laissées par ses constructeurs. *Ils devaient se douter que nous allions presque tout oublier de leurs connaissances…*

Car l'empire vivait sur cet héritage si âprement disputé pendant les guerres de Suprématie qui avaient vu la victoire finale de la dynastie Alpelin. Ces stations orbitales, les croiseurs et, surtout, le secret de la propulsion hyperspatiale. Un patrimoine soigneusement préservé, entretenu et protégé.

En dépit de ses dimensions réduites, le Kingfisher était bien trop volumineux pour entrer dans le garage de la station, si vaste fût-il. MacGregor prit donc place dans la navette en compagnie de ses deux assistants et ne put retenir une grimace de contrariété en apercevant le véhicule personnel du directeur général Withers-Block au beau milieu du garage.

Les relations entre les deux hommes avaient toujours été mauvaises. Withers-Block avait très mal pris la nomination d'Allen au poste de directeur du bureau des Armements, ne faisant pas mystère de son mépris pour ce jeune parvenu et s'opposant de toutes ses forces à ses timides tentatives pour améliorer les performances d'un système sclérosé et largement gangrené par la corruption.

Dans n'importe quel autre secteur d'activité de l'empire, la confrontation entre le patricien et le jeune ambitieux se serait aussitôt soldée par l'élimination du trublion, mais la Flotte n'obéissait pas tout à fait aux mêmes règles que le reste de l'appareil étatique.

La prospérité de l'empire – sa survie même – reposant exclusivement sur son monopole de la navigation hyperspatiale, les différents empereurs avaient toujours veillé, avec des succès divers, à maintenir un niveau de performance satisfaisant, ce qui signifiait entre autres que la sacro-sainte règle héréditaire ne s'y appliquait pas aussi implacablement qu'ailleurs. Les officiers supérieurs ainsi que les hauts responsables de l'industrie spatiale étaient certes tous issus des principaux clans de l'empire, héritant de leur charge selon la vieille règle, mais leur rôle restait largement honorifique, le véritable pouvoir revenant aux techniciens qui assuraient dans l'ombre le bon fonctionnement de l'institution. D'autres règles étaient également assouplies. Par exemple, le monopole d'embauche réservé aux citoyens du Cercle Intérieur ne s'appliquait pas dans les industries contrôlées par la Flotte, les premières tentatives en ce sens s'étant avérées catastrophiques dès le début de l'ère impériale. Les emplois y étaient ouverts à tous, y compris aux immigrants de la Périphérie sur des critères très précis de compétence. Les conflits de personnes restaient cependant assez nombreux pour pénaliser largement les résultats.

C'était bien ce qui s'était produit entre Withers-Block et MacGregor, le directeur général opposant un refus systématique à toutes les propositions d'Allen, si bien que celui-ci en était venu à mettre sa démission dans la balance. L'affaire avait fait suffisamment de bruit pour finir devant l'empereur. Soutenu par le grand secrétaire Kozinski, MacGregor avait été reconduit dans ses fonctions avec des pouvoirs encore plus étendus et, surtout, avait attiré sur lui la faveur impériale, qui lui avait valu par la suite son poste actuel.

Withers-Block avait dû s'incliner et se montrait désormais plus prudent, intriguant dans l'ombre mais refusant l'affrontement direct. MacGregor visitait régulièrement le chantier naval et le directeur général s'arrangeait la plupart du temps pour briller par son absence. Alors pourquoi était-il là ?

« Il a peut-être décidé de se montrer courtois, pour changer... », suggéra Peter alors qu'ils quittaient le garage. Allen n'eut pas l'occasion de répliquer car Withers-Block arrivait précisément de la direction opposée, accompagné d'un officier tiré à quatre épingles que MacGregor reconnut aussitôt : le commodore Dalton, de l'état-major personnel du grand amiral.

Pour une fois, le directeur parut presque heureux de le voir.

« Amiral, mes respects. Vous connaissez naturellement le commodore Dalton ?

— En effet, monsieur le directeur, commodore...

— Amiral... Le directeur Withers-Block a eu l'amabilité de me faire visiter son chantier. Intéressant, indubitablement ! »

Son chantier, pensa MacGregor. La bienséance aurait voulu que le commodore s'adresse à lui pour cela, ou du moins que Withers-Block l'informe de la venue de l'officier.

« Arnold m'a montré vos nouveaux joujoux, poursuivit Dalton avec un petit sourire. À vrai dire, ce sont eux que j'étais venu voir... Le grand amiral est curieux de savoir où en est votre petit projet. Il avait naturellement plus important à faire, et c'est moi qu'il en a chargé. Pour tout dire, MacGregor, je suis perplexe ! À quoi croyez-vous vraiment que ces coques de noix vont servir ?

— Mon rapport – approuvé par Sa Majesté, cela va sans dire – a été envoyé au grand amiral », répondit calmement Allen en se retenant de pointer la désinvolture insolente de ce subalterne qui l'appelait par son nom plutôt que par son grade. « Vous devriez le retrouver sans trop de peine. Il vous apprendra tout ce que vous voulez savoir !

— Ah ! Bien sûr ! Mais voyez-vous, MacGregor, nous autres, tenants de la vieille école, c'est de croiseurs que nous avons besoin. C'est grâce à eux que nous pouvons maintenir l'ordre dans la Périphérie, pas avec vos… miniatures ! »

Allen lui sourit aimablement.

« Lisez donc mon rapport, Dalton, vous changerez peut-être d'avis… Présentez mes respects au grand amiral, voulez-vous ? Monsieur le directeur… »

Il les planta là sur ces mots et s'avança dans le large corridor. Derrière lui, les deux hommes restèrent un instant immobiles, interloqués, avant de gagner le garage en discutant à voix basse.

« Si vous voulez, je peux vous répéter ce qu'ils sont en train de dire, proposa charitablement Roger.

— Comme si je ne le savais pas ! »

Il poursuivit son chemin en silence, plongé dans ses pensées. Dalton s'était montré arrogant, insultant et méprisant à la fois, avec cet art consommé de ne pas avoir l'air d'y toucher, un talent dont les rejetons des grandes familles héritaient à la naissance, semblait-il. *Ils cherchent à t'humilier pour te pousser à la faute… Ça ne devrait plus te toucher ; tu as l'habitude maintenant,* se dit-il.

Cela avait commencé dès son entrée à l'Académie. À la différence des autres grandes écoles ou instituts strictement réservés aux enfants de l'aristocratie, l'Académie militaire s'était peu à peu adaptée afin de pouvoir recruter suffisamment d'éléments de valeur pour l'armée et surtout les forces spatiales. La progéniture des grandes familles y était admise d'office, mais une seconde voie d'accès avait très tôt été mise en place, un concours d'entrée extrêmement difficile qu'Allen avait brillamment réussi. Naïvement, il avait cru qu'une fois admis, les élèves se retrouvaient tous sur un pied d'égalité, mais le jeune plébéien n'avait pas tardé à déchanter. Le mépris, l'arrogance, la volonté d'humilier, la condescendance dans le meilleur des cas… Il avait tout subi là-bas, et c'était sans doute ce qui l'avait poussé à travailler encore davantage, à s'obliger à l'excellence, à dominer tous ces médiocres par son intelligence et son talent… Il y avait pourtant eu une exception : William, son meilleur ami. Mais Will avait dû fuir pour sauver sa vie, et dieu seul savait où il pouvait bien être maintenant, si toutefois il était encore en vie…

L'arrivée de Nils Swanson le tira de ses souvenirs. L'ingénieur au crâne dégarni était petit, légèrement bedonnant et perpétuellement agité. MacGregor l'avait repéré dans le poste subalterne où Withers-Block le cantonnait et lui avait confié la responsabilité de son nouveau programme. Depuis, l'ingénieur lui vouait un véritable culte. Natif de Walden, l'un des mondes du Cercle Intérieur les plus éloignés, il s'était heurté lui aussi à la rigidité du système, les chefs-ingénieurs de la Flotte issus des grandes familles ayant le plus grand mal à reconnaître le talent de ceux qui n'appartenaient pas à leur caste. Et dans le cas de Swanson, il ne s'agissait pas simplement de talent – plutôt de génie. Il avait suffi d'un peu moins de deux ans au petit homme pour réussir ce que tous les spécialistes estimaient impossible : miniaturiser les propulseurs hyperspatiaux, permettant ainsi la construction de nouvelles classes de navires bien plus petits et polyvalents que les frégates et les énormes croiseurs. Et, s'il ne se trompait pas, l'ingénieur allait encore le surprendre…

Swanson ne paraissait pourtant pas aussi enjoué que d'habitude.

« Quelque chose ne va pas, Nils ? »

Celui-ci haussa les épaules.

« Le directeur a exigé que je présente notre nouveau programme à ce commodore Dalton…

— Et alors ? fit semblant de s'étonner MacGregor. C'est sans doute le signe qu'ils commencent à s'intéresser au projet…

— C'est ce que j'ai pensé quand Withers-Block m'a annoncé leur venue, répondit lugubrement Swanson, mais je me trompais, bien sûr ! Ils ont tout de suite commencé à moquer la petite taille de nos vaisseaux. J'ai eu beau essayer de leur expliquer la nouvelle conception stratégique que vous avez élaborée, ils se sont contentés de rire et ont continué à tourner en dérision tout ce que je leur montrais…

— Ce n'est jamais très plaisant, je sais bien, mais ne vous laissez pas démoraliser, Nils. Ils peuvent se moquer tant qu'ils veulent, vous ne dépendez plus de Withers-Block, mais de moi ! Et vous savez à quel point j'apprécie votre travail !

— Je sais, monsieur. Justement…

— Oui ?

— Avant de quitter les ateliers, le commandant Dalton m'a fait signe d'approcher. "Ne vous faites pas d'illusions, Swanson, m'a-t-il dit, Sa Majesté ne vivra pas éternellement… Pensez-y." Et Withers-Block a renchéri : "C'est ça, pensez-y, et dites-vous qu'un jour, vous regretterez peut-être votre ancien poste !" »

Allen s'empressa de le réconforter.

« Ne vous en faites pas pour eux, Nils ! Vous savez ce qu'on dit : la bave du crapaud… Nous en avons déjà parlé, souvenez-vous. Ils nous considéreront toujours comme des usurpateurs, vous et moi, quoi que nous fassions. Nous n'y changerons rien, alors une seule solution : les ignorer ! Et maintenant, si vous me montriez votre nouvelle petite merveille ? »

Rasséréné, Swanson reprit le chemin des ateliers en le bombardant d'une avalanche de chiffres et de résultats.

MacGregor avait l'esprit ailleurs. Le comportement du directeur et de son visiteur de l'état-major du grand amiral ne l'étonnait pas, mais les derniers propos de Dalton à l'ingénieur étaient une tout autre affaire. *Sa Majesté ne vivra pas éternellement.* Un message de Wallace ? Les ambitions du grand amiral n'étaient pas un secret pour MacGregor, depuis ce jour où la jeune *alter* du *Seventh Star* avait reçu le message de la résidence Bolton-Dunn annonçant l'assassinat du père de William par les hommes de Wallace alors que le jeune enseigne de vaisseau était de quart dans la nuit, seul avec elle… Était-il personnellement visé cette fois ? Wallace le détestait, ce n'était un secret pour personne, mais pouvait-il vraiment le considérer comme un obstacle sur sa route ? Et de toute manière, il n'aurait certainement pas commis l'erreur de prévenir sa future victime… Alors ? Une indiscrétion involontaire de Dalton, tout à son plaisir d'humilier Swanson ?

C'était probablement le cas, Dalton ne brillant pas par sa finesse d'esprit. *Sa Majesté ne vivra pas éternellement…* Cette phrase, MacGregor l'avait déjà entendue des milliers de fois, expression d'un espoir lointain sans cesse déjoué par l'étonnante longévité du vieil homme mais, dans la bouche d'un proche de Wallace, elle prenait un sens bien plus alarmant. *Savent-ils quelque chose que j'ignore* ? L'état de santé d'Halvar s'était-il brusquement dégradé, rendant probable une fin prochaine ?

« Et voici notre dernier-né ! »

L'exclamation de Swanson tira MacGregor de ses réflexions. L'ingénieur venait de les introduire dans un poste de contrôle dont la large paroi vitrée ouvrait sur l'espace. Un minuscule vaisseau ressemblant beaucoup à une navette standard mais encore plus petit flottait dans le vide à quelques mètres seulement de l'ouverture. « La nouvelle classe Dragonfly, amiral. Qu'en dites-vous ? »

Nils lui avait promis une surprise, mais MacGregor ne s'attendait quand même pas à ça.

« Le propulseur ?

— Performances identiques à celui de la classe Kingfisher, amiral ! Naturellement, le rayon d'action est bien plus réduit… Mais vous devriez dire *les* propulseurs, amiral ! Le Dragonfly embarque également un propulseur classique – celui des intercepteurs, dans une version largement modifiée.

— Nils, vous êtes un génie ! »

Ce n'était pas de la flatterie. Quand le petit ingénieur lui avait annoncé qu'il pensait pouvoir diminuer drastiquement l'encombrement des propulseurs hyperspatiaux standard, l'amiral s'était d'abord montré sceptique, mais Swanson avait réussi à le convaincre, et MacGregor lui avait offert la possibilité de développer son projet. Allen n'était alors que directeur des Armements et avait dû batailler ferme pour imposer son nouveau programme, mais Nils n'avait pas menti. Repensant entièrement l'architecture interne des propulseurs, il était parvenu à les miniaturiser, et le prototype qu'ils avaient sous les yeux montrait qu'il avait encore progressé. L'esprit agile de MacGregor envisageait déjà les nouvelles perspectives ouvertes par la minuscule embarcation.

« Signature ?

— Insignifiante, monsieur. Indétectable en pratique pour nos appareils étalonnés pour les croiseurs et les frégates. Je doute que même des systèmes aussi avancés que Sargasse puissent les repérer. Cela devrait leur permettre d'entrer en translation dans les orbites basses des planètes et de s'y poser en quelques minutes.

— Excellent ! Il faudra naturellement modifier les Kingfisher pour qu'ils puissent en emmener un ou deux, dit-il, s'attirant un sourire radieux de Swanson.

— Je savais que vous me demanderiez ça, amiral ! C'est déjà fait sur cinq d'entre eux. Les autres seront opérationnels dans deux jours, le temps d'installer les berceaux… Mais vous verrez mieux sur place ! »

Une navette les amena sur le chantier, où une multitude d'ouvriers en combinaisons spatiales s'activaient autour d'une centaine de petits vaisseaux à divers stades d'achèvement. Un peu à l'écart, une vingtaine d'autres navires terminés attendaient, impeccablement alignés. Les cinq premiers abritaient deux Dragonfly sous leur coque et un troisième au-dessus.

« Ceux-ci sont opérationnels. Les essais sont bouclés, il ne reste plus qu'à les baptiser et les mettre en service. Tous les pilotes que vous m'avez envoyés ont été formés. Ils sont à vous, amiral.

— Vous êtes un homme précieux, Nils ! Reste maintenant à les tester en conditions de combat… Gardez ces cinq-là à ma disposition et embarquez les autres sur le vaisseau amiral.

Je vais donner les instructions nécessaires ainsi que les autorisations pour vous permettre d'effectuer les transformations qui s'imposent.

» Je dirigerai moi-même les tests de combat. Préparez-les pour une expédition d'au moins dix jours. Cela ne prendra sans doute pas aussi longtemps, mais on ne sait jamais. Sélectionnez vos cinq meilleurs pilotes pour les Kingfisher, et les suivants sur la liste pour les Dragonfly. Au fait, je ne vous ai pas demandé : combien d'hommes d'équipage ?

— Le pilote peut s'en sortir tout seul, monsieur, mais l'idéal est d'avoir également un navigateur. En cas de besoin, cinq ou six passagers peuvent également y prendre place.

— Je vous laisse le soin de composer les équipages. Ne prenez que des hommes de confiance, qui sauront rester discrets. Sous réserve de confirmation, nous partirons dans deux jours.

— Tout sera prêt, amiral. Comptez sur moi ! »

Quelques minutes plus tard, alors que les trois hommes approchaient du garage, le communicateur de Roger Langdon émit une sonnerie discrète. L'esprit encore occupé par les préparatifs de l'expédition vers Orbus, Allen entendit son aide de camp échanger quelques mots à voix basse avec son correspondant, puis Roger lui tendit le petit appareil.

« C'est Candice, monsieur. Je crois que vous feriez bien de l'écouter…

— Candice ?

— Amiral ! Pardonnez-moi de vous déranger, mais il fallait absolument que je vous parle ! Je viens d'être informée par un de nos agents du Palais que l'empereur s'apprête à partir pour un nouveau séjour sur le Mayflower. Je sais ! Vous allez me dire que ce n'est pas la première fois mais dès que je l'ai appris, j'ai eu la certitude que vous étiez en danger. Pourquoi ? Je n'en ai pas la moindre idée pour le moment, mais j'en suis tout à fait certaine. Vous savez que ce ne sont pas des paroles en l'air. Je vous en supplie, faites bien attention à vous !

— Aucune idée de ce que je pourrais avoir à redouter ?

— Non ! Mais je suis sûre que c'est très proche…

— Merci, Candice. Nous allons être particulièrement vigilants. Roger et Peter sont avec moi, vous le savez. Avec eux, je ne devrais pas risquer grand-chose. Nous regagnons tout de suite l'Amirauté. De votre côté, essayez d'en savoir plus sur le départ de l'empereur. Et ne vous inquiétez pas trop, nous sommes capables de nous défendre !

— Je sais, monsieur. Mais soyez très prudents. Je vous attends. »

MacGregor rendit le communicateur à Langdon.

« Je suppose que vous avez compris. Candice pense que nous allons être attaqués. De retour sur Providence, il faudra faire très attention en quittant la navette. C'est le moment le plus propice à une embuscade. »

Avant de pénétrer dans le garage, Roger leur fit signe de s'arrêter.

« Laissez-moi passer devant, monsieur. Si quelqu'un nous attend là-dedans avec de mauvaises intentions, je le saurai tout de suite.

— D'accord », accepta Allen, non sans répugnance. L'idée de laisser l'un de ses hommes courir un danger à sa place ne lui plaisait pas, mais le fouineur avait raison. « Allez-y, mais prévenez Peter et revenez tout de suite si vous repérez quelque chose d'anormal. »

Roger disparut, refermant la porte derrière lui. Les yeux dans le vague, Peter suivait la progression de son ami.

« Rien à signaler, monsieur, dit-il enfin. Le garage est désert. »

La navette quitta le sas sans incident et s'élança dans l'espace. MacGregor s'adressa au pilote.

« Retour à la base, Higgins. Vitesse maximale !

— À vos ordres, monsieur. »

Soulagé d'avoir quitté le chantier sans encombre, l'amiral s'autorisa à réfléchir à la mise en garde de Candice. Après les propos ambigus de Dalton, ce n'était certainement pas une coïncidence. Wallace était bien sûr déjà au courant du départ d'Halvar pour le planétoïde, et son état-major avec lui ; quant à la menace voilée de Dalton, elle semblait indiquer que cette fois l'entourage de l'empereur anticipait une issue fatale. Ils disposaient sans doute d'informations réservées au petit cercle des intimes du monarque… La voix dans la radio le prit au dépourvu.

« *Mayday ! Mayday !* Navette 206. Panne de propulseur. Demandons assistance. *Mayday ! Mayday !* »

Le message se répétait en boucle.

« Qu'est-ce que vous faites, Higgins ? »

MacGregor venait de remarquer le changement de cap de sa propre navette.

« Nous sommes les plus proches, amiral. C'est à nous de leur porter secours.

— Combien de temps avant la jonction ?

— Environ quatre minutes, monsieur. »

L'amiral resta encore quelques instants immobile à contempler le dos du pilote, incertain de la conduite à adopter. Ce genre de panne sur des navettes pour la plupart anciennes n'était pas rare et, en temps ordinaire, il aurait suivi la procédure sans se poser de questions, mais il y avait l'avertissement de Candice…

Higgins était l'un des pilotes rattachés à l'Amirauté, un homme d'apparence ordinaire, aux services duquel il avait déjà eu recours de nombreuses fois. Pour autant qu'il pût en juger, sa réaction semblait normale, mais il n'avait pas l'intention de courir le moindre risque.

« Personne d'autre à proximité ? »

Higgins ne répondit pas immédiatement.

« Une autre navette du chantier, à un peu plus de dix minutes…

— Ils doivent avoir reçu le S.O.S eux aussi. Contactez-les et dites-leur de s'en occuper. Je dois regagner l'Amirauté sans tarder. Reprenez votre cap et ne perdons pas davantage de temps. »

Si Higgins était régulier, il obéirait sans discuter. Dans le cas contraire…

« Mais, monsieur, le règlement est formel : étant les plus proches, c'est à nous d'intervenir ! Et puis, cela ne prendra que quelques minutes, le temps de les embarquer. »

Tout en parlant, Higgins maintenait le cap vers la navette en détresse, dont l'appel continuait de retentir dans le poste de pilotage. MacGregor fit mine de capituler.

« D'accord ! Mais faites aussi vite que possible ! » dit-il en s'éloignant.

Peter et Roger attendaient dans la cabine principale, confortablement installés.

« Roger, sondez l'esprit d'Higgins et dites-moi ce qu'il mijote !

— Higgins ? Mais…

— Faites ce que je vous dis, Roger. Tout de suite ! »

Quelques instants plus tard, le fouineur faisait son rapport.

« Mille excuses, monsieur, mais j'avais du mal à y croire. Higgins ! Ce type fait quasiment partie des meubles ! Vous aviez raison, cette navette n'est pas en panne. Tout a été planifié avec Higgins, qui a envoyé un signal juste avant que nous ne quittions la station. Le plan est le suivant : une fois le sas installé, les cinq types de la navette vont monter à bord en nous remerciant bien comme il faut. Ils attendront juste qu'Higgins vous appelle dans le poste de pilotage pour passer à l'action…

— Qu'est-ce qu'on fait ? On neutralise Higgins tout de suite ? » demanda Peter.

MacGregor avait déjà fait son choix.

« Je suis curieux de savoir qui est derrière tout ça… Laissons-le faire. Mais une fois le sas en place, c'est nous qui traverserons, sous prétexte d'aller voir quel est leur problème. Pour eux, ce sera encore mieux que le plan initial. Peter, vous resterez ici afin de surveiller Higgins. S'il fait mine de prévenir ses complices ou de nous abandonner sur l'autre navette, neutralisez-le. Roger, vous m'accompagnez. »

Quelques instants plus tard, la navette s'immobilisait tout contre l'embarcation soi-disant en détresse.

« Installez le sas, Higgins. »

Le tube transparent vint s'ajuster sur l'issue de secours de l'autre navette, qui commença aussitôt à s'ouvrir.

MacGregor, debout derrière le pilote, se pencha pour parler dans la radio.

« Ici l'amiral MacGregor. Restez à bord. Je vous rejoins avec un technicien. Peut-être pourra-t-il régler votre problème. »

La même voix qui avait lancé l'appel de détresse répondit, imperceptiblement sardonique.

« C'est vraiment très aimable à vous, amiral ! Nous vous attendons.

— Pressions équilibrées. Vous pouvez y aller, monsieur. »

L'issue de secours à peine franchie, deux hommes se ruèrent sur MacGregor, cherchant à l'immobiliser, mais l'amiral s'y attendait et ne leur laissa pas la moindre chance. L'un d'eux roula à terre dans un râle d'agonie, la gorge écrasée. L'autre hurla quand son bras se brisa dans un craquement sec. Dans le même mouvement, Allen le tira devant lui, au moment même où deux autres assaillants ouvraient le feu. Son bouclier humain encaissa une dizaine de projectiles avant que les tirs ne cessent. C'était le moment que MacGregor attendait. Toujours abrité derrière le corps inerte de son agresseur, il ouvrit le feu à son tour, abattant les deux hommes. Il se releva, laissant passer Roger qui le bouscula violemment en se précipitant dans le poste de pilotage. Il y eut une bordée d'injures, suivie d'un hurlement de douleur, puis le silence.

« Pardonnez-moi, monsieur, mais ce salopard s'apprêtait à donner l'alerte…

— Vous avez bien fait ! Avez-vous pu en tirer quelque chose ?

— Pas vraiment. Juste le nom de son contact, un certain Jack. J'essaierai encore quand il reprendra connaissance. Et ceux-là ? »

MacGregor examina rapidement les quatre corps.

« Tous morts. Nous pouvons toujours essayer de les fouiller, mais je doute que cela serve à quelque chose… Prévenez Peter, voulez-vous ?

— C'est fait, monsieur. Il dit qu'Higgins n'en mène pas large. Il a essayé de l'acheter pour qu'ils repartent en nous abandonnant tous les deux. Il avait touché une forte somme, à ce qu'il semble…

— Nous aurons aussi une petite discussion avec lui, promit l'amiral, mais votre gars se réveille ! Il est à vous, Roger. »

Le fouineur s'agenouilla près du grand gaillard et ferma les yeux pour mieux se concentrer. Quelques secondes plus tard, le visage du prisonnier se contractait dans une grimace de souffrance, avant de se détendre brusquement tandis qu'il s'affaissait.

Roger rouvrit les yeux.

« Il est mort ! dit-il, dépité. Une double sécurité ! Celui qui a fait ça connaît son boulot, croyez-moi ! »

Une fois relevé, il s'expliqua.

« J'ai fouillé dans ses souvenirs. Au début, pas de problème, mais quand je suis arrivé au moment où il a reçu ses instructions, premier obstacle. Tout était verrouillé, et bien ! Travail de spécialiste. J'ai quand même réussi à me frayer un passage mais, au moment où j'allais accéder à ce qui nous intéresse j'ai dû activer une autre sécurité, qui a déclenché la mort cérébrale… Une chose est sûre, celui qui a monté cette opération tient à rester discret !

— Quelqu'un qui ne laisse rien au hasard et dispose à l'évidence de gros moyens… Voyons si nous aurons plus de chance avec Higgins. »

Mais quand le fouineur voulut franchir le barrage entourant les souvenirs du pilote afin d'identifier celui qui l'avait contacté et payé, Higgins mourut lui aussi.

« Rien à faire ! jura Roger, dépité. J'y suis pourtant allé doucement !

— Vos instructions, monsieur ? » demanda Peter.

Allen réfléchit rapidement.

« Le plus simple serait de transporter Higgins avec les autres et de nous en aller. Tout le monde pensera qu'il a disparu *après* nous avoir ramenés.

— La police… commença Peter.

— Ne trouvera rien. Comptons sur notre mystérieux ennemi pour faire le ménage… Mais nous allons quand même lui compliquer un peu les choses. Dites-moi, Roger, un *alter* qualifié peut-il reconstituer ce qui est arrivé à Higgins et à l'autre ?

— Vous voulez dire détecter mon intervention ? Difficilement, monsieur. Ce n'est pas à la portée de n'importe quel fouineur, mais un très bon y parviendra, c'est certain.

— C'est bien ce que je craignais, soupira MacGregor. Dans ce cas, il faut se débarrasser de la navette et de ses passagers. Votre présence à mes côtés n'est sans doute plus un secret pour nos ennemis, mais ils ne connaissent pas votre véritable puissance, et j'aimerais autant que cela reste ainsi… Peter, venez avec moi, je vais vous donner les instructions nécessaires pour démarrer l'autre navette. Je reviendrai ensuite ici pour synchroniser le vol des deux appareils afin que vous puissiez nous rejoindre. Vous pensez en être capable ? Roger restera près de moi afin que nous puissions communiquer si nécessaire. »

Le neutraliseur haussa les épaules.

« S'il s'agit simplement d'appuyer sur un bouton, ça devrait pouvoir se faire, mais ne m'en demandez pas beaucoup plus… »

Quelques minutes plus tard, la navette pirate s'ébranlait, suivie comme son ombre par l'embarcation de MacGregor. Peter regagna le bord, et l'amiral détacha le sas, laissant la petite embarcation dériver dans l'espace.

« J'ai fixé le cap sur un amas d'astéroïdes bien au-delà du *Persévérance*. Avec un peu de chance, elle ira s'y fracasser. Sinon, elle continuera sa course dans un secteur où elle a toutes les chances de passer inaperçue. Maintenant, rentrons. Nous avons du travail. »

Chapitre 26

Le *Twin Cities* sortit de translation onze jours plus tard, puis décéléra lentement pour se placer en orbite autour d'Orosco. Zalan partit aux nouvelles et revint les bras chargés de nourriture.

« Maintenant, il n'y a plus de raison de se gêner, dit-il en riant. Mange, ma petite. Tu en as bien besoin ! »

Anya ne se le fit pas dire deux fois. Depuis la fouille du vaisseau, Zalan avait réduit ses larcins au strict minimum afin de ne pas alarmer davantage le cuistot, et les privations commençaient à se faire sentir. Sa carcasse amaigrie penchée sur la petite table, le furtif mangeait voracement.

« Alors ? demanda Anya une fois rassasiée.

— Ils attendent une première navette d'ici une heure. Des officiels, si j'ai bien compris. On verra ce que ça donne, mais ces gens-là ne se déplacent jamais seuls. Si la navette est bondée, il faudra patienter. D'autres doivent arriver un peu après pour faire des affaires, si bien qu'on aura peut-être même l'embarras du choix…

— Dans ce cas, on doit réveiller Louhann.

— Je vais t'y emmener. Mais il faudra qu'elle reste dans sa cabine jusqu'au dernier moment. Pas question qu'ils se mettent à la chercher avant qu'on n'ait réussi à quitter le vaisseau ! »

Quelques minutes plus tard, évitant de justesse le médecin qui sortait de son bureau pour gagner le poste de pilotage, ils pénétrèrent dans la petite pièce. Comme les autres fois, Louhann reposait sur la couchette, les yeux dans le vague. Après l'injection, il fallut encore quelques minutes à la jeune fille pour retrouver sa lucidité.

« C'est pour aujourd'hui, lui apprit Anya. Tiens-toi prête. Si quelqu'un passe, joue la comédie.

— Je ne peux pas t'accompagner ?

— Pas encore. Mais ne t'inquiète pas, je viendrai te chercher dès que nous saurons comment quitter le vaisseau.

— Tu ne me laisseras pas ? Tu as promis !

— Ne t'en fais pas, je n'ai pas l'intention de t'abandonner ! Simplement, pour le moment, tu ne ferais que nous gêner – sans parler de ce qui se passerait si l'équipage s'apercevait de ta disparition ! Nous viendrons te récupérer en temps voulu, compte sur nous ! »

Le garage était désert lorsqu'ils s'y glissèrent, mais ils n'eurent pas longtemps à attendre avant de voir le commandant accompagné du commissaire de bord et d'un homme d'équipage y pénétrer à leur tour. Quelques minutes plus tard, une sonnerie aiguë annonçait l'ouverture de la porte extérieure du sas. Une puissante lampe rouge s'alluma aussitôt sur la porte intérieure, puis, après quelques dizaines de secondes, passa au vert. Le lourd vantail s'écarta lentement, laissant apparaître une navette nettement plus petite que celles du vaisseau. L'homme d'équipage s'était éloigné et manipulait les commandes depuis un poste de contrôle. Le berceau supportant la navette s'avança jusqu'au milieu du garage et s'immobilisa juste devant le comité d'accueil. La rampe d'accès se déploya. Une douzaine de gardes en uniforme noir la dévalèrent d'un pas rapide pour former une haie d'honneur. Un homme corpulent en vêtements civils apparut à son tour dans l'ouverture, le temps d'annoncer d'une voix claironnante « *Son Excellence Eleazar Vargas, Administrateur d'Orosco !* » avant de s'effacer, laissant s'avancer un homme jeune aux longs cheveux blonds et au teint très pâle, qui descendit à son tour à pas mesurés, promenant un regard ouvertement méprisant sur le garage et ses occupants. Le commandant s'avança.

« Bienvenue à bord, Directeur. Pour tout dire, je m'attendais plutôt à voir votre père. Dois-je comprendre…

— Qu'il est mort ? En effet. Une grande perte pour Orosco ! Maintenant, c'est moi l'Administrateur… Qu'avez-vous donc à me proposer qui vaille la peine de cette traversée interminable, Marvin ? S'il s'agissait seulement de prendre livraison du mobilier commandé par feu mon père, Morestin aurait aussi bien pu s'en charger sans me faire perdre mon temps ! »

Le commandant Marvin ne parut pas se formaliser du ton à la fois condescendant et agressif de l'Administrateur.

« Nous avons effectivement les articles commandés par votre père. Donald ? »

Le commissaire de bord s'avança.

« Mes respects, Votre Excellence. Le mobilier est déjà préparé et sera chargé dans la navette de transport dès que celle-ci arrivera. Mais nous avons également à bord d'autres articles susceptibles de vous intéresser : c'est pourquoi j'ai pris la liberté de demander au commandant de vous suggérer de venir en personne… »

À l'abri derrière le berceau de la navette la plus proche, Anya laissa une vrille mentale pénétrer dans l'esprit de l'homme blond et s'en retira aussitôt, rebutée par la violence et la noirceur de ses émotions. Elle avait quand même eu le temps de capter une image, celle d'un vieil homme très maigre allongé sur un lit immense, la tête recouverte d'un oreiller maintenu des deux mains par le jeune Administrateur.

<*Je n'aime pas cet homme…* >, transmit-elle à Zalan, qui se contenta de hocher la tête.

« Dans ce cas, qu'attendons-nous ? Montrez-moi donc vos prétendus trésors ! »

Le petit groupe s'éloigna, suivi par les gardes, et disparut par la porte qu'Anya et Zalan avaient empruntée un peu plus tôt.

« Qu'en penses-tu ?

— Rien de bon, répondit Zalan. La navette est petite ; avec tous ces gardes, elle sera bondée, même s'ils ne chargent pas de marchandises. On aura beaucoup de mal à passer inaperçus et, pour être franc, je n'aimerais pas trop être capturé par ces gars-là ! Ce type ne m'inspire pas beaucoup non plus… On attend. »

Une bonne demi-heure plus tard, les visiteurs revenaient.

« Pour ce qui est du paiement, disait le commissaire de bord, ce que vous venez de choisir viendra en déduction du prix du minerai, comme d'habitude…

— Morestin se chargera des détails, coupa l'homme blond. Il supervisera le chargement et repartira avec l'autre navette.

— Bien entendu, Votre Excellence ! s'empressa d'acquiescer le gros homme. Vous pouvez compter sur moi ! »

L'Administrateur s'était déjà détourné et s'apprêtait à gravir la rampe lorsque la voix du commandant s'éleva.

« Une dernière chose, Administrateur Vargas…

— Quoi encore ?

— Je dois vous remettre ceci. »

Il lui tendait une grande enveloppe frappée d'un sceau officiel.

« De quoi s'agit-il ? »

Le commandant haussa les épaules.

« Un courrier de l'administration impériale, Votre Excellence. Il est adressé à votre père, mais je suppose qu'en tant que nouvel Administrateur d'Orosco, c'est bien à vous que je dois le remettre. »

Figé sur place, l'Administrateur fixait l'enveloppe, le visage contracté.

« Vous devez l'accepter, vous le savez bien, dit doucement le commandant alors que le jeune homme ne se décidait toujours pas à tendre la main. Et l'ouvrir devant moi pour en prendre connaissance puis signer l'accusé de réception… C'est la règle ! »

Anya percevait clairement les pensées et les émotions des deux hommes. Le commandant ne semblait pas non plus apprécier beaucoup le nouveau maître d'Orosco. *Ces péquenauds*, pensait-il, sarcastique, *tous les mêmes ! Ce jeune idiot pensait peut-être que l'empire avait oublié ce trou à rats ! Le vieux Vargas était plus futé, lui…*

L'esprit d'Eleazar était un maelstrom d'émotions difficiles à démêler. La consternation, d'abord, puis la colère, mêlée de peur. Des idées sans suite s'entrecroisaient. *Le tribut…* Il savait bien que cela arriverait un jour, mais pas si tôt ! *Le vieux avait déjà pas mal tapé dans la caisse !* Mais en même temps,

Anya lisait dans son esprit qu'il savait très bien que c'était surtout sa faute, avec tout l'argent qu'il avait jeté par les fenêtres depuis qu'il avait succédé à son père. L'affolement le gagnait. *Refuser le courrier impérial? Ce salopard de commandant n'aura rien de plus pressé que d'avertir* Providence, *qui enverra aussitôt la Flotte faire un exemple… Essayer d'acheter l'officier pour qu'il prétende ne pas être venu? Du moins, annuler les achats que je viens d'effectuer…*

Le commandant n'avait pas de mal à deviner le cours de ses pensées.

«Avant que vous ne prononciez des paroles que vous pourriez regretter, Votre Excellence, laissez-moi vous rappeler que si par malheur je devais informer l'administration impériale qu'il ne m'a pas été possible de vous remettre ce courrier, j'en serais tenu pour responsable, ce qui entraînerait *ipso facto* la perte de mon commandement, sans parler d'un éventuel procès pour corruption…»

Le tuer! Les tuer tous! décida l'homme blond. *Ils ne se méfient pas. Après, maquiller ça en mutinerie qui aura mal tourné. Ou bien un de ces foutus* alter *dont ils auront perdu le contrôle…*

Mais là encore, le commandant semblait avoir deviné ses intentions. Au moment où l'Administrateur s'apprêtait à ordonner à ses hommes d'ouvrir le feu, l'officier reprit la parole.

«Naturellement, vous pourriez essayer de nous tuer… Vous n'auriez certainement aucun mal à nous éliminer tous les trois, mais pour le reste… Pourquoi croyez-vous que je me donne la peine de venir vous rencontrer ici? Tant que votre navette sera à bord, toutes les portes de communication avec le reste du vaisseau sont verrouillées. Et sachez aussi que, pendant que nous discutons, des armes lourdes sont braquées sur vous. Si jamais vous tentez quoi que ce soit, vous serez immédiatement abattus… Alors, soyez raisonnable, ouvrez ce courrier, signez l'accusé de réception et quittez mon navire. Pour le reste, c'est votre affaire, pas la mienne!»

Blême, Eleazar hésita encore un instant puis capitula brusquement. Il arracha l'enveloppe des mains du commandant et l'ouvrit avec rage, en extirpant une série de feuillets qu'il parcourut rapidement du regard. Anya n'aurait pas cru cela possible, mais sa pâleur s'accentua encore.

« Si tôt ! Ce n'est pas possible ! gémit-il d'une voix à peine audible.

— Vous devez signer le dernier feuillet, l'informa le commandant, impassible. Donald, votre stylo, je vous prie… »

Sans un mot, l'Administrateur griffonna à la hâte sur la feuille que lui indiquait l'officier, laissa tomber le stylo à terre et se rua dans la navette, suivi par la douzaine de gardes et le gros homme en civil. Le berceau commença à se déplacer alors même que le panneau d'ouverture n'était pas encore rabattu. Le commandant et ses hommes restèrent sans bouger jusqu'à ce que la porte intérieure du sas se referme, puis se détournèrent pour regagner leurs quartiers.

« Je ne voudrais pas être à la place des malheureux habitants de ce trou perdu, entendirent-ils encore avant que la porte se referme. Ce salopard va leur en faire baver… »

Une fois seuls, Zalan poussa un grand soupir.

« J'ai bien cru que ça allait mal finir ! Heureusement que le bluff du commandant a pris !

— Ce n'était pas du bluff, répondit Anya. Les hommes de l'équipage étaient bien là, prêts à tirer. C'est déjà arrivé que des vaisseaux du consortium soient attaqués quand ils apportent ce genre de nouvelles. Je l'ai lu dans son esprit.

— Génial ! Tu sais, Anya, je commence à me demander si c'est une si bonne idée que ça, de débarquer sur ce monde… Tu as vu ce type et la façon dont il a réagi ! Il n'a pas l'argent pour payer le tribut et va mettre la planète à feu et à sang pour récupérer tout ce qu'il peut. Pas le meilleur moment pour des fugitifs comme nous… Sans compter que s'il ne parvient pas à rassembler la somme exigée par le Trésor impérial, la Flotte va se pointer et, là, ça ira vraiment mal !

— On pourrait essayer d'attendre la prochaine escale.

— Impossible, tu sais bien. Si je me sers encore dans les réserves, cette fois, ils auront la certitude d'avoir des passagers clandestins. On ne peut pas prendre ce risque.

— Alors, nous n'avons pas le choix. Espérons simplement que nous aurons plus de chance avec les autres navettes : ce sont des mineurs, je l'ai lu dans l'esprit du commandant…

— Oui, tu as raison, dit-il sombrement. Espérons… »

Les heures défilèrent, interminables dans l'immense garage désert.

« Et s'ils ne venaient pas, dit enfin Anya. S'ils envoyaient seulement des navettes de minerai pour décharger leur cargaison dans les soutes ?

— C'est ce qu'ils vont faire, mais ensuite il faudra bien que les mineurs se fassent payer. À un moment ou à un autre, ils viendront ici toucher leur argent… Mais tu as raison, je vais aller aux nouvelles. Reste là et ne te montre pas. Je ne serai pas long !

— Tu devrais passer voir Louhann et lui expliquer ce qui se passe. La pauvre doit être malade d'inquiétude ! »

Zalan en convint et disparut aussitôt. Anya attendit en s'efforçant de ne pas penser à son estomac qui recommençait à crier famine. *Il a raison,* pensa-t-elle. Ça ne peut plus durer…

Le furtif revint quelques minutes plus tard ; il paraissait rassuré.

« Ils attendent encore deux navettes, lui apprit-il. Celle d'un des chefs des mineurs pour conclure la vente. L'autre, je n'ai pas trop compris. Apparemment, des mineurs qui viendraient pour acheter ce qu'ils peuvent. Tu vois, on aura le choix !

— Tu as prévenu Louhann ?

— Je sors de sa cabine. Tu avais raison, elle était persuadée que nous étions partis sans elle… Elle était rudement contente de me voir ! »

La sonnerie annonçant l'ouverture de la porte extérieure du sas retentit à ce moment. Ils reculèrent à l'abri du berceau de la grosse navette et, quelques instants plus tard, la porte s'ouvrit de nouveau, laissant passer le commissaire de bord accompagné de deux hommes d'équipage. Cette fois, le commandant brillait par son absence.

« Il ne pouvait sans doute pas faire autrement tout à l'heure, murmura Zalan, face à un personnage important. Et aussi parce qu'il fallait lui remettre le courrier du Trésor impérial. Avec les mineurs, ça va se passer bien plus simplement… »

Quand la porte intérieure du sas s'ouvrit, deux navettes apparurent, posées sur des berceaux qui les amenèrent au milieu du garage. De l'une, un engin de petites dimensions, descendit un groupe d'hommes et de femmes qui se lancèrent aussitôt dans une discussion animée avec le commissaire. De l'autre, nettement plus volumineuse, surgirent deux hommes de grande taille qui, après une brève conversation avec un des marins, s'éloignèrent en direction des soutes.

« Qu'est-ce qu'on fait ? souffla Anya.

— Pour le moment, on attend. Ceux de la première navette n'en auront sans doute pas pour très longtemps. Ils ont déjà dû se mettre d'accord sur le prix, donc il s'agit juste de conclure l'affaire. Les autres, c'est différent ; il y a des chances qu'ils prennent tout leur temps pour faire leurs emplettes. En plus, ils ne sont que deux, dans une navette beaucoup plus grande. Nous attendrons que la première soit repartie pour monter à bord de l'autre. Si nécessaire, nous tenterons le coup plus tôt, mais j'aimerais mieux pas… Reste ici et ne te fais pas remarquer ; je vais aller chercher Louhann. Si jamais les choses se précipitent, appelle-moi mentalement, mais doucement, s'il te plaît ! Ce n'est pas le moment que je perde ma concentration !

— Ne t'inquiète pas, je ferai attention. »

Il disparut sous ses yeux en direction de la porte restée ouverte – apparemment, le commandant faisait davantage confiance aux mineurs qu'à son visiteur précédent – mais, en dépit de sa vigilance, Anya ne parvint pas à distinguer la moindre trace de son passage. Elle soupira, rassurée. D'ici peu, ils seraient dans la navette des deux mineurs et, si tout se passait bien, Zalan parviendrait enfin à leur trouver de quoi manger…

Naturellement, elle ne le vit ni ne l'entendit revenir. C'est seulement lorsque Louhann apparut d'un coup dans l'ombre protectrice qu'elle réalisa qu'ils étaient de retour. Un peu plus loin, les responsables des mineurs et le commissaire de bord paraissaient proches de conclure leur transaction. Louhann regardait de tous les côtés, les yeux écarquillés. Anya réalisa alors qu'en dépit de tout le temps passé à bord, la jeune fille n'avait jamais vraiment vu le vaisseau. Sans doute avait-elle déjà traversé le garage, mais avec les doses de tranquillisant que lui administrait le médecin du bord, elle ne devait en garder aucun souvenir. Anya tendit le bras pour lui prendre la main, et la jeune *alter* l'agrippa avec une force révélatrice de l'excitation et de la peur qu'elle éprouvait.

Le chef des mineurs échangea encore quelques mots avec le commissaire de bord ; les deux hommes se serrèrent la main, et la délégation remonta dans la navette. Le panneau latéral se referma et le berceau s'ébranla dans un léger grincement. Le commissaire et les marins avaient déjà disparu.

« Parfait, souffla Zalan. À nous. Restez bien près de moi, toutes les deux… »

Quelques instants plus tard, ils étaient à bord de la seconde navette. La rampe donnait dans une vaste cabine comportant plusieurs rangées de sièges séparées par un étroit couloir central. Le poste de pilotage, isolé par une paroi métallique, n'était pas visible. Au fond de la cabine, une petite porte donnait accès à la soute. Ils s'installèrent sur les derniers sièges, toujours protégés par l'écran d'invisibilité généré par le furtif, et attendirent en silence.

Une vingtaine de minutes plus tard, des bruits de voix et le léger chuintement du moteur d'un chariot élévateur les avertirent du retour des mineurs. La porte extérieure de la soute s'ouvrit à grand bruit.

Une voix s'éleva, joviale.

« Dis, Einar, si tu me donnais un coup de main ? À deux, ça ira plus vite, tu ne crois pas ?

— Si ça peut te faire plaisir… répondit l'autre mineur. Mais pour ce que tout ce bazar risque de te servir, tu ferais aussi bien de le laisser là ! Je ne comprends pas comment tu as pu te faire refiler ce tas de débris ! D'accord, tu ne les as pas payés bien cher, mais tout de même !

— Einar, mon ami, tu ne comprends rien à l'art de la négociation ! Si j'avais paru intéressé, ils auraient monté les prix. Là, ils sont persuadés de m'avoir entubé, et c'est pour ça qu'ils m'ont laissé le tout pour une bouchée de pain !

— Mais qu'est-ce que tu vas bien pouvoir faire de tout ça ? Je sais que tu es un petit génie de la mécanique, Ossiah, mais tous ces trucs sont en panne. Et vieux comme Hérode, en plus !

— Homme de peu de foi ! Tu n'imagines pas la quantité de pièces détachées que je vais tirer de ces vieux machins, comme tu dis ! Crois-moi, je sais ce que je fais !

— Espérons… soupira l'autre. Dis donc, ça pèse des tonnes, ces trucs-là !

— Arrête de râler, on a presque fini. Voilà, ça y est… C'est bon, cria-t-il à l'adresse du conducteur du chariot. Merci et à la prochaine fois ! »

La réponse de l'homme d'équipage se perdit dans le bruit de fermeture de la soute.

Les deux mineurs entrèrent dans la cabine. D'instinct, Anya retint son souffle. Intellectuellement, elle savait que le talent de Zalan les dissimulait à la perfection, mais en voyant les deux hommes si proches, elle avait bien du mal à se persuader qu'ils n'étaient pas le moins du monde conscients de leur présence. Louhann devait éprouver des sentiments similaires car elle lui serrait la main à lui faire mal.

« Et ça, c'est quoi ? dit le plus grand en montrant le petit paquet que l'autre tenait à la main.

— Un cadeau pour Tatiana. Pas grand-chose, mais j'espère qu'elle appréciera.

— Ça, tu peux en être sûr, affirma le premier, qui était nettement plus jeune que son compagnon, remarqua Anya. Je peux te dire une chose, je ne l'ai jamais vue aussi heureuse que depuis que tu es là ! Tu ne peux pas savoir à quel point ça me fait plaisir. Oh, mais, tu ne serais pas en train de rougir, des fois ?

— Tu ferais mieux de t'asseoir au lieu de dire des bêtises ! On s'en va !

— À vos ordres, monsieur le pilote! »

Ils entrèrent dans le poste de pilotage en continuant de discuter et de rire. La navette s'ébranla.

« Alors? questionna Zalan à voix basse.

— Ils ont l'air gentils, répondit Anya. Je crois qu'on est bien tombés…

— Ç'aurait pu être pire, concéda le furtif. Mais tant que nous ne sommes pas bien tranquilles sur la planète, je préfère rester prudent! »

La navette était maintenant dans l'espace. Les voix indistinctes du pilote et de son passager leur parvenaient à peine, couvertes par le ronronnement des moteurs. Puis, bien plus tôt qu'ils ne s'y attendaient, la navette ralentit et il y eut de nouveau les manœuvres d'entrée dans un sas.

« Qu'est-ce qui se passe? murmura Anya. Ils sont retournés au vaisseau?

— Je n'en sais pas plus que toi, ma petite, mais ça ne me plaît pas du tout. » Il écouta attentivement quelques instants. « Je ne crois pas que ce soit le *Twin Cities*. La sirène du sas n'est pas la même… »

Anya laissa son esprit effleurer celui des deux mineurs. Ils semblaient sincèrement heureux de rentrer chez eux. Elle poussa ses investigations un peu plus loin, laissant des images surgir. Une multitude de blocs rocheux de toutes tailles suspendus dans l'espace. Les plus gros…

« Ce n'est pas un vaisseau, dit-elle enfin, mais ça ne vaut sans doute pas mieux. Ce sont des astéroïdes. C'est là qu'ils vivent, pas sur la planète. »

Zalan resta un moment silencieux, le temps de digérer la nouvelle. Puis, alors que les deux mineurs quittaient la navette en discutant tranquillement, il haussa les épaules.

« Ce n'est sans doute pas l'idéal, mais il faudra bien s'en contenter. Les cachettes ne doivent pas manquer, et la disparition de la nourriture que j'irai voler ne se remarquera certainement pas. Et puis, ils doivent bien quand même se rendre de temps en temps sur la planète! Nous allons être très prudents, surveiller leurs activités, et dès que l'occasion de filer se présentera, nous la saisirons. Nous n'avons pas tellement le choix. Attendons encore un peu qu'ils viennent récupérer leur cargaison et je partirai en exploration. »

Il se força à sourire.

« Et ne faites pas cette tête-là ! On s'en sortira, vous verrez ! »

Chapitre 27

« ... eámque secúndum voluntátem tuam pacificáre et coadunáre dignéris. Qui vivis et regnas in saecula saeculórum.

— Amen », murmura machinalement le père Douglas O'Connor, l'esprit ailleurs.

Le cardinal Debenest avait beau expédier le rituel à toute allure, le jeune prêtre avait tout de même eu le temps de sortir de l'état d'exaltation dans lequel l'avait plongé cette convocation impromptue à assister à la messe dans la chapelle privée du saint-père et de commencer à se poser des questions.

D'ordinaire, seuls les plus hauts dignitaires de Vatican étaient admis dans la chapelle jouxtant les appartements privés de Clément XVII et, s'il fallait en croire les rumeurs, seuls les prélats les mieux en cour y étaient admis. Alors, pourquoi lui ? Tout jeune prêtre juste sorti du grand séminaire de la Nouvelle-Rome, jamais il n'aurait seulement rêvé bénéficier d'une telle faveur.

Un peu plus tôt encore, lorsqu'il s'était présenté devant la grande porte de bois sombre, il était persuadé qu'il s'agissait d'une erreur et que les deux gardes en grand uniforme placés de chaque côté de l'entrée auraient tôt fait de l'éconduire, mais celui à qui il avait présenté le papier qu'il avait trouvé glissé sous la porte de sa petite chambre s'était contenté d'un bref hochement de tête avant de le laisser entrer. À l'intérieur, un prêtre entre deux âges qu'il n'avait encore jamais vu l'avait conduit à cette stalle, une des plus éloignées de l'autel.

Il avait attendu, l'esprit en tumulte. À n'en pas douter, une telle distinction – même s'il ne voyait pas ce qu'il avait bien pu faire pour la mériter – augurait d'un avenir prometteur. Peut-être même aurait-il le privilège d'être présenté à Sa Sainteté !

Pour privée qu'elle fût, la chapelle était imposante. Deux rangées de stalles de bois sculpté s'alignaient le long des murs tandis que quelques autres, plus massives, occupaient la plus grande partie de la vaste nef. L'autel, séparé des stalles les plus proches par de lourds tapis aux couleurs passées, occupait tout le mur du fond. Là encore, le bois de feu des forêts de Vatican avait été employé à l'exception de tout autre matériau, aussi bien pour la table massive au piètement imposant que pour la lourde croix du haut de laquelle un Christ de marbre blanc contemplait la salle d'un œil sévère. Trois petites fenêtres ornées de vitraux représentant des épisodes célèbres de la vie de saint Victor IV, premier pape du temps de l'Installation, canonisé peu de temps après sa mort par Paul VIII, son successeur immédiat, ne parvenaient qu'à peine à dissiper la pénombre. Sur la première, saint Victor, debout en haut de la rampe d'accès d'une énorme navette, bénissait la foule qui l'attendait. La suivante montrait le saint contemplant du haut d'une colline la foule des fidèles embarquant dans un large vaisseau spatial, s'apprêtant à quitter Providence pour s'installer sur Vatican, et la dernière Victor marchant dans l'unique rue du petit village qui allait devenir la Nouvelle-Rome, quelques rares indigènes se prosternant devant lui.

Douglas avait attendu, tout heureux, tandis que la chapelle se remplissait peu à peu. Il avait vu entrer plusieurs cardinaux, tous très âgés, avant que son éminence le cardinal Fortezza, secrétaire général et à ce titre second personnage de Vatican, nettement plus jeune – une solide cinquantaine – ne les rejoigne à son tour. Enfin, Sa Sainteté Clément XVII avait fait son entrée, appuyé sur les bras solides de deux jeunes vicaires.

À cet instant, O'Connor n'avait pu s'empêcher d'éprouver une légère déception en voyant les deux hommes installer le vieillard sur un large fauteuil confortable tandis que le cardinal Debenest apparaissait à son tour, revêtu des ornements liturgiques. Ainsi, Sa Sainteté ne conduirait pas elle-même l'office…

Il est très vieux, avait-il pensé. *Il faut qu'il se ménage.*

Puis, à mesure que la voix monotone de Debenest débitait le rituel, son esprit s'était remis à fonctionner normalement. En tournant légèrement la tête, il pouvait apercevoir le vieux pape avachi sur son siège, la tête inclinée.

Il médite, avait-il d'abord pensé, avant de s'apercevoir que le chef de la sainte Église n'ouvrait même pas la bouche pour les réponses rituelles.

« *Ite missa est*, prononça enfin Debenest.

— *Deo gratias* », murmura automatiquement Douglas. Déjà, les deux vicaires qui avaient installé Clément XVII sur son fauteuil s'affairaient à le relever. Cette fois, ils passèrent juste devant lui, portant littéralement le vieillard, dont la tête ne s'était pas relevée un seul instant.

Il dort, avait réalisé O'Connor, atterré. *Ou alors, il est inconscient…*

Il n'eut pas le loisir de s'interroger plus avant, car le prêtre qui lui avait indiqué sa place au début de l'office lui faisait signe de sortir après avoir reconduit les cardinaux à l'extérieur de la chapelle.

Douglas O'Connor quitta la petite salle et son atmosphère oppressante, presque soulagé. Qu'était-il donc allé s'imaginer ? Être présenté à Sa Sainteté ?

Dans l'état où il est… ne put-il s'empêcher de penser, avant de s'excuser mentalement. *Pardonnez-moi, Seigneur, car j'ai pêché.*

Ce soir, dans le calme de sa petite chambre, il ferait pénitence, se promit-il.

Il s'apprêtait à s'éloigner pour regagner la partie publique du Palais lorsqu'une voix assourdie prononça son nom.

« Père O'Connor, un instant, je vous prie. »

Il se retourna pour se trouver nez à nez avec le cardinal Fortezza, qui le regardait d'un air amusé.

« Votre Éminence… », bredouilla Douglas, ne sachant trop comment se comporter devant le véritable maître de la Nouvelle-Rome, mais Fortezza l'empêcha de continuer en le prenant par le bras.

« Venez avec moi, dit-il d'un ton affable, et pour l'amour de Notre Seigneur, détendez-vous ! Cette conversation n'a rien d'officiel… »

Le tenant toujours par le bras, il l'entraîna dans les couloirs, bien en arrière des autres cardinaux qui s'éloignaient à pas lents.

« Vous devez certainement vous demander par quel miracle vous avez été convié à assister à l'office dans la chapelle privée du souverain Pontife ? Eh bien, ne cherchez pas, c'est moi qui ai tout arrangé. Pourquoi ? Je vais vous le dire mais, auparavant, laissez-moi vous poser une question : qu'avez-vous pensé de notre très saint-père ?

— Il paraît un peu… fatigué », risqua Douglas après une longue hésitation. Quelle réponse attendait donc le cardinal ?

« Un peu fatigué ? » Fortezza laissa échapper un petit rire feutré. « Allons, mon ami, vous l'avez vu comme moi !

— Il est vieux… tenta diplomatiquement le jeune prêtre, s'attirant un soupir d'impatience.

— Il est *très* vieux, et pour être franc, tout à fait gâteux ! Oh, ne prenez pas cet air outré ! Il a été un grand pape, mais le Seigneur ne tardera pas à le rappeler à lui. C'est une question de mois, voire de semaines, selon ses médecins. Me fais-je bien comprendre ? »

Douglas O'Connor n'était pas stupide. Clément XVII disparu et enterré avec tous les honneurs dus à son rang, un conclave serait convoqué pour élire son successeur ainsi que cela s'était toujours fait dans la longue, très longue histoire de l'Église, aussi bien sur la vieille Terre avant la Traversée que depuis l'Installation et l'édification de la Nouvelle-Rome. Mais ce qui avait de tout temps été une période de crise pour l'institution tenait désormais du cauchemar en raison du monopole du consortium Bledsoe sur le voyage hyperspatial. Même si des vaisseaux faisaient régulièrement escale sur Vatican, les délais pour prévenir les cardinaux dispersés aux quatre coins de l'Œkumène et plus encore pour les rassembler tous à la Nouvelle-Rome se comptaient en mois, sinon en années. Et, pendant tout ce temps, l'intérim revenait constitutionnellement au cardinal secrétaire général – Luigi Fortezza, l'homme qu'il avait en face de lui.

« Je suis à votre disposition, Votre Éminence, murmura-t-il simplement.

— Dom Bülow m'avait bien dit que vous étiez un garçon intelligent… Père O'Connor, j'ai une mission à vous confier, une mission un peu particulière, qui vous entraînera loin de Vatican. J'ai besoin de votre réponse tout de suite. Naturellement, à votre retour, le nouveau pontife ne pourra que récompenser votre obédience… »

Douglas n'eut pas à réfléchir bien longtemps. L'appui d'un personnage tel que Fortezza, surtout dans la période de tensions qui allait s'ouvrir sur Vatican, était une chance qu'aucun homme sensé n'aurait laissé échapper.

« Je ferai tout ce que vous voudrez, Votre Éminence, répondit-il d'une voix ferme.

— Parfait ! approuva le cardinal, de nouveau souriant. Présentez-vous à mon bureau demain après l'office du matin. Je vous dirai ce que j'attends de vous. »

Tout en parlant, il lui tendit sa main ornée de l'anneau. Douglas s'agenouilla pour le baiser.

« Allez en paix, mon fils… »

Le père O'Connor s'éloigna d'un pas rapide, la soutane battant autour de ses longues jambes. Le cardinal secrétaire général regarda sa haute silhouette disparaître avec un petit sourire. Exactement l'homme qu'il lui fallait : intelligent mais pas trop, et surtout, l'archétype même du dignitaire de Vatican tel que les fidèles de tous les mondes arriérés de la Périphérie se le représentaient.

Un de ses assistants le rejoignit sur le chemin du retour.

« Alors ?

— Il fera l'affaire. Prévenez madame Vitchovsky que je l'attends dans mon bureau demain matin après l'office. »

Chapitre 28

C'est encore pire que dans le vaisseau… pensa Anya en retenant un soupir.

Sur le grand navire spatial, ils pouvaient au moins se dégourdir les jambes de temps en temps dans les immenses soutes désertes, mais ici, dans cet énorme caillou creux, quitter la cabine où ils avaient trouvé refuge était bien plus dangereux car les habitants circulaient en permanence le long des coursives. C'était seulement très tard, lorsque les lumières s'éteignaient enfin, ne laissant subsister que de rares veilleuses, que Zalan consentait à les laisser sortir brièvement à l'abri de son écran protecteur.

Au bout de quelques jours, Anya n'en pouvait plus. C'était encore pire pour Louhann, dont la vitalité retrouvée après la dissipation des dernières traces de tranquillisant s'accommodait mal des restrictions imposées par le furtif. Comme sur le vaisseau, le seul à prendre la situation avec philosophie était Zalan lui-même, qui se baladait à sa guise dans l'astéroïde que ses habitants appelaient la *maison Mertov*… Ce fichu caillou n'avait pourtant rien à voir avec les vraies *maisons* qu'Anya avait vues dans des livres, autrefois, sur Regulus. En tout cas, le furtif disparaissait constamment, souvent pour de longues périodes, avec toujours d'excellents prétextes pour justifier ses absences… Ils ne manquaient certes de rien et, surtout, mangeaient à leur faim, mais Anya sentait que bientôt, les journées entières d'inactivité et d'ennui deviendraient insupportables.

Sans surprise, ce fut Louhann qui craqua la première.

Pour des raisons de commodité évidentes, Zalan avait choisi deux cabines communicantes. Les deux filles occupaient la plus grande, qui servait également de pièce commune dans la journée; la plus petite était la chambre du furtif. Au fil des jours, faute d'autre occupation, Louhann et Anya avaient beaucoup discuté et, peu à peu, s'étaient attachées l'une à l'autre, au point qu'Anya considérait maintenant la jeune *alter* comme la grande sœur qu'elle n'avait jamais eue. De son côté, Louhann lui témoignait également beaucoup d'affection. Mais, après des jours et des jours passés ensemble, les bavardages se faisaient plus rares, les silences plus longs et plus pesants. Pour leur donner un peu d'intimité, Zalan leur avait conseillé d'utiliser sa chambre pendant ses absences, et les deux filles avaient vite pris l'habitude de s'isoler de longs moments.

Anya leva les yeux du livre qu'elle venait de terminer – une petite armoire en contenait une série, pas spécialement passionnants, mais c'était toujours mieux que rien – et chercha machinalement Louhann du regard. La jeune *alter* n'était pas en vue. Anya supposa naturellement qu'elle était dans l'autre pièce et n'y pensa plus mais, quelques minutes plus tard, des coups violents à la porte la tirèrent des pensées dans lesquelles elle était plongée. Affolée, elle bondit sur ses pieds et s'approcha du vantail.

La voix de Louhann lui parvint, étouffée par le métal.

« Anya ! Ouvre-moi ! Vite !

— Louhann ? Mais qu'est-ce que tu fais dehors ?

— Ouvre vite ! Il arrive ! Je l'entends ! »

Brusquement consciente de l'urgence, Anya débloqua le verrou. La porte s'ouvrit à la volée, et Louhann se précipita dans la cabine, le souffle court. Anya s'empressa de refermer, prenant bien soin de ne pas faire de bruit. Le verrou remis en place, elle se tourna vers son amie, interloquée et courroucée à la fois.

« Si tu m'expliquais ?

— Plus tard ! répliqua Louhann. Tais-toi ! Il ne doit pas être loin… Il pourrait nous entendre ! »

Sans se soucier du regard meurtrier que lui lançait Anya, elle se pencha pour coller l'oreille au battant de métal. N'osant rien ajouter, Anya lança une vrille mentale pour explorer le couloir. Quelqu'un s'approchait effectivement, partagé entre l'excitation et l'étonnement. Elle identifia aussitôt le jeune homme qui accompagnait le pilote de la navette. Comment l'autre l'avait-il appelé, déjà ? Ah oui, Ossiah…

Elle introduisit une délicate vrille dans son esprit et faillit se retirer aussitôt car, pour subtil qu'ait été le contact, le jeune homme avait eu une réaction de recul immédiate, comme s'il avait ressenti l'intrusion dans son cerveau. Anya attendit encore un peu avant de poursuivre ses investigations, sans entraîner d'autre réaction indiquant qu'il avait conscience de sa présence. Ses émotions lui parvinrent, particulièrement puissantes : l'excitation de la poursuite, et la surprise de n'avoir pas encore rejoint la fille avec qui il s'était trouvé nez à nez à l'intersection des deux coursives et qui s'était enfuie à toutes jambes en le voyant. L'étonnement, maintenant qu'il prenait le temps de réfléchir. *Une fille que je n'ai jamais vue ! De quelle maison peut-elle bien venir ? Et pourquoi s'est-elle sauvée en me voyant ?* Quelque chose le tracassait. *Ses vêtements…* Il n'en gardait pas un souvenir très précis, mais ce n'était pas ceux que portaient d'ordinaire les mineurs… *Bizarre. Et où est-elle donc passée* ?

Anya attendit qu'il se soit éloigné pour parler.

« Il est parti. Mais il continue à te chercher ! Et il se pose des questions… Je n'arrive pas à y croire ! Tu as quitté la cabine pour aller te balader dans les coursives, toute seule, sans la protection de Zalan ? Il ne t'est pas venu à l'idée que tu allais forcément te faire repérer ?

— D'après lui, à cette heure-ci, il n'y a presque plus personne, répondit Louhann, pas spécialement contrite. Ils sont tous en train de dormir ! Je n'en pouvais plus d'être enfermée… Il fallait que je sorte ! Et puis, ce n'est pas si grave : il a à peine eu le temps de me voir. Il n'a aucune raison d'imaginer que je ne suis pas d'ici, ou bien d'un autre de ces fichus astéroïdes !

— Détrompe-toi ! répliqua Anya, acerbe. Il a déjà compris que tu venais d'ailleurs ! À cause de tes vêtements, tout bêtement… Espérons qu'il finira par se persuader d'avoir rêvé ! En tout cas, je ne voudrais pas être à ta place quand Zalan l'apprendra !

— On n'est peut-être pas obligées de lui dire, risqua Louhann.

— Tu plaisantes, j'espère ! Avec tout le mal qu'il se donne pour que nous passions inaperçus ! Et toi qui risques de tout ficher en l'air simplement parce que tu voulais te changer les idées… Ossiah peut très bien en parler à quelqu'un d'autre, à son ami qui pilotait la navette, par exemple. Et celui-là n'est pas du genre à laisser tomber s'il commence à soupçonner quelque chose ! »

À la mention du nom du jeune homme, Louhann avait brusquement relevé la tête.

« Ossiah ? C'était Ossiah ? Je suis partie si vite que je n'ai même pas eu le temps de voir de qui il s'agissait !

— C'était bien lui, répliqua Anya en levant les yeux au ciel. Et si tu veux tout savoir, il ne te recherchait pas seulement parce qu'il se demandait qui tu étais, mais surtout parce qu'il t'a trouvée très mignonne…

— C'est vrai ? Tu n'inventes pas pour me faire plaisir ? »

Depuis leur arrivée dans la maison Mertov, il ne se passait pas une journée sans que Louhann ne mentionne le jeune homme, qui lui avait fait forte impression. C'était même devenu un sujet de plaisanterie entre les trois fugitifs.

« C'est vrai, je l'ai lu dans son esprit. Tu auras au moins ça pour te consoler après le savon que Zalan va te passer, tu peux en être sûre ! »

Anya ne s'était pas trompée : le furtif prit très mal l'imprudence de la jeune *alter*.

« Tu es complètement inconsciente, dit-il avec une colère froide lorsque Louhann lui eut expliqué ce qui venait de se passer. Si je t'avais sue assez stupide pour te comporter de cette manière, je t'aurais laissée sur le *Twin Cities* ! Quelle mouche t'a donc piquée ? Si jamais il fait part de ses soupçons à d'autres, nous sommes fichus ! Je vous ai déjà expliqué ça cent fois ! Tant que personne ne se méfie, nous avons nos chances, mais le jour où quelqu'un commence à avoir des soupçons, ce n'est plus qu'une question de temps avant qu'on se fasse coincer ! Et tu viens de leur donner un sacré coup de main !

— Il n'en parlera sans doute à personne, intervint Anya, conciliante. Il aura trop peur qu'on se moque de lui…

— Peut-être, admit Zalan à contrecœur. Espérons-le en tout cas, parce que sinon, ça risque de mal finir… »

Sur un dernier regard noir pour Louhann qui se faisait toute petite, il partit à grands pas s'enfermer dans sa chambre.

« Il est vraiment fâché… murmura la jeune femme, au bord des larmes.

— Tu t'attendais à quoi ? Des félicitations ? Allez, poursuivit Anya, radoucie par le désarroi de son amie, avec un peu de chance, ça va s'arranger, tu verras ! »

« Je te jure, Einar, je l'ai vue comme je te vois ! Elle était là, devant moi, juste là ! De la main, il indiquait l'autre coursive. Elle a fait demi-tour aussitôt, mais j'ai quand même eu le temps de bien voir son visage. C'est seulement quand elle est partie en courant que j'ai réalisé, pour sa tenue…

— Et tu es certain qu'il ne s'agit pas d'une fille d'une autre maison ?

— C'est que j'ai pensé au début, admit Ossiah. D'autant que c'était l'explication la plus logique. Seulement, tu vois, les filles des autres maisons, je les connais toutes ! Aucune erreur possible. Et sa combinaison était blanche, uniformément blanche ! Tu sais ce que je pense ? »

Einar hocha la tête. Comme il s'en était vite rendu compte depuis son adoption dans la maison Mertov, les habitants de la ceinture obéissaient à une multitude de règles non écrites qu'il ne serait venu à l'esprit d'aucun d'eux de transgresser. Ainsi, chacun arborait les couleurs de sa maison, agressivement affichées sur les combinaisons de travail, plus discrètes sur les autres vêtements, mais toujours bien visibles. Peu familier avec ce genre de coutumes, Einar n'aurait sans doute pas relevé ce détail, mais il savait qu'il pouvait faire confiance à Ossiah pour cela.

« Une passagère clandestine débarquée du vaisseau du consortium ? Que nous aurions ramenée avec nous l'autre jour ?

— Tu vois une autre explication ? Ces combinaisons blanches, c'est ce que leurs équipages portent quand ils ne sont pas en uniforme, tu le sais aussi bien que moi ! »

Einar n'était pas convaincu.

« En admettant que ce soit bien une étrangère et pas une gamine d'une autre maison qui aurait suffisamment grandi pour que tu ne la reconnaisses pas…

— Je te dis qu'elle n'est pas d'ici ! répliqua Ossiah avec un soupir d'exaspération. Les filles des différentes maisons, je les connais suffisamment, quel que soit leur âge, pour les identifier immédiatement ! Combien de fois faudra-t-il que je te le répète pour que ça rentre dans ton crâne épais ?

— D'accord ! capitula Einar. Mais pourquoi ne viendrait-elle pas d'Orosco ?

— Parce que j'ai vérifié, figure-toi ! Aucune navette n'est montée de la surface depuis l'arrivée du *Twin Cities* et, de notre côté, une seule sortie a eu lieu, pour la cérémonie d'investiture de ton copain Eleazar – et c'était encore bien plus tôt ! J'ai parlé au pilote. Il n'y avait que des officiels à bord, à l'aller comme au retour ! Et en plus, c'est une blonde. Tu sais aussi bien que moi qu'en bas, les blondes ne courent pas les rues !

— Admettons… Tout de même, j'ai du mal à comprendre pourquoi cette histoire te tient tant à cœur… Dis-moi, elle était jolie, cette fille ?

— Qu'est-ce que tu vas t'imaginer ? Si un passager clandestin a réussi à s'infiltrer dans une de nos maisons, c'est le devoir de chacun de le débusquer, non ? répondit dignement Ossiah, avant d'éclater de rire : Tu as raison, reconnut-il. Elle était jolie, et même bien plus que ça !

— Là, je comprends mieux, soupira Einar. Décidément, tu ne changeras jamais… Enfin, continue à la chercher, ta belle inconnue. Avec un peu de chance, tu finiras peut-être par mettre la main dessus !

— Euh… J'avais pensé que tu pourrais peut-être me donner un coup de main.

— C'est ça ! Tu me vois essayer d'expliquer à Tatiana ce que je fabrique à fureter dans les coursives ? Crois-moi, j'ai autre chose à penser en ce moment.

— Tatiana ?

— Non ! De ce côté-là, tout va on ne peut mieux ! C'est ce qui se passe sur Orosco qui me préoccupe. »

Ossiah parut surpris et soulagé à la fois.

« Tant mieux ! Je veux dire, pour Tatiana, s'empressa-t-il de préciser en voyant son ami hausser les sourcils. Mais pourquoi Orosco ? Je sais bien que depuis la mort du vieux Vargas, les relations se sont tendues mais, tant qu'Eleazar ne cherche pas à te récupérer, je ne vois pas pourquoi tu t'inquiètes. »

Einar haussa les épaules. Il ne souriait plus.

« Ce n'est pas pour moi que je m'en fais. Ce sont ces rumeurs… » Devant l'air perplexe d'Ossiah, il poursuivit : « Ce sont surtout des conversations captées par les radios. Pas les communications officielles, quoique celles-ci semblent confirmer ce qui se dit sur la planète. Eleazar n'a certes jamais été un modèle de douceur mais, depuis le départ du *Twin Cities*, il se comporte en véritable tyran. Selon nos informations, il aurait augmenté massivement les taxes, provoquant du même coup des émeutes – réprimées dans le sang, naturellement… »

Ossiah haussa les épaules.

« Il fallait s'y attendre ! Ce type est un malade…

— J'ai bien peur que ce ne soit pas si simple… Certains disent que le vaisseau du consortium a apporté l'avis de passage des collecteurs.

— Le tribut ? Et alors ? Il a de quoi payer, avec tout ce que son père et lui nous ont soutiré ces dernières années ! Je ne vois pas en quoi cela nous concerne !

— Réfléchis, Ossiah ! Si réellement le commandant lui a remis le courrier impérial, la seule explication logique à son comportement est qu'il ne *peut pas* payer. En vérité, ce n'est pas surprenant. Le vieux Vargas avait déjà fait de grosses dépenses, et Eleazar a la réputation de jeter l'argent par les fenêtres…

— Possible… Mais c'est son problème, pas le nôtre ! »

Einar soupira de nouveau, exaspéré.

« Tu le fais exprès, ou quoi ? Quand il aura fini de pressurer tous ces malheureux, en bas, à qui s'en prendra-t-il, à ton avis ?

— À nous ? » Ossiah paraissait sincèrement étonné. « Et pourquoi ? Nous avons toujours payé notre part sans rechigner, de quel droit demanderait-il davantage ? Même s'il essaie, les Prévôts ne se laisseront pas faire, tu peux en être certain ! Tu te fais du souci pour rien, mon ami ! »

Einar s'apprêtait à protester, mais il se ravisa.

« J'espère que tu as raison… N'empêche, j'ai un mauvais pressentiment. Quelque chose va mal tourner, je le sens. »

Dans les jours qui suivirent, Ossiah mena sa petite enquête. Au début, il ne trouva rien d'anormal, puis, petit à petit, des détails insignifiants attirèrent son attention. Les cantinières du matin qui plaisantaient, s'accusant mutuellement de se servir dans les plats préparés la veille. Une blanchisseuse accusée par son chef de service d'avoir égaré un panier de linge. D'autres remarques par-ci par-là à propos d'objets disparus, jamais beaucoup à la fois, jamais au même endroit.

De la nourriture, quelques vêtements, quelques objets essentiels, tout ce dont un passager clandestin aurait besoin pour subsister, prélevé avec beaucoup d'habileté, un peu ici, un peu ailleurs… S'il n'avait pas su quoi chercher, jamais il n'aurait prêté attention à ces ponctions insignifiantes sur les réserves de la maison mais, après une bonne semaine d'investigations, sa religion était faite : sa passagère clandestine existait bel et bien. Seul élément troublant, les quantités – toutes réduites qu'elles fussent – paraissaient singulièrement élevées pour une fille seule… Mais était-elle vraiment seule ? Peu probable… Quelqu'un devait l'accompagner. À ce stade de ses réflexions, Ossiah ne put réprimer un petit pincement de jalousie. Un mari ? Un petit ami ? Son frère, peut-être…

Sans doute son frère. Un frère et une sœur, fuyant ensemble à travers les étoiles ! Plus jeune, il avait lu des histoires comme ça sans vraiment les prendre au sérieux, mais après tout…

Son opinion arrêtée, Ossiah décida de retourner voir Einar pour lui demander à nouveau son aide. Il fallait maintenant se lancer dans une fouille en règle de tous les endroits où des fugitifs pouvaient se cacher, et pour cela, ils ne seraient pas trop de deux. Et puis, le pilote serait sans doute de bon conseil pour la suite, quand ils *les* auraient trouvés.

Lorsqu'il frappa à la porte du logement de Tatiana après le départ de la jeune femme pour sa réunion de travail quotidienne avec Dimitri, ce fut Nina qui ouvrit.

« Ossiah ! s'exclama-t-elle, ravie, en se jetant dans ses bras. Entre ! Tu viens voir maman ? Elle vient juste de partir ! »

La fille aînée de Tatiana allait sur ses seize ans et ressemblait beaucoup à sa mère. Ossiah avait longtemps vécu avec eux avant de prendre son indépendance, si bien qu'elle le considérait comme son grand frère.

Ossiah la serra affectueusement dans ses bras.

« Ce n'est pas elle que je voulais voir, répondit-il. Il faut que je parle à Einar. Il est là ? »

La jeune fille leva les yeux au ciel.

« J'aurais dû me douter que c'était pour lui que tu venais, pas pour maman et moi ! »

Ossiah s'apprêtait à protester, mais Nina lui coupa la parole en riant.

« Je plaisante ! Je sais bien que vous avez des tas de choses à vous dire ! Allez, viens. Il est avec David… »

Il la suivit, soulagé. Au début de la relation entre Tatiana et son ami, il avait craint que Nina ne prenne mal cette intrusion, mais la jeune fille avait accepté Einar tout de suite, soulagée de voir sa mère sortir du vide affectif dans lequel elle vivait depuis tant d'années. De son côté, le pilote la traitait avec beaucoup de considération, se gardant de chercher à imposer une quelconque autorité, si bien que leurs rapports étaient excellents.

« Einar ? Tu as de la visite ! »

Ossiah s'immobilisa un instant sur le seuil de la pièce. Assis devant un petit bureau, Einar leva les yeux de l'épais dossier qu'il était en train de feuilleter, David blotti contre lui, assis de guingois sur une autre chaise.

« Je vous laisse, dit Nina, déjà repartie dans la pièce voisine, je dois rejoindre Pav'… Il m'attend !

— Tu voulais me voir ? »

Einar esquissa un mouvement pour se lever, et David ouvrit les yeux. Son regard se posa sur Ossiah, toujours planté dans l'encadrement de la porte. Vif comme l'éclair, il quitta sa chaise et se précipita vers le jeune mineur, qui le serra contre lui, attendri. Le garçon leva la tête en le regardant d'un air inquisiteur, comme s'il attendait quelque chose.

Ossiah se dégagea doucement.

« Regarde ce que je t'ai apporté… »

Il tira de sa poche un petit objet et le tendit à David, qui s'en saisit prestement et resta figé sur place, très concentré.

« C'est une montre, lui dit Ossiah. Mais pas comme les nôtres : elle est beaucoup plus grosse et devait se porter dans la poche, pas au poignet. Elle est très vieille. Évidemment, elle ne marche plus, mais toi, tu pourras peut-être arranger ça… »

Le regard toujours fixé sur l'objet, le garçon ne réagit pas. Ossiah n'insista pas. David n'était pas un enfant ordinaire. Physiquement, c'était un garçon de taille moyenne, aux traits réguliers, un peu trop maigre – mais le problème n'était pas là. Pour une raison inconnue, dans sa septième année, le petit garçon vif et rieur avait commencé à changer, parlant de moins en moins, se réfugiant à l'écart, refusant tout contact. Les choses s'étaient rapidement aggravées, et David vivait désormais isolé dans son propre esprit. Cela faisait des années qu'il n'avait plus prononcé un mot. Pourtant, il était intelligent et comprenait parfaitement tout ce qu'on lui expliquait ; simplement, il refusait de communiquer. Au grand soulagement de Tatiana, il s'était pris d'affection pour Dahl et ne le quittait plus. De son côté, Einar se montrait étonnamment patient et attentionné envers lui.

David sortit soudain de son immobilité et fila jusqu'au bureau qu'Einar venait de quitter. Il commença à farfouiller dans les tiroirs, alignant avec soin une série de petits outils. Ossiah le regarda faire en souriant. Le garçon allait démonter la montre jusqu'à la dernière minuscule pièce, puis la remonter, pour la démonter à nouveau, et ainsi de suite jusqu'au moment où il cesserait d'un coup de s'y intéresser.

« Il faut que je te parle, reprit Ossiah. J'ai du nouveau. Mais pas ici, Tatiana pourrait revenir… Dans ma cabine. »

Einar n'attendit même pas que le jeune homme ait refermé la porte. Il paraissait impatient.

« Alors ?

— Ils sont bien là, il n'y a pas de doute.

— Ils au pluriel ? La fille n'est pas seule ? »

Ossiah résuma rapidement ses recherches.

« Ça ne colle pas, les quantités sont trop importantes. Deux, peut-être même trois… Alors, tu me crois, maintenant ? »

Einar ne répondit pas directement.

« La fille que tu as vue… Sa combinaison était blanche, sans marque distinctive, c'est bien ça ?

— Tout à fait. C'est ce qui m'a convaincu qu'elle ne venait pas d'une autre maison. Mais je te l'ai déjà dit !

— Je préférais être sûr… Moi aussi, j'ai du nouveau. Je suis allé rendre une petite visite aux radios de la Maison Alenine. Ces gars-là m'aiment bien, même si Dementiev ne peut pas me sentir. On a un peu discuté des rumeurs à propos de ce qui se passe sur Orosco, et ils m'ont laissé jeter un coup d'œil à leurs registres. À propos, ça ne s'arrange pas, en bas… Mais ce n'est pas de ça que je voulais te parler. Ils ont reçu un message du *Twin Cities* juste avant qu'il n'entre en translation. Les gars de la maison Alenine ont considéré que ça ne les concernait pas, c'est pour ça que personne ici n'en a entendu parler.

— Et c'était quoi, ce message ?

— Le commandant du vaisseau qui signalait la disparition de leur *alter* chargée des communications. Il demandait à tous ceux qui avaient eu accès au vaisseau de vérifier si elle ne s'était pas cachée à bord d'une navette. En cas de capture, elle doit être détenue jusqu'au passage d'un prochain vaisseau pour répondre, je cite, "du chef de rupture de contrat" ! »

Ossiah hocha la tête.

« En tant que membres de l'équipage, les *alter* portent la même combinaison blanche que les autres, mais dépourvue d'insignes de grade. Exactement comme la fille. Ça se tient ! Convaincu, cette fois ?

— Ça commence à faire beaucoup de coïncidences ! Mais il y a quand même encore un truc qui me chiffonne…

— Pourquoi ils n'ont signalé qu'une seule disparition alors qu'ils sont au moins deux ?

— Il y a ça, c'est vrai, quoique si c'est un membre de l'équipage qui a décidé de se faire la belle en sa compagnie, le commandant n'ira certainement pas le crier sur les toits ! Mais surtout, comment s'y sont-ils pris ? D'accord, notre navette est restée ouverte tout le temps qu'on aille chercher ta cargaison de débris mais s'il y avait eu quelqu'un dans la cabine quand nous sommes revenus, je l'aurais vu ! Et même s'ils étaient cachés derrière les banquettes, je m'en serais rendu compte, tu peux me croire !

— L'un des deux est une *alter*, n'oublie pas. Qui sait de quoi elle est capable ?

— Justement, ça non plus, ça ne colle pas… Tu as déjà entendu parler d'*alter* qui se seraient échappés de vaisseaux du consortium – ou de la Flotte, d'ailleurs ? Jamais ! Pas étonnant, quand on voit comment les pauvres sont traités ! Bourrés de tranquillisant jusqu'aux yeux, c'est à peine s'ils tiennent debout quand ils arrivent dans le poste de pilotage !

— Avec un complice, c'est sans doute possible !

— Admettons. Mais tu crois vraiment qu'un gars du *Twin Cities* aurait réussi à monter à bord de *ma* navette en traînant derrière lui une *alter* complètement dans les vapes sans que je m'en aperçoive ?

— C'est vrai, c'est bizarre. Tu pourras toujours leur demander quand on les aura trouvés, non ? »

***

Zalan resta parti si longtemps cette fois qu'Anya en vint à se demander s'il ne s'était pas fait prendre. Le furtif avait beau être très fort et se montrer particulièrement prudent, un accident était toujours possible. *Sans lui, nous sommes fichues,* pensa-t-elle. *Même s'il ne disait rien et qu'ils ne se livraient pas à une fouille en règle, combien de temps tiendrions-nous ?* Elle savait très bien comment cela se terminerait ; poussées par la faim, elles se risqueraient dans les coursives et se feraient repérer aussitôt… *Si seulement cette idiote s'était tenue tranquille !*

Elle ne parvenait même plus à en vouloir à la jeune fille. Le lendemain de l'escapade de Louhann, Zalan avait commencé à suivre Ossiah à la trace. Quand il était enfin revenu, il avait la mine sombre.

« Plutôt tenace, ton petit copain ! avait-il lancé à la jeune *alter*, qui avait rougi comme une pivoine en protestant faiblement. Il est en train de tout vérifier ! Il a passé sa journée à poser des questions à droite et à gauche, l'air de rien. Il doit attendre d'avoir assez d'indices pour prévenir les autorités…

— Je… Je suis vraiment désolée, avait murmuré Louhann, brisant le lourd silence.

— Ce n'était pas bien malin de ta part, c'est sûr ! Mais si ça peut te consoler, je ne crois pas que ce soit si grave. Telles que les choses se présentent, nous n'aurions pas pu continuer comme ça bien longtemps. J'ai entendu beaucoup de rumeurs… Personne ne sait ce qui se passe vraiment sur Orosco, mais on parle d'émeutes, de massacres et, de toute manière, aucun mineur ne veut plus se risquer sur la planète. Ils étaient déjà mal vus avant par la population locale, semble-t-il, mais en ce moment ils sont persuadés que celui qui se risquerait en bas serait tiré à vue. Autrement dit, on est bloqués ici et, tôt ou tard, même si tu ne t'étais pas jetée dans les bras d'Ossiah, quelqu'un aurait fini par se douter de notre présence. »

Deux jours plus tard, il semblait plus intrigué qu'inquiet.

« Je ne comprends pas, avoua-t-il. Il a tout ce qu'il faut pour convaincre les responsables de l'astéroïde et pourtant, il n'a encore rien dit… »

Anya avait sa réponse.

« C'est parce qu'il est amoureux de Louhann ! dit-elle sans se laisser arrêter par le regard courroucé de la jeune *alter*. Il n'arrive pas à se décider à parler, par crainte des conséquences… »

Et Zalan était reparti espionner le jeune mineur, dans l'espoir d'en apprendre davantage sur ses intentions.

Enfin, la porte s'ouvrit, puis se referma, dissimulant aux regards la coursive déserte. Zalan réapparut d'un coup au milieu de la pièce. Il se laissa tomber sur une chaise et ferma les yeux un instant. Il paraissait épuisé. Se retenant de le questionner, Anya ouvrit le placard où ils conservaient leurs maigres provisions et rassembla un peu de pain et de fromage, qu'elle lui apporta avec un pichet d'eau. Zalan but longuement puis attaqua la nourriture avec entrain.

« Alors ? Tu l'as suivi ? demanda Louhann, n'y tenant plus.

— Évidemment ! répliqua le furtif, la bouche pleine. Et ça n'a pas été facile ! Ce gars est vraiment bourré d'énergie ; il ne tient pas en place ! Il m'a entraîné dans des endroits pleins de monde où je n'aurais jamais mis les pieds en temps normal !

— Tu as appris quelque chose ?

— Oui, mais ça ne nous avance pas beaucoup. Pour le moment, il n'en a parlé qu'à son copain pilote. Il est allé le retrouver chez lui mais, fort heureusement, c'était juste pour l'emmener dans sa cabine afin de pouvoir parler tranquillement.

— Tu es entré dans la cabine avec eux ?

— C'était un risque à courir, se défendit Zalan. Sinon, comment voulais-tu que je découvre ce qu'ils comptent faire ? D'ailleurs, ce n'était pas si difficile : il y avait plein d'endroits où se cacher ! Et ça en valait la peine ! Ossiah a réussi à convaincre le pilote qu'il ne rêvait pas ; à vrai dire, il n'a pas eu trop de mal, car l'autre venait d'apprendre que le *Twin Cities* avait signalé ta disparition, Louhann. Ça et la combinaison blanche que tu portais, il n'a pas hésité longtemps… Mais ce n'est pas tout.

Ce diable d'Ossiah a réussi à déduire de ses recherches que tu n'es pas toute seule, ma fille ! Il pense que tu t'es enfuie avec un gars de l'équipage qui a le béguin pour toi ! »

Voyant la tête de Louhann, il éclata de rire – brièvement rejoint par Anya, qui retrouva vite son sérieux.

« Et que comptent-ils faire ?

— Nous chercher. Ils se sont mis d'accord sur un plan d'action. Ils vont d'abord fouiller tout un secteur loin d'ici, ce qui devrait leur prendre une bonne journée, puis ils viendront de ce côté. Il faudra avoir vidé les lieux avant qu'ils n'arrivent et nous installer dans une section qu'ils auront déjà contrôlée. Et quand je dis vider les lieux, ça signifie ne pas laisser la moindre trace de notre passage. Compris ?

— Et ensuite ? Que feront-ils s'ils ne nous trouvent pas ?

— On pourra sans doute jouer au chat et à la souris comme ça un certain temps, en bougeant en fonction de leurs recherches, mais ne te fais pas d'illusions, Anya, ces gars-là ne sont pas des imbéciles. Ils auront vite compris que nous nous déplaçons pour les éviter. Peut-être même que ça les décidera à donner l'alerte…

— Et s'ils nous trouvent ? intervint Louhann. Si on ne parvient pas à leur échapper ? »

Zalan haussa les épaules.

« Pour le moment, ils ne le savent pas eux-mêmes. Ossiah a posé la question à son copain, mais tout ce que l'autre a répondu, c'est "il va falloir y réfléchir…". Il m'a donné l'impression d'avoir une idée derrière la tête, mais laquelle ? Tu aurais été là, Anya, on en saurait sans doute davantage mais, pour l'instant, mystère ! »

Chapitre 29

« Ils sont en retard... », dit MacGregor en jetant un nouveau coup d'œil par la fenêtre.

Charlie lui lança un coup d'œil ironique.

« Je te trouve bien nerveux, ce soir !

— Je m'inquiète pour eux, c'est tout. Quelqu'un capable d'organiser un truc pareil ne doit pas avoir de problème pour nous faire suivre ! »

L'amiral avait raconté la tentative d'assassinat à son ami en espérant vaguement que celui-ci aurait des informations, mais Charlie ne savait rien. La nouvelle du départ de l'empereur pour le planétoïde n'avait apparemment pas encore filtré en dehors du palais.

« T'en fais pas, Allen, ils vont arriver. Tu sais comment est la circulation dans Anacosia le soir... Tiens, les voilà ! Ne bouge pas, je vais les chercher. »

Quelques minutes plus tard, le gros homme revenait, suivi de Peter et Roger encadrant Candice, qu'ils avaient aidée à gravir l'escalier.

« Bien ! Maintenant que tout le monde est là, je vous laisse... Appelle-moi quand vous aurez terminé ; Bernhard reviendra vous chercher. »

MacGregor aida Candice à s'installer dans le seul fauteuil de la petite pièce et retourna s'asseoir derrière le bureau de Charlie.

« Tout ceci est peut-être ridiculement mélodramatique, dit-il avec une grimace, mais depuis ce matin, je me méfie de tout! Si quelqu'un cherche à m'éliminer, il est fort possible que ma résidence soit surveillée et truffée de micros. Le téléphone également... Il m'a donc paru plus sûr de nous réunir ici, où personne n'aura l'idée de venir nous espionner. Cela m'ennuyait surtout pour vous, Candice…

— Ne vous inquiétez pas pour moi, amiral. Peter et Roger m'ont littéralement portée jusqu'ici ! »

Allen lui sourit en retour.

« Avant tout, reprit-il, je veux que vous sachiez une chose. L'épisode d'aujourd'hui montre que je suis en danger, mais mes proches également. Si vous ne m'aviez pas alerté, Candice, je serais sans doute mort, mais Roger et Peter aussi ! Soyez certaine que je n'oublierai pas que vous nous avez sauvé la vie… Ce que je voulais vous dire à tous les trois, c'est que vous n'avez aucune obligation envers moi, et si vous décidez de vous retirer, je comprendrai parfaitement… »

Roger s'apprêtait à protester, mais MacGregor lui fit signe d'attendre.

« Quand je suis venu vous chercher sur Regulus, je vous ai bien dit que vous étiez désormais des hommes et des femmes libres. Les identités que Charlie vous a procurées sont suffisamment solides pour vous permettre de mener une existence tranquille sur Providence comme dans le reste de l'empire. »

Cette fois, Roger ne se laissa pas couper la parole.

« Nous savons tout cela, monsieur. Mais en ce qui me concerne, ma décision est déjà prise : je reste avec vous.

— Moi aussi, évidemment ! appuya Peter. Amiral, vous m'avez tiré de Regulus et offert une nouvelle vie ! Vous êtes un type bien. Vous pouvez compter sur moi !

— Et vous, Candice ?

— Peter vient d'exprimer exactement ce que je pense aussi, amiral. Je suis avec vous. »

MacGregor hocha la tête.

« Je n'aime pas l'idée de vous savoir en danger par ma faute… »

Candice haussa les épaules.

« Vous auriez tort de vous en faire pour ça ! Et puis, je suis moins exposée que vous autres ; pour tout le monde, je ne suis qu'une simple secrétaire. Que voudriez-vous donc qu'il m'arrive ? »

MacGregor soupira, soulagé.

« Je vous remercie tous les trois. J'espérais un peu que vous réagiriez ainsi. Plus que jamais, je vais avoir besoin de vous et de vos talents !

— Ce n'est certainement pas seulement pour ça que vous nous avez fait venir ici ?

— Non, Roger, vous avez raison. Une période de grande incertitude vient de s'ouvrir et nous devons discuter de la stratégie à adopter si nous voulons y survivre. Cela peut paraître grandiloquent mais, après l'attaque de ce matin, je crois que le doute n'est plus permis. Le départ de l'empereur pour le Mayflower vient de déclarer l'ouverture des hostilités. Certains s'y préparent sans doute de longue date et n'ont pas perdu un instant pour avancer leurs pions… »

Peter semblait perplexe.

« Je ne suis pas sur Providence depuis assez longtemps pour pouvoir en juger mais, à ce que j'ai compris, ce n'est pas la première fois que l'empereur quitte le palais pour le planétoïde. En quoi est-ce différent cette fois ? »

Allen prit son temps pour répondre.

« Vous savez probablement tous que Sa Majesté séjourne sur le *Mayflower II* pour des raisons de santé… Au cours des trois dernières décennies, Halvar s'y est rendu de plus en plus souvent. Il semble qu'en dépit des traitements de l'unité médicale, son état se soit rapidement dégradé ces dernières années. J'ai moi-même eu l'occasion de le constater. La première fois que j'ai été admis en sa présence, c'était pour présenter mon plan de réorganisation des arsenaux. Il était encore en pleine possession de ses moyens, même s'il se déplaçait déjà difficilement. Les questions qu'il m'a alors posées étaient tout à fait pertinentes. Je ne l'ai revu que cinq ans plus tard, lorsque j'ai été promu amiral de la cinquième Flotte. Ce n'était plus le même homme. C'est à peine s'il a prononcé quelques mots d'une voix presque inaudible, répétant visiblement ce que le grand secrétaire lui soufflait à l'oreille. Il n'est réapparu que deux fois en public depuis, juste pour un très court moment à chaque fois… À l'évidence, beaucoup pensent que ce nouveau séjour sur le planétoïde sera le dernier, et je crois qu'ils ont raison. »

Candice approuva de la tête.

« Il n'en reviendra pas. J'en ai la certitude !

— Admettons, approuva Peter. Il va mourir là-bas. Mais ce n'est peut-être pas pour tout de suite et, si j'ai bien compris, la continuité de la dynastie est assurée. Son fils doit lui succéder, non ?

— En théorie, vous avez raison, Peter, mais dans la pratique ce ne sera sans doute pas si simple... Le prince Alaïs n'a que douze ans. Il y aura donc une régence exercée par l'impératrice le temps qu'il atteigne la majorité, et c'est bien là le problème. Cassandra a toujours été tenue à l'écart de la chose politique, si bien que tout le monde s'accorde à penser qu'il y aura plutôt corégence. Mais la question de l'identité du corégent reste en suspens. Kozinski ne serait pas si vieux, il serait le candidat tout désigné, mais compte tenu de son âge, ce sera forcément quelqu'un d'autre... »

Roger s'exclama bruyamment.

« Vous voulez dire que quelqu'un cherche à se débarrasser de vous parce qu'il pense que vous pourriez être choisi ?

— Je sais, ça paraît stupide, approuva MacGregor, mais je ne vois pas d'autre explication, et l'intuition de Candice semble le confirmer. La faveur que m'ont témoignée l'empereur et surtout le grand secrétaire aura probablement attiré l'attention sur moi. Je ne suis pourtant pas, et de loin, le candidat le plus probable, mais nous avons affaire à quelqu'un qui ne prend pas de risques...

— Vous avez une idée de qui il s'agit ?

— Pas la moindre ! Ce peut être n'importe lequel de ceux qui estiment avoir une bonne chance d'être choisis. Je propose d'ailleurs que nous commencions par là : établir une liste aussi précise que possible des postulants déclarés ou cachés à la corégence afin de pouvoir les surveiller, et autant que possible anticiper leurs mouvements ! »

Peter hocha la tête.

« Le grand amiral Wallace paraît tout désigné, n'est-ce pas ? Mais il n'est probablement pas le seul !

— Je le mettrais volontiers en tête de liste, admit MacGregor, quoiqu'il me méprise trop pour me considérer comme un obstacle sur sa route… Mais vous avez raison, d'autres sont également en lice. »

Candice leva la main.

« Donnez-nous des noms, amiral. Cela me dira peut-être quelque chose… »

Allen réfléchit rapidement.

« Wallace, donc. Kozinski, je ne pense pas. Le maréchal Rennler est bien placé, lui aussi. En dehors de ces deux-là, n'importe quel proche de l'empereur peut être sur les rangs : Donaldson, Athelston-Smith, Napolitano, Nance-Shavers, Guttierez… Alors ?

— Vous voulez bien répéter ? En donnant quelques détails, si possible. »

MacGregor s'exécuta de bonne grâce.

« Le maréchal Rennler est le chef de l'armée, c'est-à-dire de la Garde impériale, ici sur Providence, mais également des forces terrestres sur les mondes du Cercle Intérieur. Un homme puissant… Donaldson est le chef des renseignements ; il coiffe aussi bien les services de la Flotte que ceux de l'armée et dispose également de son propre réseau. Un poste idéal, en quelque sorte, mais je ne crois pas qu'il ait l'étoffe d'un meneur. Je peux me tromper, bien sûr, mais je ne le vois pas sortir de l'ombre. Guttierez est le préfet de police, réputé pour sa brutalité. Napolitano est le maître des cérémonies, chargé d'organiser aussi bien les fêtes officielles que les réceptions au palais ; il est beaucoup plus jeune que les autres et très apprécié de l'impératrice, dit-on. C'est également le seul qui soit relativement populaire en dehors du palais. Il ne dispose évidemment pas des mêmes facilités que les trois autres, mais sa proximité avec Cassandra oblige à le prendre en compte… Qui d'autre ? Athelston-Smith, le grand trésorier ? Trop effacé. Et puis, ce n'est pas une histoire d'argent, tous ceux que je viens de citer sont richissimes… Nance-Shavers ? Le conseiller aux Affaires extérieures ? Il est vieux, lui aussi mais ce pourrait être un candidat plausible, surtout à cause de son épouse, Georgina Bledsoe, du consortium. On la dit très ambitieuse… »

Les yeux fermés, Candice semblait dormir. Allen se garda bien de la déranger dans sa méditation. Le processus achevé, la jeune femme livrerait ses certitudes.

Quelques minutes plus tard, Candice sortait de sa transe.

« Wallace, Rennler, Napolitano et Nance-Shavers. Les autres ne sont pas dans le coup. Si ce que vous dites de ses rapports avec l'impératrice est exact, Napolitano paraît spécialement bien placé… »

MacGregor se garda bien de discuter les conclusions de la jeune *alter*. Si elle affirmait les quatre hommes dans la course, c'est qu'ils l'étaient vraiment.

« S'il me vient d'autres noms à l'esprit, je vous les communiquerai aussitôt mais, pour le moment, nous pouvons déjà nous concentrer sur ceux-ci. Candice, rassemblez tous les renseignements que vous pourrez trouver sur eux, cela vous donnera peut-être d'autres intuitions. »

Langdon leva la main.

« Et de notre côté, qu'allons-nous faire ? Les surveiller ? C'est tout ? »

L'amiral laissa échapper un petit rire.

« Rassurez-vous, Roger, nous n'allons pas rester les bras croisés ! Vous n'avez tout de même pas oublié que nous partons dans deux jours tester les nouveaux Dragonfly de Swanson en opération ? Je ne vous ai pas encore informés de notre destination : il s'agit d'Orbus. »

Candice haussa les sourcils.

« Flora Vorsted et Wade Nimack, c'est bien ça, amiral ?

— En effet, Candice. Nous allons les récupérer là-bas. Ce sera un excellent exercice pour nos Kingfisher et Dragonfly, ne croyez-vous pas ?

— Je ne comprends toujours pas pourquoi vous tenez tant à les poursuivre », s'étonna Peter.

MacGregor répondit sans hésiter.

« Parce que nous avons besoin d'eux, voilà pourquoi !

— Je ne vois pas à quoi une empathe comme cette Flora Vorsted pourrait vous être utile...

— Ce n'est pas tellement elle qui m'intéresse, admit Allen. C'est plutôt Wade Nimack.

— Le manipulateur ?

— Exactement ! Nos adversaires sont plus riches, plus puissants et mieux informés que nous. Jusqu'à maintenant, du moins. Wade Nimack peut nous aider à changer la donne.

— Comment ?

— En allant chercher l'information là où elle se trouve ! Sur le *Mayflower II*, par exemple ! Et ne me regardez pas comme ça, je ne suis pas fou !

— Mais vous avez dit…

— Je sais très bien ce que j'ai dit ! Le planétoïde est programmé pour détruire tous les intrus, et c'est précisément pour ça que j'ai besoin de Nimack. J'ai retourné la question dans tous les sens, et je suis persuadé que c'est possible. Vous vouliez de l'action, Roger ? Eh bien, vous allez être servi ! »

Chapitre 30

Trois jours de recherche supplémentaires n'avaient rien donné.

« Soit ils sont vraiment très forts, soit tu as bel et bien rêvé… laissa tomber Einar en sortant de la dernière cabine.

— Ils sont là, tu le sais aussi bien que moi ! répliqua Ossiah, exaspéré. Mais tu as raison, ils sont très forts ! Si tu veux mon avis, ils nous surveillent et ils déménagent en vitesse quand ils voient qu'on approche. On trouve juste la trace de leur passage, même s'ils se donnent bien du mal pour tout remettre en état.

— Ce serait tellement plus simple si on pouvait bloquer l'accès des cabines…

— Tu sais bien que ce n'est pas possible : autant donner l'alerte tout de suite !

— Dans ces conditions, ça risque de durer longtemps… On va finir par se faire repérer, à rôder comme ça dans les secteurs inhabités. Je suis sûr que Tatiana commence à se demander ce qui se passe. Si elle m'interroge, je déballerai tout, tu le sais. Pas question de lui faire des cachotteries !

— Je sais bien, soupira Ossiah. J'espérais simplement qu'on ne serait pas obligés d'en arriver là… Il devrait quand même y avoir un moyen de les coincer !

— Il reste encore l'aile F, la dernière, constata Einar. Mais on ne les trouvera pas là-bas non plus, j'en ai bien peur.

— Allons-y, décida Ossiah. Il faut être certains. Après, on avisera… »

Les deux hommes s'éloignèrent, inconscients des regards qui les suivaient.

***

« Alors ? questionna Zalan, bien abrité derrière le rideau d'invisibilité qui les protégeait.

— Je ne sais pas trop… avoua Anya. Pour Ossiah, ce n'est pas compliqué. Il a très envie de te trouver, Louhann, mais en même temps il redoute ce qui se passera ensuite. C'est pour ça qu'il compte autant sur son ami. Il est persuadé que Dahl saura prendre la bonne décision. Mais lui, c'est autre chose ! D'abord, j'ai du mal à pénétrer dans son esprit. Je me heurte à une espèce de barrière mentale. Je peux la forcer, c'est sûr, mais il y a des chances qu'il s'en aperçoive. C'est un risque que je ne suis pas prête à courir…

— Pourquoi ? demanda Louhann. Qu'est-ce que ça change, qu'il le sache ou non ?

— Laisse-moi finir. Il sait que l'une d'entre nous au moins est une *alter*, mais ça ne semble pas le tracasser beaucoup. En fait, j'ai plutôt senti de la compassion… Sinon, il est très préoccupé mais, comme je l'ai dit, sans pousser plus loin, je ne peux pas en savoir beaucoup plus. Il me semble que c'est en rapport avec ce qui se passe sur Orosco, mais je n'en suis pas certaine. »

Zalan resta silencieux un moment.

« Il faut prendre une décision, dit-il enfin. Ça ne sert à rien de continuer comme ça… Ton avis, Anya ?

— Je crois qu'il est temps de révéler notre présence. Ce n'est pas de gaieté de cœur, mais s'ils se découragent et donnent l'alerte, nous devrons affronter une foule hostile, pas spécialement prête à nous écouter… Tandis qu'eux, non seulement ils ne sont que deux, mais ils n'ont pas l'air trop mal disposés à notre égard. C'est aussi pour ça que je n'ai pas voulu sonder l'esprit du pilote plus profondément, pour ne pas risquer de le mécontenter… Je crois qu'il faut tenter le coup.

— C'est aussi mon avis, admit Zalan. Dans ces conditions, il faut gagner l'aile F et trouver une cabine qu'ils n'ont pas encore visitée. Quand ils entreront, nous révélerons notre présence… »

Quelques minutes plus tard, ils attendaient dans une vaste cabine. Seule Louhann était en vue. Tapis dans un coin, les deux autres restaient invisibles.

« C'est toi qu'ils s'attendent à voir, avait expliqué Zalan lorsque la jeune *alter* avait commencé à protester. Ils se sentiront plus tranquilles s'ils te croient seule. Attention, ils arrivent ! »

Persuadé que la cabine serait vide, Ossiah ouvrit la porte et se tourna vers l'autre côté de la coursive pour voir où en était Einar. C'est seulement une fois entré qu'il aperçut Louhann. Figé sur place, il lui fallut quelques instants avant de reprendre ses esprits.

« Einar, appela-t-il doucement. Viens par ici… »

Quelques instants plus tard, Dahl s'encadrait dans l'embrasure de la porte. Il émit un léger sifflement et s'avança de manière à pouvoir refermer le vantail derrière lui.

« Tu n'avais pas rêvé, en définitive… »

Il sourit à la jeune fille qui n'en menait pas large.

« N'ayez crainte, nous ne vous voulons aucun mal mais vous allez avoir un certain nombre d'explications à nous fournir ! D'abord, comment vous appelez-vous ?

— Louhann, monsieur…

— Louhann… Vous êtes bien la jeune *alter* qui s'est enfuie du *Twin Cities* ?

— C'est exact, monsieur, c'est bien moi, répondit Louhann d'une voix à peine audible.

— Nous savons que vous ne vous êtes pas enfuie seule, poursuivit Einar sur le ton de la conversation. Où est donc votre compagnon ?

— Dans une autre cabine, monsieur. Il pensait que ce serait mieux si vous me trouviez d'abord… »

Einar la regarda pensivement un instant.

« Je m'attendais à cette explication, dit-il enfin, toujours aussi calme. Malheureusement, je crois que vous mentez. Votre compagnon est ici, dans cette pièce. Allez, ordonna-t-il d'une voix ferme. Montrez-vous !

— Mais… », commença Ossiah avant de s'interrompre en voyant soudain un homme et une adolescente se matérialiser au fond de la pièce.

Louhann avait couru rejoindre ses amis. Einar s'approcha de l'homme et le dévisagea froidement.

« Vous êtes un *alter*, vous aussi. Un furtif, c'est bien ça ?

— En effet, reconnut Zalan. Ce n'était pas trop difficile à deviner, n'est-ce pas ?

— Un furtif, une *alter* fugitive, résuma Einar en se tournant vers Anya, le visage toujours aussi fermé. Et vous ? Une *alter* également, je suppose ? »

Anya se contenta de hocher la tête tout en lançant une vrille mentale vers l'esprit du pilote, mais celui-ci était toujours aussi hermétique. Elle parvint cependant à percevoir une sorte d'amusement attendri.

« La situation est pour le moins embarrassante, dit-il après les avoir longuement considérés tous les trois. Vous l'ignorez sans doute, mais aucun étranger ne peut être admis dans la ceinture sans avoir été officiellement adopté. Alors, des passagers clandestins, des fugitifs… Le Prévôt n'aura pas d'autre choix que de vous envoyer sur Orosco !

— Einar ! protesta Ossiah. Tu sais très bien ce qui leur arrivera là-bas !

— Crois-moi, ça ne me plaît pas plus qu'à toi, mais c'est pourtant ce qui va se passer, tu le sais très bien ! »

Il reporta son attention sur les trois *alter* silencieux.

« Avant tout, j'aimerais en savoir un peu plus. Qui êtes-vous, et d'où venez-vous ? »

Il s'adressait à Zalan, mais ce fut Anya qui répondit.

« Nous venons de Regulus, dit-elle. Zalan m'a aidée à m'enfuir de la Fondation. Nous avons réussi à nous réfugier sur le *Twin Cities* en embarquant à bord d'une de ses navettes. Les circonstances ne nous ont pas permis de débarquer plus tôt, et si nous avons quitté le vaisseau, c'est simplement parce que nous ne pouvions pas y rester plus longtemps sans être découverts. Louhann nous a aidés à échapper aux recherches, c'est pourquoi nous l'avons emmenée avec nous.

— Regulus, la Fondation... » Einar réfléchit rapidement. « Un sale endroit, où le consortium fait son sale travail ! Je n'y ai jamais mis les pieds, mais j'en sais suffisamment... Et tu as réussi à t'enfuir ? Ce n'est pas un mince exploit ! Mais si j'ai bien compris, les autorités de Regulus ont continué à te rechercher après votre départ. C'est très inhabituel. À ce que je sais, ils disposent là-bas de suffisamment de... *spécimens*, pour que ton absence ne se remarque guère ? »

L'idée de feindre l'ignorance effleura l'esprit d'Anya, mais elle l'abandonna aussitôt. Ce Dahl était trop perspicace. Il finirait par tout découvrir, mieux valait se montrer honnête dès maintenant, et peut-être gagner sa confiance.

« Je suis... spéciale. Ils ont fait des tests et m'ont trouvée très puissante. Ils m'ont étudiée pendant des semaines et s'apprêtaient à me tuer pour disséquer mon cerveau lorsque Zalan est intervenu pour m'aider à m'enfuir », dit-elle sans détour.

Le furtif la dévisagea, horrifié.

« Il faut qu'ils sachent, Zalan. Nous ne devons rien leur cacher. De toute manière, qu'est-ce que ça changera ? »

Einar médita un instant les paroles d'Anya, puis se tourna de nouveau vers Zalan.

« Furtif, c'est un talent très rare. Et très utile, indubitablement. Expliquez-moi pourquoi vous avez pris le risque de pénétrer dans un endroit aussi bien protégé que la Fondation pour venir au secours de cette enfant ?

— J'en avais assez d'être pourchassé, de vivre sans arrêt dans l'inquiétude, répondit finalement Zalan. Il y a de nombreux mondes où même un furtif n'est pas en sécurité ! Sur Providence, j'ai entendu pour la première fois parler de Regulus et des rebelles qui y vivaient. J'ai décidé de les rejoindre. J'y ai trouvé des amis, un foyer... Quand la grand-mère de la petite m'a demandé de l'aider, je n'ai pas pu refuser... » Lançant un regard de défi aux deux hommes plantés devant lui, il passa le bras autour des épaules d'Anya avant d'ajouter : « Et quoi qu'il arrive maintenant, je ne regrette rien ! »

Einar hocha la tête, un léger sourire au coin des lèvres, avant de reporter son attention sur Anya.

« Nobles paroles ! Mais revenons-en à toi. Qu'est-ce que c'est que cette histoire de grand-mère ? Je croyais que tous les *alter* produits à la Fondation étaient conçus *in vitro* ? Ils t'ont capturée ?

— Pas exactement », répondit Anya. Bien que peu désireuse de s'étendre sur le sujet, elle ne voyait pas le moyen d'esquiver la question. « Ma mère était une rebelle. Ils l'ont abattue alors qu'elle était enceinte puis ont maintenu son corps en vie le temps que je vienne au monde, après quoi ils m'ont élevée comme les autres, dans les crèches. Je l'ignorais jusqu'à ce que mes talents éclosent et que ma grand-mère parvienne à me contacter mentalement… C'est elle qui m'a appris tout ça. »

Hannou. Comme tu me manques !

« Pas étonnant que la Fondation t'ait trouvée *spéciale*, tu dois être une télépathe très puissante ! Et quels sont donc tes autres talents ?

— Ceux que redoutent tant les normaux ! répondit Anya sans parvenir tout à fait à dissimuler l'amertume dans sa voix. Je peux déplacer les objets, les consumer par le feu, les faire disparaître… Je peux aussi me téléporter, mais sur de courtes distances seulement… »

La table au centre de la pièce s'éleva tout à coup dans les airs, exécuta quelques cabrioles alors que les deux hommes reculaient précipitamment, puis reprit sa place en douceur.

« Je ne comprends pas, déclara Einar. À ta place, j'aurais tout fait pour minimiser mes talents. Tu dois bien te rendre compte qu'en admettant ce dont tu es capable, tu signes ta propre condamnation !

— Peut-être, répondit Anya en haussant les épaules. Mais j'ai encore un autre talent : je ressens les émotions. Vous n'êtes pas effrayé, juste intéressé. Pourquoi, je n'en sais rien, mais vous semblez même plutôt satisfait. Et je ne crois pas que vous ayez l'intention de nous livrer… »

En réalité, elle avait lu tout cela dans l'esprit d'Einar, profitant de l'affaiblissement momentané de ses défenses mentales quand sa petite démonstration avec la table l'avait pris par surprise.

« On verra ça », se contenta-t-il de répondre, mais il n'était pas fâché. Plutôt amusé. Soulagé, également. Anya n'eut pas le temps de poursuivre son analyse car il les questionnait de nouveau : « Encore une chose. Comment avez-vous su que des navettes viendraient sur le vaisseau ?

— En espionnant les conversations dans le poste de pilotage du *Twin Cities*, répondit Zalan. Je savais qu'il y aurait plusieurs navettes. Il suffisait d'attendre et d'embarquer sur la bonne.

— Précisément, c'est ce qui m'intéresse. J'imagine que vous êtes restés à attendre dans le garage du vaisseau, bien cachés ? Dans ce cas, vous avez forcément vu la navette qui est arrivée avant la nôtre. Elle venait d'Orosco, n'est-ce pas ?

— En effet, dit Zalan. Avec à son bord un type important et pas spécialement sympathique. Le commandant lui donnait de l'*Administrateur* long comme le bras !

— Eleazar ! J'en étais sûr ! Dites-moi, avez-vous vu le commandant lui remettre quelque chose ? Une lettre, par exemple ?

— Vous voulez dire le courrier impérial ? intervint Anya. Au début, il ne voulait même pas le prendre et il a fallu que le commandant insiste. Il a même envisagé d'attaquer l'équipage, mais le commandant avait pris ses précautions. Il a fini par accepter le courrier et, quand il l'a ouvert, ses émotions ont changé du tout au tout. Avant, je ne percevais que du mépris et de la cruauté, et tout à coup, j'ai senti la peur, une peur panique…

— Merci, petite ! Ça confirme ce que je pensais déjà… »

Il se tut, songeur. Ossiah attendit un peu puis se décida à l'interrompre.

« Qu'est-ce qu'on fait, maintenant ? »

Einar resta encore silencieux quelques instants, puis hocha la tête comme s'il venait de prendre une décision.

« Pour l'instant, rien. Il faut continuer comme avant, vous installer dans une cabine où personne ne risque de mettre le nez et attendre. Afin de limiter les risques au minimum, je vous demanderai de ne pas sortir. Même pas vous, Zalan. Je sais que vous ne risquez pas d'être vu, mais un incident est toujours possible… À partir de maintenant, c'est Ossiah qui vous apportera ce dont vous avez besoin, nourriture et tout le reste. De mon côté, il faut absolument que j'en discute avec Tatiana.

— Tu vas lui dire ? Si jamais elle en parle à Dimitri, ça risque de mal tourner…

— Elle ne lui dira rien, j'en fais mon affaire. Arrange-toi simplement pour ne pas attirer l'attention ; le reste, je m'en occupe. Quant à vous, tenez-vous tranquille et prenez votre mal en patience. Si mon instinct ne me trompe pas, les choses ne tarderont pas à bouger ! »

C'était la première fois qu'Einar remettait les pieds dans la chambre de la maison Alenine depuis la cérémonie d'adoption. Remplie comme elle l'était, la pièce lui avait alors semblé immense. Elle lui parut toujours aussi vaste, mais ce qui l'impressionna vraiment, ce fut la foule bien plus nombreuse, masse compacte et nerveuse dans laquelle le contingent de la maison Mertov se coula tant bien que mal. Dimitri et Tatiana étaient déjà sur l'estrade, où se pressaient également les Prévôts et les Mères de toutes les maisons. Ne manquait plus que Dementiev. La foule commençait à s'impatienter. La réunion avait été annoncée deux heures plus tôt, le court message de Dementiev insistant sur l'urgence et l'importance de l'événement, mais ne donnant aucun détail sur l'objet précis de la convocation.

« Le résultat va sans doute dépasser ses espérances, murmura Einar à l'oreille d'Ossiah. Remontés comme ils sont, il aura du mal à les calmer…

— Si tant est qu'il essaie, rétorqua Ossiah. Si tu as vu juste, ils ne lui laisseront pas le choix.

— C'est bien ce qui m'inquiète, soupira Einar. Ils devraient se rendre compte qu'ils n'ont pas d'autre solution…

— J'espère que tu te trompes, répondit le jeune mineur, morose. On ne va tout de même pas en arriver là ! »

Einar haussa les épaules. L'incrédulité de son ami – ou plutôt son entêtement – ne le surprenait pas. Devoir envisager l'effondrement du monde dans lequel on a toujours vécu n'est jamais facile, il était bien placé pour le savoir.

L'arrivée de Dementiev sur l'estrade lui épargna de répondre. Le Prévôt de la maison Alenine paraissait très énervé, lui aussi. Il gagna sa place d'un pas rapide, salua d'un bref signe de tête les autres Prévôts et s'empara du micro pour s'adresser à la foule.

« Mes amis, clama-t-il d'une voix un peu trop aiguë, j'ai pris la décision de convoquer cette assemblée exceptionnelle après avoir reçu le message suivant de l'Administrateur Vargas. L'Administrateur *Eleazar* Vargas. »

Un grondement hostile lui répondit. Dementiev laissa l'agitation s'amplifier quelques instants puis leva la main pour ramener le silence.

« Je vais vous lire ce message, ou plutôt cet ultimatum, comme vous allez pouvoir en juger… *À la communauté des mineurs de la ceinture… Afin de rassembler la somme nécessaire au paiement du tribut impérial, chaque communauté devra fournir une contribution extraordinaire établie en fonction de ses revenus tels qu'estimés par le Siège. En ce qui concerne la communauté des mineurs de la ceinture, compte tenu des ventes récentes de solonium au consortium, elle devra verser au Siège l'intégralité des sommes perçues lors de ces transactions. Faute de réponse positive sous trois jours, le Siège se réserve le droit de prendre toutes les mesures nécessaires pour le recouvrement desdites sommes.* Et c'est signé : Eleazar Vargas, Administrateur d'Orosco. »

Les derniers mots de Dementiev résonnèrent dans un lourd silence. Stupéfaits, les mineurs mirent quelques instants avant de réaliser. Puis une voix s'éleva, incrédule.

« Qu'est-ce que c'est que cette histoire ? Nous avons déjà payé notre part, n'est-ce pas, Prévôt ? »

Dementiev n'eut même pas le temps de répondre. D'autres voix firent écho, partagées entre l'incrédulité et la fureur.

« Il n'a pas le droit, cria une femme. Cet argent est à nous !

— Elle a raison ! approuva son voisin. Ce serait du vol pur et simple ! »

Un grondement d'approbation salua son intervention et s'amplifia rapidement. Quelques insultes à l'adresse d'Eleazar fusèrent. Dementiev leva les deux mains.

« C'est exactement ce que je pense aussi ! Et pas seulement moi, les autres Prévôts et les Mères également ! Cet argent est le nôtre ! Nous l'avons chèrement gagné et ne laisserons personne nous le prendre, sous quelque prétexte que ce soit ! Mais je voulais votre accord et votre soutien avant de répondre à l'Administrateur.

— Qu'il aille se faire foutre ! » vociféra quelqu'un dans la foule, soulevant un tonnerre d'applaudissements. Dementiev approuva en souriant.

« Nous ne formulerons évidemment pas notre refus en ces termes, mais c'est bien ce que nous lui répondrons ! Quelqu'un veut-il ajouter quelque chose ?

— Soyez ferme, Prévôt ! clama une autre voix anonyme. Que cet abruti n'aille surtout pas s'imaginer qu'il peut faire n'importe quoi parce qu'il a succédé à son père ! »

Dementiev s'apprêtait à répliquer à travers le concert d'approbations quand il aperçut la main levée d'Einar.

« Le nouveau pilote de la maison Mertov demande la parole. Nous vous écoutons, Dahl. »

Quelques sifflements hostiles s'élevèrent. Certains membres des maisons majeures n'avaient toujours pas digéré le fait qu'Einar modifie par sa simple présence l'équilibre séculaire de la ceinture.

« Je voulais simplement vous conseiller la prudence, Prévôt, commença Einar. À l'évidence, l'Administrateur est aux abois. La date fixée pour le passage du collecteur doit être proche, d'où son affolement. Je suppose qu'il a déjà prélevé tout ce qu'il pouvait sur Orosco sans pour autant atteindre le montant nécessaire. Il ne lui reste donc plus qu'une solution, s'approprier notre argent…

— Et alors ? s'exclama un mineur du premier rang. Il n'avait qu'à pas jeter son pognon par les fenêtres ! Si la Flotte vient lui botter le cul parce qu'il ne peut pas payer, tant pis pour lui ! C'est son problème, pas le nôtre !

— En es-tu vraiment certain ? Vous savez tous aussi bien que moi ce qui arrive aux mondes incapables de verser l'intégralité du tribut. Que se passera-t-il si la Flotte décide de raser le Siège en représailles ?

— Au moins, brailla une voix de basse au fond de la salle, ils ne viendront plus nous emmerder ! »

Effaré par tant d'inconscience, Einar dut se forcer à la patience pour continuer à argumenter.

« Et une fois le Siège disparu, combien de temps avant qu'Orosco ne sombre dans l'anarchie, à ton avis ? Combien de temps avant que l'arrêt des échanges avec la surface ne se fasse sentir ici ? »

Le Prévôt de la Maison Alenine reprit la parole, l'air contrarié.

« Où voulez-vous en venir, Dahl ? À vous entendre, on dirait que vous pensez qu'il faut accéder aux exigences d'Eleazar ! »

Un nouveau concert de voix hostiles s'éleva, amenant un petit sourire sur le visage revêche du Prévôt. Einar ne se laissa pas démonter.

« Ce n'est pas du tout ce que je veux dire et vous le savez parfaitement, Prévôt ! Mais en dehors des conséquences que la destruction du Siège pourrait entraîner pour la ceinture, il y a un danger plus urgent.

— Ah oui ? rétorqua Dementiev, sardonique. Et lequel ? Vous croyez peut-être qu'il va venir en personne chercher notre argent ? » poursuivit-il en se tournant vers la salle.

Sans se soucier des ricanements des partisans de du Prévôt, Einar reprit la parole.

« Exactement ! Si j'ai bien compris la dernière phrase de son ultimatum, c'est ce qu'il envisage de faire ! "Le Siège se réserve le droit de prendre toutes les mesures nécessaires pour le recouvrement desdites sommes." C'est bien ça ? »

Dementiev ne riait plus.

« C'est ridicule ! » commença-t-il, mais cette fois, Einar n'était pas disposé à se laisser interrompre.

« Ce n'est un secret pour personne qu'Eleazar déteste les mineurs de la ceinture. Selon les rumeurs, il aurait depuis longtemps incité son père à vous retirer vos privilèges d'exploitation dans l'intention de récupérer lui-même le solonium des astéroïdes. Ne riez pas ! S'il s'en donne la peine, c'est parfaitement faisable – pas tout de suite bien sûr, mais c'est un homme qui voit loin, il faut au moins lui reconnaître cette qualité… Ce que je veux dire, reprit-il en élevant la voix pour couvrir les huées qui commençaient à fuser, c'est qu'en rejetant son ultimatum, nous lui offrons l'occasion rêvée de faire d'une pierre deux coups !

» Si vous pensez que la distance qui sépare les maisons d'Orosco suffit à nous protéger, vous vous faites des illusions ! Entre les navettes du Siège et celles des différents Directeurs, Eleazar peut rassembler une flottille d'au moins une cinquantaine d'appareils à capacités spatiales et atteindre la ceinture en quelques heures. Et la moitié au moins de ces navettes est dotée d'armes lourdes. Vous pouvez me faire confiance sur ce point, je les ai vues et j'ai même aidé à en réparer certaines. À cela s'ajoutent celles de la Garde, au moins une quinzaine. Je n'ai pas d'informations précises sur leur équipement – le secret est bien gardé –, mais il paraît logique qu'elles soient plutôt bien pourvues… De notre côté, si nous possédons beaucoup plus de navettes, sauf erreur de ma part, aucune n'est dotée du moindre armement !

» Voici comment je vois les choses. Au bout des trois jours – ou plus tôt, si la pression est trop forte –, sa flottille va arriver. Il réclamera l'argent. En cas de refus, il lui suffira de concentrer le feu de ses navettes sur le point vulnérable des habitats, les sas d'accès, pour nous cloîtrer à l'intérieur, ou plus probablement pour débarquer et envahir maison après maison et massacrer tous ceux qui n'auront pas réussi à trouver une cachette sûre ! Voilà ce qui risque fort de se passer, Prévôt Dementiev ! Non seulement il fera main basse sur notre argent, mais surtout, ce sera la fin pour notre communauté ! Alors, réfléchissez bien.

Je sais que c'est dur à avaler, et ça ne me fait pas plus plaisir qu'à vous de donner satisfaction à ce salopard incompétent, mais nous pouvons toujours nous dire que le solonium sera encore là, prêt à être exploité, une fois la crise passée. Il suffira d'attendre le passage du prochain vaisseau du consortium… »

Ses derniers mots tombèrent dans un lourd silence. Un instant, il crut avoir réussi à les convaincre, quand une voix sarcastique s'éleva.

« Pour quelqu'un à qui Eleazar voulait soi-disant faire la peau, je te trouve bien complaisant, Dahl ! J'en viendrais presque à me poser des questions… Et si Eleazar nous avait joué un coup tordu pour introduire un de ses gars chez nous ? Un type capable de tenir des discours comme celui que tu viens de nous servir… Il t'a payé combien pour ça ? »

Avant même de le localiser un peu plus loin dans la foule, Einar avait reconnu la voix de Boris Abramovitch, qui n'était apparemment pas près de lui pardonner son mariage avec Tatiana. Il dut se retenir pour ne pas sourire. Il s'attendait à l'intervention de son rival, comme d'ailleurs aux réactions des autres mineurs. Ils en avaient longuement discuté avec Tatiana et Ossiah, mais aussi avec les *alter*, et surtout avec Anya qui, en dépit de son jeune âge, manifestait une maturité qu'il aurait bien aimé voir chez plus d'adultes de son entourage… Ossiah et Tatiana auraient préféré qu'il ne dise rien, mais Einar n'avait pas cédé.

« Ils ne se rendent pas compte ! avait-il protesté. Ils ont vécu – comme vous deux ! – dans une telle sécurité loin d'Orosco qu'ils sont incapables de réaliser que leur tranquillité est illusoire ! Eleazar va attaquer, ça ne fait aucun doute, et ils sont incapables de se défendre. Ils ne m'écouteront pas, mais je dois quand même essayer. Je n'apprécie pas spécialement Dementiev et ceux qui le soutiennent, mais ils ne méritent pas pour autant ce qui va leur arriver…

— Dementiev va les chauffer à blanc, avait répliqué Tatiana, inquiète. Et avec des imbéciles comme Boris pour en rajouter une couche, il va te massacrer !

— Je sais, avait-il soupiré. Il ne va pas me faire de cadeaux, mais si je me tais, je me le reprocherai toute ma vie ! »

Einar avait parfaitement anticipé les propos de Boris, et sa réponse était prête.

« Tout le monde ici sait précisément pourquoi tu me détestes, Boris ! Et ils savent aussi que cela n'a strictement rien à voir avec Eleazar et la menace qu'il fait peser sur la ceinture ! Ceux qui se sont donné la peine de réfléchir un peu au lieu de se laisser emporter par la colère sont probablement déjà arrivés à la même conclusion que moi ! Je sais que c'est dur à entendre, mais mieux vaut capituler pour le moment et préserver le plus précieux : les maisons ! »

Quelques murmures d'approbation s'élevèrent, vite couverts cependant par des protestations véhémentes, que le Prévôt de la maison Alenine laissa s'amplifier un moment avant de reprendre la parole.

« Même si les accusations de Boris Abramovitch sont probablement sans fondement, il a raison sur un point. La conciliation prêchée par Dahl est inacceptable! Céder cette fois, c'est accepter de céder toujours ! Laissons Eleazar s'imaginer un instant que nous sommes faibles et irrésolus et bientôt, il exigera que notre production de solonium tout entière lui soit livrée! Quant à cette fable selon laquelle il voudrait nous éliminer pour prendre notre place, qui pourrait la prendre au sérieux un seul instant ? Non ! Nous allons résister et lui montrer que nous ne sommes pas disposés à nous laisser intimider ! Ses navettes sont armées et peuvent endommager le sas de nos maisons ? Jamais il ne prendra un tel risque ! Anéantir les maisons, ce serait se priver de la principale ressource d'Orosco ! Eleazar n'est pas stupide, il n'ira jamais jusque-là ! Montrons-lui notre détermination, et il finira bien par comprendre qu'il n'a pas d'autre choix que de nous laisser en paix ! »

Einar s'apprêtait à répliquer, mais Ossiah le tira par le bras.

« Ça ne sert plus à rien, ils ne t'écouteront même pas ! Il est temps de filer. Dans l'état où ils sont maintenant, ils pourraient très bien se retourner contre toi, pour peu que ce crétin de Boris reprenne ses accusations stupides... Allez, viens ! »

Einar le suivit à regret, mais le jeune mineur avait raison. La foule s'écartait de mauvais gré devant Ossiah et ses grands sourires, mais les hommes et les femmes les plus proches lui jetaient des regards ouvertement hostiles. Quelques injures fusèrent, attirant l'attention d'autres, plus éloignés. Heureusement, ils n'étaient pas loin d'une sortie et parvinrent à s'esquiver sans susciter d'autres réactions. Une fois la porte franchie, le jeune mineur partit au galop, obligeant son ami à le suivre en maugréant.

« Ferme-la ! grogna Ossiah entre deux halètements. Pour peu que Boris et ses copains se soient aperçus de notre départ, ces idiots sont tout à fait capables de se raviser et de se lancer à ta poursuite ! Je ne serai pas tranquille tant qu'on n'aura pas décollé ! »

Plus tard, dans le calme rassurant du poste de pilotage, Ossiah rompit le silence qui s'éternisait.

« Tu avais raison sur toute la ligne, Einar. Ils ont réagi exactement comme tu l'avais prévu...

— Comme je le craignais, tu veux dire ! répliqua Dahl. Dementiev et les autres Prévôts ne sont pourtant pas des imbéciles... Ils connaissent suffisamment Eleazar pour savoir que rien ne l'arrêtera ! Et ils doivent bien voir que le rapport des forces est en leur défaveur !

— Tu as fait ton possible. Ils ne veulent rien entendre, ce n'est pas de ta faute !

— Tout de même... murmura amèrement Einar. Quel gâchis... Toutes ces morts, ces destructions, qu'il serait si facile d'éviter ! »

Il semblait disposé à continuer dans la même veine, aussi Ossiah préféra-t-il changer de sujet.

« Tatiana ? Tu crois qu'elle risque d'avoir des ennuis ?

— À cause de moi ? Quelques remarques acerbes, peut-être, mais ça n'ira sans doute pas plus loin. Ils la connaissent tous et la respectent. Et puis, on peut compter sur Dimitri pour la protéger si nécessaire. Non, je ne m'inquiète pas pour elle. C'est la suite qui me fait peur.

— Le plan B...

— Si tu tiens vraiment à l'appeler ainsi, oui, c'est ça. Il va falloir accélérer les préparatifs. Je serais très étonné si Eleazar attendait vraiment les trois jours annoncés dans l'ultimatum… »

Chapitre 31

Le père O'Connor entendit à peine le bruit feutré de la lourde porte se refermant derrière le secrétaire et resta immobile, s'efforçant de ne rien laisser paraître de son agitation. Assis derrière l'énorme bureau de bois sculpté, le cardinal secrétaire général de Vatican n'avait pas levé le regard des papiers étalés devant lui, mais Douglas ne songea même pas à s'en formaliser; il n'avait d'yeux que pour la sœur assise très droite dans le grand fauteuil placé juste en dessous du vitrail représentant saint Victor IV ouvrant les travaux du concile de Restauration.

Il n'était pas inhabituel de croiser des religieuses dans les couloirs du Saint-Siège, les bâtiments de deux de leurs congrégations jouxtant la basilique paulinienne, mais elles se tenaient en général à l'écart et ne pénétraient dans le palais pontifical qu'en de rares occasions sans adresser la parole à personne, comme il était de règle. Alors, en voir une confortablement installée dans le bureau du cardinal… À laquelle des deux congrégations pouvait-elle bien appartenir? Les sœurs de la Charité de Notre-Dame ou bien celles du Sacré-Cœur de Jésus? Difficile à dire, tant leurs habits se ressemblaient… Il n'eut d'ailleurs pas le temps de s'interroger davantage, car Fortezza venait de se décider à remarquer sa présence.

« Ah, père O'Connor! Ne restez pas planté là! Avancez! »

Douglas obéit et prit place sur la chaise que le cardinal lui indiquait. Celui-ci le dévisagea pensivement quelques instants avant de reprendre la parole.

« L'autre jour, vous avez accepté sans la moindre hésitation la mission que j'ai décidé de vous confier. Il est temps maintenant que vous sachiez ce que j'attends de vous mais, d'abord, laissez-moi vous présenter sœur Marie-Mathilde du Sacré-Cœur de Jésus. Je vous expliquerai également bientôt les raisons de sa présence ici. »

O'Connor s'inclina poliment en direction de la religieuse, qui se contenta d'un bref hochement de tête en réponse.

Déjà, Fortezza reprenait.

« En premier lieu, une question, père O'Connor. Que savez-vous des *alter* ? »

Le jeune prêtre ignorait ce que le cardinal lui voulait, mais il ne s'attendait certainement pas à cette entrée en matière. Il retint juste à temps une exclamation de surprise et s'efforça de rassembler ses maigres connaissances sur le sujet. Les pères en avaient traité pendant ses années de séminaire, il en gardait un vague souvenir, mais c'était un sujet rarement abordé sur Vatican. L'évoquer frôlait la faute de goût.

« Ce sont des créatures du démon, naturellement, commença-t-il d'une voix hésitante. Dans son encyclique… » Il chercha désespérément le titre exact du fameux texte et par chance, cela lui revint d'un coup. « Dans son encyclique *Alterius generis periculum nobis denunciatum est,* reprit-il, saint Victor IV a démontré que les *alter* sont envoyés sur Terre par Satan pour nous soumettre à la tentation et tenter de détruire la sainte Église… Le devoir de tout chrétien est de les dénoncer aux autorités civiles afin qu'elles les livrent aux représentants du Saint-Siège et que ceux-ci mènent leur enquête. Une fois leur véritable nature avérée, ils sont remis aux pouvoirs temporels en vue de leur exécution.

— Très bien ! approuva le cardinal, tout sourire. Les bons pères du grand séminaire n'ont visiblement pas perdu leur temps avec vous ! Comme vous le savez, poursuivit-il plus sérieusement, il n'y a plus aucun *alter* sur Vatican depuis bien longtemps ; saint Victor IV et ses successeurs immédiats y ont veillé. Mais ces créatures du démon sont toujours là, sur tous les mondes de l'Œkumène, et bien qu'elles réussissent trop souvent à passer inaperçues, les plus vigilants de nos fidèles ne se laissent pas abuser et parviennent à les démasquer. Les autorités s'arrangent la plupart du temps pour régler le problème en prenant conseil auprès du clergé local mais, parfois, lorsque le nombre d'*alter* arrêtés est particulièrement élevé, Vatican est sollicité et, si l'affaire semble suffisamment sérieuse, le saint-père décide d'envoyer un inquisiteur.

— Je comprends, Votre Éminence… », dit le père O'Connor, en réponse au regard interrogateur du cardinal, tout en se demandant où celui-ci voulait en venir.

« Mais depuis quelques années, reprit Fortezza, les arrestations d'*alter* augmentent et les demandes d'intervention du Saint-Siège se multiplient, si bien qu'il nous a paru opportun d'en délibérer. Le Sacré-Collège est convenu qu'il était grand temps pour Vatican de réaffirmer sa position doctrinale sur le sujet. Il a donc été décidé d'organiser ici même un grand procès inquisitorial présidé par le saint-père en personne afin d'établir une jurisprudence valable pour tous les mondes chrétiens. Et c'est là que vous intervenez, père O'Connor…

» Avant que le procès puisse se tenir, nous devons naturellement rassembler sur Vatican un nombre important d'*alter* afin de donner à l'événement tout le retentissement nécessaire. Votre mission, vous l'avez sans doute déjà deviné, consistera à ramener à la Nouvelle-Rome les *alter* détenus sur trois mondes qui les tiennent à notre disposition.

— Mais…

— Oui, père O'Connor ?

— C'est que… Votre Éminence, la confiance que vous me témoignez m'honore, mais en dehors de ce que je vous ai dit il y a quelques instants, je ne connais rien des *alter* ! Ce sont des créatures dangereuses, qui réclament à l'évidence du personnel expérimenté pour combattre leurs pouvoirs démoniaques ! »

Fortezza lui sourit avec bienveillance.

« Vos inquiétudes sont tout à fait légitimes, père O'Connor, mais heureusement injustifiées. Sœur Marie-Mathilde du Sacré-Cœur de Jésus s'occupera de cet aspect des choses. Rassurez-vous, elle est parfaitement compétente…

— Sœur Marie… », bredouilla le malheureux prêtre en se tournant vers la religieuse, qui lui décocha un regard peu amène. « Vous êtes vraiment certain…

— Avant de voir la lumière, ronronna littéralement le cardinal, sœur Marie-Mathilde travaillait sur Regulus. À la Fondation. Oui, là où le consortium Bledsoe forme les *alter* qu'il emploie ensuite sur ses vaisseaux ! Si quelqu'un peut se vanter de tout connaître de ces créatures et des méthodes pour les neutraliser, c'est bien elle ! Ne vous inquiétez pas, Douglas, sœur Marie-Mathilde se chargera de tout. »

L'esprit en déroute, le jeune prêtre s'efforça d'imaginer ce qui l'attendait. Une autre idée lui vint.

« Votre Éminence, je ne suis qu'un tout jeune prêtre ! Les autorités des mondes qui retiennent ces *alter* n'accepteront jamais de traiter avec un interlocuteur aussi insignifiant que moi ! »

Fortezza se leva brusquement, affectant la colère.

« Aucun membre de notre sainte Église n'est insignifiant, père O'Connor ! Qu'il soit prêtre ou cardinal ! En lui repose le pouvoir que Notre Seigneur nous a confié ! Ne répétez jamais une chose pareille ! »

Il sembla se calmer un peu et se rassit lentement.

« Cependant, pour vous tranquilliser, sachez que vous n'irez pas là-bas en tant que simple prêtre, mais comme légat de notre très saint-père. Les cardinaux et les évêques des mondes où vous vous rendrez s'inclineront devant vous, ainsi que les autorités civiles, car en votre personne, ce sera la puissance de la Nouvelle-Rome qu'ils honoreront ! D'ailleurs, voici votre lettre de créance, ajouta-t-il en lui tendant une feuille de papier revêtue du sceau pontifical. Tenez, lisez-la ! »

O'Connor s'exécuta.

Par ordre de Sa Sainteté Clément XVII, en vertu des pouvoirs qui m'ont été conférés, moi, Luigi Fortezza, cardinal secrétaire général de Vatican, nomme légat *apostolique le père O'Connor, porteur de la présente. Il appartiendra à toutes les autorités ecclésiastiques de lui obéir en tout ce qu'il jugera nécessaire pour l'accomplissement de sa mission au service de notre sainte Église.*

En dessous, la lettre portait les signatures du pape et du cardinal.

Mal convaincu mais ne sachant quelle nouvelle objection soulever, O'Connor dut se résoudre à capituler.

« Dans ces conditions…

— Parfait ! s'écria Fortezza, à nouveau tout sourire. Un vaisseau du consortium – le *Stralsund* – doit arriver dans deux jours. Il vous emmènera sur Jéricho, où vous récupérerez un premier contingent d'*alter*. Le même bâtiment vous conduira ensuite sur Angel's Landing, dans le système de Cartier, où un autre groupe, probablement plus important, vous attend également. Les autorités locales sont d'accord pour regrouper vos captifs avec les leurs le temps que vous alliez dans le système de Bismarck prendre possession de votre dernier contingent. Le vaisseau qui vous conduira jusque-là ne passera dans le meilleur des cas qu'un bon mois après votre arrivée sur Angel's Landing mais, dans la mesure où ils sont d'accord là-bas pour surveiller tous les détenus, cela ne devrait pas poser problème. Vous devrez également rester un moment sur Bismarck avant de revenir sur Angel's Landing. Les gens du consortium m'ont assuré que cela ne serait pas très long mais, avec eux, on ne peut jamais être sûrs… De retour sur Angel's Landing, vous embarquerez avec tout votre petit monde sur le premier vaisseau en partance pour Vatican. Tous ces trajets ont été mis au point par mes services, avec les agents du consortium. Vous n'aurez donc à vous occuper de rien d'autre que de représenter dignement la Nouvelle-Rome. Je sais que je peux vous faire confiance pour cela… »

Il se leva, signifiant que l'entrevue touchait à sa fin.

« Vous avez deux jours pour vous préparer, dit-il d'un ton paternel. Profitez-en. Et quand vous reviendrez avec vos captifs, soyez assuré que votre dévouement trouvera sa juste récompense !

— Merci, Votre Éminence… », murmura O'Connor avant de s'agenouiller pour baiser l'anneau que lui tendait le cardinal.

Fortezza attendit que le jeune prêtre ait quitté la pièce pour se tourner vers la femme impassible assise dans le grand fauteuil.

« Votre avis, ma sœur ? »

Regina Vitchovsky se leva en soupirant.

« Cette comédie est-elle bien utile ? se plaignit-elle. Pourquoi me faire passer pour une bonne sœur et m'obliger à porter cet accoutrement ridicule ? N'aurait-il pas été plus simple de me présenter simplement comme une ancienne employée de la Fondation et de me laisser diriger cette expédition au lieu d'en confier la responsabilité à ce jeune crétin ?

— Ma chère, répliqua le cardinal, peu impressionné par cette manifestation de mauvaise humeur, vous n'avez aucune idée de la manière dont fonctionnent les mondes sur lesquels vous allez vous rendre ! Tous trois sont particulièrement rigoristes. Au demeurant, je n'ai pas vraiment eu le choix : il n'y a plus guère que sur ce genre de planètes que les *alter* sont véritablement pourchassés... Rigoristes, disais-je... Cela signifie, entre autres, qu'une femme – fût-elle religieuse – y est considérée comme un être inférieur, et le fait qu'elle vienne d'un autre monde n'est pas de nature à y changer quoi que ce soit. En clair, en tant que femme, personne là-bas n'acceptera jamais de traiter avec vous. Ils ne vous écouteront même pas... Cet accoutrement, comme vous dites, vous vaudra une considération suffisante pour qu'on vous autorise à vous occuper de nos *alter*. Vous l'avez compris, vous devez avoir un homme avec vous– un homme d'Église, naturellement. Comment avez-vous trouvé le père O'Connor ? »

Regina Vitchovsky haussa les épaules.

« Il ne manque pas d'une certaine prestance, si c'est ce que vous voulez dire.

— Exactement ! C'est tout à fait le genre de légat du Saint-Siège qu'ils s'attendent à voir débarquer ! Et vous pouvez faire confiance à ce brave O'Connor pour jouer son rôle à la perfection. Le pauvre est un oblat, confié à l'Église par ses parents juste avant leur mort. Il a toujours vécu sur Vatican et ne connaît absolument rien du monde extérieur. Sur ces planètes étrangères, il se réfugiera tout naturellement dans son personnage de dignitaire de la Nouvelle-Rome. Ma seule crainte est qu'il en fasse un peu trop et se montre inutilement cassant... »

La fausse religieuse secoua la tête, l'air buté.

«Ça ne me plaît toujours pas... Vous savez, Fortezza, j'ai l'habitude de traiter avec toutes sortes de types! Dans mon secteur d'activité, ce ne sont pas des enfants de chœur, si vous voulez bien me passer l'expression! Et si je refuse votre petite mascarade?

— Je crains fort que vous n'ayez pas le choix, ma chère...

— Vous n'êtes pas mon employeur, Votre Éminence! contra Regina. C'est à moi que le Protecteur a confié cette mission!

— C'est possible, répliqua froidement Fortezza, et ce sera également lui qui récompensera vos services. En cas de succès, bien sûr... Comment croyez-vous qu'il réagirait en apprenant que son projet est voué à l'échec simplement parce que vous avez refusé de suivre mes avis? Croyez-moi, je sais ce que je fais!

— Admettons... Mais tout de même, me retrouver sous les ordres de ce jeune nigaud! Et si jamais il lui prend fantaisie de se mêler de la façon dont je m'occupe des *alter*?

— Si c'est ce qui vous inquiète, sourit Fortezza en lui tendant une feuille qu'il venait de prendre sur son bureau, ceci devrait vous rassurer...

— *Il est établi par la présente que la responsabilité de cette mission revient à Regina Vitchovsky, sous l'identité de sœur Marie-Mathilde du Sacré-Cœur de Jésus*, lut Regina à haute voix. *Le père O'Connor qui l'accompagne voit son autorité subordonnée à la sienne et se doit de lui obéir en tout ce qu'elle jugera bon de décider*... Et c'est signé cardinal Fortezza, secrétaire général de Vatican.

— Rassurée?

— Comme ça, je marche. Mais encore une chose... Comment croyez-vous que votre petit curé réagira lorsqu'il s'apercevra que nous ne regagnons pas Vatican?»

Fortezza soupira bruyamment.

«Vous pourrez toujours essayer de lui expliquer... Peut-être se laissera-t-il convaincre?

— Et s'il ne veut rien entendre?

— Le père O'Connor est un oblat, je vous l'ai dit, il n'a donc aucune famille. J'ai mené ma petite enquête, c'est un solitaire qui n'a pas vraiment d'amis, en tout cas personne à qui il risque de manquer si jamais il ne revient pas.

— Vous êtes en train de me dire qu'il est sacrifiable ? »

Pour la première fois, le cardinal eut l'air un peu gêné.

« Eh bien… Je prierai pour que cela ne soit pas nécessaire, s'empressa-t-il d'ajouter en se signant pieusement. Mais revenons-en à la dernière partie de votre voyage, votre retour vers le Protectorat. Dutchek s'est occupé de tout. Le vaisseau du consortium chargé de vous ramener sera le *Dennis Brown*, dont le commandant, Giorgo Spiletti, se présentera sur Angel's Landing en annonçant qu'il se dirige vers Templeton avec deux escales, l'une sur Annapolis et l'autre sur Vatican, alors qu'en réalité Dutchek a tout arrangé pour que le *Dennis Brown* cingle directement vers Sargasse, où il doit vous déposer sur Aironis. Si par extraordinaire un autre vaisseau passant par Vatican se présentait avant celui-ci, il vous reviendra de trouver une bonne raison pour refuser de l'emprunter… »

Regina Vitchovsky hocha la tête.

« Je parviendrai bien à inventer quelque chose… Tout me paraît réglé, Votre Éminence. Ah, encore une chose : en admettant que votre petit curé se montre compréhensif, que devrons-nous faire de lui une fois sur Aironis ? »

Fortezza laissa échapper un nouveau soupir.

« Il n'est hélas pas question de le laisser revenir sur Vatican ; toute cette opération doit évidemment rester secrète… Je me suis laissé dire que la population de Sargasse était devenue notoirement incroyante. Le père O'Connor est un homme de foi. Peut-être parviendra-t-il à la ramener dans le giron du Seigneur ? »

Regina éclata de rire.

« Je lui souhaite bien du plaisir ! Au moins, il aura tout le temps voulu pour essayer ! »

La pseudo-religieuse sortie, le cardinal resta quelques instants immobile, les yeux fermés, avant de se diriger vers le prie-Dieu installé dans un coin de la grande pièce sous l'imposant crucifix de bois sombre.

« Seigneur, murmura-t-il, la tête basse, aie pitié de l'âme de Ton fils qui n'a d'autre choix que de sacrifier un innocent pour Ta plus grande gloire… »

Chapitre 32

Depuis la réunion, des dizaines de navettes patrouillaient sans relâche autour des maisons, prêtes à signaler l'arrivée des forces d'Eleazar mais, au lieu de la flottille attendue, une seule embarcation se détacha de la surface le lendemain et fila directement vers la ceinture. Les petits bâtiments des mineurs s'alignèrent sur une trajectoire d'interception, mais un message de la maison Alenine leur parvint presque aussitôt.

« Permission d'aborder la maison Alenine accordée. Je répète. Permission d'aborder la maison Alenine accordée. Ordre du Prévôt Dementiev.

— Ils viennent chercher la réponse à l'ultimatum d'Eleazar, dit Einar depuis son siège de pilote. Ils n'attaqueront pas avant le retour de la navette sur Orosco. On peut rentrer et profiter de ce répit pour se reposer un peu... »

Un peu plus loin, la navette aux armes de l'Administrateur se frayait lentement un chemin vers le sas d'accès de la maison Alenine, dans lequel elle disparut bientôt.

« Dementiev va essayer de négocier, commenta Ossiah. Ils arriveront peut-être à trouver un terrain d'entente...

— Possible, mais je ne parierais pas là-dessus si j'étais toi ! »

Ils se posèrent dans l'immense garage, à l'emplacement d'ordinaire réservé pour la grande navette.

« Quelqu'un va bien finir par se demander où elle est passée, commenta Ossiah. C'est déjà un miracle que personne n'ait encore posé la question !

— Officiellement, elle est sur K154, pour charger du minerai… Et puis, avec tout ce qui se passe en ce moment, ils ont d'autres chats à fouetter !

— On en est où, pour la cargaison ?

— Un dernier voyage et on sera parés. La navette est déjà remplie, à ce que m'a dit Tatiana. Grâces en soient rendues à Zalan ! Je ne sais pas comment on aurait fait sans lui ! On s'en occupera dès qu'on aura récupéré un peu.

— Il faut que j'aille voir si nos amis ont tout ce qu'il leur faut », dit Ossiah, l'air de ne pas y toucher alors qu'ils approchaient de la porte des quartiers d'habitation.

« Et dire un petit bonjour à Louhann, c'est ça ?

— D'accord, admit le jeune homme en riant. On ne peut rien te cacher ! Tu n'y vois pas d'inconvénient, j'espère ?

— Aucun ! Et même, je vais t'accompagner. J'aimerais savoir ce qu'Anya pense de la situation. Cette gamine m'impressionne, tu sais…

— Moi aussi, répondit Ossiah, brusquement sérieux. On ne dirait pas à la voir, mignonne et tout, mais derrière la façade, il y a un sacré cerveau ! Quand je lui parle, des fois, c'est moi qui me sens tout petit !

— Je vois ce que tu veux dire ! Moi aussi, ça m'arrive et c'est pour ça que je serais content d'avoir ses impressions… »

Louhann se jeta au cou d'Ossiah dès qu'ils eurent pénétré dans la cabine où les *alter* se dissimulaient. Étroitement enlacés, les deux tourtereaux disparurent dans la pièce voisine. Haussant les épaules, Einar salua Anya et Zalan, qui s'étaient levés pour les accueillir.

« Pas trop fatigué ? »

Einar s'adressait au furtif, qui depuis des jours, aidait Tatiana à rassembler et transporter incognito tout ce dont ils auraient besoin.

« Pas du tout ! C'est l'enfance de l'art !

— Tant mieux ! Je tiens à ce que vous restiez au mieux de votre forme. Je peux avoir besoin de votre talent à n'importe quel moment, et sans doute pour des choses bien plus difficiles que ce que Tatiana vous a demandé !

— Ne vous inquiétez pas. Vous pouvez compter sur moi.

— Parfait ! »

Il se tourna vers Anya, qui semblait perdue dans ses pensées.

« Anya, tu vas bien ?

— Oui… répondit distraitement la jeune fille. Mais je capte des pensées bizarres ! C'est trop loin pour me permettre de suivre leur conversation, mais cet homme qui vient d'arriver dans l'autre habitat, je crois bien qu'il parle de vous avec celui qui dirige là-bas…

— De moi ? Avec Dementiev ? Je sais qu'ils sont presque hors de portée, mais pourrais-tu avoir une idée de l'identité de l'envoyé d'Orosco ? »

Anya se concentra avant de répondre.

« Il est petit et assez gros. Il est très nerveux, et il transpire beaucoup…

— Morestin ! Ça ne peut être que lui ! C'est vrai, il me connaît. Tu es sûre qu'ils parlent de moi ?

— Certaine ! Mais je n'arrive pas à capter ce qu'ils se disent… Désolée !

— Tu n'as aucune raison de l'être. C'est déjà beaucoup. Morestin... Ce n'est pas surprenant que ce soit lui qu'Eleazar ait choisi, mais pourquoi parlent-ils de moi ? Ils ne savent même pas que je suis ici !

— À moins que quelqu'un t'ait dénoncé ! »

Ossiah était revenu dans la pièce, tenant toujours Louhann par la main.

« Boris ? Ou bien Dementiev ? Mais comment…

— Ils embarquent sur une navette, l'envoyé d'Orosco et l'autre, celui qui dirige l'habitat, intervint Anya. Ils viennent par ici…

— Je n'aime pas ça du tout, dit Ossiah.

— Moi non plus ! Si Dementiev s'est décidé à me livrer à Eleazar, notre seul espoir repose sur Dimitri. Il m'a soutenu jusque-là, mais ça pourrait bien changer…

— Qu'est-ce qu'on fait ? demanda Ossiah.

— On se prépare. Dimitri ne se laissera peut-être pas faire, mais mieux vaut être prudents. Tu as toujours les aiguillons et les armes des gardes qui nous ont attaqués sur Orosco ?

— Dans ma cabine, bien cachés!

— J'ai une impression de danger, intervint Anya, les yeux dans le vague. Ils parlent de vous, mais aussi de quelqu'un d'autre… Enfin, je crois!

— Va chercher les armes, Ossiah, je crois qu'on va en avoir besoin. Vous autres, ajouta-t-il en s'adressant aux trois *alter*, tenez-vous prêts à rejoindre la navette à tout moment. Zalan, c'est votre responsabilité.

— J'attendrai qu'Anya me donne le signal, répondit le furtif. Avertissez-la quand vous jugerez le moment venu.

— Pensez très fort à moi, et je saurai ce que vous voulez, assura Anya. Ne perdez pas de temps. Ils arrivent!»

Einar rejoignit Ossiah devant sa cabine. La coursive était déserte. Le jeune mineur lui passa un aiguillon et un pistolet, qu'il glissa dans les poches de sa combinaison.

«Tu as ce qu'il faut?»

Ossiah tapota ses vêtements en réponse. À ce moment, une voix puissante retentit sur le circuit intérieur.

«Le pilote Einar Dahl est prié de se présenter au bureau du Prévôt. Je répète…

— Et voilà, soupira Einar. C'est parti…»

En pénétrant dans le bureau de Dimitri, il comprit tout de suite que la situation était plus sérieuse que prévu. Tatiana était là avec sa tête des mauvais jours, à côté de Dimitri qui semblait furieux. En face de lui, Dementiev attendait, l'air glacial, mais ce que Dahl remarqua tout de suite, c'est la demi-douzaine de membres des services de sécurité de la maison Alenine appuyés nonchalamment contre les parois. Et bien sûr, Morestin, encore plus suant et soufflant que dans son souvenir.

«Morestin! s'exclama-t-il, feignant une cordialité qu'il était loin d'éprouver. Quel plaisir de vous revoir! Ainsi, le nouvel Administrateur ne vous a pas tenu rigueur de notre mésaventure?»

Le gros homme secoua la tête, désemparé.

«Désolé, Dahl… Je n'y suis pour rien, vous savez!»

C'est le moment que choisit Dementiev pour intervenir.

« Einar Dahl… Ou devrais-je plutôt dire : William Bolton-Dunn, déserteur et traître à l'empire ?

— Désolé… répéta encore Morestin.

— Boris ? C'est lui qui m'a dénoncé ? Ou bien est-ce votre œuvre ?

— Vous n'êtes pas vraiment en position de poser ce genre de question ! » rétorqua Dementiev, mais Morestin se manifesta de nouveau sans se soucier du regard furieux du Prévôt.

« Un certain Boris Abramovitch s'est effectivement rendu au Siège en demandant à être reçu par Son Excellence. Il se trouve que j'étais présent. Il a informé l'Administrateur de votre présence dans la ceinture. Évidemment, il ignorait que nous avions reçu votre signalement avec le courrier impérial. William Bolton-Dunn, traître à l'empire, déserteur de la Flotte, dont la tête est mise à prix depuis plus de douze ans…

— Vous n'allez tout de même pas dire que tout ça est faux ! » triompha Dementiev.

En réponse, Einar haussa les épaules, désabusé.

« Tout dépend de qui vous déclare traître à l'empire ! Déserteur ? Oui, naturellement ! On s'apprêtait à m'exécuter sans jugement, et j'ai fui. Mais passons ! Et donc vous êtes venu récupérer l'argent des mineurs et me ramener sur Orosco par la même occasion, si je comprends bien ? »

Morestin paraissait très malheureux.

« Eleazar s'est mis en tête que s'il vous livrait au grand amiral Wallace, il pourrait négocier un délai pour le paiement du tribut…

— Qu'allez-vous faire ? dit Einar en se tournant vers Dementiev. Me livrer à Eleazar ?

— La procédure qui vous a permis d'intégrer la maison Mertov est naturellement invalide ! Les mineurs de la ceinture sont de fidèles sujets de l'empire et ne sauraient accepter parmi eux un traître de votre espèce ! En tant que représentant de cette communauté, je demande au Prévôt Maslov d'annuler la décision d'adoption et de me remettre le dénommé Bolton-Dunn afin qu'il soit livré aux autorités compétentes. »

Einar secoua la tête, peu impressionné par la péroraison de Dementiev.

« Si vous croyez qu'en me livrant, vous empêcherez Eleazar de vous détruire, vous vous faites des illusions, Prévôt ! Mais c'est à Dimitri de se prononcer, n'est-ce pas ?

— Navré, Dahl, mais Dementiev a raison. Vous nous avez menti…

— C'est faux ! Lorsque vous m'avez demandé pour quelle raison j'étais venu me réfugier sur Orosco, je vous ai répondu qu'il s'agissait d'une affaire qui ne concernait que moi. Je vous ai également affirmé n'avoir commis aucun crime ou délit. Ces affirmations sont toujours valables ! Wallace me poursuit de sa vindicte pour la simple raison qu'il est persuadé que je représente un danger pour ses ambitions. Alors, que décidez-vous, Prévôt ?

— Il a dit la vérité, Dimitri, intervint doucement Tatiana. Et nous l'avons adopté. Notre devoir est de le protéger, pas de le livrer à ses ennemis…

— Mon oncle, tenta d'intervenir Ossiah. Tu ne peux pas faire ça ! »

Dementiev ricana bruyamment, imité par ses hommes. Très agité, Maslov se tourna vers la jeune femme.

« J'ai les mains liées, Tatiana ! C'est trop grave ! Enfin, cet homme est accusé de trahison et recherché par la Flotte ! Nous ne pouvons pas prendre un tel risque ! Et puis, si réellement son arrestation permet d'arranger les choses avec l'Administrateur, notre devoir envers la communauté nous commande de ne pas nous y opposer ! »

Sans même regarder Einar, il ajouta très vite :

« En vertu des pouvoirs qui m'ont été conférés et compte tenu des circonstances, je prononce l'annulation de la procédure d'adoption d'Einar Dahl. Prévôt Dementiev, il est à vous…

— Je savais que vous finiriez par vous montrer raisonnable, Maslov, dit l'autre, satisfait. La maison Alenine n'oubliera pas ce geste de bonne volonté, je vous l'assure ! » Puis, se tournant vers ses hommes : « Embarquez-le, et qu'on en finisse. »

Les agents de sécurité les plus proches s'avancèrent sans méfiance. Einar attendit qu'ils soient tout proches pour tirer l'aiguillon qu'il dissimulait dans sa poche. Les deux hommes roulèrent à terre, tétanisés par la douleur. De l'autre côté du bureau, Ossiah s'occupa de la même manière des trois autres gardes.

« Dahl, vous êtes fou ! »

Livide, Dimitri fixait les corps agités de soubresauts incontrôlés.

« Vous ne vous en tirerez pas comme ça, vous le savez bien ! ajouta-t-il encore sans grande conviction. Soyez raisonnable, mon vieux ! »

Du coin de l'œil, Einar aperçut Dementiev qui reculait lentement vers la porte.

« Ossiah ! Empêche-le de s'enfuir ! »

À ces mots, le Prévôt se retourna et fonça vers l'ouverture, mais Ossiah fut plus rapide et s'interposa juste à temps. Dementiev s'immobilisa, terrifié et furieux à la fois, le regard fixé sur l'aiguillon brandi par le jeune homme…

« Ossiah Tiomkine, je t'ordonne de me laisser passer ! »

Sans le quitter des yeux, celui-ci s'adressa à Einar.

« Qu'est-ce que j'en fais ?

— Il faut le neutraliser lui aussi, répondit Dahl. Désolé, Dementiev, j'aurais préféré que les choses se passent autrement, mais vous ne me laissez pas vraiment le choix ! »

Dementiev n'eut pas le temps de répliquer. Ossiah le toucha avec l'aiguillon, et le Prévôt s'affala en gémissant. Einar se tourna vers Dimitri. Terré dans le coin le plus éloigné, Morestin s'efforçait de passer inaperçu.

« Tatiana, glapit Dimitri. Tu ne vas quand même pas le laisser faire ! »

La jeune femme haussa les épaules.

« Tu as trahi sa confiance, Dimitri. Et du même coup, la mienne… Tant pis pour toi ! »

Le Prévôt s'effondra à son tour.

« Tu ne l'as pas… », commença Tatiana, mais Einar s'empressa de la rassurer.

« La décharge n'est pas létale. Pour les autres non plus, d'ailleurs… Ils vont en baver une bonne demi-heure, puis tout rentrera dans l'ordre. »

Il se tourna vers Morestin. Persuadé que ton tour était venu, le gros homme laissa échapper un petit cri angoissé, mais Einar ne lui réservait pas le même sort.

« Morestin, vous venez avec nous… »

Puis se tournant vers Ossiah.

« Prends les clefs de Dimitri et boucle le bureau. Même si quelqu'un entend leurs gémissements, cela nous donnera le répit dont nous avons besoin… »

Ils s'engagèrent dans le couloir, et Ossiah ferma la porte derrière eux.

« Nina ? David ?

— Ils doivent déjà nous attendre dans la navette, répondit Tatiana. Nina et Pavel étaient avec moi quand Dementiev a débarqué et je les ai tout de suite envoyés chercher David. »

Ils s'éloignèrent tranquillement, encadrant un Morestin qui n'en menait pas large.

« Qu'allez-vous faire de moi ? trouva-t-il enfin le courage de demander.

— Je n'ai rien contre vous, Morestin, mais si je vous avais laissé dans le bureau du Prévôt, vous seriez déjà en train de donner l'alerte ! Je vais simplement vous enfermer dans une cabine, là où personne ne viendra vous chercher. Vous finirez bien par attirer l'attention, mais ça risque de prendre un bon moment… »

Quelques minutes plus tard, débarrassés de l'homme d'Orosco, ils entrèrent dans la navette où Nina et David les accueillirent avec un soulagement non feint.

« Qu'est-ce qu'ils font ici, ceux-là ? demanda aussitôt Pavel en désignant Anya, Louhann et Zalan installés au fond de la cabine. Et d'abord, d'où ils viennent ? Je ne les ai jamais vus dans aucune des maisons !

— Pas maintenant, Pavel. Il faut filer d'ici en vitesse avant que Dimitri ait suffisamment récupéré pour penser à bloquer le sas ! » répliqua Einar en s'installant aux commandes. Quelques instants plus tard, le petit vaisseau franchissait la grande porte métallique qui commençait déjà à se refermer et s'élançait dans l'espace.

« Juste à temps ! Tu as fait ce que je t'avais demandé, Ossiah ?

— Oui. Ils n'auront pas grand mal à réparer les autres navettes, mais ça leur prendra quand même quelques heures. Maintenant, Dementiev peut aussi lancer celles de la maison Alenine à notre poursuite...

— Possible, mais ça m'étonnerait. Dementiev n'est pas idiot, il sait très bien que ses pilotes n'ont aucune chance de nous rattraper. Et dans deux minutes, nous serons perdus au milieu des astéroïdes, définitivement hors d'atteinte. »

Quelques instants plus tard, l'appareil se posait avec un choc presque imperceptible. Einar coupa les moteurs et poussa un soupir de soulagement.

« Maintenant que nous voilà tranquilles pour un bon moment, il est temps de faire les présentations ! Anya, Louhann, Zalan, approchez, voulez-vous ? Tatiana et Ossiah sont déjà au courant, poursuivit Einar. Tu avais raison Pavel, nos trois amis ne sont pas originaires d'une autre maison, ni même d'Orosco... En réalité, ce sont des passagers clandestins cachés dans le vaisseau du consortium qui ont profité de notre visite sur le *Twin Cities* pour se réfugier dans la maison Mertov, où Ossiah les a finalement repérés... Ce sont des *alter*, tous les trois.

— Des *alter* ? commença Pavel, mais Einar ne lui laissa pas le loisir de continuer.

— Oui, des gens comme toi et moi, Pav', avec juste un petit quelque chose en plus. Pas les monstres que dépeint l'Église, ni les sous-citoyens que beaucoup voient en eux. Nous n'avons rien à craindre d'eux, et nous devrions même leur être reconnaissants d'être arrivés jusqu'à la maison Mertov, car si nous réussissons à survivre à ce qui nous attend, ce sera probablement grâce à leurs talents ! Anya, Louhann, Zalan, ces jeunes gens sont Nina et David, les deux enfants de

Tatiana, et ce grand nigaud incapable de refermer sa bouche est Pavel, le petit ami de Nina !

— Nous sommes heureux de vous rencontrer, déclara cérémonieusement Anya. Ossiah nous a beaucoup parlé de vous. »

Nina et Pavel la regardaient, circonspects, mais David s'était avancé d'un pas, dévisageant la jeune *alter* de son regard intense.

« A.. nya… dit-il enfin. Anya ! »

Un peu en arrière, Tatiana étouffa une exclamation de surprise à l'entendre enfin parler après tant d'années. Elle se précipita vers lui et le prit dans ses bras, submergée par l'émotion. Entre-temps, Ossiah s'était approché de Louhann et la serrait contre lui en souriant.

« Ossiah est amoureux ! s'esclaffa Nina. Ossiah est amoureux ! »

Tatiana éclata de rire, vite imitée par Einar, et quelques instants plus tard, par Zalan et Anya.

« Vous aurez tout le temps de faire plus ample connaissance, reprit Einar. Nous allons rejoindre l'autre navette, où tout est prévu pour nous permettre de survivre le temps que les choses s'arrangent. Une fois installés, nous ferons le point sur la situation. Pour des raisons que vous comprendrez bientôt, il n'est pas question de mettre en place un tube de transfert. Nous sortirons en combinaison spatiale. Tatiana a tout préparé. Ne perdez pas de temps, équipez-vous ! »

Quelques minutes plus tard, Dahl quittait le dernier le petit vaisseau et rejoignait les autres, qui l'attendaient en bas de la rampe. Une vingtaine de mètres plus loin, la grande navette se dressait de toute sa masse sur la surface presque lisse de l'astéroïde. La voix d'Ossiah retentit dans son casque.

« Je ne comprends pas pourquoi tu as choisi un endroit pareil ! N'importe quelle navette longeant la ceinture nous repérera aussitôt !

— Patience, mon ami, tout va s'expliquer ! Suivez-moi ! »

La rampe d'accès de l'autre vaisseau était déjà déployée, révélant le sas obscur, qui s'éclaira lorsque le pilote posa le pied sur la surface métallique. La procédure d'accès achevée, ils se retrouvèrent au milieu d'un amoncellement de caisses occupant la quasi-totalité de l'espace disponible.

« Par ici ! ordonna Tatiana en les guidant jusqu'à une large table à peine accessible.

— Nous serons un peu à l'étroit, commenta Einar, mais si tout se passe comme prévu, ça ne devrait pas durer trop longtemps ! Installez-vous. Anya, Zalan, vous restez avec moi. Quand je vous disais tout à l'heure que notre sort reposait en grande partie sur les talents de nos amis *alter*, je n'exagérais pas ! Zalan, vous avez eu tout le temps de penser à ce que je vous ai demandé. Votre réponse ?

— Je ne sais pas… Je crois que j'en suis capable, répondit le furtif en hésitant, mais comprenez-moi, Dahl, je n'ai jamais rien tenté de pareil !

— La plupart d'entre nous connaissent votre talent, à l'exception de Nina, Pavel et David. Peut-être pourriez-vous leur faire une petite démonstration ? »

Zalan ne prit même pas la peine de répondre : il se contenta de disparaître, suscitant des exclamations d'étonnement des deux jeunes et un gloussement ravi de David.

« Zalan est un furtif, précisa Einar. Rassurez-vous, il est toujours là. Simplement, il nous empêche de le voir. »

Le furtif réapparut, tout sourire.

« Il peut également faire disparaître ce qui l'entoure. C'est d'ailleurs grâce à ce talent que nos trois amis ont réussi à quitter le vaisseau du consortium et à se réfugier dans la maison Mertov… Mais ce que je lui ai demandé est autrement plus difficile, il s'agit non seulement de faire disparaître la navette quelques instants – ça, il en est capable, Ossiah et moi l'avons emmené dans le garage faire un essai –, mais de la maintenir invisible pendant une longue période.

— Impossible ! s'exclama Tatiana. Une masse pareille !

— Il vaudrait mieux qu'il y arrive, répliqua Einar, car la réussite de mon plan repose là-dessus ! Zalan, prêt pour un essai prolongé ? »

Le furtif ne répondit pas mais ferma les yeux pour mieux se concentrer.

« Ça y est… dit-il enfin.

— Ça ne marche pas ! s'exclama Pavel. Il est toujours là, et nous aussi !

— À l'intérieur du périmètre de protection, rien ne paraît changé, intervint Anya. Simplement, nous sommes invisibles de l'extérieur…

— Ce qu'il faut vérifier maintenant, c'est si elle est toujours repérable par les instruments de l'autre navette ou non. Pour ça, Ossiah, j'ai besoin de toi. »

Le jeune mineur se hâta d'enfiler sa combinaison et disparut dans le sas, dont la porte se referma derrière lui. Quelques instants plus tard, sa voix leur parvenait sur le circuit intérieur.

« Ça y est, je suis dehors… Bon sang ! Heureusement que je suis au courant ! Quand je me retourne, il n'y a plus rien. Juste la surface de l'astéroïde, rien d'autre, même pas une ombre !

— Les instruments… lui rappela Einar.

— J'y suis presque ! Laisse-moi quand même le temps d'entrer ! Voilà… Je branche les circuits… Incroyable ! Rien sur les écrans ! J'essaie aussi le radar et le détecteur de métaux. Non, toujours rien ! Impressionnant !

— C'est bon, tu peux revenir, Zalan va lever son écran le temps de te laisser entrer. »

Ossiah revenu, Einar reprit la parole.

« Mon plan repose en tout premier lieu sur le talent de Zalan. Maintenant, nous pouvons passer à la suite.

— Mais pourquoi se donner tout ce mal ? s'étonna Ossiah. Tu aurais aussi bien pu emmener cette navette n'importe où dans la ceinture et la cacher quelque part où aucun autre pilote n'aurait été capable de la retrouver !

— Ce n'est pas si simple. Au départ, je pensais faire ce que tu viens de dire, cacher la navette quelque part dans la ceinture, mais l'intervention de Dementiev nous oblige à changer nos plans… Rappelle-toi ce qu'il a dit sur mon identité dans le bureau de Dimitri. »

Ossiah réfléchit, les sourcils froncés.

« Il t'a appelé Bolton-Dunn, si je me souviens bien. Et il t'a traité de déserteur et de traître à l'empire, rien que ça ! Ils t'ont probablement confondu avec un autre, c'est la seule explication… »

Einar soupira en réponse.

« Si seulement ! Mais Dementiev avait raison, je m'appelle bien Bolton-Dunn. Einar Dahl est juste un nom d'emprunt, le dernier d'une longue liste ! Tatiana est au courant, naturellement. Toi, j'avais l'intention de t'en parler, mais l'occasion ne s'est jamais présentée…

— Déserteur et traître à l'empire, ce n'est pas rien ! » intervint Pavel, visiblement impressionné. Einar haussa les épaules.

« Je crois que je ferais mieux de tout vous raconter… Déserteur ? C'est exact, techniquement du moins. Je n'ai pas eu d'autre choix que de m'enfuir quand Wallace s'en est pris à moi. Traître à l'empire ? Certainement pas ! Il se trouve que je suis issu d'une famille dont le grand amiral s'est toujours méfié. Lorsque les ennuis de santé de l'empereur se sont aggravés, laissant présager une mort prochaine, il a commencé à éliminer ceux qu'il soupçonnait de pouvoir contrarier ses ambitions. Mon père était de ceux-là… Ses hommes l'ont massacré ainsi que la totalité du personnel de sa résidence. L'homme de confiance de mon père a quand même trouvé le temps de m'envoyer un message à bord du croiseur de la Flotte sur lequel je me trouvais…

— Mais alors… commença Anya.

— Tu as raison, Anya. Mon père était très riche. Il avait une *alter* à son service. C'est grâce à elle que j'ai pu être alerté à temps, quelques minutes seulement avant que Wallace n'ordonne au commandant Fuller de m'éliminer.

— Et tu as réussi à t'enfuir ? dit Ossiah. D'un vaisseau de la Flotte, dans l'espace ? »

Einar haussa les épaules.

« J'ai été entraîné à réagir très vite, et pas seulement en tant que pilote ! Fuller était un fidèle de Wallace. Abattu en tentant de résister, voilà probablement comment il aurait présenté les choses… Je suis parti sur le champ. Je venais juste de prendre place dans un intercepteur quand l'ordre de me capturer mort ou vif a retenti sur le circuit général. Fort heureusement, le temps qu'ils réalisent, j'étais déjà dans l'espace. Ils ont bien tenté de me poursuivre avec les autres intercepteurs, mais j'ai réussi à leur échapper et me réfugier sur Maria-Mater, où j'ai fait le mort jusqu'à ce qu'ils se lassent et repartent. Maria-Mater, la première d'une longue série de planètes… Wallace n'est pas homme à abandonner facilement ! »

Les autres le contemplaient en silence, désarçonnés.

« C'était un autre univers, reprit-il doucement. Providence, je veux dire, et la vie sur les vaisseaux de la Flotte. À cette époque-là, j'étais loin d'imaginer ce que pouvait être la vie dans la Périphérie… Ces douze années de fuite incessante m'ont beaucoup appris. Et m'ont aussi permis de vous rencontrer : Tatiana, Ossiah, Nina, David et vous aussi, Pavel, Anya, Louhann, Zalan… Vous êtes ma vraie famille maintenant, et permettez-moi de vous dire que grâce à vous, je ne regrette rien de mes années au cœur de l'empire ! »

Tout en parlant, il s'était approché de Tatiana et lui avait posé le bras sur les épaules.

« Je sais que vous avez des tas de questions et, croyez-moi, j'y répondrai, mais cela devra attendre. Maintenant que vous savez d'où je viens, vous allez vite comprendre pourquoi je ne pouvais pas simplement dissimuler cette navette dans un coin inaccessible.

— À cause de Wallace ?

— Oui, Anya. Dans l'espoir de se concilier ses bonnes grâces, Eleazar va s'empresser d'informer le collecteur de ma présence dans la ceinture. Celui-ci va relayer l'information au commandant du croiseur, qui à son tour avertira Wallace. Ça ne changera évidemment rien pour Eleazar et Orosco, mais Wallace va charger le commandant du croiseur de me retrouver. Ils finiront par remonter jusqu'à Dementiev et Dimitri, qui les informeront de notre fuite. C'est là que les choses sérieuses vont commencer.

— Si nous sommes bien cachés dans les astéroïdes, ils ne risquent pas de nous trouver ! intervint Pavel avec assurance.

— Si nous n'avions affaire qu'aux navettes d'Eleazar, je serais tout à fait d'accord avec toi, Pav', mais c'est un croiseur de la Flotte qui va venir ! Ses équipements lui permettront facilement de détecter notre navette n'importe où dans la ceinture. Ensuite, il suffira d'un missile bien placé… Et tu peux faire confiance à leurs artilleurs pour ne pas rater leur cible !

— Mais ils ne pourront pas nous voir ! intervint Nina. Zalan nous a bien rendus invisibles, non ?

— En effet, mais je les connais, ils ne se contenteront pas d'un simple contrôle de routine. Je sais comment raisonnera Wallace. Il se dira : *nous n'arrivons pas à les repérer, mais ils sont bien là*. Et vous pouvez me croire, il n'hésitera pas un instant à détruire la ceinture et peut-être bien Orosco par-dessus le marché pour être certain de m'avoir vraiment éliminé.

— Si ça se passe réellement comme tu le dis, nous n'avons aucune chance !

— Livrés à nous-mêmes, admit Einar, nous n'en aurions eu aucune, c'est certain, mais le ciel nous a apporté des alliés providentiels. Zalan protège cette navette, vous l'avez tous constaté. Reste maintenant à persuader Wallace qu'il s'est bien débarrassé de nous, et c'est là qu'Anya entre en jeu !

— Je ne sais pas si j'en serai capable… dit lentement Anya. Ça demandera une puissance incroyable.

— Capable de quoi ? intervint Ossiah, interloqué. Je n'y comprends plus rien !

— Si le croiseur ne repère pas notre navette, il détruira la ceinture tout entière pour être certain de nous avoir éliminés. Il faut donc faire en sorte qu'il *la voie*. Ou plutôt qu'il voie *une* navette. En l'occurrence, celle à bord de laquelle nous avons quitté la maison Mertov, et dont vous pouvez être certains qu'ils auront obtenu la description !

— Dans ce cas, il suffit de laisser l'autre navette là où elle est et de mettre celle-ci en sécurité ailleurs ! s'écria Pavel.

— Ça ne marchera pas ! affirma Einar. Même s'il ne me connaît pas, le commandant aura été informé de mes capacités de pilote. Si la navette reste posée sans bouger, il en déduira qu'elle est vide et que nous sommes cachés ailleurs. Il nous cherchera et, ne nous trouvant pas, se rabattra sur la solution la plus simple : la destruction de la ceinture. Si nous voulons lui donner le change, il faut que la navette, une fois repérée, décolle en vitesse et cherche par tous les moyens à s'échapper en s'enfonçant au plus profond de la ceinture jusqu'à ce qu'elle s'écrase sur un astéroïde que son pilote n'aura pas réussi à éviter. Il faut qu'ils le voient de leurs propres yeux afin de pouvoir persuader Wallace que je suis bel et bien mort. Après, ils ne tarderont pas à quitter le système…

— Je ne vois pas en quoi nous serons plus avancés si tu pilotes l'autre navette et que tu finis pulvérisé par un de ces foutus cailloux! s'insurgea Ossiah. D'abord, Tatiana ne te laissera pas faire, et moi non plus!»

Tatiana eut un petit rire.

«Tu as raison, Ossiah, je ne le laisserais jamais faire ça! Mais nous n'en arriverons pas là, rassure-toi!

— C'est là qu'Anya intervient, reprit Einar. C'est une *alter* très puissante. Ce que je lui ai demandé vous paraîtra sans doute impossible, mais je suis persuadé qu'elle peut y parvenir. Ses talents lui permettent de manipuler les objets à distance, mais aussi de lire dans les esprits. Je suis persuadé que, par son intermédiaire, je pourrai piloter l'autre navette sans bouger de celle-ci et l'envoyer se fracasser sur un rocher impossible à éviter.

— Je ne sais pas… répéta Anya. J'espère en être capable, mais je n'en suis pas certaine…

— Nous aurons tout le temps voulu pour nous entraîner, la rassura Einar. Le croiseur ne sera pas là avant une dizaine de jours. En attendant, Zalan, croyez-vous pouvoir inclure l'autre navette dans votre champ d'invisibilité?

— C'est possible, mais pas en permanence comme pour celle-ci. L'effort est trop grand pour être maintenu en continu et je suis aussi à ma limite de distance. Je pourrais tenir un moment, deux heures peut-être, mais pas davantage. Sinon, je serai trop affaibli pour maintenir le camouflage de celle-ci…

— Deux heures… Ça devrait suffire. Les instruments de la navette nous avertiront assez à l'avance pour vous permettre d'être prêt si nous avons de la visite… Maintenant, il ne nous reste plus qu'à attendre l'arrivée d'Eleazar ! »

Chapitre 33

« Translation enclenchée. »

L'avertissement d'Hartig était inutile. À la différence des énormes croiseurs de la Flotte qui ne communiquaient avec l'extérieur que par l'intermédiaire d'une multitude de capteurs et d'écrans, le *Black Storck* – le Kingfisher personnel de l'amiral – possédait un cockpit vitré dont le pilote venait juste de relever les volets, laissant apparaître brièvement la clarté blafarde de l'hyperespace. Mais déjà, le spectre des couleurs habituelles réapparaissait, à mesure que le petit vaisseau se réinsérait dans l'espace normal.

« Les autres ?

— Ils sont là, monsieur. »

Hartig indiquait quatre petits points rouges sur un des écrans.

« Excellent ! Dites-leur de garder la formation en attendant mes instructions. »

Le point d'émergence se situait bien à l'extérieur d'Orbus, à quelques heures encore de vol hyperspatial du système. Officiellement, la mission consistait à tester les capacités de la classe Dragonfly à se glisser incognito dans le système, puis à atterrir sur une des planètes et à en repartir sans se faire remarquer.

« Nous allons simuler une double mission d'espionnage et de sabotage, avait expliqué MacGregor au cours du briefing précédant le départ. Il serait évidemment plus facile de pénétrer à l'intérieur même du système avec les Kingfisher, mais les mondes d'Orbus sont très développés et disposent de moyens de détection perfectionnés. C'est donc la configuration idéale pour vérifier la complémentarité de nos deux classes de navires. Chaque équipage se verra attribuer une planète cible pour ses trois Dragonfly. Chacun recevra des instructions précises quant à son objectif et à sa mission spécifique. Pour ma part, j'ai choisi la planète capitale du système, Huygens, pour y mener une opération d'infiltration/exfiltration. Chaque équipage disposera de trois jours pour mener sa mission à bien. »

Les neuf jours de translation lui avaient largement laissé le temps de peaufiner son plan.

« Je ne vois vraiment pas comment nous allons retrouver ce Nimack », s'était une fois de plus lamenté Roger, qui n'avait jamais caché que cette entreprise lui paraissait vouée à l'échec et, si Peter ne disait rien, il ne débordait pas non plus d'enthousiasme. Il était grand temps de remonter le moral des troupes.

« Je n'ai pas choisi notre objectif au hasard, leur avait-il dit. Emmy Stone vit sur Huygens. Oui, celle-là même qui a envoyé le rapport informant l'Amirauté des ambitions spatiales d'Orbus ! Je me suis procuré son dossier auprès du service des Renseignements, à l'insu de Hattle, naturellement. Son agent de liaison, Pirros Yanakis, a fait du bon travail. Il a notamment décrit en détail la procédure utilisée pour la contacter. Quelques jours avant notre départ, j'ai envoyé un message à Emmy Stone par le premier vaisseau du consortium en partance pour Orbus afin de la charger de retrouver la trace de Flora Vorsted et Wade Nimack. Pirros Yanakis se trouve également sur Huygens. Je lui ai ordonné de nous attendre au point qu'il utilise en général pour retrouver son informatrice. Emmy Stone semble disposer de relais solides aussi bien au sein du gouvernement que dans les forces armées et la police. J'ai bon espoir qu'elle réussira à localiser nos deux fugitifs.

— Mais où allons-nous nous poser ? Nous ne savons rien de cette planète !

— Détrompez-vous, Peter ! Nous avons les informations fournies par Yanakis, bien sûr, mais ce n'est pas tout, loin de là. Vous oubliez que nous avons sur Providence un service dont l'unique fonction est de réunir le maximum de données sur l'ensemble des mondes de la Périphérie : le fisc impérial et ses collecteurs ! J'ai quelques amis là-bas, qui m'ont fourni tout ce qu'ils ont sur Orbus. Leurs données datent un peu, mais ce sera largement suffisant pour ce qui nous intéresse. »

Il avait fait apparaître la carte d'une vaste cité sur un écran.

« Voici Azurea, où vit Emmy Stone. Ce n'est pas la capitale politique, plutôt un grand centre commercial très peuplé et très animé. Le trafic aérien y est important et les contrôles quasi inexistants. Le Dragonfly y passera facilement inaperçu. Nous nous poserons à cet endroit, là. Le point de rendez-vous n'est pas loin : c'est ce complexe de loisirs, ici. Si nécessaire, nous avons deux autres points de chute – ce musée et ce jardin public – pour les deux jours suivants. »

Après ces longs jours d'enfermement dans le petit vaisseau, le lancement du Dragonfly fut un véritable soulagement. MacGregor pilotait, et Peter occupait le siège du navigateur. La minuscule embarcation entra en translation à peine une minute après avoir quitté le vaisseau mère. Une heure plus tard, il réapparaissait dans l'espace normal, non loin de Huygens, dont l'énorme masse emplissait l'horizon.

La radio, réglée pour recevoir toutes les fréquences, resta muette.

« Notre masse est si insignifiante que même s'ils captent quelque chose, ils penseront qu'il s'agit d'un petit astéroïde. Maintenant, à nous de jouer ! »

Le Dragonfly descendit dans les basses couches de l'atmosphère au niveau d'un des pôles et rejoignit sans encombre un axe de trafic où il se mêla aux dizaines d'appareils de toutes tailles cinglant vers Azurea. Ils atterrirent à l'endroit prévu, un vaste terrain déjà occupé par quelques dizaines de navettes soigneusement alignées. Allen se posa sagement au bout de la rangée, et les rares passants circulant dans le parking ne leur prêtèrent aucune attention particulière.

À l'heure dite, un jeune homme aux cheveux tombant sur les épaules passa sans se presser devant le Dragonfly, sortit de leur champ de vision puis revint quelques instants plus tard, toujours aussi tranquillement.

« Je crois que c'est Yanakis… estima MacGregor. Allons voir. »

Les yeux du jeune homme s'éclairèrent en apercevant les nouveaux venus.

« Amiral MacGregor ! C'est un grand honneur ! Mais ne nous attardons pas, quelqu'un pourrait remarquer vos vêtements et s'étonner. Suivez-moi. J'ai loué une navette, nous en aurons peut-être besoin. En tout cas, nous y serons plus tranquilles. »

Ils le suivirent jusqu'à un appareil à peine plus gros que le Dragonfly. Une fois la rampe d'accès relevée, Pirros Yanakis se tourna vers les nouveaux venus.

« J'ai eu du mal à y croire quand j'ai reçu votre message, amiral ! Vous ne vous rendez pas compte ! L'empire est détesté dans toute la Périphérie, je sais bien, mais ici, c'est encore pire ! Si jamais quelqu'un soupçonnait un seul instant que vous venez de Providence, la police n'aurait même pas le temps de venir vous arrêter !

— C'est à ce point-là ? s'étonna MacGregor. À cause du tribut ?

— Ça, bien sûr, mais surtout depuis que la Flotte a détruit la station spatiale de Cassini et ses chantiers navals ! Et tout ça parce qu'Orbus avait décidé de boycotter le consortium !

— J'en ai vaguement entendu parler, admit l'amiral. Mais c'était il y a longtemps ! Plusieurs dizaines d'années, non ?

— Soixante-quinze très précisément, monsieur. C'est un jour de deuil célébré dans tout le système !

— Que s'est-il passé exactement ? demanda Peter.

— Les différentes planètes d'Orbus ont toutes été colonisées à peu près en même temps pendant l'Expansion, mais il a fallu attendre que Huygens construise Cassini et développe son industrie spatiale pour que ces différents mondes se trouvent rassemblés. Il y a bien eu quelques difficultés – une guerre même, me semble-t-il –, mais au bout du compte, Huygens a imposé son autorité et développé en peu d'années une économie florissante. À tel point que les autorités de l'époque ont décidé qu'elles pouvaient parfaitement se passer du consortium. Elles ont donc commencé à boycotter ses vaisseaux, n'achetant rien et ne vendant rien. Elles pensaient sans doute que la famille Bledsoe se ferait une raison, mais elles se trompaient. Le consortium s'est plaint à l'empereur, qui a envoyé sa Flotte avec un ultimatum : cesser immédiatement le boycott et payer une indemnité substantielle au consortium. Les dirigeants ont refusé et Cassini a été détruite. Et avec elle, tous les chantiers spatiaux et les milliers d'hommes et de femmes à qui la Flotte n'a pas laissé le temps d'évacuer…

— Et vous-même, vous ne craignez pas d'éveiller les soupçons ? demanda Peter. Vous êtes pourtant natif du Cercle Intérieur, n'est-ce pas ?

— Otharell, en effet. Je fais très attention ! Si je vivais là en permanence, je deviendrais peut-être moins vigilant, mais je ne reste jamais assez longtemps pour que cela devienne un risque. C'est aussi pourquoi je porte la plupart du temps des tenues comme celle-ci : les cheveux longs, les oripeaux bariolés… Cela me classe d'office dans la catégorie des jeunes rebelles qui s'amusent à choquer les bons citoyens, et personne ne va chercher plus loin ! En parlant de vêtements, d'ailleurs, je vous en ai apporté qui vous permettront de passer inaperçus. Un peu plus convenables que les miens, exactement ce qu'il vous faut pour l'endroit où nous allons.

— Un complexe de loisirs, si j'ai bien compris ? »

Yanakis hocha la tête, l'air amusé.

« C'est bien ça, mais laissez-moi quand même vous prévenir : Huygens est un monde bien moins puritain que Providence. Vous risquez d'être surpris.

— Et Emmy Stone nous attend là-bas ? »

Le jeune homme haussa les épaules, brusquement sérieux.

« C'est elle qui l'a exigé… Vous savez, amiral, cette femme a un sacré caractère ! Je ne connais pas grand-chose de son passé, mais il est certain qu'elle a l'habitude de mener la grande vie…

— Pourquoi fait-elle ça ? Je veux dire, transmettre des informations à l'empire ?

— Pour l'argent, évidemment ! Vous n'avez pas idée de ses exigences ! J'ai dû batailler ferme avec le service pour qu'elle obtienne ce qu'elle voulait, l'autre fois ! Telle que je la connais, elle se montrera sans doute encore plus gourmande avec vous. À ce propos, voici la somme que vous m'avez demandée, dans la monnaie locale, en espérant que cela sera suffisant ! »

MacGregor réfléchit un instant.

« Nous verrons bien ! Naturellement, il est hors de question qu'elle apprenne qui je suis vraiment. Pour elle, je serai l'agent Pradel, envoyé spécialement sur Orbus par les services de Renseignement de la Flotte.

— Ne vous inquiétez pas, amiral. Je sais tenir ma langue ! »

Pendant ce temps, Peter et Roger s'étaient changés et portaient maintenant les vêtements choisis par Pirros, pas aussi voyants que ceux du jeune homme, mais encore largement trop excentriques pour MacGregor.

Quelques minutes plus tard, ils quittaient la navette pour s'engager dans les rues animées d'Azurea. La nuit commençait à tomber, tenue à l'écart par le puissant éclairage public et les illuminations des innombrables magasins proposant des marchandises de toutes sortes. Des véhicules aux formes curieuses circulaient à vive allure sans trop d'égards pour les piétons. Des musiques se mélangeaient avec le vacarme de la circulation dans un brouhaha assourdissant. Une foule compacte flânait sans se presser, de plus en plus dense à mesure qu'ils approchaient des quartiers du centre. Allen profita de la foule et du vacarme pour attirer Roger Langdon à l'écart.

« Alors ?

— Il est sincère. Il adore son travail. Il se méfie d'Emmy Stone. Et c'est un de vos admirateurs, monsieur ! »

Avant même d'atteindre le complexe de loisirs, MacGregor put se rendre compte du bien-fondé de l'avertissement de Yanakis. D'innombrables prostitués des deux sexes aux tenues incroyablement provocantes allaient et venaient le long des façades ou s'appuyaient nonchalamment contre les murs, interpellant les passants.

Le soi-disant complexe de loisirs était immense, abritant des dizaines de maisons de passe aux enseignes aguicheuses, d'immenses salles de jeux bondées de clients, et des officines plus discrètes où, selon Pirros, l'on pouvait se procurer toutes sortes de drogues et de stimulants en principe interdits. D'autres établissements se contentaient de servir à boire et à manger dans un déluge de musiques assourdissantes et de lumières chaotiques.

« Par ici… »

Ils traversèrent une vaste salle occupée par une multitude de petites tables, dont un faible nombre seulement accueillait des groupes d'hommes et de femmes riant trop fort. Sur la large piste de danse, quelques couples s'agitaient au rythme d'une musique presque insoutenable. Des serveurs et serveuses presque nus allaient de table en table, et quelques prostituées rôdaient alentour. Deux d'entre elles s'approchèrent du petit groupe, mais Yanakis leur lança quelques mots rapides et elles firent aussitôt demi-tour en les insultant copieusement. Allen s'approcha du jeune homme.

« Que leur avez-vous dit ?

— Il vaut mieux que vous ne le sachiez pas, monsieur… Mais nous voici arrivés. »

Il frappa à une petite porte et entra sans attendre de réponse.

Vêtue d'une robe rouge sang, Emmy Stone les attendait, assise sur un sofa de la même couleur. MacGregor la reconnut aussitôt d'après la photo de son dossier. Une grande femme brune au visage régulier qui les dévisageait froidement. Un vaste lit surchargé de coussins occupait le reste de la petite pièce. Pirros prit les choses en main.

« Emmy, voici l'agent Pradel, envoyé spécial de l'amiral MacGregor, et ses deux adjoints. Agent Pradel, madame Stone…

— Appelez-moi Emmy, laissa tomber la femme sans détacher son regard d'Allen qui, de son côté, la dévisageait avec curiosité. Puisque nous allons être appelés à travailler ensemble, autant se simplifier la vie ! Vous avez bien un prénom, vous aussi ?

— Ludovic. Content de vous rencontrer, Emmy. Avez-vous réussi à localiser notre gibier ?

— Pas si vite, Ludovic ! Pardonnez ma franchise, mais tout ceci est très inhabituel ! Je ne vous suis utile que parce que personne dans les cercles dirigeants ne se méfie de moi. Ce que vous me demandez risque d'attirer l'attention… À combien estimez-vous ce risque ?

— Nos services vous paient déjà grassement.

— Pour tirer profit de mes relations, rien de plus ! Il s'agit là de tout autre chose. Si vous voulez que je vous aide, il faudra dépenser un peu plus ! »

MacGregor s'y attendait.

« Combien voulez-vous ? »

Le chiffre énoncé par la jeune femme était si élevé qu'il n'eut aucun mal à feindre l'indignation.

« Vous n'y pensez pas ! Cela dépasse de très loin ce que je suis autorisé à vous proposer !

— C'est-à-dire ? »

Allen avança un chiffre, et Emmy Stone éclata de rire.

« Vous plaisantez, j'espère !

— Je ne peux pas faire plus, répliqua MacGregor, l'air ennuyé. Du moins, sans en référer à mes supérieurs.

— Dans ce cas, faites-le.

— Impossible ! Cela prendrait trop de temps. » Il fit mine de réfléchir. « Écoutez, voici ce que nous allons faire. Nous partons sur la base du chiffre que je vous ai donné, et je m'engage à vous obtenir une rallonge une fois rentré sur Providence.

— Où vous vous empresserez de m'oublier ? Soyons sérieux, agent Pradel. Vous devez avoir mieux à me proposer. »

Allen hocha la tête, dépité.

« Vous êtes dure en affaires, Emmy ! D'accord, je marche. Vous savez aussi bien que moi ce qui va se passer, vous allez partir de votre chiffre et moi du mien. Gagnons du temps et coupons la poire en deux, voulez-vous ? »

La femme brune le dévisagea longuement avant de s'incliner.

« Je crois que je peux vous faire confiance. D'accord. Marché conclu ! La moitié maintenant, le reste quand vous aurez récupéré votre Flora Vorsted.

— Dix pour cent maintenant, rectifia MacGregor, le reste une fois la mission achevée. Et ça, ce n'est pas négociable ! »

Emmy n'insista pas davantage.

« Comme vous voudrez... Vous êtes dur en affaires vous aussi, Ludovic ! Voyons un peu ces dix pour cent, que nous puissions passer aux choses sérieuses.

— Roger... », dit l'amiral en se tournant vers le fouineur, qui fouilla dans ses poches et en tira une confortable liasse des larges billets bleus de la monnaie d'Orbus.

« Un plaisir de traiter avec vous, agent Pradel ! Flora Vorsted se trouve présentement sur Eden 3, où elle coule des jours heureux avec l'argent que lui a rapporté sa petite expédition sur Providence.

— Eden 3 ?

— Une station de loisirs en orbite autour d'une planète inhabitée. Pas bon marché, mais pas inabordable non plus. Très fréquentée par les nouveaux riches de Huygens et Bessemer. Je n'y ai jamais mis les pieds ; un peu vulgaire à mon goût...

— Une station spatiale de luxe... La sécurité doit être particulièrement solide ?

— C'est certain. Il ne sera cependant pas trop difficile d'y entrer. »

Allen la dévisagea, intrigué.

« Comment le savez-vous ? Vous venez de dire que vous n'y êtes jamais allée ! »

Emmy Stone lui décocha un sourire éblouissant.

« J'ai des contacts là-bas, Ludovic ! Je sais exactement où y trouver Flora Vorsted et comment parvenir jusqu'à elle. J'ai aussitôt effectué une réservation – sous des noms d'emprunt, rassurez-vous ! Il ne me reste qu'à préciser la date de notre arrivée. La traversée sur une ligne régulière prend deux jours, mais vous avez peut-être d'autres projets... »

MacGregor réfléchit rapidement.

« En effet. Nous nous y rendrons par nos propres moyens. Disons demain. Plus tôt nous réglerons cette affaire, mieux ça vaudra. Prévenez-les tout de suite.

— Il y aura des frais, je vous préviens. Il faut verser un dépôt de garantie en arrivant. À votre charge, naturellement…

— D'accord. Occupez-vous-en, voulez-vous. Pirros, accompagnez-la. Ensuite, nous partirons pour Eden 3. »

Dès qu'Emmy Stone et l'agent de liaison eurent quitté la pièce, l'amiral se tourna vers Langdon.

« Que pensez-vous de notre nouvelle amie, Roger ?

— Franchement, monsieur, pas grand-chose de bon ! Elle ne pense qu'à l'argent et nous trahirait sans la moindre hésitation si elle y trouvait son compte ! On ne peut absolument pas lui faire confiance. »

Allen haussa les épaules.

« C'est aussi l'impression qu'elle m'a donnée, mais nous ne pouvons rien faire sans elle, il faudra simplement être très prudents.

— Justement, monsieur, intervint Peter. Comment allons-nous faire avec le Dragonfly et le *Black Storck ?* Cette femme est vénale, mais certainement loin d'être stupide. Elle comprendra vite de quoi nos vaisseaux sont capables…

— Un renseignement pour lequel les autorités d'Orbus paieraient sans doute un bon prix ! Vous avez raison, Peter, nous ne pouvons pas prendre ce risque. Alors, voici comment nous allons nous y prendre : le Dragonfly passera sans difficulté pour une navette ordinaire à ses yeux ; une fois en chemin, nous lui expliquerons que les procédures de sécurité de la Flotte nous obligent à la plonger dans l'inconscience pour la durée de son séjour à bord. Elle n'appréciera sûrement pas, mais je ne vois pas d'autre moyen.

— Et Yanakis ? »

MacGregor hésita un instant.

« Je le pense digne de confiance. Roger, votre avis ?

— D'accord avec vous, monsieur, il est loyal, confirma le fouineur. Plus à vous qu'à l'empire, d'ailleurs ! Il méprise presque autant Hattle qu'Emmy Stone ! Pour des raisons différentes, évidemment… »

La grande brune et son agent de liaison revinrent à ce moment.

« C'est réglé. Ils nous attendent demain. Au fait, agent Pradel, j'ai réservé cinq chambres...

— Parfait ! Dans ces conditions, ne perdons pas davantage de temps. Regagnons le vaisseau. »

Quelques minutes après le décollage, MacGregor fit pivoter le fauteuil du pilote et s'adressa à Emmy Stone.

« Dans quelques instants, nous rejoindrons un vaisseau de la Flotte impériale. Les procédures de sécurité sont catégoriques : aucun civil ne peut monter à bord sans accréditation spéciale, ce qui est évidemment votre cas. Nous allons donc devoir vous endormir pour la durée du trajet jusqu'à Eden 3. Désolé, madame Stone, ajouta-t-il en la voyant s'apprêter à protester, c'est le règlement, et je n'ai pas d'autre choix que de l'appliquer.

— Et lui ? dit quand même Emmy Stone en désignant Pirros Yanakis. Vous allez l'endormir aussi ?

— L'agent Yanakis appartient aux services de Renseignement de la Flotte, comme vous le savez, et à ce titre aucune restriction ne s'applique à sa présence à bord. Peter, si vous voulez bien ? »

Farah s'approcha, une petite seringue à la main.

« Ne vous en faites pas, dit-il gentiment, vous allez dormir quelques heures et vous vous réveillerez en pleine forme ! »

Résignée, Emmy Stone tendit le bras. Quelques instants plus tard, elle s'effondrait dans le fauteuil, inerte. MacGregor se tourna vers Yanakis.

« Pirros, je n'ai pas l'intention de vous faire subir le même sort, mais vous devez vous engager à ne rien révéler de ce que vous allez voir à partir de maintenant. Nous testons de nouveaux types de vaisseaux et, pour le moment, le secret absolu sur leurs performances doit être observé.

— Vous avez ma parole, monsieur ! »

Roger confirma d'un hochement de tête.

« Dans ce cas, asseyez-vous. Nous entrons en translation. Roger, expliquez-lui, voulez-vous ? »

Quelques minutes plus tard, le Dragonfly regagnait son berceau sur le dos du *Black Storck*. Hartig les accueillit avec soulagement.

« Tout s'est bien passé, monsieur ?
— À la perfection, Thomas ! Ces appareils sont de véritables merveilles ! Notre nouvel objectif est maintenant Eden 3, une station orbitale à proximité d'une des grosses planètes inhabitées d'Orbus. »

Chapitre 34

Il restait en principe encore deux jours avant la fin de l'ultimatum fixé par l'Administrateur mais connaissant Eleazar, Einar ne s'attendait pas à le voir respecter sa parole.

« Il se peut qu'il ait encore besoin de temps pour rassembler sa flottille, mais dès qu'il sera en mesure d'attaquer, il le fera, ultimatum ou pas ! À nous de mettre à profit ce délai pour nous préparer. Anya et moi devons nous entraîner. Si jamais une navette quitte les maisons et vient dans notre direction, je veux en être averti immédiatement pour tout arrêter.

— Nous serons vigilants, ne t'en fais pas ! Et puis, ajouta Ossiah en souriant, ce n'est pas comme si j'avais grand-chose d'autre à faire ! »

Einar et Anya gagnèrent l'autre navette. Le pilote aida la jeune fille à se débarrasser de sa combinaison et la fit entrer dans le poste de pilotage.

« Je vais d'abord te montrer les commandes, dit-il en s'asseyant dans le siège du pilote. Ensuite, tu prendras ma place. »

Quelques instants plus tard, il se relevait pour la laisser s'installer.

« Et maintenant, le plus difficile, reprit-il lorsqu'il jugea qu'elle s'était suffisamment familiarisée avec les différents dispositifs. Je vais t'ouvrir mon esprit. Je ne sais pas comment tu fais, et peut-être auras-tu du mal à trouver la partie de mon cerveau concernée, mais je vais me concentrer de toutes mes forces sur le pilotage. À toi de jouer… »

Jamais encore Anya ne s'était trouvée dans ce genre de situation. Les rares fois où elle était entrée dans l'esprit de quelqu'un d'autre, c'était par effraction, et toujours pour se défendre. *Non,* rectifia-t-elle mentalement. *Pas la première fois, à l'école, quand je suis entrée dans l'esprit du Maître. Mais ça ne compte pas. Je ne savais pas... Et je n'ai jamais recommencé!*

Einar sentit son hésitation.

« Que se passe-t-il ? Tu n'y arrives pas ?

— Non, ce n'est pas ça... C'est juste que... Vous êtes certain de vouloir le faire ? Me laisser entrer dans votre esprit, je veux dire ! Vous ne pourrez rien me cacher, vous savez... »

Elle tourna la tête pour le regarder. Il lui sourit – un peu tristement, lui sembla-t-il.

« Je comprends tes hésitations, dit-il d'une voix douce. Tu n'as pas envie de tout savoir de moi, et pour être honnête, j'aurais de loin préféré que nous ne soyons pas obligés d'en arriver là mais, si nous voulons sauver notre peau, il n'y a pas d'autre moyen. Alors, allons-y ! En revanche, ajouta-t-il en souriant plus largement, ne te sens pas obligée de raconter à Tatiana tout ce que tu auras découvert ! »

Anya reprit sa place, les mains sur les commandes, et ferma les yeux, projetant une délicate vrille mentale dans le cerveau de l'homme immobile derrière elle.

L'esprit d'Einar la surprit d'emblée par sa complexité. Lors de ses précédentes tentatives, une émotion dominait toujours nettement la personnalité qu'elle sondait – lubricité pour monsieur Kendall, cruauté et jalousie pour Derek et Shirley, cupidité et soif de domination pour Kendricks – reléguant le reste à l'arrière-plan...

Les émotions qu'elle décelait dans l'esprit du pilote étaient tout aussi puissantes, mais maîtrisées, contenues, organisées par une volonté de fer. Anya s'efforça de ne pas se laisser distraire, mais des pensées d'une force étonnante menaçaient de la submerger. Le souvenir d'hommes et de femmes dont elle parvenait à peine à distinguer les visages, des fragments de conversations dépourvus de sens, des constructions mentales incroyablement complexes et totalement incompréhensibles, la volonté farouche de rester en vie, quelque chose qu'il avait évacué dans un recoin de son esprit, comme s'il tenait absolument à l'oublier et, dominant tout le reste, son amour pour Tatiana et, presque aussi puissant, le souci qu'il se faisait pour ceux qui l'accompagnaient. Elle entrevit en un éclair les visages de David et Nina, celui d'Ossiah, puis tous les autres et se rendit compte qu'elle y avait aussi sa place et qu'il les aimait tous. Elle partagea également sa crainte de ne pas réussir à les protéger… *Je n'y arriverai jamais*, pensa-t-elle. *Comment trouver son chemin dans un tel labyrinthe* ?

Puis quelque chose attira son attention, une activité mentale différente des pensées inconscientes à travers lesquelles elle tentait tant bien que mal de s'orienter. Elle comprit alors qu'Einar faisait de son mieux pour lui indiquer le chemin, en utilisant toute sa puissance de concentration pour la guider vers la partie de son esprit qu'il voulait lui faire partager. Elle se hâta dans cette direction et laissa le flux mental la pénétrer.

« Je… Je crois que j'y suis !

— Excellent ! Mais je suis bien obligé de te faire confiance, car moi, je ne ressens absolument rien ! Cela dit, nous sommes encore loin du but. Il faut d'abord que je parvienne à voir par ton intermédiaire. L'extérieur, mais aussi les écrans… Tu crois que tu y arriveras ?

— Ça ne devrait pas être trop difficile… Quittez le poste de pilotage, installez-vous dans la cabine et fermez les yeux. »

Elle l'entendit vaguement s'éloigner et se concentra sur le contrôle de son esprit. Elle ne mentait pas en disant que ce serait plus facile. Pour l'avoir déjà fait – le souvenir de Kendricks et Eleanor Green la fit frissonner –, elle connaissait maintenant la manière de procéder. C'était bien sûr plus compliqué cette fois puisqu'il ne s'agissait pas d'exercer un contrôle total, mais il lui suffit de quelques instants pour maîtriser les centres visuels d'Einar. Sa voix excitée lui parvint depuis la cabine.

« Ça marche ! Je vois les écrans. Lève la tête, que je voie l'extérieur ! »

Anya s'exécuta.

« Parfait ! Mais là encore, ce n'est qu'un point de départ. Il faut aussi que je prenne le contrôle de mon côté pour pouvoir regarder là où j'aurai besoin.

— Je sais… Vous devez voir par mes yeux, piloter par mes mains. Je dois devenir un simple instrument et c'est ce qui m'inquiète… Je ne sais pas si je serai capable de m'effacer suffisamment pour ne pas interférer.

— Il n'y a qu'un seul moyen de le savoir ! Te sens-tu prête à essayer ?

— J'espère juste que je ne vous décevrai pas… Allez-y !

— Pour cette fois, nous allons tenter quelque chose d'élémentaire. Tu vas faire décoller la navette, effectuer quelques manœuvres de base puis la poser de nouveau… »

Anya sentit l'esprit d'Einar se manifester avec une force inattendue, cherchant à prendre le contrôle de ses centres visuels et de ses muscles. Instinctivement, elle commença par résister, puis se força à cesser de lutter. Pour finir, elle s'abandonna totalement, se réfugiant dans un recoin éloigné de son propre esprit, simple spectatrice de ce que le flux mental du pilote imposait à son cerveau et à son corps.

Elle avait conscience de ses propres mains bougeant doucement sur les commandes, du grondement sourd des moteurs, elle vit le sol s'éloigner, aperçut quelques astéroïdes dérivant dans le lointain, contempla sans rien y comprendre les écrans affichant des données sans cesse changeantes, puis le sol réapparut et la navette se posa sans la moindre secousse. Le bruit des moteurs s'interrompit tout à coup…

« Anya ! Tu m'entends ? »

La main du pilote sur son épaule la tira brutalement de la torpeur dans laquelle elle était plongée.

« Anya ! On a réussi !

— Je sais, répondit-elle d'une voix encore lointaine. J'ai tout vu, tout ressenti. Mais c'était comme un rêve… »

Einar s'assit près d'elle sur le siège du co-pilote.

« Tu sais, dit-il au bout d'un moment, je dois te faire un aveu : je n'étais pas persuadé que ça marcherait… Quand j'ai exposé ce plan aux autres, c'était plus pour leur donner un peu d'espoir que parce que j'y croyais vraiment, mais maintenant, je commence à penser que nous pouvons y arriver. Grâce à toi.

— Grâce à vous, plutôt! C'est votre talent de pilote qui peut nous sauver!

— Peut-être, mais ce qui est certain, c'est que sans toi, rien de tout cela ne serait possible, et je te remercie de ton aide. Naturellement, s'empressa-t-il de poursuivre pour cacher son émotion, ce n'est que la première étape. Quand nous serons un peu reposés – je n'aurais jamais pensé que ce serait aussi épuisant! –, nous passerons à la phase suivante; piloter cette navette à distance. Je suis certain que tu y arriveras, mais il va falloir tester des tas de choses, et tout particulièrement la distance à partir de laquelle tu risques de perdre le contrôle. Pour le moment, allons retrouver les autres pour leur annoncer la bonne nouvelle!»

Quelques heures plus tard, Dahl avait suffisamment récupéré pour passer à la seconde étape. De son côté, l'adolescente n'avait ressenti aucune fatigue particulière et se sentait tout à fait prête à continuer. Einar s'installa dans le poste de pilotage de la grande navette et la fit asseoir sur le siège du co-pilote. Ossiah avait proposé de dupliquer les écrans du petit appareil mais ce ne fut pas nécessaire, la projection mentale d'Anya lui donnant accès aux visuels aussi bien qu'aux manettes. «La disposition des instruments est similaire sur les deux navettes. Ce n'est peut-être pas nécessaire, mais je ne sais pas si mon cerveau réagirait de la même façon si je n'avais pas les mains sur les commandes pour des manœuvres complexes. Je préfère ne pas prendre le risque… Je suis prêt. Tu peux commencer.»

Ce fut beaucoup plus facile cette fois. Anya savait à quoi s'attendre et écarta sans peine les pensées éparses flottant autour d'elle pour prendre le contrôle des centres nerveux du pilote, puis se retira comme elle l'avait fait l'autre fois, laissant l'esprit d'Einar agir par son intermédiaire. La même impression d'engourdissement l'envahit aussitôt. De très loin, elle vit l'autre navette décoller puis s'éloigner à toute allure, décrire des figures de plus en plus compliquées… La voix du pilote lui parvint, à peine audible.

« Je vais m'éloigner de plus en plus. Dès que tu sens le contact s'affaiblir, préviens-moi. Il ne faudrait surtout pas que nous perdions la navette ! »

Du fond de sa torpeur, Anya ressentit un vague amusement. Si jamais elle ne parvenait plus à la contrôler, la navette poursuivrait sa course et Dieu sait où elle finirait… Mais cela ne risquait pas d'arriver, elle en était certaine.

Plus tard – elle n'avait aucune notion du temps qui pouvait s'être écoulé –, la voix satisfaite d'Einar lui parvint de nouveau.

« Magnifique ! Nous sommes allés bien plus loin que ce que nous aurons à parcourir dans la ceinture ! Encore quelques manœuvres, et nous pourrons rentrer. »

En elle-même, Anya sourit encore. Pour le pilote, le vol était tout aussi réel que s'il avait vraiment eu lieu. Elle eut encore conscience de trajectoires complexes exécutées à toute allure, puis la navette se posa enfin.

Les moteurs coupés, Einar se renversa sur son siège avec un grand soupir. Anya se retira de son esprit et retrouva instantanément toute sa vivacité.

« Alors ?

— C'est parfait ! Jamais je n'aurais pensé que ça puisse être aussi facile ! C'est exactement comme si je pilotais vraiment ! Anya, tu es extraordinaire ! Demain, si tu es d'accord, nous ferons encore une autre séance et ensuite, nous serons prêts. Il ne restera plus qu'à patienter. »

En fait, l'attente dura moins longtemps que prévu car Einar avait vu juste. Eleazar n'avait aucune intention de respecter les termes de l'ultimatum qu'il avait pourtant lui-même formulé. Il attaqua brutalement le lendemain, probablement dans l'espoir de prendre les mineurs par surprise. Pavel, qui était de garde près des instruments, donna l'alerte.

« Einar, ils arrivent ! Des navettes en approche, toute une flottille. Elles viennent d'Orosco !

— Ce salopard n'a pas perdu de temps! J'espérais qu'il attendrait encore un peu! Zalan? Les écrans?

— Nos deux navettes sont invisibles, rassurez-vous. J'espère juste qu'ils n'ont pas de capteurs capables de voir au travers!

— À ma connaissance, ils n'ont rien de tel... On ne devrait donc pas risquer grand-chose. De toute manière, même si Morestin a réussi à l'informer de notre fuite, Eleazar ne se mettra pas à notre recherche avant d'avoir pris le contrôle des maisons... »

Regroupés autour des écrans du poste de pilotage, ils assistèrent en silence à la défaite inéluctable des mineurs. Après quelques tâtonnements, Ossiah réussit à capter les fréquences utilisées par les forces d'Orosco puis à se brancher directement sur la navette d'Eleazar. La portion de la ceinture occupée par les maisons apparut sur leurs écrans, avec en premier plan plusieurs dizaines de navettes qui vinrent se positionner devant les habitats. La voix sèche de l'Administrateur s'éleva, enjoignant aux défenseurs d'ouvrir les sas et de laisser débarquer ses troupes. Le refus de Dementiev fut aussitôt suivi d'un nouveau message.

« Vous ne pouvez pas résister, et vous le savez aussi bien que moi. Vous avez dix minutes pour reconsidérer votre position. Passé ce délai, si vous ne vous rendez pas, une des maisons sera détruite à titre d'exemple. Et si cela ne suffit pas, ce sera au tour des autres! »

En réponse, les sas des quatre maisons majeures s'ouvrirent le temps de laisser passer une vingtaine de navettes qui se ruèrent sur la flotte d'Eleazar, mais les pilotes de l'Administrateur étaient prêts. Les uns après les autres, les petits vaisseaux des mineurs explosèrent, anéantis par les tirs précis des artilleurs.

« Les imbéciles... laissa tomber Einar. Je les avais pourtant prévenus que ça se terminerait ainsi! »

La voix de l'Administrateur s'éleva de nouveau.

« Deux minutes, Dementiev! Deux petites minutes... »

Les secondes s'égrenèrent dans un silence tendu. Le délai écoulé, six des plus imposantes navettes de la flotte d'Orosco se mirent en position devant le sas d'un gros astéroïde un peu à l'écart de la maison Alenine.

« La maison Ouvarov… souffla Tatiana. Les malheureux ! »

C'était une des maisons mineures avec laquelle la maison Mertov entretenait des relations privilégiées. Tatiana, ses enfants, Pavel et Ossiah les connaissaient tous.

Les navettes ouvrirent le feu sans plus attendre. En dépit de leur armement disparate, le sas ne résista pas longtemps. Le portail extérieur, disloqué et délogé de ses rails, partit à la dérive. Les projectiles s'attaquèrent ensuite aux portes intérieures qui, plus légères, cédèrent presque aussitôt. L'air brusquement libéré projeta dans l'espace des gerbes de débris.

Deux des navettes pénétrèrent alors dans le sas éventré en poursuivant leur œuvre de destruction, s'en prenant aux cloisons intérieures derrière lesquelles s'abritaient les résidents. La maison Ouvarov n'était pas très grande. Il ne fallut que quelques minutes aux assaillants pour tout anéantir et réapparaître, ne laissant derrière eux qu'une carcasse dévastée.

Tatiana et Nina pleuraient sans retenue. Pâle comme un linge, Ossiah serrait Louhann contre lui à l'étouffer.

« Morts ! Ils sont tous morts… Personne ne peut survivre à ça ! Et on ne peut rien faire !

— Prions pour que Dementiev se rende à la raison, dit sombrement Einar. Sinon, le massacre va se poursuivre. »

Comme pour lui donner raison, les six navettes vinrent se positionner devant la maison Mertov.

« Mon dieu, non ! murmura Tatiana, horrifiée. Pas ça ! Pas notre maison ! »

La voix de Dementiev s'éleva soudain dans la cabine, lourde de colère et d'amertume.

« C'est bon, Administrateur Vargas. Vous avez gagné. Nous nous rendons… Quelles sont vos instructions ?

— Chaque maison devra laisser entrer les navettes qui se présenteront devant son sas. Vous savez ce que nous venons chercher. Vous remettrez l'argent aux représentants du Siège. Des détachements de la Garde les accompagneront. Tout homme armé sera aussitôt abattu, comme le seront d'ailleurs ceux qui tenteraient de s'opposer aux investigations de mes envoyés.

En cas de résistance organisée, mes troupes rembarqueront aussitôt, et la maison concernée subira le même sort que la maison Ouvarov. Me suis-je bien fait comprendre, Prévôt Dementiev ?

— Vos instructions seront respectées, Votre Excellence. Je m'en porte garant.

— Parfait ! Ah, autre chose ! Morestin m'a raconté votre pitoyable tentative d'arrestation de ce fugitif, Bolton-Dunn, le traître à l'empire ! J'espère pour vous que vous avez réussi à réparer cette bévue ! Un détachement spécial se présentera au Prévôt de la maison Mertov et se fera remettre le prisonnier, qui sera aussitôt transféré à bord de mon propre vaisseau.

— C'est que... commença Dementiev, embarrassé.

— Quoi ? Ne me dites pas que vous ne l'avez pas encore récupéré !

— Comme monsieur Morestin a dû vous le dire, ce salopard a réussi à s'enfuir à bord d'une navette. Manifestement, il avait des complices au sein de la maison Mertov. Nous avons mené des recherches, mais sans résultats pour le moment. C'est un excellent pilote, comme vous devez le savoir. Il peut s'être caché n'importe où...

— Soyez certain que vous devrez rendre compte de votre incompétence », répliqua Eleazar sans chercher à dissimuler sa fureur avant de couper brusquement la communication.

En arrière-plan, des rapports affluaient, faisant état d'actes de résistance isolés mais, dans l'ensemble, les mineurs semblaient résignés.

« Avec un peu de chance, une fois qu'il aura eu ce qu'il voulait, il les laissera tranquilles, dit lentement Tatiana.

— J'aimerais le croire, répondit Einar. Mais il y a au moins une chose qu'il ne trouvera pas et, le connaissant, cela ne le poussera sans doute pas à l'indulgence...

— Mais tous ces pauvres gens n'y sont pour rien ! Dementiev et Dimitri peuvent même faire valoir qu'ils ont fait tout leur possible pour te capturer !

— C'est vrai, mais est-ce que ça lui suffira ? »

Le silence retomba. Les communications radio se succédaient sans relâche. Sur l'écran, Eleazar restait figé, perdu dans des pensées amères.

« La maison Alenine est sécurisée, Votre Excellence.

— Dementiev ?

— Nous l'avons. Il ne s'est pas montré très coopératif, et nous avons dû le secouer un peu pour qu'il nous livre la combinaison du coffre. Malengar est en train de compter l'argent. Quelles sont vos instructions ?

— Ne faites rien. J'arrive. »

La navette se mit en mouvement. Sur l'écran, la maison Alenine se rapprocha rapidement, puis le sas béant apparut. Une fois à l'intérieur, une partie de l'immense garage resta visible, avec un peu plus loin deux navettes réduites à l'état d'épaves.

« On ne les verra pas, remarqua Ossiah. La porte est de l'autre côté. Mais pourquoi ont-ils détruit les navettes ? Ils savent pourtant qu'elles sont irremplaçables ! Et Dementiev s'était rendu...

— J'ai bien peur qu'Eleazar leur fasse payer chèrement leur refus initial, répondit Einar, et la survie des maisons doit être le cadet de ses soucis en ce moment... »

Le silence retomba. De longues minutes plus tard, l'Administrateur revint enfin. La navette pivota, révélant d'autres carcasses encore fumantes, puis gagna le sas et émergea dans l'espace.

« À tous les pilotes, ordonna Eleazar, déployez-vous et passez au peigne fin la plus grande surface possible de la ceinture afin de repérer une des navettes de la maison Mertov qui se dissimule quelque part. Le commandant Ortega vous donnera des instructions détaillées. Si l'un d'entre vous aperçoit l'objectif, je veux en être informé sans délai !

— Et voilà ! commenta Einar. Je savais bien qu'il ne baisserait pas les bras aussi facilement. Là où nous sommes posés, ils ne peuvent pas nous manquer si vos écrans ne suffisent pas, Zalan. Non, ajouta-t-il, coupant court aux protestations que le furtif s'apprêtait à formuler, ce n'est pas que je ne vous fasse pas confiance, mais on ne sait jamais ! Quoi qu'il en soit, il vaut mieux être prêts. »

Sans rien ajouter, il rejoignit Ossiah dans le poste de pilotage et s'installa aux commandes.

Ils n'eurent pas très longtemps à attendre.

« Trois navettes en approche, signala le jeune mineur. L'une d'elles va passer juste au-dessus de nous. Jusque-là, elles ne semblent pas nous avoir remarqués… »

Les petits vaisseaux poursuivirent leur course et disparurent. Un peu plus tard, deux autres repassèrent, sans plus de résultats. La voix sèche d'Eleazar s'éleva peu après.

« Opération annulée. Je répète : opération annulée. Commandant Ortega, organisez le rassemblement. Nous retournons sur Orosco. »

La longue attente reprit. Ossiah s'attaqua à la modification d'une série de capteurs afin qu'ils puissent déceler une translation dans le système. De leur côté, Einar et Anya reprirent l'entraînement. Leur association fonctionnait à merveille, mais le pilote tenait à ce que tout soit parfait, et plus particulièrement à ce que la procédure de prise de contrôle de l'esprit d'Anya devienne quasi automatique.

« Il y a toujours le risque que, sous l'effet de la surprise ou de l'excitation – ou même de la peur – ton esprit se ferme et me rejette. Ce serait stupide de notre part de ne pas nous y préparer ! »

Anya doutait que ce soit nécessaire, mais Einar y tenait, aussi s'y plia-t-elle de bonne grâce, s'efforçant de se faire la plus discrète possible dans le cerveau du pilote. Repliée sur elle-même, plongée dans cet engourdissement confortable, elle laissait son esprit vagabonder. Ses pensées revenaient souvent sur ses nouveaux compagnons. Le premier moment de surprise passé, Pavel les avait acceptés sans se poser davantage de questions. Nina était devenue une amie avec qui elle plaisantait et riait sans retenue, ce qui ne lui était pas arrivé depuis sa séparation d'avec Pamela. Ossiah et Louhann la traitaient comme leur petite sœur, avec un mélange d'affection et de respect qui lui faisait chaud au cœur. Einar… Depuis qu'Hannou lui avait parlé de son père, elle s'était souvent demandé à quoi cet homme qu'elle n'avait jamais connu pouvait bien ressembler, mais maintenant, elle était sûre d'une chose : il devait être comme Einar Dahl. Solide, attentif, chaleureux… Tatiana était plus distante, mais Anya savait que sous cette apparence un peu froide, la jeune femme cachait des trésors d'affection. Pour ses enfants et pour Einar, bien sûr, mais aussi pour Ossiah, Pavel et leurs nouveaux amis. David, c'était autre chose. Le garçon ne la quittait pas d'une semelle et la regardait avec une sorte d'adoration qui l'agaçait et l'émouvait à la fois. Lui qui avant ne parlait jamais tenait maintenant de véritables discours la plupart du temps incohérents, mais elle avait vite compris que son esprit fonctionnait d'une manière très particulière et qu'il était à sa façon extrêmement intelligent. Plus ils passaient de temps ensemble, plus elle se rendait compte qu'elle l'aimait comme le frère qu'elle n'avait jamais eu. Pour la première fois de sa jeune existence, elle se sentait acceptée, traitée comme une personne normale. Pourtant, ils connaissaient tous ses talents, ainsi que ceux de Zalan et Louhann, mais cela ne semblait pas les déranger.

Heureuse, elle s'abandonna un peu plus et laissa les pensées chaotiques d'Einar l'atteindre. Celles-ci lui étaient familières maintenant, et elle n'y prêta pas attention jusqu'à ce qu'elle s'aperçoive que le petit recoin de son esprit qu'il maintenait soigneusement fermé en temps normal était maintenant entrouvert, sans doute parce qu'il se concentrait tellement sur le pilotage que son contrôle mental habituel s'en trouvait affaibli.

En dépit de la torpeur liée au transfert d'esprit, sa curiosité était éveillée. Elle s'ouvrit davantage, et tout à coup, elle sut ce qu'il s'efforçait d'oublier. La surprise fut telle qu'il lui fallut toute sa capacité de contrôle pour ne pas couper le lien mental avec Einar. *Ce n'est pas possible,* se dit-elle. *J'ai d*û *mal comprendre…* Mais les pensées intimes du pilote étaient toujours là. Non, il n'y avait pas de doute. C'était bien cela, elle n'avait pas rêvé.

La séance d'entraînement prit fin sans même qu'elle s'en rende compte. Einar quitta son siège et s'apprêtait à rejoindre la cabine quand il remarqua que la jeune fille, d'ordinaire si vive, restait figée sur place, le dévisageant de ses grands yeux noirs encore dilatés par la surprise.

« Anya ? Ça ne va pas ?

— Vous… Vous êtes… »

Les mots ne parvenaient pas à sortir de sa bouche. À ce moment, la voix de Tatiana s'éleva derrière Einar.

« J'ai bien l'impression qu'Anya a découvert ton grand secret… Tu ne crois pas qu'il serait temps que tu le dises à tout le monde ? »

Devinant qu'il se passait quelque chose d'anormal, Ossiah et Louhann s'étaient approchés. Einar haussa les épaules en soupirant.

« Tu as sans doute raison… »

Tatiana était déjà retournée dans la grande cabine.

« Venez tous, l'entendirent-ils annoncer de sa voix claire. Einar a quelque chose à vous apprendre ! »

Dahl soupira encore, puis se pencha pour prendre la main d'Anya, toujours figée sur place.

« Viens, petite ! Toi aussi, tu as droit à quelques explications ! »

Les autres, intrigués, le regardèrent rejoindre sa femme, qui lui souriait d'un air encourageant.

« Tatiana est bien sûr au courant de ce que je vais vous raconter et, si je l'avais écoutée, je vous l'aurais déjà révélé depuis longtemps, mais j'ai toujours repoussé. Seulement maintenant, quelqu'un d'autre l'a appris, et c'est finalement très bien comme ça. Vas-y, Anya, ajouta-t-il en se tournant vers la jeune *alter*. Tu peux leur dire…

— Je ne voulais pas, commença-t-elle d'un air malheureux. Mais quand je vous laisse contrôler mon esprit, je ne peux pas empêcher vos pensées de me parvenir !

— Et alors, c'est quoi, ce grand secret ? pressa Nina en la voyant hésiter à continuer.

— Einar est… le petit-fils de l'empereur. »

Un grand silence s'installa, qu'Ossiah finit par rompre.

« C'est une blague ? »

Le pilote secoua la tête.

« Hélas non ! Je voulais vous le dire, mais j'avais peur que vous me preniez pour un fou ! Même Tatiana a eu du mal à y croire quand je lui ai raconté…

— Petit-fils de l'empereur… répéta Ossiah, incrédule. Ici ? Perdu au fin fond de la Périphérie ? Impossible ! »

Einar haussa les épaules.

« C'est une longue histoire… Je suis en effet le petit-fils de l'empereur, ou pour être plus précis, un de ses nombreux petits-enfants. Halvar n'est pas un saint, figurez-vous ! Ma grand-mère lui a été présentée alors qu'elle était toute jeune et faisait son entrée officielle à la cour. Elle est devenue sa maîtresse. Pour autant que je sache, il a alors été question de mariage, l'empereur étant veuf depuis plusieurs années, mais la raison d'État s'en est mêlée. Pour obtenir le soutien d'une des plus puissantes familles de Providence, les Arlington, Halvar a choisi d'épouser celle qui est encore aujourd'hui l'impératrice, mais qui n'était alors âgée que d'une douzaine d'années… Ma grand-mère était enceinte des œuvres de l'empereur. Un mariage a donc été arrangé avec mon grand-père, héritier déjà très âgé d'une famille du premier cercle relativement modeste. La famille de ma grand-mère sauvait ainsi les apparences, et celle de mon grand-père y gagnait en influence, l'empereur se montrant évidemment reconnaissant…

» Mon grand-père est mort peu de temps après la naissance de l'enfant que portait sa femme – mon père. Ma grand-mère l'a élevé jusqu'à ce qu'il atteigne la majorité et prenne la tête de la famille, puis s'est retirée dans sa résidence familiale. Lorsque j'ai dû m'enfuir, elle y vivait encore sans que mon père l'ait jamais revue depuis son départ. En ce qui me concerne, elle a refusé de me rencontrer lorsque j'ai essayé, beaucoup plus tard, de faire sa connaissance. La suite est assez simple : mon père s'est marié à son tour, et je suis né quelques années après. Techniquement, je suis donc bien le petit-fils de l'empereur, ou du moins, l'un de ses petits-fils, car ma grand-mère n'était pas la première à porter le fruit de ses assiduités, loin de là ! Certes, à la différence des autres femmes, elle venait d'une grande famille, mais je n'en suis pas moins un bâtard, moi aussi !

— C'est pour ça que tu as dû t'enfuir ? Je ne comprends pas. Puisque tu étais un bâtard…

— Je ne représentais de danger pour personne ? Sur le principe, tu as raison, Ossiah, mais sur le principe seulement… Si l'empereur était jeune et en bonne santé, les choses se seraient sans doute passées différemment, mais il est vieux, très fragile et malade depuis bien longtemps. Seuls les traitements administrés par l'unité médicale du *Mayflower* le maintiennent en vie, mais pour combien de temps encore ?

— Il a un héritier…

— Alaïs ? En effet. Il venait juste de naître quand je me suis enfui. Il doit donc avoir une douzaine d'années. Quand l'empereur mourra, Cassandra assurera la régence en attendant qu'Alaïs soit en âge de régner, mais je doute fort qu'elle y parvienne… Wallace, vous le savez, se prépare depuis des années, et il n'est certainement pas le seul ! La mort d'Halvar donnera le signal du déchaînement des ambitions…

— Lorsque j'étais sur Providence, Wallace n'était pas très populaire, remarqua Zalan. En tout cas pas dans les milieux que je fréquentais… »

Einar approuva.

« C'est l'exemple même de l'aristocrate imbu de sa personne, mais c'est aussi un homme qui voit loin. Il est persuadé que l'effondrement de l'administration impériale à la mort d'Halvar est inéluctable et pense qu'avec la Flotte unie derrière lui, personne ne pourra l'empêcher de s'emparer du pouvoir. C'est là que mon père et moi sommes entrés dans l'équation… Un fils ou un petit fils de l'empereur, même bâtard, présente une forme de légitimité susceptible de contrecarrer ses plans. Voici pourquoi il me poursuivra jusqu'à être certain que je suis bien mort… »

Le silence retomba. Chacun s'efforçait d'assimiler ce qu'il venait d'entendre. À l'exception du furtif, qui avait passé plusieurs années à Columbia, et de Tatiana qui savait déjà tout cela, les autres semblaient un peu perdus.

Enfin, Zalan se décida à prendre la parole.

« Depuis combien de temps n'avez-vous pas remis les pieds sur Providence ? Dix ans ? Douze ? Qui vous dit que Wallace vous considère toujours comme un obstacle ? Je sais bien que le courrier impérial contenait un avis de recherche avec votre portrait, mais c'est peut-être simplement l'inertie de l'administration… En ce qui le concerne, sans doute se dit-il qu'après tant d'années d'absence, vous n'êtes pas près de réapparaître, et que même si vous refaisiez surface, les grandes familles auront probablement trouvé quelqu'un d'autre à qui se raccrocher ! »

Einar hocha la tête.

« Ce n'est pas impossible. Ne croyez surtout pas que je surestime mon importance, je suis simplement prudent ! D'ailleurs, nous n'allons pas tarder à être fixés : lorsque le collecteur apprendra de la bouche d'Eleazar que je me cache quelque part dans les astéroïdes de la ceinture, il avertira aussitôt le commandant du croiseur, qui s'empressera de prendre ses instructions auprès du grand amiral. Nous verrons bien à ce moment-là si vous avez raison, Zalan ! »

Chapitre 35

La navette du *Stralsund* venait d'être signalée en approche. Le père Douglas O'Connor attendait son arrivée à l'abri du violent soleil sous le porche du petit bâtiment de l'astroport du palais pontifical en compagnie de sœur Marie-Mathilde et du cardinal Fortezza, qui avait tenu à les accompagner avec l'un de ses secrétaires.

« Père O'Connor, dit le cardinal en scrutant le ciel impitoyablement bleu, tout cela est nouveau pour vous, aussi permettez-moi de vous donner quelques conseils. Les mondes sur lesquels vous vous rendez sont peuplés de bons catholiques qui respecteront naturellement l'homme d'Église que vous êtes, mais il n'en sera pas de même pour les équipages des vaisseaux qui vous y mèneront. Ces hommes – et ces femmes, car elles sont également nombreuses à leur bord – sont originaires de Providence ou du Cercle Intérieur. La plupart d'entre eux sont des incrédules qui ne professent aucune religion et n'ont aucun respect pour la vraie foi. Vous ne serez pour eux que des passagers comme les autres. Ne vous attendez surtout pas à la moindre déférence de leur part ! De votre côté, évitez de les provoquer par des manifestations de piété qui risqueraient de les irriter ou les amuser. Restez autant que faire se peut dans votre cabine, évitez les controverses et les confrontations, et tout ira bien.

» Sœur Marie-Mathilde, ajouta-t-il en se tournant vers la religieuse adossée aux lourdes caisses qu'elle emportait avec elle, vous qui avez beaucoup voyagé, je vous charge de veiller sur notre jeune ami. N'hésitez surtout pas à lui prodiguer vos conseils avisés ! »

La sœur grommela quelques mots inintelligibles en réponse, mais O'Connor n'y prêta pas attention, car la navette venait d'apparaître au-dessus de l'astroport et se posait en soulevant de courtes vagues de sable rouge. Une fois les moteurs coupés, trois hommes descendirent la rampe d'accès et s'approchèrent du petit groupe.

« Second lieutenant Ogilvy, se présenta l'un des trois. Mes respects, Votre Éminence.

— La paix soit avec vous, lieutenant, répondit Fortezza. Voici vos deux passagers, le père O'Connor et sœur Marie-Mathilde du Sacré-Cœur de Jésus… »

Le regard critique de l'officier se posa sur la religieuse puis sur le jeune prêtre avant de revenir sur la sœur.

« Parfait… Ce sont vos bagages ? »

Sur un signe affirmatif, il lança un ordre aux hommes d'équipage, qui se saisirent d'une première caisse.

« Allez-y doucement, lança la religieuse d'une voix sèche. Le contenu est très fragile ! Vous les déposerez dans ma cabine. »

Les deux hommes s'éloignèrent sans répondre.

« Si vous voulez bien embarquer, reprit l'officier, nous décollerons dès que les deux autres caisses auront été chargées…

— C'est donc le moment de nous séparer, dit Fortezza en ouvrant les bras. Que la protection du Seigneur soit sur vous tout au long de votre périple ! »

O'Connor mit un genou en terre pour baiser l'anneau que le cardinal lui tendait et, après un temps de retard, sœur Marie-Mathilde l'imita maladroitement.

« Ah, père O'Connor, encore une chose », reprit Fortezza en tendant au jeune prêtre trois lettres que venait de lui remettre son secrétaire. « Ces courriers sont destinés aux autorités ecclésiastiques des trois planètes sur lesquelles vous vous rendez. Ne manquez pas de les leur remettre dès votre arrivée. Cela devrait permettre d'aplanir quelques difficultés, notamment dans le système de Cartier, où le *Stralsund* vous déposera sur Winnipeg, d'où vous gagnerez Angel's Landing. Le cardinal Pelletier n'est pas un homme facile… »

Le lieutenant Ogilvy remit un document au secrétaire du cardinal, qui le parcourut rapidement avant de le signer et de le lui rendre.

« Tout est en règle… Si vous voulez bien me suivre. »

L'homme d'équipage qui les accueillit dans la navette les dévisagea d'un air amusé avant de hausser légèrement les épaules.

« Asseyez-vous où vous voulez, mais surtout, n'oubliez pas de vous attacher. La sortie de l'atmosphère risque de secouer un peu… »

Le père O'Connor s'installa près d'un hublot. Il s'attendait à ce que sœur Marie-Mathilde prenne place dans le siège voisin, mais la religieuse choisit la banquette de l'autre côté de l'allée centrale. Loin de s'en formaliser, Douglas se sentit soulagé. Cette grande femme sèche et impérieuse l'intimidait, il devait bien le reconnaître. À chaque fois que son regard se posait sur lui, il se sentait comme un gamin pris en faute.

Pourtant, pensa-t-il avec une certaine jubilation, *c'est moi qui commande cette expédition, pas elle… Il faudra bien qu'elle s'y fasse !*

La navette décolla dans le vacarme de ses moteurs, et les silhouettes du cardinal et de son assistant s'amenuisèrent rapidement tandis que la Nouvelle-Rome dominée par le dôme imposant de la basilique Saint-Victor se révélait sous ses yeux éblouis. Il garda les yeux fixés sur la cité sainte jusqu'à ce que la navette amorce un virage.

La planète déroulait maintenant ses paysages tantôt verdoyants, tantôt arides, puis, la navette accélérant encore, il n'y eut bientôt plus qu'une petite sphère de jaunes et de verts adoucis. Une nouvelle manœuvre, et le *Stralsund* apparut devant le hublot, monstrueuse masse métallique illuminée par le violent soleil du petit système planétaire. Quelques instants plus tard, la paroi du vaisseau fermait l'horizon, et la navette pénétrait dans ses entrailles avant de s'immobiliser avec un bruit sourd.

« Tout le monde descend ! cria une voix joviale. Allez, pressons ! »

Le lieutenant Ogilvy les attendait en bas de la rampe.

« Je vais vous conduire à vos quartiers et vous laisser vous installer. La translation est déjà amorcée, et nous quitterons le système d'ici cinq heures. Vous dînerez ce soir à la table du commandant Mansuy. Suivez-moi. »

Quelques minutes plus tard, O'Connor se retrouvait seul dans une petite cabine chichement meublée, ce dont il ne songea d'ailleurs pas un instant à se formaliser, sa petite cellule du palais étant à peine plus confortable. Il avait autre chose en tête. Le vaisseau lui avait paru énorme, le dédale des coursives interminable. Il s'en était ouvert à sœur Marie-Mathilde, ce qui lui avait valu une réponse condescendante.

« Immense ? Vous plaisantez, père O'Connor. C'est juste un petit caboteur qui fait des sauts de puce de planète en planète ! Vous devriez voir les cargos du consortium, et surtout les minéraliers… Ceux-là sont *vraiment* grands ! »

Et maintenant, assis sur le lit étroit, il se sentait envahi par des sentiments contradictoires. Le regret d'avoir quitté le monde sur lequel il avait toujours vécu, une appréhension certaine devant l'inconnu qui l'attendait, mais en même temps une exaltation, une curiosité dévorante pour cet univers qu'il n'avait jamais exploré et qui était maintenant à portée de sa main…

Au dîner, le commandant Mansuy les accueillit courtoisement mais sans chaleur, et le jeune homme comprit aussitôt que l'officier se contentait d'obéir à une obligation protocolaire.

Le cardinal Fortezza, du haut de ses certitudes, avait catalogué le jeune prêtre comme une âme simple, mais Douglas O'Connor était en réalité bien plus intelligent et adaptable que le cardinal secrétaire général ne le pensait. *Il apprend vite*, lui avait affirmé Dom Bülow, le directeur du grand séminaire lorsque le cardinal avait porté son choix sur lui, *mais son intelligence est limitée. Je doute qu'il comprenne le sens profond de ce que nous lui avons enseigné…* C'était exactement ce que le cardinal souhaitait entendre, mais le directeur du séminaire était loin du compte. Douglas était effectivement intelligent, mais surtout extrêmement adaptable. Sans même en avoir conscience, il avait compris ce que ses maîtres et directeurs de conscience attendaient de leurs élèves et s'était comporté comme ils le souhaitaient. Il n'en avait bien sûr pas conscience, mais à l'instant même où il avait mis le pied dans la navette, le même processus d'adaptation s'était enclenché et, devant la politesse formelle de l'officier, Douglas avait automatiquement adopté l'attitude la plus appropriée, souriant et approuvant d'un air convaincu les propos du commandant.

Celui-ci leur avait également fourni de nouvelles précisions sur leur voyage.

« Notre première translation durera trois jours, avant d'arriver dans le système d'Erastin, où nous resterons deux jours. Après quoi, notre seconde translation nous amènera sur Jéricho, votre première destination. Nous y resterons juste le temps nécessaire pour prendre contact avec les autorités locales et récupérer les *alter* qui vous attendent là-bas. Des cellules ont été préparées à bord pour les recevoir. »

Il avait lancé un coup d'œil inquisiteur à sœur Marie-Mathilde.

« Vatican nous a assuré que vous aviez tout ce qu'il fallait pour les traiter afin qu'ils ne risquent pas de perturber la bonne marche de ce vaisseau…

— Rassurez-vous, commandant, ils ne vous causeront aucun souci, avait sèchement répliqué la religieuse.

— J'y compte bien ! Car il est hors de question d'utiliser les produits que nous transportons, à l'usage exclusif de nos propres *alter*…

— N'ayez crainte, commandant, les caisses que vos hommes ont entreposées dans ma cabine contiennent tout ce dont j'ai besoin.

— Tant mieux ! La translation vers le système de Cartier durera cinq jours. Nous vous débarquerons sur Winnipeg, où le transfert des *alter* sur Angel's Landing est en principe déjà prévu…

— Un autre vaisseau doit nous conduire vers Bismarck. Auriez-vous des informations sur le temps que nous aurons à l'attendre sur Angel's Landing ? » avait demandé sœur Marie-Mathilde.

Le commandant avait haussé les épaules.

« Aucune idée ! Les itinéraires sont gérés par le Centre des Opérations, et chaque vaisseau ne reçoit que les instructions le concernant. Si j'ai bien compris, cette opération a été négociée directement entre Vatican et les autorités du consortium. J'imagine que, dans ces conditions, vous n'aurez pas trop longtemps à attendre… Mais évidemment, avait-il ajouté, indifférent, ce n'est qu'une opinion personnelle. »

Ces trois premiers jours de translation parurent interminables au jeune prêtre qui, une fois la messe du matin expédiée à toute allure dans la petite cabine, ne parvenait pas à se concentrer sur son bréviaire ni sur les quelques ouvrages de théologie qu'il avait emportés dans son maigre bagage. Il avait beau essayer, implorer l'aide du Seigneur de toutes ses forces, rien n'y faisait. À peine avait-il réussi à focaliser son attention sur une phrase qu'une vibration du sol métallique, le ronronnement assourdi des moteurs ou les conversations de membres de l'équipage dans la coursive le ramenaient immanquablement à la réalité : il était à bord d'un vaisseau spatial, en route pour une série de mondes étrangers et, même s'il s'en sentait coupable, cette perspective le plongeait dans un état d'excitation qu'il n'avait jamais connu.

Dans ces conditions, étudier était bien difficile. Il avait d'abord cherché à lier plus ample connaissance avec sœur Marie-Mathilde, mais celle-ci ne s'était guère montrée coopérative.

« Tout cela est couvert par le secret de notre Ordre », avait-elle répliqué sèchement lorsqu'il lui avait demandé sur quels mondes elle avait déjà voyagé. Le jeune prêtre n'avait pas insisté. Livré à lui-même, il parcourait sans relâche les parties du vaisseau ouvertes aux passagers. Au début, sa grande silhouette drapée dans la soutane noire avait attiré les ricanements et les quolibets des membres de l'équipage qu'il croisait, mais Douglas s'était contenté de sourire, et les marins s'étaient vite habitués à le voir arpenter les coursives.

Ce fut au cours d'une de ces promenades, le second matin de la translation, qu'il rencontra son premier *alter*. Ou plus exactement, sa première, car la créature escortée par le médecin du bord était une femme.

« Bonjour, mon père, le salua le médecin, qui partageait lui aussi la table du commandant et avec qui O'Connor avait sympathisé. Toujours des fourmis dans les jambes ? »

Douglas ne répondit pas. Il n'avait d'yeux que pour la femme à qui il barrait le passage, ou plutôt, la fille, car aussi inexpérimenté qu'il fût en ce qui concernait l'autre sexe, sa jeunesse sautait aux yeux.

« Pardonnez-moi », dit-il gauchement en s'écartant pour la laisser passer, mais elle ne répondit pas et resta figée sur place, sans même lui accorder un regard.

« Excusez-moi, mon père, intervint le médecin. Le commandant nous attend dans le poste de pilotage. »

C'est alors seulement que le jeune prêtre réalisa à qui il avait affaire. La même combinaison que tout l'équipage, ces yeux vides, l'absence totale de réaction. Une des *alter* que les mécréants du consortium utilisaient pour leurs communications !

Une *alter*. Une créature du démon… Il se signa instinctivement, sous le regard amusé du médecin.

Il la regarda s'éloigner à pas lents, fermement guidée par la poigne de son gardien. Si inoffensive, si vulnérable… Les paroles de frère Bartolomé, bien des années auparavant, lui revinrent en mémoire. *Les ruses du Malin sont innombrables. Ses créatures sont d'autant plus redoutables qu'elles paraissent inoffensives ! Mais avec l'aide du Seigneur, le vrai croyant saura les reconnaître pour ce qu'elles sont vraiment, des serviteurs de Satan !*

À l'époque, tout jeune élève du petit séminaire, il avait tenté de se représenter ces créatures démoniaques, sans grand succès, et même lorsque Fortezza lui avait proposé cette mission, il ne s'était pas vraiment posé de question. Il s'agissait d'*alter*, ces êtres repoussants par définition, qui ne méritaient rien d'autre que les châtiments prévus pour eux par la sainte Église.

Mais il avait beau repasser tout cela dans son esprit, il se sentait troublé. Cette gamine – cette *alter* – n'avait vraiment rien de redoutable. Et encore moins de repoussant…

Les femmes étaient pour Douglas une espèce largement mystérieuse. Celles autorisées à pénétrer dans le palais pontifical étaient pour la plupart des religieuses comme sœur Marie-Mathilde et, à quelques exceptions près, tout aussi intimidantes. Parfois, il avait aperçu les compagnes des rares pèlerins suffisamment fortunés pour se payer le voyage jusqu'à Vatican, mais celles-ci étaient en général des femmes âgées qui, éblouies par les splendeurs de la Nouvelle-Rome, ne prêtaient aucune attention aux jeunes prêtres comme lui. Bien sûr, il y avait d'autres femmes sur Vatican – il en avait aperçu de loin lors de ses rares sorties hors de la Nouvelle-Rome, certaines jeunes et jolies –, mais O'Connor avait suffisamment de force de caractère pour s'interdire de laisser ses pensées s'égarer de ce côté. Ses précepteurs avaient été très clairs sur ce point. Un homme de Dieu devait plus que tout se méfier des tentations de la chair. Mais la vue de la jeune *alter* avait d'un coup secoué ses certitudes. La fille était jeune, jolie. Le mot *désirable* lui vint à l'esprit, mais il le repoussa fermement, préférant se concentrer sur d'autres détails qu'il avait également remarqués.

Cette démarche chancelante, ce regard vide… Était-elle infirme de quelque manière, ou bien s'agissait-il de l'effet des produits destinés à la rendre inoffensive ?

Il s'en ouvrit à sœur Marie-Mathilde le soir même, alors qu'ils regagnaient leurs cabines respectives après le repas à la table du commandant.

« Ces *alter* que nous allons chercher, comment pouvons-nous être certains qu'ils ne nous causeront pas d'ennuis ?

— Aucun danger ! répliqua la religieuse. J'ai tout ce qu'il faut pour qu'ils se tiennent tranquilles, rassurez-vous !

— Je sais, vous l'avez déjà dit au commandant Mansuy… Simplement, je me demandais de quoi il s'agissait. Voyez-vous, se hâta-t-il d'expliquer en voyant la sœur lever les sourcils, il se trouve que j'ai rencontré l'*alter* de ce vaisseau dans les coursives. Le médecin du bord la conduisait dans le poste de pilotage. Elle m'a paru… bizarre.

— Bizarre ? Comment ça ?

— Elle marchait difficilement et, surtout, semblait totalement apathique, les yeux dans le vague. Je ne suis même pas certain qu'elle se soit aperçue de ma présence… »

Sœur Marie-Mathilde laissa échapper un petit rire amusé.

« Le tranquillisant… Ces médecins sur les vaisseaux ne sont pas des experts, loin de là. Alors ils ne prennent pas de risques et leur donnent des doses massives. C'est idiot, parce qu'ensuite, ils doivent leur injecter des quantités bien trop fortes de neutralisant et de stimulant pour les rendre opérationnels ! C'est pour ça que leurs *alter* ne durent jamais bien longtemps !

— Ce sont les produits que vous transportez dans ces caisses ?

— Le tranquillisant et le neutralisant, répondit la religieuse sans se faire prier, visiblement satisfaite d'étaler sa compétence devant le jeune prêtre. Le stimulant ne nous serait d'aucune utilité : il sert uniquement à permettre aux télépathes du consortium de communiquer à travers l'espace interstellaire. Et soyez sans crainte, j'en ai apporté plus qu'il ne nous en faudra pour les faire tenir tous bien tranquilles ! ajouta-t-elle en ouvrant la porte de sa cabine. Ils ne nous causeront pas le moindre ennui, vous pouvez dormir sur vos deux oreilles, mon père ! »

Douglas resta quelques instants immobile devant la porte fermée, plongé dans ses pensées, avant de s'éloigner à pas lents. Au lieu d'entrer dans sa propre cabine, il continua à marcher dans la coursive.

Sœur Marie-Mathilde venait de confirmer ce dont il se doutait déjà. La jeune *alter* n'était pas dans son état normal lorsqu'il l'avait rencontrée. Et d'ailleurs, était-elle jamais dans un état normal si ses journées se passaient sous l'influence du tranquillisant ou des autres drogues mentionnées par la religieuse ? *Inoffensive, vulnérable*, avait-il pensé en la voyant. D'autres adjectifs lui venaient maintenant à l'esprit. *Pathétique. Pitoyable…*

Après avoir longuement arpenté les coursives désertes, indifférent aux regards amusés des rares marins de l'équipage qu'il croisait, il finit par regagner sa cabine, désormais certain que la mission dont l'avait chargé le cardinal Fortezza ne serait pas aussi simple qu'il l'avait d'abord pensé.

Chapitre 36

À l'issue d'une courte translation, le *Black Storck* émergea assez loin d'Eden 3, afin de ne pas courir le risque d'être repéré. À son tour, le Dragonfly quitta l'espace normal pour le réintégrer presque aussitôt et reprendre son vol vers la station orbitale.

« Réveillez Emmy Stone, ordonna MacGregor, nous allons bientôt avoir besoin d'elle. »

À mesure que le Dragonfly approchait d'Eden 3, les raisons de l'installation d'une coûteuse station de loisir à cet endroit devinrent rapidement évidentes. La planète inhabitée était en réalité une géante gazeuse entourée d'une impressionnante série d'anneaux chatoyants aux riches couleurs perpétuellement changeantes, et dans la direction opposée au soleil d'Orbus s'étendait une gigantesque nébuleuse éclairée par trois groupes d'étoiles en arrière-plan. L'immense nuage de poussières et de gaz n'était pas immobile. Des tourbillons titanesques se creusaient, vite comblés par de larges pans de gaz colorés, pour renaître un peu plus loin, créant et détruisant une infinité de figures complexes dont MacGregor, hypnotisé, ne parvenait plus à détacher le regard.

« C'est l'attraction principale d'Eden 3, dit la voix d'Emmy Stone derrière lui. Pas mal, non ? Mais c'est encore mieux depuis la plate-forme d'observation de la station, confortablement allongé, un verre à la main ! C'est probablement ce que votre Flora Vorsted fait en ce moment, la veinarde ! »

Une voix courtoise retentit dans la radio du bord.

« Ici Eden 3. Navette en approche, veuillez vous identifier. »

Sur un signe de MacGregor, Emmy Stone s'approcha du micro et répondit.

« Lisbeth Van Tissler, accompagnée de quatre amis. Nous avons réservé cinq chambres. »

Un très court instant de silence, le temps de vérifier la réservation.

« Tout à fait, madame. C'est un plaisir de vous accueillir sur Eden 3. Veuillez demander à votre pilote de suivre nos instructions. »

Quelques minutes plus tard, le Dragonfly se posait dans un vaste garage impeccablement tenu. Une femme et deux hommes les attendaient au pied de la rampe d'accès, tous trois vêtus de la même tenue rouge foncé. Les hommes s'apprêtaient à monter dans l'appareil pour récupérer les bagages quand Emmy Stone s'interposa.

« Aucun bagage, déclara-t-elle avec entrain à la jeune femme. Vous savez ce que c'est, nous nous sommes décidés au dernier moment… Ne vous inquiétez pas, nous achèterons ce dont nous avons besoin sur place !

— Vous trouverez tout ce qu'il vous faut dans nos boutiques. Si vous voulez bien me suivre… »

Ils quittèrent le garage par un large sas aux allures de temple antique pour pénétrer dans une vaste salle circulaire. En son centre trônait un comptoir derrière lequel s'affairait toute une équipe d'employés. La jeune femme qui les avait accueillis les invita à s'asseoir dans les larges fauteuils disposés tout autour de la pièce et les rejoignit, un ordinateur à la main. Les formalités accomplies, elle les conduisit à leurs chambres et disparut en promettant de revenir un peu plus tard pour leur montrer les boutiques où ils pourraient faire leurs emplettes.

MacGregor se contenta d'un coup d'œil rapide à sa cabine, nettement trop luxueuse à son goût, et rejoignit Roger à l'autre bout du couloir. Peter arriva à son tour, l'air réjoui.

« Pas mal du tout ! Mais j'imagine que vous n'avez pas l'intention de nous laisser en profiter, dit-il en souriant à l'amiral. Dommage… Je plaisante, monsieur, ajouta-t-il tout de suite. Je sais bien que nous sommes là pour le travail ! »

Emmy Stone fit son apparition, Pirros dans son sillage.

« Flora Vorsted s'est inscrite sous son vrai nom, leur apprit-elle. Tous ceux à qui j'en ai parlé semblent beaucoup l'apprécier. J'ai hâte de faire sa connaissance… Mais vous savez, Ludovic, notre amie ne risque pas de se sauver. Nous pourrions profiter nous aussi de ce séjour paradisiaque… Figurez-vous à ce propos que nos chambres sont voisines… »

MacGregor ne répondit pas. Roger l'avait averti pendant la courte traversée.

« Elle va essayer de vous séduire, avait-il dit. Parce qu'elle vous trouve *vraiment* à son goût, mais surtout parce qu'elle espère bien vous soutirer des informations intéressantes. Vous voilà prévenu ! »

La jeune femme ne manquait pas de charme, mais Allen n'avait pas pour autant l'intention d'entrer dans son jeu.

« Savez-vous où est Flora en ce moment ?

— Sous la coupole, probablement. D'après le garçon d'étage, c'est là qu'elle passe le plus clair de son temps !

— Dans ce cas, allons-y. Évitons d'attirer l'attention. Emmy, partez devant avec Yanakis. Nous vous suivrons. »

La coupole d'observation occupait les trois derniers niveaux de la station. D'immenses panneaux de verre légèrement incurvés maintenus par une armature aussi discrète que possible permettaient d'admirer d'un côté la nébuleuse aux formes changeantes et de l'autre les magnifiques anneaux de la géante gazeuse. Des dizaines de couchettes confortables permettaient aux nombreux visiteurs de contempler le somptueux spectacle dans les meilleures conditions. Un personnel discret et stylé parcourait le vaste espace, prêt à satisfaire les désirs des clients. Au centre de la coupole, un élégant escalier permettait d'accéder à une petite plate-forme d'observation nichée tout en haut de l'édifice offrant une vue totalement dégagée sur l'espace extérieur. Une dizaine de couchettes étaient visibles d'en bas, inoccupées à l'exception d'une seule.

Comment se fait-il que personne ne monte là-haut ? commença à penser MacGregor avant qu'une certitude l'envahisse. *C'est vrai*, se dit-il, *il ne faut pas la déranger. Elle est si gentille. Nous lui devons bien ça… Je vais aller m'installer là-bas, d'où la vue sur la nébuleuse est parfaite…*

Langdon le retint par le bras alors qu'il s'apprêtait à gagner la couchette accueillante.

« Elle est là-haut, monsieur. Flora Vorsted…

— Il ne faut pas la déranger, répondit-il. Venez avec moi, Roger, nous allons nous asseoir là-bas. Nous y serons tout à fait bien… »

Puis Peter s'approcha à son tour, et l'illusion se dissipa brutalement.

« C'est elle ? Son talent ? »

Farah acquiesça en souriant.

« J'ai jugé préférable que vous vous rendiez compte par vous-même. Elle est vraiment très puissante ! Pour autant que je puisse en juger, c'est à peine si elle est consciente de ce qu'elle fait. J'espère être capable de la tenir à distance. Si je sens qu'elle prend le dessus, je vous avertirai et vous devrez vous éloigner au plus vite. Elle pourrait vous faire faire tout ce qu'elle veut ! »

Ils gravirent l'escalier sous les regards réprobateurs des autres vacanciers et s'approchèrent de la femme blonde étendue sur la couchette.

Il fallut encore quelques secondes à Flora Vorsted pour prendre conscience de la présence d'intrus dans son sanctuaire. Elle leva un sourcil et leur jeta un regard impérieux. En dépit de l'écran protecteur de Peter, MacGregor sentit un souffle mental l'effleurer, projetant dans son esprit un fort sentiment de culpabilité et le désir de faire demi-tour sans délai. Puis Peter dut élever son niveau de protection, car la sensation disparut.

« Flora Vorsted ? Nous avons fait un long chemin pour vous trouver ! »

Le visage sombre, celle-ci se redressa brusquement.

« Attention… » murmura Peter.

Pour l'amiral, rien ne parut changer, mais Farah avait fermé les yeux, le visage contracté. Devant lui, Flora Vorsted avait les yeux dans le vague. La bataille mentale dura une interminable minute, puis l'empathe capitula brusquement.

« Vous êtes très fort, dit-elle d'une voix à peine audible. Vous êtes le premier neutraliseur dont je ne vienne pas à bout… Qui êtes-vous ? Et que me voulez-vous ? »

À ce moment, son regard se fixa sur le visage de MacGregor, qui lut dans ses yeux qu'elle l'avait reconnu.

« Amiral MacGregor ! Ce n'est pas possible ! »

Profitant de l'affaiblissement soudain du contrôle mental de Vorsted, Yanakis et Emmy Stone arrivaient à leur tour. Espérant que cette dernière n'avait pas entendu l'exclamation de Flora, MacGregor s'empressa de les éloigner.

« Pirros, Emmy, filez directement à la navette et assurez-vous que nous pourrons décoller sans attirer l'attention. »

Ils disparurent tous deux aussitôt, et Allen reporta son attention sur la jeune empathe.

« Ne cherchez surtout pas à donner l'alerte. Mes compagnons vous en empêcheront, vous le savez ! Vous allez nous suivre bien tranquillement, comme de vieux amis.

— Pour aller où ?

— Jusqu'à notre navette. Puis un vaisseau de la Flotte nous ramènera sur Providence, où vous serez traduite en justice. »

Flora Vorsted hocha la tête.

« C'est cette fichue pompe à vide ? C'est bien ça ?

— En effet, admit MacGregor. C'est ce qui nous a permis de reconstituer ce qui s'est passé et de vous identifier, vous et Wade Nimack. »

Libérés de l'influence mentale qui leur interdisait jusque-là de s'installer sur la plate-forme d'observation, quelques vacanciers s'engageaient déjà sur l'escalier d'un pas encore hésitant.

« Ne restons pas ici, ordonna MacGregor. Peter, Roger, chargez-vous d'elle. »

Flora Vorsted se leva en soupirant. Un peu ronde, un joli visage sous une masse de cheveux blonds légèrement ébouriffés, elle semblait tout à fait ordinaire. Ses yeux bleus sagaces démentaient toutefois cette première impression.

« Et si je me mettais à hurler ? En criant bien fort que vous venez de Providence ? Que croyez-vous qu'il se passerait ? »

Ce fut Roger qui répondit.

« Vous n'en aurez pas le temps. Je saurai ce que vous comptez faire avant même que vous n'ouvriez la bouche. Ce n'est pas vraiment ma spécialité, mais je peux vous infliger un choc mental suffisant pour vous réduire à l'état végétatif le temps nécessaire pour gagner la navette. Ce n'est pas mortel, mais il vous faudra plusieurs jours pour vous en remettre !

— Un fouineur, évidemment… répondit Flora en levant les yeux au ciel. Oui, je sais ce dont vous êtes capables ! D'accord, je ne tenterai rien. Mais nous pourrions peut-être arriver à un arrangement…

— Si vous comptez sur votre talent pour vous tirer d'affaire, répondit froidement MacGregor, n'y pensez même pas ! Peter ne vous lâchera pas.

— Il faudra bien qu'il dorme, quand même…

— Peter pourra se reposer quand vous-même dormirez. Nous avons à bord tous les produits nécessaires, rassurez-vous ! Avancez, maintenant. »

Ils descendirent l'escalier, Peter et Roger devisant comme deux vieux amis. En bas, la foule des curieux allait et venait sans leur prêter attention. Une fois sortis de la rotonde, ils accélérèrent l'allure.

Pirros les attendait dans le hall d'accueil.

« La navette n'est pas bloquée, dit-il aussitôt, mais le sas extérieur ne peut pas être ouvert de l'intérieur du garage. Tout est commandé depuis le poste de contrôle.

— Ne vous inquiétez pas pour ça, répondit MacGregor. J'en fais mon affaire. Mais où est Emmy ?

— Elle m'a quitté en chemin pour aller récupérer ses affaires dans sa chambre. Ça ne devrait pas lui prendre bien longtemps… Ah, la voilà ! »

Emmy Stone traversa le hall d'un pas mal assuré. MacGregor remarqua son regard vitreux.

« Ça ne va pas ?

— J'étais morte de peur ! Dans ma cabine, j'ai bu un petit coup pour me donner du courage. Mais j'y suis peut-être allée un peu fort… »

Elle chancela, et Yanakis dut la soutenir pour l'empêcher de s'effondrer.

MacGregor leva les yeux au ciel.

« Il ne manquait plus que ça ! Pirros, chargez-vous d'elle. Dès que nous serons à bord, injectez-lui l'anesthésiant. Il est hors de question qu'elle voie ce qui va se passer. »

Il s'adressa ensuite aux autres.

« Il faut faire très vite ; en nous voyant entrer dans le garage, les employés vont alerter la sécurité. Nous devrons déjà tous être à bord lorsqu'ils interviendront. Allons-y ! »

Il entendit vaguement une des employées les interpeller lorsqu'ils franchirent la porte intérieure du sas et que le vantail extérieur s'ouvrit en silence pour les laisser passer. Dépassant les autres, il fonça vers la navette dont la rampe d'accès s'ouvrait déjà et se laissa tomber sur le siège du pilote.

« Tout le monde est là ! » cria Roger depuis la cabine.

Allen commanda aussitôt la fermeture de la rampe et démarra les moteurs. Le Dragonfly s'éleva docilement, opérant un demi-tour pour faire face au sas extérieur. Une voix puissante retentit alors dans le garage ainsi que sur la radio du bord.

« Posez-vous immédiatement ! Vous n'avez aucune chance de vous en tirer ! Quoi que vous fassiez, le sas restera fermé ! Pour le moment, vous avez simplement contrevenu aux règles de sécurité, mais je tiens à vous informer qu'au cas où des dégâts seraient infligés aux installations ou aux véhicules des autres clients, la responsabilité vous en incomberait. Soyez raisonnables et posez-vous tout de suite ! Une équipe va venir vous chercher. »

En réponse, l'amiral activa le micro de la radio du bord.

« Ne laissez surtout personne franchir le sas intérieur ! Vous seriez responsable de ce qui pourrait leur arriver ! »

Il ouvrit le feu sans attendre de réponse. Nils Swanson n'avait pas négligé l'armement de la classe Dragonfly. Deux canons légers – plus que suffisants pour pulvériser les portes du sas – étaient dissimulés dans le carénage avant, ainsi qu'une mitrailleuse lourde.

Le premier tir démantela la porte intérieure. Le second projeta ce qui restait du lourd vantail dans les airs. Deux autres vinrent à bout de la porte extérieure, qui disparut dans l'espace. Le Dragonfly était déjà dehors.

« Emmy ?

— Elle dort, monsieur, répondit Roger. Yanakis lui a fait l'injection avant même l'avertissement de la sécurité. Elle n'a rien vu du tout.

— Bien ! Maintenant, rejoignons le *Black Storck.* »

De retour sur le vaisseau mère, MacGregor donna ses instructions à Hartig ; regagner l'espace proche de Huygens pour déposer Emmy Stone, dont la présence n'était plus nécessaire, puis il retourna dans la cabine principale, où Flora Vorsted patientait en compagnie de ses trois gardiens, la mine sombre.

« C'est cette femme qui vous a conduit jusqu'à moi ? Un de vos agents sur Huygens ? Pourquoi l'avoir endormie ?

— Parce que je ne lui fais pas confiance, répondit franchement l'amiral. Je ne tiens pas à ce qu'elle ait connaissance des performances de nos nouveaux vaisseaux.

— Qui sont réellement impressionnantes ! admit Flora. Mais pourquoi l'endormir elle, et pas moi ? »

Allen haussa les épaules.

« Lorsque nous serons de retour sur Providence, cela n'aura plus d'importance ! Ai-je vraiment besoin de vous expliquer ce qui vous attend ? Vous serez traduite devant un tribunal spécial pour espionnage et vente de secrets militaires à une puissance étrangère. Je fournirai au tribunal toutes les preuves nécessaires de votre implication. La sentence ne fait aucun doute. Vous serez exécutée.

— Je sais tout ça ! Mais il y a quand même quelque chose que je ne comprends pas... Vous avez enquêté et reconstitué ce qui s'est passé. Vous nous avez même identifiés, Wade et moi. Toutefois, pourquoi courir le risque de venir me chercher ? Vous rendez-vous compte de ce qui se passerait si vous étiez reconnu ? Un officier de l'empire, et pas n'importe lequel ! Même si vous en réchappiez, avez-vous idée de la gravité de l'incident diplomatique ? J'ai du mal à admettre que vous vous soyez lancé dans une telle expédition simplement pour mettre la main sur moi ! Après tout, maintenant que le support de données a été déchiffré et livré aux autorités d'Orbus, qu'est-ce que mon exécution changera ? »

MacGregor approuva de la tête.

« Vous êtes perspicace, Flora ! Je vais être franc, ce n'est pas vous qui m'intéressez, mais Wade Nimack. Notre agent sur Huygens n'a pas réussi à retrouver sa trace, mais il vous a vite repérée. Vous êtes la seule à pouvoir nous mener à lui.

— Wade ? dit Flora Vorsted sans chercher à cacher sa surprise. Mais pourquoi lui ? C'est un simple… Ah, je comprends, vous avez besoin d'un manipulateur ! Et vous comptez sur moi pour vous le livrer ? Pourquoi ferais-je ça ? En admettant bien sûr que je sache où le trouver… »

MacGregor prit son temps avant de répondre.

« Parce que si vous me conduisez à lui, je vous laisse en paix. Dans le cas contraire, je vous ramène sur Providence, où vous savez ce qui vous attend. Suis-je suffisamment clair ?

— Votre fouineur pourrait trouver l'information en fouillant mon esprit…

— Probablement. Mais ça ne servirait pas à grand-chose. Nous sommes des étrangers, facilement repérables… Sans vous, il ne se montrera jamais. »

Flora Vorsted ne répondit pas immédiatement. MacGregor ne chercha pas à la brusquer. Elle aurait beau retourner tout ça dans sa tête, elle n'avait pas d'autre solution que d'accepter.

« C'est encore un gamin ! dit-elle quand même. Et vous me demandez de le trahir ! Et d'abord, que lui voulez-vous ? Le ramener lui aussi sur Providence pour être jugé ? Avant que j'accepte de vous mener jusqu'à lui, vous devrez d'abord me convaincre que vous ne lui ferez aucun mal !

— Sur ce point, la rassura Allen, vous pouvez être tranquille. En réalité, tout ce que je veux, c'est le convaincre de travailler pour moi. De rejoindre mon équipe.

— Admettons… Et s'il refuse ? »

MacGregor soupira longuement, avant de sourire à la femme blonde.

« Dans ce cas, je vous laisserai en paix tous les deux.

— Et je suis censée vous croire sur parole ?

— Roger pourrait évidemment vous rassurer sur ce point, mais je me doute que vous refuseriez aussi de le croire…

— Vous êtes sérieux ? Vous avez réellement monté toute cette opération rien que pour recruter un manipulateur ?

— Le poste d'amiral de la Flotte comporte un certain nombre d'avantages. Et pour répondre à votre question, pas uniquement. Tout ceci s'inscrit dans le cadre d'un exercice militaire de grande ampleur. Alors, que décidez-vous ?

— Je ne sais plus quoi penser ! J'ai beaucoup entendu parler de vous pendant notre séjour à Columbia, toujours en bien… Et je me flatte de savoir évaluer les personnes que je rencontre. Je crois que vous êtes sincère… D'accord, je vais vous conduire à lui et, sans trop m'avancer, je pense qu'il acceptera votre proposition ! »

Ce fut au tour de l'amiral de manifester sa surprise. Flora eut un petit rire.

« Vous avez été franc avec moi, amiral, à mon tour de l'être avec vous. L'arrangement que j'avais passé avec les autorités d'Orbus ne s'est finalement pas avéré aussi avantageux que prévu. Une fois le travail effectué, elles ont refusé de payer la totalité de la somme convenue et, surtout, elles sont revenues sur certaines clauses que nous avions négociées avant de partir pour Providence.

— Par exemple ?

— Amiral, vous connaissez mon talent ! Ajoutez-y celui de Wade, plus quelques autres, dont un fouineur et un furtif, et vous avez une équipe idéale pour certains… travaux.

— Vous voulez dire des cambriolages ?

— Je préfère parler d'activités de récupération ! répliqua dignement Flora Vorsted. Notre clientèle est variée. Il peut s'agir d'objets de valeur, de documents confidentiels, de secrets militaires… Dans la plus extrême discrétion, naturellement, mais ces derniers temps, plusieurs opérations très risquées ont mis la police sur notre piste.

— C'est ce que vous avez voulu négocier ? L'impunité ?

— En effet. Il se trouve qu'en ce qui me concerne, ils n'avaient aucune preuve tangible, si bien qu'ils ont accepté d'abandonner les poursuites. De mon côté, je me suis engagée à me faire discrète, d'où ce séjour sur Eden 3. Mais pour ce pauvre Wade, ils n'ont rien voulu entendre ! Je vous l'ai dit, c'est encore un gamin. Il s'est laissé entraîner à mon insu dans quelques opérations stupides, si bien que les polices d'au moins cinq planètes d'Orbus sont à ses trousses. À notre retour, les poursuites ont repris. Je lui ai donné sa part, et il est parti se cacher en lieu sûr. Dans ces conditions, je pense qu'il saisira avec reconnaissance l'occasion de quitter le système. En tout cas, je l'y encouragerai fortement, car un jour ou l'autre, le connaissant, il commettra une imprudence de trop.

— Si vous avez raison, c'est une excellente nouvelle !

— Je crains fort qu'il n'y ait quand même un problème…

— Que voulez-vous dire ?

— Wade n'est pas seul. Rani est avec lui. Ces deux-là sont inséparables !

— Rani ?

— Rani Stewart. Je vous ai dit qu'un furtif faisait partie de l'équipe. J'aurais plutôt dû dire *une furtive*. Rani est encore plus jeune que Wade mais, heureusement, elle a la tête sur les épaules ! J'ai bien peur que Wade refuse de partir sans elle.

— Une furtive… »

Le visage de MacGregor avait pris une expression rêveuse.

« J'imagine que vous ne l'auriez pas prise avec vous si elle n'avait pas été excellente ?

— Vous avez raison, cette petite est vraiment très forte. Pourquoi ? Elle vous intéresse aussi ?

— Je n'ai pas vraiment eu le temps d'y réfléchir, mais oui, Flora, il se pourrait bien que son talent me soit également utile. Où sont-ils cachés, tous les deux ?

— Sur Bessemer, la grande planète industrielle d'Orbus. Un monde abominable, amiral, mais au moins, la police locale n'y est pas trop difficile à acheter !

— Bessemer… »

MacGregor afficha une carte du système d'Orbus sur l'écran.

« La sixième planète, précisa Flora Vorsted. La plus vaste en dehors des géantes gazeuses. La gravité y est un peu plus forte que la normale, et c'est un monde froid. Très riche en minerais de toutes sortes, aussi. »

Elle s'apprêtait à poursuivre quand Hartig passa la tête par la porte.

« Transition terminée, amiral. Le Dragonfly vous attend.

— Merci, Hartig. Flora, nous reparlerons de Bessemer plus tard. Pour le moment, allons déposer Emmy Stone. Naturellement, vous nous accompagnez.

— Vous ne me faites pas confiance, amiral ? »

Allen éclata de rire.

« J'ai besoin de Peter et Roger et ce ne serait vraiment pas très intelligent de ma part de vous laisser en la seule compagnie d'Hartig ! Vous auriez tôt fait de le convaincre de vous conduire où vous le souhaitez en nous plantant là ! Vous venez donc avec nous. »

Langdon réveilla Emmy Stone alors que le Dragonfly amorçait sa descente vers le parking où ils avaient retrouvé Pirros Yanakis deux jours plus tôt. Allen se posa en douceur et quitta le siège du pilote. Roger lui remit une épaisse liasse de billets, qu'il tendit à la jeune femme.

« Le prix convenu. L'agent Yanakis restera naturellement en contact avec vous.

— Ce fut un plaisir de travailler avec vous, Ludovic… Dommage que cela n'ait pas duré plus longtemps. »

Elle descendit la rampe d'accès et s'éloigna de quelques pas avant de se s'arrêter net.

« Au fait, dit-elle en se retournant, j'ai autre chose qui devrait vous intéresser. Venez voir…

— Quoi encore ? »

Pressé d'en finir, MacGregor la rejoignit sur le parking, lorsqu'une voix sèche s'éleva derrière lui.

« Pas un geste ! Vous êtes en état d'arrestation ! »

Surgis de nulle part, deux hommes en uniforme se saisirent de l'amiral et l'immobilisèrent. Un troisième braqua son arme sur lui. Derrière lui, d'autres policiers entraient dans le Dragonfly pour en déloger ses compagnons. La même voix s'éleva de nouveau.

« Regroupez-les en bas. »

L'officier apparut à son tour, un homme assez âgé, au visage dur.

« Préfet Joris ! Quel soulagement ! J'avais peur que vous ne preniez pas mon message au sérieux ! »

L'homme s'inclina légèrement.

« Plutôt difficile à croire, en effet, mais je vous connais de réputation, madame. J'ai donc jugé préférable de vérifier. »

Il s'approcha de MacGregor toujours solidement maintenu.

« Voici donc le fameux amiral MacGregor… »

Il le dévisagea attentivement, comparant ce qu'il voyait avec la photo qu'il tenait à la main.

« Pas de doute, c'est bien lui ! Madame Stone, vous êtes chère, mais ça en valait la peine ! »

MacGregor protesta sans grande conviction.

« Qu'est-ce que c'est que cette histoire ? Je m'appelle Pradel, Ludovic Pradel… »

Il entendit Emmy Stone ricaner derrière lui.

« C'est ça… Vous pensiez que j'étais trop loin pour l'entendre quand Flora vous a reconnu, mais j'ai l'oreille fine ! Désolée, amiral, vous m'étiez plutôt sympathique, mais je ne pouvais pas rater une occasion pareille ! J'ai juste eu le temps de passer un appel au préfet Joris et d'absorber une dose d'alcool suffisante pour m'assommer et empêcher votre fouineur de lire ce que je venais de faire dans mon esprit… Oui, ça aussi, je l'ai deviné, mon cher ! »

Consterné, MacGregor l'écoutait à peine. Comment avait-il pu être aussi bête ? Mais il aurait tout le temps de se lamenter plus tard, lorsqu'ils se seraient sortis de ce mauvais pas. Il savait qu'il pouvait sans difficulté se débarrasser de ses deux gardiens, mais celui qui le braquait de son arme restait prudemment hors de portée et l'abattrait sans hésiter dès qu'il lancerait son attaque. Au pied de la rampe d'accès, Flora Vorsted et le reste de son équipe étaient également sous bonne garde.

Un peu plus loin, Emmy Stone et le préfet discutaient à voix basse. Il fallait agir vite. Dans quelques instants, les policiers les emmèneraient loin du Dragonfly, et tout serait perdu. Avec un peu de chance, il parviendrait à projeter un de ses gardes sur la trajectoire des balles…

Il s'apprêtait à passer l'action quand la voix tranquille de Flora Vorsted s'éleva.

« Pourquoi faites-vous tant d'histoires, Emmy ? Ludovic ne s'intéresse pas à vous, il faut vous faire une raison… Dites-le à vos amis, qu'ils nous laissent tranquilles. »

MacGregor sentit les mains qui le retenaient le relâcher, mais il n'y prêta guère attention. Il n'avait d'yeux que pour la femme blonde au visage bienveillant qui lui souriait.

« Ce n'est pas Ludovic Pradel, protesta faiblement Emmy Stone. C'est l'amiral MacGregor !

— Tss, tss… Je comprends que vous soyez jalouse, Emmy, reprit Flora d'une voix encore plus apaisante, mais tout de même, inventer une histoire pareille ! Préfet Joris, vous n'allez tout de même pas me dire que vous l'avez crue ?

— J'aurais dû me méfier, admit le préfet d'un ton plaintif. Mais elle a réussi à me convaincre !

— Vraiment, préfet Joris ? Comment avez-vous pu croire un seul instant qu'un amiral de la Flotte impériale viendrait sur Huygens juste pour un rendez-vous avec Emmy Stone ?

— C'est vrai ! approuva le préfet. C'était tout à fait stupide de ma part !

— Regardez-le, ordonna la voix de Flora. Regardez-le bien ! Est-ce l'amiral MacGregor qui vous fait face ?

— Évidemment que non ! C'est ce… Comment s'appelle-t-il, déjà ? Ah oui, Pradel. Ludovic Pradel ! »

Tout à coup, MacGregor prit conscience d'une présence près de lui, tandis que le pouvoir hypnotique de la voix de Flora Vorsted s'évanouissait d'un coup. Peter.

« Je suis là, monsieur. Je vous protège de son talent. Vous seul. »

Encore secoué, l'amiral regarda autour de lui. Les policiers avaient laissé tomber leurs armes à terre et gardaient le regard fixé sur Flora, une expression d'adoration sur le visage, tout comme Roger et Yanakis.

« Vraiment, Emmy, cette fois, vous avez dépassé les bornes ! Vous devriez avoir honte ! »

La jeune femme éclata en sanglots.

« Je suis désolée, gémit-elle. Je ne sais pas ce qui m'a pris... J'étais tellement furieuse que j'ai perdu la tête. Préfet Joris, je suis vraiment confuse !

— Vous nous avez fait perdre un temps précieux, madame Stone ! répondit le préfet d'une voix sèche. Vous allez nous suivre à la préfecture, où nous tirerons cette histoire au clair ! Nous n'avons plus rien à faire ici. Monsieur, poursuivit-il en s'adressant à MacGregor, veuillez accepter mes excuses pour ce quiproquo grotesque, et soyez certain que cette femme sera poursuivie pour dénonciation calomnieuse ! Messieurs, emparez-vous d'elle et regagnons la préfecture. Nous avons assez perdu de temps ! »

Sans plus attendre, il s'éloigna, suivi des policiers entourant une Emmy Stone éplorée.

« Remontons vite à bord, ordonna Peter. L'illusion ne tardera pas à se dissiper avec la distance. »

Le Dragonfly s'éleva dans les airs. MacGregor eut juste le temps d'apercevoir le préfet et ses hommes qui revenaient au grand galop avant de lancer le petit vaisseau sur une trajectoire presque verticale et d'entrer en translation.

Quelques minutes plus tard, le Dragonfly de nouveau arrimé dans son berceau, l'amiral informa Hartig de leur nouvelle destination et rejoignit le reste du groupe dans la cabine principale. Flora Vorsted le regardait, l'air innocent.

« Merci, Flora, dit-il en souriant. Sans vous, les choses auraient probablement très mal tourné ! Était-ce votre idée ou celle de Peter ?

— La sienne, monsieur, répondit Farah. Quand les policiers nous ont entourés, elle m'a dit "laissez-moi faire"... J'ai hésité un instant mais, quand je vous ai vu sur le point de tenter quelque chose, je lui ai laissé le champ libre.

— Et vous avez bien fait ! Flora, nous vous devons tous beaucoup. J'ai été stupide : en faisant confiance à cette femme, j'ai mis nos vies à tous en danger mais, grâce à vous, cela n'aura pas eu de conséquences. Je vous suis très redevable.

— Emmy Stone et le préfet vont sans doute donner l'alerte, intervint Yanakis. Leur gouvernement pourrait se plaindre auprès de l'administration impériale…

— Et qui les croirait ? Ils n'ont absolument aucune preuve à produire ! C'est pour ça que je suis entré en translation aussi vite, pour le cas où le préfet aurait envoyé un vaisseau à notre poursuite. Je pense qu'au contraire ils vont bien se garder d'en parler, de peur de passer pour des mythomanes. Mais pour en revenir à vous, Flora, j'aimerais comprendre. Il vous suffisait de laisser agir le préfet pour retrouver votre liberté et être débarrassée de nous… Alors, pourquoi ?

— Ah… »

Pour la première fois depuis qu'ils l'avaient rejointe sur Eden 3, elle parut embarrassée.

« Pour plusieurs raisons, en fait… Ça vous surprendra peut-être venant de moi, mais cette trahison m'a choquée. Emmy Stone était votre agent, elle devait être loyale ; en tout cas, c'est ainsi que j'ai toujours conçu mes relations avec mes employeurs. Je ne tiens pas non plus à trop attirer l'attention sur moi, ce qui aurait été le cas si le préfet vous avait arrêté. Ceux qui m'ont payée pour copier le support de données sur Providence ne savent rien de mon talent, et j'entends bien que cela reste ainsi. Ajoutez à cela que je me fais du souci pour Wade et Rani. S'ils restent sur Bessemer, un jour ou l'autre, Wade fera une bêtise de trop. Mieux vaut qu'ils partent avec vous. Voilà, vous savez tout.

— Pas tout à fait, intervint Roger. Amiral, je crois qu'elle vous cache encore quelque chose. Allez, dites-lui, Flora !

— On ne vous a jamais appris que c'était très mal élevé d'entrer dans l'esprit de quelqu'un sans y être invité, monsieur

Langdon ? Ah, ces fouineurs ! Aucun de ceux avec qui j'ai travaillé ne se serait jamais permis une chose pareille. »

Roger sourit largement.

« Mais je ne travaille pas avec vous, Flora ! C'est toute la différence !

— De quoi s'agit-il ? » intervint MacGregor, curieux. La gêne de la jeune femme s'accentua encore.

« D'accord ! dit-elle en lançant un coup d'œil assassin à Langdon. Je n'avais pas envie de vous voir arrêté et emprisonné ! Pendant notre séjour à Columbia, j'ai beaucoup entendu parler de vous. Tous ceux qui vous connaissent semblent vous apprécier et vous faire confiance. Je n'allais quand même pas les laisser vous mettre le grappin dessus ! Tous ces imbéciles pompeux de la Flotte qui vous détestent auraient été trop contents !

— Je vous remercie, Flora, dit doucement MacGregor. Je n'oublierai pas ce que vous avez fait pour nous. Maintenant, nous devons récupérer Wade et Rani. Que pouvez-vous nous apprendre d'autre sur Bessemer ?

— C'est le principal monde industriel d'Orbus. Ses immenses ressources minérales et énergétiques ont permis l'essor de puissantes industries lourdes et d'une bonne partie des industries de transformation du système ; mais ce n'est pas le plus important pour ce qui nous concerne. La planète est partagée en sept secteurs appartenant chacun à l'un des cartels qui se partagent le système. Il n'existe pas de gouvernement central, chaque cartel gère son secteur comme il l'entend et dispose de ses propres services de sécurité. C'est un monde très peuplé, avec des différences énormes entre les techniciens et les cadres qui viennent presque tous des autres mondes d'Orbus, et l'énorme population locale qui fournit la main-d'œuvre de base.

— Pourquoi la population est-elle si nombreuse ? s'étonna MacGregor. Si je me rappelle bien ce que vous m'avez dit avant ce malheureux épisode sur Huygens, c'est un monde froid, à forte gravité. Rien de bien attirant !

— Extrêmement pollué, aussi ! Mais les usines ont besoin de main-d'œuvre, et la plupart de ceux qui vivent là-bas sont les victimes d'un système mis au point pour les piéger. Les agences de recrutement offrent le voyage aller et un contrat de quelques années avec un salaire tout à fait confortable, théoriquement reconductible. Une fois sur place, les malheureux s'aperçoivent que le salaire soi-disant mirifique suffit à peine pour vivre, le coût de la vie étant très élevé, Bessemer important la quasi-totalité de ses produits alimentaires. Impossible de faire des économies pour se payer le voyage de retour et, le contrat terminé, l'employeur trouve toujours une bonne raison de ne pas le renouveler. Ils perdent du même coup tous les avantages liés au contrat : logement, assistance médicale, etc. Ils viennent alors grossir les rangs de tous ces misérables qui vivent comme ils peuvent en dehors des secteurs protégés, soumis au bon vouloir des cartels, qui les emploient au coup par coup en fonction de leurs besoins pour un salaire de misère.

— Et ils trouvent encore des candidats ? Tout ça doit être de notoriété publique, non ?

— Bien sûr ! Mais la vie est dure aussi sur les autres mondes d'Orbus, et c'est souvent la dernière issue pour ceux qui n'ont plus d'autre choix… Pour en revenir à ce qui nous occupe, il existe aussi d'immenses villes – si l'on peut vraiment leur donner ce nom – qui se sont développées entre les secteurs protégés. Les forces de sécurité des grands groupes se gardent bien d'y pénétrer, si bien qu'y règne la loi du plus fort. Des bandes les contrôlent, en conflit permanent entre elles. Voilà pourquoi Rani et Wade se sont réfugiés là-bas. L'argent de la mission sur Providence permet à Wade d'acheter leur sécurité, mais ça ne durera pas éternellement. Quand il ne pourra plus payer, il n'aura pas d'autre solution que de monnayer son talent, autrement dit travailler pour une bande, avec tous les risques que cela comporte.

— Comment allons-nous les retrouver ?

— Je sais exactement où ils sont. Mais ne vous y trompez pas, amiral, ce ne sera pas aussi simple que sur Huygens ! La simple vue de votre petit vaisseau suffirait à déclencher une véritable émeute…

— Je suppose que vous avez déjà réfléchi à la meilleure façon de procéder ?

— En effet. Vous devrez me déposer dans un endroit discret, puis reprendre les airs en attendant que je revienne avec Wade et Rani. Je ne risque rien, vous le savez. Non, amiral, je n'aurai besoin de personne ! En fait, j'aurai déjà assez à faire avec mes deux lascars, pas question de devoir me soucier de quelqu'un d'autre en plus ! »

Quelques heures plus tard, le Dragonfly survolait les confins d'une des misérables cités de Bessemer plongée dans l'obscurité. Sur les écrans, des multitudes de petits points rouge sombre indiquaient la présence d'êtres humains ou de gros animaux.

« Ici », indiqua Flora, debout à côté du siège du pilote. Un large carré entièrement noir venait de se dessiner à l'écran. « Une ancienne carrière à ciel ouvert… Un peu loin, mais il faudra s'en contenter. »

Le petit vaisseau se posa derrière l'abri d'une haute colline de déchets de minerai. Un chemin défoncé rempli de flaques d'eau menait vers la ville. Enveloppée dans le manteau de Peter, Flora descendit la rampe d'accès et s'éloigna d'un pas alourdi par la forte gravité. Une bouffée d'air glacial et malodorant balaya l'intérieur du Dragonfly.

« Je n'aime pas ça, murmura MacGregor. J'aurais dû l'accompagner…

— Sauf votre respect, monsieur, Flora est de taille à se débrouiller sans vous ! Nous devrions plutôt redécoller. Il ne doit pas passer grand monde par ici la nuit, mais autant ne pas prendre de risques.

— Vous avez raison, Roger, je m'inquiète probablement pour rien. Nous reviendrons dans trois heures, comme elle l'a demandé. »

Le délai écoulé, le Dragonfly se posa de nouveau dans l'ombre du terril. MacGregor sortit dans un tourbillon de vent glacé et s'avança de quelques pas, luttant contre la gravité de la planète. L'ancienne carrière était déserte.

Et si elle ne revenait pas ? pensa-t-il. *Si elle avait quand même eu des ennuis…*

Il se faisait du souci pour rien. Trois petites silhouettes apparurent au détour du chemin de terre, progressant lentement vers le Dragonfly : Flora, toujours enveloppée dans le manteau de Peter, un grand jeune homme emmitouflé dans un amas de vêtements en haillons, et une frêle silhouette féminine entre les deux. MacGregor se détendit, soulagé. Ils paraissaient épuisés. Peter et Roger les aidèrent à franchir les derniers mètres, et il décolla aussitôt.

« Ce genre d'exercice n'est décidément plus de mon âge ! Fichue gravité ! » lâcha Flora derrière lui.

Allen tourna la tête, notant ses traits tirés.

« Pas de problèmes ?

— Rien dont je n'aie pu venir à bout. Wade et Rani sont là, c'est tout ce qui compte.

— Vous avez réussi à les convaincre ?

— Vous verrez par vous-même. »

Allen réalisa tout à coup qu'il était seul avec elle. Peter n'était pas en vue.

« Je sais ce que vous pensez, amiral, dit Flora à qui son coup d'œil en direction de la coursive n'avait pas échappé. Vous êtes en train de vous demander si j'utilise mon talent en profitant de l'absence de Peter. C'est ça ?

— Eh bien… commença MacGregor, embarrassé.

— Croyez-moi, amiral, si c'était le cas, vous ne vous poseriez pas ce genre de question ! Mais si vous le souhaitez, vous pourrez discuter avec Rani et Wade en dehors de ma présence, ou avec Peter pour me neutraliser.

— Ce ne sera pas nécessaire, Flora. Je crois que je peux vous faire confiance. Laissez-moi le temps d'arrimer le Dragonfly et nous irons rejoindre les autres. »

Wade Nimack se leva d'un bond quand MacGregor entra dans la cabine.

« Amiral MacGregor ! Ce que je suis content de vous voir ! »

Flora n'avait pas menti, Wade était encore un gamin. Très grand, maigre, les cheveux ébouriffés encadrant un visage enfantin fendu d'un large sourire, il semblait déborder d'énergie.

L'examen de MacGregor se prolongeant, son sourire s'effaça peu à peu.

« C'est vrai, dit-il lugubrement. Pour vous, je ne suis rien d'autre qu'un petit voleur… Mais Flora m'a dit que vous étiez disposé à passer l'éponge. Et que vous vouliez nous parler, à Rani et moi. »

C'est seulement à ce moment-là qu'Allen réalisa que la jeune fille ne se trouvait pas dans la petite cabine.

« Rani ? Je la croyais avec vous ?

— Je suis là, monsieur », dit une voix timide derrière Nimack.

Presque aussitôt, la jeune furtive apparut. Elle était petite, svelte, le visage très doux sous une abondante tignasse brune.

MacGregor ne put s'empêcher de sourire.

« Content de faire votre connaissance, Rani ! Et si cela peut vous rassurer, monsieur Nimack, je ne crois pas que vous soyez un *petit* voleur. J'ai pu admirer votre savoir-faire en enquêtant sur ce qui s'était passé aux Archives.

— Il n'est peut-être pas aussi fort qu'il le dit, intervint Roger, une lueur de malice dans les yeux. Moi, je demande à voir ! »

MacGregor acquiesça.

« C'est compréhensible. J'avoue que je ne serais pas non plus contre une démonstration…

— Ah… », fit seulement le grand jeune homme, parcourant la cabine du regard.

Tout à coup, l'ordinateur posé sur la petite table dans un coin s'éleva dans les airs et vint se placer juste devant Roger, et là, explosa littéralement – ou plutôt, corrigea MacGregor, se disloqua d'un coup, l'ensemble de ses composants virevoltant en tous sens autour de la tête du fouineur figé sur place. Puis, tout aussi soudainement, chaque élément reprit sa place et l'ordinateur réapparut, pour retourner se poser sur sa table, où il s'alluma aussitôt, affichant une tête hilare.

« Impressionnant, admit MacGregor. Flora n'avait pas exagéré. Wade, j'ai du travail pour vous. Et pour vous aussi, Rani. Bien sûr, il vous faudra quitter Orbus…

— Avec le plus grand plaisir ! Flora vous a sans doute expliqué pourquoi je me terre dans ce trou à rats. Au moins, personne ne viendra nous chercher sur Providence ! Si vous êtes d'accord pour que Rani vienne avec nous, je suis votre homme, amiral. Mais vous avez parlé de travail. De quoi s'agit-il ?

— Nous aurons tout le temps d'en discuter pendant le voyage de retour. Nous repartirons pour Providence dès que nous aurons déposé Flora à l'endroit de son choix.

— Justement, intervint Flora Vorsted. À ce sujet, j'ai bien réfléchi et j'aimerais beaucoup me joindre à votre équipe. Si cela vous convient, naturellement. »

Pris au dépourvu, Allen réfléchit rapidement.

« Je ne suis pas certain d'avoir besoin d'une empathe, commença-t-il avec précaution.

— Il faut bien que j'aide Rani à veiller sur ce grand idiot de Wade, reprit Flora en souriant. Quant à mon utilité, vous avez vu ce dont je suis capable en cas d'urgence mais ce n'est pas tout ! Avez-vous une idée des résultats que peut obtenir un fouineur associé à une empathe ? »

Allen secoua la tête, mais Roger intervint aussitôt.

« Elle a raison, monsieur. Laissez-moi vous expliquer. Vous rappelez-vous ce que vous m'avez demandé lors de la dernière visite de Hattle ? »

MacGregor repassa rapidement dans sa tête ce qui s'était passé ce jour-là avec le chef des services de renseignements de la Flotte.

« Je vous ai demandé de le retrouver dans le bâtiment de l'Amirauté et d'essayer de découvrir si ses services avaient reçu d'autres rapports semblables à celui de Torini sur Sargasse…

— Exactement. Et je vous ai rapporté l'information. Mais il m'a fallu du temps pour la trouver, beaucoup de temps, car c'était enfoui loin dans son esprit. Si Flora avait été avec moi, elle aurait attiré son attention sur Sargasse, puis sur les systèmes planétaires présentant des caractères semblables, et l'information que je cherchais aurait été tout de suite disponible… Gain de temps et surtout d'efficacité, car plus une pensée est accessible, plus il est facile d'approfondir, de récupérer tout ce que le sujet sait réellement et dont il n'a pas toujours conscience. C'est bien ça, Flora ?

— Tout à fait. J'ai déjà eu plusieurs fois l'occasion de travailler avec des fouineurs pour préparer certaines opérations. Les résultats étaient excellents.

— Je n'y avais pas pensé, admit MacGregor, mais vous m'avez convaincu. La collecte d'informations risque fort de s'avérer vitale dans les semaines qui viennent. Flora, bienvenue parmi nous ! »

Quelques heures plus tard, le *Black Stork* retrouvait les quatre autres petits vaisseaux au point de rendez-vous. Une courte réunion avec Hartig et les commandants suffit à confirmer le succès de toutes les missions.

« Si cela n'avait pas été un simple exercice, conclut-il après avoir entendu les différents rapports, nous aurions en trois jours saboté deux chantiers spatiaux, enlevé ou éliminé les principaux dirigeants ennemis et détruit suffisamment de centres de commandement pour désorganiser durablement les défenses d'Orbus. Messieurs, toutes mes félicitations. Vous venez de démontrer de la manière la plus éclatante qui soit la valeur de nos deux nouvelles classes de vaisseaux. De retour sur Providence, je m'entretiendrai avec chacun de vous pour établir un rapport exhaustif. Comme prévu, vous ramènerez vos vaisseaux sur le *Persévérance* afin que l'ingénieur Swanson puisse les vérifier. Messieurs, bonne route ! »

Chapitre 37

La frégate du collecteur fit son apparition deux jours plus tard. Les appareils d'Ossiah signalèrent la translation et, après quelques minutes, un message avertit Orosco, signalant sa position et ordonnant à l'Administrateur de se rendre à son bord. Le Siège répondit aussitôt et demanda un délai d'une heure avant de décoller, requête que le collecteur accepta. La navette du Siège s'approcha bientôt de la frégate et s'immobilisa.

« Demande permission d'accoster. »

La voix retentit dans le poste de pilotage, où les fugitifs s'étaient tous rassemblés. La réponse de la frégate ne tarda pas.

« L'Administrateur Vargas est-il à bord ?

— Non, monsieur. Le chef comptable Vlasco le représente.

— Eleazar n'est pas fou, murmura Einar. Il ne tient pas à courir le moindre risque. Il a envoyé ce pauvre Vlasco à sa place. Si jamais ça tourne mal, c'est lui qui prendra…

— Permission accordée », répondit la frégate, après un temps de réflexion.

Ossiah se releva et s'étira en soupirant.

« Je donnerais cher pour pouvoir écouter ce qu'ils vont se dire… »

Einar ne lui répondit pas directement.

« Louhann, vous êtes prête ?

— Quand vous voudrez…

— Allez-y. Je doute que la discussion dure bien longtemps ! »

Une fois l'entrevue terminée, le collecteur allait contacter le croiseur. Celui-ci n'étant pas encore dans le système d'Orosco, la communication ne pouvait avoir lieu que par l'intermédiaire des *alter* des deux navires.

« Il est vital que nous connaissions leurs intentions, avait insisté Dahl un peu plus tôt. Je suis désolé de vous demander ça, Louhann, mais c'est indispensable…

— Je vais le faire », avait proposé Anya, mais la jeune télépathe avait aussitôt protesté.

« Laisse-moi m'en occuper ! Depuis que nous avons quitté le *Twin Cities*, je n'ai rien fait d'utile ! Alors maintenant qu'une occasion se présente, c'est à mon tour ! Et puis, sans vouloir te vexer, je suis bien plus qualifiée que toi pour ça ! »

Anya n'avait pas insisté. Zalan avait déjà préparé le stimulant récupéré dans la cabine du médecin lorsqu'il avait été chercher Louhann au moment de quitter le *Twin Cities* et se tenait prêt. Sous le regard anxieux d'Ossiah, il lui injecta le produit en murmurant quelques paroles de réconfort. Le visage de la jeune fille se contracta brutalement sous l'effet de la douleur puis se détendit un peu.

Regroupés autour d'elle, ils attendirent. Ossiah était retourné dans le poste de pilotage jeter un coup d'œil aux instruments.

« La navette repart vers Orosco, annonça-t-il. Ça ne devrait plus être long… »

Quelques minutes plus tard, Louhann se raidit. Sa voix s'éleva, monocorde.

« Frégate John Dixon à croiseur Endurance. Je répète, frégate John Dixon à croiseur Endurance. Rapport de Stuart. J. Hawkins, collecteur impérial au commandant Williamson. Le tribut fixé par l'administration impériale n'a pas été versé dans son intégralité, la moitié à peine de la somme exigée ayant été présentée, dont une partie en monnaie locale évidemment irrecevable. L'envoyé d'Orosco a par ailleurs confirmé la présence du déserteur Bolton-Dunn dans le système. Selon ses dires, les tentatives pour le capturer et le livrer à la justice impériale ont échoué, et le fugitif serait actuellement réfugié à bord d'une navette cachée quelque part dans la ceinture d'astéroïdes qui entoure la planète. Attendons instructions. Transmission terminée. »

Louhann se tut, le visage toujours aussi inexpressif. Quelques minutes s'écoulèrent dans un silence pesant, puis elle reprit la parole.

« Commandant Williamson à frégate John Dixon. Émergence prévue dans quatre heures. Restez en position. Transmission terminée. »

Cette fois, le silence ne dura que quelques secondes.

« Commandant Williamson, à bord du croiseur Endurance. À l'attention du grand amiral. Priorité maximum. Translation imminente vers le système d'Orosco pour exercer les représailles résultant du non-paiement du tribut. Le déserteur et traître à l'empire William Bolton-Dunn a été identifié d'après les documents joints au courrier impérial déposé par le vaisseau du consortium Twin Cities *et localisé dans ce système. Selon les déclarations des autorités locales, il aurait échappé à leurs tentatives d'arrestation et serait actuellement en fuite à bord d'une navette dans la ceinture d'astéroïdes qui entoure la planète. Attendons instructions. Commandant Williamson. Terminé.*

— Le temps que Wallace prenne connaissance du message et nous serons fixés », dit Einar à Zalan, qui hocha la tête.

La réponse ne tarda pas. Elle fut brève, mais édifiante.

« Grand amiral Wallace à croiseur Endurance. Exercez représailles appropriées. Recherchez et éliminez Bolton-Dunn par tous les moyens. Je répète, par tous les moyens. Priorité absolue. Je compte sur vous, Harry. Vous avez toute ma confiance. Grand amiral Wallace. Terminé. »

Zalan se pencha sur Louhann.

« Je ne lui ai pas injecté une dose très forte, dit-il à Ossiah. Ne t'inquiète pas, elle ne va pas tarder à revenir à elle. » Puis, se tournant vers Einar, il ajouta : « Vous aviez raison… Il ne paraît pas décidé à vous laisser tranquille !

— J'aurais cent fois préféré avoir tort, croyez-moi ! Mais au moins, maintenant nous savons à quoi nous en tenir… Le croiseur ne va pas tarder à opérer sa translation. Il s'occupera sans doute d'abord d'Orosco avant de se mettre à notre recherche. Que chacun se prépare. Je veux tout le monde solidement attaché lorsqu'il approchera de la ceinture. Si tout se passe comme je l'espère, nous n'aurons même pas à décoller, mais mieux vaut être prudent… »

Quelques heures plus tard, le croiseur émergeait dans le système et se plaçait en orbite autour de la petite planète. Sur les écrans du poste de pilotage de la navette, la face d'Orosco éclairée par le petit soleil luisait d'une clarté verdâtre et malsaine. Même au grossissement maximum, le vaisseau de la Flotte restait invisible. Penché sur les instruments, Ossiah s'affairait fiévreusement à capter ses communications.

« Tu es vraiment sûr qu'ils n'utilisent pas de code ?

— Pas pour les communications radio, répondit Einar, debout derrière lui. Surtout dans un système comme celui-ci : qui pourrait les écouter ? »

Sans quitter les écrans des yeux, Ossiah hocha la tête.

« Évidemment… Espérons quand même que leurs appareils émettent sur des fréquences que ce tas de ferraille est capable de capter. Eh ! Regarde ça ! »

Sur un des afficheurs, le gros point noir figurant le croiseur venait de larguer quelques points plus petits.

Einar se pencha pour mieux voir.

« Celui-là, dit-il en désignant le plus gros, c'est probablement une barge d'assaut. Les autres, les intercepteurs qui l'accompagnent.

— Pauvres gens… »

Tatiana avait rejoint Einar et contemplait les écrans, le visage fermé.

« Avec un peu de chance, ils élimineront cette ordure d'Eleazar ! »

La jeune femme haussa les épaules.

« Qu'est-ce que tu t'imagines ? Qu'il va les attendre bien gentiment dans son bureau du Siège ? À l'heure qu'il est, il doit être loin, en sécurité avec la Garde et tout ce qu'il aura eu le temps d'évacuer de Palencia…

— Ça y est ! s'écria Ossiah. Je les ai ! Écoutez ça ! »

Il bascula la radio sur le circuit général. Une voix lointaine résonna dans le silence, entrecoupée de grésillements.

« Objectif en vue. Largage dans trois minutes…
— Des tentatives de résistance ?
— Les intercepteurs ne signalent rien, commandant. L'endroit semble désert. »

Puis, un peu plus tard.

« Objectif détruit, commandant. Mission accomplie.
— Regagnez le vaisseau, Forrest. J'ai encore du travail pour vous et vos pilotes.
— À vos ordres, commandant !

— C'était quoi, leur objectif ? demanda Nina. Palencia ?

— Le Siège, plus vraisemblablement, répondit Einar. C'est en général les bâtiments du gouvernement local qu'ils détruisent. Pour le symbole… Et maintenant, ça va être notre tour. Zalan, ça ira ?

— Je suis prêt.

— Anya ?

— Moi aussi. Dites-moi simplement quand vous voudrez commencer.

— Les autres, prenez vos places et attachez-vous. Quoi qu'il arrive, ne bougez pas. »

« Ça y est, Einar ! s'écria soudain Ossiah. Les intercepteurs ! Ils se dirigent vers la ceinture.

— Combien ?

— Six. Non, en voilà deux autres. Huit. Ils se divisent en deux groupes. L'un d'eux vient droit sur nous. »

Einar s'installa en hâte dans le siège du pilote et laissa ses mains effleurer les commandes.

« On y va, Anya. À toi ! »

Il sentit à peine la jeune *alter* accéder à son esprit et, sans transition, se trouva dans l'autre navette les yeux rivés sur les écrans montrant les intercepteurs en approche. Tout à coup, le premier du groupe vira brusquement et se rua en avant.

Les échanges radio des intercepteurs confirmèrent qu'ils avaient aperçu la navette. Leurs pilotes se disputaient même pour savoir qui aurait le privilège de la détruire.

Dahl lança les moteurs à plein régime et s'éleva de manière à couper la route aux deux intercepteurs les plus proches.

Surpris par la manœuvre, les appareils s'écartèrent, laissant un passage suffisant pour lui permettre de foncer sur les derniers chasseurs. Ceux-ci ouvrirent le feu, mais la navette était déjà en dessous d'eux et fonçait vers les maisons. Le temps que les pilotes fassent demi-tour, il était déjà à l'abri des gros astéroïdes.

Les voix des poursuivants résonnaient, excitées, mais Einar, concentré sur le pilotage, n'y prêtait pas attention. Il était déjà en bordure de la zone qu'il avait choisie quand le premier appareil franchit les derniers habitats. Sans ralentir, il s'engagea au milieu des rocs tourbillonnants. Les quatre intercepteurs le suivirent. L'un d'eux ouvrit le feu, sans autre résultat que de pulvériser quelques rochers. Les chasseurs avaient naturellement l'avantage de la vitesse et de la maniabilité mais, à l'intérieur de la ceinture, la navette pouvait presque faire jeu égal avec eux.

Einar n'avait pas choisi l'endroit au hasard. Au début, les astéroïdes étaient peu nombreux et faciles à éviter mais, plus la navette s'enfonçait loin, plus les rocs devenaient denses, rapides, et leur trajectoire difficile à prévoir. Ses mains effleuraient doucement les commandes et la navette pivotait, plongeait, remontait docilement. Derrière, les intercepteurs suivaient toujours, mais deux d'entre eux perdaient nettement du terrain. Les voix continuaient de résonner. Einar entendit vaguement quelques phrases. « *C'est de la folie! Laissons-le, il va se crasher*! » Un autre répondit : « *Tu as entendu le commandant? On doit absolument détruire cette foutue navette*! »

Les deux intercepteurs les plus éloignés battirent en retraite, mais les autres n'entendaient pas renoncer. *À leur place*, se surprit à penser Einar, *j'aurais continué aussi*…

« *Vous n'arriverez jamais à le suivre là-dedans,* dit encore la même voix qui avait déjà appelé à la prudence. *Rappelez-vous le briefing! Le commandant a insisté sur les dons de pilote de ce Bolton-Dunn, et vous savez bien que les compliments gratuits, c'est pas le genre de la maison!* »

— *On va voir ce qu'il a dans le ventre, ton Bolton-Dunn!* »

Einar cessa d'écouter pour mieux se concentrer sur le pilotage et, comme toujours dans ce genre de situation, laissa son talent – car c'était bien de cela qu'il s'agissait, il en était persuadé maintenant – se manifester. La lourde navette s'inséra gracieusement au cœur des myriades de projectiles qui la frôlaient, poursuivant sa course sans ralentir. La voix d'Ossiah lui parvint alors, comme de très loin.

« L'intercepteur le plus proche vient d'exploser ! L'autre ralentit. On dirait qu'il cherche à se dégager… C'est le moment, Einar, pendant qu'il te voit encore !

— Aucune importance, s'entendit-il répondre distraitement. Les instruments du vaisseau nous suivent à la trace… Mais tu as raison. Il est temps d'en finir. »

Il savait qu'il aurait pu continuer de cette façon tout le temps nécessaire pour traverser la ceinture et émerger de l'autre côté. À regret, il se força à laisser les rocs tourbillonnants s'approcher. Un petit astéroïde percuta l'avant de la navette, déviant légèrement sa trajectoire. Une énorme falaise rocheuse se dressa alors brusquement devant lui. Il dut lutter contre le réflexe qui le poussait à l'éviter et garda le cap. Tout devint noir.

Il reprit conscience presque aussitôt, assis dans le poste de pilotage à côté d'Ossiah qui le dévisageait anxieusement.

« Einar ? Ça va ?

— Ça va, ne t'inquiète pas ! Alors ?

— On dirait bien que ça a marché. Écoute… »

Les messages se succédaient entre les intercepteurs et le vaisseau.

« Mission accomplie, commandant. Il vient de s'écraser contre un astéroïde !

— En effet. Il vient de disparaître sur nos écrans. Vous confirmez ?

— Affirmatif, commandant ! Tout de même, c'était un sacré pilote ! Karmann y est resté, lui aussi, et pourtant, c'était un de nos meilleurs éléments.

— Revenez au vaisseau, John. Vous y arriverez ?

— Je ne suis pas encore tout à fait sorti de la zone de turbulences, mais ça devrait aller. Les autres ?

— Sur le chemin du retour. On vous attend pour arroser ça. Ne traînez pas en route !

— Tu vois ? »

Einar se retourna. Ils étaient tous là, Tatiana, Zalan, David, Nina et les autres, hésitant encore à sourire.

« Ils vont partir maintenant, n'est-ce pas ? demanda Tatiana. On va pouvoir retourner dans les maisons aider les survivants ? »

Einar haussa les épaules.

« Ossiah a raison, on dirait que ça a marché. Pour autant, je ne me sentirai pas tranquille tant que le croiseur n'aura pas quitté le système. Navré de devoir doucher votre enthousiasme mais, pour le moment, la consigne reste la même : on attend. Regagnez vos places et attachez-vous. Ça ne durera pas longtemps, ils n'ont certainement aucune envie de s'éterniser ici…

— Tu t'en fais pour rien ! protesta Ossiah. Tu les as entendus, ils ont tout gobé ! Qu'est-ce que tu veux qu'ils fassent de plus ? Tu ferais mieux de demander à Louhann ou à Anya de capter leur prochain message pour Wallace ! »

Le jeune mineur avait sans doute raison, mais Einar n'était pas totalement rassuré. La navette qui venait de s'écraser contre l'astéroïde avait été facile à repérer. Trop facile, peut-être. Le commandant allait probablement ordonner un balayage complet de la zone, juste pour être certain que tout était en ordre avant de prévenir le grand amiral et d'entrer en translation.

« Je le ferai, rassure-toi, mais uniquement quand j'aurai la certitude qu'ils ont bien abandonné la poursuite. Regagnez vos places ! »

Il n'avait pas élevé la voix, mais quelque chose dans son ton leur fit comprendre qu'il ne plaisantait pas. Ossiah lui-même se rassit sans rien dire. Zalan, sanglé dans son siège, lui fit signe d'approcher. Einar vint s'installer près de lui.

« Quand j'étais sur Providence, dit l'*alter* à voix basse, la rumeur courait qu'ils travaillaient à mettre au point un détecteur pour repérer les furtifs. Pour autant que je sache, ce n'était qu'une rumeur ! Mais on ne sait jamais… »

Einar s'apprêtait à répondre quand la voix d'Ossiah s'éleva, incrédule.

« Ils reviennent ! Droit vers nous ! »

Einar était déjà aux commandes et lançait les moteurs.

« C'est bien ce que je craignais. Ces vaisseaux sont équipés de tous les détecteurs possibles et imaginables ! L'un d'eux ne se sera pas laissé abuser par les écrans de Zalan… »

La navette prit son envol avec une lenteur insupportable. Heureusement, le croiseur était loin et, même à pleine vitesse, les intercepteurs mettraient encore un certain temps avant d'atteindre leur position.

« Plus vite, ma belle ! Plus vite ! » implora Einar. Une fois dans le flux des astéroïdes, les intercepteurs ne seraient plus un danger majeur, même s'il n'était pas impossible qu'un de leurs meilleurs pilotes arrive à portée de tir avant qu'ils ne soient entrés dans les zones les plus denses.

« Cette fois-ci, on est fichus, laissa tomber Ossiah, lugubre. Même si le commandant du croiseur pense que tu étais dans l'autre navette et que tu es bien mort, il ne prendra pas de risques. Il détruira la ceinture… Tu avais raison sur toute la ligne ! »

L'esprit d'Einar travaillait fébrilement.

« On a peut-être encore une petite chance… Zalan, Anya, venez ! »

Le temps que les deux *alter* le rejoignent dans le poste de pilotage, la navette s'engageait déjà au milieu des blocs erratiques. Les intercepteurs étaient encore loin.

« Ils ont du mal à nous suivre parce qu'ils ne nous voient pas », dit-il à Anya et Zalan. C'est le vaisseau qui les guide, ce qui les ralentit, heureusement pour nous ! J'ai une question pour vous deux. Anya, es-tu capable de simuler une explosion identique à celle de l'autre navette ? Et vous, Zalan, pourriez-vous faire à nouveau disparaître notre navette pile en même temps que l'explosion ? Et encore une pour toi, Anya : à supposer que je réussisse à poser la navette sur un astéroïde au cœur de la ceinture, pourrais-tu la recouvrir aussitôt d'une couche de roche assez épaisse pour empêcher toute détection ? Il faudrait que tout ça soit presque instantané, qu'ils ne puissent pas se douter de ce qui se passe…

— Pas de problème de mon côté, répondit le furtif. Mais pour le moment, nous sommes invisibles. C'est tout à notre avantage, non ?

— Pas vraiment, si les intercepteurs ne nous aperçoivent pas, ils ne se risqueront jamais à notre poursuite…

— Et le vaisseau commencera aussitôt à détruire la ceinture, affirma Ossiah. C'est bien ce qui risque de se passer, non ?

— Exactement. Il faut au contraire que les chasseurs nous suivent le plus loin possible. Zalan, rendez-nous de nouveau visibles et tenez-vous prêt à remettre vos écrans dès que je donnerai le signal. Anya ?

— L'explosion ? Oui, je crois que j'en suis capable. Les astéroïdes fourniront toute la matière nécessaire… Pour votre seconde question, aucun problème ! À condition bien sûr qu'il y ait suffisamment de débris rocheux à proximité…

— Dans ce cas, on a peut-être une chance. Tenez-vous prêts tous les deux ! À mon signal, Anya, tu mets tout le paquet et vous, Zalan, vous nous faites disparaître pile au même moment. Ossiah, les intercepteurs ?

— Ils ne sont pas loin… Dès que Zalan a levé son écran, ils ont accéléré. C'est comme tout à l'heure, il y en a trois en tête. Les cinq autres sont loin derrière… »

Einar laissa les premiers poursuivants se rapprocher encore avant de plonger dans le tourbillon des blocs rocheux. Caressant les commandes, il évitait sans difficulté les astéroïdes fonçant sur lui, puis, la navigation devenant de plus en plus difficile, son talent prit le relais sans même qu'il en ait conscience. La navette s'enfonça de plus en plus profondément au cœur du maelstrom. La voix d'Ossiah lui parvenait de très loin, à peine audible.

« Personne ne va jamais dans ce coin-là ! Même les premiers mineurs, avec tout leur équipement, n'y ont pas mis les pieds. C'est bien trop dangereux ! »

Puis, quelques instants plus tard.

« Un des intercepteurs vient d'exploser… Les deux autres continuent, mais ils ont nettement ralenti. Ils ne vont pas tarder à nous perdre. Bon dieu, Einar, on ne s'en sortira jamais ! »

Le pilote ne prêtait aucune attention à cette petite voix importune. Rien n'existait plus que les commandes sous ses doigts et les myriades de blocs massifs se précipitant vers lui à une vitesse folle, à travers lesquels il se faufilait sans effort, plus loin, toujours plus loin…

« Einar ! »

La voix dans son oreille et la main qui lui secouait l'épaule le tirèrent brusquement de la transe dans laquelle il s'était laissé entraîner.

« Einar ! Les deux autres intercepteurs sont détruits. Il faut nous poser ! Einar, le croiseur… »

Tout lui revint d'un coup. Le commandant de l'*Endurance* avait déjà sans doute pris sa décision. Ossiah avait raison. Il n'avait que trop tardé.

La surface tourmentée d'une gigantesque falaise surgit brusquement devant lui, infiniment plus vaste que les énormes astéroïdes abritant les maisons. Il obliqua brutalement, adoptant une trajectoire tangentielle.

« Maintenant ! Anya, Zalan ! Maintenant ! »

Il aperçut à peine une gigantesque gerbe de flammes derrière lui tandis qu'il se rapprochait à toute allure de la falaise, qui devint d'un coup un sol profondément raviné sous la navette. Il réussit à décélérer assez pour se poser sans douceur. L'espace d'un instant, il crut que l'appareil allait se désintégrer sous le choc mais le petit vaisseau était solide et s'immobilisa en vacillant sur les rocs instables. Einar avait déjà coupé les moteurs quand un nouveau bruit s'éleva : le crépitement de milliers de blocs rocheux venant recouvrir la carlingue. Puis ce fut le silence.

Un long moment s'écoula avant qu'Ossiah ne prenne la parole.

« Jamais je n'aurais cru ça possible… dit-il lentement. Quand tu nous as amenés sur K154, j'ai bien cru qu'on allait tous y rester, mais là… »

Il secoua la tête, incapable de poursuivre.

Maintenant que la navette était posée, Einar n'avait plus la force de bouger. Le pilotage avait consumé toute son énergie. Il luttait contre la fatigue.

« La radio ? Tu reçois quelque chose ? »

Le jeune mineur s'affaira un moment sur l'appareil, en pure perte.

« Rien. Ce doit être tout ce tas de cailloux qui nous recouvre… »

Einar haussa les épaules.

« C'est sans importance. D'ailleurs, nous n'aurions probablement capté que des messages sans intérêt…

— On sera vite fixés ! » Tatiana les avait rejoints et se tenait derrière Einar, les mains sur ses épaules. La jeune femme était très pâle. La traversée des astéroïdes l'avait secouée, comme tous les passagers de la navette. « Soit ils détruisent la ceinture, ou du moins la partie dans laquelle nous sommes, soit ils s'en vont… »

Louhann était là aussi, livide.

« S'ils nous croient morts, ils vont prévenir le grand amiral, dit-elle. Zalan, donne-moi le stimulant… »

Le furtif se leva en soupirant pour préparer l'injection. Lui aussi semblait épuisé. Le visage tordu par la souffrance, la jeune fille laissa Ossiah l'aider à s'asseoir dans la cabine. Ils attendirent, partagés entre l'angoisse et l'espoir.

De longues minutes s'écoulèrent, puis Louhann se raidit et sa voix monocorde s'éleva dans le silence.

« Commandant Williamson, à bord du croiseur Endurance. À l'attention du grand amiral. Priorité maximum. Bolton-Dunn éliminé. Je répète : Bolton-Dunn éliminé. Demandons instructions. Commandant Williamson. Terminé. »

La réponse arriva presque aussitôt.

« Grand amiral Wallace à croiseur Endurance. Confirmez élimination. Grand amiral Wallace. Terminé.

— Commandant Williamson. Une première navette a été repérée et poursuivie par nos intercepteurs. Dans sa fuite, l'appareil s'est fracassé contre un astéroïde. Un examen plus approfondi de la zone où Bolton-Dunn s'était réfugié a révélé la présence d'une seconde navette, soigneusement dissimulée. Poursuivie, celle-ci s'est à son tour *fracassée dans sa fuite. Le pilote du premier appareil était très fort, mais celui de la seconde s'est montré absolument exceptionnel. À n'en pas douter, il s'agissait bien de Bolton-Dunn.*

Avons perdu trois intercepteurs. Un nouvel examen de l'intégralité de la ceinture n'a révélé aucune autre navette en dehors de celles stockées dans les garages des habitats des mineurs. Commandant Williamson. Terminé.

— Grand amiral Wallace à croiseur Endurance. Quittez le système et poursuivez votre mission d'escorte du collecteur impérial. Félicitations, commandant. Soyez certain que je n'oublierai pas votre fidélité. Grand amiral Wallace. Terminé.

— Alors ça y est ? On a réussi ? »

La voix incrédule de Pavel brisa le silence. Derrière lui, David laissa échapper un petit rire nerveux. Un peu à l'écart, Nina tentait tant bien que mal de récupérer. Einar se força à quitter le siège du pilote et s'avança dans la cabine.

« On dirait… Mais je ne me sentirai vraiment tranquille que lorsqu'ils auront quitté le système pour de bon. En attendant, on ne bouge pas.

— Et comment saurons-nous qu'ils sont bien partis ? demanda Pavel. Ossiah a dit qu'il ne captait plus rien ?

— Les croiseurs de la Flotte envoient un message juste avant d'entrer en translation. C'est la procédure habituelle…

— Tu veux dire que Louhann va encore devoir prendre une dose de stimulant ? » s'insurgea Ossiah.

Einar haussa les épaules.

« Tu vois une autre solution ? Williamson peut très bien se raviser et passer de nouveau toute la zone au peigne fin avec ses instruments… Si nous prenons le risque de sortir de la couche de roche qui nous protège, il nous repérera et, cette fois, il n'hésitera pas : il pulvérisera toute cette partie de la ceinture… »

Louhann posa la main sur le bras d'Ossiah pour l'empêcher de protester.

« Je suis prête à continuer, monsieur Dahl, dit-elle entre ses dents. Je tiendrai le coup, rassurez-vous.

— Je vais t'aider, intervint Anya. On ne sait pas combien de temps il va falloir attendre et tu en as déjà assez fait comme ça. On pourrait se relayer toutes les heures. »

Trois heures plus tard, Anya se raidit brusquement.

« Frégate John Dixon à Quartier Général. Entamons translation vers Palomus III. Nouveau message dans quatre-vingt-sept heures Temps Impérial Standard. Terminé. »

La réponse arriva aussitôt.

« QG à frégate John Dixon. Bien reçu. Bonne translation. Terminé. »

Quelques minutes plus tard, le croiseur envoyait un message similaire. Einar les obligea cependant à patienter encore une bonne demi-heure avant de s'adresser à Anya.

« Tu peux dégager la navette, maintenant. Mais tiens-toi prête à la recouvrir de nouveau si jamais ils sont encore là. Ossiah, tu lances un contrôle aussitôt. »

Mais il se faisait du souci pour rien. Les deux vaisseaux de la Flotte avaient bien quitté le système d'Orosco. Lorsque le mineur eut confirmé que ses instruments ne captaient rien d'autre que des traces de translation récente, il s'autorisa enfin à se détendre.

« Cette fois, nous en sommes vraiment débarrassés… Je ne sais pas comment vous remercier, tous ! Et surtout vous deux, Anya et Zalan. Sans votre aide, nous n'y serions jamais arrivés ! Vous n'imaginez pas à quel point je vous suis reconnaissant ! »

Tout le monde parlait en même temps, riait, plaisantait, évacuant d'un coup la tension accumulée depuis des jours et des jours. Tatiana serra Einar dans ses bras de toutes ses forces.

« Je suis si heureuse ! dit-elle. Maintenant, ils ne te chercheront plus, puisqu'ils te croient mort ! Nous allons enfin pouvoir vivre en paix ! »

Einar acquiesça en souriant. Le soulagement l'envahissait peu à peu. L'administration impériale ne se soucierait plus d'Orosco et de sa maigre population avant quelques années. Pour la première fois depuis bien longtemps, il ne serait plus obligé de fuir, de se cacher sous un faux nom, de se méfier de tout et de tous. Et surtout, il n'était plus seul. *J'ai eu de la chance*, pensa-t-il, *bien plus que je n'aurais osé l'espérer en débarquant sur cette planète pitoyable* ! Tatiana était celle qu'il avait toujours cherchée sans jamais la trouver, et la profondeur de leurs sentiments ne cessait de l'émerveiller. Il avait aussi de véritables amis : Ossiah, les trois *alter*, sans parler de Pavel et des enfants de Tatiana... *Ils sont ma famille, maintenant. Mon foyer...*

Mais la ceinture et Orosco étaient en plein chaos. Les mineurs les avaient rejetés, Eleazar et ses sbires faisaient probablement régner la terreur sur la planète. Pourtant, il faudrait bien quitter les maisons qui, privées des approvisionnements venus de la surface, deviendraient rapidement inhabitables, pour s'installer en bas et s'efforcer de survivre.

« Ce ne sera pas facile... », dit-il comme pour lui-même.

Les pensées de Tatiana avaient suivi un cours identique.

« Il faudra lutter. Et d'abord, sauver ce qui peut l'être des maisons. Si nous réussissons à rassembler suffisamment de survivants, nous aurons peut-être une chance de résister à Eleazar...

— Tu as raison, approuva Einar en se dégageant doucement de son étreinte. Il ne faut pas perdre de temps... Nous avons du travail ! dit-il d'une voix forte pour couvrir le vacarme. Il faut sans tarder retourner dans les maisons aider les survivants. Nous ne savons pas à quelles destructions les troupes d'Eleazar se sont livrées mais, les connaissant, le pire est à craindre ! Laissez-nous seulement quelques heures pour nous reposer et nous nous remettrons en route. Avec Anya pour pulvériser les rocs que je ne parviendrai pas à éviter, nous devrions nous en sortir sans trop de difficultés ! »

Le pilote s'apprêtait à quitter le poste de pilotage quand David se précipita pour l'empêcher de s'éloigner.

« Non ! dit-il d'une voix étranglée. Pas partir !

« David, qu'est-ce qui te prend ? »

Tatiana s'avança et voulut le prendre dans ses bras, mais le garçon se dégagea violemment.

« David, mon chéri ! C'est fini, nous sommes en sécurité, maintenant ! »

— Pas partir ! répéta David, tellement agité qu'il ne parvint pas à continuer. En désespoir de cause, il se tourna vers Anya avec un regard implorant.

Intriguée, la jeune *alter* effleura légèrement son esprit et se retira aussitôt, interloquée. « Il pense que nous avons quelque chose à faire avant de partir. C'est en rapport avec le planétoïde sur lequel nous sommes posés… < *David*, transmit-elle. *Que se passe-t-il* ? > »

L'esprit du garçon était parfaitement clair. Les premières fois, le contraste entre l'extrême confusion de son attitude et la limpidité de ses pensées l'avait stupéfiée. Ce n'était pas différent cette fois.

< *Il ne faut pas partir tout de suite*, répondit-il mentalement. *Il faut l'explorer !*>

< *Explorer quoi ?*>

< *Le planétoïde !* répondit-il, impatient. *Tu ne sens pas ? Il est comme les maisons !*>

< *Comment* ça *? Tu veux dire qu'il est creux ?*>

< *Bien sûr ! Et dedans, il y a plein de choses ! Plein de machines !*>

Tout en maintenant le contact avec le garçon, Anya lança une puissante vrille mentale.

« Oh ! dit-elle à haute voix, sans cacher sa stupéfaction. Le planétoïde est creux ! C'est ce que David voulait nous dire ! Ce n'est pas un simple astéroïde, c'est un habitat ! »

Fin du premier tome

Retrouvez la suite de la saga dans :

Second Œkumène 2
Orbus

Critic

Déjà parus aux éditions Critic

Collection thriller :

Tepuy de François Baranger
Rennes, ici Rennes de Calibre 35
Répliques d'Emmanuel Delporte
Tatoo Blues de Julien Heylbroeck
Manhattan Marilyn de Philippe Laguerre
Le Chant des âmes de Frédérick Rapilly
Le Chant du Diable de Frédérick Rapilly
Dragon noir de Frédérick Rapilly
Soleil noir de Christophe Sémont
Une Danse avec le diable de Christophe Sémont
Les Enfants de Chango de Christophe Sémont
Point zéro d'Antoine Tracqui
Mausolée d'Antoine Tracqui
Lune de glace d'Antoine Tracqui
Goodbye Billy de Laurent Whale
Le Manuscrit Robinson de Laurent Whale
Le Réseau Mermoz de Laurent Whale
Jeu d'ombres d'Ivan Zinberg
Étoile morte d'Ivan Zinberg
Miroir obscur d'Ivan Zinberg

Collection fantasy :

Bans et Barricades 1 & 2 – Olangar 1 de Clément Bouhélier
Une cité en flamme – Olangar 2 de Clément Bouhélier
Le Combat des ombres – Olangar 3 de Clément Bouhélier
L'Empire du Léopard d'Emmanuel Chastellière
La Piste des cendres d'Emmanuel Chastellière
La Volonté du Dragon de Lionel Davoust
La Route de la conquête et autres récits de Lionel Davoust
*Port d'âme*s de Lionel Davoust
La Messagère du Ciel – Les Dieux sauvages 1 de Lionel Davoust
Le Verrou du Fleuve – Les Dieux sauvages 2 de Lionel Davoust
La Fureur de la Terre – Les Dieux sauvages 3 de Lionel Davoust
L'Héritage de l'Empire – Les Dieux sauvages 4 de Lionel Davoust
Les Seigneurs de Bohen d'Estelle Faye
Les Révoltés de Bohen d'Estelle Faye
Les Quatre-vingt-un Frères de Romain d'Huissier
La Résurrection du dragon de Romain d'Huissier
Les Gardiens célestes de Romain d'Huissier
Le Phare au corbeau de Rozenn Illiano
Bertram le Baladin de Camille Leboulanger
Diseur de mots – La Lyre et le glaive 1 de Christian Léourier
Danseuse de corde – La Lyre et le glaive 2 de Christian Léourier
Satinka de Sylvie Miller
Le Dernier des Francs de Michel Pagel
Lasser – L'intégrale 1 de Philippe Ward et Sylvie Miller
Dans les arènes du temps de Philippe Ward et Sylvie Miller
Trahisons en terres celtes de Philippe Ward et Sylvie Miller

Collection science-fiction :

Dominium mundi – L'intégrale de François Baranger
Arca de Romain Benassaya
Pyramides de Romain Benassaya
Les Naufragés de Velloa de Romain Bennassaya
Le Fleuve obscur de l'Avenir de B. R. Bruss
Naufragés de l'espace de Collectif
Guerres stellaires de Collectif
Légendes d'agrégats d'Étienne Cunge
Le Sang des Immortels de Laurent Genefort
Les Peaux-Épaisses de Laurent Genefort
Les Chants de Felya – L'intégrale de Laurent Genefort
Ce qui relie – Spire 1 de Laurent Genefort
Ce qui divise – Spire 2 de Laurent Genefort
Ce qui révèle – Spire 3 de Laurent Genefort
Les Chasseurs de sève de Laurent Genefort
L'Espace entre les guerres de Laurent Genefort
Gurvan – L'intégrale de P.-J. Hérault
Le Bricolo, suivi de Ceux qui ne voulaient pas mourir de P.-J. Hérault
Le Dernier Pilote de P.-J. Hérault
Le Chineur de l'Espace, suivi de *La Famille* de P.-J. Hérault
Le Loupiot, suivi de *Hors Normes* de P.-J. Hérault
La Fresque, suivi de *Le Raid infernal* de P.-J. Hérault
Treizième Génération de P.-J. Hérault
L'Androcomb de P.-J. Hérault
La Fédération de l'Amas de P.-J. Hérault
Les Ennemis suivi de *Danger : Mémoire* de P.-J. Hérault
Criminels de guerre de P.-J. Hérault
Les Clones déviants de P.-J. Hérault

Régression, de P.-J. Hérault
Sitrinjêta de Christian Léourier
Les Gardiens du Dessein de Florestan de Moor
Le Monolithe noir – Retis Galactica 1 de Bertrand Passegué
Les Héritiers – Retis Galactica 2 de Bertrand Passegué
Nouveau monde – Le Dieu du Delta 1 de Bertrand Passegué
Le septième Cycle – Le Dieu du Delta 2 de Bertrand Passegué
Le grand Hiver – Le Dieu du Delta 3 de Bertrand Passegué
Grainger des étoiles – L'intégrale 1 de Brian Stableford
Grainger des étoiles – L'intégrale 2 de Brian Stableford
Dans les espaces déjantés de Louis Thirion
Les Étoiles s'en balancent de Laurent Whale
Les Damnés de l'asphalte de Laurent Whale
Par la mer et les nuages de Laurent Whale

C

Hors Collection :

Ceux qui n'oublient pas – Chaos 1 de Clément Bouhélier
Les Terres grises – Chaos 2 de Clément Bouhélier
Passé déterré de Clément Bouhélier
PariZ de Rodolphe Casso
Nécropolitains de Rodolphe Casso

Collection Bande dessinée :

Histoire de la science-fiction
de Xavier Dollo et Djibril Morissette-Phan
Peaux épaisses de Pasquale Frisenda et Serge Le Tendre
(d'après le roman de Laurent Genefort)
Hard Rescue 1 de Roberto Meli et Harry Bozino
(d'après le roman d'Antoine Tracqui)
Hard Rescue 2 de Roberto Meli et Harry Bozino
(d'après le roman d'Antoine Tracqui)

Editions Critic / Les Humanoïdes Associés

À paraître aux éditions Critic

Science-fiction :

Second Œkumène - Chroniques de l'interrègne 2 : Orbus
de John Crossford
(juin 2022)

L'illustrateur

Djibril Morissette-Phan est un artiste franco-canadien basé à Montréal. Il est diplômé de l'école d'animation depuis 2014 et travaille comme dessinateur de bandes dessinées. Ses travaux précédents comprennent *The Ultimates*, *Zack l'Exterminateur Zombie*, et *Archie*. En 2015, il fait équipe avec l'écrivain Jim Zub pour créer la série d'horreur *Hollywood Glitterbomb*. Le dernier projet de Djibril est le monumental *Histoire de la science-fiction en bande dessinée* sous le double label des éditions Humanoïdes associés et des éditions Critic. Djibril suit aussi des cours de philosophie tout en poursuivant son travail en bande dessinée.

Pour plus d'informations sur nos livres,
rendez-vous sur notre site :
http ://editions.critic.fr

ou suivez-nous sur Facebook.

PEFC
10-31-1316

Achevé d'imprimer en France
sur les presses de Dupliprint en avril 2022
733, rue Saint-Léonard, 53100 MAYENNE
N° d'impression : 2970992K